U0437307

春雨落长河

江天雪意 著

甘肃人民出版社

图书在版编目（CIP）数据

春雨落长河 / 江天雪意著 . -- 兰州：甘肃人民出版社，2023.2

ISBN 978-7-226-05792-6

Ⅰ . ①春… Ⅱ . ①江… Ⅲ . ①长篇小说－中国－当代 Ⅳ . ① I247.5

中国版本图书馆 CIP 数据核字（2021）第 278449 号

责任编辑：高茂林
助理编辑：李舒琴
封面设计：小贾设计

春雨落长河
江天雪意 著

甘肃人民出版社出版发行
（730030 兰州市读者大道568号）
北京中科印刷有限公司印刷

开本 880毫米×1230毫米 1/32 印张 19 插页 4 字数567千
2023年2月第1版   2023年2月第1次印刷
印数：1~8000

ISBN 978-7-226-05792-6   定价：88.00元

目录 Contents

上卷 惊梦

003 …… 楔子　1937年，离岸
014 …… 第一章　手足
034 …… 第二章　青梅
053 …… 第三章　迷谶
076 …… 第四章　凶劫
109 …… 第五章　流光
139 …… 第六章　秘辛
160 …… 第七章　航程
183 …… 第八章　重逢
204 …… 第九章　宏图
224 …… 第十章　探情
256 …… 第十一章　焰心

下卷

浮生

293 …… 第一章　疾风
325 …… 第二章　逆流
346 …… 第三章　鸳锦
368 …… 第四章　炉膛
386 …… 第五章　蒹葭
407 …… 第六章　关山
434 …… 第七章　离伤
455 …… 第八章　石城
489 …… 第九章　望江
526 …… 第十章　锦灰
551 …… 最终章　长河
590 …… 番外　三才
597 …… 后记
600 …… 再版小记

上卷

惊梦

楔子
1937年，离岸

几日都是阴雨连绵，总算放晴了，天光却不见清透，依旧沉沉如浑浊的河水。

"久儿，把门推开些，霉味儿重。"

"哦。"

五岁的小女孩娇娇地应了一声，从小凳子上起身，把木门往外推了推，光束投到屋里，有尘埃在薄纱般的光影中飞舞，她伸出小小的手指，想握住一粒那飞旋着的小东西，刚凑近，它们便调皮地躲开了。

她愣了愣，嘴里哈出一团白气，尘埃顿时四散如被击退的士兵，莫名的狼狈。小女孩便连连哈气，小手挥舞，脸上露出兴奋淘气的表情。

"你又在疯什么？"

屋里的女人轻轻咳嗽了一声，哑着嗓子问。

久儿漆黑的大眼睛里露出顽童做错事被抓到的怯意，她蹑手蹑脚跨出门槛，小声回了句："我有点冷，往手上吹气。"

"冷就回屋到妈这儿来，被子里暖。"

"我要晒太阳。"

女人便不再说话，也许是疲乏了。

渡口那边总不时传来喧嚣的声音，桨声、人声、哭泣、吵嚷，和时不时的枪声炮声，混乱的声响鼓胀着久儿的耳膜，她把小板凳搬来抵住房门，让阳光尽可能多地照进屋子里去，背靠着门，仰头看着天空，云在缓缓移动，她悄无声息地又轻轻哈了一口气出来，幻想这团白气会变成一朵云，从她的跟前轻轻飞起，一直飞到天上。

白气很快就散了。

有几个人正朝小院走来，当先带路的人是她的父亲，久儿奔去迎接，她猜想或许今天父亲的生意不错，因为他脸上带着笑呢，她一走近，父亲就把她抱了起来，在她被冻得红红的小脸蛋上亲了一口："乖囡囡！今天爹给你买鱼吃！"

久儿高兴极了，瞅了一眼父亲身后的人，他们和这几日见到的难民不太一样，穿着城里富贵人才有的毛料大衣，戴着黑色的帽子，有两个人手里都提着皮箱子，四角镶嵌着油亮亮的铜片，她无心打量，想起父亲刚才说买鱼吃的话，便很认真地说："不吃鱼，妈说水里有死人，鱼吃过死人肉，我们不吃鱼。"

久儿爹黝黑的脸蹭了蹭女儿的小脸蛋："傻孩子，我们不吃河鱼，去东头赵老爷家的水塘子买塘鱼，塘鱼干净。"

赵老爷是村里的大地主，逃难去江西了，他的水塘被管家把持着，鱼卖得贵，一般人吃不起。久儿听父亲这么说，不太相信，灵机一动："我跟爹爹一起去买！"

"好，好！"

"买大鲤鱼？"

"大鲤鱼！"

久儿爹让她稳稳坐在自己的胳膊上，对身后的人歉意一笑："托三位先生的福，我家孩子能沾光打打牙祭了，我女人这两天也生着病，这兵荒马乱的日子……"

那三人的表情冰冷淡漠，并没心思听他啰唆，只一人随口应了句："屋子里被褥是干净的吗？"

"干净的干净的，前几日来了些伤兵，用过的东西后来都送到坳沟里烧了，现今的被褥是我们船老板自家人用的，我婆娘才浆洗了被面，褥子也晒过了。"

已走到院里，那人见洗衣台上铺着大草席，上面摊着两张干净被褥，也就没有再说什么。

久儿趴在父亲的肩膀上朝他们看，注意到走在最边上的一个男人，唯独没有提箱子的人。

这个男人长得非常好看，三十岁左右，眉毛乌黑，眼睛幽暗深邃，皮肤是苍白的，像正生着病，不过因为他身材高大，倒不显得有多么落魄孱弱。进了院子，他只是淡漠地打量着四周。另外那两个人放下箱子，先给他找了根条凳坐着，然后再问哪几间是客房。久儿年纪虽小，也判断出他们估计是那男人的仆人。

"客房是最东头两间。久儿，给三位大爷问好。"父亲拍了拍她的小肩膀，把她放了下来。

久儿害羞，把小脑袋藏在父亲腿边，露出一双大眼睛。

那个沉默的男人坐在条凳上，一只手揣在衣兜里，似在摩挲什么，另一只手摘下了帽子，他摘帽子的时候，久儿瞥见他手腕上似缠着布条，隐隐透出血迹。

他抿着唇，见她看过来，眸光微凝。

久儿瑟缩了一下，他眼神中那难以言说的哀伤，让她莫名不安。

他姓郑。

另外两个人一个姓李，一个姓于，是他的随从。他们后天将启程去汉口。

久儿爹是渡口的船夫，走长途客船，收入比一般船夫要高些，两年前租下了船老板的这个院子，最好的两间屋子用来招待住宿的船客，背阴的两间则留给自己一家住。

眼见着仗就打到了家门口，村子里多了许多逃难的人，都是从南京坐船来的，要从这儿转船。久儿爹早就盘算着到湖北去避一避，这几天一直没有做开船的生意，只在岸边帮着拉活儿。

久儿搬根小板凳坐在厨房看父亲杀鱼，母亲从布满尘灰的竹筐里掏出几粒蒜来剥着，扔了两颗给她，她便埋头剥蒜，听父亲笑着说："久儿,你给爹作证,我们是去赵家买的塘鱼,不是河鱼。你妈不放心呢。"

"是塘鱼。"久儿很听话,立刻说,"活蹦乱跳的,水塘里的。"

久儿妈说:"还是多放点蒜,吃了不生病。"

"为什么?"

久儿妈没理女儿,和丈夫轻声议论着南屋里的三个人。

"从南京逃过来的,说是等人来,后天就走。正好跟我们一起。"

"看起来很有钱的样子,倒不像一般逃难的人。"

"给的钱倒是不少,你欠的药钱可以还了。等我们去了湖北,还能靠剩下的钱挺几天。"

久儿妈幽幽叹了口气:"我这场病生得不是时候。"

久儿爹刮着鱼鳞,温和地看了眼妻子:"你是累的,等去了太平的地方,养养就好了。"

久儿妈含泪点点头,瞥了眼窗户外头,郑先生正从房间走到院子里,将杯子里的残茶泼掉,于先生和李先生一个站在门口,另一个则在他身后跟着。

"那俩人为什么总看着他?"久儿妈讶异。

久儿爹于是压低了嗓子:"好像那郑先生要寻死。"

久儿妈不信地摇摇头。

寻死?

久儿竖起了耳朵,孰料父母却不再说了,开始商量临行前的一些琐事。

那天半夜,久儿从睡梦中被敲门声惊醒。于先生用力敲着门,要久儿爹赶紧去找大夫。

原来郑先生用藏在身上的碎瓦片割了脉,于先生发现的时候,被单都被血染红了,人也已昏了过去,于先生大惊之下还不忘赶紧给他包扎了手腕。

大夫来了,不过是看了看,并没开什么药,只说:"幸好发现得不晚,命捡回来了。"又淡淡一笑,"年纪轻轻的人,想着现在阎罗殿冤死鬼多,要去凑个热闹?嘿嘿。"

大夫的儿子、媳妇全死在南京，家里刚草草办完丧事，他说出的话呛人，让久儿爹很是尴尬，又不太好意思申斥，只得急忙把话岔开。

第二天晌午，久儿给他们送饭去。

他们住的屋子是打通的两间，李先生靠在外屋的床头，眼睛眯着，也许一晚上没休息好，还在补着觉。另外俩人在里屋，于先生靠窗坐，面朝床铺守着郑先生。

两个人看起来都不像有胃口的样子，精疲力竭，憔悴不堪。

于先生帮久儿把食篮提起放到桌上，眼中露出一丝笑："小姑娘，你很能干。多大了？"

"五岁。"

郑先生斜坐在床上看过来，眸光流转，有一缕转瞬即逝的复杂神色。

久儿总觉得，寻过死的人和平常人是不一样的，阴气森森，像鬼魂。她很害怕，想马上逃开，脚步却像被什么力量拴住了似的，小呆子一样站着，愣愣地看着他。

"你叫什么名字？"他忽然开口，声音宁静温润，像阳光穿透冰冷的河风。

于先生都似乎惊到了，就好像郑先生已经许久都没说话了一般。

"久……久儿……"小女孩鼓起勇气小声说，"我叫久儿。"

男人凝视着她，冰冷的目光中渐渐浮起暖意。

久儿抬脸，注意到他两只手腕都缠着厚厚的布条，左手手腕上有暗红的血斑，白皙的手掌无力地摊在床边，食指修长，勾着一根金色细链，花朵形状的坠子闪闪发光。

黄昏时，他们要等的人来了，这个人只是将一个小罐子交到于先生手中，就匆匆离去。

久儿和父母吃着晚饭，是三个客人吃剩的鱼，用汤汁煮的稀粥，拌了些油饼，刚吃几口，南屋忽然传来吵嚷声。

只听郑先生大声道："怎么证明就是她？怎么证明？你怎么就知道他不是随便拿个罐子装些乱七八糟东西糊弄我？"

"先生！佟爷的为人如何你比我清楚！他吩咐的人办事，不会错的。"

"不会错？可还是错了，全都错了！我要在这儿等他过来，让他亲口告诉我是不是她。"

久儿听得一阵迷糊，看了看父母，他们脸上也是一片茫然。

一直不怎么说话的李先生开口了："那人临走时说，里面放有太太随身的东西，您打开一看就知道。"

"我不看，我等佟春江过来。"

"他去上海了，不会来了。我们先回汉口，一定有机会再见面。"

过了一会儿，久儿忽然听到于先生的惊呼。

然后就是一声号啕，是郑先生的声音。

男人哭原来也能凄惨成这样，中午他和自己说话的时候，那般清朗柔和的声音，竟也能如此凄厉！小女孩听得浑身汗毛竖起，跑到父亲身边抱着他的腿。

"快来人！"于先生大叫。

那边似乎陷入了一片混乱，父亲轻轻拨开她的小手，和母亲奔过去，久儿虽然害怕，却抑制不住强烈的好奇心，怯怯地跟了过去。

郑先生蹲伏在地上，刚才听到他哭，谁知他眼中一滴眼泪也没有，只有空洞与疯狂。他怀中抱着小小的锡罐，盖子掉到地上，还在一晃一晃地旋转，他抓起一把罐中灰白的粉末，轻声说："你让我送你走，我把你送走了，可我怎么办？剩下我怎么办？我要怎么才能留住你？"

"我要怎样才能留住你？"

他不停地重复说着这句话，忽然猛地把粉末往嘴里塞，一把接着一把，直到被呛得大声咳嗽，但他憋着让自己不喘气，极力吞咽，要将那些粉末全吞到肚子里去。

久儿妈一声尖叫，用手捂住嘴奔到院中大声呕吐起来。

李先生扑过去夺走了罐子，和于先生两个人将郑先生狠狠按在地上，久儿爹在一旁骇然，一时不知该干什么，久儿虽觉得此情此景甚是可怖，但不明所以，惊奇反而多过了恐惧。

李先生眼中落下泪来："你知道你留不住，你亲眼看着她走的！是你让她走的！你再怎么作践自己也留不住她！"

男人在地上抽搐着，一张脸被呛出的粉末染得花白，他大口大口喘着气，没有泪，目光如烈火燃烧，久儿从来没有见过一个人能痛苦成这样，他其实两只手都伤痕累累，但右手可能更有力量，攥着拳头，可是不久，终还是精疲力竭地松开了，一个圆圆的东西滚了出来，一直滚到久儿的脚边。

是一颗红色的珠子，温润有光，似还带着温度，也许是从罐子里拿出来的，蒙了浅浅一层白灰，久儿矮下身就要捡，却被不知何时回来的母亲一把拉到怀中："别碰，久儿，别碰。"

久儿怕极了，颤声问："妈妈，那是什么？"

久儿妈将女儿拉出了屋子，愣了半天，方颤声说："死人衣服上的东西。"

但更多的话她却不说了，久儿发了半晌呆，哇的一声大哭了起来。

她那天晚上发了烧，昏昏沉沉睡在床上，听到母亲断断续续的咳嗽声，暗黄的灯影里，一切都显得不真实，母亲和父亲收拾着行李，似乎说了几句埋怨的话，言语中提到那郑先生，久儿听到，嘤嘤地哭了起来。母亲过去把她搂着安慰，她把小脑袋蜷进母亲臂弯之中，迷迷糊糊地睡去。

醒来的时候却不是在家里，而是在船舱中，父母却不在跟前，有一双沉静的眼睛正看着自己。

久儿扁了扁小嘴，眼泪登时在眼眶中转来转去。

"别哭……"他凑近，目光温柔，"对不起……昨天吓着你了，不要哭……"

小女孩往被子里缩了缩："我的爹爹妈妈呢？"

"你家东西没搬完，他们还在渡口，一会儿就上船。"

久儿抽着鼻子："我要妈妈！我要爹爹！"

他好像很害怕她哭，慌忙伸手给她擦眼泪，久儿扭着小身子一边躲一边哭："走开，走开！"

他的手便停在半空，清秀的眼睛怔怔地凝视着小女孩。

船舱房间的门被推开，过道中的嘈杂声一拥而入，于先生提着一壶热水进来，见到里面的情景，愣了一愣。

郑先生缓缓将手放下，语声疲惫："别哭，我带你去找妈妈。"

久儿将信将疑看着他，又看看于先生，掀开被子，跳下了床。

郑先生从床边板凳拿起她的小袄子："把衣服穿上。"

他平静慈祥，不再是昨日看到那般狰狞疯狂的样儿，久儿瞅了他一会儿，她并不是娇气胆小的女孩，又着急去找妈妈，见他将袄子展开，便把小胳膊乖乖伸进了袖子里。

郑先生给她扣着扣子，理了理衣领和袖口，动作熟练地将她的小辫子从衣领中轻巧翻出，久儿盯着他看，其实这是个多么干净英俊的人。

于先生把水壶放在搁板上："我带这孩子去。"

"我要透透气，放心，不会再生事。"他走过于先生身边的时候说了这么一句话。

于先生思忖了片刻，终点了点头，门口的李先生却蹙了蹙眉，待要跟上，于先生将他的衣袖轻轻往后一拽，他也就不再上前。

甲板上挤满了人，通往船舱的台阶过道更是拥挤不堪，郑先生把久儿抱起来护在怀里。

"你……"久儿怯怯地看着他缠着布条的手腕，小声问，"你为什么想死？"

男人微微一怔，一步步上着台阶，没有说话，但久儿的注意力很快就被转移了，这艘轮船是一个废墟，充满了悲伤、恐惧、愤怒、伤痛，它们推挤着发出钝重的声音，像潮水袭来，摄魂夺魄。

大部分的人，表情是麻木的，他们像木头人一样站着，挤着，双手机械地动着，可这些麻木的人却很容易就被激怒，一个极轻微的碰触都立时能引发一次激烈争吵，争吵的语句中含着最恶毒的诅咒。

角落里有个十五六岁的男孩子，披麻戴孝，对着码头号啕大哭，一个憔悴的女人，大概是他的母亲，在他的身后抽泣。他们周围有嗡嗡的议论声，大意在说这个男孩的父亲死在了路上，遗体被这无助的孤儿寡母草草掩埋。

这对母子也是从南京来的。

还有个女子，二十多岁，脚下有一个藤编的箱子，一个年轻男人扶着她。女人穿着一件破旧的大衣，脸被掌掴过，高高肿起，久儿从郑先生的肩膀那儿看过去，正好看到女子的正面，大衣的扣子几乎全掉了，里面穿的衣服被撕得支离破碎，她只好用力将大衣拉拢，不经意与久儿对视，眼神里竟充满着耻辱和恐惧。

郑先生抱着久儿，艰难地向前挪着步子，不小心撞到了一个男人，那男人倒也没像别的船客那样破口大骂，只木然回看了一眼，往后略退了半步。久儿注意到他怀里抱着个孩子，青白色的脸，眼睛下全是乌青，左颊上的皮肤溃烂成紫红色。甲板上人与人的碰撞怎么都是免不了的，那个男人的肩头一会儿被撞向这边，一会儿又被撞向那边，但他只是看着怀中的孩子，目光呆滞。

怎么就突然间来到了一个完全不同的世界，久儿背脊一阵阵发寒，把身子缩了缩。

"别怕……"她听到郑先生温和的安慰，"别怕，孩子。"

他们在入口处等了一会儿，终于看到了久儿妈，郑先生便把久儿交给了她，久儿妈连声道谢。

久儿伸手拉了拉郑先生的衣襟，说："你不要死，好不好？"

男人眼中闪烁着光芒，又似是泪意，他轻轻摸了摸她头顶的发，淡淡的微笑牵动唇角。

久儿低下了头，小小年纪的她实在搞不懂，为什么这个叔叔的笑容总是让人哀伤。

她从母亲口中得知，因为昨天她发烧，郑先生过意不去，出钱多要了一个房间，让母女俩在里面休息。

"这个人挺怪的，但对小孩子还不错，久儿，妈妈托你的福，这辈子第一次住一等舱。"

"什么是一等舱？"

"就是有钱人住的船舱。三天的路呢，虽然还是很挤，但好歹有个床铺，你爹也能少为我们操心。"

有细细的雨珠飘来，久儿妈眯了眯眼睛："下雨了，久儿，我们快下去。"

"妈妈,我们的行李呢?"

"搬到你爹那儿去了。"

"我们还回来吗?"

久儿妈用力握了握女儿的小手:"等仗打完了我们就回来。"

"什么时候打完仗呀?"

久儿妈叹息了一下:"我也不知道啊……"

过道堆着杂物,郑先生独自一人坐在那里,李先生和于先生照例坐在离他几步远的地方。

久儿好奇地打量着船舱,爬到窄小的床铺上躺着,又忍不住坐起,翻开床垫子,床板上有几个圆圆的米粒大小的小甲虫慌张地跑着,她愣愣地看了会儿,想伸手碰碰却又不敢,怕惊扰了它们小小的世界。久儿妈把随身的小包挂好了,拿出煮熟的盐花生让她送给那几位先生。

于先生似乎很希望久儿去跟郑先生说话,要久儿拿些花生给郑先生送过去。久儿觉得他们把自己当作大人一般,很高兴,蹦蹦跳跳地去了。

郑先生抽着烟,眼睛看着远方,窗户开着,见小女孩过来,便把烟掐灭了往外一扔,顺带将小桌上放着的宽边檐帽拿起,利落地放到她的小脑袋上。

"雨会飘进来,别着凉。"他说,"好些了吗?还像昨天那么难受吗?"

久儿摇摇头,把花生放到桌上,用小手认认真真把它们垒成一小堆,郑先生微笑着看她。

他的手指勾着那天她看到的项链,久儿偏着脑袋仔细端详。

他把链子凑得近些:"你好像对它很感兴趣。"

"好漂亮哦!"小女孩赞叹道,"你为什么总是拿着它呢?"

郑先生把脸转向河面,轻声说:"这是我妻子的项链。"

"她为什么没有跟你在一起?"久儿问,忽然吸了吸气,想起了昨天发生的事,大眼睛中登时满是怯意。

"她先走了一步。她去了我们的家。"他的声音很低,很凄婉,"她只是先去了。"

久儿有些担心地看着他。

他转头看着她笑笑，伸手揉了揉她的小脸："如果我能找到我的孩子，真希望她能像你一样，哪怕长在一个贫寒之家，却有人疼惜爱护，可以无忧无虑地平安长大。"

"你的孩子？"久儿好奇地问。

"是啊，我有个孩子，是个小女孩，和你一般大，可我在她出生后就把她丢掉了。"他漆黑的眼眸里满是悔恨与伤痛，"如今她是我活下去唯一的希望了。"

久儿心中充满着疑问，却不敢去触碰他哀伤的回忆，她低下头，伸出一根小小手指，轻轻碰了碰项链，坠子是玫瑰花形状的，金色的花瓣轻盈舒卷，就似恰好正在绽放一般，项坠的背面刻着小小的阿拉伯数字。

"1，9，2，5……"久儿娇娇地念着。

喧嚣忽起，甲板上有船夫在喊："开船，开船，难民要涌上来了！"

只听见一阵阵轰隆的脚步声、嘶喊声，果真有好些没能挤进上一艘船的难民，连推带爬地上了这艘船，抓着、推搡着，神情疯狂。有人被挤落入水中，发出混沌的声音，还有些人掉入河里，不会游水，伸长了两只手徒劳地挥舞，而甲板上他们的亲人，除了焦急哭喊落泪，一点办法也使不出来。

岸上是一个鬼域，而这艘船，也载满了绝望的魂魄。

久儿捂住了眼睛，吓得发抖，一双温暖的手臂把她拥着，她闻到他身上衣料的气味，那身上还带着淡淡一缕香，不知从哪里附着而来，缥缥缈缈，是那种很好闻的花香，她在春天的原野上闻到过，清甜温柔。

郑先生很安静，身旁的一切喧嚣似乎都与他无关。河风将他鬓边的发微微吹动，雨滴从天幕坠落，他遥望远方，伸出手掌，接住颗颗晶莹，雨水绵绵不绝倾覆而下，河流中浪花翻卷，船摇晃不止，但终于离岸，驶入了茫茫烟涛。

回忆，蛰伏在最幽暗的心灵深处，伺机而动，无尽往事裹挟纷扬的雨雾前来，正如不带一丝暖意的风。

他闭上眼睛，迎向它们锋利的刀口。

第一章
手足

〔一〕

1925年，春天，十七岁的潘璟琛从梦中惊醒。

淡淡的凉意袭来，他的发顶铺了一层细密雨珠，收摄心神，他看着窗外那条通向花园的小径，那里空无一人，只有茂密幽深的花木与纱笼般的雾，天上飘着春雨，水汽幽浮。

他轻轻拭去脸上和发上的雨水，将被风吹开的窗户重新关好，玻璃上映出一个少年郎轮廓分明的俊秀面庞，目光幽深，如夜色下的深海，暗涌潮汐。

"大少爷……"

书房的门被轻轻推开，男仆云升探进了半个身子，关切地看过来。

璟琛扫了一眼地上的碎片，歉然一笑："睡着了，胳膊肘不小心碰翻了茶碗。"

云升叫来丫鬟进书房打扫，自己去重新斟了杯茶放到桌上，柔声说："这几天您忙得脚不沾地，好不容易能喘口气休息一会儿，还窝在这书房里看什么书啊。回屋子里歇息去吧。"

璟琛苦笑道："人不机灵，再不勤勉一点，爹就更不会放心了。"

云升笑道："老爷对谁都不放心，唯独对大少爷是最放心的。"

璟琛端起茶喝了一口，掏出怀表看了看："翟老师来了吧，宁宁起床没有？"

"小君守着呢，听了您的话，肯定不会让小姐睡过头。"

外面隐隐约约传来钢琴声，璟琛偏着头听了听，松了口气。

云升说道："这年头，人们做事大多只求做个表面功夫，只有大少爷，实打实不掺一点水分，阖府上上下下都看在眼里赞不绝口的。"

璟琛脸上微微一红。

云升到底比他略长几岁，虽只是个仆人，应付的人与事却都比他多了许多，知道这少爷年轻脸嫩，经不住夸，便不再多言，说道："您睡会儿觉去，要做什么事情的话，说好时间，我来叫您便是。"

"不睡了，我还要再看会儿书。"

茶几上散落着一些书籍，有几本是学堂的英文课本，云升看不懂那些洋文，不过斜放着的那本书他倒是认得的，封皮上印着"断鸿零雁记"几个字，是流行的小说，看来翻阅过很多遍，书页都褶皱了。

璟琛把椅子上的课本拾起收好，压在那本小说上面。

云升道："大少爷既然要学习，我就不打扰了，有事您叫我。"

璟琛修长白皙的手指紧张地摩挲着茶几的边角，点了点头。

云升欠身一礼，转身出了书房，替他轻轻合上了门。

钢琴声断断续续传来，光阴在雨声和乐音中缓缓碎裂，少年的目光渐渐清冷。

书房是公馆南侧单辟出的一栋宅子，由一条蜿蜒的长廊和主楼相连，横隔一个花园。

惊蛰过了，蓝白相间的鸢尾花刚刚绽放，在雨水的滋润下显得清新秀美。不过这个花园最美的时候其实是在夏季，四处都是茂盛的玫瑰藤，喷水池旁也有一个玫瑰园，五月初开始，玫瑰就会陆续绽放，全是法国进的名种，浅粉、深红、淡紫、鹅黄、雪白，竞相争艳，宛如霓虹。

雨停了，下人们清扫着台阶下的积水和落叶。璟琛在长廊中行走着，见有几棵常春藤顺着玫瑰花台的顶端钻出，枝条已经攀援到主楼的奶白色泰山砖上了，便叫来一个下人，嘱咐说："把藤子砍了，小心它们钻坏了玫瑰花,弄脏墙。"

那下人去拿了铰枝的工具,璟琛站在那儿看仆人们把那些多余的藤蔓都铰了个干净,方点头道:"嗯,这样就好,父亲最不喜欢看到墙上爬满枝枝蔓蔓。"

众人都道:"大少爷真是心细!"

璟琛微笑:"何叔叔不在,我帮他多留点心,免得他回来数落大伙儿。"

佣人们笑道:"大少爷最体恤我们了!"

他是潘家的嫡长子。

潘家的先祖,在明末清初时只是福建海边一个普通农家,有一年遭逢海难,倾家荡产,生计无从着落,又逢战乱,于是举家迁往广东,从编草席、箍桶、卖海产开始,做起了小本生意。潘家人性格稳重,头脑机灵,在商业上有天赋,一百年后,他们在广州十三行拥有了属于自己的商号:普惠行。

十三行,并不只是十三个商行。有人说这个名字沿袭的是明代旧称,鼎盛时期多达几十家,衰落时也不过只有四家,不管是怎么一个称呼,十三行是当时中国政府唯一特许与洋人做生意的商行。

乾隆年间,清廷为了将对外贸易控制在它认为合理的范围内,防止洋人寻衅滋事,颁布上谕,只开放广州一地作为对外贸易的港口,全中国所有沿海城市的货物汇聚广州一地,几乎全世界主要国家运来的货物也都只能从这里开始流通,通过十三行转发到内陆各省。自此,十三行独揽中国的外贸八十五年。

潘家起于十三行的黄金时代,彼时广州商界迎来暴富的空前时机,搏杀激烈,有实力的商号纷纷脱颖而出。潘家的普惠行在获得一定资本后,在老家福建买下了大片茶园,先从和瑞典、美国的商人做小笔茶叶买卖开始,一步一步,几乎垄断了广州所有茶叶外贸的生意,之后,又帮东印度公司代理糖和丝绸。然而,鸦片战争后,十三行受到重创,大部分商行都破产倒闭,普惠行在风雨飘摇中亦没能幸存。

光绪末年,长房的潘盛棠继承了家族生意,趁砂糖价格暴涨,兼之欧洲各国对食糖的管制相对放松、食糖需求大量增加,通过不断地买入卖出,聚敛了大笔财富,为家族生意迎来新的契机。

潘璟琛是潘盛棠的原配夫人荣氏所生,璟琛四岁半的时候,荣氏因病撒手人寰。潘盛棠匆匆赶回广州为亡妻料理丧事,对妻子多年疏于照料,他心中是有愧疚的,自此开始茹素。一年后,为了家族生意的发展,潘盛棠带着璟琛从广州搬到了汉口。

潘璟琛从小就爱看一些杂书,这或许是他唯一的缺点,因为不把心思放在生意上,可是致力商业的潘家人极度不容许的。璟琛涉猎的书籍多是小说,他记得一个法国作家说过这样一句话:

"每一笔巨大的财富背后,是深重的罪恶。"

虽然并不认为他所在的家族获得财富是因为将灵魂出卖给了魔鬼,才取得超乎常人的能力,比一般人更善于欺诈、掠夺和倾轧,毕竟那些都是人的本性,既存在于繁华地,也如疫病一样,流行在贫民窟。只是那句话,总让他对他所处的环境有一种警惕和疏离。

〔二〕

汉口的潘公馆在法租界,是一栋精致的白色建筑,隐没于茂密的榕树和香樟树林之中,这是一个与世隔绝的神秘世界,外面的人根本无法看到里面的小桥流水、花圃池汤,无法想象它是多么豪华富丽。

草木散发着撩人的气息,灰蓝肚皮的野鸽子在上面踱着步,细雨透过枝梢上已渐渐深浓的绿意洒在地面,天地间织起一道轻盈曼妙的纱笼。

刚搬来那天也是一个春天,也如今天这样下了一场细雨,花园还不如现今这般规整,现在想来,已是十多年前的事了。

璟琛曾在一棵茂密的榕树下发现一丛野生的黄水仙,水仙是母亲生前最爱的花,曾经,每年的春节之前,母亲会携着他的小手去花圃,看着家里的哑巴花匠吴叔将一棵棵已经冒出绿芽的球根从湿润的泥洼中剜起,用清水洗净,放置于青花瓷的小瓮之中,母子俩一起数着日子,等待清香的花朵依次绽放,花开得最多的时候,就是父亲回家过年的时候。

这种生长在陆地、颜色金黄的水仙花，璟琛还是第一次见到。

黄水仙的花朵比以往见到的水仙花大了许多，没有香味，像灯盏发出荧荧的光芒，照着孤清的小男孩。雨水透过藤蔓滴落下来，男孩把脑袋埋在膝盖中，沉重呼吸。

盛棠不知何时走到他身后，轻声唤他，他小心翼翼用手背擦了擦眼泪，抬起头。

"你妈妈如果还在，也不愿意看到你伤心。等你长大了，跟着我一起做生意吧，男人有了事业，心就会更开阔，心一开阔，就不会再伤心了。"

他仰望着那个男人，男人的眼角似乎有泪光，又或许只是雨水。

盛棠抚了抚他的小脑袋："人这一辈子变数很大，谁都不能预知将来，也无法改变过去。孩子，我们都要慢慢去习惯，去接受和以往不一样的生活。"

璟琛听话地点了点头。

不一样的生活很快就开始了，家里来了新成员。

在此之前，璟琛并不知道自己原来还有一个弟弟和一个妹妹，也并不知道弟弟妹妹的母亲，将取代他死去的母亲，成为潘家的女主人。生活的变故迅疾而来，让幼小的他无从准备，更不知如何应付。

但他是懂事的。盛棠发了话，要他尊重爱戴新妈妈，他就必须乖乖地当个好孩子，因为他知道如果母亲还活着，必不会容许他忤逆父亲，而作为潘家长子，一言一行都不能有任何差池。

他观察着来客，带着一种如梦初醒的复杂情绪，隐藏着畏惧和不安。云氏，他的新妈妈，湖北女子，一个纤细秀美的女人。肤色明净，神情温和可亲，语声清脆，每句话的尾音会娇柔地拖一拖，她朝璟琛微笑，璟琛的脸红红的，把头低下，一个穿着黑色洋服的男人笑着说："阿琛不好意思呢。姐夫，明天我带着这小哥俩去洋行里转转，阿琛第一次到汉口来，正好让他熟络熟络。"

"还这么小，就别带他们去洋行了，学本事也得懂事了才能学。"盛棠向璟琛招招手，"过来。"

璟琛走过去，盛棠道："这是你新妈妈的弟弟，是我在汉口最得力的助手和好兄弟，你该叫舅舅，去行个礼吧。"

璟琛轻轻行礼，声音低如蚊吟："舅舅。"

云秀成拍拍他的肩头，称赞道："真是斯文的孩子。"

盛棠温然地笑笑，忽然又似想到了什么，轻轻叹了口气。秀成了然般感叹道："如今广州的亲戚那边，怕是少有机会再来往了吧？"

盛棠点点头："他母亲家的人早就走的走散的散，即便我在广州，也难得聚在一起了。不过我现在能常在这孩子身边了，也算能弥补些许。"

云氏插话道："我必会像待亲生孩子一样待他的。"

璟琛局促地站在他们中间，双手紧张地放在衣兜里，怯怯的黑眼睛小心观察着每一个人的表情。他已经发现，除了大管家何仕文是从广州老宅跟来的，大部分的佣人已经不是旧人了，这一天，云家也带了几个佣人过来。

窗外是雨后明媚的阳光，门外一切都似带着一团光晕，从那团光晕中，朦朦走来几个人影：两个年长的女仆牵着两个粉团儿似的孩子从外面走了进来。

一个五岁左右的男孩，还有一个两岁左右的小女孩，她走路走得摇摇晃晃，伸出胖乎乎的小手朝着盛棠招了招，娇娇地叫："爹地，爹地！"

盛棠微笑道："阿琛，这是你的弟弟妹妹，现在你有玩伴了，高兴吗？"

璟琛大为愕然。他的弟妹们，原来都这么大了。起初他以为父亲找新妈妈，也不过是最近这一两年的事，可是如今看来，父亲原来早就在汉口安了家。那么，他和亡母在广州的家又算什么呢？

他只怔立了片刻，便快步走到靠窗的方桌旁，桌子下有他装玩具的小箱子，他蹲下将它慢慢拖出来，打开，拿出心爱的玩具汽车，然后走到那个陌生的小男孩面前，父亲说那是他的二弟，叫璟喧。

璟琛将小汽车放到小男孩手中，说："弟弟，送给你玩。"

在场的大人们愣了一刹，回过神后，纷纷连声称赞。

弟弟大大方方地向大哥哥道了谢，把自己带来的两套积木和一套古董锡兵也贡献了出来，说要和大哥哥一起玩。兄弟俩一见面就如此亲和，大人们更是满意了。云氏则为表亲近，在继子的脸颊上轻轻吻了吻，璟琛一怔，不待反应过来，一只小手掌忽然用力在他腰间推了推，把他和云氏隔开，紧接着一张粉色的小脸挤了过来："不许不许！不许亲亲！"

这是她对他说的第一句话。

两岁的潘璟宁穿着一条白色的小纱裙，袖口有着蓝色褶皱，轻软乌黑的头发披在肩上，发顶束了一条天蓝色缎带，扎了一个夸张的蝴蝶结，她推他的时候，蝴蝶结耷拉下来，盖在她厚重的刘海上，遮住了弯弯的眉毛，她甩了甩脑袋。

她有一双乌黑明亮的大眼睛，原本是带着怒气的，在与他的目光交汇之后，眼神慢慢变成了好奇。

"咦！"她说。

"宁宁，这是大哥哥，不要没礼貌。"云氏轻声斥责，璟琛已经低着头默默走到一旁。

小女孩打量着这个陌生的"大哥哥"，他在那边站着，委委屈屈的样子。

她悄声问母亲："他的妈妈呢？"

云氏低声说："大哥哥没有妈妈了，不要惹大哥哥伤心，知道吗？"

璟宁含糊地唔了一声，似懂非懂，璟琛悄然抬眸，看着她，小女孩挣脱母亲的手，在客厅里欢跑起来，并拒绝再让老妈子牵她的手，她发现了属于她的全新的乐园，要独自去探险。

她朝那个装玩具的箱子跑了过去，半跪在绣着金色花朵的地毯上，从箱子里找到一个银质小秤摆件，用小小的手指挑起了秤杆，银盘与秤砣撞击，发出剔透清脆的声音。

璟琛咬了咬嘴唇，心微微一抽，那是盛棠送给他的生日礼物，是他曾最喜欢的玩具，他飞快地看了一眼周围的人，他们都用宠溺的眼神看着那个小女孩，于是他只有缄默。

还是盛棠心思细致，皱眉说："宁宁，这是大哥哥的东西，没有他的允许不能乱碰。"

璟宁看都没看父亲一眼，用一只小手拖着秤盘，另一只手则调皮地把秤砣拨弄得晃来晃去，忽然爬了起来，举着小秤走到璟琛跟前，眨了眨大眼睛："给我吗？"

她的笑容并没有攻击性，只有着清澈见底的单纯。

其实给或不给，这家中所有的玩具，从此也不再是他一个人的了。于是他点头。

可出乎他意料的是，小女孩把玩具放到地毯上，踮起脚，将小小的双臂环绕在他的腿上，再伸手拽拽他的衣襟，他弯下身子，她身上有股甜甜的香气，扑扑地飞过来。她嘟着小嘴，勾勾小手，示意他再近些，他便听话地凑过去，她伸臂搂住他的脑袋，圆圆的眼睛如两汪清泉，映着他愣怔的表情，冷不防她的小嘴已在他脸颊啵地亲了一下，她眼睛眯起，拍着小手快乐地道："哦哦！奖励！"

众人哈哈大笑，目光里带着浓浓的暖意和鼓励，璟琛也忍不住笑了，盛棠看了他一眼，那是自荣氏去世后，这个孩子第一次露出笑脸。

孩子们一起玩耍，天晴的时候在花园里晒太阳踢皮球，阳光照在草坪上，茵绿的草尖触碰脚背，那时璟琛还是个穿着背带裤和格子衬衣的小男孩。

两岁半的潘璟宁坐在小推车里，腿上搭着法兰绒小花毯，手里捏着一根狗尾巴草，每当有白色小蝴蝶飞过，她就把小草举矮一些，生怕干扰它们的飞行，闪闪的目光安静地追随过去，可蝴蝶却总是调皮地飞到面前逗她，她急忙把小脑袋藏着，也无非只是藏在扶手的下面，悄声说："躲起来，躲起来，躲起来！"

哥哥们称呼这推车里的娃娃为"公主""丫头""娃娃""毛毛""小妞儿""豆豆"，使用了一切可爱的称谓，璟宁心情好的时候，便一律用微笑点头来回应，或者干脆拍着小手开心地喊："啊哈！"

和风轻拂，女贞花像细雪飘落，浓艳的法国玫瑰罩着一团柔光，梦境般的光影。三个孩子分食一块栗子蛋糕，因为大人叮嘱不能让他们吃太多甜食，所以每个人都只能吃一点点。璟宁想独占蛋糕上的栗子颗粒，可哥哥们却不给，因为怕她消化不了，引得她不依不饶愤怒哭喊:"栗子!小栗子!我的小栗子!"

可是栗子没有吃成,她最后却被叫作了"小栗子"。

"坏!坏!"小栗子的小脚在推车里乱蹬,一只鞋掉了下来。

她越生气,两个哥哥越高兴,老妈们也逗她:"谁坏?"

小女孩大叫:"坏!坏!"指着站在两侧的男孩。

"你说她好不好玩?"璟暄笑着问,不顾她的反抗,抓起她浓密的头发揪作一团,"冲天炮!"

"二少爷真是促狭,总捉弄妹妹!"老妈子们笑骂。

"令人发指!"二少爷学着管家何仕文严肃的语气,将妹妹的发辫指向兄长,"真是令人发指!发指啊!"

璟琛笑着把他的手打了下去。

璟宁急得站起来,使得推车的滑轮轻轻动了动,璟琛扶住她胖胖的小身子,她朝着他鼓眼睛,显得很委屈,璟琛便柔声哄她,抚平她蓬乱的头发,又拾起小鞋子,给她小心穿上,小脚丫上温暖的肌肤真似融融的阳光。

"大少爷疼妹妹,真好!"老妈子纷纷感叹,只有丫鬟阿梅在一旁冷着脸,眼神锋锐。

阿梅是当年荣氏的陪嫁丫鬟,璟琛被她带到三岁大时,她曾辞过一次工,那一次是为了回老家照顾卧病在床的寡母。璟琛的生母去世后,阿梅又主动回来照顾璟琛的起居生活,云氏他们搬来后不久,阿梅寻了个因由再次辞了工,盛棠原本不允,理由是少爷需要一个得力人照顾,可阿梅坚持,说虽然新夫人很贤惠,必会好生待大少爷,但自己顾念旧主,言辞间难免会对新夫人有失分寸,主人有雅量不计较,但少爷小姐们说不定会因此不痛快,盛棠便没有阻拦。

她走得很干脆,没有丝毫留恋。下人们议论说是大少爷跟新夫人一家过于亲近,让这个姑娘冷了心,换作是谁心里也会不自在,好歹一把屎一把尿带大的,走的时候大少爷连送都不送一下。

大少爷只是坐在自己的小床上,神色平静,床下有一双脏脏的篮球鞋,以前它们总是阿梅亲自拿去洗。

璟琛不觉得有什么难过的地方,潘家的新夫人对他如同亲生子一般关照，他应该奉之如嫡母，倘若自己能和异母兄妹的关系和美，那就更是锦上添花。

他从来都只做自己认为正确的事。

〔三〕

璟琛最爱和二弟一起去看小栗子睡午觉。

暮春的正午，小女孩蜷缩在母亲的怀里，腿上搭着她心爱的小花被，小脑袋向后仰着，长长的眼睫轻轻颤动，眉头一皱一皱。

她爱闹，哪个下人都哄不了，午睡的时候只能由母亲亲自带。

兄弟俩迈着轻巧的步子进屋，有幽香轻笼，室外的阳光一束束投射到窗帘上，微风一吹，形成无数朦朦的光圈，像个顽皮的小孩，一拳拳揉在上头。

云氏懒懒地斜靠在床边，脸上是掩不住的疲乏，轻声说："琛儿，你来抱着你妹妹，她差不多睡熟了，一会儿放床上便可以，我去花园透透气。"

璟琛郑重地从她手中接过了那个又轻又软的小家伙。

云氏起身，伸了伸懒腰，缓缓走出屋子，璟琛看着她的背影，心中掠过一丝奇怪的感觉，那在室外光线衬托中显得曼妙柔美的背影，竟似曾相识。调皮的璟暄待母亲一出门，就走过来恶作剧般在妹妹脸蛋上虚做了个抓挠的手势。

璟琛连忙要挡，璟暄却嘻嘻一笑，低头在妹妹额头亲了一口。

璟琛怒视了他一眼，低首凝睇，脸色已经温柔，怀中的小女孩如此柔软轻盈，带着缕缕甜香，像有一年他和母亲逛公园，在荷花池边买的一个棉花糖，也不知道加了什么颜料，粉粉的像一朵云，又像一朵花。

其实他也想亲一亲她，不知道那滋味是不是像棉花糖那么甜，正想着，闲不住的璟暄又伸手去解她头上的蝴蝶结："我给重新绑个好花样。"

璟琛阻止，已然来不及，蝴蝶结散开，几缕头发滑到璟宁眉上，她小鼻子一皱，缓缓睁开水汪汪的眼睛，露出微微的恼意。

她午睡被人打扰，必是要大闹一番的，兄弟俩都有一瞬屏息。

璟暄做好了撂下摊子逃跑的准备，璟琛则在脑子里苦思如何收拾残局，孰料璟宁仰起脸迷蒙地看了他一会儿，只是把小手换了个位置放着，攥紧了什么东西，然后朝他胸膛一侧身，继续睡去了。

　　温暖的呼吸轻柔地喷在他的胸口，她粉嫩的小手里握着一把勺子。

　　他们的餐具按专门的尺寸和花样定做，璟宁的勺子是粉色的花，可她偏不喜欢，要抢大哥哥的蓝花勺子，璟琛便把勺子送给她了。那几天她走到哪里都捏着它，好似一个战士握着兵器。

　　璟琛不禁微笑，听二弟在耳边悄声道："你知不知道她哪里最好玩？"

　　"不想知道。"

　　他一瞬不瞬看着妹妹，只希望她安然甜睡。

　　"小栗子脚上有小漩儿！"璟暄说。

　　"什么？"

　　"漩儿！涡涡！"

　　他的好奇心终被勾起，看着弟弟小心翼翼掀起花被，露出璟宁光光的小白脚。

　　那是多么美丽的一双小脚，雪白晶莹的脚背，粉嫩的小脚趾弯出最俏皮的形状，胖胖的，如莲藕一般，脚踝处有一条细细的褶皱，恰在这褶皱旁边，有个无比可爱的小圆涡。

　　"你看！"璟暄说。

　　于是璟琛就盯着小圆涡看。

　　有漩儿不稀奇，因为他的小栗子是个胖娃娃，但他并不确定是不是所有的胖娃娃都拥有这样惹人爱怜的小圆涡。

　　璟暄伸出一根手指，按在小圆涡上，挠了挠。

　　璟宁依旧呼呼大睡，但她粉红色的脚趾突然轻轻晃动了一下，璟暄又挠，脚趾又动了动。

　　"像不像……"璟暄笑得吃力，压着嗓子，"像不像狗儿？狗儿做梦的时候也是这样一抽一抽的。"

　　再怎么忍耐，璟琛此时也已经笑得脸都皱了，双手兀自还一动也不敢动地抱着璟宁，心中十分焦躁。好在璟暄不愿死坐着，偷跑到父亲房间里去搜寻好玩的东西去了，不再继续骚扰他们。

璟琛左右瞧了瞧，莫名地心跳变快，周围没有人，除了他和这酣睡的小公主。

他鼓起勇气，生平第一次变成了一个调皮的男孩，将璟宁小心放到床上，学着璟暄刚才的样子，伸出一根手指，慢慢伸向她脚上的小圆涡，挠了挠。

可爱的小脚趾微微晃动，光滑的指甲泛着柔光。

璟琛四处看了看，悄悄地，悄悄地，低下头，在那只胖嘟嘟的小脚上印下了一吻。

丝润的皮肤触感，像夏日清晨的莲荷，带着一点点日光的温度，那么的静谧、安宁和温馨。

他怔怔地发了会儿呆，将小被子给璟宁盖好，指尖拂过她光洁的小额头，他轻声说："谢谢你，小栗子……"

何仕文有时候会带他去百货公司买玩具，他总是先为妹妹挑选。有一次，他在橱窗里看到一个穿着蓬蓬裙的布娃娃，金色的头发，忽闪忽闪的大眼睛，他将布娃娃带回家送给了她。

"猫猫头！"璟宁搂着娃娃，立刻给它取了个奇怪的名字，"你是猫猫头，猫猫头！"

她像小妈妈一样给猫猫头梳头发，换洗衣服，走到哪里都会让它陪伴她。四岁时她开始独自睡觉，是猫猫头为她驱散了恐惧。璟琛偶尔会逗她，假意夺走猫猫头，然后把它藏起来，惹得她滴溜溜地四处寻找。

她可怜兮兮地央求："大哥哥，猫猫头呢？"

璟琛便问："猫猫头长什么样？"

她做出温顺乖巧的表情，小手指勾着裙边，偏着小脸腼腆地笑。

璟琛继续问："猫猫头凶的时候是什么样子？"

她就学小老虎龇牙咧嘴，啊呜啊呜叫，小手向前一抓一抓。

"猫猫头睡着了呢？"

她马上向后仰着脑袋，闭上眼睛，微张着小嘴表演打鼾。

他哈哈大笑，把洋娃娃还给她，她将娃娃紧紧护在怀里，告诫道:"猫猫头要藏起来,别被大哥哥找到!"

他点了点她嘟嘟的小脸:"哈哈,它躲到哪里都会被我找到。"

有一次她被璟暄吵了瞌睡,为了表明她的午睡是值得所有人重视的事情,她又哭又闹,非要母亲将调皮的二哥赶走,璟暄故意赖着不走,她便蹬掉小被子,在床上滚来滚去地哭,最后上气不接下气,呼吸都困难,云氏见她认了真,只得将璟暄拉走,又把璟琛叫去哄她。

璟琛将地上的猫猫头拾起来放在枕头上,璟宁像只小狗趴在床上,背上全是汗,大夏天,她只穿着一件白色小褂和一条短短的四角裤,藕节似的小胖腿被竹席印出了痕迹。

他坐到床边去,用手指戳了戳她的背:"你踢了二哥,还踢了妈妈,这么不乖。"

她不理他。

"你还扔了猫猫头,瞧,猫猫头很难过,说小栗子好狠心,对小朋友不好。"

"呜呜,呜呜。"她又哭了起来,声音已经沙哑,小脚不耐烦地蹭着床单。

"小栗子凶巴巴的,又爱哭,我还是把猫猫头带走吧。"

他将手伸到枕边,她急忙将布娃娃摁住,不让他拿走,抽抽噎噎地坐直了身子,皱起眉头,像做错事一般露出愧意,头发毛茸茸披拂在肩上。也许她也觉得迁怒心爱的小朋友是不对的,过了一会儿,她抬手揉了揉哭得红红的大眼睛,拉过小被子给猫猫头盖上。

他微笑,拍拍她的小脑袋以示奖励:"好吧,小栗子这么听话,说明还是个很好的小姑娘。你和猫猫头一起睡觉吧。"她泪眼汪汪的,委屈地撅着小嘴,胖胖的小手臂却伸过去自然而然搂住他的脖子,这是要他哄的意思,他只得调整坐姿,手扶着她温暖的背脊,鼻中尽是小女孩热乎乎的香气,她在他肩头蹭了蹭,不一会儿便睡着了。他这才扭过脸,认真地看肩上睡着的孩子,那张小脸是多么的美,洁净纯真,就像刚刚来到人世间一般。他看着看着,被震慑得惶恐。

念及自己的童年,除了与母亲有关的回忆,便只剩下这样的点点滴滴,就像衣衫单薄前行在冬日的旅人,本能地贪恋春天阳光的温度。

时间迅疾逝去，如今他已经十七岁，到了该学着料理家族生意的年纪。潘盛棠早就有意让他出入洋行，他似乎并不太感兴趣，勉强去见习了几天，却是稳重有余，聪慧稍欠，远不及二弟机敏，但盛棠颇爱他的踏实稳重，常说自己这个大儿子虽然在做生意上天分不够，但有他和诸位长辈提点，必会厚积薄发。

璟琛提早完成了中学的课程，天天在家补习英文，为出国留学做准备，与此同时帮着大管家何仕文料理公馆的家事，从点滴开始学起，虽然并不出彩，倒也中规中矩，没出什么差池。

一周前，广州的潘家老宅意外失火，殃及主屋及几间厢房和一间库房，盛棠心觉蹊跷，便带着何仕文前去查看，顺便处理一些老家的事务，云氏自然也跟着丈夫一道去了。汉口这边的生意由云秀成暂时代为管理，而家务事，就全盘交给了长子。

〔四〕

钢琴课结束，潘璟宁和翟蕙兰一起出了琴房，她看到她的长兄在客厅的沙发上坐着，穿着柔软的白色衣衫，温润的光线中，姿态从容，眉目如画。

他把笑容投给她身边的钢琴老师："我妹妹今日有没有调皮闯祸？翟老师只管跟我说，等父亲回来，我去替她讨果子吃。"

璟宁假装嗔怒，朝他做了个鬼脸。

蕙兰嫣然微笑道："潘小姐今天格外用功，之前落下的进度也都补上了，大少爷不必担心。"

"她说不舒服不去学校，我怕她是使诈贪玩，便把您叫来督促着她练琴，肯安心学就好，这几日父母都不在家中，我生怕她给我闯祸。"

璟宁撅起了小嘴："翟老师，哥哥从来都不把我往好了想。您帮我说说他，他最喜欢您了！他就听您的话。"

翟蕙兰也不过只二十出头，听璟宁这么一说，不好意思地红了脸，璟琛嘴角微扬，目光融融地落在她脸庞。

车早在外面停好，云升提了一盒点心送出来，璟琛接过，双手递给蕙兰："这是厨房里新做的桃酥和蛋糕，给翟老师拿家去尝尝，若是喜欢,便打个电话过来,我着人送到府上去。"

"大少爷客气了。"

璟琛替她合上车门,蕙兰这才抬起头看了他一眼,他一双深邃的眼睛凝注过来,让她心跳加快。

他轻声说:"明天翟老师有没有时间?"

"有……"蕙兰脱口道,"有……有什么事吗?"

璟琛温和一笑:"上次借给我的书看完了,想给你送去。"

蕙兰轻轻点了点头:"我明天一直都在学校。"

"那我中午去找你。"他一直在微笑,笑容实在很蛊惑人,蕙兰别过头,不再看他。

璟宁目送车子渐渐行远,拽着璟琛的胳膊笑道:"翟老师很中意你呢,一见你就脸红,娶了她做老婆吧!"

"你学校外头卖酱肘子的大师傅见了我也脸红,难不成我也娶他做老婆?"

"那是他喝酒喝的!不过也好,大哥哥娶了他,天天有酱肘子吃。"

璟琛低头瞅着她那张调皮的小脸:"尽胡说八道,等爹回来,我告诉他你逃学!"

"我哪有逃学,真的是不舒服!肚子痛。"

"少来。你和阿暄一样,趁着爹娘不在家就想瞎胡闹。好歹那一位被我拽去学校了,只有你赖在家里捣乱。"璟琛转身往回走,璟宁依旧拉着他的胳膊不放,打趣道:"大哥哥,我发现你好像又长高啦,真是越来越玉树临风,英俊潇洒!"

璟琛没有应声。

云升在后面提醒:"小心水洼子。"

适才的雨下得不小,鹅卵石小径两旁都有积水,非得走中间才行,若两个人并排走,免不了有一个会一脚踩进水里,果然不一会儿,璟宁一双新的软缎鞋子就湿了。

璟琛便要掰开胳膊上那双小手,璟宁却索性揽着他的腰,笑道:"你背我!"

"不怕羞!"

"反正你以后就要走了,我也不会烦你了,就再背我一次两次又算得什么?"她语声中带着一丝不易察觉的伤感。

云升笑道:"小姐舍不得大少爷,大少爷便依了她吧。"

璟琛皱眉:"她最近越发胖了,上次我只背一会儿就喘得慌,算是吃了教训。"

璟宁瞅了瞅云升,又瞧了瞧璟琛,小脸一板,闷头就往前冲,直踩得水花四溅,璟琛叹了口气,追上去把身子一矮:"上来吧。"

璟宁轻盈回转身,一跃而上,搂住他的脖子,鞋子不小心蹭到他整洁的衣服上,他不以为意,将她的双腿轻轻抬了抬:"别乱动,小心被万年青刮着。"

背着她走了几步,璟宁忽然叹息着说:"你能带我一起留洋去吗?"

"你还这么小,父亲舍不得让你出去的。"

"我马上就要十三岁了!"

"哦哟,多大的岁数哟。"

"大哥哥,你替我求求爹爹吧,他最听你的话了。"

璟琛微微回头,正好碰到她粉嘟嘟的小脸,她圆圆的大眼睛离他那么近,澄澈的目光里充满依恋,他柔声道:"去弹曲子给我听吧,我有些累了。"

"你究竟去不去求爹爹?"她不依。

"我答应你,好不好?别乱动。"

璟宁把脑袋贴在他的背上。

她是潘家的公主,父亲的明珠,集全家人的娇宠一身。两年前突发奇想要学钢琴,父亲便在主楼的一楼为她专门辟出一间琴房,打通了三间起居室。

天虽然是阴的,但琴房里不点灯依旧很明亮,屋子朝西,为了保护好璟宁的视力,拓宽了外墙,将窗户全部改成敞亮的玻璃窗,从早到晚都有自然光线透进。房间里有不少书籍,各色童话和冒险故事,还有上百册小女孩喜欢的画册拼图、从意大利购回的纸张精美的琴谱,这些东西中则有大部分是璟琛亲自给妹妹订购挑选的。

雨停了，花园里弥漫着轻雾，笼在葱翠的树木和鲜艳的花朵上，从长窗看去，如一幅水彩画，璟宁把目光移到琴键，吸了口气，坐直了身子，抬起双手，轻缓放下，琴音潺潺而出。

璟琛本坐在一旁用手帕擦拭着画册上的灰尘，蓦地停下动作，抬起头。

她一向顽皮，此时却显得非常郑重，就好像正在做她一生最重要的事情一般。而那旋律，那旋律是如此的美妙轻灵。

璟琛想：我该怎么形容它呢？香气，没错，就是香气。

幽幽的香气，顺着少女美丽的手指、嘴角、闪烁的双眼向四处流动，再沿着她乌黑的发，散了开来，一直散到空气里，升腾，回旋，再升腾。

璟琛怔住了，直到她一曲弹毕，转过身，笑吟吟地看着他。

"你……竟然已经弹得这么好。"

"真的吗？"她很高兴，笑得像一朵小小的玫瑰花，"你很少夸我呢。"可不待他解释，抢着补上了一句，"那自然是因为我优点太多，你不知道该怎么夸罢了。"

璟琛莞尔一笑："这曲子叫什么名字？"

"本来是首提琴曲，叫《爱之忧愁》①，我把它改了改。"

---

① 《爱之忧愁》（Liebeslade又译为《爱的忧伤》），是著名奥地利小提琴家和作曲家弗兰茨·克莱斯勒青年时期创作的小提琴曲，按维也纳民谣风格的圆舞曲作成，以婉转的风格表现了爱情带来的痛苦与甜蜜，后成为世界名曲。著名钢琴家、作曲家拉赫玛尼诺夫亦曾将此曲改编为钢琴曲。克莱斯勒在1923年曾到中国演出。《爱之忧愁》这首曲子，在1925年前后，人们只知道克莱斯勒是它的演奏者而非创作者，直到数十年后，克莱斯勒本人才承认以《爱之忧愁》为代表的不少作品是他亲手创作的，理由是："年轻时想以小提琴家而不是作曲家成名，但当时小提琴演奏节目表十分单薄，为了扩充曲目不得不亲自谱写乐曲，但刚出道籍籍无名，不会有人请我去演奏自己的作品，于是托词说是从古老图书馆和博物馆搜寻出来十八世纪一些作曲家的不为人知的手稿。其实我一直在说谎。"

爱之忧愁。

这四个字从小女孩口中说来，却天真愉悦，他凝视着那张娇艳的小小脸庞，走过去，情不自禁伸出手掌，在她厚重的刘海上轻轻按了按。

"再弹一遍，我还想听。"

"嗯！"

时间静止了，没有过去没有将来，只有当下，心湖涟漪微动的当下。他沉浸在一种难得的安谧之中，有那么一瞬，甚至觉察到一丝近似甘甜的感觉，纵然它迅疾地变成了苦涩，变成透心凉。

他说："时间差不多了，我去接阿暄，你休息下。"

音符戛然而止。"我跟你一起去！"

"在家待着，我带豆腐脑回来。"

璟宁刚想说"我不吃豆腐脑"，他已经快步走出琴房。

然而璟暄被云家的人接走了，说是去了洋行。

"那我们直接去云家？"云升说。

璟琛有点犹豫："父亲和母亲还没回来，舅舅是长辈，我这样唐突地过去，倒是显得不懂礼数。不去为好。云升大哥，你说对不对？"

如此诚意征询意见，显然是颇为看重自己，云升不免得意，点点头："大少爷说怎么，便怎么吧。"忽想起一事，说道，"今天下午有两个学生伢拿了一封荐书来找老爷，正好那时您在琴房，我原让他们直接来找您，但他们好像不太好意思，放下荐书便走了。"

"估计是缺钱念书，想来借一点学费。谁荐来的？"

"武昌的程举人。"云升将荐书取出递给他。

璟琛拆来看了看，叹了口气："果真被我猜中了。他们已经考上了英国的大学，学费是有津贴补助的，只缺旅费和生活费。程老夫子是武昌的名士，他举荐的寒门子弟，人品学业自然不会有错的。父亲若在家，必会尽力支持。不过……"思忖片刻，微微一笑，"既然父亲不在，这件事，我便帮他办了。"

"大少爷的意思是？"

"钱我来出，走我的账，平日里我自己省着用就是，反正除了买书也花不了什么钱。"

云升笑道："您真是个仁善人。明天我就叫他们来拿。"

"不。应该把钱给人家送去，他们虽然出身贫寒，但既是读书人，就要多给一分尊重。"璟琛认真地说。

路过歊生路，璟琛去一家文具店买了两支钢笔，让店家仔细包好，交代云升次日给那两个学生作为礼物。文具店就在普惠洋行旁边，高大的米白色建筑，阳光照在屋角，像波浪洒在礁石，溅得四处都是光芒，璟琛眯了眯眼睛，低下头快步离开。

晚上过了饭点璟暄都没有回来，璟琛也没有再打电话去云家，自和妹妹一起用了晚饭。

饭后在起居室休憩，璟宁抱出她装玩具的小箱子，放在茶几旁的波斯地毯上玩过家家。璟琛在阅读间隙抬头，见她煞有介事地打扮着"猫猫头"，给它穿裙子、系蝴蝶结，又将他去年送的一串项链比了比，系在猫猫头的脖子上，也许觉得项链不足以将它打扮得漂亮，便在首饰盒里认认真真挑选。小女孩哪有什么真正的首饰，也不过是父母兄长送给她的玩具珠串罢了。

璟琛看得有趣，微笑着把书放下，但很快，脸上的笑容慢慢凝固。他起身走过去，从箱子里拿起一根银锁链。

璟宁转过头，急忙要抢，璟琛站直了身子，把手高高抬起。

这是极精致的小银锁，雕刻有牡丹和蝙蝠的纹饰，穗子是银质的花果和小鱼，叮叮当当发出清脆的声音，银锁背面刻有四个字：天长地久。

"是我的是我的！谁找到就是谁的！"璟宁的小脸急得通红，"这是我找到的，还给我！"

璟琛沉默了许久，把银锁链放回她雪白的小手心，回到沙发上坐好，重新拿起书翻看。

璟宁偷偷瞄了他一眼，伸了伸舌头，过一会儿又回头瞅瞅他。他低着头，长长的眼睫垂下，掩住了目光。

"大哥哥……"璟宁小声说，"你生我的气了吗？"

璟琛摇了摇头。

璟宁咯咯一笑，扑到他膝上，伸手去翻他的书："你在看什么？"手刚碰到书的一角，璟琛就猛地将书往沙发上重重一掷，她的小手扶在他膝上，骇然地瞪着他，他眼神里是她从未见过的锋锐和厌恶。

他将她的手用力拂开，怒声斥责："小姑娘家，怎么这么不斯文？不懂规矩，越来越不像话！"

璟宁愣了，泪珠登时在眼眶里打转儿，她发愣的样子其实很可爱，婴儿肥的脸蛋儿像红红的苹果，可他却跟自己较起了劲儿，转开头不看她。

她自小就爱跟他犟，总是跟他反着来，他知道她是没有恶意的，她这样做，只是因为知道他宠爱她。

小时候背唐诗，她背着手，摇头晃脑背诵：鹅，鹅，鹅……

先生教错了，教成了"曲颈向天歌"。于是他便主动纠正她，是"曲项向天歌"，还拿出书来指给她看。她却瞪着眼睛故意说："我不听你的，就不听！"他从不生气，知道过后她会悄悄改过来，她嘴里说不听他的，却总是最听话。

她什么都抢他的，从他平时吃饭的勺子，到他的玩具、书本、手帕，他不以为忤，因为在心里早已认定自己什么都愿意给她。他一向惯着她，宠着她，从没有一丝一毫违背过她的心意。可是今天除外。

那是母亲留给他的东西，那根银锁链。

第二章
青梅

〔一〕

　　他的母亲，死的时候身边只有他一个人，仆人们是势利的，多年来男主人和女主人聚少离多，早被他们看在眼里，心里对那停尸床上的女子虽然怜悯，但亦有一丝轻蔑。

　　其实那个时候父亲应该也悲恸过。在母亲去世一个月后，有一天夜里，他看到盛棠在母亲最爱的花园中，扶着太湖石，哭得撕心裂肺。那又怎样？死去的人再也回不来，遗落的时光永不会再倒回。

　　广州的夏天是闷热潮湿的，遗体需要马上装殓，人们捂着嘴不敢上前，他才五岁，眼泪汪汪站在一旁，缓缓上前，从衣兜里拿出手帕，在亡母的脸上轻轻擦拭。

　　周围有许多人在围观，他们只是在围观。

　　但他们惊住了。

　　死去的女主人眼窝中渗透出一种姜黄色的液体，那是尸体开始腐烂的迹象。可这个平时很沉默胆怯的小男孩，却用手帕将这些液体轻轻擦去，擦得一丝不苟，就好像擦干净了，他的妈妈就会活回来一样。

　　他等着，等着，母亲再也没有睁开眼睛。

男孩回转头，慢慢向仆人们跪下，说："求求你们，帮帮我吧，求求你们！"

家中的总管何仕文比潘盛棠先赶回来，正巧遇到这一幕，在同样的震惊过后，他快步跑过去将小主人抱了起来，让他倚着自己，抚着他小小的、颤抖的背脊柔声安慰："少爷乖，少爷别难过，何叔叔回来了，何叔叔回来了，你爹也快回来了！乖啊，别哭啊！"

直到那时他方大声号啕起来，声音极度嘶哑，就似已经哭泣过无数个日夜一般，可口中却依旧说的是："求求你们，帮帮我！帮帮我吧！"

那些往事，好像已经离得很远很远了，而记忆的回声，却依旧震得他头痛欲裂，于是他决然地将之打断。

璟琛叫来服侍璟宁的丫头小君，命令道："把小姐的东西收好，带她回屋睡觉。"

璟宁见他背身离去，连看都不看自己一眼，小嘴一斜，怒声吼道："讨厌，我讨厌你！"

他的步子倒是顿了一顿，然后突然转身走回来，璟宁瞪着他，明明已经被他的神情吓住了，却还是固执地做出死守残垒的模样。璟琛走到近前，直视着小姑娘，一字一句地说："潘璟宁，你要再这么任性下去，我便不管你。不想去学校不要紧，让何叔叔给你找个家庭教师，你在家爱怎么玩就怎么玩，跟我再没关系。"

"我做错什么了？我怎么任性了？你从来都不骂我的，我讨厌你！讨厌你！"

他看着她涕泪滂沱的小脸，神情淡漠："随你便吧。"转身上楼，再不犹豫，璟宁放声大哭。

云升在偏厅听到他们的吵闹，跟了上来，璟琛一向尊重他，见他默默在身后跟着，便回转身来看着他，只是脸色略显阴沉。

云升琢磨了下措辞，柔声劝慰："小姐是任性调皮了些，但平日里她跟您是最亲的，您又素来疼爱她，从没有这么发过火，她小姑娘家，大少爷就别跟她一般见识嘛。"

璟琛黯然一笑："你觉得我在使性子？父母如今不在家，二弟也在舅舅那里,正是因为我平日和这妹妹最亲,我才能趁现在使一下性子。"

云升微微一怔,从他的话中听出一丝凄苦,竟不知该如何劝慰。

璟琛倒似轻松了些,笑了笑:"放心,明天我会好好哄一哄她的。"

云升沉默了一会儿,忽然温言道:"大少爷……慢慢就好了,只要按照您所想的去做。"

璟琛的目光安静如秋水,轻声道:"云大哥……平日里你没少帮我的忙,我虽愚笨,但因有你的襄助,少走了不少弯路。总而言之,谢谢你。"

云升心中微微一动。

这个大少爷,在潘家的三个孩子里,论聪明智慧,并不是最出挑的一个,加之自幼丧母,虽是嫡长子,毕竟没了亲娘照拂,总归比另外那两个孩子少了依傍。如今他对自己如此看重,论情理肯定也有分拉拢的意味,但细想起来又何尝没有一丝可怜之处。念及这里,便温然一笑:"大少爷的心意,云升自然是明白的。以后有什么要支使的只管吩咐,小的愿效犬马之劳。"

璟琛点了点头。

潘璟暄回到家已是深夜,沿着台阶上了二楼,见长兄的卧室房门微开一线,透出灯光。他悄声上前,推开门走了进去。

璟琛坐在书桌前的椅子上,脸朝着门,头微微垂下,似在打盹儿,但听到脚步声便立时抬起了头,璟暄知道他一直在等着自己,心中过意不去,讷讷地叫了一声:"大哥。"

璟琛并无责备他的意思,指了指他手中的纸袋子:"里面是什么?"

"给小栗子买的炒栗子。"璟暄说着不由一笑,见大哥眼中亦露出了笑意,暗暗松了口气,把纸袋往桌上一放,拉出张椅子随意坐下。

"父母不在家,你们俩都不把我当回事,所有的嘱咐全抛在脑后。一个不上学,一个从学校早退,还这么晚回家。"

"大哥别生气,以后我不会了。"

璟琛俊秀的眉毛微微蹙起:"你自然不会了,爹过两天就回来了，我治不了你，他能治你。"

璟暄一声哀叹。

璟琛挥挥手："快去睡吧，我没心思跟你说话，炒栗子你自己吃，凉都凉了，即便热了也不好吃，宁宁那么挑嘴。"

璟暄却不起身，把头仰在靠背上，轻声说："大哥，知不知道我今天开了个大眼界。舅舅带我去洋行，正好碰到盛昌洋行以前的董事维斯顿先生。"

"盛昌？"璟琛露出不解之色。

"没听过？"

"听倒是听过，只不过不太熟。"

"你对生意不感兴趣，自然不熟了。中国人和洋人做珠宝生意，多半就是通过这家洋行。"

璟琛讶异道："他来咱们普惠，莫非……"

璟暄脸上露出得意的微笑："等爹回来你就知道了，以后普惠多了一个进项了，哈哈。"打开纸袋，拿出个栗子剥来吃了，赞道，"甜，真甜！"说着把一双眼睛四处看。

"别看了，茶是凉的。"璟琛说。

"口干。喝凉的也行。"璟暄伸手拿茶壶。

"等一会儿。"璟琛站起，出去叫下人烧水热茶，回过来坐下说，"小栗子今天不舒服，你要再出点状况，我的麻烦就大了。"

"别信她，装的，我今早出门的时候她还活蹦乱跳，这丫头就是不想上学。"

"别的管不了你们，饮食上的事我总能说得了话吧？"

璟暄知道他是为了自己好，于是也不再说什么，剥了好几个栗子，却不吃，都堆到大哥那边去，不一会儿，云升亲自送了一壶热水上来，见兄弟俩促膝谈心，只笑着说了一句："两位少爷早点休息。"放下水便走了。

璟琛从书桌里找出茶叶罐子，取出两个茶杯，璟暄一面剥栗子一面说："那美国人今天拿了好些珠宝的样品过来，有好些都是古董，中西的都有，据说有的还是清廷皇室的珍品。"

"嗯。"璟琛往杯里撒着茶叶。

"他们从前清就一直跟中国人做生意,以前也在广州,和郑家也是旧交,如今郑家早就败落了,这盛昌却又来和我们套近乎。"

璟琛淡然一笑:"风水轮流转,生意场上更是如此,也没什么好奇怪的。"

"维斯顿先生今天还讲了一个轶事,说那郑庭官……"

滚烫的水汽腾地冒起,璟琛的手指被烫得一缩,他甩了甩手指,侧身拿起一张干净帕子隔着壶柄,缓缓将热水倒入杯中。

璟暄在茶烟中满足地半闭着眼睛:"全天下就大哥屋里的茶是最香的。"

"这话不对。潘家主业为茶,我也不过是沾自家的光而已。你屋里的茶和我的不一样?"

"不一样,我觉得不一样。"璟暄陶醉地浅啜一口。

"继续说,那美国人讲了什么有趣的轶事?"

璟暄续道:"维斯顿先生说,当年有个英国大班缺银钱周转,从郑家的永和行借了不少钱,结果有一年不景气,英国大班破产了,到最后总共欠了永和行七万两银子,根本还不了债,困在广州回不了家,潦倒不已。后来郑庭官知道了,把那英国人叫了过去,说:'你五年前与我做生意的时候,是个勤恳老实的生意人,如今也只是不走运而已。银钱之事,本不算什么大事,我相信你,回家去吧。'然后当着那人的面,把借据撕了个粉碎。七万两银子啊,一艘船装满了货,也不过值十万两而已。这事儿在洋商中传了二十多年!"

璟琛摩挲着适才被烫得发疼的手指,感慨道:"郑家豪富至此,可惜大厦倾颓,片瓦不存,如今也就只几个洋人能记得他们的一丝半点。"

夜风拂动窗帘,暖暖的灯光在桌面摇曳,时而热情,时而冷静。兄弟俩喝着茶聊着天,不知不觉把一袋栗子都吃完了。

次日清晨,璟暄倒是自觉,吃过早饭便赶紧上学去,璟宁却把房门关着,谁也不让进,璟琛在她门口站了一会儿,皱眉走开。

〔二〕

茂密的梧桐树下,两个老人在下棋,攻守斗杀间,却有一番安详宁静,俊秀的少年坐在台阶上,身旁放着一摞书,一只腿微曲,手臂闲适地搭在上头。

蕙兰走近时,璟琛兀自安安静静看着老人下棋,一双眼睛被阳光映射得清澈如水。

"你来了……"蕙兰含情脉脉地低语一声,一缕红晕袭上白嫩的脸颊。

璟琛看过来,露出灿烂笑容。

他们穿过深深的里弄,在堆砌的杂物之间行走,他走在前头,不时帮她把伸出的衣架拂开。蕙兰低着头,一颗心在不知不觉中加快了跳动。

行至敞亮处,是一个小小的院落,门前的篱笆缠绕着爬山虎,青石缸中存着雨水,几个陶瓷小花盆放在洗衣台上,种着桃色的凤仙花。

"这样过来,也不怕你家里人知道。"蕙兰一面从手提袋里掏钥匙,一面略带嗔怪地说。

"我来还你书,顺便把我妹妹的学费交给你,他们能说什么?隔了一条江,谁能跟我这么远?"

"你怎么晓得我会这时候回来?"

"猜的,今天昙华林这里有讲经课,我猜你肯定会去。"璟琛微笑道,目光落到她手中的一本圣经上,眉毛一扬,得意地道,"果不其然,被我猜中了。"

蕙兰斜睨他一眼,将门锁打开,正要推门,璟琛的手却先前一步伸了过去将门一推,顺带连着她也一并推了进去。

屋里暗,她有一刹那什么也看不见,只听见门轻轻一响关上,整个人便被他拥住,他的手如蛇一般蜿蜒而上,解开她的衣襟。

眼睛渐渐适应了屋子里的光线,明暗交替的光影中,他的脸庞向她慢慢逼近,她闻到如雨后树林一般的清香,眼前一双眼睛如此明亮,眼睛的主人则像在西方神话中读到的精灵,她忍不住搂住他的脖子，他颔首亲吻在她唇上。

她性子寡淡，未曾料到竟会遭遇这番镜花水月的浪漫，缠绵辗转，那般天真未泯，却又尽见机心。他匍匐在她身上，呼吸深重，火热的体温烘烤着她，她忽然觉得自己好像很迷恋身边这个少年，迷恋他内在的冷峻，克制的粗野，迷恋他的一切。

光线像一绺绺丝绒穗子，在昏暗的角落轻轻地刷扫。她轻轻抚摸他乌黑浓密的发，轻声问：

"小琛，你睡着了？"

"没有。"他抬起身子，手臂伸过去将她的头按在自己肩上，极轻地叹了口气。

"怎么了？"蕙兰爱怜地问。

"真想永远这样……"

"傻孩子。"

"你总说我是孩子，"他修长的眉毛蹙了蹙，深黑的眼眸闪闪发光，"也不过比我大个三岁而已，哼，我……"他忽然凑到她耳边，小声咕哝了几句。

她不由红了脸，过了许久，轻声说："慢慢来吧。家业和学业是最要紧的，我们来日方长啊。"她忽然有一点伤感，"其实我只希望你能好，只要你好，不论我们在不在一起，我都会快乐。"

他在她脸上轻轻吻了下："我就想和你在一起。"

"你是潘家的大少爷，你父亲包括你的家族，都对你寄予了重望。我真怕耽误你。"

璟琛沉默，似在认真思考，过了许久，带着肯定的语气道："其实我也想好好做一番事业，可是我的心真的不在那些生意上。说来也奇怪，我的性子和家里人都不太一样，尤其是和我二弟，他的聪敏机警，处事的大方与周到，远在我之上，而且他也有做生意的慧根。这两年，都是我父亲和继母紧赶慢赶地催着我去洋行，我捅了多少篓子，惹了多少笑话，但凡有个正常心智的人，眼见着这般景象，早就羞惭万分了，更何况我？我不喜欢和人打交道，只爱看书，做点让自己觉得自在的事儿，一想着要跟别人说话，有时候还会犯怵。蕙兰，我和你其实一样,有个当老师的志向,一辈子和学问打交道,教书育人,难道就不算一种出息吗?"

蕙兰没有说话。

璟琛微微侧过头:"怎么,你不同意?到这时候还不明白我的心么?"

"我明白,我明白的。"她将他拉入怀中,嘴角带着笑,"你想和我厮守,我怎么会不明白?"

他又叹了口气。

"哎呀呀,不许你叹气!"蕙兰揉了揉他光洁的额头。

璟琛淡淡一笑:"其实他们早就对我不抱什么指望了。不过也好……二弟比我更有能力担起家业。"

睡了一小会儿,他们梳洗了一番,出外找了一家精致小馆吃午饭。璟琛年纪虽轻,言行举止却沉稳谦和,是世家公子的风度,蕙兰低头搅着咖啡,嘴角一直带着笑,璟琛戳戳她额头:"想什么这么高兴?"

她抬起头,戏谑笑道:"潘大少,听说当年广州城第一辆汽车和第一栋有升降梯的房子,都是你们潘家的,是也不是?"

璟琛给她加了点红茶,眉目平和,云淡风轻地道:"珠江边那么多富甲巨商,潘家算不得有多了不起。"

蕙兰哧地一笑。

璟琛解释道:"那时候人出门还是坐轿多,买了那辆汽车,只图了个虚名,一年多后就卖给了一个洋人,我家人并没有真正坐过几次。至于那有升降机的房子……"他脸上忽然有了一丝忧伤的神情,"那房子是消夏时住的,建在山里,从门厅到大屋要走许多石阶,我母亲缠过足,行走不便,父亲心疼她,便在那里装了那个升降机。"

蕙兰知道他母亲早已过世,后悔提起这个话头。璟琛却很平静:"我父母当年很恩爱,可惜天命难违,缘分不由人。不过母亲若是在天有灵,见到我们一家现在如此和睦幸福,应该也会欣慰。"

蕙兰紧紧握住他的手:"一定的。"

璟琛回到汉口,到常去的那家文具店与云升会合,刚迈进店门,那两个年轻学生竟也在里面,向他行礼道:"潘少爷。"

云升忙介绍道:"这就是林秀才的两位小友。"

璟琛露出笑容,拱手一礼:"小弟见过两位学长。"

两个学生亦赶紧回礼,貌极恭谦:"多谢潘先生仁义相助。"

他们的年纪比璟琛还稍大个一两岁,淡定自持,谈吐不卑不亢,自我介绍了一下,一个叫李南珈,一个叫于素怀,均家境贫寒,时常在校园与当铺间跑动,所幸学业甚优,获得了奖学金。

璟琛很为他们高兴,叫云升备车,要邀请他们去茶楼品茶细聊。

李南珈话不多,听璟琛说去喝茶,笑着摇了摇头,于素怀婉拒道:"潘先生,我们此次来,只是为了表达我们对您真诚的谢意。您仁义襄助我们求学,我们便更应珍惜每一寸光阴,也不能再耽误您宝贵的时间。"

说着,从衣兜里拿出两个信封,郑重交予璟琛手中:"这里面是我和南珈亲手写下的借据,我们会尽力将您借给我们的钱尽早归还,也请潘先生放心,我们一定会精进学业,不负您的一片心意。"

李南珈插口道:"潘先生,我们是用您送的钢笔写的借据。"

璟琛心生钦敬,不再客套,微笑道:"那我祝两位学长学业有成,闲时寄封书信给小弟,潘某能结交你们这样的朋友,真是莫大的荣幸。"

于李二人告辞,璟琛站在文具店的门口目送,直到两个人的身影消失在街道如流的人群,方缓缓转身。

云升脸上似笑非笑,璟琛问:"怎么了?"

"您回家就知道了。"

"宁宁?"

"还会有谁呢?"

回到家,小君愁眉苦脸迎上来:"大少爷,您可回来了。"

"还在闹别扭?"璟琛眉头一皱。

"一上午都没从屋子里出来,什么东西也没吃。"

璟琛板着脸上楼,小君跟着他上去,敲了敲璟宁的屋门,一开始里头没声儿,过了一会儿就听见带着哭腔的回应:"走开,别烦我!"

"出来!"璟琛道。

里面本来有细细的哽咽声,听他一出声,立刻什么声音也没有了。

璟琛接着道:"你跟小君闹别扭算什么?出来,有什么就跟我说。"

里面依旧没有声音。

"我有钥匙。"

璟宁仍然不出声。

"开门了啊,你自己看着办。"璟琛转头对小君道,"去书房,装信纸的书橱第三格,一个银盒子里有钥匙。"

"是!"

璟宁忽然大声道:"不许进来!不要你进来!"

璟琛背着手,嘴角露出笑,过了一会儿,接过小君递过来的钥匙,把门打开,轻轻一推。

璟宁本站在床边,呀的一声惊跳到床上,钻进了被子里,连头带脸蒙住。璟琛走过去一把将被子掀开。

"别装了。"他笑着伸手,要把她扯起来,突然怔怔愣住。

小女孩蜷缩成一团瑟瑟发抖,脸色青白,额头上全是冷汗。

他大惊,摸了摸她颤抖的肩膀:"宁宁,你怎么了……"

璟宁哭了起来,用小手推攘他,他这才发现她睡裙下的红色痕迹。

"哎呀……"小君低声惊呼,突然满脸通红,看着璟琛,尴尬不已。

"我要死了,别管我!"璟宁哭着,他紧紧抓着她的手,这温暖踏实让她越发难过,她奋力挣脱,红红的大眼睛怒视他,"现在我要死了,你高兴了吧!"

"不会的,你不会死……"他轻轻摩挲着她头顶的发,眼神温柔,她像小狗轻轻颤抖,极可怜的模样。

小君去拿了换洗衣服,他轻轻放开她,对小君说:"你一会儿跟小姐说说。"

小君嗫嚅:"大少爷……我……我不知道该怎么说……要不我去叫我妈,我妈……"

璟琛登时无语。

"去洗一下。"他轻轻推了推璟宁。

璟宁偏就犟起来:"不去!你不跟我道歉我就不去!我要死在这里,你们谁都管不着!"

"好吧,我错了。"

"你怎么错了?"

"昨天不该骂你,对不起。"

"那你为什么叹气?你心里不愿意道歉的,你不觉得你错了,我知道!"她呜咽着申斥。

他用手指拭去她的泪水:"对不起,我错了,再也不会惹你难过了。你去洗个澡换身衣服,我一会儿再跟你好好赔礼,行不行?"

"今天我不想上学去!"小姑娘抓住机会,立刻得寸进尺。

璟琛抬头望向天花板:"中午都过了,还上什么学!"

他坐在床边,怔忡不宁,不清楚小君有没有跟她解释,小君自己也只是个不懂事的黄毛丫头,又能说出什么所以然来?继母不在家,遇到这些女孩儿家的尴尬事,真是让人头疼。

等了一会儿,璟宁从浴室出来,换了身衣服,慢吞吞走到他面前坐下,垂着头,乌黑的头发闪着柔和光泽。

沉默了片刻,还是他先开口,指了指她书桌上的托盘,说:"吃饭。"

她不爱吃面包皮,他便将吐司四周的硬皮撕掉,用柔软的瓤儿蘸了热牛奶递给她。她接过,小口小口嚼。

他安静地看着她,轻声说:"那银锁……是我母亲的。"

"我不知道。"璟宁眼圈一红,"我之前不知道的。我以为她的东西都在广州……这是我在库房里搜到的。"

"我不是怪你,昨天我确实心情不好。平日就是怕看到它想起我母亲,所以才收起来放进了库房。老家失火了,很可能我母亲留下的所有东西都没有了。"

"对不起,大哥哥……我以后不会再碰它了。"她的大眼睛水汪汪的,"我不想让你难过。"

"嗯,我知道。库房的钥匙在我身上,你怎么进去的?"

"那天家里换梳妆台,云升出去的时候忘了关门。"

"以后不要随便进去了,里头灰尘多。"

"我不会再去了。"她从衣兜里将银锁拿出来,放到他掌心,"这是你最珍贵的东西,还给你。"

他没有接,凝视着她的小脸,轻声说:"送给你吧。"

"可是……"小姑娘露出很懂事的表情。

"那好,我把它放回去。"璟琛于是伸手。

她猛地把小手往回一收,将银锁又揣进衣兜里,小声说:"嗯……我觉得还是我来保管比较好,你放心,我会好好爱惜的。"

璟琛呵呵一笑,揉了揉她的脑袋。

璟宁看着他,忽然说:"大哥哥,这世界上再也找不到一个人有你对我这么好了。"

"傻话。父亲母亲呢?你二哥呢?他们对你没我好?"

璟宁憨憨地笑了。

他心中漾起一阵涟漪,却不知这涟漪催起的是温暖还是莫名的凄楚,见她脸色不太好,担心道:"肚子还不舒服吗?来,多喝点热的。"

璟宁捧着杯子乖乖喝热牛奶,轻轻在椅子上挪了挪位置,过了一会儿,可能是坐得不舒服,又挪了挪,抬起头,见他怔怔地看着自己,奇道:"怎么了?"

璟琛低下头,拿起一片吐司撕着皮,轻声说:"怎么这么不爱去学校?谁欺负你吗?"

璟宁哼了一声:"谁敢欺负我?不过有个讨厌鬼罢了。"

他无心管这些小孩子间顽皮斗气的事,淡淡一笑。

〔三〕

次日,云秀成带着十五岁的女儿云琅来到潘公馆。璟琛正听云升汇报当日晚饭菜式,秀成走进来,笑着打断:"别张罗了,我带你们出去吃。"

璟宁立刻拍手叫好,璟暄则连问舅父出去吃什么,秀成没急着回答,对女儿道:"怎么不叫人,非要我拉你过来的,现在却成了个哑巴。"

"谁说要过来啊。"云琅俏丽的鹅蛋脸上露出恼意,纤纤素手揪着衣裙的一角,镶着水钻的领子闪着微光,她紧张地瞅了璟琛一眼,低低叫了一声:"大表哥。"

璟琛温柔一笑:"云表妹。"

"我呢?"璟暄嬉皮笑脸道,"这丫头眼里只有她大表哥一人。"

云琅走过去拉着璟宁的手,说:"俄租界那边新开了一家番菜馆,我爹说带我们去那儿吃。"

"好吃吗?"璟宁道。

"舅舅选的馆子,味道自是不用说的。"璟琛说着,再次温和地看了云琅一眼,云琅眼中满是喜悦。

璟琛亲自开车,秀成坐在旁边,璟宁、云琅和璟暄则挤在后座,一路欢声笑语。

秀成问:"阿琛,定的什么时候去英国?"

"七月初就出发,坐船要许久呢。"

"路程不近,你晕船吗?"

"不晕的。珠江边出生的人会晕船,说出去就成笑话了。"

"瞧我这记性!"秀成轻轻捶了捶额头,忽又讶异道,"咦,我怎么记得好像你去年就说要留洋去,为什么今年才走呢?"

璟琛无奈地笑道:"父亲非要我再晚一年去,一拖再拖,他知道我并不太愿意学经济,对我留洋本是不赞成的。其实我现在心里也还是悬着呢。"

"那你学什么?"

"就只想学语言,报的英文系。"

秀成点头道:"你是长子,你父亲对你很上心,舍不得你嘛。"

"我还年轻,不想太早就定下这辈子要做的事情,舅舅,说不定到时候还得靠您帮我劝劝父亲,万一临了他又反悔不让我走。"

秀成正色道:"求学是件大事,年轻人嘛,也该有些自己的主张。我站在你这一边,支持你!"

璟宁大声反对："千万别听大哥哥的，最好他再晚两年出去！"又补上一句，"这也是为云姐姐好！对吧云姐姐？"说着朝云琅挤挤眼。

云琅垂下头："我听大表哥的。"

璟宁瞪着眼睛："你不是舍不得他走吗？那天还红着眼睛说呢！"

"谁这么说了？"云琅又羞又急。

"我作证，有人为这事还哭了鼻子！"璟暄笑着插嘴。

璟琛开着车，微笑不语。秀成的目光在他俊美的侧脸扫了扫，这少年肤色白皙，睫毛深长，俊朗中透出秀气，只有眼角的轮廓分明，有着典型岭南人的特质，显得亲切温和，而这温和中完全见不到一丝风霜气，正是年富力强、养尊处优的公子哥儿模样。云秀成心想：这孩子说自己是广东人，倒也没什么错，潘家是乾隆年间就从福建迁往广州的，他母家虽是地道的湖南籍，但也在光绪年间定居岭南，这样貌应当随他母亲多一些。

番菜馆在俄租界，厅堂宽阔，装潢华丽，因刚刚开业，门口摆好几个大花篮。秀成早订好了位子，侍者将一行人引至二楼靠窗的空位，从有着精致雕花的大窗向外望去，暮色中只见一片高大繁密的梧桐，映着红色砖墙之上的夕阳之色。

就座前，云秀成微微屈身向邻桌的几个客人打了个招呼，对方是一中年绅士和一个女眷，带着两个小孩，大的那个十三四岁左右，小的那个估计不到三岁。那绅士神情慈祥友善，向秀成微笑还礼。璟宁本玩着云琅适才摘下的珍珠耳环，随舅舅的目光看过去，小脸却突然一板，弯弯的眉毛皱了皱。

云琅问："怎么啦？"

璟宁撇着小嘴道："有个讨厌鬼！瞧，就是那个油头滑脑的男孩子，我们一个学校的，叫孟子昭，顶烦人的一个家伙。"

云琅见那小男孩眉眼秀气，白净斯文，穿着白色衬衫，领结打得规规整整，小背脊挺得溜直，完全是个乖孩子模样，于是转头瞅了眼表妹，心中暗笑：说不定你自己淘气去烦人家倒是真的。

"那位孟先生，我在洋行见到过。"璟暄对身旁的璟琛悄声道，后者没有应声，像是没有听见。

倒是云秀成轻声回了一句："那是大钧船业的掌门人，说是汉口的船王也不为过，和我们普惠向来有往来的。你哥哥对生意不感兴趣，自是不熟了。"

璟琛正看着菜单，好像这才意识到他们在和自己说话似的，抬起头歉然说："不好意思，舅舅，您说什么？"

秀成哈哈一笑，说："我说，这家的主厨是从哈尔滨请来的名厨，一会儿咱们得好好尝尝他拿手的白汁牛排。"他似乎很高兴，聊起汉口他熟悉的几家西餐馆，如数家珍，哪家的厨子是从"万家春"挖来的，哪家又学着上海徐氏的"美丽华"，配上客房厅堂戏院，做得跟中餐馆一样，菜却一般般；又说起有一次被盛棠带去上海公干，突发奇想要去小馆子尝尝，还真在北四川路找到一家破旧的小馆，一份鸡蛋色拉也不过七角钱，黑面包两角五分一个，一块钱就够两个人吃饱了，后来干脆每天都在那馆子里吃，吃的花样换来换去，一周下来花的钱也不过二十多块。

璟暄藏不住话，脱口道："舅舅，我爹一向抠门，他是舍不得花钱才带你去找小馆子。"

秀成和云琅都笑了起来，璟琛瞅了一眼璟宁，见她心不在焉，不是以往风格，不免有些奇怪。

菜一道道上来，味道粗犷浓烈却不失美味，璟宁有点恍惚，碗里的汤刚喝两口，眼睛就忍不住往邻座瞟，那一头孟子昭目不斜视，彬彬有礼，浑无学校里顽皮样儿，她想起他往自己书桌放虫子，将恶心的鼻屎搓成小丸子放进药瓶送给女生，不由得冷笑："装得可真是人模狗样。"

云琅在她耳边戏谑道："干脆过去坐一块儿，眉来眼去算什么呢？"

"我哪有？"璟宁愤然道，手中的小叉子不住地戳着盘中的牛肉饼。

"宁宁，"璟琛修眉微蹙，提醒她，"别没个吃相，惹人笑话。"

璟宁忙低头，安安静静地吃了一会儿，眼角又瞥到那边去了，侍者正撤着餐碟，孟子昭身旁的那个两岁小男孩不知为何哭闹了起来，女眷哄着："瞻瞻不哭，不哭，唉哟，羞人哦！"

048

小娃娃舞着手,哭得四座皆惊,食客们都好奇地把目光投过去,却听那女眷斥道:"昭昭,谁让你把那么多胡椒洒在弟弟汤里?"

"我没有!"孟子昭申诉道。

瞻瞻哭着用小手指向子昭:"哥哥!哥哥!"

"小滑头!还想狡辩。"孟先生在孟子昭额头上敲了一记。

孟子昭啊地叫了出来,眼睛滴溜溜转着,适才温雅文静的小公子,刹那间变成了一个顽童。

璟宁哧地一笑,心道:"现形了吧?哈哈。"

吃完饭,一行人去大堂取衣服,不久孟家人也下了楼,云秀成轻轻拍拍璟琛的肩膀:"走,跟我去打个招呼。"

璟琛暗暗讶异,要是往常,秀成多半是叫着二弟,但这次却把璟暄支到外头去等车,对孟先生介绍他:"这是我大外甥,潘家今后的顶梁柱!"他声音洪亮,丝毫不掩饰对璟琛的欣赏,引得大厅中其他客人好奇地看过去,云琅何尝不以英俊倜傥的大表哥为骄傲,此时心里更是美滋滋的。孟先生亦赞道:"真是一表人才的小伙子。"

璟琛很不好意思,低声道谢,见许多人朝自己看过来,神情甚是局促。

璟宁无聊地坐在长椅上,用小手描摹茶几上青花瓷瓶的花纹,忽然肩膀微微一痛,有什么东西砸了过来,再骨碌碌滚到腿上,原来是一颗彩色糖纸包好的水果糖。

"潘家小妞,"孟子昭站在面前,两手交替着把几颗水果糖掷来掷去,"不是说生病了吗,好得这么快?瞧你今天吃这么多,是装病逃学吧?"

璟宁怒道:"我吃得不多!不像你这样的饭桶!"

"牛排,肉饼,麸皮面包,小蛋糕,椒盐鸡块……"孟子昭一样样回忆,"对于一般小妞儿的食量来说,你才是个很称职的饭桶。"

璟宁万料不到他不声不响竟然注意到自己吃了多少,很有些惊奇,但他的讥诮却让她大怒,涨红了脸,将水果糖用力朝他扔过去,孟子昭笑嘻嘻接住,又掷还回来,不偏不倚击中她的右肩,落在她手里。

"生什么气呢？你不在学校，我天天为你担心，谁让你是我的小情……啊呀！"

他突然惨叫起来，原来是孟太太走过来揪住他的耳朵，向上一提："就知道你爱在学校欺负同学，今天算是被我抓了个现行！还不快给潘小姐道歉。"

"什么潘小姐……小妞一个……啊！"孟子昭兀自犟嘴，孟太太手越发使力，他不得不屈服，脸皱成一团，"好了，对不起，密斯潘！妈妈，放手，放手！我疼！"

璟宁看着他狼狈的样子，轻轻跺脚，哈哈大笑。

孟太太把儿子手里的糖全给了璟宁，笑道："潘小姐，以后昭昭要再欺负你，你只管来我这儿告状。"

"谢谢伯母。"璟宁笑靥如花。

孟太太打量着她，很是喜欢："昭昭平日里太过淘气，肯定给你添了许多麻烦吧？要不这个礼拜日，你叫上几个要好的小朋友到我们家来玩，我给你们准备好吃的，行不行？"

璟宁忍不住咯咯一笑，心想，你儿子这名字真是奶声奶气的，逗死人了；又觉得自己在长辈面前不能没礼貌，见孟子昭朝自己翻着白眼，好像很不愿意她接受母亲邀请似的，便故意道："太好了，谢谢伯母！我还真是很想去你们家，和昭——昭一起玩！"她甜甜地拖长了音调。

"好啊，那一言为定！"

"宁宁，车来了。"是云琅在门口叫她，璟宁忙向孟太太告辞，朝愁眉苦脸的孟子昭挤了挤眼睛，转头间，见璟琛跟在舅父身后走出来，她连忙跟了过去，手中紧紧捏着那几颗糖，琢磨着到学校里好好把孟子昭的丑态宣扬一番，露出得意的笑容。

"他就是你说的那个讨厌鬼？"待她走近，璟琛问。

璟宁嘻嘻一笑："如今是个倒霉鬼啦。"

"给我吃一颗？"璟琛指了指她手中的糖。

璟宁莫名地犹豫了一瞬，很快，笑着拿了一颗糖递给哥哥。

"跟你开玩笑呢。"璟琛却没有接，对身边的云琅笑道，"我这妹妹最爱吃甜的，以后没准跟那些白俄女人一样，变成大胖子。"

云琅扑哧一笑。

璟宁待要分辩几句，这时从旁边忽然蹿出一人，璟琛忙探过身子挡在她面前，那人直直撞在他胳膊上，把他撞得往后踉跄两步，那人回头，是个面黄肌瘦的中年人，文员打扮，口里连说对不起，着急忙慌地跑了。

"大哥哥，你没事吧？"璟宁急道。璟琛摇摇头，云琅掏出手绢要给他擦衣服，他手一抬似要阻拦，想了想，还是任由她拿手帕子在自己胳膊上扫了扫，云琅双颊晕红，向他嫣然一笑。

〔四〕

夜色昏昏，他斜靠在床前，翻阅着手中的相册。相册里第一张是他刚出生时照的相片：戴着虎头帽，穿着小袄子，是个眼睛很大的胖娃娃，年轻的母亲抱着他，那时她大概只有十七八岁，神色安详，秀美的双眼带着盈盈的笑意，嘴唇描成一点红，黛眉如画，发髻油亮，佩戴着精致的银饰。

一页页翻下去。

三岁：照了一张全家福。父亲着深色洋装，俊逸英挺，是个强势自信的男人，母亲柔弱温柔，虽然有着罕见的美丽，但在父亲面前却显得局促谦卑。而小小的他，第一次穿上小西服，带着憨憨的笑容，将身体靠在母亲的腿上。

四岁：还是全家福，那张照片很特别，父亲抱着他，他因而露出又惊又喜的表情，而母亲眼中却是说不出的疲惫。这张相片照下后不久，母亲生了一场大病，不久后去世。

六岁半：母亲已去世近两年。依旧是一张全家福。母亲坐的那个位置被另一个女人取代，而他的身边也多了两个孩子。三个小孩站成一排，璟宁拍照前哭闹过，鼻子是红的，可惜照片上看不出来，她鼓着腮帮子，气咻咻的，还是他把她哄好的，那时他已经学会了懂事以及隐忍。

之后便再也没照过全家福了，不过三兄妹却依旧照了许多合照。

他们曾按一种最流行的姿势拍过照，他侧立最左边，单手叉腰，脸朝着正前方，二弟站中间，同样的姿势，只是把手搭在他肩上，妹妹最右，把手搭在璟暄肩上，可惜她个子太矮，要微微踮起脚才行。这个姿势滑稽到了难以想象的地步，因为他们还穿着不知道是哪一国的水手服，戴着水手帽，帽檐后垂下两条飘带，水手服没有女装，璟宁打扮得像个小男孩。

照片洗出来，璟宁说："我们是三个傻瓜！"

她伸手要把他手中的照片撕掉，他却把手高高扬起，不让她得逞。

其实要说可笑，应该是他最可笑才是。那年他都十三岁了，已经算个小大人了，按理是不该拍下这么幼稚的相片的，岂止是幼稚，简直蠢不可及。可不知道为什么，他竟然将这张相片好好地保存至今。

十三岁……如今，连最年幼的璟宁也已经十三岁了，成了一个动人的少女，慢慢地她将会长成一个美丽的女人，像绽放的花朵。

"叮……叮……"

一只飞蛾循光而来，在琉璃灯上盲目地飞撞，发出轻轻的响声，他抬起头看了它一会儿，眼眸中泛起沉沉的浪。

他起身走到盥洗室，墙面往里嵌了一个小壁橱，放备用的洗漱用具，窄小而封闭，璟琛将小橱子里的灯拉亮，然后回到卧室，关掉了卧室的灯。

飞蛾很快循着光线飞进了盥洗室，璟琛跟着它走进去，将盥洗室的灯关掉，于是飞蛾便立刻飞进了有光亮的小橱子里，不停盘旋，继而停在壁上稍作休息。璟琛将小橱子的灯绳一拉，登时一片黑暗，他飞快将小橱子关上，继而不慌不忙分别打开盥洗室和卧室的灯。

夜很静，静得能听见那只飞蛾不停撞着门的声音，一下，一下，再一下，因为它透过缝隙看到了光，所以不懈地撞着，但它再也进入不到其中，只能被黑暗慢慢吞噬。

璟琛躺到床上，将相册掷到一边，待那细弱的撞门声完全消逝，他也酣然进入了梦乡。

第三章
迷讖

〔一〕

潘盛棠夫妇终于从广州回到汉口。门厅里堆满了行李箱，璟琛盯着佣人们归置收拾，大管家何仕文在一旁微笑看着，并不出言干涉，站了一会儿，自向云升问了问府里的情况。

盛棠很疲惫，眼睛里血丝密布，先把三个孩子叫到身旁，挨个问了问学业，才上楼补觉去了。璟琛看着他的背影，神色甚是担忧，云氏安慰道："临行前他陪着你几房叔伯喝了几杯，你知道的，广东那边大晚上都还在吃饭，他好久没回去了，不太适应，上了船后就不太舒服，不过也没什么大事，让他歇会儿。"

"嗯。"璟琛微笑道，"母亲也辛苦了。"

云氏坐在沙发上，温柔地注视着正在箱子里翻找礼物的女儿，璟暄则在镜子前试穿母亲在广州给他定制的新衣服，洋服是兄弟俩一人两套，璟琛因要出国，云氏还特意为他买了个厚实的大皮箱。璟琛见她面色疲乏，便劝她也去休息，云氏笑说："离了你们这么久，如今就这样看着，哪怕不说话，心里也是安逸的。阿琛，喜欢我给你买的箱子吗？是老匠人的手艺，结实好用，又还好看，连洋人也买的。"

"谢谢母亲，我很喜欢。"璟琛微笑道。

"妈妈，这是什么神仙？"璟宁从行李箱中拿出个五寸大小的瓷人儿：一个胖乎乎的小老头，做员外打扮，手里捧着一个如意。

云氏笑道："是佛山的陶瓷，我见它精巧可爱便买了，一套三个，是福禄寿三星，你手里拿的是福星，箱子里还有两个，是寿星和禄星。"

璟宁哦了一声，果然从箱子里又翻出两个憨态可掬的瓷人儿，一并放肘弯里抱着走过来，云氏嘱咐道："小心小心，别摔了。"

璟琛伸手去接，璟宁抓起胖乎乎的福星要往衣兜里揣："这个我喜欢，我拿走了。我不做官，也暂时当不了老太太，那什么禄和寿就给你们随便谁吧！"

云氏脸上腾地变色，斥道："快打嘴巴，说什么呢！"抬手在她嘴边打了打，"哪有这么咒自己的。"

璟宁的话完全是无心而发，她想了想，也觉得说得不对，空出右手在母亲绛色衣角摸了摸："我摸摸红就没事啦！"

"以后说话一定要长点脑子，晓得忌讳！"云氏瞪了她一眼。

"知道啦！"璟宁笑嘻嘻地说。

这时璟暄走过来，嘴里说道："什么好玩东西？我瞧瞧！"一弯身子，手肘在妹妹肩上一撞，福星砰的一声落到地板上，碎成了两半。

屋子里顿时鸦雀无声。

云氏的脸色极是难看，指着女儿怒声道："你瞧你，瞧你干的好事！"又看看璟暄，气得眼角都红了，"你们兄妹俩真是，什么时候才能让人省心，啊？！"

璟暄撑嘴道："不就是个小摆设，再买一个配上不就行了，也值得妈发火。"

璟宁木愣愣的，想着自己刚刚才说不要"禄"和"寿"，如今连"福"也碎了，这兆头可当真不好，咬着嘴唇半晌不吭声。璟琛见她蔫蔫的模样，把碎片拾起，对云氏道："老天爷和神佛菩萨不是那么小气的，怎么会跟小孩子计较？母亲，别担心了。"不知为何，心里一热，涌出一句话，"若是宁宁有什么灾祸，自有我替她挡着。"

璟宁心中一热，抬起头凝视长兄，怔怔不语。

云氏叹了口长气，说道："你总是这么懂事！"

璟暄见气氛缓和，将沙发上剩下的两个瓷人儿收好，嬉皮笑脸道："妈，不要怕，大哥刚才说了，我和宁宁有什么灾祸有他来挡。"

云氏说："不长良心的东西，你大哥又不是庙里的哼哈二将，即便是，也差你一个跟他做伴。"

璟琛微笑道："二弟，我说的可是给宁宁挡啊，你不算在内。"

璟暄捶了捶胸口，假哭道："太伤人了！"

云氏扑哧一笑，璟宁愁眉苦脸道："我不想有灾祸，更不要大哥哥为我挡。妈妈，我们想点什么办法吧。去教堂？还是去寺庙？做个法事行不行？"

云氏给女儿抹了抹额前蓬松的刘海："过两天我们去归元寺祈个福，消消灾。"

支开儿子和女儿，云氏把璟琛叫到身旁，嘱咐道："这段时间你们三个得注意安全，潘家不是很太平，我和你父亲提早回来，也是因为担心。"

璟琛惊道："难道出了什么事？"

云氏幽幽地说："潘家的老宅都被烧了，还不算出事？那件事倒也罢了，你父亲该处理的都处理了，现在余下的才是真正的麻烦。"

璟琛迷惑不解，失笑道："潘家人都是老老实实的生意人，哪会惹什么麻烦。"

"真是傻孩子呀，怨不得你父亲总是不放心你。"

璟琛心里一动，也不过笑了笑。

云氏蹙着眉，好像憋了许久似的，掏心掏肺地说道："这全天下最容易惹麻烦的，不就是生意人？官非、匪患，哪一件生意人躲得掉？当年富甲广东的郑庭官，不就是败在这两件事上头？老宅失火，你父亲刚到广州，就收到有人寄的子弹，把我吓得半死！"

璟琛脸上变色："子弹？这可真是有点吓人了！"

"潘家生意越做越大，在汉口是外来人，在你们广东老家又招人嫉恨，朝我们打歪心思的人多得是，有什么意外的？你父亲当年买了那辆车后来又卖掉，不就是为了尽量低调些，不要太过招摇引来祸患。后来那辆车卖给谁了你可还记得？"

璟琛赧颜笑笑："我那时不过四五岁，还什么都不知道呢。"

云氏抚着天鹅绒窗帘垂下的流苏，缓缓说："我这一心急，脑子就乱了。唉，辗转来去，其实最后是卖给了郑家，也恰恰是因为它有着全广东第一号牌照，又是广州的第一辆汽车，太过引人注目，郑庭官最后被连车带人给劫了，横死在荒郊野岭，郑家不也就接连败了吗？我和你父亲现在担心的也就是这样的事情。"

"母亲和父亲顾虑得是。"

云氏看着他："琛儿，这段时间好生照料弟妹们，把他们管住别乱跑，即便去哪里，你都一定要陪着，有你在我好歹能安心一些。"

"母亲尽管放心。"

说这么多，其实云氏是有私心在里头的。她虽待璟琛亲厚，但毕竟亲疏有别，真正顾念的也还是自己生的那两个孩子，不过这个潘家长子算是懂事的了，从小到大对两个弟妹无微不至，有时候璟暄璟宁犯了错，他也总是挺身而出为弟妹代受责罚。云氏又看了璟琛一眼，见这少年垂首而立，恭敬谦卑，宛然便是多年前初见时那个乖巧听话的小男孩模样，不知为何，心中竟隐隐升起一丝歉疚。

〔二〕

潘盛棠午睡之后习惯在花园的露台喝盏茶，璟琛早就在那儿候着了，盛棠走过来的时候，璟琛正拿着把剪子，认真修剪着紫檀方桌上的一小盆基及树，刀口映着阳光，很锋利，而执着剪刀的少年又是那么温柔俊美，尤其是那双清澈的眼睛，从侧面看，真如水晶般透亮深邃。桌上另置有茶船，茶房四宝亦早就备好，当日的报纸熨得平平展展放在一旁，盛棠驻足片刻，轻轻咳嗽一声。

璟琛闻声，放下剪子，转身面向父亲恭敬行了个礼。

盛棠坐下，看了看那个小盆栽，微笑道："每次看到它，总想起我们的岭南老家。你呢？阿琛，想回去看看吗？"

"那边夏天太过湿热，还是这里好，天气跟人一样，有分明的个性。"

"嗯，有道理。"

"父亲请稍坐片刻。"璟琛从怀中掏出一张干净的手帕，将桌上的碎枝抹到里面，倒入不远处的垃圾篓中，再去里间屋子里，洗了手走出来，坐到盛棠对面，将衣袖轻轻挽起，一面在小风炉上烧水，一面笑道，"福建茶园前天来了人，这是新进的永春佛手。"

盛棠点点头。

水开了，璟琛淋洗茶碗，冲茶斟茶，动作干净利落，姿态更是美好，盛棠凝视了他一会儿，将目光移开，闻了闻茶香，感叹道："广州已经很热了，这里的春天却好像才刚刚开始。"

"前些日子一直在下雨，不免凉了些，可父亲一回来，天就晴了。"璟琛粲然一笑，日影摇晃，晴光耀眼，可林木郁郁葱葱，掩住了尘嚣，他不自禁吟道，"浓荫满地清似水，岚气当襟静如人。"

盛棠抿了口茶，缓缓道："你文绉绉的样子，让我又是喜欢，又是犯愁，琛儿啊，有时候我就想，你这孩子究竟随我哪一点呢？"

璟琛不明白他为何突发此语，愕然地看着他。

盛棠侧首，眼睛微微眯起，观察着儿子的表情："你哪一点和我最像？你自己知不知道？"

少年目澄如水，接过他递来的茶杯，为他重新斟茶，忽然轻声一笑。

"笑什么？"盛棠眉毛一扬。

璟琛用拇指、食指和中指稳稳端住茶杯，清亮的茶水将满未满，一滴未洒，他将茶杯缓缓放置盛棠面前："就这一点像。"旋即抬头，眼中满是笑意，"父亲，这十多年，我一直在一件事情上下功夫，而这件事情恰好是父亲最最擅长的。"

"哦？说来听听。"

"一个字：稳。"

盛棠似乎很高兴："那你的功夫下得怎样？成绩如何？"

"儿子远不及父亲万一，还要更加努力。"

"为什么要单挑这一件事下功夫？"

"儿子资质愚钝，能学到一样就算一样，学好了，就是莫大的福气。父亲曾说过，一个真正明白'稳'的含义的人，就是最令人忌惮的人。"

"小孩子家，想让谁忌惮呢？"

"儿子不想让谁忌惮,只想和父亲一样,稳重、踏实……无所畏惧。"璟琛嘴角轻扬。

盛棠低头喝茶,忽而笑了笑:"好,很好。可惜你不属意从商,倒是可惜了。"

说到这里,璟琛就不好再接话。

盛棠道:"我从来不反对你读书,你祖父当年也曾读书万卷,下南洋、去欧美,精通多国语言,在商界也是个大才子。我只是希望你能明白,读书固然好,但不能沉迷进去,一定要学会从书本上抬起头,看看周围你生活的这个世界,学会务实,知道自己今后应该往哪个方向奋进。我不愿意看到一个年轻人混混沌沌,一味地排斥自己不喜欢的事物。"

璟琛小声说:"其实,我觉得是生意在排斥我。在洋行那几个月,真是用了心要去学去做的,可只能怪自己没有天分,待一个月,不如二弟在那里玩一天懂得多。"

盛棠深沉的眼睛在他宁静的脸上扫了扫:"秀成还是那样经常带着璟暄去洋行?"

璟琛笑道:"不,不,很少。就父亲去广州后,舅舅让二弟下学后去玩了玩,二弟高兴得不得了,回来说见了大世面,还说我们普惠以后要做珠宝生意呢。"

"这家美国洋行想在内陆挣点钱,就来找了找我。不过英国人一向看不惯美国人,我们潘家跟盛昌这样的美资洋行太熟了的话,保不定英国东家不高兴,所以这件事情暂时要保密,免得多生是非。你弟弟管不住自己的嘴,这毛病可大可小。你要多告诫他。"

"是!"

喝完了茶,璟琛正收拾,盛棠忽然道:"为什么一直不问我老宅的事情?"

璟琛的衣袖轻轻一颤。

盛棠拍拍他的肩:"不用回答了,我知道你心里怎么想的。你母亲那几间屋子没有事,即便有事,我也会让它们恢复原样。她的东西,你小时候的衣物玩具,也都在那边好好收着,没有人乱碰。"

嘉树清圆，一阵微风吹过，带来一丝凉意，璟琛的脑海中漂浮着一些零散的影像：小小的孩童，在母亲陪嫁的一张雕花大床上玩耍，那张床真大啊，大步三进，精致的隔扇分出门厅，往里走先看到妆台，到最里头才是床榻，越往里越香，是湿热的空气烘出暖暖的肌肤之香，他趴在枕上，看到年轻的母亲披散一头浓密的秀发，袖子半挽着露出一截雪白的手腕，慵懒梳妆，偶尔回头朝他微笑，如塘中艳丽的芙蕖。

床上靠里一侧全是他的玩具：木车，小刀小剑，小算盘，甚至小皮球，他用胖胖的小脚踢着皮球，皮球飞到雕刻着神仙与祥云的床壁，反弹到他的怀抱中。这张大床就是他的国，有母亲在，他就像包在坚实松果中的松子那般安全踏实，有母亲在，他就是王子，即便只拥有这一个角落可以玩耍，也快乐如在天堂。可后来王子长大了，却渐渐意识到这一切的背后有一个现实到残酷的原因，那是一种同属于他和母亲的，凉到骨髓的孤单，与寂静。

这孤单与寂静，与眼前这个人，他的父亲，有关却又无关。

璟琛轻声说："她曾经一直等着您，一直等，等到死。"

宛如被灼烫了一下，盛棠的眉头一蹙，有一瞬怒意闪过，可眼前这张年轻精致的脸庞，又分明似与记忆中芙蕖般的女子重合，他的目光变得柔软。

"我那时小，可我什么都知道。"璟琛直视着他，嘴唇的轮廓渐渐清冷。

"还在怨恨我？"盛棠微微抬颔。

璟琛重新收拾起茶桌，一边收拾一边缓缓道："母亲曾经告诉我，她未嫁之时，外祖父对她说：人若不好，不如不许。她是外祖父唯一的女儿，也是最受疼爱的一个孩子，外祖父的意思就是倘若她今后要嫁的不是良人，还不如不嫁，娘家养她一辈子。可母亲依旧嫁给了您。"他抬起头，淡淡一笑，"母亲到死都没有怨您，到死都把您看作良人，父亲您说，我又为何还要怨恨呢？"

盛棠心底五味杂陈，眼中掠过的一丝伤痛，映在少年星闪如焰火的目光中。虽然被掩饰得很好，可依旧没有逃过璟琛的眼睛。他是痛的。这么多年过去，他依旧是痛的，如同璟琛自己一样，尽管他们心中的痛或许并不相同。

父子俩默然以对，谁也没有再说话。

过了一会儿，何仕文过来通报："老爷，佟爷来了，在书房候着。"

佟爷的名字叫佟春江，是汉口同袍会的首领之一。

会党公口之设，原为举全国义士之力推翻清朝，可惜门槛甚低，各色人混杂，良莠不齐，名为共和的国家，是本不应容纳末流之弊的，如今弊端逐渐显现，民众不免颇有怨言。可这佟爷和其他黑道流氓人物有些不太一样，此人头脑精明，言辞温文尔雅，更像个斯文士绅，十来年前支持过武昌首义，民国后，民间帮会乱流居功自傲、招摇滋事，佟爷却适时表明了态度，与军政府主动拉拢关系，帮他们摆平各种大小乱子，同时花重金兴学义教，支持慈善事业，背地里又在租界各巡捕房培养着极大势力。如今他已经算归隐状态，但依旧是黑道白道都认的重要人物。

而现在盛棠竟然请这个人到家里来。

盛棠定定神，站了起来，临去前忽然回头。

"阿琛。"他像他小时候一样叫他的名字。

"嗯，父亲。"

"你啊，太年轻了。"盛棠笑着拍拍他的肩，转身离去。

璟琛漠然站立，眸光一掠园中的暮春盛景，习惯性地淡淡一笑，可这笑容转瞬即逝，与年龄极不相符的冷静似乎让他自己都厌恶了，于是他拿起剪子，重新修剪那个小盆景，刀口与坚硬枝干磨出脆响，传入耳中，终带来一丝快意。

第二天起，潘公馆门口的保卫就多了许多，有几个据说就是那佟爷的手下，法租界的巡捕则时不时会在公馆外头转悠，哪怕盛棠带着云氏遛个弯儿去附近的德明饭店喝下午茶，可能不经意间，就有个巡捕从某个拐角走过来，一面含笑着打招呼，一面有意无意地跟在后头。

璟琛早有心理准备，倒也没什么，唯独与蕙兰单独接触的机会少了，但在璟宁的钢琴课上，两个人总还是有机会照个面。活泼顽皮的璟暄和璟宁则大受约束，每天除了学校便是待在家里，提出抗议却反被责备，连宠爱他们的云氏都不站在他们那一边。

璟暄私下极是不满："也不过就是上海闹点事，这边风平浪静的，值得这样小题大做？"

盛棠对于家中加紧防卫一事，给出的理由只是说时局动荡、小心为上，这个理由，是大家都不得不认的。而恰恰在几天前，上海一家工厂的日本大班打死了一个工人，惹了众怒，学生和工人开始闹事，上海租界的巡捕抓了好些人，汉口这边闻风，气氛也有些紧张。

潘家是行商，从乾隆年间起，就一边应付官府，一边和洋人打交道，一口通商时期是赚得盆足钵满，可自《南京条约》一签定，中国开始五口通商，广州这个大商埠就从此开始走下坡路，十三行商人在官府与洋商的夹缝间艰难求生，咸丰七年，英法战舰炮轰广州，将海皮的十三行商馆烧得一干二净，潘家人不得不白手重来。商人对时局的变化总是敏感的，更何况历经动乱跌宕的潘家人。因而璟暄和璟宁虽年少，却并不是浑然不晓事，璟暄也无非是抱怨两句而已。

〔三〕

星期日，南洋烟厂外的空地上，早早就热闹了起来。草莽艺人支起了台子，卖小吃的小贩做起了生意，风日晴好，柳花扑面，空气中漂浮湿润的暖香，那是江城特有的香气，充满草木生发的蓬勃生命力，混杂着葱油饼、面窝等各式小吃冒出的香味，满当当的市井人情。

这一切都让璟宁快乐，而有一个人却好像并没有她那样的好心情。

"挑完了没有？"男孩站在璟宁身后，局促地左瞧右瞧。

璟宁半蹲着，在一个小贩的竹篓中挑着一些小玩意儿：木葫芦、木梳子、红线坠儿、花布钱包，挑好了，就放在膝上搭着的花布手帕里，白皙的额头微微冒出了汗，低垂着头，长长的睫毛被阳光染成了霞色，她说："马上，马上。"

孟子昭极不耐烦："烦人。"

璟宁慧黠一笑："饭还嫩着，就多煮一会儿，煮老了就好了！"

她放肆地嘲笑他的口音，孟子昭很生气，却只是冷笑，忽然伸手就要弹她的鼻梁，璟宁一张口："我咬！"

他慌忙把手挪开，璟宁哈哈大笑，继续在竹篓中翻选着。孟子昭略上前一步："哼，你今天算计了我，我可是记着账的。"

璟宁没吭声，她的头发不似往日在学校编成紧紧的发辫缠在脑后，而是披散着，用一根缎带系在额间发线之上，浓密柔顺，发尾微微卷曲，在阳光下茸茸地闪着光。他终还是飞快地伸手在她额上敲了敲，很轻，她也没反应，他便又敲，璟宁抓起一把木雕小玩意儿塞进他手里："谢谢你，这些送给你，再等等我好不好？听话。"

他说得没错，她确实算计了他。

她应了他母亲的约去他家玩，恰好借此摆脱父母兄长的约束，宛如脱了笼的小鸟，连带着这平日在学校里的小对头，在她看来也顺眼了许多。

孟公馆是在循礼门附近的一个两层小洋楼，房子半新不旧，是汉口再普通不过的那种小洋房，可璟宁进了大门，刚走了几步，便觉察到一丝不寻常之处。房子是很普通，可是花园却与另一家的花园紧密相连，连外墙都不曾有一个，花园中有亭台楼阁，曲水流觞，也有戏台、阁楼和长廊，往北看去，更有一个波光粼粼的人工湖，湖中置有精致的假山绿植，郁郁葱葱，宛如一个小岛，单看这个花园，若说富丽的程度，比潘家有过之而无不及。

那另一户人家，以前璟宁曾经坐车路过，父亲告诉过她，那是汉口鼎鼎大名的"刘园"，汉口的地王就住在那里，那位刘老板，当年在黎元洪面前说了这么一句："都督创建了民国，我创建了汉口。"就是那样的一个人物，汉口一大半的地皮都曾是他的。那么，孟家的花园为何会和他的花园连在一起呢？

璟宁讶异极了。

进了洋楼，屋子里的陈设简朴却不失雅致，孟太太先笑着迎上来，璟宁向她行礼问好，孟子昭慢吞吞走过来，见了璟宁，也不过冷淡地说了句："嗯，来了啊？"

孟太太瞪了他一眼："又装模作样？要我揭你的底吗？"子昭咳

了咳,极勉强地走到母亲身旁,孟太太又道:"你的礼貌到哪里去了?快跟潘小姐问个好。"

孟子昭似乎拿母亲很没有办法,抿了抿嘴,只好重新道:"你好,潘璟宁,欢迎你到我家做客。"

"这才乖嘛!"孟太太笑道。

孟子昭俊秀的脸红一阵白一阵:"妈妈,瞻瞻刚才找你呢。"

"兰儿呢?不是有兰儿哄着他吗?"

"不知道上哪儿去了,瞻瞻刚才要从床上爬下来。"

"你不早说!"

孟太太急急地便往楼上去了,不忘叮嘱儿子好生招待潘小姐。

"坐吧。"孟子昭故作老成地指了指沙发。

璟宁也不客气,坐下问道:"你家的花园怎么跟刘园是合一块儿的啊?"

孟子昭把果盘推到她面前:"刘爷爷这两年炒地皮欠了债,花园和这房子是他去年抵给我家的。我弟弟这段时间爱咳嗽,江边的房子太潮了,所以才搬了过来。"

璟宁抬脸看了他一眼,见他不像开玩笑,倒不知如何接话,便又问道:"琪琪和程远呢,不是说也要来吗?"

孟子昭把一只手懒懒放在沙发扶手上,似笑非笑看着她:"她们为什么不来,你去问她们呗,反正人家没来,你倒来了,还来得这么早。"

璟宁不跟他一般见识,她此时也有自己的打算,不再理他,端详起墙上一幅画框中的照片。照片中,一个干瘦的穿官服的老头旁,站着一排穿洋服、却拖着辫子的人。璟宁正打量着,孟太太抱着瞻瞻下楼来,笑道:"中间那个是李鸿章李中堂,左边第四个是随着他搞洋务的盛宣怀盛大人……"

不待她说完,璟宁笑道:"伯母,那右边第六个,是不是就是子昭的祖父,鼎鼎有名的汉口船王孟老先生呢?"

孟太太笑道:"璟宁眼力真好!这么旧的照片了,你也看得出来。"

"子昭的眼睛和孟老先生很像,有精神,有气度,亮得很!"

这句奉承话在孟太太听来十分受用,单手搂着璟宁的肩膀,亲热地说:"真是个甜嘴儿的姑娘,我要再有你一个这样的女儿就好了。"她怀中的瞻瞻笑嘻嘻伸手抓了抓璟宁的衣袖,璟宁任由他攥着,摸了摸他的小脸,笑着说:"伯母,我要有个瞻瞻这样可爱的弟弟就好了。"

"好啊好啊,你要是当我的干女儿,瞻瞻就是你的弟弟了。"

孟子昭大声咳嗽了几下,打断了她们的对话,孟太太含笑看了他一眼,又看了璟宁一眼,璟宁觉察到什么,小脸蛋不禁发热,心念一动,笑道:"伯母,你们的花园好漂亮,我能去看看吗?"

孟太太便叫孟子昭陪她去,又吩咐下人把点心水果都端过去,她自己却不凑上来了,微笑着目送两个孩子往花园走去。管家陈伯一直候在一旁,见状笑道:"太太,现在打这主意有些早了吧?都还是小不点呢。"

孟太太给瞻瞻理着衣领,微笑道:"潘家是汉口如日中天的大买办,我们孟家又是吃航运饭的,两家要真成了一家,岂不是两全其美的大好事?陈伯啊,你可不知道,越是小不点才越好打主意,我看这两个孩子处得不错。只要孩子们高兴,大人也就跟着高兴,这广东人嘛,说是不好打交道,其实也好打交道的。对吧?"

"您说得没错。"陈伯笑道。

花园再漂亮,璟宁的心思却完全不在那儿,走到湖边略站了站,问道:"这花园真是人家抵给你家的?"

子昭一愣:"我骗你做什么?别说这花园,就园中的戏楼子、茶室,也都给我们家用了。"

"那我们可以从这里一直穿过去?"

"那是自然,两家的门是通的,只是平时我们为了对刘爷爷表示尊重,从不曾在他家的门进出而已。"

"我如果想去那边看看,不妨事吧?"

"你要看就看呗。我可不是你的跟班儿。"

"那你在这儿等着我,我转转就回来。"璟宁巴不得他这么说。

她借机摆脱了他,直奔刘园正门附近的南洋烟厂。以前天气好的时候,璟琛就常常带她和璟暄去那里的集市看杂耍吃小吃,前几日逃学在家,本可以出去,偏生天气不好,自己身体又不舒服,可真是憋坏了。七绕八拐,向两个花工问了问路,总算还是摸到了刘园的正门。刘家的门房见到这陌生的漂亮小女孩,只以为她是孟家的亲戚,还向她热情地行了个礼。璟宁心中大乐,正要迈出门,却听门房又道:"孟大少爷,这是要去哪里啊?"

璟宁暗道不好,头也没回,加快步子便跑,却听身后急促的脚步声,手臂一紧,被人给拽住。

"敢耍我?你跑了我跟我妈怎么交差啊?"孟子昭额头上全是汗水,估计是追了她有一会儿了。

璟宁顺势挽住他的胳膊:"我就想去买点小东西,方琪琪过生日,要送她礼物。你陪我去吧,买了就随你回来。"

她主动凑过来,他却不好意思了,她早就看穿了他的性子,果然,他轻轻把胳膊挣脱了,歪着脑袋道:"从小贩那儿买礼物送同学,小气得可以。"

璟宁完全没有不好意思,大步大步往前走,一面走一面说:"方琪琪去年送我的梳子就是在这儿买的,还哄我说是好东西,哼,一块钱就可以买四个。今年肯定涨了价,算起来我现在买来送她,还亏了呢!"

孟子昭惊愕无比,瞪大了眼睛。

璟宁适时地接着说道:"我得多买点,去了学校比照店子里的价钱便宜三成卖出去,就能赚回来啦。嘻嘻,我把我下家都找好了,有好几个人要买呢!你也可以看看有没有什么可以卖给你那些狐朋狗友。"

子昭简直骇然:"潘璟宁,我服了你。"

"服了吧?再告诉你一个秘密。"

"什么?"

璟宁得意地说:"我四岁就会挣钱了呢。"

她煞有介事地告诉他，很小的时候，家里便教他们兄妹三人靠双手劳动挣钱，汉口的夏天多雨潮湿，台阶下墙壁上有许多鼻涕虫，父亲用一文钱收购一条小虫子，她和两个哥哥就都很有积极性地去抓虫子，装在瓶子里交给管家何叔叔，何叔叔再去向父亲换了钱给他们，二哥抓得最多，大哥哥抓得最少，她排第二。

"咦呃！"孟子昭发出汉腔浓重的感叹，抚胸皱眉露出厌恶的表情，但璟宁眼睛一弯，浅浅地笑了下，见到这般甜美的笑容，他情不自禁跟着笑了。

璟宁低头清理挑选好的小玩意儿，回想起幼年的往事，心中一阵温馨。

其实真正的秘密，是璟琛，她的大哥哥。

虫子抓得最多的人其实是他，他送了好些给她，分了一部分给璟暄，剩下的却并没有交给何叔叔，而是卖给了中药铺子，卖的价钱远远高于她和二哥挣的钱的总和。这是她和大哥哥之间的秘密，因为每次大哥哥挣了钱，总是会悄悄带她出去玩耍，给她买好吃的零食，包括她最爱的炒栗子。大哥哥支走佣人，带着她走出租界，一路走，一路给她讲故事，三个故事刚刚讲完，就到药店了。然后，她看着大哥哥跟那些药铺掌柜讨价还价，伶牙俐齿，神采飞扬，简直让她叹为观止崇拜不已，她甚至觉得等大哥哥长大了，或许是会比父亲还要厉害的大商人。

回去的路上，她问："大哥哥你还背我吗？"

"哈哈，哥哥挣了钱，我们坐黄包车回去好不好？"

他们坐上黄包车，在透明清澈的光影之中快乐穿行，一路上大哥哥少有的开怀，给她哼广东小曲，讲笑话，逗得她咯咯直笑，路过长春街，湖北话还很生涩的大哥哥忽然半立着身子，探出去朝路边一个牵着哈巴狗、穿着日式衣服的男人叫道："碶（吃）了你的狗子！"

日本男人茫然地看着他，小狗愤怒地大叫，大哥哥哈哈笑起来。她觉得十分好玩，也凑过去大叫："吃了你的狗子！"

他们闹成一团，黄包车夫忍俊不禁："你们这两个小伢快坐好，真是太调皮了!"

她笑得喘气都困难,小脸红扑扑的,他把她紧紧搂在怀中,抚了抚她的眉毛:"小栗子,高兴吗?"

"高兴!"

他剥了一颗栗子,送到她嘴里,明亮的眼睛一闪一闪。

"不许跟任何人说啊,这是我们的秘密。"

"嗯!"

渐渐长大,大哥哥有些变了,能与她共享的秘密也越来越少了,可那天他喂她吃的炒栗子又甜又暖的滋味,他温暖的怀抱和那清脆响亮的欢笑,她永远都不会忘记。

〔四〕

选好了东西,璟宁掏钱交给小贩,子昭其实早早地就把手伸进衣兜,想了想,还是任由她付了钱,解释道:"不是不想给钱的啊,你自己说了,这些是你送我的。"

璟宁白了他一眼:"婆婆妈妈,女里女气。"

孟子昭目中掠过怒色,立时就要发作,最后却只是咬了咬嘴唇,闷声闷气说:"潘璟宁,你但凡对我客气点,我都不会那么讨厌你。"

璟宁一时不知该如何应他这话,只在一瞬间迅速地回想了一下。

他们的学校是汉口唯一的一所男女同校的中学,男生多,女生少,学生所在的家庭多半非富即贵,也有少数普通人家的孩子。孟子昭一向不太低调,每日中午的伙食是由仆人单从家里送来的,而璟宁则是与其他同学一起吃学校的饭菜。某日午餐,孟家的仆人照常送饭来,几个开小灶的公子哥儿坐在专门的一张桌子前,烧猪蹄、粉蒸肉、烧鸭子、武昌鱼摆了一桌,全是好菜,贫寒人家的孩子就不免往那张桌子瞅,眼神里真是什么滋味都有,有个小姑娘朝他们看了一眼,被孟子昭看到,他就向人家招了招手,或许是好意,但璟宁听着他的语气却觉得不舒服。孟子昭笑嘻嘻说:"别看啊,来吃吧,坐这儿来。"

小姑娘尴尬得快哭出来了,璟宁怒道:"千万别去,我爹对我说过,吃得越好人越笨,只长肚子不长脑子。"又补了一句,"饭桶的成绩多半很差。"

子昭大怒，脸一下子红到了耳根，因为他的学业确实不太出色。从那天起，他就总是跟她作对。

此时，孟子昭的眼睛里除了不忿，竟然有一丝委屈，璟宁看着他，轻声说了句："其实我对你并没有恶意。"

也许他没有听见，因为他已经转身快步往前走，璟宁加快脚步追上他，他侧过头看她："干什么？"

"怕跟丢了。"

"你那么能干，跟着我干吗？"

"我是你家客人啊，我要丢了，你交不了差啊。"她笑盈盈地说。

"怎么来的就怎么回去，又不是不认路。"他虽这么说，神色已缓和了许多。

有悠扬的胡琴声传来。

是一对卖艺的祖孙。衣衫褴褛的老人费力地拉着琴，唱戏的小女孩一张小脸用廉价胭脂涂得通红，头发往后扎成一束，紧得露出细白的发线，璟宁看着都替她觉得疼。女孩时笑时哭，偶尔做出烟视的表情，白白的小手比出妖娆的姿势，她的口音很重，璟宁听了好一会儿，才琢磨出戏词：

"……东风化作西北风，万贯家财，金管玉笙，难为她，魂断啊，魂断瓜州……"

小女孩唱着，唱着，似要用尽她瘦弱身躯中所有的力量，可愿意听的人却不多，她并没有多少观众，唯独璟宁被凄凉的语调打动，心生荒寒，眼眶湿润。小女孩见她看过来，便与她认真对视，更加卖力地唱，璟宁安静地听她唱完这一出《杜十娘怒沉百宝箱》，待要鼓掌，掌声却提前响起，原来是孟子昭，他一边鼓掌一边大声叫道："好听，唱得真好！再来一个！"

璟宁向子昭微微一笑，也大声鼓掌叫好，人们渐渐围了过来。喧闹的声响之中，她和他的心却平静如湖，上面飘飘洒洒的是莫名的心意，如静美的花朵，连带适才因这天涯漂泊的歌声引发的忧伤，也渐渐地逝去了。

他忽然在她耳边轻声说了句:"你先看着,我去买点吃的,咱们一边吃一边看,好不好?"

他难得用这种懂事体贴的语气跟她说话,为掩饰羞涩,她只是目不斜视地嗯了一声,过了一会儿,他却又折回来,说:"喂,我不知道你想吃什么,要不跟我一起去?"

他目中确有一丝为难的意思,她还是随着他去了,卖小吃的摊子离得较远,她跟在他身后慢悠悠走着,看着他挺直的背脊,和他乌黑的发梢晃动的阳光,嘴角带着不自觉的笑意。

买了一包麻糖一包炒栗子,这一次,子昭抢着付了钱,他一手一包零食,很得意的样子,她便任他得意,自在地从两个袋子里拿吃的,吃完麻糖吃栗子,他笑她:"馋猫!饭桶!"这是言语上小小的报复,她却没有生气。但当他们走回那卖艺人所在的地方,人群已散了,拉胡琴的老爷爷和唱戏的小女孩不知到哪里去了。漂泊的、人生的戏台子,幕还没有张,唱戏的看戏的,突然间消失不见。

"人呢?"子昭讶异道,问一旁修鞋的小贩,"刚才那个唱戏的小姑娘呢?"

"走了,老头子刚才咳了血,小姑娘扶着他去瞧病了。"

璟宁心中顿时有种被突然抽空的感觉,悔意和难过袭上来肆意翻卷,让她窒息难言,眼中登时涌上泪水。

"你怎么哭了?"子昭急道。

"我还没给他们钱,"璟宁哽咽着说,晶莹的泪珠颗颗滴落,"去买东西的时候我应该先把钱给他们的,我真不好!"

"你别难过,是他们自己走的,你不用怪自己。"他用胳膊夹住两袋零食,匀出一只手掏出手帕,递给她,"谁让他们自己走了呢?"

璟宁没接,大怒道:"你是傻子吗?刚才没听到吗?老爷爷咳血了、生病了!什么叫谁让他们走了?如果不是你叫我去买吃的,我就能把钱给人家,你这个没有同情心的饭桶!"

孟子昭脸色煞白,冷笑道:"是,是,我就是个饭桶,只有你这臭小妞才是天底下最聪明最好心的人!"手一扬,将两袋零食摔到地上,又从衣兜中将她送给他的小东西抓出来扔了,小葫芦、木雕小花生，扑扑腾腾打在璟宁绿色的小缎鞋上。

璟宁低下头略看了片刻，忽然抬起头，伸手用力推了推孟子昭的肩膀，恨声叫道："讨厌鬼！我讨厌你！"

孟子昭毫无准备，被她推得连退两步，怒道："你还敢动手，竟然还敢动手？！"站稳后只想怎么教训她一下，可男孩子是不能打女孩子的呀，他向前两步，一只手捏成了拳头，却只是捏成了拳头而已，别的动作就不敢有了，满肚子的怨气不知如何发泄，蓦地，他仰天"啊"地怒喊了一声。

他不过十三四岁，还是男童嗓音，这一声怒吼发出来，简直是清脆嘹亮，璟宁擦了擦眼泪，隐隐觉得好笑，一时呆呆地看着他，神色复杂之极。他吼完，犹不解气，见她含着泪似笑非笑看着自己，终是按捺不住，一把拉过她，低下头，在她粉白的脸蛋上咬了一口，虽没太用力，但依旧落下了浅浅一层牙印，他见她瞪大眼睛张开小嘴的惊愕样子，气登时就散了一半，昂着头道："还敢说我女里女气的吗？臭小妞！"

"啪！"

她脸上有了牙印，他脸上却有了掌印。她将手里提着的包裹一扔，电光火闪的又一巴掌甩来，他急忙躲，可这小妞儿却用力扑了过来，直把他扑得收势不住仰跌到地上坐下，撞翻了修鞋匠的木箱子，零件活计散了一地。

璟宁揪住他的领口，这才大声哭了："混蛋，敢欺负我！没有谁敢欺负我，你这个苕货！"嗷嗷地哭喊着，握着小拳头狠狠捶他，孟子昭捂着脸躲来躲去。

周围的人见这两个衣着体面的小孩竟然打起架来了，都笑着相劝，却并不动手将他们拉开，只当看一出好玩的闹剧。子昭羞惭不已，用力推开璟宁，爬起来就跑，璟宁追上去扯住他衣服不撒手，一面扯一面用脚踢，踢得他裤子上全是鞋印。

"潘璟宁，给我快放手！再不放手我就打你了哈！别以为我不敢……"

"苕货！"

"我真打！"

"饭桶！"

"臭小妞儿！"

他用力扒开她的小手，作势要吓她一吓，却见一人拨开人群走过来站在他们中间，抓住他的手臂往上一提，秀雅的脸庞冷静如冰："孟少爷，打女孩子可不是世家公子的风范啊，令尊没有教过你吗？"

孟子昭抬起头，他认得此人，那是潘璟宁的哥哥，潘家的大少爷潘璟琛。他顿时颓了。

"我没有，我只是……"他一时不知如何解释，嗫嚅了起来，"我只是……是她先动的手，我并没有打她！"有些担心璟宁恶人告状，孟子昭把目光急切地落在她身上。

"宁宁，怎么回事？他是不是欺负你了？"璟琛放开子昭，看着妹妹。

璟宁却没有回答，脸上的表情十分奇怪。

她一双手背在身后，嘴唇微颤，大眼睛哀恳似的眨了眨："大哥哥……"

"嗯？"

"我……"她咕哝了几个词，他没听清。

"什么？"璟琛矮下身子，把耳朵凑近她。

璟宁哭腔浓重，轻声说："我裤子破了。"眼泪又流了下来。

璟琛一惊，往她身后一看，果见她臀后的裤子不知被什么东西划了一道，裂开到后膝，往外翻着，她两手捂在身后，虽能遮住一些，却依旧能看到里面粉色的小裤衩和雪白粉嫩的皮肤。

暮春天气，已经热得似在初夏，大家只都穿着单衣，璟琛没外套可以脱下来给璟宁披上，本能地站到她身后挡住别人视线。孟子昭探头探脑地看过来，璟琛不免有气："又要做什么，孟少爷？还嫌乱子不够多？！"

孟子昭没说话，忽然咬咬牙，一颗颗解自己衬衫的扣子，璟宁见他这样，立时意识到什么，想把眼睛捂着，可捂了眼睛就不免要光屁股了,无奈之下,只好赶紧把眼睛闭上。

孟子昭脱下衬衫,扔到璟宁身上,大叫道:"臭小妞,给你遮屁股!"裸裎着瘦瘦的上身,在人群发出的笑声中,在璟宁爆发的羞愤哭声中,他双手抱肘,涨红了一张脸,跑了。

雪白的衬衣搭在璟宁肩上,有一股清新热烈的气息,而那个骄傲调皮的小少爷,不知道是怀着怎么样的心情,何等狼狈地回到了家。璟宁当然也能预料到他将面临孟太太多严厉的责备,可她并不为此担心,她在想,他那张讨厌的脸蛋上,说不定也会和此时的她一样,在悄悄浮起一丝笑呢。

那天的影像牢牢印刻在她的记忆当中。她会一直记得,她曾透过莹莹的泪光和那些影影绰绰的人群,看到孟子昭逃离的背影,那般鲜活,那般的热闹,像她曾经弹过的小步舞曲,轻快又明朗。虽然她在哭,可只有她自己知道,那泪水中并无一丝一毫的悲伤。那是最黄金的岁月,所有嬉笑争吵,所有泪水叹息,都是快乐的,喧闹的,明亮的。忧伤是与这些情愫毫无关系的,忧伤,只能在岁月的另一头,远远地窥视他们。

璟宁狼狈地把衣服围在腰上,将衬衣的袖子拧成一个结,不经意间抬头,见到兄长不太愉快的脸色,她便擦擦泪,老实地低下头。

直到上了车,司机将车开到了大道上,璟琛方看了她一眼:"在家怎么调皮任性都可以,今天是在别人家做客,你一个女孩子,闹得裤子都破了,别人怎么看你?怎么看我们潘家的教养?"

她用那双哭得红红的大眼睛看着他,转移话题:"大哥哥,你怎么会来接我?你怎么会知道我在市集上?"

她并未意识到自己脸颊右侧有一小圈浅浅牙印,印入了他的眼中。璟琛的瞳孔微微一缩,有微芒在其间闪过:"你们是因何闹起来的?"

璟宁把经过从头到尾说了一遍,他虽然听着,却有些心不在焉,只是当她说到那可怜的卖艺人时,目光变得渐渐柔和:"你是个善良的小姑娘，是个很好很好的小姑娘。"

璟宁心中一动，这句话似曾相识，有一丝幽凉的意味，如同他此刻的目光，让她琢磨不透。见她呆呆的，他忍不住伸手，想触摸她的脸颊，却又被什么力量冻结了，将手收回，从身边拿过一个小包裹，放到她腿上："这是你扔掉的，你们打架的时候，我帮你拾起来了。"

那是她在货摊上买的小玩意儿，他一样样拾起，把手帕上的灰尘拍打干净，给她重新包了个包裹，她并没有注意到。

汽车驶过那些他曾和她一同经过的街巷，街巷还是以往的街巷，只是记忆总在不知不觉中变了模样。或许总有一天她会把一切都忘了，而他则不得不忘。

南洋烟厂外的市集，他曾是第一个带她去的人，或许她早已不记得了吧。但知她如他，在听孟夫人说起她和孟子昭不知道跑到哪里去玩了之后，第一个想到的就是这里。

第一次带她来的时候她还小，约莫三四岁左右，他有时抱着她，有时背着她，有时让她像一只快乐的小鸭子，晃晃悠悠跟在自己身后。他是个孤僻的孩子，向来将心事深藏，只有对着这可爱的小妹妹，才能偶尔露出率真性情的一面，只有对着她，他才能快乐地开怀大笑。

他们邂逅一个云游的僧人。说是僧人，却又不像僧人，缁衣芒鞋，蓄着浅浅的花白的发，坐在一个茶铺的长凳上，身旁放着半碗凉茶。

璟宁只要一见着衣着褴褛的人，尤其是老人，必生哀悯之心，她凑过小嘴，在璟琛耳边悄声说："大哥哥，我们给那罗汉爷爷买点吃的吧。"

她去过归元寺，在她小小心灵中，那蓄着发、着僧衣的老人，像极了她曾用小手数过的一个罗汉，所以她称他罗汉爷爷。璟琛背着她，回过头见到她泪汪汪的眼睛，非常感动，忍不住在她胖乎乎的小脸上重重亲了一口，说："我喜欢小栗子，小栗子是善良的小姑娘，是个很好很好的小姑娘！"

他去买了两个大白馒头送给那个"罗汉爷爷"，僧人接过，谢了一声，然后看着他们，用澄净的双目安详地打量。

璟宁问："罗汉爷爷，你走了很多路吗？"

僧人笑了笑，点点头。

璟宁指他的鞋："你的鞋破了。"

僧人又笑，又点了点头。他虽然憔悴，却并不肮脏，身上透出浆洗衣服的水香。

"罗汉爷爷，你是从哪里来的呀？"

"我从南京来的，小姑娘听过南京吗？"

璟宁摇摇头，浓密的额发被风吹乱了，璟琛一直站在一旁，伸手给她理了理头发。

僧人看了看璟琛，又看了看璟宁，神色平静如水。

"南京好玩吗？"

"以后小姑娘也许会去的，去了就知道了。"僧人慈祥地说，目光落在璟琛面上，"小先生定是知道南京的。"

璟琛微笑道："南京有凤凰台，我们这儿有黄鹤楼。凤凰台上凤凰游，长安不见使人愁……昔人已乘黄鹤去，烟波江上使人愁。这两个地方，两处风物，都让人犯愁！"

僧人莞尔一笑。微风掠过，将他身旁的包袱吹得露出一角，里面有画笔和纸张。僧人告诉璟琛和璟宁，他从南京一路行来，逢到一座庙，便停留一段时间，他略有些画技，停留那几日，便帮庙里修补画卷和佛像。

"所以啊，小姑娘，我不是罗汉，不过我倒是画过不少罗汉呢。"僧人对璟宁说。

璟宁悄悄拉了拉璟琛的衣襟，璟琛低头看她，她用目光示意他看看僧人满是补丁的鞋。于是璟琛从兜里拿出了一枚银元，那是他将鼻涕虫卖给药店攒的"私房钱"，他恭敬地把银元放到僧人身边桌上，低声说："请您收下，这是我和妹妹的心意，您拿去买一双好走的鞋。"

他白皙的脸红透了。这种施舍是让他自己也不好意思的，因为他生怕对方会觉得自己有什么轻贱之意，于是将璟宁抱起，说："宁宁，我们回家吧。"

"罗汉爷爷再见！"璟宁向僧人挥手道别。

"小姑娘、小先生，且请留步，"僧人侧身打开包裹，将笔墨纸砚取出，说道，"你们赠我食物和盘缠，我没有什么好回赠的，便给你们画一幅画，算作回礼吧。"

璟宁拍手道："好啊好啊！"璟琛也很高兴，抱着她坐到僧人身前去。

僧人研墨，铺好一张一尺左右的白色粗纸，微一凝思，在上面勾勒几笔。

清远的山，宽阔的江流，一叶扁舟，似是从高处俯瞰，那小舟在山水间，显得孤独渺小。僧人又想了想，在天空的位置加了一行秋雁，画完，回首看着两个孩子，说："我年岁大了，笔调难免过于凄清，于你们是不宜的。北雁南飞，大雁循着暖和的去处过冬，冬尽春来，便又回到它们的故土，画里有了它们，便热闹些了，意思也好了。"

"那么，"璟宁指着那行大雁，"这些鸟儿是在回家的路上，还是正在离开家去南方呢？"

"小姑娘可以随意想。"

"我希望它们回家！"璟宁大声说。

那幅画一直由璟宁保存着，后来不知怎么就找不着了，可璟琛却一直忘不了僧人在画上题的几句诗：

大舟有深利，

沧海无浅波，

芳草得归迟，

春雨落长河。

似乎是谶语，在预示着什么。

第四章
凶劫

〔一〕

暮色合拢，下过一场阵雨，水汽卷着花香一阵阵袭来，喧嚣的世界被隔离在绿荫之外，潘公馆安卧于静谧之中，如梦境中的楼阁。

云升为翟蕙兰打开车门："蕙兰小姐，请。"

蕙兰下了车，紧了紧披肩。潘公馆外依旧是那几个新来的保镖，在夜色中来回逡巡。进了大门，云升在前面带路，道旁是繁茂紫杉与梧桐，玫瑰的香气很浓，月光移过来，照亮天空的云絮，混着灯光，花木下暗影重重。

"蕙兰小姐用过晚饭了吗？已经备好了，您可以在厨房先吃。"云升说。

"不用了，谢谢。"

"蕙兰小姐是不习惯吗？"云升略定了定脚步，回转来看了她一眼，暗色中瞧不清这美貌姑娘的眼色，便又继续往前走，一面走一面说，"若要长久在这家中待下去，总还是要习惯习惯啊。按说我家的主人们对下人算是好的了，蕙兰小姐也在别人家做过吧，比一比就知道了。"

"我不是潘家的下人，也并无意愿长久地待下去。"蕙兰的语气依旧很礼貌，听不出喜怒。

云升笑了笑，不再多说什么。

蕙兰面无表情。

她算是潘璟宁的半路老师。一年前，潘璟宁的钢琴教师回了德国，颇费了一番波折，蕙兰才拿着圣若瑟女中校长的亲笔荐书来到潘家任职。只有十一岁的潘璟宁在父母兄长的宠爱之中，浑身上下都流露出快乐与幸福，让蕙兰印象深刻。潘小姐并不骄矜，蕙兰完全不用担心自己要去应付一个任性的、不服管的富家千金，在这一点上，蕙兰承认自己得感激璟琛。最初的十几堂课，是潘家大少爷亲自盯着上的，潘璟宁在他面前总是很乖，急于要表现音乐上的天赋与聪明，学得很有热情，只是偶尔会犯懒，每当她犯懒的时候，潘大少爷便会端着一些带甜味的食物进来，有时是外头买的炒栗子，有时是家里做的点心，或者突发奇想，叫仆人去德租界买姜饼，他自己去厨房要来热热的糖汁，在姜饼上写上妹妹的名字，以讨她的欢喜。

他总是带着一丝无可奈何的笑对妹妹说："你看，再不认真学，怎么对得起我呢？"

蕙兰也这么想。

璟宁大方地将食物分一部分给蕙兰，璟琛则微笑着看着她们吃。听说蕙兰信教，他便主动向她借一些宗教方面的书籍，这个英俊少年的温柔谦和让蕙兰心动，她有一本随身携带的祈祷书，纸页都泛黄了，摘写着一些平日里常诵读的教义经文，璟琛看到，试探着问是否可以借给他，蕙兰没有拒绝，连她自己都觉得讶异，那本祈祷书是她从小就一直带在身上的，不值钱，却是她最珍贵的东西之一，可那少年随口一句话，她想也没想便递给了他。为什么呢？蕙兰对自己说，可能是因为他有着长长的睫毛，低头看书的时候，姿态很美。之后他们暗暗发展到了一种很亲密的关系，对于蕙兰来说，虽有自己的一分努力在里头，但也许万能的主在帮她也说不定。

"你为什么会和我在一起？"她问过他，那时他已为她在武昌租了一个小宅子，负担了她所有的学费，并承诺过将给予她更多，尽管她从未开口要求过。

"你呢？"他反问。

她难堪得无言以对。不管什么理由,说出来总有些别扭,两人身份地位太过悬殊,走到了一起,说自己没用过心机只是单纯的爱慕,谁会相信?

他随手拿起一旁早已还给她的祈祷书,翻开,念了几段,再抬目看了看她,微微一笑:"你这本小册子里的话,我都背熟了。每一段都很有意思。蕙兰,我知道信教的人是不会撒谎的。你喜欢我,便是真心喜欢我。所以我也就喜欢你了。"

"你怎么知道信教的人不撒谎?"

璟琛见她神情严肃,捏了捏她的脸蛋:"听说你们的上帝惩罚起人来很严厉,撒谎的人,会下地狱的吧,在地狱里会被惩罚吞一万根针。"

她脸色一寒,他哈哈一笑,抬高小册子,轻声念:

"'我祖亚伯拉罕啊,不是的;若是有一个人从死里复活的,到他们那里去,他们必要悔改。'"他把下巴放在姑娘乌黑的发际,琢磨着道,"这话说的是什么意思呢?'……若不听从摩西和先知的话,就是有一个从死里复活的,他们也是不听的。'是不是说哪儿都有固执的傻瓜,连上帝都没辙呢?哈哈。"

她轻轻挣脱他,仰面正色道:"我不是傻瓜,但我也不会后悔。"

他眉毛微扬,含笑凝睇,目光炯炯。

"我是说,"她看着他的眼睛,"我跟了你,不后悔,我会证明给你看。"

"你对我好一分,我还你十分。蕙兰,我也会证明给你看。"他亲了亲她的嘴角。

此时,翟蕙兰安静地坐在偏厅,等着潘家人吃完晚饭,待他们喝完茶,谈笑着走进琴房,然后她才能进去。大管家何仕文曾路过这里,向她点头一礼,她亦微笑着还礼。云升跟在何仕文后头,过了一会儿,亲自给蕙兰端了茶和点心来。

"何管家吩咐,让我不能怠慢了您。请慢用。"云升抬头朝她一笑,细长的眼睛里有种说不出的意味,让蕙兰极是反感。她和璟琛的关系,这个下人说不定知道一些,不过她不怕。

"谢谢。"蕙兰淡淡道,将目光移向棕色的橡木窗台,那些ArtDeco风格的家具。

时而会有穿堂风,丝质窗帘像波浪一样起伏,因已到暮春,所以并不冷。小君从琴房那儿过来,笑道:"翟老师,你去吧。"

蕙兰起身,整了整衣服,她教了潘璟宁整一年,今天是金主检验成果的日子,为了今天,她特意挑选了一套朴素却不失大方的衣服穿上,神态不卑不亢,过道的玻璃画框中映出她脂粉未施的素颜,清秀体面。

"潘先生好,潘太太好。"蕙兰向盛棠和云氏轻轻行礼,再向一旁站着的璟琛兄弟颔首一礼,璟琛的眼中露着她熟悉的微微的笑意。

"翟老师,"盛棠微笑道,"下周四是宁宁的十三岁生日,到时候请您也过来,宁宁要为大家表演节目,有您在,她就不怯场了。"

云氏补充说:"如果时间够的话,再教她两首新曲子。"

蕙兰听了这些话,便知道自己一年的辛苦得到了肯定,第二年的工作也差不多定下了。

璟宁朝蕙兰笑着眨了眨眼,她穿着一条新裙子,头发编成发辫盘在脑后,肤色明净细白如百合花瓣,这个小姑娘的美丽让蕙兰惊羡。向蕙兰问过好后,她坐到了钢琴前,蕙兰过去为她翻琴谱。正式弹奏之前,璟宁悄声说:"翟老师,我换了首曲子。"

蕙兰轻声道:"不弹ballads?"

璟宁露出恶作剧般的得意神色:"弹一首sonata!因为我今天很高兴。"

蕙兰心道:你哪天不高兴呢?每次见到你,你都是这么高兴。

有钱人家的孩子学乐器,多半是为了附庸风雅,其实并不用心,能熟练弹几首耳熟能详的曲子就算合格了,而对于这些家庭中的听众们来说,奏鸣曲的热烈或许并不如叙事曲的舒缓悠扬更打动他们,快节奏的曲子在弹奏时出现失误的比率也要高一些。璟宁今天选择弹奏鸣曲,在蕙兰看来有些冒险。可让她惊讶的是,璟宁表现得很好,流畅地弹完一曲舒伯特的《A小调奏鸣曲》,没出一点差错,而音符轻灵跳跃,牵人心魄,仿佛她的小小身体透过那双灵动的小手,把欢悦的灵魂化作乐音,倾注在每一段旋律之中。

潘家所有的人，包括下人，都用宠爱的眼神看着这个小女孩，并由衷为她演奏的美妙乐曲感到骄傲，他们热烈地鼓掌。

璟宁说她很高兴，她怎么会不高兴呢？蕙兰想，换作她是璟宁，有这么多人的爱，只怕每天在梦里也会高兴得笑起来。

盛棠夫妇很满意女儿的进步，对蕙兰表示感谢。璟宁跑出琴房，抱着一个大盒子回来，交到蕙兰手中，笑道："翟老师，这条裙子是我和妈妈亲自去为你买的，我过生日那天你就穿着来吧！不怕没有漂亮衣服了吧？"

蕙兰道："谢谢你！"又对云氏道，"谢谢潘太太！"

"年轻姑娘该穿得鲜亮些，你太过朴素了。"云氏笑着说。

蕙兰一笑，没有接口。

盛棠坐了一会儿就出去了，云氏也没有陪他们多久，只吩咐说让翟小姐多玩一会儿再走。蕙兰和璟宁玩了一会儿四手联弹，又起身看着璟琛兄弟俩下了会儿象棋，璟宁跟过来，猛地扑在二哥背上，吓得璟暄手里的棋一落。

"我的生日礼物是什么？"璟宁扯了扯璟暄的耳朵。

"秘密，不告诉你。"璟暄任她趴在自己背上，叫苦道，"哪里来的小肥猪啊，真沉！"

璟琛微笑着插嘴："再这么胖下去，迟早把衣服撑破，以后若要追着人打架，也都跑不动咯！"

璟宁自然知道他在暗指什么，不由得脸热，站直身子，说："翟老师，我房间里有件好玩的东西，我去拿来给你看哈！"一溜烟跑了。

璟暄奇道："这小丫头怎么回事？好久都没有见她害羞过了。"

璟琛笑笑没接话。

璟宁一走，蕙兰却不好单独和这两个少爷在一块儿，只等他们下完这局棋，便告辞回家。璟暄问："已经没有船了，蕙兰小姐还要回武昌吗？"

"不回，今天留宿在这边一个亲戚家。"

"哦。"璟暄随口问问便罢，忽对璟琛笑道，"等小栗子看到我们送给她的礼物，一定会高兴得蹦起来！"

"她哪天不是高兴得蹦蹦跳跳的？"璟琛说。

璟琛送蕙兰到门口，在布满浓荫的花园行走时，彼此的手悄无声息地触碰了下，蕙兰往后退了一步："你们家那云升，是不是知道我们的事？眼神怪怪的。"

璟琛轻声说："要一个人都不知道反而会出问题。给你租房子的钱，是从何叔叔那儿要的，何叔叔一向都宠着我，云升是他的接班人，自然听何叔叔的。知道了也没事。"

"我不要你给我租房子，"蕙兰哽咽道，"我不想你欠谁的人情，也不要欠你的人情。没房子住，我可以住学校宿舍，没衣服穿，我自己挣钱买。"

璟琛把脚步放缓："璟宁送你衣服，你别多心，这孩子说话从来不过心，其实并无轻贱之意。而我对你的心，你应该是知道的。现在我的能力只有这么多，但我能给的，全都给了。"

蕙兰含着淡淡哀愁，无限柔情地看了他一眼。

他悄悄捏了捏她的手："对不起，这几天没有好好陪你。"

她娇柔地说："究竟怎么回事？突然把你们管得这么紧。"

"谁知道呢？生意上惹了麻烦也说不定，我父亲跟我又没什么好说的，过段时间就好了。唉，我真想你。"走到一个拐角，他忽然一低头，亲在她额头上。

蕙兰的眼睛水汪汪的："我也想你。"走了几步，她问，"你和二少爷准备了什么送给潘小姐，这么神秘兮兮。"

"给她订了一条项链，小丫头毕竟慢慢长大了，也得有点好首饰了。"

"两个当哥哥的跟姐姐一样细心，璟宁真有福气。"

璟琛不过笑了笑："我家最近在和美国人谈生意，这件礼物，我和我二弟没花钱，人家是白送的，哥俩捡个便宜送给小姑娘，不也挺好？钱虽没花，设计上璟暄和我出了些小点子，时间有点紧，也不知道下周是否能送来。东西虽小，生意没谈成之前，哪儿能随便要人家的礼。这事儿我父亲不知道，是我舅舅替我们瞒下来的。"

"应该来得及吧？"

"嗯，定好了周三上午看货，我叫璟暄去看看。"

"你自己怎么不去？"

"家里还有些事要料理，走不开。珠宝行离璟暄学校近，他课间偷偷溜过去就行了。"

蕙兰轻声笑道："丁点小事，搞得像暗箱操作似的。"

璟琛划了划她的背："你跟我不一直在暗箱操作吗？"

蕙兰觉得浑身上下都在发热，含嗔带笑地瞥了他一眼。

璟琛折返上楼，路过璟暄的房间，璟宁也在里头，追着璟暄笑闹道："给我，给我瞧瞧！"璟暄高扬着手里一张纸卷似的东西，正是那条项链的图样。璟宁跳来跳去，却怎么也够不着璟暄的高度。

璟琛走过去，一把将图样拿走，对璟暄道："总是管不着这张嘴！小心爹知道了大家都挨罚。"

璟暄嘻嘻一笑。

璟宁的小手悄悄伸了过来，璟琛把图样往身后一藏："别想了，现在看了，就不算是惊喜了。生日那天看实物吧。"

璟宁恳求道："二哥哥说那图是大哥哥画的，画的是什么？给我看看好不好？"

璟琛心情很好，故意道："就不告诉你。"

"坏，坏透了！"璟宁跺脚叫道。

两个哥哥哈哈大笑，外头传来何仕文的声音："小祖宗们，是要老爷过来瞧热闹吗？"

三人连忙噤声，你瞧我我瞧你，满含笑意。

去看首饰的日子很快就到了，璟暄和璟琛说好，无论项链有没有做好都会打个电话回家来。那天上午潘公馆做大扫除，书柜、壁橱、窗帘全都要清理，所有的佣人全在忙活，花园的喷水池坏了，请了杂工来换水泵，璟琛怕工人弄坏水池中央的普塞克与厄洛斯雕像，一直站在一旁守着，差不多快吃中饭的时候，方回到客厅去稍作休息。

正是那时，电话响了。

"是潘盛棠先生府上吗？"很陌生的一个男人声音。

"您是哪一位？"

"你是哪位？"对方笑了笑，"哟，潘大少爷啊？"

璟琛蹙了蹙眉："请问有什么事吗？"

"你家二少爷在我们手里，劳您跟令尊说一声，年成不好，价不高，只收五十万。这买卖很好做。"

璟琛好半晌没出声，对方又道："潘大少爷是听不懂我的意思吗？"

璟琛吸了口气，道："你凭什么让我相信我弟弟在你手里，敢和潘家人开玩笑，不想活了吗？"

对方嘎嘎干笑了几声，好像是在对身边的人说："这小嫩货，不相信呢，咱们要不就给他个证明瞧瞧？"

璟琛拿着听筒的手渐渐颤抖了起来，对方很干脆地将电话挂了。

何仕文进来叫他吃饭，见他呆若木鸡地坐在沙发上，惊讶道："大少爷怎么了？哪里不舒服？"

璟琛的眼神是空洞的："何叔叔……"

璟宁上午的课刚一结束，就被接回了家，家里乌压压全是人。大哥哥少有的颓靡，没和她打招呼，也没看她一眼，只是坐在客厅里一言不发；母亲脸色惨白斜靠在沙发上，像生了病一样。父亲跟几个陌生的中年男人商量着什么，见她进来，皱眉道："宁宁，回你房间去吧。"

璟宁没动，背脊莫名地发寒，家里所有人都在，除了一个人。

"二哥哥呢？"她怯怯地问。

盛棠一时缄默，云氏却放声哭了出来，捂着脸嘶喊道："我的儿啊！可怜的儿啊！怎么会是你啊！"

璟琛嘴唇微颤，目光越过云氏的肩膀，落在一张铺着麻质桌布的小方桌上，上面有个用灰色粗布包着的小木盒子。盒子被送到潘家，盛棠打开看了一眼后就立刻打电话把佟春江叫来了，很快汉口最有名的几个探长也都来了。云氏起初并不太相信自己的儿子被人给绑了，怀着一种侥幸的心理，心惊胆战往盒子里瞥了一眼，也就一眼，妇人直直地往前就倒。

璟琛也看到了里头的东西。

一只耳朵，洗得干干净净，一点血迹也没有，耳廓边缘光滑透明,可以想象割下的时候是多么利落。苍白的、少年人的耳朵,耳垂上有一颗黑色小痣。璟暄的耳朵。

也是他潘璟琛,向电话那头的人要来的一个证明。

〔二〕

回到房间后,璟宁就浑身打冷战,躺了一会儿就发烧了。小君奔到楼下,见客厅里的主人们似乎完全没有心思关心这件事,只好趁何仕文出来的时候跟他悄悄说了。

"是吓住了,赶紧打电话给刘大夫吧。"何仕文叹了口气,"她要再出点状况,家里就更乱了。"他考虑了一下,还是走过去告诉了盛棠。

盛棠烦闷地皱了皱眉,何仕文小声道:"小姐从小就这样,一紧张就会生病,我一会儿会好好盯着的。您别跟太太说了,免得她多加一分担心。"

盛棠转身看了看璟琛的方向,见他呆呆坐着,便朝他招了招手,璟琛走过来,盛棠说:"你也别在这儿待着了,你妹妹吓病了,你去照顾她吧。"

"我想留在这儿帮忙。"璟琛愁眉苦脸地道。

"如果有什么需要你做的,我会让你何叔叔来告诉你的。去吧。宁宁身边有你,我才放心。"

璟琛犹豫不决,又不敢忤逆父亲,只好慢吞吞出了客厅。何仕文跟在他后面,走到二楼转角过道,阳光透过玻璃窗照进来,光线很强,衬得他们的脸色很暗。

"何叔叔,叫了医生了吗?"

"刘大夫已经在路上了。"

"嗯,那就好。"璟琛应着,心不在焉。

走到转角处,何仕文忽然道:"大少爷,何叔叔是看着你长大的,我对你怎样,大少爷应该很清楚,大少爷心里想什么,何叔叔也很清楚。"

璟琛双手抄在衣兜里,站定了,等着他说下去。

何文仕走到亮处,日光下他的目光有些晦暗,也有丝凄清,但是很快,他却忽然淡淡一笑:"不用担心什么,凡事有我。"

璟琛眼中似有泪光闪动,过了许久,才吸了吸鼻子,小声说:"我怕阿暄会有什么三长两短。我很怕。我不知道他们会这么伤害他,我……"

"别怕。大少爷,把你该做的事做好。现在,好好去照顾妹妹。"

璟琛揉了揉眼睛,点点头。

何仕文看着这个少年,仿佛看到多年前那个曾在自己面前表现出极度无助的可怜的小孩,忍不住将手抬起,像当年那样,安抚似的摸了摸他的头,但他并未发现,在他的手尚未落下之时,璟琛面上掠过了一丝阴影。

医生来了,给璟宁打了一针,她迷迷糊糊地睡了一会儿,却没有睡沉,不断做着噩梦,直到哭叫着惊醒。璟琛握着她被泪水沾湿的小手,轻轻唤她的名字,璟宁一开始不说话,乌黑的大眼睛里一片迷茫:"大哥哥,你怎么现在才来看我?你刚才都不理我,你不理我。"

璟琛心里像是有什么在刺着:"对不起……"

"我好怕。二哥哥会死吗?那些人会杀了他吗?二哥哥现在怎么样了?他是那么好的人啊,他现在怎么样了!他是为了我才会被人绑了的,他是去给我拿项链,呜呜。如果不是我催着他去拿,如果不是我……"

"别怕,"璟琛心如刀绞,"跟你一点关系都没有,父亲会把他救出来的。"

"二哥哥说,我明天生日他要亲自给我戴项链。他还说,他还说……"璟宁哽咽难言。

"他还说什么?"

璟宁却沉默了。

其实,璟暄早上临走前曾笑着对她说:"小栗子,明天你过生日,我给你戴项链,让你大哥哥教你跳舞。等你以后嫁人,我们一起背你去新郎家,大哥哥背第一段路,我背第二段路。可你不许哭哦!"

璟宁一乐:"为什么要哭呢?"

原来璟暄的班上有一个土家的同学说起过土家人的习俗,姑娘出嫁,由家中兄长背着去夫家,新娘一路走一路哭,俗称哭嫁。璟宁歪着脑袋想了想,说:"我不哭!我要你们背我,但我要一直笑着!我开开心心的为什么要哭?"

可她现在一点也不开心，悲伤与恐惧、悔恨与担忧不断蔓延，她哭得喘不过气来。璟琛拍着她的背脊，安抚她，劝慰她，可什么用也没有。

璟琛低头凝视她片刻，无奈地道："宁宁，别哭了，我带你出去玩，好不好？"

璟宁摇头。

"那你等我一会儿，我去给你买炒栗子，行吗？"

她还是摇头，忽然哽咽着说："我不要你出去。我怕你出去了，就跟二哥哥一样，不回来了。"

璟琛觉得自己一颗心软做了一汪泪，酸涩漫到鼻端，叹息了一声，低声吟唱出一支童谣：

"点虫虫，虫虫飞，飞到荔枝基，荔枝熟，摘满屋，屋满红，陪住个细蚊公，点虫虫，虫虫飞……"

他唱着，唱着，仿佛回到多年前的夏日，远方天空有一道暖色的光，母亲还在身边的日子，就像在昨天一样。她怕他在家闷，抱着他从法租界的礼拜堂开始，一直走啊走，走到荔枝湾，因为那儿人最多。小路上全是人声，大道上响着黄包车的铃声，小吃店里的虾饺、包子一笼换上一笼，黄澄澄的盐焗鸡挂在小餐馆外头，轻轻转着圈儿，转来转去，就像在跟你打招呼，煮云吞的锅汩汩地冒着热气，水洼子里飘着金色的鸡蛋花，到处都是香的，都是美的，热闹的。

轻轻的童谣，荡漾在温柔的光线里，母亲当年也是这样唱的吗？

小女孩带着泪痕，疲乏地进入了梦乡，璟琛给她掖好了被子，歪着身子靠在床头，过了一会儿，也蒙蒙地睡去。

好像下雨了，那梦中出现过无数次的春雨。雨水密集飘来，像是有无数只纤细的手指敲打着窗户，伴着轰隆的雷声。

"小川儿……"

温柔的低唤冷清清侵入梦魂，流逝的时光与湿润的水汽交错，四周的气息变得凝滞浓重。

"砰！"风把玻璃窗吹开，璟琛抬起了头。

窗外葱翠潮湿的绿意跳脱而进，一条青石小径蜿蜒蔓入花园深处，那里站着一个纤细的身影，依稀能看清那是个苗条秀美的女子。

"阿川……"

"妈妈……"眼泪充盈了他的眼眶。

"阿川，好孩子，妈妈真想你……你过得辛苦，妈妈心疼啊。"

"那就留下来，让我伴着你，让儿子尽孝道。等我长大了就可以照顾您了！妈妈，再也没有谁敢欺负我们了！"他极力提高自己的音量，可不知为何，发出的声音细弱蚊鸣。

一道闪电划过，骤然的光亮照在女人的脸上，她的眼睛空洞凄凉，雨水湿透了她披散的长发，顺着皎白胜雪的脖颈一路往下蔓延，在她站立的那一方暗青的地面，散开了一团混浊的血色。

女人轻轻摇头："来不及，我来不及等你长大了……"

璟琛颤抖着站起来，一颗心痛到了极处，反而麻木，他想大声呼喊，却不能发出一点声音。

美丽的女人凄然凝望着他："忘记我吧，孩子，忘记我……要不然，你就跟我一起走，我们永远离开这里。"

她的表情突然变得凶狠，伸出苍白瘦削的手，狠狠抓向他的脖子。

"不！不！"璟琛大叫，奋力挣扎，可那双手却紧紧地扼住了他的脖子，无论他怎么挣扎都不放开。

"大少爷，大少爷！醒醒！"有人在轻轻推他。

璟琛猛然睁开眼睛，一颗心剧烈跳动，心跳声如擂鼓。

何仕文的手搭在他的肩膀上，目光中满是关切："做噩梦了？"

璟琛喘着粗气，一双眼通红，手攥着何仕文的衣角微微颤抖，他定定神，低头看了看璟宁，她兀自睡着，璟琛缓缓将手放下，强自平复满腔的心绪，低声说："爹有事找我？"

何仕文凝视着他，目光有些复杂。

璟琛一下楼，云氏就从沙发上站了起来。

"琛儿……"她脸上闪过一抹喜色，或者更准确地说，是一种期盼。

"阿琛，来，到爹这儿来。"盛棠说。

璟琛走过去。

盛棠伸手，将少年的身子转去面向一个身穿玄青色长衫的中年男人。

"这是佟爷，之前见过了。"盛棠说，"这两天佟爷会好生照顾你，一会儿你跟着他去，仕文会给你把东西都收拾好。"

璟琛看了看盛棠，又将目光投向佟春江，后者肤色微黑，是被阳光晕染过的色泽，双目矍铄，唇角微挑。

"大少爷放心，我一定保证你的安全。"佟春江眸光微瞬，似在观察着这少年表情中的一切细节。

盛棠就势拍了拍璟琛的肩膀："你帮父亲一个忙，也帮你弟弟一个忙，当然，如果有什么顾忌，如果你害怕，我绝不勉强你，会另想办法。"

璟琛没说话，好像很迷惑。

盛棠道："适才绑匪那边又来了消息。明日傍晚在北郊跑马场换你弟弟。"

璟琛这才轻轻点了点头，懂了。

盛棠道："钱已经准备好了，人也安排好了。那边说要潘家人亲自带钱去，阿琛，你去，好不好？"

璟琛的眼睛里掠过一道奇怪的光芒。

盛棠记得，多年以前，每当远行后回到家，璟琛总像一只快乐的小狗，挣脱母亲的怀抱，直往他身前扑过来，用小手紧紧搂住他的腿，奶声奶气地叫道："爹爹回来啦，回来啦！"

他曾经一见到这孩子的笑，心里就如蜜一样的甜，他抱着他，用尚带着旅途风霜的脸庞蹭他滑滑的小脸蛋，喃喃说："阿琛，阿琛，我的乖儿子，乖宝贝……"

孩子依偎在他怀中，充满依恋："爹爹不要走了，留下来好不好？"

那时他总是一遍又一遍许下承诺，却一次都没有兑现。时隔已久，早已忘记了这孩子目中是否曾有过失望和伤心，也早已忘记了自己在面对他们母子时，那难言的心绪。但他一直记得，这个孩子，一天天长大，一天天变得沉默，很少再露出灿烂的笑意。

现在，他又在这个孩子脸上，看到一丝依稀有着过往痕迹的微笑，是的，他在笑，他的阿琛在笑，他答应拿赎金去和绑匪交涉，这是有生命危险的事,然而他还是答应了,毫不犹豫,似得到奖励。

这一笑竟是神采飞扬。

"谢谢父亲,谢谢你信任我。"

盛棠被这短短的一句话感动了,同时涌上一丝愧疚,欲说些鼓励的话,璟琛却道:"有件事,不知父亲是否能答应我?"

"好孩子,说吧。"

璟琛长长的眼睫低垂下来,想了想,还是坦然地抬起头:"等我带着璟暄回来,我想……我想提前去英国,先去适应一下环境。"

盛棠凝视着少年明澈的双眸。

"好,我答应你。"

〔三〕

如果一切顺利,就最多耽搁这两天,如果不顺利,也许就会发生能想象到的最坏的结果。

璟琛跟着佟春江离开潘公馆。

云升把行李放进汽车的后备厢,抬头间,见大少爷神色沉静安详,就似只是即将去拜访一个老友,一切都在预期之中,毫无新奇刺激之处。临上车时,大少爷回了一次头,繁茂的梧桐树在他温润如玉的脸庞上投下暗影,因而谁都不知道他究竟回头是在看哪里,分辨不出他究竟在看谁,回头那一刻他的帽子触在了车门上,差点掉了下来,他用白皙的手指扶好帽子,不好意思地笑了笑,这时盛棠和云氏、秀成等人已经慢慢走出来,璟琛朝他们挥了挥手,坐进了车里,神态一如既往的温顺。

他被安置在汉口西郊的一处院落中。四处一望,暮色苍茫,田埂上烧着麦秆,灰蓝色的烟一缕缕升腾,弥漫在半空,远处有稀稀落落的几户人家。

"好安静,真适合读书。"璟琛轻笑。

话音刚落,却听噼啪的声音猛地响起,宛如放鞭炮一般,或者更准确地说,像尖锐的枪声。璟琛也不过微微一惊,连脚步都没顿,佟春江斜睨了他一眼。

直到走进院子,璟琛才知晓那声音既不是鞭炮声也不是枪声。西侧的院墙是青石垒成,一个身材高大的汉子站在墙边,衣服脱了系在腰上,赤着膊,右手挥舞着一根三米来长的皮鞭,用力击打在墙上,皮鞭与青石摩擦,猛烈的敲击下迸发出锐利的声响和近似火石的腥烈气味,一下,再一下,大约十下以后,换一只手接着抽打。

院中另站着几个汉子,见佟爷他们进来,均笑着拱手施礼,叫一声:"佟爷!"似早就见过璟琛一般,又大声招呼道:"潘大少爷!"璟琛微笑还礼。

那舞着皮鞭的大汉恍如未闻,依旧背着身子,专注地敲击着那片青石墙。

璟琛定睛看去,青石墙上有着一道道斑驳的鞭痕,想来天长日久,饱受皮鞭的凌迟。

佟春江对璟琛挤挤眼:"潘大少爷要在这儿读书的话,可得慎重考虑啊。"

"不知这位臂力非凡的大哥,要操练到何时才会休息?"

"约莫还得一个时辰。这么吵,不妨事吧?"

"不妨事。"

"潘大少,有句话佟某不知当讲不当讲。"佟春江眸色渐有深意。

"佟爷请讲。"

"如果怕,就大胆地说出来,如果不喜欢,也没必要藏在心里,该说就得说,要不容易被人误会。"

"误会什么呢?"

"一个像你这样年纪的年轻人,该怕的不怕,多不正常。"

璟琛面上的笑意却更深了:"佟爷啊,如果说我以前或多或少有些藏着捏着的,可是现在这段时间,我就是我,有什么必要再去伪装?"

佟春江凝目看了他一会儿,貌似感叹:"年纪太轻,戾气太重,不太好啊。"

"戾气?"璟琛摇摇头,"我没发现自己有什么戾气。谁都知道我一向宽厚待人,一团和气。"

"你的所谓和气,在我看来其实充满着恶意,也并不欣赏。这一次为你保驾护航，纯属碍于故人之情，并非心甘情愿。"佟春江冷淡地说。

"是不是碍于故人之情，这话佟爷说说便罢，我也就听听。我只想告诉佟爷，今日你帮了我，就相当于帮了潘家家业今后的继承人。"

"啪！"

又一记皮鞭挥到墙上，院子里慢慢呈现出一种很诡异的气氛。之前那四个和璟琛打过招呼的汉子，有两个进了屋子，有一个在喂马，还有一个，站在挥舞皮鞭的汉子身旁，帮他数着数。

谁都没有觉得皮鞭的烈响有多么刺耳，谁也没觉得有什么心里硌硬的地方。而璟琛与佟春江安静地对视着，就宛如两个斯文雅士，在湖畔小亭中饮茶对弈，四周仿若是湖光波色，万籁声清。

"在别人看来，只怕你弟弟更像是潘家继承人吧？就连你，也要冒着生命危险去接他。"

"我自然要去。"璟琛拍拍袖子上的灰尘，很淡然，"他若是废人，活着便如死了一般。他若是死了，我心里会不好受。所以无论如何不会让他死，无论如何，我也要把这个废了的弟弟给好好接回来。"

"所以你才有恃无恐，对你父亲说想出国去，因为你很清楚，在潘家，你的所谓竞争对手对你已经构不成威胁。"

璟琛不过笑笑："我是诚心诚意想出去好好学学。"

"济凡跟我说起过你。"佟春江再一次细细打量璟琛，黄昏暮色中，这个少年的容颜是那么温柔美好，"他说你有野心，会忍耐，更足智多谋。可他并没有告诉我，小小年纪的你，竟然如此狠毒。"

"谢叔叔自然不会这么跟您说，"璟琛挑唇一笑，"因为他比您更了解什么才叫狠毒，和那样的狠毒相比，我的所作所为，又算什么呢？"

佟春江看了他一会儿，忽然轻轻叹了口气："这么多年你一定憋得很苦，倒也是挺可怜。"

璟琛的脸渐渐沉了下来，似想说什么，却最终还是没说。

佟春江带着他走进屋，告诉他哪一间是他的房间，又吩咐人给他烧了热茶送进去，略坐坐，看了看时间，出屋牵来一匹马，一跃而上，轻踢马肚，出了院子。约一个多时辰后，附近农庄里一个农妇送来了做好的饭食，那个在院子里挥舞皮鞭的汉子终于停了下来。璟琛拿本书靠在窗口，听得那几个汉子与那老妇打招呼，十分熟络，又听得那老妇叮嘱道："刘五兄弟，佟爷吩咐了，说这小篮子里的饭菜是单给客人吃的，若是客人觉得不够或不可口，随时说一声，那边厨房可以再做。"

"徐婆婆，我看这大篮子、小篮子里的饭菜都是一样的呀。"接话的人声音洪亮，是那舞皮鞭的壮汉。

徐婆婆却不说话了，倒是那叫刘五的汉子笑着说："咦，多了一份炸丸子，我妈以前过年常做的。"

徐婆婆这才笑道："那是太太亲自做的。你们也有，一会儿佟爷回来的时候会给你们带过来，这个先给客人吃。"

"好，好！"

刘五提着食篮敲了敲璟琛的房门，璟琛忙放下书去开门，刘五笑道："潘大少爷，快吃饭吧，我们这儿不比城里，做饭花费的时间长，让您久等了。"倒不似个莽夫，言谈间甚是斯文。

璟琛谢了，刘五将饭菜给他端出来一一放好，那盘炸丸子油光酥滑，透着诱人的香气，璟琛看了看，轻声说："你适才说，过年的时候，你母亲常做这样的丸子，是不是？"

刘五一怔，笑着点点头。

"我还从来没有吃过这样的丸子呢。"璟琛拿起筷子，也不客套，夹着一个丸子便放入口中，几下嚼了嚼吞下，赞道，"好吃，好吃极了！"

"那您慢慢吃，我也和兄弟们吃饭去了。"

"请问……你们有酒吗？"璟琛忽然不好意思地笑笑，"我有些想喝酒了，真对不住。"

虽讶异这温文尔雅的少年人竟好这一口，但想到明日即将面临的危险，倒也情有可原了，刘五笑道："好饭好菜可能谈不上，好酒倒是有的。潘大少爷若不嫌弃，我便给你弄一点。"

"要不我和几位大哥一起喝，一起吃，如何？反正我也知道明天凶多吉少，不如今天先热闹热闹壮壮胆子，事成了，我再好好请大家喝顿酒。您看行吗？"

刘五心中好感顿生，笑道："好！就依了潘少爷。"

璟琛喝了个烂醉。

佟春江晚些时候回来,他已趴在床上睡了,喘着粗气,偶尔发出微弱的呻吟声。

"你们太不懂得分寸!怎么能让他喝酒?!"佟春江斥责道。

刘五挠挠头:"他硬要喝,我们哪儿敢拦着啊?您走的时候说了,他要吃什么喝什么,都给他。"

佟春江怒瞪了他一眼,刘五叹了口气,道:"佟爷,想想也是可怜,潘老板明摆着一碗水端不平,偏袒那小儿子,不管这大儿子的死活,让他去跟绑匪交涉,我若是他,我也难受。"

佟春江走到璟琛面前,见他额头冒汗,满脸通红,便将他翻过来躺好,拉上被子给他盖着,璟琛嘴里咕哝了一句什么。

佟春江没听清,凑过去,灯光微弱,却见到这少年眼角有泪水滚落,他轻轻喃喃道:

"妈妈……"

〔四〕

宣统二年,英国怡和洋行的大班以低价从汉口地产大王刘歆生手中买下八百亩地,辟为"六国洋商跑马场"。这是洋人的乐园,华人是被排斥在外的,就连地皮曾经的主人刘歆生,也曾被拦在大门外过,刘氏一气之下,在万松园另建了一座"华商跑马场"与它分庭抗礼。起初还有些富人不信,说洋人花样再多,那块地不也就是个花钱寻乐子的地方吗,给钱不就行了?洋人不是最会做生意吗?于是这些人还真拎着钱袋子去了,不光拎着钱袋子,还坐着从洋人那儿买的最好的汽车。汽车被擦得锃亮,一直开到跑马场的大铁门外。

铁门上悬着牌子,并不稀奇:"华人与狗不得入内。"接着就有犬吠声传出来,可见不作数,明明有狗在里面。随着狗叫出现的还有凶巴巴的印度仆役,挥手做出撵人的姿势。

车里的华人用力摇下车窗,也不过是朝外吐了口唾沫,骂句:"个婊子养的长毛货!"

原以为会不一样,至少与别的地方不一样。车中的人,西装革履不输欧美绅士,可来到这里,依旧还是成了个笑话。

洋商跑马场就是如此一个让汉口华人憎恨的地方,这憎恨之中也带着一丝复杂的、说不清楚的情绪在里头,十多年过去了,憎恨的程度随着世事的变迁已经消减许多,春秋两季的赛马会上,也能看到华人的影子了,但这里依旧充满着不和谐的气场。

被那栏杆圈起的是短暂的荣华,周围方圆四里,一片平芜。

璟琛下车,咬了一口手中的豆皮,做早饭的据说仍是佟春江的夫人。璟琛觉得豆皮美味,便又拿了几块在路上慢慢吃。佟春江觉得这个少年从昨晚醉酒后,就似在忘川中洗了个澡,一上来就变了一个人似的,美秀依然,却杀意凛凛。

一共三辆车,一辆车装的是五十万现银,潘盛棠叮嘱何仕文与云秀成从潘家参股的银行与汉正街上的山西票号中兑来的,共十个皮箱子。另一辆货车装的是人,不多,也就十个人。

这是跑马场西面的一片荒地,天光清美澄澈,目光所视毫无遮挡,空气很湿润,微风带来湖泽中的香气,几步之外有个小湖,湖中荷叶铺展,即将迎接夏日的花宴。璟琛吃着豆皮,看着几个壮汉把一箱箱钱从车上卸下,再拿出各自的枪械,觉得很讽刺。

阿奇在几丛荆棘那儿看了看,又在湖边遛了几步,刘五笑他:"选在这儿就是让我们没得埋伏,他们也是一样的。你要想看风景,找一天去龟山上爬一爬,也就得了,还可以认祖朝宗。"

阿奇向他比比拳头,怒目圆睁:"你骂我是乌龟?"

刘五哈哈一笑。

阿奇眼睛一斜,余光瞥到湖中,忽然咦了一声,向前两步,探身细看,又连吓了几声,骂道:"真他妈缺德!倒胃口!"

"怎的?"

刘五凑了过去,脸色也变了。佟春江和璟琛欲上前,刘五摆手道:"别过来了,不是什么好东西,别沾着晦气。潘大少,你还在吃东西,就更别过来了。"

佟春江已差不多明白是什么,淡笑止步,璟琛却不明所以,踟蹰须臾,快步近前。因为有丰富的苔藻,蓝天下的湖水是灰蓝色的,就在几片大荷叶之间，有个小小的尸体，肿胀得已经看不出面容也辨不清性别，但瞧那身量，也最多不过一两岁，上身的衣服被身子撑破了，又或许是被水浸烂，崩裂而开四散水面，裸露的胸腹青紫斑驳。

璟琛的目光慢慢往上，落到那孩子睁大的双眸上，那双眼睛空落落的，满盈着浑浊的液体，似泪，又可能只是湖水。璟琛往后退了一步，心里有根藏了许久的刺，适时地又往深处扎了扎。众人都以为这个大少爷会吓得呕吐惊叫，孰料他只是微微将身一侧，目色如冰一般幽寒，自言自语："若是个孽种，死了或者比活着要轻松许多。"就像在说再普通不过的一件事，可他的手指却在颤抖，豆皮只剩一两口就要吃完了，他将它塞入口中，大口吞咽，白皙的手将包豆皮的纸捏成一团，用力掷进湖中，细微涟漪泛起，漫过飘零水面的衣缕。

这时，佟春江遥指南面公路，有两辆车不急不缓从那个方向开过来。

璟琛下颌微扬，半眯起眼睛。

"不怕？"佟春江笑着看他。

"不过就走一个过场。"

"济凡兄与潘老板先后来找我处理你家这个麻烦，倒不是因为佟某人有多大本事。只因我与绑你弟弟这个人，略有些旧情。"

"旧情？"

佟春江淡然道："这个人叫洪泉根，当年反了向松坡后，有过一段落魄日子，后来因银钱的事情将老婆用铁锹打死，逃到广州，她老婆，是我帮着收殓的。"

璟琛动容："为多少银钱，他能把妻子给打死？"

"五块大洋。"

璟琛暗吸了口气，沉默不语。

"后来洪泉根得了个别称，叫'断头阿根'，你知道为什么？"

璟琛摇头。

佟春江左手做了个刀砍的手势："他老婆，被他用铁锹把脖子打断了，头打掉了。我单花了一笔钱，请人帮忙把尸身给缝好。两年后，洪泉根在广州倒军火和鸦片发了财，认识了一些军政人物，也算得了势，或许他承了我的情，给我寄来一张帖子，感谢我帮他处理了家事。"说着，他顿了顿，背手一笑，淡青色衣袍在微风中轻轻摆动，"你弟弟便是落在这样的人手里……"

璟琛的右手放在裤兜里，捏成了拳头，肩膀微微发颤。

佟春江一直在观察他的表情："我有两个疑问。不管你父亲私底下对你们兄弟俩怎样，但在外头，谁都知道你潘大少爷是将来潘家的顶梁柱，他却偏偏绑了你弟弟，而不是你。再则，以你潘家的地位，你弟弟到了他手里，依江湖规矩，他怎么都会客气些，到最后拿了钱见好就收便罢了，为什么他会沉不住气，把你弟弟的耳朵割了下来。"

璟琛双眉一蹙。

佟春江呵呵地笑了："转念一想，这两个疑问，都很好解答。第二个嘛，是因为定是有人摸准了洪泉根的性子，知道这人爱钱如命无恶不作，因而有意刺激了他，让他送来个凭据，免得你父亲不当回事。至于第一个疑问……从你们潘家广州老宅失火，到如今潘二少爷被绑，从中参与的人鱼龙混杂，只要能在这一团乱麻中保持清醒，也不是看不出什么头绪来。"

璟琛冷然以对，佟春江笑着看他："潘大少爷，我与谢济凡相熟，因而今天这件事的因由，我这个外人才能明白些许。以你父亲潘盛棠的能力与智慧，若他知晓你和济凡私下里有来往，他当如何看你？你想得到吗？不论你背后有多少人在帮你，也只能帮一时而已，今后，可要保重。"

璟琛轻声道："不管怎样，佟爷今天这些话，我记下了，谢谢。"

汽车马达声渐近，刘五等人也均已走过来，严阵以待。

"佟爷，来了。"

那是璟暄吗？

璟琛不敢确认，那究竟是他吗？

还不到十六岁的潘家二少爷，那个脸上总是带着阳光般笑容的漂亮少年，是眼前这一脸血污的人儿吗？

璟暄十三岁的时候就使劲长个儿，到十五岁就几乎和璟琛一般高了，璟琛曾不无嫉妒地开玩笑："不能这么长了，得找东西把你压着，再长就比大哥都要高了。"璟暄当时听了，开心地哈哈大笑。

现在那长身玉立的少年，像一只削掉了双足的鹅，被人拽着翅膀，从车子里拖了出来，站立不稳，走两步身子就一矮，身旁的壮汉单手扶着他的腋下，轻轻一抬，把他撑起来。

他左耳处血与头发糊成了一团，有些地方凝成黑色的血块，或许是上了药，从脖子到领口全是紫红的药斑，头上被洒了石灰，弄得一张脸是花白花白的，眼睛半闭，直到有人在他耳边大声说了句："潘二少爷，你哥来了。"他方睁开眼睛，轻声唤了一声："大哥……"

这一切原本是自己早就该料到的，甚至本来就是自己希望看到的，可璟琛此刻，不知道是因为恐惧、愤怒，还是后悔，整张脸烫得如同火烧。

还是太高估了自己。

他朝璟暄大迈了一步，立刻有一人发出响亮的笑声："唷，唷……大少爷，大少爷，慢点慢点！别急！"

一个精瘦的中年汉子，着一身灰色马褂，墨色绸裤，头发软塌塌耷在头上，细长的眼睛弯起，分明在笑，目光中却一丝笑意也没有，他慢悠悠走到歪歪斜斜站着的璟暄面前，轻轻给他掸了掸肩上的石灰，再转过脸朝璟琛与佟春江呵呵一笑。

"我见过这个人。"璟琛在脑中搜索着关于这张脸庞的记忆。想起来了。那日云秀成带着他们兄妹三人去俄国餐厅吃晚饭，在餐厅门口，有一个人撞了自己一下。

"是他！"璟琛心道，将目光落在那人的脸上，"原来就是他！"

洪泉根笑嘻嘻的，目光却透着森冷之气，越过璟琛看向佟春江："自长春观一别，八年过去了，佟爷，兄弟真是想念你得很啊。"

佟春江满面堆笑："洪兄弟在广州发了大财，有了大出息，湖北的兄弟们都从心底里为洪兄弟高兴。来跟你见面之前，向大哥特意嘱咐我说：'春江啊，好好招呼阿根，当年我委屈了他，他怨我，我是知道的，阿根心中有笔账，哥哥心里也有的，一笔笔好好记着呢，等办完了事，大家坐下来，你代我敬洪兄弟一杯酒，理一理旧账，以前我们欠了洪兄弟多少，今天就连本带利还给人家，让洪兄弟心里再没有包袱。'"

洪泉根听完，感慨万分般长叹一声，回头对他的人笑道："总跟你们说湖北人重情重义，现在见识到了吧？咱们得利落点，赶紧把事弄妥当了，才好跟我们湖北的兄弟们喝酒啊！"他身后的汉子均大声点头称是，眼神中却是杀气十足，佟春江身后的阿奇、刘五等人，却跟没事人儿似的，有的用脚蹭着草皮子，有的干脆从兜里掏出烟来点上。洪泉根眼中笑意一点点敛去，将目光重新落到璟琛脸上，端详了一会儿，旋即右手微抬，向他勾了勾手指："潘大少，敢过来吗？"

璟琛并没动，以请求的语气说："您要的钱我如数带来了，银子是在山西票号里过的老秤，不是新秤，没掺一点水分。请放了我弟弟，潘家上下感激不尽。"

洪泉根嘿嘿一笑。

"二弟是我骨肉至亲，他若无恙返家，我会非常感激您。倘若他再有一丝一毫差池，洪先生，我潘璟琛在此发誓，我会让你，我会让你……"他太年轻，与这些江湖人士并无交往经验，虽不免语气激愤，但一时也说不出什么威胁的话。

洪泉根将潘璟暄往前推了半步，潘二少爷趔趄着站定，仓皇看向对面的兄长。洪泉根拔下腰间的枪，拉下保险栓，对准璟暄后背："佟爷，不浪费时间了，咱们说好：两箱装车，两步上前。你看怎样？"

"好！"佟春江手一挥，阿奇与刘五一人提着一箱先送了过去，洪泉根的人大步上前接过，放到车中。

"二少爷，走两步。"佟春江喊道，璟琛亦看向璟暄，目光中颇有鼓励之意。

璟暄尚未挪步，洪泉根却呵呵一笑："我说的两步，不是他走，是他。"枪口斜斜朝璟琛指了指。

璟琛眼睛又微微一眯，佟春江从他俊秀的眼中看出一丝警敏果决，知这少年心中并无恐惧，于是轻声说："我在这里，他不会轻举妄动。"

璟琛向前迈了两步，阳光照向他鬓边头发，闪闪发亮，洪泉根见他毫不胆怯，点头道："听说潘大少爷的外祖父当年是进士三甲，皇帝御赐紫禁城骑马，官拜从二品广东巡抚。你身为名门之后，论血统高贵，远超过这不中用的花架子弟弟，却不知为何你父亲如此不把你当回事，真是奇怪。"

璟琛面如静水，缄默以对。到最后两箱钱被放入车中时，他已经走到洪泉根与璟暄的身旁。

"请放了我弟弟。"他再次说，语气礼貌而坚定。

"没问题。"洪泉根手伸过，拉住璟琛的胳膊，枪抵在他腰上，笑道，"潘二少爷可以走了，你先留下。"

璟暄愣了须臾，旋即如遭雷击般回过神，拔腿就朝佟春江的方向跑去，慌乱中竟无暇给予身后代替自己成为人质的大哥一个眼神。

洪泉根看着璟暄的背影，轻笑道："就这样一个废物，替我换了五十万大洋，潘大少，你说你值多少钱呢？"

面对冰冷的枪口和一双杀意十足的眼睛，璟琛再怎么淡定，也不禁渐渐苍白了脸色，硬着头皮道："你……即便换来再多的钱，若留不了一条命回广州，又有何意义？"

"是啊，潘大少爷说得真有道理。有命赚没命花，岂不没劲之极？"洪泉根故作恍然大悟的神情，忽然一提音量，"佟爷，替我对向大哥说声对不住了。瞧，潘大少适才这句话把我给说醒了。兄弟情义确实很金贵，但再金贵也金贵不过我这条贱命。我们的酒还是以后再喝吧。你带着二少爷回家去，我让大少爷送我离开汉口，我的人一走，保证让大少爷毫发无伤回去。"

"阿根，是个汉子就按规矩来，婆婆妈妈算什么？你不嫌多事？"佟春江皱眉，璟暄此时已奔到他这一边，阿奇伸手将其扶住。

洪泉根冷冷一笑："我还恰恰就是怕多事，所以才不得不如此。"

佟春江正欲开口，璟暄忽然大叫："快带我回去，带我回家去！别让我再留在这里！求你了，你不是我父亲叫来的人吗？还在这儿废话什么？快带我回家去！"面目狰狞，耳边伤口崩裂，一道细细血流涌出。

璟琛远远看着，脸色白得如透明一般，嘴角露出苦笑，目光却渐冷，宛如寒潭上的浮冰。

佟春江思忖片刻，朗声道："阿根，你无非也就是想安全离开汉口。你把潘大少爷放了，我来替他。"

"佟爷不可!"阿奇、刘五等人大惊,佟春江朝他们摆摆手。

璟琛面色微动。

佟春江将身上佩枪取下,交给刘五,又解开外衫,露出细麻里褂,示意里面再无武器。他缓步上前,走向洪泉根:"我都表现出这样的诚意,阿根,再怎么不念旧情,也当知我为人如何。真正撕破了脸,只怕你能想到后果吧?"

"好!"洪泉根松开攥住璟琛的手,慨然笑道,"那我们哥俩就在路上把酒喝了。佟爷,阿根没出息,但你是真汉子!"

佟春江淡淡一笑。

"谢谢你。"璟琛看着他。

佟春江道:"我答应过别人保证你的安全,说到做到,江湖上人情就是账,这是我和别人的账,与你无关。潘少爷不必言谢。走吧。阿奇他们会带你们平安回潘家。"

两兄弟终于坐在了一辆车上,璟暄发着抖,惊魂未定,璟琛从衣兜里掏出干净的手帕,替他擦着耳边的血,一语不发。

"哥……"璟暄颤声道,"大哥。"

"嗯。"璟琛小心地给他擦着,生怕弄疼了他。

"对不起……"璟暄眼中落下泪来。

璟琛一怔:"我来晚了,让你受了罪。是我对不起你。"

璟暄喃喃摇头:"不,不是这样的……大哥,我只是害怕,我只是害怕……"他的眼神中透出慌乱,欲言又止。

"别怕,"璟琛抬头,凝视着他,"你已经安全了。"

"是吗?"

"是的,二弟,你已经安全了。我们就要回家了,爹娘在等我们,小栗子也在等我们。"

"小栗子,"璟暄嘴角露出恍惚笑意,"我竟然忘了,小栗子今天过生日……"

客厅里许多人在等候着,见他们走进来,闹哄哄的厅堂中一时鸦雀无声。

璟暄用失神的双眼扫视众人,父亲、母亲、舅舅,以及含泪看向他的妹妹。生日蛋糕就放在璟宁身旁的桌上,十三根蜡烛已经插在了上面。

璟暄朝璟宁笑了笑,璟宁强迫自己不哭,欢声道:"二哥哥,你们终于回来啦。"

璟暄走过去,说:"今天是你的生日,再怎么我也要回来啊。"

璟宁扑到他怀中,紧紧抱着他,璟琛在一旁看着,觉得有些不对劲。

"这是你的礼物,你两个哥哥用命给你换来的。"璟暄摸了摸璟宁的头发,璟宁抬起头,璟暄将一条项链从衣兜里取出,项坠是一朵初绽的金色玫瑰,线条柔美,光泽温润,仿若有阳光照在上面。

璟宁低下头,用小手轻轻触摸项坠,璟暄的手却一松,项链掉了下去,璟宁急忙伸手去接,不待她反应过来,璟暄已经一脚用力踹了过来。有人把她往后一拉,是璟琛快步抢上拦住了璟暄,可璟暄并没有意图要伤害璟宁,只是将那个生日蛋糕踹到了地上,踹完了,将满是奶油的脏皮鞋在沙发上狠狠擦了擦,同时把耳边缠着的绷带用力扯了下来,露出血肉模糊的伤口。

璟宁长这么大,养尊处优无忧无虑,从来没有见过如此恐怖的场面。而一向与她亲近的二哥,如一个疯子一般,嘶声大叫着:"谁还给我?谁把我的耳朵还给我?!还想着给她过生日?谁把我的耳朵还给我?!该死!"

"阿暄!"云氏哭道,"你妹妹是要等着你们回来才过生日的啊!你怎么能怪她?"

璟暄根本听不进去,只是不停大喊:"还给我!还给我!"一边喊,一边又踹又砸,下人们按不住他,盛棠待过去帮忙,云秀成却抢先了一步,抱住了外甥的胳膊。璟暄扭过头,眼神疯狂:"舅舅……舅舅,如今如了你的愿了!你高兴了吗?"

秀成用手帕捂住璟暄的耳朵,安抚道:"阿暄,你糊涂了,别怕,这是在家里,你回家了。"璟暄双手乱晃,秀成下死劲攥着他,转头对盛棠道,"这孩子一定受了很大惊吓,我带他上楼休息。"

盛棠眉头一蹙:"我跟你们一起去。"走了几步,回头担心地看了看女儿，璟宁呆呆地站着，一句话也不说，云氏正安慰着她。盛棠这才想起璟琛似的，道："阿琛，辛苦了，你好好休息。一会儿我再来看你。"

"是。"璟琛懂事地回应。

云氏搂着璟宁，哽咽道："好孩子，没事。你二哥哥受了苦，心里难过，别怪他。"

璟宁并没有哭，也不说话，没有露出任何难过的表情。

璟琛默然蹲下，从地上捡起项链，放到璟宁的小手中，柔声道："宁宁，这是我画了图找师傅给你做的项链。你不是最喜欢玫瑰花吗？来，我给你戴上。"

璟宁摇摇头，像一只小狗打了个激灵，忽然挣脱母亲的怀抱，用力拨开璟琛的手，项链落在地上，如阳光溅起金芒，璟宁尖声道："我不喜欢！谁说我喜欢了？我讨厌玫瑰花！讨厌你！"

她转身就跑，刚跑了两步，身子却一软，砰的一声摔在了地上。

"宁宁！"

璟琛追了过去，将小女孩扶起，她的眼睛瞪得大大的，泪水盈满了眼眶，滚落而下，跌倒的时候牙齿咬破了下唇，浸出血迹，嘴唇抽搐着。

她终于呜呜地哭了出来。

〔五〕

过了中午，天陡然阴沉了下来，密布着细碎的云，空气里充满着雾与尘的分子，湿凉的风越刮越紧，虽在夏季，却让人觉得心生荒寒，竟有料峭之意。窗户半敞，厚实的写字桌上很快敷了一层黯淡的尘灰。

雷雨就要来了。

璟琛跟在云氏母女的后头，听着云氏温柔地安慰着女儿，璟宁的抽泣渐渐停止，她知道璟琛一直跟着他们，但她不愿意回头，她害怕回头。进了屋，云氏便要将门关上，璟琛原也打算进去，见她这样，往后退了一步。云氏轻声说："回去休息吧，你妹妹有我，不用担心她。厨房做了你爱吃的白斩鸡，又煮了海鲜粥，云升一会儿会给你送去。"

她将门关了。

回到房间，璟琛倒在床上，只觉得浑身脱了力，说不出的疲倦，盯着床顶怔怔出神。云升一会儿便送了饭来，璟琛起身下床，白斩鸡做得鲜嫩，他并未吃几块，粥倒是喝了不少。

云升轻声说："老爷下午会去洋行，大少爷出门的话会方便些。"

璟琛看了一眼窗外狰狞晃动的树木。

"会怎么处置她？"璟琛转头看着他，一双眸子清亮亮的，云升不觉一凛，揣摩了许久该如何措辞，最后道："大少爷今天若去见她，便是最后一面了。这姑娘立场太混乱，想从几方都得好处，如今是自食其果——老爷和舅爷都不会留她。"

璟琛缓缓站起来，走到书桌前，先随手关了窗子，找了块手帕将灰尘抹得干干净净，然后将帕子掷到一旁，再从桌上一摞书里翻检了几下，取出一本薄薄的册子。云升一瞬不瞬看着他的动作，暗暗讶异，璟琛扬了扬手里的小册："这是蕙兰送我的，一会儿我还给她。"

"大少爷……您别难过。"云升安慰道。

"人非草木，我对她又那般用心。"璟琛轻声道，沉默了一会儿，正色道，"云大哥，这一次你帮了我大忙，等何仕文一下来，我保你平步青云。"

云升心中暗喜，却不动声色："大少爷出国后安心读书，修养身心，我在汉口耐心等您归来。"

璟琛沉眉道："你说得对。对许多事许多人，强求不得，用尽心机也未必会得到想要的结果，有了耐心，倒不易被得失所累。"

"下午我会安排好，大少爷等我信儿。"云升临走到门口，停留须臾，又往回走了几步，道，"有件事，云升心里有些不分明，大少爷可否点拨一下？"

璟琛低头随意翻着手中小册："请说。"

"其实何管家是费尽心力护佑着您的，何况他也还没到暮年，依旧是矍铄精神的好年纪，大少爷为什么一心要让何管家离开潘府？"

璟琛将小册捏成一卷，轻轻戳着掌心："正是顾念他跟我的情意，想让他早些颐养天年。也不怕云大哥嫌我孩子气，我是有些私

103

心：人吧，总是不喜欢被人管的。"

云升眉间隐露笑意，不再多说什么，开门离去。

下午三四点前后，雨终于下了起来，伴着雷声，闪电映亮了灰黑的天空，短暂的光亮却照不透逼仄阴暗的房子。窗户紧关，房门紧闭，屋里一盏灯也没点，行李箱搁在窗下，女子蹲在箱子旁就着昏暗光线紧张地收拾着，不时抬头检视窗口，偶尔也会被树枝落地的声音和雷声轰隆吓一跳。

能带走什么呢？箱子里也只是些寻常衣物，不一会儿她便瘫坐在地上，发着呆，又情不自禁伸手从箱底捞出一张银行的存折本子，并不打开，只是将存折贴在胸口，仿佛其中有神奇的力量能让她振作一般，待心绪缓缓平静下来，却听见猛地响起了砰砰的敲门声。

翟蕙兰脸色顿时惨白，屏住了声息，尽量将身子弯得最低，果然窗口那儿似有人往里窥探，人影挡住了光，屋子里暗，并不会看出什么，因而那人重新回到门前。蕙兰一颗心怦怦乱跳，背脊发凉，额头冷汗直冒，却隐约听到璟琛的声音："蕙兰，开门，是我！我是璟琛！"

她几乎以为在做梦，仔细分辨着轰鸣雨声中的那隐隐绰绰的人声。

"蕙兰！你在睡觉吗？"

听得分明，确是璟琛的声音。她喜极而泣，无数情绪在心头乱窜，泪水落下，暗道："他活着，他没事，他还想着我！"慌忙伸手擦了眼泪，矮着身子，以最轻的脚步走回里屋，弄乱床上的被子，再将本来就开着的屋门摇了一下，门吱呀一声响，她又将头发拨乱，方走过去将外屋门打开。

璟琛站在外头，暴雨下得震天响，他背着光，因而看不清表情，但肩头的衣服已然湿透，蕙兰强抑着汹涌泪意，伸手拉他："快进来，别淋着。"他紧握着她冰凉的纤手，随她进屋，笑道："怎么这么暗。"伸手便要拉门边的灯绳。

"不要！"她止住他，将门反锁，"我们进里屋去。"

璟琛柔声道："怎么不开灯？对了，我带了好吃的过来。"将她的手放到自己另一只手上。蕙兰摸到一个纸包，却无心揣测里面是什么,说:"去里头,把外衣脱了,我给你擦擦头发,别着凉了。"

两人走进里屋,蕙兰关上了门,方将一盏小台灯拧开,璟琛脱了外衣,坐到床边,笑道:"懒虫,为什么睡到现在?"

蕙兰不语,将被子拉来搭在他腿上,用枕巾给他擦头发,动作轻柔:"今天干吗过来?"

"担心你会害怕,又是打雷又是下雨。你不知道过江的轮渡差点都停了,还好我赶上一班。"

蕙兰的眼泪再也忍不住,滚烫的泪水滴落到他的发中,璟琛抬头,微笑道:"我不是来了吗?还撒什么娇呢?前些天家里有点事耽搁了,我这一得空马上过来看你。别怄气了。"

蕙兰摇头,珠泪滚滚而下:"小琛,我要走了。"

"走哪儿去?"他的语气越发温柔,将她拉近一点,"别跟我说气话。"

"我可能暂时不能和你去国外读书了。"她哽咽着,无比留恋地抚摸着他的头发,"以后若有机会,我会跟你慢慢解释。"

他抬头,脸上笑容慢慢凝结:"要是没有机会了呢?"

蕙兰以为他生气了,安抚道:"怎么会没有机会?天长日久,我们总会相聚。"

他不再看她:"怎么突然想走?"

"我姑母生了重病,我要回去照顾她。"

"去多久?"

"等她病好。"

"你姑母不是有家人吗?怎么偏偏要你回去?"

"她将我自幼带大,我们情同母女。"

璟琛低下头:"你这么一走,不知道什么时候能再见。"

蕙兰无声饮泣。

他递来一样东西:"还你的,收好。"

她不接,说道:"留给你做纪念吧。"

璟琛将册子放到她腿上:"上面的笔记我都背熟了,你随便挑一页,我都可以背给你听。"

蕙兰凄然一笑，翻至一页，轻声道："路加福音，第十章，第28则。"

"耶稣说'你这样行，就必得永生'是纯粹假设。倘若主提到的律法能对律法师起预期的影响，他应该道：'若这就是神的要求，那么我要灭亡了，我无助无望，把将自身投向你的慈爱和怜悯，求你以恩典拯救我！'"

蕙兰跟着他背诵，背完了，将头倚靠在他肩上，柔肠寸断。

他问她："蕙兰，你为什么会信教？"

蕙兰道："有主赐福，人生便有了光明和希望。"

"那你说，信教的人是不是都是好人？我指的是真信。"

"那是自然。"

璟琛一声叹息："我以前也是这么想的。有信仰总是好，心中善恶分明，道德的底线高，对己对身边的人都充满善意。不过我后来慢慢就有了些别的看法，不论是不是真信，那些信教的人或多或少好像总有些功利的意思在心思里头，计较起来比旁人还变本加厉，伪善的言行举止并未减去一分。"

蕙兰默然听着，摩挲这膝头放着的小册子。

璟琛又道："不过我相信善恶有报，信不信是一回事，因果报应却分明不爽，行善的人，自有他们的好造化，作恶的人，会得到应有的惩罚，而那些信着教却依旧作恶的人，自会有加倍的报应等着他们。"

蕙兰打了个寒噤，璟琛拍拍她的膝头："什么时候走？"

"明天一早的火车。"

"那我明天去送你。"

"太早了，你一会儿送我去汉口吧，我订了一家旅社，免得明天早上折腾。"

璟琛微微沉吟："你不是有个叔叔在汉口么？怎么又去住旅社？你这人真是奇怪。"

"叔叔携着一家人去杭州了。"

"那我现在就送你去吧。我偷偷出来的，也得赶紧回家去，免得父母担心。你晚上安顿下来，我若能抽空就去看你。"

走到外屋，璟琛替蕙兰将箱子提着，将刚才随手放到桌上的小纸

106

包拿了。蕙兰拿了提包和雨伞从里屋出来，璟琛道："适才不开灯，现在又不关灯。"

蕙兰淡然一笑："无所谓了，让它亮着吧。"

雨小了许多，雨云已经开始四散开来，西边的天空露出通透的烟灰蓝，两个人冒着细雨去坐轮渡，人声喧哗中，携手依偎坐着，谁都没再说话，蕙兰不时抬头凝视璟琛，目光里带着浓浓的眷恋，璟琛总是回应以微笑。

快到岸了，蕙兰终于开口："小琛，你这几天过得怎样？"

璟琛用额头碰了碰她的额头，温然道："托你的福，有你的福音笔记保佑，过得还行。"

蕙兰心中极是酸楚，忍不住又想落泪，璟琛叮嘱道："一会儿去旅社里别忘了把这包吃的解决掉，留到明天味道就不好了。专程去给你买的。"

蕙兰温顺地答应了。

旅馆就在火车站附近，璟琛待蕙兰登记完，又陪她在房间里略坐了会儿，便回家去了。房间在二楼，蕙兰泪流满面站在窗口看着他的背影，真盼望他能回头看看自己，可他走得很快，衣襟飘飞，那般美好的少年郎，真不知何时才能再见了，一时心如刀割，扑到床上大哭了一场。

他买的那袋小食就放在床头柜上，蕙兰哭得累了，念着他一片深情，坐起身来，将纸包轻轻打开。

包了两层，一层只是普通的牛皮纸，第二层也是牛皮纸，但纸上多了一个红色款记，印着"洪记"。

蕙兰的手渐渐颤抖起来，心里有个极为强烈的念头，压得自己快喘不过气来。她在心里念着，祈祷着："不，我只是在瞎想，我在瞎想。"

诱人的卤肉香飘出来，带着蛊惑之意，蕙兰将纸包完全打开。她尖叫了一声，仿佛见到世界上最可怕的东西，将纸包扔到地上，里面卤得红光透亮的猪头肉散落一地。

是的，猪头肉，仅仅只是一包猪头肉。

蕙兰此时满脑子只有一个念头："他知道了！他什么都知道！"

洪泉根将洪妻断头之后，便再也不吃猪头肉，事实上，凡沾着

"头"这个字的食物，全成了洪氏的大忌讳，纸包上的题记与猪头肉连在一起想，便只得出一个结论：璟琛知道"洪"和她的关系。

他必也知道她处心积虑到潘家当钢琴教师的目的，他什么都知道！不论是什么时候知道的，两人之间所有柔情蜜意，全化作了一场梦，她自己臆想的一场美梦！而此时美梦俨然已经成为了噩梦。

他送给她猪头肉，究竟是什么意思呢？

祝愿她此生终结，来生从头再来么？还是讥讽她愚蠢如猪，死到临头尚不自知？

蕙兰在万念俱灰的凄凉中惊醒，意识到此时自己正处在最危险的境地，人一有了求生的念头，情爱痴恋也不过是浮云了，她翻出存折放入提包，行李则弃在房间里，几乎算是连滚带爬地下了楼。天已经暗了，她奔入夜色与灯火之中，只拣人多的地方走，踉踉跄跄，逃命一般，背脊一阵阵发麻，像有一双尖利的眼睛在后面盯着。

喘息片刻，她抬头，雨已经停了，天是深色的宝石蓝，她信仰的上帝在天上，可是上帝会保佑她么？正如璟琛所说，作恶的有信仰的人，会得到加倍的报应。她畏缩地低头，不敢迎接上帝凛凛的审视。正前方刺目的光射过来，她一时什么都看不见，却感到急急的风扑在面上，而那光芒则越来越近，发出尖利的啸音，不容她躲避。

汽车与女子娇软的身体碰撞，发出钝钝的闷响，死亡摧枯拉朽，如黑暗的巨浪，瞬间就吞没了脆弱渺小的生命。

行人驻足惊看，那辆车从撞倒的人身上压过去，又往回退了几米，然后再加足马力往前驶去，仿佛车轮下只是几截破衣烂衫和一堆垃圾，以致围观的人怀疑车轮下是不是真有人。

雨后的风是那么清朗，空气里散发着烤红薯和烤豆腐干的香味，车站附近全是小食摊，有几个行人挨不住诱惑，循着香味去了。

第五章
流光

〔一〕

之前的雷雨将园中植物的芬芳击打了出来，花园里弥漫着浓郁香气，水声轰响如急瀑，一排秀丽的六月雪将水沟与小径隔开，枝头雪白花瓣在夜灯下泛着银光，草丛间时不时有一丁点轻柔的颤动，可能是老鼠或鸟儿，但也有可能仅仅是风，是夜的唏嘘。雨滴从树叶落到璟琛滚烫的额头，他觉得脚步发软，雾霭中蔓藤的光影在地上如一张网，可还是得踏进去，一步一步向前。

其实在走出旅馆那一刻，不，早在他知晓她设计进入潘家之时，便已经料到那个女子最后的下场。她的死是注定的，与他脱不了干系。其实应该谢谢她，若不是她，别说被割掉一只耳朵，便是这条小命，只怕此刻也是悬在刀尖。他承认翟蕙兰在关键时刻救了他的命，这或许是她自己也没有料到的。她付出了代价，而他唯一能做的，便是在她临死前向她坦承，自己在和她演戏。

想到这里璟琛打了一个冷战，知晓多年的隐忍已幻化成一条谁也制不住的毒蛇，盘踞在心，渐渐长大，积攒着力量。

这不是本意，但他控制不了。他不清楚那些人是怎么将那女人杀死，也毫无意愿去打听，甚至再不想听到和她有关的只言片语。但能确信的是，翟蕙兰死前对他应当抱有最深的怨恨，想到这里，便宽慰地觉得，自己也没那么对不住她了。

潘盛棠不在家里。

五十万现银的损失对潘家来说是个重创，尤其现在普惠洋行的归属正处在关键时期，稍有不慎便会关系到今后潘家的大走向，相比而言，抚慰惊魂未定的子女们是之后的事情，更重要的事还很多。

璟暄的房间很安静，医生给他注射了镇静药品，不知在昏睡中他还会不会被恐惧与痛苦纠缠。从璟宁的屋里则传出说话的声音，时而飘出刻意压制音量的欢笑，璟琛讶异地停步。

小君端着托盘从璟宁屋里出来，璟琛把她叫过去问，小君道："是小姐的几个朋友来陪她过生日，她今天这么难过，有人陪着也好。"

璟琛恍然，自回房间休息。躺在床上，只觉得骨头被拆了般酸疼，喘息间吐出的气都是烫的，真要病一场也好。不一会儿走廊响起脚步声，璟宁送她的朋友们出来，几个孩子站在楼梯口道别，语声朦胧，璟琛不由自主把手伸向枕边，摸到那根被璟宁扔下的项链，忽生起一股固执的劲儿，想在此刻把这个礼物交给璟宁，尽管她一开始并不愿意接受。不接受也要接受。

他快步走过去打开了门，几个小客人正下着台阶，璟琛看到了那个叫孟子昭的男孩，男孩慢吞吞走在最后头，忽然回头朝璟宁粲然一笑，把手放在胸前，幅度很小地朝她摆了摆，像是只有他们俩才知晓的暗号，也许璟宁回应了他一个可爱的笑容，男孩满意地转身走了，璟宁把下巴放在栏杆上，目送着他们，久久不愿离去。

璟琛轻轻唤了她一声。

璟宁回头，看到了站在门前的他，笑容渐渐敛去，乌黑的眼眸立刻荡漾起忧伤的水波，她下意识地低头，快步跑向自己房间，砰地把门关上，就似躲避噩梦的追赶。

璟琛嘴角的笑渐渐冷了，一直冷到心底里。他了解她，她不敢面对他只是因为心中怀有对二哥的歉意，在抱怨她自己的同时把怨恨转移到了这"无辜"的、对她百依百顺的大哥身上。他不怪她，但很清楚，在这个家里唯一依恋自己的人也开始选择了逃避。

一向如此，所有的人都毫无理由地向他索取，不论什么时候，不论他为他们已经付出了多少感情，不论他等待了多久。每一个人，总是会在关键时刻遗忘一件事，就是他潘璟琛不是个摆设，不是木头，不是傻子，不是工具或玩伴，他是个人，他有血有肉会难过会脆弱，他有恐惧也怕孤独。这些人只知道索取。索取完了，便是舍弃。

项链被放进了抽屉里，压在几张草图上。璟琛曾报过一个图画班，幼稚地拒绝了绘画老师要他从打基本功开始的要求，那是两年前的事情了，他向老师提出，他只想学会画玫瑰花。画它们含苞待放、盛放、凋零，画单瓣的、重瓣的、各种颜色的……他执拗地画，在描摹花瓣的时候觉察出内心的安静与温暖。

美好的念想落到实处总是让人失望，便如他亲手绘出的玫瑰，变成了图纸送给首饰行的工匠，锻造成一份生日之礼，却最终引发一场劫难。

灯光朦胧，照得心中一片雪寒。

没什么值得留恋了。

连着两天不见何仕文的人影。

早餐时，璟琛斟了一杯茶，轻轻放在盛棠身边，柔声问："父亲，何叔叔去哪儿了？"

盛棠拍了拍裤子上粘着的一根烟丝，淡淡道："一会儿你跟我出去一趟，有些事要和你说说，有些人你也得见见。"

璟琛刚回座，颇有些错愕，云氏也看了一眼丈夫，眉间隐露不快，却也没说什么。

盛棠不太满意儿子此刻的表情，正色道："出了这件事，以你弟弟的性子，要他振作起来说不定要花费多年的工夫，更别说要他帮我打理生意。我老了，你也长大了，家族事业你就忍心一点都不管？"

璟琛勉强笑了笑："父亲并不老，再说您身边还有那么多得力的帮手。"

"还在跟我装！"盛棠手一挥，将桌前杯盏一扫在地。

云氏吓得肩膀一抖，抚了抚胸口，不满道："大清早的发什么火？"

"出去！"盛棠斜指着她，眉毛都没抬一下，语气中的冷淡鄙夷让璟琛大为讶异。

云氏满脸通红，噌地起身，一言不发离开餐厅，一直默默站在一旁的云升朝两个下人使了使眼色，一同悄然退下，将门合上。

璟琛亦站了起来。

"你恨我，我知道，"盛棠目光灼灼，"你从来不说，从来不抱怨，但我知道你恨我。你恨极了我冷落敏萱，你觉得我害了她，误了她。"

乍听到母亲的小字，璟琛冰凉的指尖掐在了掌心："不。不仅仅是害了她误了她，你杀了她！是你杀了她！"

终于还是说出来了，那一刻几乎愿意豁出一切，只要能有半句话能刺伤到眼前这个男人。眼见盛棠的胸口起伏加快，愠怒的目光从错愕转到伤感，璟琛觉得很痛快。

"你都知道些什么？"盛棠咬牙道，眉间如覆霜雪。

"我知道什么？"璟琛嘴角掠起一抹凄凉的笑，"我只知道你打了妈妈，你好不容易回家一次，你却骂她，打了她。然后你就抛下她，到她死，到她的遗体发了臭你才回来！"

盛棠长吁了口气，颓然靠在椅背上，以手抚额。

"我是恨你，可我更恨我自己！我恨我是你儿子，我恨我不得不尊重你爱戴你，只因母亲要我好好当你的儿子！"泪水盈满了璟琛的眼眶，他的双颊发烫，不知是不是因为此刻真情流露让自己羞愧难当，"刚才倒茶的时候，看着你身旁坐的那个女人，那个你要我叫她母亲的女人，我就在想，如果我的真正的母亲还活着该多好，真正的一家人在一起多好。我听你的话去和绑匪交涉换回二弟，面对冰冷的枪口时，我也在想，要是母亲还活着该多好，至少她会为我流一滴眼泪，她会担心我，为我彻夜不眠，像我的继母担心二弟一样！而当我安全归来，她一定会冲过来用她的双手给我最温暖的怀抱和抚慰，她不会要我在经历那么危险的事情后，还要立刻打起精神，在所有人面前强颜欢笑。她不会责备我不会埋怨我，不会到现在还强迫我去做不愿意做的事情。我是恨你，我排斥去洋行，我巴不得它垮了，因为生意是你心中最重要的东西，是它夺走了你对母亲的爱，夺走了我的母亲！"

盛棠默默听他说完，目中霜色渐融，过了许久，他柔声说："过来。"

璟琛沉沉地呼吸着，一动不动，俊朗的面庞满是倔强。

晨风穿过窗棂，带来花园中清润的气息，一缕缕唤起云散的旧梦，少年如玉的容颜与梦魂中出现过无数次的那张脸庞再次重叠在一起，霎时间潘盛棠心中充满了酸楚，他轻声说："你的母亲，是我最想忘记却永无法忘记的痛和错。也许以后你终会明白我此刻的心情。"凄怆地笑了笑，"但我宁肯你永远都不要明白。"

屋子里很静，静得能听到耳中空旷的嗡鸣，那是什么声音呢，不能用言语来形容，是只有在最寂静的时刻才能听到的，来自大脑深处的声响：一根细细的弦，发出微微的颤动，将蛰伏的回忆渐次惊醒。

"当年家中生意举步维艰，我常年奔走在外，没有让她和我一起，既是怕她吃苦受罪，也有私心在里头。出入洋场，要和各种人周旋打交道，敏萱是如珠如玉一样的女子，外面却多是风流轻薄之人，我的私心也不过只是因为在乎，太过在乎，宁肯她像一朵花凋零在家里，也不舍得她被外面任何一个人去欣赏。久而久之，我甚至忘记了自己的初心，忘记了对她的承诺。只希望她好好在家里，完好无缺的在家里，可是，可是……"

盛棠连说了两个可是，却没有再说下去，仿佛有什么隐藏极深的痛苦在折磨着自己。

璟琛嘴角一斜，露出一丝淡淡的讥笑："完好无缺？妈妈在家里早被伤得千疮百孔。外祖父被革职流放，舅舅们死的死，坐牢的坐牢，若不是父亲花了那么大笔钱去打点，只怕连妈妈都脱不了干系。除了父亲，还会有谁来给妈妈撑腰？在家里被嫌弃也就罢了，奶奶以为您不带着妈妈在身边，是她不贤惠，而她性子高傲，从来不屑于辩驳，您不知道她在家中受了多少无辜的刁难。两个姑姑每天对她冷嘲热讽，下人们也早就学会了见风使舵，若不是顾及还有我在，只怕她还要早两年郁郁而终。"

"别说了……"

"那个时候,您在外面已经有了另一个家,如果没有算错,宁宁和阿暄都已经出生了。我和妈妈却什么都不知道。"

盛棠皱眉,沉声道:"她知道。我跟她说过,只是你还小,她没有跟你说而已。阿琛,你并不是一个把凡事都想得很简单的人。广州像我们这样的家庭,哪一家没有几房妻妾?你母亲性子倔,想不通,觉得我是因为你外祖父家出的事,嫌弃了她。后来我们屡次为这些事发生争执。"

"所以最后您甚至动手打她,这就是您说的在乎?"

盛棠揉了揉额头,沉默不语。

璟琛脸色苍白之极,愤然道:"您那次走后,哪怕对家里人多叮嘱一句,让他们关照一下她,她也不至于走得那么凄惨。妈妈临终的那几天,一直发着高烧,家里只有一个柴房丫头照顾她,天气很热,我哭着去求姑姑们给妈妈弄点冰,她们最后让下人给我们送来一桶用脏的凉水。父亲,难道这些都是您默许的吗?"

盛棠的肩膀轻轻颤了颤。

"后来她越来越不清醒,时常说些我不懂的话,到最后那一天,她好像忽然有了精神,还伸手搂着我,我高兴坏了,以为她终于病好了,可她却用她仅剩的那点力气紧紧抱着我,不停地流泪。那是她最后一次抱我。您知道她跟我说了什么吗?"

盛棠眼中的忧伤被一道利刃般的冷光占据:"她说什么?"

璟琛淡然转开了脸,避开他的逼视:"她说:'阿琛,可怜的孩子,妈妈对不起你,你的父亲永远不会回来了。'"

眼角的余光看到盛棠的手捏成了拳头,手背上青筋突出,璟琛轻飘地笑了笑:"可她错了。您还是回来了,只是有点晚。"

"她并没有说错。"盛棠喃喃道。

璟琛一凛,转过头来,盛棠并没看他,低声说:"她死了,我没有见到她最后一面,而在她最后的意识里,我确实是永远都没有回来。可不是没说错么。"说着凄怆一笑。

璟琛缓缓走到他身边,伸出手放在他的肩上。盛棠忍不住将他拥在怀里,十多年来他第一次拥抱这个孩子,这拥抱让他的心悸动,在回忆的层层流光之中,眼前的人仿佛依旧是那个会扑到自己怀中寻求温暖的稚子。物是人非，只余萧索。离得这样近，这样不真实，像黑夜里闪过的短暂星火缥缈虚浮，宛如不曾明亮过，盛棠缓缓将手松开："以后心里想什么，别藏着，哪怕有怨气，我是你父亲，尽可以什么都跟我说。阿琛，你应该知道我疼爱你的心与对阿暄并无分别，甚至更胜于他。"

璟琛点点头。

盛棠爱怜地摸了摸他的脸颊，忧虑地说："你在发烧。"

"有点着凉了。不过没事，您别担心。"

"好好休息吧，今天不想去洋行就不去。不过在你出国之前，有些事我需要你和我一起分担，这是你身为潘家长子的责任。"

"是。"

盛棠往门前走了几步，忽然停下道："如果我告诉你，仕文正在警察局接受调查，你会怎么想？"

璟琛露出惊愕无比的表情，脱口道："不管怎样我都相信他。"

盛棠眉毛一挑："为什么？就为了他护着你在外面养了个女人？"

璟琛顿时红了脸，一直红到耳根，似乎羞愧难当。

盛棠道："年轻人犯点错是难免的，我不过问你这些事情。不过仕文有可能和这次绑架案有些关联，没有弄清楚之前，他暂时不会回来。"

璟琛着急道："您应该比我更信任何叔叔，他怎么会做出有害于潘家的事情呢？当年，当年他……"

"他怎么？"

"当年家里几乎所有人都见风使舵，对妈妈不闻不问。只有何叔叔一个人四处奔忙为她求医问药，妈妈死后，也是他最先赶回家，装殓了她。我相信何叔叔的人品，他绝对是个光明磊落的人。"

盛棠沉默片刻，忽然嘿地一笑，打开门快步离去。

璟琛站了一会儿，精疲力竭地瘫坐椅子上，喉咙红肿发痒，忍不住大声咳嗽，直咳得额头发烫，好不容易拖着脚步上楼，正好璟宁提着书包从她屋里出来，她愣了愣，目中流露关切之意，轻声招呼道："大哥哥。"

璟琛的语气淡得不能再淡："这么晚了，也不怕迟到。"

璟宁低声道："我请了一节课的假，我……"

没说完他已经进屋了，璟宁待上前两步，璟琛反手将门关上。

璟宁扭过了脸,看着柚木护墙板上悬挂的一盏贝壳灯,黑白分明的大眼睛里迅速有了泪意。

璟琛躺床上闭目养神,听着门外脚步声渐渐远去,面无表情。

〔二〕

云升递给璟琛一本册子:"少爷,这是老爷叫我送来的。"

璟琛的手指在绒面封皮上轻轻滑动:"还说了什么吗?"

"只说这些资料您看了以后,最好熟记在心,里面的人,这两天就会见到。"

"看来是怕我怯场。"

"除了谢济凡,其他三个人已经陆续到了汉口。邵慈恩是广东人,主业是糖,以前和老爷都是太古的买办,现在是舅老爷一边的人,头等聪明,因而也是最不稳当的一个。许静之,四川人,也是个老狐狸,做的桐油生意,很少会主动攻击,擅长等待与观察。闵百川是陕西人,像只骆驼,不急功近利,谁来为他做主都一样,只要能得到自己想要的利益。而谢济凡……他的据点并不在长江沿岸,而是守着珠江口,是个守旧的人,并不过多干预生意,后天就会到汉口。"

璟琛清亮的目光落在侃侃而谈的男仆脸上,似笑非笑地说:"云大哥,你知道你现在像谁么?"

云升心里一跳,明知他在暗指自己像何仕文,却故作不解地笑道:"像谁?"

璟琛没回答,低头将册子翻来翻去,说:"这四个人是当年协助父亲在普惠立住脚跟的大功臣,鼎鼎有名的普惠洋行四大剑客。不过洋行这么大,涉的部门那么多,轮船部、保险部、负责出入关的部门,各个货栈、码头、外庄,还有那些厂子,中层以上的经理就超过了一百人,光看这四个人的资料远远不够。"闭目沉思了一会儿,默数道,"要是我没有记错,除去自产自销的桐油、马靴,代销的有面粉、白糖、土产、鸡蛋、丝袜、草帽……嗯,也许以后还得加上珠宝和烟草。这几年生意竟做得这般大,想想都觉得害怕。"

他说是害怕,却言笑晏晏。

"父亲只让我了解这四个人,但是最重要的那个人的资料却不在这里。"

"您说的那个最重要的人……莫非是……"

"自然是普惠洋行的总董——英国人埃德蒙·约翰逊。"璟琛漆黑的眼睛炯炯生光,"父亲对我期望真高。他要我去帮他对付中国人,而他自己全力去应付洋人。"

云升暗暗心惊,完全没料到这少年心中竟亮如明镜,何仕文自然教了不少,但除了何,一定还有人在背后为他运筹,且绝不是一般的人,会是谁呢?云升百思不得其解。适才璟琛说自己像何仕文,并不是一句赞扬的好话,而是警告他不要像何一样试图控制他,或以师长的姿态去"教导"他,他要他知晓自己是什么身份。当即心念一转,试探着问:"大少爷,您说老爷会怎么处理何管家?"

璟琛一笑:"我哪里知道,不过,何叔叔走了,以后只有靠云大哥来帮我了。"

云升假作疑惑:"毕竟他和老爷有二十年的交情,这一次的事按说他也撇得清,老爷再怎么也不会……"

璟琛点头:"嗯,你说得也对,即便不顾及这交情,就是看在他对我母亲曾那般无微不至照料的分上,父亲也必会多留些情面。"

云升反复琢磨着他话里的意思,顿时心中雪亮。

潘盛棠会对何仕文下死手,必然是何触及了潘的底线,而那底线,凭自己在云家与在潘家这几年的观察,自然是那莫名其妙病死的元配潘夫人。莫非……莫非刚才潘氏父子在餐厅的一席话,竟最终决定了何仕文的去留?

云升惊喜之余又不免震动。眼前这淡定平静的少年,一时表现得单纯无知天真未泯,很需要别人的扶持,一时又颖慧通透,一言一行无不暗显心机,若要想简单地控制他,别说不容易,更是件危险的事。看着璟琛静如春水的眼睛,云升心想:"一个连过世的母亲都会利用的人,能不危险吗?更何况还这么年轻!"

原以为靠潘璟琛爬到潘家总管事的位置,假以时日,即使达不到目的,也不至于一无所获或者亏了本。但现在却好像是自己主动跳进了一个陷阱，陷阱里究竟布了多少机关，完全估算不到，只能走一步算一步，大家各自获得各自想要的东西，这大少爷要出一点岔子，只怕头一个陪葬的就是自己。何管家几乎是一颗心全放在这大少爷身上，可谁知道大少爷非但不领情，反而要亲手将他送上绝路。自己的才能智慧比不上何仕文百分之一，走错了一步，何的下场，或许就是自己明天的样子。念及此，不由得背脊发凉。

脑子里走过这么多心思，云升的面上却是表现得甚是平静，他觉得此时最重要的是要让潘大少爷对自己放心，因而清了清嗓子，想说点话表一下忠心，可转念一想，觉得最能让他放心的举动，可能就是少说话多做事，因而只是嘴皮动了动，还是什么都没说。

璟琛低着头，却好似已经看到他心里的挣扎与难堪，意味深长地笑了一笑。过了许久，方开口说："佟春江为了救我，现在生死不明，你帮我打听下他的情况，这两天一直为这佟爷担着心。我是知恩图报的人，凡有谁帮过我，我一定会倾力报答。"

听了这话，云升心里顿时舒服了不少，连忙应了。璟琛抬起头，对他感激一笑："谢谢。"

"不，不用。"云升忙道，觉得他的笑容虽然温和，却莫名的慑人。璟琛却忽然像个调皮的孩子一样吐了口气，苦着脸道："真希望赶紧离开这里，这段时间这么折腾，真是累死我了。"

云升笑道："去了国外，您先好好游玩一番，权当作休息吧。"

"一年半载是回不来咯，真是想起来就高兴。云大哥，家里的一切就看你了。"

云升诚心诚意道："大少爷，我还是那句话，我做好我该做的事，安心等您学成归来。"顿了顿，又补上一句，"大少爷能不能答应我一件事？"

"请说。"

"别再叫我云大哥。叫我云升吧。"

"好的，云升。那现在你能不能帮我一个忙？"

云升毕恭毕敬地道："随您吩咐。"

"不知道苋菜出来没有，我突然想吃了。"

"放心，您一定能吃到。"

午饭时，饭桌上果然加了一盘清炒苋菜，胭红的汤汁冒着清香，璟琛十分满意，知道璟暄依旧在房里不愿出来，便叫云升单给他拨了一份，正吩咐着，云氏进了饭厅，拉开椅子坐下，皱眉道："不用给阿暄吃这个，红不拉几的，看着倒胃口。"

璟琛便笑道："天气热，吃点苋菜清毒降火，对阿暄恢复会有好处。"

云氏没理他，却斜瞅着云升："听见没有？云升！"她故意把"云"字拉长，云升只得恭顺地将托盘中一小碟苋菜放回了桌上。璟琛也不以为意，面色平静地坐下，端起了饭碗，筷子正要伸向那碟苋菜，云氏又道："把苋菜都撤了，我看着吃不下饭。"

云升犹豫了一下，云氏脸一沉，见他站着不动，更是恼怒，站起来，伸手将那两碟菜端起放在托盘上，汤汁溅出，宛如鲜红的血。

"端走！"云氏厉声命令。

云升看了眼璟琛，后者正剥了小块鱼脸肉，慢吞吞放在碗里，浑若无事般。云升便将大的那一碟放回了桌上，笑道："夫人，那我先把二少爷这盘撤了。"

云氏一耳光甩了过去："你是哪家养的狗子？自家主人的话都不听了？"

云升脸色铁青，站定了一动不动。

璟琛这时才抬头，微笑道："今天这苋菜真是新鲜，我很喜欢。云升，谢谢你，你先下去，我和母亲慢慢吃。"

云升僵着脸退下，两个在旁边侍候的下人见情形不好，也悄悄退了出去。云氏转过来怒视着璟琛，却见璟琛笑眯眯地将一碗饭倒扣在那碟苋菜上，用勺子拌了拌，舀了一口在嘴里细嚼慢咽。

云氏怒极攻心，声音都在发颤："不要以为你弟弟现在这个样子，你就可以高兴了……"

鲜嫩枝叶在璟琛口中发出沙沙的声音，待吃了两口，他才慢条斯理地说："舅舅给我介绍的翟小姐都死了，我伤心还来不及，高兴什么呢？"

云氏脸色大变，一张脸由红变白，颓然坐下，手捏着筷子不住颤抖。

璟琛道:"母亲,瞧瞧,您都气糊涂了。云升是谁养的狗?他现在是在谁家?潘家呀!就连母亲您,姓氏前面不是也得加个潘字?您的话要是被父亲听到了可不太好。"

云氏满腔的怨气满腹的话被他全部堵了回去,不由得呼吸沉重,眼眶都红了。

璟琛瞟了她一眼,淡淡道:"这个世界上有许多事,纵然起初想得好好的,也总还是会生出无数事端,人算不如天算,一切都要顺其自然。反正是意外,发生就发生了呗,不值得思虑那么多。蕙兰死了,我伤心一阵子也就好了,弟弟受伤了,养一段时间就没事了。母亲您焦虑什么呢?"

云氏嘴皮动了动,低声道:"在你父亲那儿,你可不要乱说什么。"

"我什么都不知道,又会说出什么来?"璟琛小心翼翼挑出一根鱼刺。

云氏抬眼看他,示弱一般,恳切地说:"阿琛,这些年我对你怎样,你心里有数。我是为你弟弟难受,所以才忍不住对你发发牢骚。"

璟琛体谅地说:"我知道。越是亲近的人才越不见怪。母亲,以后有什么气尽管往我身上撒,没事的啊。吃饭吧,菜都凉了。您要再病了,这个家就垮了。"

云氏心里忽上忽下,定定神,舀了半碗汤小口小口地喝,饭厅里一时只有碗筷轻触的声响。过了一会儿,她悄悄观察璟琛,见他似乎胃口很好,嘴唇被苋菜汁染得微红,宛如嗜了血一般,而一双眼睛深不可测,宛如两汪冰潭,她心中划过一道莫名的恐惧,别过了脸,想到璟暄被送回来时那耳廓边缘的血迹,不由得伤心无比,嚼着米饭便如嚼着石子一样,偏偏璟琛叫来下人又盛了碗饭,还让人把剩下的那一小碟苋菜一并端来,又拌在了饭里。

云氏起身,苍白着脸一言不发地往外就走,璟琛自言自语般道:"颜色真好看,嗯,怪不得叫状元饭,谁吃了谁就当状元。"呵呵笑了两声,又说,"可惜阿暄不能吃。"

"砰"的一声闷响,云氏撞在了门框上,饭厅外小君惊呼了一声:"哎呀夫人,疼不疼,撞着哪儿了?"

云氏捂着额头一声不吭,云升安静地站在走廊尽头,像个影子一般无声无息,她把手放下,忍着痛,耐着性子朝他走过去,挤出一丝示好的笑:"脸还疼吗?"

云升缓缓摇摇头。

云氏又道:"按辈分算起来你还是我的弟弟呢,我们是一家人,一家人就更要相互帮衬着才是。一会儿你陪我出去走走,顺便给你买套衣服,别生气了啊。"语气宛如在哄着一个孩子。

"谢谢夫人。"云升神情极是恭敬,不过却皱了皱眉。

"怎么,还有什么难处吗?"

云升似乎很是窘迫,低声说:"我家西郊的农田收成不好,家里人打算做点渔业补贴家用,我这……"

"别担心,不就是没有本钱吗?"云氏暗暗高兴,能主动开口要钱的人,就是好使唤的人,刚才一时冲动拿人撒气实在也不应该,笼络好自家的狗没有错,该给点骨头就不能吝啬。

"缺多少钱?"她大方地问。

"左邻右舍借了些,我也凑了点,还差三百块大洋。"

"我给你五百。"

"多了多了,夫人,用不了那么多。"

"跟我还客气?"云氏和婉一笑,安慰般在他肩上拍了拍,转身上楼去了。

云升看着她的背影,嘴角露出鄙夷的冷笑,轻声道:"蠢货!"

〔三〕

阴暗逼仄的屋子里浮动着霉菌的腥味,黑色的铁窗被梅雨和风霜常年侵蚀,生成斑驳锈块附着在窗栏上,风刮过,一些零散碎片便被吹落,堆积于灰色肮脏的窄小窗台。这是朝北的暗室,潮湿的寒气很轻易就会渗透到骨头里,何仕文紧了紧衣领,将背脊靠在冰冷坚硬的椅背上,头懒懒仰着,看着蛛丝密布的天花板,原本瘦削的脸颊此刻显得有些浮肿,一双眼睛似黑暗洞穴里的兽,显露出与疲惫的脸色不相符合的亢奋。

他完全知晓自己正在等待什么，他做足了充分的心理准备，早在许久之前他就料到会有今天，无非是个时间早晚的问题。

他取出怀表，银链发出轻响，冰冷的手指轻轻一按，表盖咔哒一声弹开，他用指甲在表盖边缘缝隙轻轻一挑，分出一个夹层，凹面嵌着一张照片。

他怔怔地看着照片中的华贵少女，看她柔顺的衣履，漆黑的鬓发，清无点尘的眸子，还有那嘴角的笑。

神思悠悠，仿佛云烟重聚，他忆得第一次见到她，她认错了人，得知他真实身份后羞涩地躲到朱漆廊柱之后，在仆人与他交谈时，她好奇地探出头，黑白分明的眼睛里带着笑意。他怎能忘记那张秀美的脸，像河畔初绽的水仙，霞光雾气中，柔润的轮廓是春水的波形……可眨眼间就是疾风劲雨，暴风雨来得太快，那朵美丽的花刚被摘下，枝叶上还留有鲜活跳动的五色虹彩，转瞬就被乌云吞噬。

"荣小姐！"他听到自己颤抖的声音，怜悯中隐现无法掩藏的贪婪，他将火热的手搭上她纤细如竹的腰身。

"只有你……"她凝视着他，凄然一笑，"只有你还记得我姓荣。何管事，荣家早败了，我不是荣家的人了，我配不上荣家的姓。我的父母下落不明，兄长横死西疆，我唯一的外甥得了肺痨却没钱医治，何管事，你还记得吗，他的药钱还是你借给我的呢。谢谢你，谢谢你。"

她向他深深鞠躬，却似借力扑到他怀中，他如遭电击，怀里那温软的身体让他几乎怀疑不是真的。

"鸟尽弓藏，兔死狗烹，我对这个家早就没有用了。"她将他的手放在自己珠泪斑斑的面颊，"除了我的孩子，我什么都没有了，潘家没人看得起我。"

"不，不是这样的。你在我心里是最好的。我……我……"他几乎哽咽，急切地要表白心声。

她却打断了他："我不过只是一枚棋子。"她冷冷一笑，"刚来广州的时候，我还是个小姑娘，哥哥们常带我在荔湾玩耍，有一个卖艇仔粥的姐姐长得黑黑的，很漂亮，她煮的粥又香又美，我喜欢吃她煮的粥，油条浸在白粥里，一咬下去，轻轻脆响，好听极了！有一年夏天不知道为什么,我再也没有看到那个姐姐,后来听哥哥们聊天,说那姐姐在一条花船里做生意,我说要去找她,哥哥们却厉声责骂我,骂我不该有这样的念头。我还不知道花船是什么地方呢,直到自己终于有一天进去。什么金饰翠翘明珠髻,什么重楼密室蓝象床,台基,花船,转子房,从北到南,不过换了个称呼,和妓院有什么区别?不就是你们男人做生意玩弄女人的地方?我只是一个妓女而已,我的丈夫把我卖了,就为了钱!我恨啊!"她扶着他的肩膀,嘤嘤哭泣。

"别伤心,有我在,我会好好对你。"他鼓起勇气,用嘴唇轻轻碰了碰她丝绸般柔滑的脸庞。

"我的孩子是无辜的,"她抬眸看他,"何管事,你要我做什么都可以,答应我,替我好好保护璟琛。请你答应我。"

"我答应。"他抑制不住胸中澎湃的情感,将她紧紧箍住,欲望坍塌的声响只有他自己能听到,禁忌被打破,多年的坚持不堪一击,他沉浸在一个自己盼望已久的幻梦之中,以至于他甚至将之后在屋外遇到的那个孩子眼中的仇恨完全忽略,他甚至假想她成了他的妻子,而那个孩子,就是自己心爱的儿子。

她走得太早。

他将对她所有的依恋全放在了那个孩子身上。他替那个孩子掩藏着不为人知的身世,他也利用这个孩子在潘家微妙的身份为自己寻敛一笔又一笔财富。一切都以这个孩子的名义,一切都以爱的名义,一切都不过是为了龌龊的私心。

可潘盛棠是什么人?

相处几十年了,难道自己会不知晓他的为人么?

一个舍得把心爱的妻子拱手送给敌人的人,不厌其烦地参与着商场丑陋的游戏,卑微时浑身媚骨,得意时心狠手辣。无辜的潘夫人,那位千娇百媚养尊处优的官家小姐,就是在他的设计中,亲眼见到暴徒打碎了她情夫郑庭官的头颅。

而到最后,连她,潘盛棠也没有放过。

何仕文看着照片,牙齿咬得嘎嘎作响,手中骨节突起,多年委曲求全形成的怨毒在心中如赤炎烧灼,时至今日,他顽固地抱着一个念头,保住那个孩子,就是保住自己,保住了余生的富贵安稳。

铁门吱呀一声响,一个人走了进来,一直走到灯下,离他坐的地方两步远。

何仕文合上怀表,直视前方。

潘盛棠穿着黑色的洋服,衣冠楚楚,惨白的灯光映着他凌厉的眼神和微现的倦容。这也曾是个秀拔的人物,可惜了,凉薄与冷酷让一颗心拧巴纠结,难免影响形容,他已有老态,无情的岁月刻意打上了印记。

"丞舟,"依旧是往日的称呼,听起来倒是亲切温和,潘并未坐下,脸上也没有什么表情,"我知道,是你找人烧了我家老宅子,演了一场移花接木的好戏。我也知道,你和洪泉根的人有接触,提早就知道他们的计划。我还知道,参与这场绑架的人,不止你,还有秀成,你们俩各怀鬼胎,谁都没捞到好处。"

"不,"何仕文不屑地扬了扬眉毛,"大少爷分毫未损,二少爷少了只耳朵。而您……少了五十万现银。"

盛棠习惯性地用手指按了按眉骨,就像没听到何仕文的话一般,接着说了下去:"你这些年做的事我很清楚。你和我很像,爱钱如命。你在汉口、武昌、安阳、随州、万州开的洋栈、绸庄,你拥有的地产,还有你知道普惠每周六查点一次账目,就买通银库的经理,让他帮你盗用库银做行市、放贷、开钱庄,这些我都知道。"

盛棠带着嘲讽的笑意瞥了何仕文一眼,旋即低头理了理衣服:"我还很清楚,你让你兄弟在道胜银行当买办,你给他投了不少钱,但你们兄弟俩都被一个叫康李斯的美国领事骗了,他那个什么瑞丰洋行仓库,根本就是个空仓,签了无数空头栈单,专门骗银行的透支,你们呢,不多不少,被骗了三十万,对吧?"

"你要挣钱,我从未拦着你。你挪用库银,我也睁一只眼闭一只眼。但是你……"潘盛棠指着何仕文颓败的脸,"你越过了一只狗该遵循的底线。"

"你是指敏萱么?"何仕文傲然地笑了,"你是说在你遗弃她的时候,我这只狗代替你为她尽到了做丈夫的责任么?"

这句话一说完,彼此都清楚,这算是彻底撕破脸了,执矛相向,每一个动作都要刺中对方要害。

潘盛棠双目血红，弯下身子，将胳膊支在桌上，何仕文以为他会攻击自己，可他没有，他脸上笑容都没带减的，语声更是温和："丞舟啊，你说你都这个岁数了，怎么还这么头脑简单。你好意思提她？你知不知道，你亲手杀了你和她的孩子？"

何仕文的脸上渐渐笼罩一层寒意。

潘盛棠欣然道："你以为她喝了药，打掉的是郑庭官的孩子？你错了。那段时间她根本没有和郑接触过，是我让大夫故意说错日子，她肚子里的孩子是谁的我一清二楚。她跟我演戏，你也跟我演戏，我当然也只好陪着你们演戏了。不过这场戏，只有我自己看得最过瘾。哈哈，哈哈。我都能想象你喂她喝药时的表情。"

"你……"何仕文猛地揪住盛棠的衣领，嘶吼道，"你这个畜生！你杀了她，你杀了她！"

"背叛我的人就该有这样的下场！"

"她没有背叛你，她从来没有。是你把她亲手卖给了郑庭官！"

"我卖她的身，没有卖她的心！"

"畜生！疯子！"

"畜生？"盛棠攥住何仕文按在自己脖子上的手，笑道，"我们彼此彼此。何仕文，我本来想饶了你，但你太不懂分寸了。我不会杀你，我要让你一无所有，众叛亲离，比你当初跟我的时候更穷更贱。"

"我杀了你！"何仕文怒吼一声，用力掐住潘盛棠的脖子，可很快就有人冲进屋子将他们分开，雨点般的拳头重击在他身上，他被一脚踹倒，头撞在坚硬的桌角，鲜血涌了出来，失去意识前兀自庆幸地想：只要璟琛在，只要阿琛还在，我不会被打垮的。阿琛会找我，我和他这么多年情分，我待他像亲生儿子一样，他会来找我，救我……

他带着这样的希望，从此生活在绝望的等待中。

他再也没有见到"他的"阿琛。

〔四〕

"怎么这么久？"孟子昭皱着眉做出不满的神情，"我可不喜欢这样等人。"

璟宁没说话,将手绢平摊到操场边的石阶上垫着坐下,把脑袋埋在膝上。

"你怎么又哭?"他无可奈何地说,"我可没惹你啊。等了你这么久,一直在这太阳下晒着,不过就抱怨一句,我……"

"住嘴,我没哭。"她瓮声瓮气地道。

他登时住口,只哼了一声,扁了扁嘴,却又忍不住担心地看了看她。

他们原本约好在高年级的经济课上见,这是学校男生和女生唯一可以一起参与的活动。所谓经济课,一半时间是老师为学生讲授一些最简单的商业知识,另一半让学生用来实践,地点在操场,可以进行一些以物换物、展示设计与发明、谈判的活动。在潘家给她过生日时,孟子昭悄悄告诉过璟宁:"礼拜五上午我们最后一节课是经济课,你下课后早些过来,我有好东西送给你玩,一定要来啊。"

璟宁知道自己去晚了,小集市已经散场,操场上只剩十余个学生,有的正在搬挪一些小盆栽,有的在收拾铺在石阶上的报纸,她原本带了一些小玩意儿来交换,可她去晚了。

因为在法语课上她和方琪琪说话,被老师罚了站,老师认定她的声音比方琪琪声音大,于是只罚了她一个人。璟宁百般委屈,站在教室的角落里朝着所有的同学大哭,同学们笑她,可她不管那么多,她要把自己心里所有的不愉快全宣泄出来,她想起了受伤的二哥哥以及自己故意得罪了的大哥哥,便更难过了,简直哭成了一个小泪人儿,老师觉得很难堪,命令她回座位坐下,可她偏不,她倔强地站着,一直哭到了下课。

老师是个法国女人,学生们都叫她"乌小姐",其实乌小姐是个很慈祥的人,只是在课堂上很严厉罢了,她非常喜爱璟宁,因为这个女孩弹得一手好钢琴,法语课的成绩又很优异,可越这样越要严格要求。她没料想到自己一番苦心换来这个女孩如此过激的反应。

方琪琪悄悄告诉乌小姐:"她心里很难过,因为她家里发生了不幸的事。"可她也并不清楚内情,只说璟宁的哥哥出了意外受了伤,更在乌小姐震惊询问的时候夸大了一下,"她的哥哥快要死了,唉,真是太不幸了!可怜的璟宁!"

乌小姐心里顿时被怜爱充满,她走到哭泣的小女孩面前,为她拭去泪水,拥抱着她柔声安慰,还挽着她的手带她去了办公室,给她倒了一杯水。

"我会为你的哥哥祈祷。"乌小姐温柔地看着她,"上帝会帮助你们一家渡过难关。"

"谢谢您!"璟宁仰望着乌小姐闪闪的眼睛,心中渐渐有了一些希望,"我能和您一起祈祷吗?"

"可以啊。"

乌小姐携着她的手,走到耶稣的画像之前,轻声说:"来,把你希望实现的美好的事告诉上帝吧。"

璟宁闭上眼睛,她想虔诚祷告,却思绪如麻。

"你信上帝吗?"她抬起头,问身边的男孩。

孟子昭犹豫了一下:"信……吧。"

"你也不是教徒?"

孟子昭摇摇头。

他们都在教会学校上学,但却并不是基督徒。璟宁想自己适才的祈祷多半是不灵的,不由郁郁。

"喂,"他用脚尖轻轻触了触她的鞋子,"你怎么不问我要给你什么好东西?"

"什么好东西?"她应付一般。

子昭的脸微微一红。其实他做了一艘小木船,船尾镂空,用牛皮筋将木制螺旋桨绑在镂空处,只要轻轻一松皮筋,旋桨转动,船便会在水里行进,完全不用热力推动。但这毕竟是毫无技术含量的东西,在课上展示的时候,螺旋桨尚未固定好牛皮筋便断了。

他怎么能将这东西送给这位挑剔的女孩呢?所以他在小集市上用这木船换了他认为更好的东西。

璟宁早听到微弱的"噗噗"声,孟子昭将一个小竹篓推到她身边,她低下头打开,眼睛一亮,嘴角露出微笑。

"呀!"

里面是四只毛茸茸的小鸭子,正用扁扁的小嘴啄着竹篓,黑黑的眼珠像小豆子一样,可绒毛却被染成了红色和绿色,像鹦鹉一般滑稽可爱。

"花鸭子?"

孟子昭扑哧一笑:"呸。这是大雁,会飞的!"

璟宁白了他一眼,蹲下身子,轻轻捉起一只放在手心,过了一会儿抬起头,眼中满是讥嘲:"说你是笨蛋你还不服气。染的!这就是最普通的鸭子。还有,你见过大雁?大雁是花的吗?"

"染的?"孟子昭将小鸭接过去,认认真真看了许久,心里连连暗骂,表情却十分镇定,"咳咳,好吧,算你聪明,我骗不了你。其实这是一种比较特别的鸭子,长大以后会比别的鸭子更……"

"鸭子再特别也只是鸭子。"她打断他,学校午餐的钟声响起,她站起身来,"你真无聊。"

"不要?"他捧着小鸭,明亮的大眼睛看着她。

"不要!我二哥养着两只斗鸡,比鸭子好玩。"说到璟暄,她的心一揪。

子昭嘴一咧,露出洁白的牙齿和隐隐的酒窝,他用手指轻轻摸了摸小鸭子的脑袋,得意洋洋:"把鸭子和鸡扔到长江里,看谁更厉害?斗鸡有什么好玩?比得上游泳健将?"

璟宁一呆,猛地哈哈大笑:"孟子昭,你就这点出息!"

"我们一人两只,以后比赛谁的鸭子游得快。要不你跟我一起养?"

"呸,不养。谁养鸭子!"

"那养别的?"他改口倒很快。

璟宁转身就走。

"喂,养什么你做主还不行?"他在后面笑着大喊,"我家说要给我们俩定娃娃亲!改天我上你家求亲去!"

"去你的!"

"那我真去了啊！哈哈，哈哈！"

璟宁咬牙回头，狠狠瞪着他，男孩提着竹篓笑得前仰后合："反正你的光屁股我也看过了。"

璟宁跺脚道："臭流氓！我叫我大哥哥打断你的腿！"

"他才顾不上你呢！他代表你爸爸去了普惠洋行的买办大会，人人都说以后他就是总买办的接班人了，哪儿有时间管你？"

"你怎么知道？"

"报纸上看的！上面还说你大哥下个月就要去英国，我等他走了再上你家去。哈哈哈！喔喔！"

"你敢？！"

子昭上前几步，放低了声音："你知不知道，听说怡和洋行的船停运了，你家的货都是让他们运的，现在只得求着我们家帮忙呢。我妈妈说了，两家成为一家，生意上好有个照应。等我们定了亲，你就退学，年纪小没关系，先在我家当一段时间童养媳，然后就给我当老婆生小伢。"

他摇头晃脑，信口开河只管胡掰，不知道为什么，只要一看见璟宁气急败坏，他就觉得说不出的开心。可在他的内心深处，竟希望她能和自己一样开心，这让他自己也不理解，有时候甚至觉得自己脑子可能真有问题。

璟宁果然气坏了，将他猛地用力往后一推，叫道："孟子昭，你去死！"

他们本来就走在狭窄的石阶上，子昭身子一斜，如果扔了竹篓可能更容易掌握平衡，但竹篓中全是柔弱的小动物，他下意识地将它收往怀中，身体吃力不稳，咕咚咕咚滚下了半米高的石阶，直滚到操场草地上。

璟宁吓得脸都白了，冲上去蹲在他身旁："你，你……"

男孩一动不动俯在地上。

"哎哟！痛死老子了！"他抽搐了一下。

璟宁声音发颤："对不起，我没有想让你摔倒。"

"臭小妞，把我翻过来。"

璟宁扶着他的肩膀将他小心翻来仰着，一看更是吓得够呛，只见他鼻血长流，额头蹭破了皮，白嫩的脸蛋上青一块紫一块。

　　他兀自哼哼唧唧："嘿嘿嘿……谋杀亲夫！"

　　"还要说这种坏话！"璟宁的眼泪在眼眶转来转去，却又不敢离开，掏出手帕给他擦鼻血。不远处有几个学生听到动静，往这边看过来，璟宁忙向他们招手求助，大喊："有同学受伤了！"那几个学生急忙跑过来。

　　"喂！"子昭扯了扯她的衣襟，眼睛骨碌碌转了转，"答应我一件事，我就不告诉老师是你推的我。"

　　"我不当你那什么！"璟宁哽咽道。

　　"那件事以后再说。"他想笑，刚一动嘴角就痛得眉头一缩，他用下巴示意她看他怀中的竹篓，"帮我照顾好这四只小鸭，今天的事就不跟你计较。"

　　"我喜欢小鸡，不喜欢小鸭！"她只得伸手将竹篓提起，但还是忍不住表达自己的不情愿。

　　子昭吹了吹嘴上的一绺草皮，翻个白眼："行了，别得了便宜还卖乖。在我们这里，地上跑的比不了水上游的！你可是在汉口！"

　　欢迎来到汉口。

　　你尽可以站到最高处俯瞰它，欣赏它的丰饶和繁忙。

　　十里风飘九国旗。城市冷静矗立，投下巨大的阴影，不动声色地吞吸着凡尘的欲望，每一次咀嚼都发出沉闷的声音。货轮满载着烟草、丝绸、食盐、糖、瓷器，江水浩荡东流，航线如蛛网密布天际之下，又似一场荡涤财富的棋局。

　　1925年夏天的汉口是一个巨大的熔炉，焦灼与紧张正在加温。因上海一位叫顾正红的工人的死亡引发的蝴蝶效应，正在这里蔓延。示威游行不断，市面上除了抵制英货，也掀起了拒绝使用外钞的运动，汇丰、麦加利、花旗等银行都面临着挤兑风潮，而与它们密切相关的各个洋行，也同时面临着现洋紧缺的困境。

　　位于租界最繁华地段的英资普惠洋行，就是在这段时间发生了一些事。所有人都认为这些事对于总买办潘盛棠来说，相当麻烦。

潘家二少爷被绑架的消息终于在事件结束两周后被小报记者捅了出来，成了街头巷尾热议的八卦。传闻潘盛棠为自己和家人请了牛高马大的罗宋保镖，走哪儿跟哪儿，公馆外头竟架起了机枪，无关人等根本无法靠近。传得更盛的，是这个绑架案消耗了潘家巨额的财富，直接撼动了潘盛棠在英资普惠洋行的地位。总董埃德蒙从上海总行赶回汉口，其余四个重量级的买办也纷纷从各地聚集到汉口，有知情人推断，潘盛棠在汉口分行总办的位置即将易手他人。

"花掉的钱每一分每一厘都是我自己的，潘家从来没有动用过洋行一分钱。即便我知道如果开口，洋行必然会全力支持，但我没有。我懂得分寸，也守着本分。"潘盛棠凝视着站在窗前的那位身材高大的英国老人。

"对于你处事的方法，有些地方我并不太赞同。"总董埃德蒙看着窗外，他的中国话说得很好，略有一些上海口音，"打个比方。我曾经在湖南待过一段时间，厨师是个湖南老人，手艺很好，我喜欢吃他蒸的腊肉。有一次我去厨房向他表示感谢，见他从蒸腊肉的蒸笼里正取出一碗还在冒着热气的油，闻着非常香，但看起来，"埃德蒙摇摇头，做出十分厌恶的表情，"很脏，脏极了。我问这油是用来做什么的？他说这就是蒸腊肉的油，倒了可惜，打算用它炒菜吃。这当然是因为节省。"

英国人转过身，走到盛棠对面的沙发坐下："你给我吃最好的腊肉，你自己也是一个吃得起腊肉的人，但你却将腊肉的脏油给你的那些弟兄炒菜吃。这样好么？中国人总是讲和气生财，洋行是一个大家庭，所谓养家不治气，连我这个外国人都明白，你会不明白？"

盛棠目光炯炯："和你们洋人打交道与和中国人打交道，是完全不一样的两件事。"

"那就是说，你不会背叛洋行，但你会背叛你的中国同胞。"

盛棠摇头："不，不能叫背叛。我忠诚于洋行，是因为我相信契约和规则，洋行是笃信并奉行契约与规则的。而我们中国人之间，契约和规则是十分随性的东西，说没就没，我不会在上面投入百分之百的信任。别人也一样。"

埃德蒙若有所思地皱了皱眉头。

盛棠将手中一份印着金色花纹的纸册递给埃德蒙:"这是为埃德蒙先生的七十寿辰准备的礼物。"

"玄狐皮十张,牙雕笔筒一个,明宣德花瓶一对……"埃德蒙平静的目光一一扫了下去,想来这些年他从潘盛棠手中得到的贵重礼物不少,早已见惯不惊。各项礼品的名字后面附有简介和图样,待看到"紫檀点翠百宝花鸟十二面屏风"时,埃德蒙眼睛一亮,露出极为复杂的光芒:"这是……这是……"

"不错,这正是十多年前被当时盛昌洋行拍走的屏风。早在今年年初,我就在琢磨您七十大寿如何庆贺,该备些什么礼物,忽然回想起当年您在拍卖会上错失这个屏风时遗憾的表情。正好手头不紧,又变卖了一块小地皮,好说歹说,终于从盛昌洋行买了来。一来呢,是为您祝寿,二来,也用这笔钱代我自己还盛昌一个人情。可以说是兼美之雅事了。"

埃德蒙只深深看他一眼:"还盛昌的人情?"

"按照合约,我原本可以兼做其他洋行买办的,盛昌洋行就向我发出了邀请。但因为我家里最近出的事,我已没有财力再拿出保金交给盛昌了,心有余力不足,自忖也没能力再去当他们的总办。不过,好歹也是有百年历史的老洋行,生意不在人情在嘛。"盛棠一笑,"屏风的定金之前就付了一半,上个月已经钱货交割完毕。您的生日晚宴,就是这扇屏风亮相的时候。"

受五卅事件的影响,英资洋行被波及不浅,正是最头痛的时候,盛昌是美商的洋行,潘盛棠若答应兼任其买办,只有好处没有坏处。通常来讲,要担任一家洋行的买办,需要交纳巨额的保证金,以潘盛棠的人脉和财力,难道真找不到人来作保,真筹不出保金?他婉拒盛昌的邀请,无疑也是向普惠洋行表明自己忠诚的态度,人情到底是做给谁看的,埃德蒙岂能不知。

潘盛棠看着窗外道:"每年从汉口流入流出的银子有多少?一亿三千万两。法国人,美国人,日本人,还有你们英国人,和我们这些中国的南方人，都奔着这一亿三千万来了这儿。就在这条街上，多少家洋行？不止三百家。猪鬃、羊毛、丝绸、大豆……是通过我们的手，流通到了世界各地。谁都知道普惠洋行今天能在这里占有一席之地意味着什么，谁都清楚身为普惠洋行的总买办要承受多少风险和压力。我的能力与忠诚，埃德蒙先生应该比谁都清楚。只要我还在这个位置，罢市为洋行带来的损失一定会降到最低。"

埃德蒙一直冷淡的表情终于有所松动。

与此同时，普惠洋行在江边的一所会馆里，正弥漫着一股尴尬紧张的气氛。

四大买办坐在客厅，各怀心事，璟琛殷勤地侍奉着茶点，微低着头，偶尔抬眼顾盼，不难发现他眼角的血丝。

"洋行买办都是世袭罔替，看来你父亲是要你当接班人吧？压力很大吧。"一个清瘦的中年商人微带笑意地看着他。

璟琛不好意思地笑了笑。

"慈恩，人家小孩子，不经你这样取笑的，"陕西买办闵百川插话道，着意打量了一下璟琛，"你是生病了吧？别张罗了，都是你的叔叔伯伯，不用太见外。"

璟琛似乎想说点客套话，喉咙一痒，噗的一声咳了出来，他连忙将手中的托盘放到一旁，费力地挤出一个词："抱歉！"快步离开客厅，众人只听到他猛烈的咳嗽声。

邵慈恩嘴角一斜，似有不屑之意，靠窗坐着的四川人许静之却朝身旁一人道："济凡兄，这小家伙看来很机灵啊。"

谢济凡抚了抚青色缎袍的花纹，笑道："何以见得？"

许静之却转了话题："盛棠对我们四个人如此安排，大家莫非一点意见都没有？"

邵慈恩喝了口茶，慢吞吞道："你先看看他对何仕文的安排，再来说我们自己的事吧。"

"丞舟利令智昏，自作孽不可活。"许静之淡淡地道。

邵慈恩道："在洋行混饭吃的人，谁私底下没有自己的小算盘。

水至清则无鱼，我就不信人身上一个短处也没有。"

闵百川也道："静之，唇亡齿寒呐。"

许静之道："我顾不上为别人痛心。我们四人的商行现在可都是因为潘总办的缘故受了损失！现在他人在哪里？忙着给英国佬拍马屁，对我们连一句交代的话也没有，就让这病怏怏的小不点来给我们演……"

"许伯伯，既然身为英资洋行的经理人，便理应为英国东家尽心服务。"璟琛走了进来，清了清嗓子，温和地开口。见许静之面色一动，他忙笑道："这是您的茶，我重新泡了。"

许静之笑道："辛苦大侄子了。"

"对于各位叔伯的商行事宜，父亲其实有一些计划，在这里由我代为说明。"璟琛走到一个书案旁，拿起一沓文件，纸页的反光映着清水般的眉目。

"父亲托我告诉四位伯伯，饿了迎风站，饱了挺肚行，有他潘盛棠在，再难的问题也有门路去解决，还望大家耐心等候数日。"

"那我们什么时候能得见令尊一面啊？"

"五天后，埃德蒙先生的生日晚宴。"

听到这儿，连一直没怎么说话的谢济凡也不禁抬起头，讶异问："他们现在莫非不在汉口？"

"是的，已去了上海。"

谢济凡目光一闪。

趁众人相继接过文件细看，璟琛转身走了出去，一直走到庭院之中，日光漫漫，光线透过悬铃木的枝叶落在草地上。

他微微闭了闭眼，脑海中浮现出清晰无比的画面。

他想起他重新踏入普惠洋行的大门，彬彬有礼的门童将明晃晃的玻璃门打开，他和潘盛棠并肩走进宽阔厅堂，仿佛昭示着一个新的时期即将到来；他看到金红色丝线地毯直通盘旋而上的三十级木制台阶，两边走廊连接二十间办公室，分属各个相应部门；他看到他抚摩扶手精美的木制雕花，欣赏墙上挂着的画框，有潘家历代先祖的油画，也有潘家与各国商团来往的通信与文书；转角平台安放着两根嵌螺钿黑漆圈椅和一张紫檀方几，上置一卷装帧精美的羊皮纸航海地图，是怡和洋行赠送的礼物；到达二楼，总会计部占了四间办公室，算盘打起来就如同下起一场暴风雨……他看到他们走进位于三楼的办公室，一进去，盛棠先处理了一些常规事务，没时间再顾得上与他说话，他在沙发上坐了一会儿，电话不断，盛棠说的是葡萄牙语，过了一会儿又开始说英语。他看到他带着无比复杂的心情凝视那个男人，那个他称为父亲的男人：潘家百年行商，三代买办，绝不是浪得虚名。当然，评价一个商人的好坏并不在于他会几国语言，可这个人在短短四天之内，在儿子被绑架，内部生反骨的状态下，还能淡定自若谈生意，这样的人，会让人由衷敬佩，更心生恐惧。

"在想什么呢？"一个温和的声音打断了他的回忆。

璟琛眉毛一扬："谢叔叔，您以前常提醒我要谨慎。"

谢济凡在旁边长椅坐下："放心吧，其他三位一会儿会分别来找你说话的，我不过就抢了个先而已。你现在是潘家炙手可热的人物。"

璟琛眸光微凝，淡淡一笑。

谢济凡柔声道："年轻人，一定要沉住气啊，该说的可以说，不该说的，哪怕别人气得你想杀人，也得把嘴管住了。"

"放心，这么多年我学得最好的就是装聋作哑。"

谢济凡凝望着他，眼中闪烁着爱怜："潘盛棠锱铢必较，这五十万对于他来说，和放了他一半的血差不多，他现在伤了很大的元气，你应该也出了一口恶气了。有些事，没必要把自己逼得那么紧，那天我没有回你的电报，也就是这个意思。"

"洋人依旧还是会让他继续担任总办，他和埃德蒙去上海就是这个目的。谢伯伯，如果你们不趁这个时候把他扳下去，以后只怕更加困难。因为就连我都知道他对洋行绝对是百分之百的忠诚，洋人最看重他的不就是这一点？"

"他始终不信任中国人，洋行是他生存的基本，他的忠诚不过是忠于他自己而已。小川，我们的目的，正是要让他更加依赖洋行，依赖到离了洋行就无法活下去的地步。"

璟琛眼中泪光一闪:"谢叔叔,我有很久很久没听到别人叫我这个名字了。"

璟琛回家很晚,连值夜的下人都睡了,晚饭并没有吃饱,他便去厨房找东西吃,里头倒留了个老妈子,正给璟暄熬着伤药。
"大少爷才回来,要吃宵夜吗,我来做。"
"不用,我只是听到响动,过来看看。莫非这药得盯着熬一宿?"
"过一会儿就好了,这是二少爷明早要喝的。"
"璟暄今天怎样?我没顾得上回来看他。"
"气色好多了,晚上吃了两碗饭。"
璟琛面上露出喜色,老妈子笑道:"大少爷自个儿的身子也得保重啊。"
"他晚上吃的什么?"
"蒸了两个鸡蛋,一碗狮子头,吃得没剩多少。"她正说着,璟琛已走到放剩菜的长桌前,端了一碗剩了一半的肉丸子往灶边走。老妈子又急又笑:"哎哟,你想吃什么我给你做,别弄脏了手!"
璟琛已挽起袖子,将一小煤油炉子点了,往锅里加了水,倒了些冷米饭在里头。老妈子笑着在一旁看,见璟琛待饭烧滚了,自将肉丸子用筷子扒碎放进锅里,加入佐料香葱,倒像一碗肉末粥。
"这是大少爷南方老家的做法吧?"
"是啊,以前我妈妈总这么做给我吃,要知道剩饭若做得好也会很好吃的。"他抬头朝她一笑,"以前在老家总吃剩饭,习惯了。"
老妈子一时不知该怎么应声,瞅了瞅一旁的药罐子:"哟,药好了,可算能休息了。大少爷您慢慢吃,我、我……"
璟琛低头搅着粥,漫不经心嗯了一声,老妈子略拾掇了下,几步做一步离去。厨房里安静了下来,只有药香和肉粥的香味缭绕,璟琛正待取个碗盛粥,听细碎脚步声响起,想是那老妈子又回来了,心里一烦,蹙眉转头,却见是璟宁,穿着睡裙,外头罩了件小袄子,站在厨房门边朝他这儿张望,灯光下墨色额发如裁,小脸如雪碾月耀般明净。
"大哥哥……"她带着一丝期盼和乞怜之意。

他们好几天没说话了。

璟琛叹了口气："是饿了还是馋了？"

璟宁快步走近坐到桌前，托着腮瞅着那锅粥，笑得妩媚可爱："又饿又馋！"

不知道为什么，他竟有点悲从中来的无力感，低头从碗柜里多拿了个碗，给她盛了一碗粥。

"你这几天为什么都这么晚回来？"她明亮的眼神追着他。

"要帮父亲料理洋行的事，有几个叔伯从外地来了。"

"你是不是也没吃好晚饭？"

"是啊，饿了。"

"我也饿。晚上医生给二哥哥会诊，妈妈没顾得上管我。"

"不知道让人给你做东西吃吗？自己犯傻怪得了谁。"

"我想等你一起吃来着，可你总那么晚回来。"她煞有介事地说。

"不是讨厌我吗？等我干吗？"

璟宁脸上掠过愧意，扁了扁小嘴，低下头不说话了，可大眼睛却慧黠地瞟了他两眼，他终忍不住笑，她明眸流转："大哥哥，我就知道你不会怪我的。"

"那你呢，还怪我吗？"他替她拂开垂到唇边的一缕头发。

璟宁摇头："那天我只是很难过，多想时间能倒回去，如果我不过那个生日，你们不送礼物给我，也许二哥哥就不会被绑了。"语声渐渐哽塞，她忙低头喝了一大口粥。

他轻轻拍拍她的肩膀，要她慢点喝。在这家里，也唯有她和璟暄是愿意与他分享欢乐忧愁、哪怕是同吃一碗剩饭也会开怀的人，只是世事复杂纠结，这情分还能持续多久……

"你也吃啊！"她伸出小手在他眼前晃了晃，"吃完我带你去看我的好东西！"

他扑哧一笑："又有什么稀奇古怪的玩意儿。"

夜色微凉，小女孩携着少年的手，穿行在浓香扑鼻的花木之间，像夜的精灵。他顺从地由着她带路，看到她垂顺的秀发自在飘拂，玉兰花灯下雾气轻盈，喷泉潺潺的声音若隐若现，他想他从未这般留恋过黑夜，如此喜悦和悲伤。

走到玫瑰藤缠绕的长廊之下，南边伸出的小小平台，用竹枝圈了一个篱笆，他听到娇弱的啾啾声，朦胧灯光下看到四只黄色小鸭子，合拢了娇嫩的小翅膀挤成一团。

"这是我在经济课上得来的，"璟宁笑嘻嘻地坐到栏杆上，晃荡着小脚，"听说鸭子会排队跟人走，我要把它们训练得见了我就跟着我走。"

璟琛忍俊不禁："我倒觉得煮鸭子汤再好不过。"

"嘘！"璟宁比个噤声的手势，正色道，"知道你是开玩笑，但这玩笑别当着人家面开嘛！它们听到心里怎么想。"

"我是说真的。老鸭汤极滋补，放点酸萝卜可以去寒气，等我留学回来，差不多就可以杀了给我煮汤吃。"

"还说，还说！"她急急奔到他跟前，踮起脚伸手就捂他嘴巴，他只觉她一双眼流光漾漾，愣怔了片刻，想躲开她的小手，又不愿躲开，终还是艰难地退后一步："难得向你讨点吃的，就这么不舍得。"伸个懒腰，借机拂开她的手臂，一边向前走去，一边说，"真让人伤心。"

璟宁追上他，拉住他的手："只要不杀它们，回来你想吃什么我就给你做，大哥哥，我也是说真的。"

璟琛低头瞅她："连针都拿不稳，还做菜？"

"我学！为了你，我学！"

"不信。"

"我对天发誓！"

他微顿住脚步，对着她急出了红晕的小脸，轻声道："若将来得你为我做一餐饭，我……"骤然停口，夜色下她这郑重却又稚气的告白，她目中澄澈照映的骨肉情怀，如一根锐刺扎入心中。万语千言，到口中只是："我相信你，小栗子。"

树声幽然，夜色下相傍的一双身影渐行渐远，下弦月落得很快。

第六章
秘辛

〔一〕

为总董埃德蒙庆生的晚宴定在英租界的维多利亚纪念堂举行，这里原是英侨的俱乐部，偶尔做议事厅和演艺厅，也曾借给华人办过演出，正西边是天主教堂，正门对着怡和街。

洋人聚集的地方，平日华人贫民是不可能来的，来了就少不了挨巡捕的刺刀。偏生晚宴举行那天黄昏，纪念堂外的草坪上却坐了几个衣衫褴褛满脸病容的华工，负责维持秩序的巡捕只抱着枪在一旁看，并没驱赶。反日反英的情绪在汉口日益升温，各国领事馆都严嘱本国人切勿与中国人滋事，租界巡捕房也接了严令，不到万不得已绝不贸然动手抓人驱人，那几人估计是钻了这个空子，来到平日里想都不敢想的租界繁华地段，没呼口号，也没拉条幅标语，没有乞讨之举，只是在草坪上呆坐着，浑浊的目光投向纪念堂的大门，那里车马声喧，一辆辆豪华轿车正送来一拨拨华服盛妆的洋人男女，这几人只是视若无睹，当夜色降临，霓虹亮起，终于陆续有一些华人贵客来了，方歪歪扭扭站起来，呼道："大老爷救命，大老爷给点公道！"

有洋人闻到他们身上的臭味，掩鼻蹙眉，一个肥头大耳的中国商人不耐烦地叫巡捕来赶人，两个巡捕都是印度人，在汉口英租界当了多年差的,只是纹丝不动,狡狯的眼睛骨碌碌转,那中国商人面子上过不去,挺着腰板便要训骂,却被身边人一拉:"别人养的狗,也是你唤得动的?赶紧进去喝酒才是要紧事。"

话音未落,纪念堂里出来一极俊美的中国青年,着灰蓝色衬衫,咖啡色背心,外罩笔挺的米色洋服,胸前并未和其他人一样用口袋巾作配饰,却是插着一朵洁白的兰花,衬得肤白如玉,眼睛亮得如黑色水晶一般。

"查尔斯!"有洋人笑着跟他打招呼,呼他英文名字,他亦微笑回应,姿态如一位正招待宾客的主人,游刃有余,大方利落,待见到那两个正往里走的中国商人,便上前热情招呼道:"吴先生,宋先生,晚上好!"

那胖商人又惊又喜:"你是……潘、潘大少爷?这……这你没见过我,怎么知、知道……"

"晚宴前两日父亲已让我看过各贵客的相片及资料,两位先生是江南丝织业的巨擘,今日光临,我们真是荣幸之至。云升,来,快带两位贵客进去。"他向云升使了个眼色,自己则朝那几个工人走去。

他一来,几人叫得更大声了,璟琛从兜里掏出银质烟盒,示意给他们烟抽,那几人看都没看一眼,璟琛便又掏出钱包作势拿钱,其中一人便道:"我们知道你是潘大少爷,你还是小孩子,不管事的,找你家大人来说话。"

璟琛把钱包收了回去,道:"几位大哥来得不巧,我舅舅今儿不一定来呢。"

"你怎么知道我们是来找云老板的?"

"舅舅开的那个猪鬃厂,里头的臭味让人闻了一辈子也不会忘,厂房条件很差,灰尘和猪毛会呛入眼睛和肺部,工人们多有眼疾肺炎。为了通风透气,厂子里一年四季都开着窗,又没有供暖,大多数工友到四十岁便没有什么劳动能力了。几位大哥一看就知道是从那儿来的。"

璟琛又道:"听说他无缘无故开除了几个工人,若没猜错,就是你们吧。几位大哥大概是想趁着今日这机会来找我舅舅讨点养老安家费吧?"

那几人面色微动,璟琛微笑道:"中国人在洋人的地盘混饭吃,自然得互相帮衬着。厂子说到底也算是给普惠洋行供货的,你们更是自家人,自家人有了困难,我们哪有不管的道理。要不我现在叫人给你们安排一间屋子,且在那儿等等,晚宴过后,自会有人将钱给你们送去。"

"我们凭什么相信你?"

璟琛低声说:"现在洋人们都怕华人闹事,那两个巡捕不抓你们,你们以为他们好心?放心吧,只要普惠洋行在,我舅舅这笔账就赖不了,他敢削了洋人的面儿不成?你们今天要不到钱,明天,后天,以后每一天都来闹,他就耐得住?我都替他捏把汗呢!"

那几人确打算候着云秀成当着他的面理论的,但璟琛话说到了这份上,他们心里便有些松动了,正待问去哪里等,璟琛却快速道:"我虽然同情你们,但确实还是个说不上话的小子。我父亲约莫十分钟后从西门那边过来,陪的是今天过生日的英国总董,你们若要提什么要求,他不会不理。我父亲比我舅舅好说话。大哥们可自己决算决算。"

带头的工人仔细揣摩了片刻,恍然大悟,抖抖索索往一边散去。巡捕走到璟琛跟前,用口音甚重的生涩中国话关切地说:"潘先生,我们一直看着这边,他们敢伤害你,我们是不会不管的。"

璟琛见带头工人远远回头,朝自己投来一个感谢的目光,他极轻地点头回应,转而对巡捕说:"没事了。"

悠扬乐声响起,他转身走进纪念堂,胸前雪白的兰花被灯光映成金黄色,倏尔又变幻五彩,他从身着黑色礼服的侍者手中取过一杯香槟,小口啜饮,莫名兴奋愉悦。

"笑什么?"谢济凡走了过来。

璟琛扬起嘴角:"我二弟伤还没好,今天中午捂着耳朵去洋行找我,说是我那后娘要他来帮我。"

"然后?"

"然后?他却只问我会有哪些大小姐会来,有没有他闻名已久的交际花。"

谢济凡哼了一声。

"还有我那云家舅舅，潘盛棠逼他退了股，收了他的猪鬃厂，现在他厂里几个工人正打算一会儿找潘老板讨公道呢。"

谢济凡摇头。

璟琛不解地看着他："我以为您会高兴。"

"我希望看到你有大作为，而不是仅仅耍些刻薄的小聪明。"

璟琛恍若未闻，眼睛看着前方："今天我还就想任性一次。听说埃德蒙老头儿喜欢中国戏，云秀成为了讨好他，给他今天请了最好的戏班子来，谢叔叔，你猜一会儿会演什么好戏？"

谢济凡微微蹙眉，沉默不语。

璟琛自顾自轻声说道："《白罗衫》，这可不是我出的主意。"

谢济凡陡然一凛，动容道："你……"

璟琛笑容灿烂，向他躬身一礼，走进前方那一片衣香鬓影，瘦削挺拔的背影，在谢济凡看来，既骄傲又脆弱。

谢济凡不禁想起第一次见到这个孩子时的情景。

谁都不知道，他谢济凡是郑庭官在广州商场一手扶持起来的心腹，密切走动于各商行之间，更与潘家关系紧密。潘盛棠为得到给英商作保的三十万押金，将妻子荣氏卖给郑庭官当情妇，孰料郑对荣氏竟生真情，常寻机与其私会。潘对郑的妒意及杀心，谢济凡一直是知晓的，郑自然也知晓，故一直严加防范。然而百密一疏，再坚实的防线也有缺口，而那缺口，恰恰是郑最心爱的女人。

风光一世的珠江第一巨富郑庭官遭遇抢劫，保镖赶到时，郑已被斧杀，惨不忍睹，这曾是广州轰动多年的大新闻。

没有人知晓，惨案发生时，荣氏就在现场，郑庭官的脑浆溅了她一脸。

女人被捆着，绝顶美丽的脸惨白如纸，如同痴呆，她被绑在郑庭官豪华的座驾车门上，这辆车正是潘盛棠当年为了表示巴结，以极低的价格转让给郑庭官的，是广州的第一辆汽车，也曾是潘盛棠为体恤妻子缠足不便，专门为其购置的。他也许很爱这个女人，爱到骨髓里，也恨到了骨髓里，为了惩戒她的背叛，潘盛棠导演了世间最残忍的一场谋杀。谋杀发生的时候潘盛棠在汉口，但所有的程序步骤都被他精密算计，他唯独没料到荣氏与郑相会时竟会带着儿子，也没料到事发前半个时辰，与谢济凡喝得酩酊大醉的何仕文竟会走漏消息。

谢济凡带人赶到的时候郑已遇害，荣氏昏死了过去，歹徒不知所踪。谢济凡在郑庭官的尸身前跪下，朦胧泪眼中只看见一小小男孩从不远处丘陵奔下，小手里高高扬起一束黄色野花。

男孩在喊："妈妈，妈妈，我摘到花啦！"

谢济凡急痛攻心，从身边保镖的手中夺过枪，切齿道："好，好得很！潘盛棠的儿子在，我现在就杀了他为大哥报仇！"

他缓缓走向男孩，离得近时，见那孩子生得极其漂亮，雪堆出来的人儿似的，一双眼睛灿若朗星。

孩子用那双可爱纯真的大眼睛看着他，也看着指向额头的冰冷枪口。

"我要去我妈妈那儿。"孩子奶声奶气地说，并无丝毫畏惧。

谢济凡森然道："你妈妈姓荣。"

孩子点点头。

"那么，你爹姓潘。"

孩子又点点头，安静地看着眼前陌生的男人，这个男人挡住了他看往前方的视线，他如此高大，如此悲伤，如此可怕。

小男孩往后退了一步。

谢济凡一字一句地说："你的父亲潘盛棠，杀了我最敬爱的恩人，即便你还小，即便你是无辜的，但我今天还是要杀了你。你死后变做厉鬼也罢，投胎来报仇也罢，记住我的名字，我叫谢济凡。"

他的手指缓缓放在扳机上，孩子怔怔地看着，忽然清脆响亮地说：

"我叫郑银川！"

〔二〕

他叫郑银川。这个名字在少年心中藏了许多年。

此刻他站在暗处，欣赏着潘盛棠的表情。

《白罗衫》。云秀成脑子真有问题，竟然点了一出《白罗衫》，拍了埃德蒙的马屁，却捅了潘盛棠的心窝。

这出戏讲的是强盗徐能欲劫杀书生苏云，霸占其妻，苏逃生时与苏妻失散，苏妻逃命途中在江边产子，阴差阳错，其子却被徐能偶遇并抚养，取名徐继祖，多年后徐继祖登第入仕，任按察御史，偶然得知真相，徐能在与养子对峙之后，绝望遁入后堂自杀身亡。

正唱到《诘父》一出，白面老生悲叹："一自途中相抱，依稀如获珍宝，三年乳哺，熬夜起早，五六肩头嬉闹，七岁延师训读，顽劣不忍打骂……一十八年相依到今朝！……谁料一朝平步青云，尚方宝剑出鞘……六畜久养，亲动刀尚不忍，儿啊！"

字字血泪。

潘盛棠额头青筋微跳，霓虹灯下的面庞青白如纸。

少年嘴角冷笑：不，不，那个人哪里比得上那正悲哭的强盗，强盗虽然凶残贪婪，但对养子的情分真挚温暖，没有一点杂念，最后宁肯自杀，也不愿与养子同归于尽。

而那个人，那个自己叫了十七年父亲的人，又是怎样做的呢？

银川捏紧了拳头。

他忘不了。

忘不了那个夜晚，只有四岁的他躲在门外，看到母亲衣衫破烂，脸上指印深红，裸露的肩头青紫斑斑，那个男人在质问她，语气是那般的凶戾："还背着我偷男人？我养着你，供你好吃好喝，你竟这般下贱，不知廉耻！说，什么时候又去见了郑庭官！"

母亲出身官家，即便已卑微如泥，亦保持着自尊，她寂静抬头，眼中没有一滴泪："当年是你亲手把我卖给了他，之后嫌我脏污，弃我如履，盛棠，不公平。"

"你有什么资格叫我的名字？有什么资格向我要公平？贱人，你在我心中一文不值。"

母亲凄然一笑，不再争辩。

"说话啊！为什么不说话？"

"既然我一文不值，何不干脆赶我们走。还是你忌惮郑庭官，要把我押你这儿当看家宝？"

"住口！"潘盛棠一记掌掴怒甩到她脸上，随即上前掐住她细嫩的脖颈，母亲连哼都没哼一声，嘴边只是心灰意冷的笑意。

年幼的孩子看在眼中，又怕又恨，那个男人虽然对她们母子冷漠，但从未像此刻这样表现得如此凶狠，他想冲进去救妈妈，可何仕文将他拽进了怀里抱走，他无声挣扎着，脸涨得通红，呼吸急促泪流满面。

"大少爷，要保命，要救你妈妈，千万要忍。"何仕文安抚着他，劝慰着他，可他心中只有恨，恨自己太小太柔弱，恨那个正殴打母亲的男人，恨这个抱着自己、戴着伪善的面具、一直在欺凌母亲的男人。

什么叫钝刀磨肉，什么叫白蚁钻心。他只有四岁，便尝透了毒刺入心的滋味。

孩子，你不是潘盛棠的儿子，你姓郑，叫郑银川。

母亲这么告诉他。

在他的生身父亲被潘盛棠设计残杀那天，母亲携着他的手，给他理了理小西服的衣领："再忍两天，我们就离开潘家，过安宁的日子。"

"可要是爹爹知道了怎么办？他会不会再打你？"

"他不是你爹，记住，妈妈今天告诉你，那个姓潘的男人不是你爹，你叫郑银川，你的父亲是南粤第一买办郑庭官，潘盛棠为了30万银两把我卖给了他，然后我就生了你。郑家是第一个将商号开到西北银川的世家，银川代表着郑家的骄傲，这个名字是你的生父送给你的。一会儿你就可以见到他了。"

他只见过父亲两面，在同一天。一次是父亲还活着，坐在那辆豪华的座驾中，将他从母亲怀中接过放到自己腿上："小川，爹爹委屈你了。"他凛然自威的目光里透着温情，但看向母亲的时候却带了一丝责备，"敏萱，你瞒得我好苦。若不是在潘家待不下去了，是否便要瞒我一辈子？"

母亲沉默，不置可否："便是身处炼狱，嫁给了盛棠，也得从一而终陪他一辈子。我来找你是为了孩子。我命不足惜，可以受苦，孩子不能。"

"你能舍弃他？"郑庭官凝视着她。

"我想你送他去国外，保障他的安全，让他受最好的教育过最好的生活。潘盛棠爱面子，即便孩子到了你家，他也自会圆个说法。我愿代孩子在潘家受罪。今天来找你，潘家没人知道我带了孩子来。"

郑庭官蹙眉："你太小瞧我的能力了。"

母亲淡然道："我肚子里还有个孩子呢，即便要离开潘家，也得生下这个孩子再说。难道你郑庭官也要和潘盛棠一样养别人的野种吗？"

"住口！"郑庭官怒喝，"你竟如此轻视我！"

"妈妈……"他吓得颤了一颤。

郑庭官神色顿时和缓，在他小小肩膀上轻拍安抚："乖孩子，去那边玩，那里有好多黄色的蝴蝶花，你去摘来给妈妈。"

他犹豫地看向母亲，母亲含泪的眼中强带着一丝笑："去吧，给妈妈摘束花儿来。"

郑庭官从怀中掏出一条白灿灿的银锁链："这是郑家家传的长命锁，郑家三代单传，我今天便将它送给你。川儿，我的好孩子，我会让你和你妈妈过上好日子的。"

当时他原本以为这陌生的父亲会将银锁给他挂在脖子上，可他没有，而是将它交给了母亲，母亲乌黑浓密的睫毛垂下，看着掌心中那有着月光般柔润光泽的银锁：花开富贵，天长地久。

她终于动容。

他许久许久都没有见过妈妈露出这般静美安宁的笑容，在隐约的希望、忐忑的喜悦和无数的疑问中，他奔向远处的小山谷，果真看到无数金黄的蝴蝶花，连绵一片，在风中摇曳着柔嫩的花瓣。阳光洒在他的头顶，这竟是他童年最欢乐的记忆，虽然如此短暂，如此残忍的短暂。

见到生身父亲的第二面，是父亲残碎的尸体。

谢济凡终究晚了一步，在知晓他是郑庭官的儿子后，谢将他迅速带走。他又踢又咬，用尽了全部的力气呼喊："爹爹，妈妈！爹爹！妈妈！"

讽刺的是，谢济凡说的话竟然和何仕文一模一样："孩子，要活下去，就得忍。"

郑庭官已死，即便他去了郑家，也没有人再能庇护他，潘盛棠是否知晓他是郑的儿子尚不得知，若知道了，既然能暗杀郑庭官，杀死这奶腥未脱的孩子就更是易如反掌。

虎口求生，险境里说不定还剩有生机。

他被悄悄送回潘家。

没有人安慰他。没有人知道他经历了多么惨烈的场面和离别。

那天夜里，母亲也被警署的人送回了潘家，而正是那天夜里，何仕文给母亲灌下了一碗堕胎药。

那时虽然年纪小，但他看着母亲惨白的脸，隐隐约约意识到，也许她就是在那一刻连一丝活下去的意念也没有了。

曾经他以为自己是母亲的希望，是母亲的火，在她最寒冷的时候也会给她带去温暖，哪怕只有一点点。

但他再也温暖不了她了。因为连母亲也不知道究竟该如何保护他，究竟该如何在那炼狱里和他一起生存下去。

他们孤立无援。

母亲死前三天，曾打算送他走的。

她从陪嫁里翻了件未曾穿过的新衣服，打扮得齐齐整整，精精神神，带他走遍了珠江边的每一条小巷，走过了荔湾，走过了租界地，走过了洋行，其实他知道，母亲在告别她人生中所有的过去，也在告别他。

"阿川，"她叫着他真正的名字，"我们玩个游戏好吗？"

"好！"他乖乖地回答，假装很开心。

母亲说："咱们捉迷藏，你去一个地方藏着，妈妈来找你，好不好？"

他愣了愣，忽然大声说："不好！"

"为什么？"

他忽然大哭起来："妈妈，不要扔了我。我知道你要丢下我。"

他哭得好伤心，小肩膀一耸一耸的，风吹过珠江面，那么馨香温暖，可他心中充满了无助和绝望。他知道妈妈要走，迟早的事情。他多想留下她，能留一会儿就是一会儿。可他除了哭，还能做什么呢？他是多么没用的孩子啊！

母亲发着怔，没有说话，表情很冷，目光空空的，他毫无办法，哭得上气不接下气。不知道过了多久，母亲伸手拉住他的小手："别哭了，我不是还在这儿吗？"

他哽咽着跟着她走，看着她目光茫然地掠过濛濛江面。正值盛夏，满眼皆是浓绿。母亲轻轻靠在江边的栏杆上，忽然小声吟唱：

"亭亭水，荔子香，修篁碧，相思长。晚钟伴夜潮，离情暮复朝。"

他不懂词中之意，只觉她的语声凄婉无比悲凉，让他愈加害怕，掏出小手帕，踮起脚，想给母亲擦一擦脸颊的泪水，可他不够高，怎么也够不着呀。

母亲终于笑了笑，他如获至宝，眼中泪珠还在转呢，却拼命咧着嘴笑，小手使劲伸着，他以为这样就会让妈妈喜欢，会让妈妈高兴。

"来，我抱你。"

母亲抱起他，他赶紧搂住她的脖子，把小脸往她颈窝那儿蹭。

"阿川，你好像长胖了呢，妈妈都快抱不动你了。"母亲抚了抚他的小脑袋，她重病未愈，脸白得像纸，说话时嘴唇都在颤。他小心地用手帕给母亲擦眼泪，说："妈妈，我把吃的留给你吃，我不要长胖，我要妈妈天天抱我。"

"傻孩子，你是男子汉，哪能天天让妈妈抱。你会长大的啊，妈妈总会抱不动你的啊。"

"我不要长大！"

母亲微微一笑，双睫微垂，似忽动心念，片刻后她手略往上一抬，将他放在栏杆上坐着，背靠江面。江风卷着水汽直扑在背上，母亲将额头抵在他的额头上，轻声说："如若你不长大，也很好。"

她微凉的手缓缓挪到他肩头，他忽然就明白了，忽然什么恐惧都没有了,反而是解脱。他一解脱,母亲说不定也解脱了。

他只穿着一件薄薄的小背心褂子,裸露的肩膀和手臂感受到母亲双手冰凉的温度,她的手抖得厉害,他则一声不吭,温顺安静地看着她,在这一刻他只想当个最乖的孩子,只要她不再痛苦,他做什么都可以。

"阿川,"她吻了吻他的脸蛋,凝视着他,爱怜横溢,"珠江通向大海,大海里有龙宫,我们如果从这里跳下去,一直游啊游,漂啊漂,就会漂到大海里,到了那里,谁也找不到我们,也不会有人再欺负我们了。我们一起去好不好?"

他用力点了点头:"好!"

她将他往上抱了抱,让他转过身面对滚滚江水,好几次他身子往前倾,原来是她在推他,却又在他即将坠落的时候把他拽住,他看不到她的表情,只听见急促的呼吸声和啜泣声,他说:"妈妈,你没有力气推我了吗?"

她把头贴在他的背上,滚烫的泪水浸透了他的衣服:"是啊,妈妈没力气了。"

"我自己可以跳的!"他大声说,"我先下去,你再来。"

母亲颤抖了一下,微微松开了他,他便奋力往江中跃去,他不愿意当她的累赘和负担,所以他用尽力气。他闻到江水略带腥气的湿润,他看到波浪里摇曳的青苔,他还听到远处市井传来的笑声,这是很少出现在母亲和他生活中的声音,是那种开怀的笑。等去了另一个世界,也许就会不同了吧?也许他就每天都能听到那种笑声了吧?

"川儿!"母亲尖叫了一声,他腰间一紧,她将他紧紧箍着用力往回拽,护在怀中,"不,我不要你死。你还这么小,你还这么小啊!"她跌坐在地,吻着他,抚摸着他的脸和背,"妈妈错了,川儿,你打妈妈,"她握住他的小手,击打在她的脸上,"你打妈妈,妈妈没良心!妈妈差点害死了你!"

他吓傻了,却见母亲近似于疯狂的眼中闪出一丝灼人的坚毅:"即便我死,我也要让你好好活下去。"

她在三天之后自杀。将只有四岁的儿子扔在这残酷的人世间,独自面对冰冷无情的繁华，牢笼一般的歌舞升平。他来不及从她口中获知她对他未来的安排，但在她离去之前，她要他从此死守身世的秘密直到成年。

潘家没有人知道他是郑庭官的儿子，包括潘盛棠。她要他当好潘家的长子，守住这个身份，也就守住了安身立命的根本。她并没有要他复仇，她甚至从未表现过对潘盛棠的怨恨，那个男人对她的辜负和残害，如同一杯命运赠予她的毒酒，她将这杯酒一饮而尽。

她用最屈辱的方式哀求过何仕文，要他帮忙庇护她的儿子，她也用她的死，向潘盛棠发出了一生中唯一的一次请求。她活着，潘盛棠的疑心与嫌弃只会与日俱增。她死了，或许能带走一部分他对她的怨恨。

吞服毒药应该不是一天进行的事，荣氏不急不缓地捂灭了生命的灯。她穿着当新嫁娘时曾穿过的最喜欢的珍珠色衣裙，将血书藏在枕下：

"妾命如浮萍，飘散自无依，惟望君垂怜，汝子若初心。"

初心，初心……

或许她和那个人也曾有过一段无可替代的美好时光，有过澄净如琉璃的真情，然则一颗初心早就被伤得千疮百孔，回忆被浓缩成一杯鸩毒，销蚀一切，只剩下这一场绝望的赌注，一个她用命布下的谎言。

吞下了最后一剂药，待在院里玩耍的儿子跑进屋，她的身体已在极度疼痛中抽搐，但她强忍着疼，将郑家的那条银锁链放在吓得哀哭的儿子手中。

"把它收好，别人若问，就说这是妈妈给你的，是妈妈家的东西。"

"妈妈，你怎么流血了？"他忙伸手给母亲擦着嘴角和鼻子里流出的血，但她实在没有力气安慰这个孩子了，她躺在她陪嫁时随她来到潘家的床上，三进雕花大床，像楼阁，亦是她的坟墓。

光线昏暗，灰尘在木头的罅隙之间飞舞，银川发现母亲散乱的目光正掠过他的头顶，向后面看去，像在寻找着谁。

她看到了谁呢?

是父亲郑庭官,还是那个一直折磨着她的潘盛棠?

是狠心的薄情郎,还是那个曾日夜盼着良人的美丽新娘?

"亭亭水,荔子香……"她口中喃喃细语,"晚钟伴夜潮,离情暮复朝……"嘴角浅浅浮起一笑,笑容娇美如少女。

银川那时猛地觉得,她还是在等着潘盛棠,在她生命的最后一刻,她依旧还是在等着那狠心的男人,那个早已经辜负了她的男人。

她睫毛缓缓垂下,目光如雕像般静止。

她死了,而他郑银川,她的儿子,靠着她这颗"初心"的保护,活到了现在。

不争,则天下莫能与之争。谢济凡曾这么告诫过他。要他隐忍坚毅,学会保护自己,学会装傻充愣,学会假装无能。

十几年靠忍辱负重活下来的他,早已将生活中的磨难与凶险视作家常便饭,又岂不知一时的意气用事,稍有差池,便会让多年的自保与绸缪全盘失守。

他今年十七岁,亏得自己与母亲相似的相貌,亏得何仕文用尽心机的保护和谢济凡无微不至的栽培,挺过了潘盛棠一次次的设计怀疑,一次次的凶险考验。从只图自保到密谋报复,一天天一年年,他锻造自己的隐忍与残忍。

此刻,在那迷乱人眼的华灯飞舞之中,他畅快地欣赏着潘盛棠脸上变幻的痛意。今天不光是埃德蒙的生日,也是他母亲荣敏萱的祭日。那男人究竟在心痛什么呢?是心痛自己用几十万现银换回一个残废的儿子,拼了老命孝敬洋人才保住一个并不安稳的总办位置,还是心痛那个早已被丢入忘川的女子,哪怕他或许早已不记得她的模样,唯独她留下的那颗"初心",蛇蝎一般伴在他身旁?

〔三〕

银川回头,让云升将他手中空酒杯换下,重新递上一杯。

"佟春江那边有消息了没有?"

"听说已经安全回到汉口。"云升凑近了些,把语声压了压,"洪泉根死了。"

灯火在银川的眼中闪动了一下:"虽然这是同袍会清理门户,还能小赚一笔钱,不过我总是欠了佟爷的人情。"

"大少爷,听说您走之前要和表小姐订婚?"

银川修眉一挑:"谁说的?我舅舅?"

云升转身朝一个地方瞟了瞟:"表小姐刚跟我探信儿来着,问你病好了没,新衣服有没有做好。"

银川的眼睛一直盯着潘盛棠,巧的是,潘盛棠也恰恰往他站立的方向看过来。目光交汇的一霎,银川的心微微一凛。

女人,又是女人。翟蕙兰是一个,云琅又是一个。随便什么女人,高贵的,下贱的,全是你潘盛棠用来谋取利益控制他人的筹码。

他转身对云升说:"你叫云表妹去二楼的休息室,我有话对她说。"

云琅微提裙角,在二楼转角处的镜子前略停了停,镜中的少女有着明净白皙的皮肤,俏丽的鼻翼,细长秀美的眼睛和善温柔……她做出蹙眉深思的表情,想表现得像个成熟的女人,过了一会儿又轻轻扬起嘴角,露出娇俏动人的笑,笑意蔓延开来,红晕弥漫双颊。

灯光缓缓流淌,她吸了口气,轻轻推开休息室的门。

银川坐在窗前,低头把玩着手中的银色烟盒,窗外树影撩动室内光影,映得他脸色温润,听见她的脚步声,他缓缓抬头,静静地瞧着她。

"表哥。"她轻声道,双颊微红,"好些了吗?还咳嗽吗?"

他轻声说:"没有用的。"

云琅愕然地看着他。

"你的关心和你的垂爱,都在我身上起不了什么作用。放弃吧。"

云琅眼圈儿红了:"你……你在说什么?我不懂。"

"你也听说我们要订婚的消息了,是吧?"他说,目光坦然。

她不自禁往后退了一步。

他一向对她温和，些许时候也透露过几分亲热，平日亲朋间开玩笑，也常说他俩算得上门当户对才貌相当，可做亲上加亲的佳偶，她也自小就一心爱慕着他，但从未如此刻这般，在他的神情和言语中察觉出如此之深的隔膜与戒备。

脖子上戴着的一串珍珠长链轻轻触在她手背上，如冷雨冰凉，她紧张地伸出手指将珠串勾住，一颗心也在往下坠落，她害怕他要说出令她失望的话。

银川郑重地站起来："我们虽是名义上的表亲，但你对我并不了解。今日不妨说说我的情况。你应该知道，我母亲在世时我父亲长年在外，在汉口娶了侧室，我母亲死了以后才扶的正，这位侧室就是你的姑姑，我现在这个母亲。"

云琅点点头。

"父亲和我母亲之间聚少离多，她过着很孤单的日子。云表妹，倘若我们成婚，你可能会比我母亲更可怜。我父亲好歹对她有份情，而我对你，或许连兄妹之情也没有。"

云琅强忍着泪，双肩开始颤抖。

"大家都想撮合我们俩，父亲说要我走之前和你订婚，"他无奈地闭了闭眼，"如果我愿意，也许大家都会高兴。可云表妹，我不愿害你。辜负你一片心了，真是对不起。"

"为什么和我结婚就是害了我？"她无比难过，"凭什么就这么笃定？"

"我在这家里是做不得主的，要不是因为我二弟受了伤，这几天洋行的事我根本上不了手。我原是最没出息的人，大人们怎么安排，就得怎么依。你向来得长辈们宠爱，若开口拒绝这门婚事，我舅舅这般疼爱你，定不会舍得让你受委屈，还请云表妹主动说个不情愿，这样我们两个都不会为难了。"

他说这么多，云琅起先还抱一丝幻想，一是怜这表哥从小没母亲没亲眷可依傍，不愿和自己成婚，说不定是自卑的缘故，听到后来，才确认了他十足十的拒绝之意，不由得万分想不通。

银川柔声道："你是个好姑娘，以后定会遇到真心爱你疼你的人。"

云琅手一颤,珠链被她拽断,珍珠噼里啪啦洒落一地,她茫然看着地板,愣了好一会儿,方蹲下去捡,一面捡一面无声地哭。

银川看着她:"早些跟你说是为你好。以后你自然会明白。"说着拉开门走了出去。

云琅原本捡了几颗珠子在手里,见他离去,她忽地转身,将珠子用力摔过去,放声哭道:"我不明白,我永远都不明白!我不信!潘璟琛,告诉你,我不信你会不喜欢我!"

银川缓缓下楼,楼下大戏唱罢,他在楼梯口站了一会儿,听埃德蒙站在台上向宾客们讲述普惠洋行的历史。潘家在前清时曾是十三行行商中的翘楚,十三行被毁,清朝也在不久后覆灭,和中国往来的外国洋行越来越多,但一些老洋行还是很认前清十三行这个牌子,"普惠"正是潘家商行的名字,就此被沿用到这家英资洋行的中文名上。

"我们与潘家的渊源不仅在于这个名字,"埃德蒙道,"早在一百年前,我们的先辈就曾和潘先生的先祖合作。我要说明的是,那时候我们洋行还仅仅只是一个小商行,而潘家的生意已经做到了瑞典和西班牙。"

潘盛棠听到这里,微微一笑。

"潘家的茶叶甚至远销到瑞典,是欧洲人抢着买的好东西,"埃德蒙执着酒杯,似沉浸在悠远的历史之中,"有一次我们的大班从潘家普惠行订了一船的茶叶,行至马六甲触礁,有一半被毁了,按理说这损失该由我们自己承担,但我们财疏力薄,不得已在停航期间,厚着脸皮给普惠行的潘老板,也就是如今潘先生的先祖潘振官先生写了一封信,说了下难处,又斗胆询问是否能换货。潘振官先生没有多言,修书一封说他不在意眼前的利益,注重的是和每一个合作者长远的友谊,很快就运了新的茶叶过去,从此,我们与潘家一直没有断了合作,一百年来行销欧洲的所有茶叶和丝绸全由潘家采购的,洋行在建立了坚实的基础之后,更将中文名字定名为'普惠'。来,让我们为这缘分,为这经久不断的情谊,为我们中英两国的友情,干杯!"

众人举杯,一些初次听闻的客人都向潘盛棠致以敬意。盛棠诚惶诚恐站起,按照中国礼节,双手别扭地捧着红酒杯,微微一躬身,仰头将杯中之酒一饮而尽,这老土的姿势,却显得他敦厚之至,很值得结交。

银川扫了一眼席间的邵慈恩、谢济凡等人,诸人面上虽都带着笑,但眼神均颇为复杂。他们何尝不知潘盛棠真正的为人?即便在银川的眼中,潘盛棠虽和洋人打交道几十年,能干精明,熟稔葡语、西班牙语和英语、法语,岂是此刻特意表现出的卑微如奴的模样?自银川记事起,就从来没见过潘盛棠穿过洋服,总是一身长袍布鞋,训斥下人和低层管理者头头是道,言辞犀利,但只要一到洋人的面前,就是唯唯诺诺的样子。

这种极为分裂的个人形象,细想起来让人觉得惊怖,但却又是在场许多中国商人都心知肚明的一种不得已。

"买办之俸虽优,然操业近卑鄙……洋行中奴隶之首领也。"这是维新派容闳在他的一本著作里写的,银川读过那本书,他也知道他的生父郑庭官及眼前这位假父亲,包括他自己,都在从事或即将从事这样一种近乎"卑鄙"的职业。即便有了钱,在社会上有了权势,但依旧还是抛不掉"洋奴"这顶帽子。

"我真要和他们一样吗?"他问自己。

埃德蒙发言完毕,舞会开始,黑人萨克斯手吹奏起一首欢快的舞曲,银川无心步入舞池,依旧靠在楼梯的栏杆上,琢磨着自己的心事,没注意云琅已从二楼下来,路过他的时候停下脚步,转身定定地看着他。银川视线被挡,眉头微蹙,目光已颇有些不耐烦。

云琅倔强地咬了咬嘴唇,说:"大表哥,你不喜欢我,对吧?"

银川点头。

"你希望我主动拒绝我们的婚事,是不是?"

他嗯了一声。

"好,那我告诉你,"云琅正色道,"我喜欢你,我要用我一辈子换你喜欢我。我会求我爹和我姑父,让我们俩尽快结婚。"

"你在跟我示威?"

"可以当我在示威,"她哽了一哽,旋即更加坚定,"我把一颗真心剖出来给你了。我爹跟我说过,我们结了婚,他就会支持你做生意,我姑姑也会待你更好。你为什么不能娶我?我是为你好!"

银川冷冷一笑,转身就走,云琅见他这般冷漠无情的样儿,一颗心都凉透了,待要追上去拉他,银川将语声一提:"舅妈,表妹在这儿呢!"

云秀成的妻子听银川一喊,急忙朝这边看过来,银川抓住云琅的手腕,将她拽着走到她母亲面前,笑道:"舅妈,把表妹看好了,这些洋人的公子哥儿惯会占中国姑娘便宜的。你们好好玩,我得去父亲那边应酬了。"

云夫人笑着点头,拉着云琅的手,狠狠瞪了她一眼,云琅满脸通红,却只能眼睁睁看着银川轻轻一颔首,然后步履优雅地走到潘盛棠那边去了。

〔四〕

云秀成手中的股票全被清盘,盈利最大的猪鬃厂被潘盛棠收入囊中,这是对他的不忠实行的惩戒。和云秀成关系密切的邵慈恩也受了影响,洋行中止了和他的一部分蔗糖订单,与九江的一家糖商签了合同,邵慈恩生性圆滑,眼前的损失虽不小,但好在与洋行长远的关系并未断掉,因而没有表露出丝毫不满。潘盛棠特意从潘家的资金里拿出一部分钱贴补给他,邵慈恩知潘在趁机笼络,他原贪利,能少些亏空,自然高高兴兴地接受了。

云秀成出局,银川的喜悦并没有持续多久,他知道这一次扳倒云秀成,有一大半靠的是运气。

潘盛棠工于心计,谁都不信任,云秀成的作为无不被他一一看在眼中,之所以一直姑息,只因为没触及底线。翟蕙兰原是云秀成暗中养着的小情妇,云秀成将这女子设计送给潘家长子,潘盛棠有意看戏,假意不知。螳螂捕蝉黄雀在后,更何况大富之家,各方的凶险关系密如蛛网,云秀成自作聪明,反而弄巧成拙,潘盛棠岂会不留意冷不丁在家里冒出来的一个普通家庭女教师?既然云秀成以她为饵钓上了他的长子,他正好将计就计,顺带看看儿子的反应。

若郑银川只是个未经风霜的纨绔子弟,面对翟小姐的温柔美丽,说不定还真会沉沦不可自拔。可一个背景干干净净的陌生女人突然出现在自己的世界，对自己暗送秋波投怀送抱，不是陷阱是什么？他恰如其分地在众人眼前演了一场痴情戏，演得所有人都非常满意，但每演一天就愈觉恶心，也愈加警惕。

就连老谋深算的潘盛棠也未曾料到，翟蕙兰不光是云秀成的诱饵，也是另一个人的棋子。银川起初拿不准这女人的身份，想尽了办法试探，极力在她面前表现自己在潘家的无助与失势，做尽了一个富家阔少对情妇该做的一切。在打听翟蕙兰真正的底细时，他依靠了何仕文，也暗中告诉了谢济凡。何仕文路子有限，谢济凡的本事就比他强了许多，很快就通知银川，翟有可能和同袍会的叛徒洪泉根有瓜葛。洪的势力主要在广州，以贪财和凶残闻名。

数月前，银川在翟蕙兰耳边有意无意地提起潘盛棠在广州老宅的库房，曾存有不少银钱珠宝及前清时就攒下的古董。潘家的豪富，翟蕙兰是见识过的，头年云氏过生日，德国摄影师到潘府为其拍照，云氏着中式装扮，碧蓝点翠牡丹抹额正中一颗鸽卵大的钻石，晃得那洋人半天没眨眼睛。几个月后潘家老宅便失了火，这件事甚至惊动潘盛棠带着云氏与何仕文亲自回了一趟广州。

从那时起，对于翟蕙兰的身份，银川再无半点怀疑。

云秀成是否早就知道洪泉根的绑架计划，银川不能确定，但那日云秀成带着他和璟暄、璟宁去俄国菜馆吃饭，在大堂遇到孟老板时故意大声介绍他，便让银川不得不怀疑，云秀成很可能与洪泉根有过联络，至于牵线搭桥的人，除了翟蕙兰还会有谁？

银川并没有猜错。

潘家是洪纵的火，财物却并未丢失，洪泉根的目的是看潘盛棠的反应，潘盛棠若去了，说明潘家库房确实很重要，那么银川在翟蕙兰耳边说的事便有了可信度，这不受宠的"纨绔子"说的话是值得听的。试探的目的已经达到，洪泉根要做更大的生意。

洪的计划实施得如此之顺利，云秀成估计帮了大忙，只是他没料到洪的目标并不是他们原先商议的"潘璟琛"，而是"潘璟暄"，潘盛棠的二儿子。

这是事情发生过后许久银川才弄清楚的。在这之前,他的所有行动,均是行的险招,甚至有可能连命都会丢掉。

没错,他确实故意对翟蕙兰透露璟暄将去珠宝行取项链的行踪,他也是故意在电话里向洪泉根要的"凭据"。他不恨潘璟暄,但他绝不容许任何人阻拦自己复仇的计划。

银川知道潘盛棠在绑架案发生后,很快便会知道翟蕙兰的真正后台,或许潘盛棠让自己去洪泉根手中接回璟暄,便是试探。银川紧张得连着几日都彻夜难眠。

但他挺过去了。

他确信何仕文会替自己挡下一切,这个男人对他有种近乎变态的护持,银川利用了何仕文。

何仕文对母亲的玷辱,是他心中永不磨灭的耻辱。

当年虽然小,但他忘不了何的无耻之态,起初何仕文还不敢太过肆意妄为,但潘盛棠对妻子长年冷落,让这可怜的母子俩在潘家没了一丝一毫的依傍,何仕文便再没有了顾忌。

何仕文对银川每好一次,银川便觉得好像亲眼再看到他凌辱母亲一次。若说自己对何究竟恨到什么程度?也不过是恨不得将他碎尸万段的地步。于是看似不经意地将何与母亲的"奸情"轻描淡写地传递给了潘盛棠。要何仕文生不如死很简单,潘盛棠会好好收拾他的。

数月之间,银川艰难地完成了一场人生蜕变,谢济凡其实说得对,要有大作为,不能仅仅靠耍些刻薄的小聪明,运气好是暂时的,他知道今后的路必须每一步都走得踏踏实实。

总董埃德蒙的到来,是一个巨大的机遇。这个熟稔中国商场规则的英国老人,早就将华商间的钩心斗角看在眼中,他总是以无懈可击的微笑示人,乐得利用这些关系、通过制衡与博弈为洋行获得利益,不过在关键时刻,他也会适时扮演铁面无私、六亲不认的洋行一把手角色。他将汉口所有华人职员的月薪提高了一倍,这是在帮潘盛棠鼓舞士气,显示潘在洋行的威望(但这威望却是他埃德蒙赐予的),与此同时他也在许多方面削弱了潘盛棠的力量。云秀成的事情,是潘云两人的内讧,不在埃德蒙考虑之内,他所做的,是将自产桐油的代理全权放给了四川人许静之，又让一向只在广东活动的谢济凡参与到洋行在江浙一带的丝麻、发网的收购，美其名曰是让谢济凡为潘盛棠分走一些压力，岂止是压力，这也是一大笔钱！

一给一拿，埃德蒙的账算得很清。潘盛棠也很清楚，要巩固总买办的位置，守住洋行这座金山，自己必须要在现在这关键时刻做点成绩出来。

全中国开始抵制洋货，洋行的业务受到极大影响。普惠代理的许多货物都囤积在仓库里卖不出去，轮船又停运，算得上雪上加霜。在这当头，潘盛棠砍掉云秀成的势力，也砍掉了自己一只胳膊，在亲自从上海赶到汉口监督的总董面前，他如何将颓势扭转？

想明白了也无非三件事：

放权，减压，找帮手。

放权和减压，埃德蒙已替潘盛棠做了一些，潘要找谁做帮手呢？

对于商人来讲，不树敌，便是在找帮手。普惠四大买办云集汉口，就是要看潘盛棠的态度。巨浪袭船之时，他们要看到他们的总买办，愿意用他的一双大手紧握住牵引风帆的缆绳。不论是什么货物，不论牵扯到哪一个买办的商行，潘盛棠都要与之同心同德，共渡难关。这是他的责任。

那么，属于他郑银川的机会也就随之而来。因为此时潘盛棠身边，只剩下他一个帮手。

第七章
航程

〔一〕

银川推开办公室的门。

"坐。"

潘盛棠正在看最新的油价,示意他坐到他办公桌对面。

"万县的电报局出了点问题,美国那边最新的桐油价格今天晚上估计到不了,我正想办法联系一艘近海的军舰,请他们帮忙代发一下电报。"

"父亲考虑得周详,如此一来,许伯伯买进卖出都能跑到别人的前头了。"

盛棠点头,旋即岔开话题:"这几天你跟着我,最大的感受是什么?"

"父亲夙兴夜寐,为了洋行呕心沥血……"

盛棠打断道:"我不想听这些。说,你学到了什么。"

"胸怀和眼力。"

盛棠眉毛一扬,颇有兴味地抬起头。

"儿子虽驽钝,但从父亲对待几位叔伯的生意上看到,您将众人的风险分到了自己的身上,这就是身为总买办的胸怀和气魄。许、谢、邵、闵四位伯伯，父亲愿意投自己的身家支持他们，说明您看中的不是一时利益的得失，而是长久的远景。四位伯伯的生意多和土产相关，只要中国这片土地还有农民在耕种，只要老百姓还有四时所需，这些生意便不会受到太大影响，灾年少收成，丰年赚大钱，大的起伏也不过如此。父亲的眼光与定力，这是儿子要学的大本事。"

盛棠笑了笑："买办是家族事业，父业子承是不成文的规矩，这段时间你也熟悉了一些洋行的情况，你的资质我是看到了的，我很满意。"

银川等着他说下文。

"不日你将启程去英国，埃德蒙特意告诉我，洋行会拿出一小笔钱作为你在国外的奖学金和生活费，如果你本人愿意接受的话。"

银川一凛，正欲开口，盛棠做了个手势让他继续听。

"不错，今天叫你来正是为这笔钱的缘故。三百英镑，每学年发到你在那边的户头，另有每月二十镑左右的生活费，算成国内的汇率，也差不多够得上一个中层职员的月薪了。家里倒真不用再多出钱给你。"

银川轻轻挠了挠书桌表面的纹路，低下头："普惠出这笔钱，应该不仅仅是要资助我当个学生。"

"富家子弟，不愁吃不愁穿，但也要有自力更生的本事。我希望你接受洋行的资助，同时也要告诉你，在国外这几年，家里不会再给你一分钱。"

银川轻声道："您一开始并不愿意我去英国，是我自己执意要去，如今能有洋行的资助，我已经很庆幸了。我很明白，洋行的资助父亲也不会让我白拿，您请说，现在需要儿子做什么？"

盛棠淡然道："各商栈的货现在全堆着，你舅舅最近又犯了头疼病，大小事情我都一个人盯，难免有顾不上的地方。大智门西边有块地皮，有两栋宅子租住了几家人，洋行想在那儿翻造一个打包厂，便跟那几家人商量好提前解除租约，不知是哪个无赖泼皮去挑了事，有三家租户不认账了，说要后年约满了再搬走，又闹着上法庭。秀成去处理了下，多给了这三家人一点钱，限定这个月六号搬走，他们倒是答应了。眼见今天已经是二号了，我担心又生枝节，你帮我再去落实下。"

"儿子不太明白。怎生落实？"

"那些人能提早搬走便最好，若还要闹事，搬不搬房子都要拆的。洋行只是不想在现在这个关头把事情闹大。你代我出面，也是代洋行出面，给这几家人送点钱去，好言好语再劝慰下。若做得好，洋行给你的奖励，理当不止那笔助学款。"

银川当天下午便和负责此事的一个副经理吴丰林去了一趟，从库房拿了些行李箱、羊绒围巾、礼帽等礼品，带了三百大洋，打算每家人再补一百。那块地在火车站附近，是孤零零的两栋老瓦房，因大部分房客都已搬走，显得尤为荒颓。有一个小孩子在房子外头玩玻璃弹珠，见银川等人走过，见了鬼似的拔腿就往屋里跑，银川的脚步顿了顿，他已从吴丰林口中得知，两个月前云秀成曾带着巡捕来这儿撵过房客，有过打伤人的事，现在云秀成倒是甩开了手，自己现在却摊上这堆麻烦，不由暗暗叫苦。

其实只剩下两家人，另一家已经搬走，那三百大洋，银川自己做主给两家人平分。一家曹姓老人曾是教书先生，有点读书人的倔脾气，把自己关在卧室里就是不出来，倒是他的老伴和两个年轻儿女挺怕生事，端茶送水，收下了钱和礼物，满口答应一定会规劝老人，五号一定搬家。

银川细问得知，曹老汉之所以不愿意搬，是因为他是个近二十年的老房客，两个孩子都是在这房子里出生和长大的，他只想多留一天算一天。前段时间所有房客联合一起抗议洋行提早解除租约，原是为多要赔偿金之故，但这老人的本意却是因为不舍得。

另一家是孤儿寡母，孩子不过七八岁，瘦骨伶仃，母亲看起来胆小柔弱，说不了两句话就流泪，浑不像是撺着闹事的那种人，银川温言询问她的困难，又将她那病怏怏的八岁儿子招到身边，问他会识字否，上学了没，喜欢玩什么。男孩见这个大哥哥斯文漂亮，温柔有礼，不觉将防备心消了许多，一一答了。银川见他总盯着自己胸前口袋里的钢笔瞧，甚是艳羡的样子，便笑着把笔拿出来："喜欢就送给你吧。"

孩子大喜，脸都羞红了，不敢接，他母亲使劲朝他使眼色，示意他拿了，孩子便道了声谢，将钢笔接过，心中对银川更是亲近，忍不住去搬了根小板凳过来，请银川坐下。

银川寻思片刻便明了，这小男孩自小就带着病，他母亲经不住人挑唆，借这个机会多给家里弄点钱，想来也是穷人的小小心机，其实很可怜。银川心情很复杂，轻轻摸了摸孩子的小脑袋，问他："你叫什么名字？"

"我叫阿川。"

银川微微一愣，微笑道："阿川……"

孩子母亲道："我们是汉川人，孩子就随着老家取的名字。"

银川回头对吴丰林道："吴经理，回头给这大嫂子和小兄弟订一家好点的旅馆，让他们多住几天，饭食也包了。钱就我来出吧。"

吴丰林微笑道："这笔钱洋行原是没算在里头，我回去写个申请，争取和大少爷一半一半。您还要读书，能省点就算点。"

银川笑着点点头。

孩子母亲听了，简直是千恩万谢，恨不得磕头了，银川跟她确认好五号搬家的时间，又掏了一块钱给那孩子，便和吴丰林告辞离去。时间还早，他又回了趟洋行，路过一楼会计室时碰到谢济凡正走出来，借闲聊的时间把这件事说了说，谢济凡听到前面时笑着点了点头："他能主动给你些紧要的事情做，说明他还是有意要培养你的。"但听到他说起那寡妇家的事后，便蹙起了眉。

银川奇道："我做得不对吗？"

谢济凡叹了口气："你快十八岁了，马上就是真正的大人了，我不能什么都告诉你。不过有句话你得时刻记住：心软是大忌。"

银川琢磨了这句话一晚上，辗转反侧，一宿没睡好，但他不承认自己是个心软的人，他也绝不会是个心软的人。

五号那天，他和吴丰林又去了一趟，寡妇已经在收拾东西了，老人那边却不见动静。吴丰林向银川冷笑道："这老骨头硬得很，儿女也学得刁滑了，上一次也是小的拿了钱满口答应，老的不动窝，我看这一次估计还会这么演。"

银川皱眉不语。

走到那家人门口，那对儿女有些心虚，讪讪地跟他客套，银川没什么耐心听下去，临走前往回看了看，见卧室门微开一缝，一双浑浊的老眼正往他这儿看过来，目光里颇有求怜的意思。

银川一怔,却又不知该做什么反应,心中有些迷惘。

晚上回到家,他依旧如同往常一样,亲自叮嘱佣人给不愿意下楼吃饭的璟暄准备晚餐。盛棠那天回得早,坐在客厅看报纸,见他忙里忙外的,便把他叫过去,似笑非笑地道:"若是喜欢做管家的事,何苦闹着要出国去,我最看不惯后生仔娘里娘气,什么事儿都张罗。"

银川不敢出声,垂首听他教训。

云氏忍不住冷笑:"大少爷是说得好做得好,演得也好。"

盛棠只作没听见,倒是鄙夷地瞥了她一眼,说:"你那二少爷呢?他如果不愿意下楼吃饭,以后也就别在潘家吃饭了。我潘盛棠自当没有这样的脓包儿子,白养了他十六年。"

云氏泪水盈盈,哽声道:"老爷你就这样偏心,阿暄受了这么大委屈,也不见你多疼他一点。我进了潘家门这么些年,你若还念着阿琛的母亲,就不该让我们……"

盛棠勃然大怒,喝道:"若觉得这样不好,你自己可以离开,要带上你儿子也可以。"

云氏双手绞着手绢,眼泪在眼圈里直打转,委屈万分道:"我儿子难道不是你儿子?"

银川走也不是,不走也不是,站了一会儿,轻声说:"父亲别生气,我去叫二弟下楼吃饭。"

"那块地怎么样了?"

银川便如实说了一下情况,又试探着道:"是否能缓两天再拆?我再去跟那家人说说。"

盛棠冷笑:"你又不是基督徒,怎么连传教士的事儿也感兴趣了?"

银川已知事情无可挽回。

璟宁从楼上下来,见客厅里气氛紧张,赶紧转头就往回走。盛棠见到女儿,眉毛一扬,大声道:"好不容易回趟家吃晚饭,这宝贝女儿也不陪我说会儿话,见我就躲,不像话!"

璟宁硬着头皮转身,俯在栏杆上朝盛棠甜甜一笑:"哪里呀,我好想呆呆啊!"

"呆呆"是她小时候吐字不清说"Daddy"时的发音,此刻她故意俏皮地说出来，盛棠果然忍俊不禁，甚是欢喜。璟宁下楼，坐到父亲身边，拉起他的手，在手掌虎口处煞有介事地摁："我给呆呆按摩百会穴！"

"是不是又偷偷跑出去瞎逛了？跟哪个江湖郎中学的？百会穴在这儿呢！"盛棠敲了敲她的头顶，璟宁咯咯一笑，往他怀里扎去。

云氏的心情立时好了许多，伸手在女儿背上抚了抚，给她顺了顺后颈窝的头发，露出慈母得意的表情。

璟宁朝银川挤了挤眼，银川知她在替他解围，借口去找璟暄，离开了客厅。

璟暄躲在屋里嗑瓜子看书，见他进来，把头一扭："不下去不下去，我不想见到他们。"

"不见也得见，父亲发了话，你如果不和大家一起吃饭，以后也别在潘家吃饭了。你说你上哪儿吃去？"

"等以后大哥发达了，我找你讨饭吃行不行？"璟暄愤愤地说。

银川伸手把他手上的书拿了，柔声道："要挣钱供你，也得等些时日，我也是靠家里吃饭的，现在又出息到哪里去了？阿暄，事情已成这样，总要面对现实。人生还很长，你有潘家的家世地位做靠山，外头谁敢看你不起。"

璟暄眼圈儿一红："他们何尝不在心里说我是个残废。"

"若你的心残废了，那才是真残废。连我都会看不起你。"

"大哥有没有怪过我？"

"怪你什么？"

"从小我和小栗子都抢你的东西，抢你的玩具，你的勺子、书、衣服，什么都要比你好，你总是让着我们。之前到洋行见习的机会，也是你让给我的。舅舅总在我面前说你不好，说你在算计我们大家，所以他要我学得比你多……"

"别跟我说这些。"

璟暄却还是固执地说了下去："就连我被绑架，也是你来接的我，如果不是那个佟爷顶替了你，说不定现在你还在那个坏人手上，大哥……对不起……我只是有时候总是先考虑自己……"

银川叹了口气："先考虑自己是对的。这是人的本性。而且我知道你本性善良。弟弟,挺下来,好好做个男子汉。"

璟暄重重点了点头:"嗯,我听你的话!"

"那就下楼吃饭吧。"

"可我真没有胃口。"

"装装样子也行。要不我就告诉爹你跟那个交际花的事。"

璟暄一跺足:"是你把她的名片给我的呢!"

银川目中露出少有的顽皮之意,手指放在嘴前,做个噤声的手势,璟暄忍不住笑了,好像与兄长共享了一个有趣的秘密。

次日天没亮银川就起床,在花园碰到云升。潘家的管事向来不光要处理家务,还有过手一部分与洋行有关的潘家私产,云升许多事不太熟,难免吃些苦头,此刻满面倦容。主仆二人迎面互瞧了一眼,都苦笑了一下。

云升道:"大少爷,有些事让别人做,可能比您亲自做会更容易些。"

银川淡然说道:"还没上沙场,若是连拔刀见血这一关都害怕,潘家的事以后也轮不到我做主了。"

"您一定能过这一关。"云升微笑道,忽然犹豫了一下,欲言又止。

"有什么事吗?"

云升想了想,说道:"小事,等您今天回来再说。"

〔二〕

司机将车开到大智门。敏感时期,英租界巡捕房并没有去人,但汉口警察局是潘家事先给了钱的,打好了招呼,十五个警察抱着枪围在房子三十米之外,说要维持治安,不过是看个热闹。汉口一家营造厂去了差不多四十来个泥瓦匠和木工,另有不知来路的二十来人拿着铁锹木棍。寡妇家已经开拆了,门窗被卸下,屋面被推到,隔壁曹老汉的妻子和一双儿女战战兢兢在屋外平地上,银川远远看着,已知老人依旧在屋内不愿出来。

吴丰林早就到了,见他过来,叹气道:"那曹老汉果真还犟着,说宁肯死在里头也不愿搬。我让人先拆的隔壁,他家还没碰,就等您的安排。"

银川许久都没说话，神色倒还镇定。吴丰林料想他一定不忍心，但潘盛棠对这块地皮拆迁很看重，在这局势紧张时期，潘家若能为洋行出点力，绝对是一项大功劳。但这话他不忍心说，毕竟眼前是个斯文知礼的年轻后生，面对如此狼藉和其背后的残酷，没吓傻已算难得，因而他心中虽着急，也不过是暗自焦虑，打算想个办法把这年轻人给支开，正在脑中寻着话，却听银川清冽的语声响起："钱也给了，他家也收了钱。我们问心无愧，该怎么做便怎么做。便拆得那房子只剩一张床，那老人要躺上头也由他。"

吴丰林看了银川一眼，几乎不敢相信这是他说的话。年轻人的侧脸线条坚毅，目光阴鸷，其中的坚决不容拒绝。吴丰林当即打了个手势，一拨人一拥而上，开始拆墙推门。

就在这时，银川听到老人在里面嘶声哭喊，语声浑浊含糊，只听不清究竟在喊什么，只是语调悲切绝望，如濒死前的哀嚎，银川只觉得心口有什么东西在轻轻刺着，麻麻的却又不像是痛。那是什么呢？他也不知道。他只想也许今后自己要慢慢习惯这种感觉。

"反正他的家人拿了钱，反正他那么老了，反正他就快死了……"说了无数个反正，似乎也就堂堂正正起来。忽然听见前方有一个孩子的呼喊："曹伯伯！曹伯伯！"抬眼看去，果真是那寡妇的儿子阿川，正从一旁围观的人堆里冲到老人那房子那儿。银川不知他怎么跑来的，扫了一眼，没看到孩子母亲。

老人的家人早吓傻了，阿川的小拳头推着几个拆房子的大汉，大哭道："你们不要拆曹伯伯的房子，这房子以前就是他的！你们不要逼他！"大汉将他往一边一提，孩子摔倒在地，老人的女儿回过神，忙上前去扶，却被飞下的砖头砸在头上，猛地栽倒。

曹老汉的老伴哭喊起来："闹了人命了！出人命了哦！有钱人造孽哦！害我们一家啊！"

她儿子把母亲拉到安全的地方，跑过去抱起妹妹，那女孩额头血流如注，已昏了过去，那儿子性格懦弱老实，不愿生事，只希望家人安全无虞，抬头对小孩说："阿川，你乖，你去把伯伯劝出来，这些人凶得很，他在里头待着肯定会受伤的！"

阿川点点头，奔进屋里。围观众人耳听着噼里啪啦的声音，间杂老人嚎哭和小儿哭喊，都觉愤愤不平，目光激愤鄙夷，有些人忍不住开始怒骂。

待房子拆得差不多了，银川才叫人停手。不一会儿，只见一老一小相扶着颤颤巍巍走出断壁残垣，景象真是说不出的凄凉。他们一出来，银川才知道老人也受了伤，满头是血。阿川扶着他，抽抽噎噎哭着。

警察见人都出来了，便挥着警棍开始驱散围观的人群。银川慢吞吞走过去，先看了看曹家少女的伤势，女孩已经醒转，不哭不闹，眼神呆呆的，她母亲只是大哭，她哥哥则一言不发捂着她额头。银川再往老人那儿看了一眼，老人身边的小孩阿川正瞪着他，目光里是被欺骗后的怨气和恨意，银川被这目光灼痛，见老人头上有血，掏出手帕，递过去轻声道："擦擦吧。"

老人浑浊的目光定定地锁在银川脸上，银川被看得发麻，身子不禁缩了缩，老人伸出满是皱纹的手，将那干干净净的手帕子接过，然后轻飘飘甩到地上，用脚踩了踩。

银川转身就走，忽然身子被一重物扑住，受力不住，倒在地上。

正是那个老人朝他扑了过来，将他摁在地上，大骂道："没人性的后生伢！我杀了你！"面目狰狞，眼中闪着绝望的光芒，额头伤口迸裂，血汨汨不绝流到银川脸上。老人抓起地上的砖头，作势要砸，手却在不住颤抖，银川脑子里一片空白，竟然忘记了反抗，只觉说不出的悲伤。

他缓缓伸手，想替老人捂住额上的伤口，老人看着眼前这年少俊美的面容，终究还是心软，砖头落在一旁，就这一瞬，有人过来将老人拖走。

阿川已追到老人身边去，哭喊道："曹伯伯，你怎么不打死那个坏人！呜呜！你该打死那个坏人的！"

坏人。我竟然成了坏人。

银川心中大震，不知为何，竟失去了站起来的力气。

他狼狈地回了家，脑子里乱哄哄的，大步跑上二楼，只想避开所有人。

他觉得自己很脏,说不出的脏,脏得恨不得把皮都给揭掉重新换上。可换成什么样呢?换了一张皮,就可以换出一个不同的人生吗?他头重脚轻,走路走得急了,平衡都掌控不了,胯骨撞在花盆架上,险些将上面一盆素馨给撞了下来,他忍痛扶住花盆,眉头皱起,觉得头上有什么东西流动。

血。

可血早就干了的,这只是他的幻觉。他觉得曹老汉的血还在流,不停地流到他的头上,怎么擦也擦不干。

他摘下帽子,用力在额头擦着,喘着粗气。

"大哥哥……"

乍一听到璟宁的声音,银川竟不敢转身。

他忘了这一天是礼拜日,虽然早上云氏会和璟暄去医院,盛棠一如既往地在洋行,可璟宁却是在家的。

他下意识就想将帽子重新戴上,但已经晚了,小姑娘已经跑了过来。

她见他满头是血,脸上污泥斑斑,衬衫肩膀透出斑斑血迹,不禁倒吸了一口凉气,呆愣半晌,扑过去抱住他的腰,"嘤"的一声哭了出来。

"你……你怎么……受伤了?"

银川轻轻拍她的肩膀,柔声道:"这是别人身上的,别怕,我没受伤。"

璟宁大眼睛泪汪汪的,银川最招架不住她这样看他,把头发撩起,露出额头,使劲擦了两下:"瞧,真的没有受伤!"

璟宁见确实没有伤口,微微松了口气,但语气里还是带着浓浓的担心:"你是和谁打架了吗?为什么有血啊?"

"拆房子有人受了伤,我去帮忙,不小心沾到的。"

"怎么会这么多血!"

他不愿解释,借口说要洗澡,将她轻轻推开,璟宁不放,被他拖着走,一直拖到他屋子里,银川回头道:"要看我洗澡啊,不害羞!"

璟宁这才放手:"我坐外头等,一会儿你出来,我要看你是不是真没受伤!"

"又没骗你。"

"二哥哥已经那样了,我不想你再有什么好歹!"

银川只得笑了笑:"那你等我一会儿。"手一指书桌前的椅子,璟宁听话地走到那儿坐下,银川自去拿了换洗衣服到浴室洗澡。璟宁一颗心七上八下的,等了许久不见他出来,走到浴室门前问:"你痛不痛?"

银川在里头回答:"我没受伤,怎么就不信!"又道,"我要出来了,小心门。"

璟宁忙往后退了两步,银川开门出来,笑道:"你瞧我不是好好的?"

浴室里的水汽往外散了出来,璟宁下意识用小手掌在面前扫了扫,定睛看着他。银川脸上果然没有一丝伤痕,他又撩起衣服袖子给她看,没有伤,璟宁这才放了心,银川说:"要我把裤腿撩起来给你瞧吗?"

璟宁害羞了,咭咭一笑:"不要。"忽然咦了一声,"大哥哥,你眼睛怎么红的,哈,你在里面哭鼻子!"

银川"喊"地笑了一声:"洗澡的时候眼睛进了水,哭鼻子?你也太小瞧我了。"好说歹把她支了出去,闷头躺到床上。

发了会儿呆,他起身拿起床头柜上的电话,接通潘盛棠办公室的电话:

"父亲……大智门那边已经收拾干净了。"

潘盛棠嗯了一声,道:"吴经理已经跟我说了。你也不用背什么包袱,那种场合难免会遇到意外。"顿了顿,又说道,"那个曹老汉刚刚死了。老人家身体不好,自个儿磕碰了,跟我们一点关系也没有。原说洋行再拿点钱给他家人,但想着人死了我们又给钱,倒会落个口实,以后再想办法弥补吧。"

银川没吭声,握着听筒的手颤抖起来,额头上似又有血滑下。

盛棠又说道:"有件事是我没告诉你的。这曹姓老人原是这块地的主人,按说这房子也应该是他的,十多年前洋行和他们差点打一场官司,就为了买地这件事。是你舅舅从法院把地契拿到,想办法做了点手脚,才解决了问题。可这老人很执拗,虽然我们在金钱上给了他补偿,但他一直觉得自己占理,非要跟我们对立下去,因而以租客的名义一直住那儿。现在人已经死了,是非恩怨也就随他去吧。"

立柜的玻璃门上映出银川苍白如雪的脸,麻木的神情,他的嘴角微斜,带着一缕尖刻冰冷的笑意。

怎么会笑呢?

亲手害死了一个老人,他应该哭的,哭着求老天爷原谅,哭着求那死去的灵魂原谅。

盛棠了然似的叹息了一声,说道:"这种事今后还免不了会再碰到,孩子,你要有心理准备。商场上是最不能有妇人之仁的。"

"我知道了。"

"还有件事,不妨现在就跟你说。"

"父亲请说。"

"你何叔叔吧,唉,性子太强,在监狱里想不开,昨天晚上趁人不注意吞了一双筷子,没能救回来,今天一大早走的。他虽有些过错,可一辈子都把心力放在潘家身上,放在你身上,他没有太多亲人,后事就由我和你亲自去给他办吧,也算是回报他的一片心。你先休息会儿,吃完饭你到洋行来找我。"

挂上电话,银川木然站起,去打开衣柜找黑色洋服,他挑选了很久,掀开一件件衣服,宛如撩起舞台的幕布,但舞台上没有灯光,只有一片黑暗。他忽然便没有了恐惧。

其实他真的很清楚,不论潘盛棠是否伸手将他拽入那片黑暗的深渊,他早已坠落其中。

〔三〕

要控制好云秀成,自然是需要恩威并施的,惩戒已经实施过了,给的甜头,便是许久就计划好了的"亲上加亲"。

云秀成乐得用女儿跟潘家拉近日益疏远的关系,而云琅,也并没有听从银川的建议,拒绝长辈的安排。相反,她表明了一定要嫁给表哥的意愿。

订婚仪式很低调,两家人合摆了酒席,未婚夫妻与亲朋好友合了一张影,汉口当地的报纸纷纷登出了这张照片,题目大概是"天作良缘郎才女貌潘云两家金玉联姻"之类。银川在酒席上对云琅说了不到三句话,两人一同向客人们敬酒时,银川说:"妹妹,小心酒洒了。""妹妹,别磕着碰着了。"

云琅只记得这两句,因为之后他就再不和她说话了。当着别人的面,他对她笑,笑得非常温柔,背着人的时候,他连看都不看她一眼。她的虚荣她的热情,她所有美好的期盼,被他冷冰冰的背影打落在地。云琅自小从未经历过人世间的险恶,不曾往深里去猜度人心,面对这一切除了茫然无助暗自伤心,竟一点办法也没有。她不敢告诉父母,不敢表露给别人看,为了虚荣,也因为她是真心爱这狠心的少年郎,不忍他受到任何人的责难与伤害。

银川临走前一天,她和父母去过一趟潘家,给他送去精致的行李箱和崭新的洋服、手表,还有一些日用品,每一样都是她精心挑选的。

银川喜不自胜地向云秀成道谢,打开表盖,柔情万端地抚摸了一下里面云琅的相片,然后笑着看了她一眼,云琅被这一眼看得打了个哆嗦。她知道他多么厌恶又多么无可奈何地在众人面前演戏,是她逼迫了他,但她又忍不住沉迷于他的笑容呈现出的美好幻象。

大家故意留他们两个单独在一块儿,连璟宁和璟暄都很识趣,不在他俩跟前晃荡。云琅鼓起勇气,走到银川面前,尽量以谦卑讨好的语气说:"我明天……去送你吧。"

银川拿起一个苹果玩来玩去,不抬头也不说话。

她咬咬嘴唇,将泪意逼退:"那……祝你一帆风顺。"

他又笑了一下,似乎是冷笑,不,就是冷笑。

她哀求道:"为什么要这样对我!求你了,请你对我好一点,就好一点,行不行?"

他冷酷得可怕,但她是多么希望他能爱她!

银川还是看着苹果,滚圆的红彤彤的苹果,那般欢乐的颜色,云琅恨死那个东西了,扑过去从他手里夺过它,将它扔到地上,命令他:"看着我!"

他抬头,眼神依旧冷冰冰的,过了许久,他露出整齐洁白的牙齿,好像说不出的开心，笑着说："一辈子长着呢，你受得了吗，表妹？"

在这一刻，云琅才品尝到真正的绝望的滋味，他静静俯视她，面无表情。

终于到了出发的日子。

行李早已装车，璟暄和璟宁会跟着去码头，这是璟暄受伤后第一次出门去人多的地方，他坚持要去送别。

银川向盛棠和云氏道别，银川临上车时，盛棠将他叫回去，柔声道：

"一去就是数年，在外面难免吃苦，不过我知道你会很好。敏萱……"他的声音低了低，"会为你骄傲的。"

银川将手与他的手用力一握："我不会让母亲失望，她一直在天上看着我，还看着您，父亲。"

盛棠缓缓松开他的手："时间不早了，走吧。"

到了码头，云升带着人上船安置行李，银川从衣兜将船票掏出来，提起随身的行李箱准备上船，璟宁的小嘴忽然一扁，白皙的鼻翼抽动了几下，璟暄道："说好了不哭的，瞧吧，又要哭了！"

璟宁抽抽噎噎道："大哥哥，我一定会去看你的……"

银川揉了揉她的头发，柔声道："你们有机会就来看我吧，不过学业最要紧，别耽误了。"

璟暄伸手揽住银川的肩膀，叫了一声："大哥！"兄妹三人紧紧抱在一起，璟宁说："大哥哥，你一定要想我们啊！"

银川不住地点头，他没有哭，他一直在微笑。待走到入口，璟宁追了上来，眼泪汪汪地拉过他的手，将一个物件放到他掌心。

是那根银锁链，牡丹花开，天长地久。

"让它陪着你。"

银川轻声道："不是把它送给你了吗，为什么还给我？"

璟宁摇摇头："大哥哥一直在思念你的妈妈，它陪着你，就像你的家你的妈妈陪着你一样。我知道，大哥哥心里的家，和我们这个家是不一样的。"

银川的心不禁大震。

母亲死后,家在他心中早就成了一个虚词。璟宁说得没错,母亲就是他的家,这银锁就代表他的家。

她竟这么懂他。

他将行李放下,把小女孩紧紧拥抱在怀中,颤声道:"小栗子!等我回来。"

她在他怀中深深点头:"我等你回家。"

起航了。

银川扶着栏杆,看着岸上那两个一直在向他不停挥手的身影,他们越来越小,越来越小,银川眼中的泪意也越来越深重。

船逐渐远离港口,耳边依旧萦绕着依依不舍的呼喊:

"大哥哥,大哥哥……"终还是渐渐散去。

我不能哭,绝对不能哭,银川对自己说,千万千万不能哭。可他胸口发疼,不得不大口大口地呼吸。

一去经年,再见时不知世事变幻成何样,但他将永远记得那日的阳光与风,记得那时空气里的依恋和温暖,和岸上那两个久久不愿离去的身影。

轮船行驶在苍茫的江面,夜幕降临,两岸群山连绵,西方的天空布满了瑰丽的云霞。甲板上夜宴已经开始,乐师拉起了提琴,开始演奏一首轻柔的乐曲。

他听过的。

曾在一个日光清美的日子,玫瑰藤爬满窗棂,林中的画眉在歌唱,他一面收拾着画册,一面听璟宁弹奏这首《爱的忧愁》。

旋律时急时缓,如泣如诉。银川怔怔地看着江水,耳边跳跃着悲伤的音符,它们所代表的美好回忆,正渐行渐远。

衣衫轻响,椅子在地板摩擦出粗糙的声音,一个高鼻梁白皮肤的洋人坐到一张小桌旁,打开烟盒,取出一根雪茄,刚剪好,还没点,洋人就听到清冷的少年人的声音响起:"请不要坐在这里,这是我的位置。"

洋人抬头，见到这个俊美的东方少年，他衣饰华贵，正冷冷地看着自己。

洋人不屑地点着了烟，坐着一动不动。

银川走过去，将小方桌"轰"的一声抓起，扔进了江里，瓷质烟灰缸掉在船板上，摔成碎片。

洋人惊住，过了半晌才失笑道："你疯了吗？"

银川一言不发，眼中杀意凛凛。

那洋人甚是尴尬，又莫名地生起一股惧意，见四围有人看过来，愤愤起身，往吧台走去。

浮云万重，江水变成了墨绿色，倒映着逐渐暗淡的天光。那洋人走了几步，被身后一阵低低的哭声引得回头，只见那傲慢无礼的少年缓缓蹲下，双手捂脸，呜呜地哭泣着，他哭得那么伤心，肩膀颤抖，鬓侧黑发被泪水沾湿，不时以手拭泪，悲哀无助，真像一个迷失了方向的孩子。

〔四〕

牛津十月份开学，李南珈和于素怀同时看到一个少年站在走廊下，手腕上揽着一件薄薄的黑背心。

他们完全没想到会在异国他乡的同一所学校见到这位富家公子。

"潘先生。"

他年纪比他们小，但却是他们的资助者，因而在称呼上，于李二人不愿有任何轻慢。

"自费生要穿这么一件难看的黑背心，有奖学金的才有袍子穿，不太公平啊。"少年是这么回应的，说完就有些不好意思地笑了，他的笑容总有种无辜的意味，像一个孩童。

华人学生的社交圈很小，相互间总不乏交集。英国的伙食很单一，留学生比较节约，过得清苦，大部分学生都与银川交好，因为他总会找机会请大家吃饭，且表现得诚恳真挚，不像是在施舍。他的寓所位于中产阶层的住宅区，是洋行给他租的宿舍，虽然学的是语言，但假期他得去洋行总部见习，并尽可能在业余时间旁听商业课程。

有一天在路上遇到，银川抿着薄薄的嘴唇，冷冰冰地看着他们，不打招呼，直直地便往前走。

李南珈倒还好，于素怀没忍住叫了一声："璟琛。"

银川停下来，负气一般道："你们不把我当朋友。你们从来不和我吃饭。"

于素怀愣了愣，但并不愿意敷衍这个问题，因而只笑了笑，选择了不回应。他和李南珈第一年的生活费是这个少年从家用中省下来的，他们欠他的情，心上感激，哪敢再去吃人嘴短。

银川露出受伤的表情，南珈仔细观察过，这种表情与他的笑容一样，一出现，很少有人不会被打动。去他住处那天，两人凑钱在杂货铺买了火腿和面包当作礼物，银川开门，见到他们手里提的东西，很欣喜地接了过去，说："真是太好啦。"

那栋乔治亚式的宅子在一个斜坡之上，院子里有小花园，当然，在秋天，早已经没有了鲜艳的花朵，常春藤附着在房屋上，变成深红的颜色。

银川住在二楼带独立浴室的单间。上楼的时候，于李二人就一路闻到浓重的肉香，带着八角大料花椒的气息，撩人乡愁。进屋去一看，原来他用一个电炉子炖着一锅土豆牛肉，加了从中国带来的香料。这公子哥儿竟会做饭，真让人想不到。三个人靠在窗前，一边喝茶一边看着那锅肉，脸上都露出愉快的神情。

天气阴冷，窗外雾气浓重，太阳像悬在空中朦胧的灯盏，但屋里十分温暖。喝完茶，银川将火腿小心地切成细片，一部分准备用来煮个蔬菜汤，另一部分用来煎蘑菇。房东体贴地端来几个温泉蛋，眉目间没有掩饰对这满屋大料味儿的不满，银川回赠了他一袋好茶，于是这本来就很缥缈的不满之色瞬间烟消云散。不一会儿，房东的那只白色短毛斗牛犬跑了进来，银川用脚轻轻把它撩到一边，嘱咐它乖乖坐好，这只名叫萨拉的小母狗便当真咧着嘴候在一旁，不时摇摇尾巴，过一会儿，便趴在柔软的印度地毯上打盹儿了。素怀和南珈收拾桌子，抬椅子，将碗和调羹刀叉摆置好，炖肉还需要一段时间，三人敲破鸡蛋顶壳，铮亮的银勺轻轻分开蛋清，用面包条蘸鸡蛋吃。萨拉原本抬起眼皮瞧了瞧，见不是它想要的炖肉，便继续睡去。

房间不大，摆满了新旧书籍，大多是经济方面的著作，有些书夹了不止一页书签，南珈忍不住拿起一本翻看，扉页间是清秀的字迹，做了非常认真的批注。书柜旁边是一张床，被子和枕头均收起来放进了衣橱，床单干净平整，一扇中式樟木屏风将活动区与卧床隔开。南珈盯着屏风看，被上面繁复绮丽的花纹吸引住：瓶插的折枝牡丹、画轴、云朵、执壶、念珠、莲花等图案以一种组合意象的方法，通过熟练的技法雕刻出来，木质隐隐有裂纹，是岁月的侵蚀造成的，想来年头已经不短了。在异国看到如此美丽和古老的中华物件，让人有非常奇异的感觉，仿佛时空的堆叠之处有许多不为人知的秘密。

那顿饭成为一个开始。

相熟后他们才知道，那扇华丽的屏风是一位神秘的英国人送的，每当银川提到这个人，面上总会露出让人捉摸不透的笑意。不久后，屏风被卖给了一个喜欢中国古董的贵族，同时银川以低廉的租金租了这个贵族疏于管理的一个小磨坊。

接手后，磨坊恢复了以往的功能：租给农户打谷子和储存粮食。不仅如此，银川请了个老实的英国农民当看守，让其兼任雇工，做一件奇特的工作：磨豆浆和煮豆浆。

圣诞节那天清晨，于素怀和南珈踏着白雪步行去磨坊，将热豆浆装在四个干净的玻璃瓶中，送到一位德高望重的老教授家中，作为圣诞节礼物。

"这是一次东西方文化交流的趣事。"人们宽容地议论着。

新年之前，连保守的牧师老赫德都忍不住亲自去了一趟，从银川手里接过豆浆尝了尝，品味许久，郑重建议他不妨往豆浆里加一些牛奶试试，或许口味会更独特，银川对这个建议表示感谢。临别时他微笑着对牧师说起他心中的箴言："耶和华是我的光。[①]"老赫德十分欢喜。

大地被积雪覆盖，如银镀般洁白。三个年轻人共进新年晚餐。

那天大家都很高兴，喝了酒，吃炖煮的鸡肉和牛肉。银川第一次

[①] 牛津大学校训。

在他们面前提到他心爱的人。微醺的他离开桌子，从枕头下翻起一个东西捏在手里，忽然笑了笑，就像想起了一件十分温馨的往事。

素怀敏捷地问："你在想什么？"

"一个小姑娘。"

"一定是意中人。"

南珈也很好奇，微笑着等待银川的回答。

银川笑了笑，说："我不能爱她的，就是不能够。"

"是门第不合适？"

银川摇头，素怀又说了几个理由，银川均否定了，后来却打了个岔，将手中的东西递过来："你们看看这个银锁，有没有什么古怪的地方？"

南珈拿在手里仔细端详，极普通的银锁，在国内可能每个家庭都能找出一枚来，这一枚不过属于更为精致的一类，锁间的机栝也很普通，用针一挑便能挑开的，没有钥匙也无所谓，原本只是给孩童或是女子的装饰品。

素怀也凑过去看了看，同时打趣道："一定是意中人给的定情信物。"

银川摇摇头："这倒不是。"他忽然有些恍惚，说，"我觉得这把锁有可能是钥匙。"

锁是钥匙？

南珈和素怀对看一眼，想他也许喝醉了。

次年春天，从中国来了一个少女，银川事先在伦敦市区为她安排好了住处，孰料这姑娘竟孤身寻到牛津来，银川让她借住到一个女同学的宿舍，在路上遇到于李二人，介绍道："这是我的未婚妻云小姐。"少女听后，风尘仆仆的脸蛋顿时容光焕发。素怀和南珈热情问好，见银川看向少女的眼色极为冷淡，立刻便明白这定然不是那位"小姑娘"。

再次见面，已是数天之后。

春雨过后的英伦乡村，南风吹过，一扫雾霾的阴影，露出湛蓝通透的晴空。雇工锄着磨坊篱笆墙上爬满的杂草，衣衫被草上的雨水露珠湿透，银川坐在一个板车上，背倚着墙，手里抱着一本书，向缓步走来的于李二人一笑:"我那未婚妻总算回去了。"

听众不好发表意见,只客套地道:"难得来一次,还是该陪人家多玩几天。"

银川坦然道:"包办婚姻,我是不自主的。以后说不定一辈子都得陪着她。再说学业这么紧,我又有这么些杂事,她还是早些回去好。"

回学校的路上,银川将两个信封交到他们两人手中:"里面的钱一样多。这是你们这段时间的辛苦钱。"

这个举动登时让素怀和南珈浑身不自在。他们很清楚,拿了这钱,数月来三人逐渐平等的友谊顷刻便会烟消云散。

"我们不能再要你的钱。"素怀说。

"我只是不想让你们无偿帮我的忙。"

"我们是朋友,"素怀苦笑道,"难道不能为朋友做这些事吗?"

银川摇头:"你们原本可以在学业上更精进的,却舍弃了不少宝贵的时间跟着我胡闹。说实话,我从心底里尊重二位,欣赏二位,更将你们视为平生难得的知己。于我而言,如果金钱能让我们三个人达成比友谊更为长久的合作关系,我宁肯你们不把我当朋友。"

素怀听得连连摇头,试图劝说,南珈却大声道:"既然如此,那谢谢潘先生的钱!"将信封往手中的书里一夹,愤愤然一甩袖,转身便走。素怀长叹一声,将手中的信封塞还给银川,疾步追上南珈。

银川站着没动。

三人的关系一度冷了下来,自那天起,于素怀与李南珈彻底退出了磨坊的工作。本来就不是一个系的同学,牛津学业繁重,若不想碰面,还真不容易见着。暑假将近三个月,南珈和素怀没有像多数阔同学那样周游欧洲列国,基本上将时间全放在了图书馆。他们从赫德牧师那儿得知银川去了伦敦,在洋行的本部见习。

起初,他们均以为银川只是个善良纯真的少年,不知人间疾苦,恨不得将天下人都当作友好的朋友,所作所为完全出于一种孩子气,这是出身优渥的孩子的通病。但他们已经在渐渐看到他的圆滑世故甚至冷酷。

这是个什么样的人?具备完美无缺的性格,广阔的交游并没有让他显得不那么孤独。

Dominus illuminatio mea，耶和华是我的光。他说出这句话，仿佛他有信仰。

那个人的光在哪里？他漆黑的双眼闪烁的光芒，也许只是一种隐忍积攒多年的力量，也许来自心中的深渊。

再次见面竟是在警察局。

于李二人的房东是个寡居的老太太，死在回家的路上。死之前曾有人见过她，她说要去找那两个中国孩子要房钱。

于素怀和李南珈理所当然成了重要嫌疑人。

银川带着律师去了警察局，为这两个孤立无援心烦意乱的中国学生交了保证金。

"有我在，你们不会有事。"他微笑，露出隐隐的法令纹。许久不见，他瘦得厉害，看来在洋行见习很辛苦，但他显然不介意为两位"朋友"再辛苦一点。

他帮助他们挺过了无数次难堪与充满折辱的问讯，挺过了诋毁与怀疑，挺过了证实清白的艰难时日。凶手终于被抓到，为表示庆祝，他们三人离开学校，去了伦敦，在一家小酒馆喝了顿酒，一路上于李二人都在想，这辈子无法再和潘大少爷做朋友了。

他会永远是他们的恩主。

天色暗下来，空气潮湿阴冷，月亮却罕见地透过厚重的云层，露出琉璃似的清光，四周是古老的楼阁巍峨的建筑，这些景色好像几百年都没有变过，如此冷静的永恒。

银川瞥了一眼两位同伴，露出调皮的微笑："想看小姑娘的照片吗？"掏出怀表，轻轻打开，里面是一张小女孩的小相，三四岁的年纪，抱着一个大布娃娃，胖乎乎的，小嘴微微向上翘。

素怀问："是她小时候？"

银川点点头："现在快十五岁了，我有两年没见到她了。"

南珈说："很犟的样子。"

"又犟又娇，谁都拿她没办法。"银川叹了口气，"我是没有家的人，我想她，就像是在想家。"

每次说到那个小姑娘，他都会带着情不自禁的笑意和淡淡的惆怅。

他说他像带孩子一样带她。

"我也不过是个小伢，她还是个毛毛，走哪儿都抱着洋娃娃，而我走到哪里，也总带着她。"

小伢捧着一瓶子鼻涕虫去药店，背着个比他更小的毛毛，毛毛的小身子往下滑，他就把她的腿再抬上去一点。药店老板见到这一对小人儿都忍不住笑，又听小伢像模像样地讨价还价，觉得更是稀奇。

毛毛好像很喜欢睡觉，但有时候却醒着，大眼睛滴溜溜四处打量，小伢把她放到长凳上坐着，叮嘱她不许闹，她点头："乖，不闹。"没过一会儿就哭鼻子了，发出很凶的声音，因为有个小伙计逗她玩，拍巴掌吓她。小伢点完钱走到她面前，握住她的小手："大哥哥给你买栗子吃，你再吵我就打猫猫头。"

她将怀中洋娃娃护着，收住了泪，轻声说："栗子。"

"嗯。"他抚抚她的刘海，"小栗子吃栗子。"

她眯起眼睛笑起来。

高台边的掌柜探过头瞅了他们一眼，笑道："很听你的话嘛。"

男孩骄傲地昂着头："她只听我的话。"

那个男孩此刻在异国思念他的小姑娘。

银川将背脊懒懒靠在栏杆上，仰头看夜空："之前你们认为我在用金钱收买你们，其实不是。我只是需要长久的帮助。你们是我的朋友，又不是我的朋友。"

月色下的河面是乳白色的，薄雾缥缥缈缈。银川的眼睛折射月光，回旋着幽幽的颜色。

"在那个家里，我孤立无援，被人厌恶、怀疑、憎恨或嫉妒，习惯默默接受他们给我的一切。是我母亲用一条命保住了我。我必须好好活下去。一步一步小心翼翼走到今天，我以为自己走得悄无声息又快又稳，可时间还是把我远远甩在后头。我不知道还要多努力才能脱离那个家，也不知道究竟还要等多久才能再也不用隐瞒我真实的想法，再也不用演戏。"

他转过头看着两个神情严肃的年轻人，淡淡一笑："我需要帮手。现在我知道，用钱是收买不了你们的了，所以我想，也许只能用我的秘密收买你们了。"

他坦承了他的身世。

他的急剧消瘦并非仅仅是因为暑假在洋行的奔波以及学业的繁重，也不仅仅是因为案子的消耗。

送他屏风的神秘英国人，是他生父郑庭官的财务律师理查德，负责管理其在海外的私产，这些财产不会受到中国国内一切意外事故的影响，谁也拿不走，除了郑庭官本人以及他指定的继承人。

谢济凡向理查德证明过银川的身份，但理查德仅仅只是给银川送去了一个屏风，说："对不起，虽然我很确信你就是郑先生的儿子，但基于对郑先生许下的承诺以及我的职业准则，我不会将银行的密钥给你。郑庭官先生在最后一次跟我见面的时候说过，他会将财产亲手交给他的儿子。也许他已经做过安排。"

银川回忆道："郑家亲族把家产瓜分殆尽，他们甚至根本不知道我的存在。我不停地想啊想，父亲是否真为我做过什么安排？我绞尽脑汁也想不出任何结果。"他眼中含泪，朝他们笑了笑，"但谢天谢地，我总算还是找到了答案。"

次日，于素怀和李南珈共同见证了郑银川人生中最重要的一次转折：

麦加利银行伦敦总部。理查德在台阶的最后一级站立着，高大的身躯微微向前仰。

"查尔斯，看来你已经找到密钥了。"

银川拾级而上，着一身Savile Row的Bespoke洋服，眉峰微扬，褐色的瞳仁闪亮如星，却又似覆满霜色。他缓缓抬手，银链子缠在手指上，随脚步晃来晃去，牡丹花宛如在舒展花瓣。

天长地久，锁面每个字的笔画数正是密码。

天长地久，是仇恨的河流没有尽头。

第八章
重逢

〔一〕

1932年,汉口的夏天一如既往的炎热。

七月,江堤的缝隙中长出了蛇莓,小小的果实被烈日晒得焦红,官司草发出浓烈的气息,江流滚滚,热浪翻卷。

对于汉口暴烈的天气,一些外国记者会特意来亲身体验一下,向他们本国的读者发去各具特色的报道。他们穿行在汉口的大街小巷,寻找着和炎热有关的离奇传闻。

听说有一只麻雀,飞到汉口某家宅院的屋顶上,被瓦片烫死了,然后一只猫吃了这只死鸟,结果舌头烫破了。

英国记者在引述这个段子时会着意用最精确的数据描绘汉口的气温,探寻这高温的来源,分析地形、风势、降雨量,这样的报道通常会淹没在"某王储和新任小情儿又闹掰了"这样的新闻里。

美国记者会俏皮地绘出一只死鸟坠落的滑稽画面,再加上一只淌着口水坐倒在地捧着肚子的肥猫,旁边附上文字:"嘿,老弟,爽透了吧?"

东洋人则严谨了不少,据说他们极为认真地进行了研究,四处调查,最后在六年后也就是1937年,一个日本记者才得出了结论:"这只鸟不是被烫死的,是它站在屋檐上觉得有点热,在试图挪动脚步时掉进烟囱摔死的。"

总之,不论是东洋人还是西洋人,在汉口的盛夏,他们都能有一些特别的收获。他们走街串巷,不辞辛劳。欧美人多半还是活动在租界,林荫最多,俱乐部与消夏的场所也多,采访完毕,随意寻个小酒馆,就能打发掉一个疲劳的下午。而日本人则不一样,这些身材瘦小貌不惊人的黄种人,好像特别能吃苦,也似乎根本无惧酷暑的煎熬,码头是各色人等聚集之处,万国商船纷纭来往,什么样的新闻都可能碰到,什么样的情报也都有机会获得,他们往往悄然混在其间。

近半个月来,一个来自日本某家报社的记者已在这里连发了数篇新闻稿,报道英资普惠洋行与汉口大钧轮船公司合作的消息。

大钧船业的名号在汉口可以说是无人不知无人不晓,它的主人孟氏家族曾是清廷国相李鸿章着意拉拢的人物,当年轮船招商局官督商办,中国航运开辟现代航业的规划,据说都和这个家族有着关联。

日本记者原田敏弘引用了贾谊的《鹏鸟赋》中的一段话,着意为读者解释"大钧"这个名号的由来:

"水激则旱兮,矢激则远;万物回薄兮,振荡相转。云蒸雨降兮,错缪相纷;大钧播物兮,坱圠无垠。"

这个矮小干瘦的日本记者,此刻正坐在轮渡码头前的石阶上,肩头衬衫下的皮肤被晒得干裂黝黑,但他似乎正痴迷地沉浸在他的创作中。

"'大钧'这个名字,充满着气势与力量,恰恰与孟氏的航运王国所具备的气质紧密贴合,孟氏在历经中国皇朝覆灭,政府变更,经济几度起落之后依旧在长江沿岸保持着其民间船业前辈的地位……"

他蹙眉想了想,似乎不太确定,在本子上打了个记号,借思索沉吟的时间,抬头直视前方稍做休息。日头下的长江像一条凶猛的巨龙,而大钧船业的豪华江轮却淡定安卧于江面,如一个风姿翩翩的骑士。这是孟氏新近购置的轮船,拥有全世界最先进的动力装置以及无比奢华的配套设施,连里面一个最普通的水龙头,也是从德国进口的。所有相关物品的进出口采购,均由普惠洋行承办,正式营运那一天,普惠洋行的负责人还亲自送来了最后一批货品:从伦敦摄政街定制的一百套纯金刀叉,以及专为顶级宴会厅设计的嵌有红蓝宝石、雕刻龙凤花纹的姓名架。

原田将膝盖上平放的本子抹了抹,继续疾书:

"普惠的这一系列举动显然别有用意,据说其副总买办潘璟……"

忽然眼前一花,膝盖上的本子被人夺走,原田一惊,回头只见一戴着西式遮阳眼镜,穿着白色衬衫的年轻人站在自己身后,正微微斜着嘴角,漫不经心地将本子翻来翻去,看起来不过二十岁出头,皮肤白皙,跟没晒过太阳似的,轮廓倒是非常俊美,就嘴角那缕笑意盛气凌人。

原田站起来:"把我的本子还给我。"

年轻人将眼镜摘下,露出一双炯炯有神的黑眼睛,原田觉得这眼睛里透露的目光比他的笑容更倨傲,这年轻人打量着他,就好似在打量一个乞丐一只猫狗。原田心里有气,正待再次开口,年轻人微微抬手,将这就要写满的笔记本唰唰地撕碎,往天上一扬,碎片雪花般飘下,这才"嘁"地一笑,露出洁白整齐的牙齿。

"你!"原田大怒,冲过去揪住年轻人的领口。年轻人瞅着他,鄙夷道:"东洋探子,中国话说得不错嘛,在这儿混了多久了?知不知道这是谁家地盘?算什么东西,敢跟我动手?"

"我是记者不是间谍!"原田怒道,"你撕毁了我的工作日志,这是属于我个人的物品,你没有权力侵犯。"

"呸!"年轻人反手揪住原田的衣领,冷笑道,"你们日本人没一个好东西,别以为说你自己是记者,小爷我就能被你骗了。你在我……"

"大少爷哟,快放手!"

高处台阶飞快跑下一个老头子,花白的头发,相貌精明,身手挺敏捷,此时气喘吁吁,额头汗水涔涔,看来是跑了好长一段路了,他跑到原田和年轻人身边,一边鞠躬抱拳向原田赔不是,一边跺着脚对那年轻人道:"小祖宗,怎么一回来就惹事啊,这位先生是老爷亲自请来的日本记者。你这是在闹哪一出哇,祖宗!"

年轻人的手不由得松了,原田却攥住他不放,对那老人道:"这位先生夺了我的本子,撕毁了稿子。陈伯,既然他是你们孟家的人,要不我今天就替你管教他一番，让他陪我去一趟警局，我要问问在这你们这所谓礼仪之邦还有没有道理可讲。"

陈伯跌足："千万千万见谅，这是我们刚刚回国的大少爷，他在国外多年，对汉口的事儿早就不清楚了，人又年轻不懂事……"

"我怎么就年轻不懂事？"孟子昭瞪了一眼陈伯，"矮侏儒欺负我，你还替他说话拆我的台？你是不是我孟家人啊？"

"你说谁是侏儒？"原田气得肩膀都在抖，用力揪住子昭的衣服，子昭确实高出他一个头，这番使劲下来，他亦有些吃力，脖子仰着，脚尖也忍不住踮着，神态实是有些滑稽。

子昭脸一昂，把眼睛一翻："谁是侏儒谁自己知道。"

原田挥拳就打，子昭就等着他先动手，往左一让，右臂一抱，已将他拉近自己胸膛，手肘一捶，重重打在原田背上，这一得手，忍不住大乐，不由得哈哈大笑，原田岂能受此大辱，怒喝着和他扭打了起来，脚一滑，从台阶上跌了下去，子昭被他一拽，也骨碌碌往下滚，直滚到中间一块平地上，翻起身又打了起来，陈伯一点办法也没有，揪住一个跑来的小跟班："报警，报警！这小祖宗只有让警察来收拾他！"

小跟班答应着去了，陈伯跑下几步，试图将子昭拉开，无奈子昭打得正兴起，一拳将他推开，陈伯坐到地上，屁股摔得剧痛，老泪都急出来了："大少爷哟！"

子昭斜眼一看，见自己无意伤着老仆，心里登时过意不去。无奈原田为人执拗倔强，闷声不吭拽着他捶，子昭吃了几下拳头，顾不上还手，脑子一转，对原田大声道："喂，东洋探子，小爷不跟你计较，你人少我人多，要打咱们改天再打！"

"给我道歉！"原田擦了擦鼻血，铁青了一张脸。

"道歉？"子昭仰天一笑，"告诉你，跟你们这种人打交道，我的字典里没有道歉两个字。"

码头的这场莫名其妙的斗殴事件，引发了两个传闻。

一个是大钧船业的继承人孟子昭因斗殴被抓进了警局，拘留两小时后由汉口最著名的律师秦金胜保出，保出后当晚，孟子昭在六渡桥的一家旅馆过的夜，因为其父孟道群大怒之下让这纨绔儿子吃了闭门羹。

第二个传闻，是斗殴事件次日，租界的一家日本报纸刊登了孟子昭向东京日报记者原田的道歉声明，不过文辞迂腐，看起来不像出自一个年轻人之手。且这报纸只在小范围发行，读者范围多半是日侨日商，中国人几乎没什么机会阅读。

谁都不知道这传闻究竟是不是真的。汉口的上流社会，茶余饭后的谈资多了去了，每天变换着花样，孰真孰假，或许只有当事人最清楚。

〔二〕

子昭狠踹了一下茶几，将报纸扔到地上，弯着身子拨通了电话：

"陈伯，是不是你写的这个声明？你以为你这种老头子腔调我看不出来？谁说我要跟那日本人道歉了？好大的胆子，敢冒本少爷的名！"

陈伯冷冷地回应："大少爷，你回来不过五天，就惹了一堆事，老爷说了，请律师的钱从你的学费里扣，在会计那儿你也领不到零用钱了。想朝我发火就发，反正我这几天的医药费也得你来出。我看着你长大，给你把屎把尿喂饭穿衣，你就这么……"

子昭不耐烦地打断："好了好了，对不起……我错了……好，我知道你为我好，你也不请个文采好一点儿的人写那个声明，真是丢死我的人啦！"

"丢人？！哈哈，嘿嘿，大少爷想知道什么叫丢人吗？"

"我不想知道。现在声明也登了，什么时候我能回家？连衣服都没得换，我还没去看看老朋友们呢。"

"现在才想起这些了哈？早干什么去了？哎哟，乖乖在旅馆里再住几天吧，老爷现在还没消气呢。我给你送衣服来！"

"我没钱用了！"

"好，好，祖宗，给你把钱也送来！"

"就知道你最疼我！"子昭笑嘻嘻道。

"快没命去疼你了！"陈伯提了下音量，旋即又放低声音，"不跟你说了，老爷和太太回来了。"

午饭过了，陈伯才慢吞吞找到旅馆来，给子昭带了一箱衣服，又给了他一叠钞票。子昭大喜接过，将票子认认真真数了一遍又一遍，数来数去，20张，是德华银行发的五元钞票。

他瞪着眼睛："你当我是瞻瞻那种乳臭未干的毛孩子？这加起来不过一百块，逗我玩？"

陈伯厉声吼道："嚄！"清了清嗓子，目光凌厉，"恃先人之泽坐吃山空，最终亡不可求一棺者比比皆是。人贵自立，我孟道群是缺了什么德，生了这败家子，举止不端不学无术，此子再过两年，前程尽丧当可断言！这样的儿子不要也罢，让他去当叫花子罢！"

子昭瞠目结舌，陈伯将脸色一变，慈眉善目地柔声解释："乖少爷，小祖宗，这是老爷要我带给你的话。这一百块钱不是老爷给的，是我这老不中用的下人偷偷孝敬少爷您的，您就省着点用，衣服不够我还给你送来。这几日船业有大生意要做，老爷说，你不在他身边烦心最好。要不然他见着你，就用藤条打烂你的屁股，让你爬着滚！"

子昭抚胸哀嚎，双足在茶几上乱蹬："一百块怎么用！"

"吃顿饭省点也不过两三块钱，少爷，一块五还能吃顿炒鸡蛋呢。"

"戏票就五块！"

"早涨了，得十块钱了，少爷不看也罢。"

"我要去新市场！"子昭直起身子，拽着陈伯的手，"我从小就爱去那儿玩的，您知道的，我在国外待了这几年，最想的就是有一天回来，在阳光灿烂的午后，走进那有着精美雕花的白色房子……"他诗朗诵一般说下去，"看楚剧，听京戏，看杂技，喝喝茶，吃吃点心，点心有焦圈、炸团子、面窝、烧梅、米酒……您就可怜可怜我吧！"

陈伯被他面粉口袋似的推来推去，几乎要头晕眼花，终还是仰天长叹："唉，我一会儿去给你订个位子，仅此一次。"

"要最好的位子。"

"最好的！"

六渡桥这一带，孟子昭还在襁褓时便被父亲带着来了，这里曾是黄孝河到汉口的终点，也曾是水码头。长江沿岸凡是有码头的地方，都和他们孟家有关。在父亲的心目中，江流是孟家的动脉，码头串联起来的土地，是孟家的血肉骨骼。子昭记得这里曾有一大片地被德国人买去晒牛皮，小时候他很怕脏怕臭，因为这儿一年四季都漂浮着一股腐臭，可越是害怕父亲越要带他来，直到这一片地皮最终被两家公司买下，码头停用，民房重建，剩余一大片被修建成全中国最大的娱乐场所之一：汉口新市场。

　　天津有劝业场，南京有夫子庙，上海有大世界，汉口有新市场。

　　连同主楼和二十余栋民宅一起，这是一个壮观的、充满文艺复兴风格的西式建筑群落，一开始叫汉口新世界，十余年中数易其名，现在的名字叫兴记新市场。主副楼是主要娱乐和商业经营场所，一眼看去宛如一张开双翅的大鹏，将满城的繁华围拢在怀。楼中两个书场，三个剧场，电影院、杂技厅、弹子房、溜冰场、无数个大舞台，还有规模宏大的室内花园，数十个中西餐厅，电影从早放到晚，餐厅营业到深夜，临街一面全是商铺，经营着来自世界各地的时髦商品，所谓"洋货新奇广货精，繁华不数汉东京。豪商大贾乘间出，簇簇油舆辟路行"。

　　孟道群家教极为严苛，自新市场落成后，便严令长子孟子昭不许随意去那儿玩耍，谁知天生好玩跳荡不羁的儿子总是和父亲反着干，借着母亲的宠爱和陈伯的庇护，一有机会便会偷偷到这儿来，打弹子，玩桌球，喝茶听戏吃小吃，但毕竟出身世家，又有个严父管着，更造次的事儿是没敢多沾，不过小小年纪，吃喝玩乐上所有的花样在这儿是学了个十足。

　　下午正是最热的时候，子昭行走在被日光照得白晃晃的街道之间，微眯着眼睛，感受着烈日在他身体上熨烫出的温度。些微的风穿过弄堂的罅隙吹拂过来，带来一丝平常人家惯有的潮湿霉味和万金油的气息，他大口大口地呼吸了几下，离开江城不过三四年，就好像离开了一辈子似的，对这个城市的依恋只有远离的时候才清晰地知晓，当重新回来，他便再也不想离开。

　　子昭将帽子摘下，扇了扇风，不见一点凉意，直立挺拔的洋房墙壁更反射出烈焰一般的热气，子昭一拳头假意捶到墙上，凶凶地道："哼哼，以为老子在外头待了三年就怕热了哈？"

　　依稀听到一声轻柔婉转的笑声，他身子一震，回过头去。

人流攘攘，车来车往，并没有发现那个人。

他有些失神，觉得心里满满的又空空的，有种情绪浮起来，宛如逐渐上涨的江潮。

陈伯订的是剧院里最好的位子。子昭看了一场《打龙袍》，觉得不过瘾，又到隔壁的另一个小剧场花两块钱听了出评弹。他衣兜里只揣着二十块，为的是怕遇到扒手，将自己仅有的一点钱给偷了去。手伸进裤兜，捏着那四张五元钞票，颇有点虎落平阳悲从中来之感。新市场坚厚的外墙将户外的高温隔绝，通风爽朗的设计，加上电风扇和冷气机的双重作用，即便是在满座的房间内，也不会让人觉得十分闷热。子昭漫无目的地闲逛着，室外的阳光已逐渐黯淡下去，时间接近下午六点，餐馆夜饭开做，四面八方都飘来食物的香气。

最近的出口在一楼的室内花园边上，最后一丝夕阳的光透过玻璃天幕洒落在中心的喷水池上，音乐缓缓悠扬，喷泉随着旋律舞动着水雾，闪耀霓虹之色。水池边是供人们休憩的茶座，铺着洁白桌布的方桌上放置着精美的烛台，侍者们已开始将蜡烛逐一点燃。

有细细的水雾扑在面上，清甜的玫瑰花香飘过来。一个年轻的侍者捧着一束茶色玫瑰走到一个座位旁，和坐着的一个客人低声说了句什么，那人轻轻点点头，示意他将花放在桌上。

侍者行礼离去，子昭的脚步停了下来。

潘璟宁。

她的头发并没有烫成那些流行的"香肠卷儿"，只是柔顺地披散着，一枚银质发卡将厚重的刘海约束得规规矩矩，那发卡她用了许多年了，他记得那上面浮雕的图案是喜鹊登梅，喜鹊没入了乌黑的头发之中，梅花却露在外头，安静地压着发线。她穿着一身浅蓝色旗袍，很素净，领口的搭扣是由鱼子大小的珊瑚米珠攒成的花朵。她的面庞拥有停匀白净的颜色，双颊微现红晕，不似珊瑚的艳，却有其不及的娇嫩，这是正当青春年华的女子所能呈现的最鲜妍的容色。

此刻，她正低头看着手中的象牙酒筹，子昭想，那玩意儿是哪一位讨厌家伙给她的呢？她雪白的手指轻轻抚摸着上面的红色字迹"举人",被天幕的玻璃过滤后的暮色和灯火辉映在象牙光滑表面,反射出柔和的光,与她耳际垂下的小小珍珠耳环相映成趣。烛火跳跃,她一双黑白分明的眼睛澄澈无比,眸光流转时,瞳仁偶尔被反射成透明。

他忽然觉得,千山万水都再熟悉不过,懒得再看,独有她,终还是不同。

不知不觉走到她前面的一张桌子前,"啪嗒"一声,衣袖带翻了一个烛台,蜡烛骨碌碌滚在桌面,滚烫的蜡油将雪白的桌布灼出一个黑色的小点。他匆忙将蜡烛捞起,手指却不小心被烫到,他烦躁地甩了甩手。

她已被惊动,抬起头来。

时光仿佛静止。他们互相看着,他忍不住想离得近一些,嘴唇动了动,却又心烦意乱,不知该说什么。

璟宁忽然将目光移开,这显然是他十分熟悉的厌烦的表情。子昭哼着小曲儿拉开椅子坐下,只管笑嘻嘻盯着她瞧。侍者过来将蜡烛重新插好点上,又递给子昭菜单,他低头看了看,感觉有两道清亮的眼光在自己脸上扫过,用余光看去,果见她在朝自己做鬼脸,小手将眼皮拉下,舌头伸出,他假装没看到,合上菜单,随意点了点东西。

"喂!"待侍者走了,他终于开口,璟宁在他抬头那一瞬已恢复淑女的形象,听他这么直声叫过来,又傲然瞥了他一眼。

"什么意思?"

她没有回应,右手抚摸着一旁玫瑰花娇柔的花瓣。

"跟你说话呢。"

她索性低头,自言自语道:"还是什么留洋回来的呢,连最起码的礼仪都不讲。"

"潘璟宁!"他叫她名字,她假作没听见,转头四顾,眼角却在瞟他,她并不知道这神情在他看来是具有撩拨意味的娇媚。

"潘小姐!"子昭提高了音量。

她这才应道:"叫本小姐有什么事?"

他学着她的样子,两只手指将眼睑往下拉,伸舌头:"哪里得罪你了?朝我做鬼脸。"

她似笑非笑："发梦癫了吧？大白天的出现幻觉，找点药吃去。"

"见到多年不见的老朋友就这样打招呼？快过来坐我这儿。"

"呸！谁是你的老朋友。"她啐了一口。

子昭起身，拉开她身旁的凳子坐下来，璟宁嫌恶地朝一边让了让，子昭翘起二郎腿，半闭着眼睛，摇头晃脑道："亲爱的子昭，你在遥远的柏林过得好吗？听说那里的冬天很冷……你送我的四只鸭子……"

璟宁满脸通红："住嘴！"

"不记得啦？My dear Jenny？"

那是她在他去德国留学后给他写的一封信，Jenny是她的英文名，在信里她详细地讲述了自己训练那四只小鸭子游完泳就排队回家的过程，在信的末尾郑重地署上英文名和中文名，在英文名的前面还加上"您真诚的朋友"这个前缀。

可他并没有回信。

对于骄傲的璟宁来说，这是奇耻大辱，所以这成了她给他写的第一封也是最后一封信。重提此事，她自然认为他是在洋洋得意地奚落她，气得嘴唇都在颤，抄起那束花就朝他打过去。

子昭抬手将脸一挡，凉凉的花朵打在手上，花瓣簌簌落下，香气似乎要炸开。他只笑着问："后来为什么不给我写信了？"

璟宁将花往桌上一掷，见四周有人朝他们看过来，方意识到自己适才的行为大是粗鲁，干巴巴地道："那封信是你妈妈让我给你写的！"

"送你的鸭子呢？"

"杀来吃了！"

"我不信！"

"爱信不信！"

"潘璟宁，今天下午在外头你是不是看到我了？是不是跟着我来的这儿？"

璟宁白了他一眼，鄙夷道："几年不见，脸皮还是这么厚。"

"厚吗？我不觉得呢，你来摸摸。"

璟宁做出要呕吐的表情，子昭问："谁送你花？"

"关你什么事？"

"我好告诉他以后别送你东西。反正送活物会被你杀来吃了,送花花草草,瞧,也被你打得稀巴烂。"

"我喜欢!我就是喜欢!孟子昭,请你离我远点。一会儿我朋友们要过来,这儿没你的位子。"

"你的朋友就是我的朋友。大家挤一挤坐着热闹。"

"你真不要脸。"

"那得看在谁的面前。喂,潘家小姐儿,我给你写了那么多信,你怎么就只给我写了一封信?把我的信还给我!"

璟宁一怔,脸上浮起愕然的表情:"你什么时候……"

"别装作没收到。"子昭哼了一声,"明天我就上你家拿去,一封信一百块,要么把信还给我,要么给钱,总共算下来我从你这儿拿个万八千的没问题。"

他语气半真半假,实在琢磨不透究竟是开玩笑还是说真的,但他的眼神里却有一丝不易察觉的温柔,璟宁心里咚地一跳,把秀气的眉毛皱起来,瘢着小嘴道:"什么万八千,你究竟写了多少……"

话没说完,便被人打断了,是她约好的方琪琪、刘程远两个女孩子来了,原本也是和孟子昭相熟的,叽叽喳喳地打招呼,不免提到报纸上说的事。子昭丝毫不觉得有什么羞赧的,反而自吹自擂,说自己虽然身在异国多年,但中国人的血性和正义感是一点都没有减,遇到东洋探子,自然是要出手教训一番的,方琪琪等人知他吹牛,却不点破,只笑着说:"孟大少爷果然还是和以前一样,好打不平,像个侠士。"

璟宁望天吹口冷气。

子昭招呼侍者来,朝方刘两个姑娘抛了个风流俍傥的眼色,说道:"两位小姐随便点。"语锋一转,"咱们这儿有全汉口最有钱的大人物,一会儿结账就让这位潘小姐来吧。"

"喂,姓孟的,你有完没完,丢死人了!"璟宁大声道。

"一封信一百,你还欠我不少呢。慢慢还吧。"

刘程远奇道:"宁宁,你怎么欠了他钱?"

璟宁道:"他就是想要无赖罢了。"但也怕子昭再说些冒失话出来,胡乱点了些茶点,将这话题给岔开了。子昭看着她只是笑。方琪琪打趣道:"孟大少,瞅着我们宁宁傻笑什么啊。"

子昭正色道:"有三年未见潘大小姐了,我觉得她真是越发的,嗯,越发的……"

"越发怎的?"两位女孩子捧腮笑问,璟宁却知道他定说不出好话来,黑着脸不吭声。

子昭笑嘻嘻道:"越发的尖。"

湖北人说一个人会算计,总说"这人几尖呃",子昭语中的"尖"就是这个意思。他在笑璟宁抢着点单,是心里在算计,生怕两个朋友多点了。璟宁脖子都羞红了,欲待发话还击,方琪琪接口笑道:"潘小姐节省,我们大家都清楚的。人家是要省钱攒嫁妆呢。"

璟宁嗔道:"再瞎说八道,以后别想借我哥的车坐。"

方琪琪道:"你吓不到我,我啊,以后不坐潘大哥的车也没关系,我坐大钧的豪华大游轮。对吧,子昭?"

子昭问:"你说她攒嫁妆,攒什么嫁妆?"

方琪琪以为他定是又想找机会开玩笑,便朝左侧扬了扬头,俏皮地道:"有人都去潘家求婚了呢。"

子昭看过去,见那边不声不响坐着一个年轻男人,白衬衫的扣子一直扣到领子最上头,袖子平展,头发二八分,梳得光光的,眼睛细长,面颊敦实。孟子昭一愣,脱口叫道:"徐德英?"

璟宁低声道:"姓孟的,警告你,别把他招过来啊。"

话音未落,徐德英已款款走了过来,径直走到他们跟前,朝子昭伸手,露出憨厚之极的笑容:"孟兄你好,哎呀,好久不见啊,以为你都不记得我了。"

子昭嘿嘿一笑。

〔三〕

徐德英是浙江人,十一岁的时候随家人来汉口,和子昭、璟宁等都是中学同学,有个外号响当当的名号:徐烫饭。

那时候徐德英是小矮胖子,也如现在这样,梳着老实巴交的二八分头,大家只知道他父亲是政府里做事的,平日里不爱说话,却是老师眼中最听话的学生,成绩是极好的,但身体不太好,上体育课绕操场跑步,通常跑不了几步便会冒出一身虚汗,喘着气便要昏倒,男孩子们都笑他,女孩子们却很同情他,觉得这个胖男孩是被那些健壮调皮的男生孤立的弱者,是需要她们关爱的人。可越是关爱他,他便越是招男生的嫉恨,尤其是孟子昭。

徐德英肠胃虚弱,午餐是家里下人送到学校来的,方方正正的一个提盒,里头装着煮得烂烂的炖肉,竹叶菜剁成豌豆大小的颗粒,蒸得绿油油的,徐德英总是一个人孤零零坐在角落吃饭。

子昭不止一次去骚扰过他,奚落他呆板的发型,蠢兮兮的服饰,肥胖的身体,还有那一口谁都听不懂的浙江口音。徐德英从来不生气,也不还嘴,反而用一种圣婴般纯洁温顺的眼神看着子昭,说不出的淡定从容。子昭总是想,这家伙是不是人啊?怎么就不懂得生气呢?为什么我面对那么一张老实的脸,反而气得跟人家冒犯了我似的?

德英从来不吃干饭,反正子昭就从未见他吃过。他的主食有时是馒头花卷汤包,大部分时候是烫饭。烫饭,无非就是加了些肉食菜蔬,将剩饭煮得绵软可口,汉口这边的人家也是常吃的,但在本地人心目中,"烫饭"也是骂一个人是"草包、傻子、窝囊废"的词儿。外地来的徐德英怎会知道。

子昭故意问他:"为什么你这么爱吃烫饭?"

德英老老实实回答:"我肠胃不好,妈妈说吃烫饭好消化。"

"你爱吃烫饭吗?"

"爱吃。"

"你晓得烫饭是什么意思不?"

"我妈妈说……"

"你妈妈晓得什么是二百五吗,徐烫饭?"

"我妈妈……"德英毕竟不是傻子,话说一半便顿住,胖胖的脸上泛起红晕。

子昭大乐,指着他哈哈笑道:"真的烫,烫得很。徐烫饭,哈哈!"

德英愣愣地看着子昭,沉默着,鼻子抽动着,要哭不哭的神情像个被夺去了玩具的大婴儿,男生们都哄然大笑,鬼哭狼嚎地拍桌大叫:"徐烫饭,徐烫饭!喔喔,徐烫饭喔!"子昭叫得最大声,端着德英的搪瓷饭碗晃来晃去。独有女孩子们,捂着耳朵,向这些欺凌弱小的男孩投去愤怒的目光。璟宁忍耐不住,冲过去从子昭手里夺过那可怜的饭碗,反手一扣,将已经半凉的烫饭满当当地扣在这捣蛋鬼的头上:"现在你从头到脚都是烫饭了,看你还敢不敢取笑别人,你个夹生的苕。"

这场闹剧的结果,是子昭和璟宁最后都被罚去下课后扫操场,德英默默拿着扫帚跟在璟宁身后,她扫哪里,他也扫哪里。有片烂树叶扎进土里扫不出来,璟宁打算用手去抓,德英忙用他擦得亮亮的黑皮鞋在土里蹭蹭,直到把树叶蹭出来,他再用扫帚把它扫开。

璟宁说:"德英,你不用帮我,我做得来的。"

德英受宠若惊地红透了脸。

"德英兄弟,不要用扫帚扫!"子昭站在前头,一本正经地指点,"那种烂叶子不好扫的。"

德英的脸更红了,就好像阴沉的天空抖开了一条口子,给他这个可怜的孩子洒下了几点友谊的光辉。这个机会必须要珍惜啊,于是他讨好地问:"请问子昭哥哥,我用什么扫呢?"

子昭笑得如春风暖阳:"当然是用钉耙啰。你用钉耙最合适。"

"谢……谢。"德英说第二个谢字的时候音量低了下去,他当然明白子昭又在羞辱他,但他再一次默默地忍受了。

他不再说话,用皮鞋蹭着地上那些顽固的叶子,抢在璟宁之前将它们扫拢一团。

璟宁指着子昭道:"孟子昭,你欺负人,本小姐看不起你。"

"你看不起我我还看不起你呢!"

"讨厌鬼,我讨厌你!"

"你讨厌我我也讨厌你!把我的鸭子还给我!"

"本小姐今天回去就把它们杀来炖汤!"

"你敢!"

"就是敢!"

子昭大怒,挥起了扫帚,璟宁以为他要打她,尖叫了一声躲开,扫帚却是朝着德英的方向挥过去。但子昭在手臂扬起那一刻停顿了一下，意识到这个看似呆笨的男孩或许有着谁都比不上的奸猾，没错，当璟宁那双水灵灵的眸子向这呆子投去怜爱的目光时，他便更加确定了：这家伙绝对在打鬼主意。但后来并没有更多的事实来加强他的判断，因为徐德英生了一场重病，被父母送到了一个海滨城市疗养，直到中学时代结束也没有回来。

此时的徐德英，早没了当年病弱的样子，估计是被海风吹好了肺，被海鲜喂好了胃，人变得壮实挺拔，乍一看竟还透出一股英气。子昭心想：长这么壮实，老子真得给你弄个钉耙来。

他皮笑肉不笑地道："不错嘛，身子骨看起来比以前结实许多了，现在跑步还喘不喘？"

德英温然一笑："孟兄果然还记得我，不光是记得，简直可以说是惦记了。多谢孟兄，在下身体已经好了，可以不吃烫饭了。"

璟宁扑哧一声笑出来，横了德英一眼，说道："原来你只是看着老实，心里倒是挺记仇的。"

子昭冷笑："我也记仇呢，当年是谁在我脑袋上倒了一碗饭，好，今天咱们把这笔账也加在里头，凑个十万整数。"

"你还想不想多赚点？"璟宁端起咖啡杯朝子昭比画了一下。

德英赶紧打岔："宁宁，喜不喜欢我送你的花？我亲手把刺剪得干干净净的。"

子昭代她答道："她喜欢，喜欢得不得了。你瞧她有多喜欢，瞧见没？"一面将桌上散落的花瓣拢成一团，推到德英那边。

德英只作不见，起身道："你们慢坐，我去那边坐去，一会儿我来结账。孟兄、琪琪、程远，还有宁宁，你们想吃什么就点哈。"

"和我们坐在一起嘛，"方刘二人均挽留道。

德英观察着璟宁的表情，她低着头，一句话也没说，德英便道："不了不了，我坐那边就可以了，适才也是因为孟兄叫我名字，我才过来打个招呼。你们慢聊，慢聊。"说着回到刚才的桌子前坐下。

"他是怎么了？为什么要坐到那边去？怪不好意思的。不是他说请我们来喝茶的吗？"方琪琪看着德英的背影大惑不解。

璟宁慢吞吞搅着咖啡："我嫌他有点烦，说只要他离我远一点，我就答应来。"

"人家堂堂市长公子，被你潘大小姐使唤得跟跑堂小厮似的，真服了你了。"

"我不想欺负他，但……"璟宁略抬头，见子昭面色阴沉，心念一动，转口道，"唉，老和他待在一起也会闷啊，保持些距离，以后相处起来，也会多些好感嘛。"

方琪琪瞪大了眼睛："程远说他跑你家跟你求婚去了，难不成真有这么件事，你不会答应了吧？"

璟宁只是抿嘴笑，大眼睛却滴溜溜地观察着子昭，他那么一个话匣子，此刻却沉默得像一块铁，她心中莫名地快乐。

刘程远适时地插话了，对方琪琪道："德英原是经不住你们几个怂恿去了，愣头愣脑的，捧着一大束玫瑰花，还在老凤祥订了枚戒指。那天我也在，当时大家都吓住了，连宁宁都没想到他真有这胆子，冒冒失失地真要跪在她面前呢。谁料他刚一弯腿就被人给扶了起来请到了书房里去。待出来后，也不再说什么求婚不求婚的事儿了，只呆愣愣地对璟宁说了句：不管怎样我都不会放弃。然后就走了。"

"啊，"方琪琪看着璟宁，"你爹发话了？"

璟宁摇摇头，不自禁用手指拨了拨她放在桌上的象牙酒筹，轻声笑道："是我大哥。他也没说什么。"

"没说什么？"方琪琪点点头，"你大哥那么厉害的人儿，也不用跟德英多说什么，便哼一声也会将他哼跑。"

璟宁咯咯笑道："哪有那么凶。"

子昭这才开口："你大哥不是凶，是威风。他能看得上徐德英这样的人？我才不信呢。"

"没错，我大哥哥眼力高，能被他看得起的人不多。"

"但这世界上也有些人，是不管他看不看得起也觉得没什么所谓的。"他察觉她语气里的轻视，立刻傲然反击。

他乌黑的眼睛里是一如既往的傲慢，璟宁忽然感觉索然无味，对两个女友道："我要回家了。"起身迈步就走。德英立刻弹簧似的站起来，将一沓钱放在桌上，抢上几步就追。

方琪琪怒其不争地瞟了一眼子昭："你要有徐家少爷半分忠厚温顺，她今天也不会对你这样。"

"别拿我和那呆子比。"子昭冷冷道。

方琪琪连连摇头："人家是大智若愚，你啊，孟大少，有时候却是自作聪明。动动脑子吧。"笑着从桌上拿起璟宁落下的酒筹，放到他手里，"还不追，小心晚了。"

终究是晚了一步，子昭追到门口，已不见璟宁的身影，却见德英也站在门廊的石柱下，神情甚是怅然。

"人呢？"

德英转头朝他笑笑，说道："坐她家的车走了，不要我跟。"

子昭不愿意再搭理他，往前方走去，德英道："子昭兄，愿不愿意赏脸跟我吃顿晚饭？"

子昭回转身，德英神情真挚，眸中的温和善意似乎并未随着年龄增长而减退半分，面对这样一双眼睛，子昭不免想：我要是再奚落他，别说潘璟宁看不起我，可能连我自己也看不起自己了。便说："今天就不了，璟宁的两位朋友还在里头，你将她们送回家去吧。免得人家说我们这些男人没有绅士风度。"

德英感激地说："呀，我是疏忽了。那我们改天一定聚聚，好不好？"

子昭点点头，德英上前，将一张名片双手递给他："随时联系。"

走过两个街口，子昭方将名片从衣兜里拿出来，上面印着徐德英的名字职务，以及办公室电话地址。

子昭不过看了一眼，便把名片重新放进了衣兜，但"盛昌洋行见习经理"几个字却好像刻在了他的眼睛上，甩也甩不掉了。不知不觉走到了江边，江面一片寂静，千百只船桨也似乎在静静地休憩。夜色渐浓，西面天空绛红的云彩却留有余光，缓缓消融在璀璨的霓虹之中。

"见习经理。"

他在心里念着这四个字，虽然只是见习，但徐德英毕竟还是在洋行工作，以他的踏实（是的，子昭不得不承认这一点），以他的家庭背景,一步步往上走,自有他该有的作为。不管怎样,徐德英离潘家这个买办世家是越来越近了,自然也会和潘璟宁越来越近。

而他孟子昭呢?

大钧船业停靠在码头边的几艘轮船,像江面矗立的小小城堡,在平静的水面投下阴影。子昭从那阴影中看到一个他厌恶的、却无法回避的身影:一个浪荡公子哥儿,愚蠢无知傲慢无礼,金玉其外败絮其中,迟早坐吃山空。那个人,或许就是他自己。

子昭打了个哆嗦,"啊"地叫了一声,吓得停在船舷打盹儿的江鸥振翅飞起,他逃离了码头,奔到主路上拦了一辆黄包车,直奔孟公馆而去。

〔四〕

家里刚刚摆好晚饭,父亲母亲弟弟围坐桌前,见他面红耳赤跑进来,都惊得将筷子放下。孟夫人又惊又喜,说道:"昭昭,快,快来吃饭!"不到十岁的孟子瞻生怕父亲责骂哥哥,使劲朝子昭使眼色,示意他给父亲斟酒赔罪。

孟道群神色冷冷的,目光里却有丝期盼,子昭一路想了不少赔不是的话,但临到此刻,却不知为何说不出来了。只是走到父亲面前,深深鞠了一躬,说:"爸爸,我错了。"

"你怎么错了?"

子昭咬了咬嘴唇,说:"儿子不该去住旅馆,便被您打死也不该跑的。"

"浑小子!"孟道群一掌拍到子昭的屁股上,"不许你吃饭,回屋思过去!"

"哎!"子昭笑着又朝父亲鞠了一躬,再朝母亲和弟弟以及陈伯做了个鬼脸,乐颠颠地跑回自己房间去了。

孟道群冷着脸拿起筷子吃饭,孟夫人瞅了瞅他脸色,对陈伯道:"给子昭把炸丸子端一点去。"见孟道群不做声,又道,"还有肘子和鱼。"

孟道群喝道:"够了!"

孟夫人忙道:"好好好,老爷说够了就够了。就这三样,赶紧给他端去吧。"

陈伯连头都不敢抬,忍着笑应了。

五分钟后,子昭已经在他的卧室里埋头大吃了。陈伯爱怜横溢地坐在一旁,不时伸手拍拍他的肩膀:"乖少爷,慢点吃,别呛着别噎着。"

"你要再拍我的话,只怕我真会噎着了。"子昭不耐烦地晃了晃肩膀。

"咳咳!"俩人听到一声咳嗽,都吓得抖了抖。

陈伯忙行礼道:"老爷。"子昭亦将碗筷放下,站了起来,做出一副垂头丧气的样子。

孟道群将陈伯支开,坐到沙发上,又指了指茶几:"吃干净,剩着干吗?"

子昭只得重新拿起筷子,可父亲凛凛的目光投在自己身上,哪儿吃得下?简直如鲠在喉。

"唉!"孟道群一声长叹。

子昭知道随着这声叹息的定是连篇的训话,索性几筷子将碗中的剩饭扒进了嘴里,含着一口饭,站起来面向父亲,瓮声瓮气说道:"儿子听爹爹教训。"

柔和的灯光照在他脸上,孟道群心想,他长这么大了,眼神怎么还是如此单纯,跟没开窍似的。唉……

这个孩子很聪明,孟道群从来都不怀疑。他的儿子明智聪慧,善于求知,活泼机敏,像一匹被养育得完美无缺的小马驹,什么都好,就是过得太平顺,得到了太多的宠爱和呵护,完全没经历过风霜,也没见识过人世里的凶险残忍。今后怎么办?如何能掌管孟家的船业王国?

孟道群想了无数办法,试图以严苛的方式教育这个孩子成材,但是这么多年下来,这家伙似乎很乐意和老子斗智斗勇,让他向前,他偏退后,让他往东,他越要往西,最后只得把他放逐到以严谨刻板著称的德国学机械,这孩子在反抗的同时还是接受了,从他寄来的成绩单看,他学得很不错,孟道群第一次为自己这个顽劣的儿子感到骄傲,激动之下甚至亲自去了一趟柏林,给这宝贝儿子送去昂贵的衣物和他最爱吃的家乡的零食。原以为他必定在寒窗陋室中刻苦学习,孰料一室空空,哪见人影?床上被子平铺,下面似有人形,掀开一看,里头塞得满满的全是脏衣服脏袜子!孟道群只觉得一股怒焰从脚底烧到了天灵盖,忍着气去同乡会找了个熟人,最后在学校附近的一个酒馆寻到了这不肖子。彼时孟子昭已醉得认不出父亲,见一群金发碧眼的欧洲人中突然出现个中国老人,还以为自己眼花,舞了舞手臂,大着舌头说道:"妈哟,为么司①出来个老爹爹咧?"

孟道群阴着脸,啪的一下就扇了他一耳光:"醒了没有?"

子昭摇头晃脑唱起以前自己学德文时发明的歌谣:"古藤塌(德语你好:Guten Tag),摸一哈。(说着朝父亲脸上拧了一下)已是篱笆地洗(德文:我爱你,Ich liebe dich),喝一米!哈哈,哈哈!老爹爹,你莫生气撒,瞪着我做么司啊?"

"你在这儿就学到了这些东西?"孟道群气得浑身都在颤。

"本少爷学的多了去了。我告诉你,老爹爹,"他煞有介事地告诉孟道群,"你知道这儿的人怎么喝酒没?一米一米地干!把酒杯摆成一米的长度,谁喝得最多就最厉害,本少爷能喝两米!这儿没人比得过我,大洋马都比不过!"

"孟子昭,你要气死老子吗?!"

孟道群把他带了回来,办了休学,子昭还剩下半年的学业没有完成。孟道群认为,这孩子连德国人也教不好,只怕已是一块朽木,索性拿回来给自己收拾,要摔要砍,也由得他这个亲老子。

可再怎么是朽木,也是他孟道群的骨肉啊,是他命中的魔星,也是他的宝贝。

子昭战战兢兢嚼着嘴里的饭,见父亲忽然盯着自己的嘴,心想莫非老头子又要扇耳光过来,那就赶紧嚼,赶紧吞,免得一会儿巴掌来了,饭粒呛到气管里。孟道群哪会知道他此刻在想什么,见他澄澈俊

---

① 武汉方言:什么。

秀的大眼里露出恐惧，还以为他震慑于父亲的威严，吓得连饭都不会嚼了，顿时生出极为无力的挫败感。

"昭昭啊，"孟道群道，"你现在年轻，自以为聪明，听不进爹爹的教训，别不承认，我知道我的话你总是右耳进左耳出。爹爹今天告诉你，从今天开始，我不会再骂你，也不会再打你，你也不用再听我的教训。你的人生还很长，这一辈子，生活会给你该有的一切教训的。我急什么，老天爷能收拾你，你的命运也会锻造你，就像我们大钧的轮船，再坚硬的铆钉也会被岁月磨得浑圆温顺。你爹我今天就把你交给老天，不管你了！"

他说到最后，声音微颤，竟有些哽咽，抬手擦了擦眼角。

子昭越听越羞惭，见老父好像都快哭了，连忙走到他跟前跪下，将双手搭在父亲的膝上，想开口说话，却突然哽咽了，一股莫名的悲伤袭上心头："父亲……原谅我吧。我真的错了。"

孟道群望着天花板，眼圈里滚动着泪水。

"儿子不孝，惹父亲伤心失望。儿子今天也发誓，一定会重新做人，踏踏实实地学本事学知识，儿子一定会有出息的。"

孟道群只是叹气，过了许久，方在子昭的手上轻轻拍了拍："你从小到大给我赌的咒发的誓，估计比你书橱里《西游记》的画册都垒得高，让我怎么信你呢？"

"您让我做什么我就做什么。"

"这两天没事的话，跟着星月货轮的蓝师傅学点东西去，他是技术很好的老船长，你和他应该会有得聊。"

"放心吧爸爸，我会好好跟他学的。"

"另外，明天几个洋行和大钧有个饭局，你代我去。一会儿早点休息。"

语气转得这么快，让子昭一时半会儿都回不过神来。待父亲满意地走出他的房间，子昭擦了擦眼泪，在脑瓜上轻捶了一下，伸伸舌头："没想到这老爹比我还会演！老子要下套，儿子还不乖乖钻进去！哎呀，失算！"

第九章
宏图

〔一〕

在茂密的梧桐和香樟掩映下，剧烈的阳光似乎也被过滤得柔和了些。

这是位于夷马街的两栋崭新的三层洋楼，闹中取静，地势绝佳，庭院中种植的广玉兰舒展着硕大的白色花朵，香气馥郁。砖木结构的房屋边缘是雪白的装饰线条，弧券式的立面大窗映照着幽静的街景，雅致里又不乏轩昂之气。门卫将铁门拉开，司机将车停在西侧花坛旁边，栀子花密密丛丛地开着。院中已停着几辆汽车，子昭一眼就看到了那辆著名的Rolls-Royce——普惠洋行赠送给潘氏家族的座驾，这辆豪车的后车身据说还隐约看得到弹痕。两年前，大买办潘盛棠正是乘坐着这辆车，行至麦加利银行大楼门口，车还没停稳，两个持枪的匪徒就突然踩上了汽车的踏板，幸亏司机机警踏足了油门往前冲，匪徒被甩到了后头，开了枪，亦只击中了汽车后盖。经此一事，潘盛棠好像就不太在公共场合露面了，深居简出，洋行的业务交给了大儿子潘璟琛处理，这辆车也便随之成了潘璟琛的座驾。

虽然早就知道会见到潘璟宁那鼎鼎有名的哥哥，子昭还是有些微的紧张。他和潘璟琛见面的次数并不多，印象最深的一次，仍是那次和璟宁打架，被潘璟琛一手提到了一边去，真下了狠劲，拧得他手臂青了好一块。子昭忍不住摸了摸右手。

"这潘大哥够阴的啊，"子昭忍不住笑，"绝对在暗地里让那徐烫饭吃亏了。要不然徐烫饭为什么不敢再说求婚的事儿了？"不知道为何，他竟因此对这潘大哥生起了一股亲近之意，毕竟……毕竟他在潘璟宁面前表示了对徐德英的不认同，就凭这一点，子昭就觉得他应该和自己是一类人，有着相同的品味。但他也不得不承认，以此刻自己的现状来看，似乎不太能与潘大少爷相比。回国之前他便已经知道，潘璟宁的长兄从牛津大学毕业后便回到汉口，不到三年就晋升为普惠洋行最年轻的副总办，这是连其父潘盛棠都未曾得到过的殊荣。

"我大哥看得起的人确实不多。"耳边又响起了璟宁清脆的话语，子昭不禁将背脊挺直了，"再怎么，气势上我不能丢孟家的人。"他想。

两栋房屋的结构和样式几乎是一模一样，一个侍从在前方带路，将子昭领到左侧的那栋。入口在非常隐蔽的侧面，拱券铁艺雕花大门别致精巧，踏上五步光滑的花岗石石阶，进入凉意幽幽的室内，想是装了冷气机的缘故，左侧木质楼梯边即是会客厅，门半掩，咖啡和雪茄的香气从里面飘出来，谈笑声隐隐。

子昭略停了停。

一个老人声音笑道："宏盛行的香烟广告在汉口总是过不了夜，刚贴上不过半天，晚上一看，上面早就全部盖上了他们永泰烟行的广告。阿琛这孩子啊，手脚就是利落！"

一个极清朗的年轻声音笑道："伍伯伯谬赞了。"

"去年反英货，大英牌卖不出去，你这鬼灵精，把包装全部换成红锡包，打广告说是美国货，结果一个星期就全部卖光。也不怕你的英国东家多你的心。"

年轻人笑道："他们只认我帮他们销完了货，别的就管不了那么多了。在中国做生意，有时候还得用咱们中国人的办法。"

侍者轻轻推开红木大门，子昭整了整衣服，走进了会客厅。厅内轩敞宽阔，装饰得富丽堂皇，佣人在一旁布置着宴席的主桌，靠窗则摆着一张铺着亚麻桌布的橡木长桌，放置着白色骨瓷奶油罐和烹煮咖啡的精致铜壶，咖啡冒着热气和香气，银质餐碟排成规整的一列，盛着各色西式茶点和水果，另有四个敞开的雕花银质烟盒，装着香烟。

沙发上坐着的几个人暂停了谈话，笑着站了起来。

"子昭来了。"

语气亲切爽朗，仿佛他们是天天见面，熟得不能再熟的密友，子昭的视线立刻就与对面的人汇合。

印象中的潘璟琛，穿着是很朴素的，他高挑颀长，皮肤苍白，文雅安静，有双眼角微微上挑的秀美凤眼。这出类拔萃的相貌，只怕在这十里洋场也找不出几个。子昭虽然年轻，但惯会在人堆里扎着的他，花花世界里的男男女女，也算见了不少，模样能比过眼前这人的，还真不记得是否见过。

现在的潘大少爷，可以说更英俊了，但不同于往年的朴素，他身穿最时髦的细条纹灰蓝亚麻衬衣，领带是相当高调的橙黄色，裤腿笔直落下，垂在双色牛津鞋面上，他脸上的肤色是健康的微黑色，配上岭南人才具有的轮廓分明的眼眶和面部线条，真显得异常俊秀。他的双眼熠熠生辉，透着精明与和气，好像随时准备为即将开始的谈笑风生进行表情达意，但又带着一种说不出的挑剔和傲气。多么矛盾，这样的眼神，将刻薄和圆滑、友善和冷酷，奇迹般糅合在一块儿，就好像当他的主人随手将一杯滚烫的咖啡故意泼在一株娇嫩的花草上，然后对挣扎在痛苦中的可怜家伙流露出诚挚的歉意和更加诚挚的快乐。

子昭主动伸出手，笑道："潘大哥。"

银川笑容满面，像个兄长一样搂着他的肩膀："来，我跟你介绍一下。这位是华俄道胜银行的刘浚泉刘先生。"

"刘先生好。"子昭恭敬行礼。

"这是怡和洋行的伍信臣先生，"银川侧过脸，微微一笑，阳光透过窗格，让整个厅堂拥有一种层次分明的清澈光线，天花板上的瀑布状吊灯交叉发射着五彩的光辉，也将银川的眼睛映得如两粒水晶一般，"其实我真不用介绍了。"

怡和是航运巨头，伍信臣和子昭的父亲在生意上打了半辈子交道，是看着子昭长大的老叔伯，子昭向伍信臣笑着施礼："伍伯伯！"

"三年没见了，昭昭长成大人啰。"伍信臣赞许地打量着子昭，银川接着向子昭介绍了其他客人。

子昭来之前，孟道群只说这顿饭是普惠洋行做东请的，去的都是和船运有关的买办，多是在洋行中担当要职的前辈。子昭细忖潘璟琛虽年轻，但已经是副总办，唯独自己年纪最轻资历最浅，和洋行别说半分钱关系没有，便是在他孟家大钧船业之中，也是连个见习经理的位置还没谋到的。父亲让自己来，想来是别有用意，虽然这用意没告诉他，但自己无论如何也得好好应付这餐饭。眼前这几位表现出的不介意甚至"热情"，待他孟子昭如同对待平起平坐的人物一般，子昭虽未经世事，毕竟天资聪颖，心中暗暗警惕，提醒自己每分每秒都要小心说话行事。

银川温然一笑道："这儿都是自己人，别客气，坐着休息会儿，一会儿就开饭。"

子昭点点头，去给自己倒了杯咖啡，然后坐到银川身边去，闲聊似的问道："潘大哥，这两栋公馆是这两年才修好的吧，以前都没见过。"

银川笑道："去年才修好的房子，是亚细亚银行涂堃山先生的房子，因怕闲置，也为图个热闹喜气，借给相熟的商界朋友聚餐和休憩。"

"哦。"

伍信臣笑道："这房子可是有来历的，阿琛给大家讲讲。"

银川看着子昭，微笑道："你知道魏清记的吧？"

子昭笑道："那是汉口最有名的营造厂，江汉关就是他们承建了一大部分。莫非这两栋房子，是魏清记修的？"

银川道："几年前，魏清记接了亚细亚火油公司的一个合同，给他们修大楼。完工以后，因为成本造价太高，亚细亚火油公司拖了魏清记一大笔款子不给，差点害得人家这老牌营造厂破产关门，最后魏清记来找我们普惠出主意，我们介绍他们认识了亚细亚银行的总办涂先生和南昌的傅邵庭傅先生，这两位前辈出马游说，让英国人将20万两纹银补给了魏清记。魏清记为了表示感谢，免费为这两位先生在夷马街修了这两栋一模一样的房子。虽然只是私家公馆，但魏清记在这上头付出的精力可不比修江汉关少呢。"

子昭惊赞不已，暗想，人人都说买办是洋奴，但在中国，最能和刁滑的洋人打交道、从这些铁公鸡身上能拔下毛来的，也唯有这帮人了。

刘朗轩笑道："我前些日子说要借这房子，涂家磨磨唧唧没给，你们普惠说用就用，也是因为当初帮着给魏清记牵线搭桥，人家承你们的情。看来今天咱们几个能坐在这里，还是托大侄子你的福啊。"

"哪里，哪里。"银川呵呵笑道。

子昭忙道："谢谢潘大哥！"

银川亲热地捶了捶他肩膀，脸上眼中全是笑意，但很奇怪，子昭总觉得他眼神里一点亲热的温度也没有。

众人入席。银川抢着坐在末座，子昭和他争了半天，银川摁着他的手，笑道："今天听我的，下次你组个局，到时候就听你的。"子昭只得坐下，心想要我组局，不知得等到何年何月。

上来一道排骨藕汤，银川站起来，给几位老前辈一一盛了汤，子昭见他这样，也只得起来，给伍信臣等人挨个儿夹菜，这两个年轻人这般殷勤侍奉，几个老辈都很高兴。银川也给子昭盛了碗汤，笑道："原是该冬天喝，但知道你归国不久，定想念家乡的味道，这汤是专门给你做的，快尝尝。"

子昭双手接过，诚恳地道："谢谢大哥。"

把大哥前的"潘"字给去了，原是为表亲近之意，哪知银川的脸色却微微发生了变化，掠过隐隐的阴沉，就好像这个称呼冒犯了他一般。子昭心里一动，银川却看了眼席上的一笼汤包，拿起筷子，夹了两个放在自己的餐碟中，板着脸交给身后一佣人，说道："拿去厨房，给主厨看看。"

那佣人甚是紧张，好像很怕他生气，忙拿着去了。众人暗暗讶异，知这汤包肯定有什么地方没做对，但不好意思问，依旧谈笑，也都没说什么，约五分钟后，一大厨打扮的男人毕恭毕敬地走了进来，向银川行了一礼，道："潘先生，今天老七懈怠了，包子没捏好。对您不住。这就给您重新换一笼。"语中有南音。信臣在南方待的时间多，问道："这位大师傅是扬州人？"

七叔垂首应道："回大老爷，鄙人是扬州人，自小在富春茶社学的手艺。"

"富春的宁九师傅，大师傅可认识？"

"是小人的同门师弟。"

伍信臣一惊，当下点头不语，已知这被称为"七叔"的大厨，正是誉满汉口餐饮界的名厨余七，数年前西商跑马场举行英皇加冕庆典，英租界重金请去给英国贵族以及政府高官做扬州菜的，正是此人。谁知他却在这小小宅邸给潘家这年轻的公子哥儿做包子？

银川语声极为和蔼："不怕七叔嫌我挑嘴，我就只爱吃七叔亲手捏的汤包。"

余七一张饱经世故的老脸红透了，只说："潘先生眼力好，潘先生抬举小的。"说着恭恭敬敬地上前，双手将桌上那笼汤包端起，战战兢兢撤了。十分钟重新上了一笼过来，银川淡淡扫了一眼，方抬首朝余七笑笑："辛苦七叔了。"

余七擦擦额头的汗："您满意就好，满意就好。"

余七一走，刘朗轩等人都笑道："大侄子，你眼睛里长了筛子吗？人家这包子捏得好好的，我们看没什么问题，怎么就你挑出了刺儿来？"

银川道："扬州包子，讲究味道也讲究卖相，所谓荸荠肚、香炉脚、剪刀褶。荸荠肚，是说包子要厚实饱满，圆滚滚的像荸荠，开口的包子，要像鲫鱼嘴一样微张着。咱们今儿吃的是闭口的，那就要有剪刀褶。最正宗的扬州包子，看的就是这褶子，一共36道。刚才有两个没有36道褶。肯定是七叔今天太忙了，让徒弟帮忙包了几个。我就把它们挑了出来给他瞧瞧。我吃没关系，可诸位叔叔伯伯吃不到正宗的包子，今天这局就做得不成功了，那怎么行？哈哈哈。"说着笑起来。

众人也都跟着他笑，互相瞧了瞧，暗暗咋舌："好厉害。"

子昭跟着几位长辈干笑，笑着笑着，觉得银川好像在瞧他，第一次，他有了一种芒刺在背的感觉。

〔二〕

一顿饭吃完，席间并没有讨论任何跟生意有关的事情，佣人们撤了桌子。银川带着大家参观每层楼的布置。房子外面看是三层楼，实际上加起阁楼总共有四层，二楼和三楼都是四方平顺的房间，采光和通风都极好，布置成舒适的卧房，地毯、床单、桌椅一尘不染。三楼有一个露台，恰好和外面的一片浓荫相对，精致的栏杆被石雕的花朵温柔包裹，衬着深绿的树荫和广玉兰无瑕的花朵，从门廊看过去，如一幅水彩画。凉意幽幽，深厚的外墙隔绝了炎热和噪音，暗色的护墙板使得室内更加幽静，满目的葱绿朝屋子里窥探，人们都没有再说话，渐渐安静了下来。

伍信臣打了个哈欠，拄着他的老藤木拐杖，坐到三楼卧室柔软的床上，疲态十足地道："大侄子，我年纪大，借这屋子睡个午觉可好。"

银川忙道："小侄疏忽了，几位伯伯都累了吧？这里的房间是今天一大早布置好的，被子床褥都是新的，就是为了给伯伯们午休准备的。"说着要带着其他几人去另外几个房间。

伍信臣摆摆手，止住他，笑道："不了不了，能在这儿待这么一个中午，我们这些劳累惯了的人已经很满足了。趁子昭今天也在，长话短说，一会儿大家也都各回各家，各做各的事去。"

他资格最老，这么一发话，众人也都就在这房间随意拣了个位子坐下，子昭醒了醒神，知道饭局中最重要的一个环节来了。

银川笑道："按理说，这件事应该是孟道群孟伯伯在这儿时说最好，但因孟伯伯让子昭兄弟代替他来，所以，子昭兄弟在也是一样的。"

子昭忙道："我原不知道今天要说生意上的事，我爹什么都没交代，只说几位前辈要请吃饭，盛情难却，让我替他去。要早知道今儿要谈生意，便打死我也不敢来的。要不潘大哥等一等，我去给我爹爹打个电话，要他无论如何来一趟。我对生意上的事儿真是一窍不通，怕听岔了，给我爹传错了话，那就不就误了大事。"

银川笑道："大中午的，何必让孟老先生折腾来折腾去。"

伍信臣道："子昭，你就好好听着吧。"

伍既这么说，子昭就不可能躲得开了，但他已清楚父亲也许正是料到有这么一出，才要他来代为应付。

银川道："汉口的码头，深水区为一些洋行所占，如伍伯伯的怡和、许伯伯的太古，孟氏的大钧以及轮船招商局亦是深水域码头的两条大龙；而从黄兴路到俄租界沿江，又是日本大阪商船、俄资新货栈的地界；六合路、吉林路的江岸，也是日本人的地方，但现在也有了宁绍商轮、三北轮船，还有刚刚兴起的民生公司这些中国的轮船公司。汉口这个国际港，早在前清就已经能直达德国、荷兰和埃及、法国、意大利，在这儿吃航运饭的，全世界的人都有，要说谁能一口就将这碗饭吞了的，老资格的怡和不能，轮船招商局不能，大钧也是不能的。"

众人点头称是。

银川见子昭沉默，看了他一眼，温然说："做生意越来越难了，强强联手才能获得最大的利益。在汉口民营的船业公司里，能力最强的就是大钧。普惠洋行和大钧之前合作得非常好，伦敦总部发了数封急电过来，千叮万嘱要我们一定珍惜大钧这个合作伙伴，所以，这次英资洋行联合降价的事，普惠首先想到通知大钧，万望大钧以中国船业前辈的姿态也做个表率，把运费也顺带降一降。"

子昭茫然道："我不太明白啊。"

银川知他在装糊涂，正色道："其实也不是所有的航线，大钧身家雄厚，短期内少挣一点不会有什么问题的。咱们图的是长远发展。兄弟，光阴似箭啊，不能再拖了喔。"

说完他笑了一笑，子昭被这笑容弄得有点烦恼，心道：谁是你兄弟啊？

司机将车子发动，两个年轻人目送几位老辈先行离去。

子昭将璟宁遗落的那支象牙酒筹交给银川，说道："昨天和令妹在兴记新市场偶遇，这是她的东西，劳烦潘大哥交还给她。"

银川将酒筹放入衣兜，转身便欲上车，子昭心中一直有些不自在，忍不住叫道："潘大哥。"

银川回头看着他，子昭想了想，微笑道："听璟宁说，我送她的四只鸭子长得很好。"

银川忽然笑了笑，就好像想到什么特别好玩的事情一般，子昭一贯爱奚落他人，这一次却从这人脸上看到了十足的蔑视。

黑色的轿车扬长而去，子昭朝车里的银川笑着挥了挥手，他已经确定潘大哥之所以表现得这么古怪，绝对是因为出于对宝贝妹妹的溺爱和保护，可有些事情总是要挑明的，越早越好。子昭为自己的小聪明得意，然后又想：“那丫头总说杀了我的鸭子，看来并没有杀，不但没杀，反而将它们养得好好的。”想到这儿，心中浮起一缕温馨。

回家后，子昭向道群转达了银川等人中午的话，道群神情严肃地听完，沉默了许久。

"您早就知道了降价的事，所以要我去打迷糊仗？"子昭试探着问道。

道群道："跟这帮人精哪里打得了迷糊仗，只是不想被他们抓住把柄而已。我不出面，就当是不给他们一个回应了。"

"他们为什么突然之间要降价呢？"

"在上海汉口经营国际航线的公司超过五十家，竞争很激烈，大钧是中国公司里比较有实力的，一直都不被那些洋行待见。我们不像招商局有政府做靠山，洋行则仗着财多势大想挤垮我们，还假意卖一个人情，要大钧跟着一起降价。哼，价一降，一些靠船业吃饭的小公司跟着就会被挤死。"道群背着手，眼神犀利，"当年你祖父创业，没钱打点官家和地头蛇，是小码头上运石膏、运棉花的穷苦船民和那些白手起家的货主，用他们一文一文攒起的铜钱，凑成了大钧的第一笔股金。孟家立过誓，起家于乡土，必倾尽心力回报乡民，大钧是靠汉口的百姓养起来的，哪能听由这些洋人在汉口码头上兴风作浪？去年大水，三镇百姓莫不遭了灭顶的损失，现在百废待兴，这样的关节口上，我孟道群要真随了那帮洋人的愿，多少人会戳着我脊梁骨骂我是卖国贼，我还有没有脸再到码头上去？"

子昭半响无语，忧心忡忡道："假如大钧不跟着降价的话，这些洋行势必会做出更多对我们不利的事情。普惠洋行不是一直都和我们合作的吗，难不成这一次他们也要当我们的对头？"

道群看着他，问道："你知道绿伯爵号吗？"

子昭眼睛一亮："那艘18000吨的豪华邮轮？听说里面极尽富丽奢华，设备是全世界最先进的，不过……好像是意大利的轮船公司呀，跟普惠有什么关系？"

道群目露赞许之色："看来也不是光顾着吃喝玩乐嘛。"

子昭嘴一撇："好歹是您的儿子，别人问起和船业有关的事，我要是出丑，可是出的您的丑。"

道群呵呵一笑，道："普惠洋行在英国威廉·比尔德莫尔造船厂有股份，绿伯爵号就是这个厂造的，说起来也不是一点关系都没有。现在整个国际的轮船业形势都不太好，各国轮船公司有的破产有的忙着兼并重组，普惠也有航运生意，打算跟那家意大利公司分点饭吃，包一段东南亚到上海的航线。东南亚是大钧熟门熟路的地方，到了中国的水路里，又哪里有普惠说话的分？且不说意大利那家公司看不看得上普惠，若真是需要有人帮它打通路子，大钧不是一点机会也没有。"

"那它就是怕我们拦了财路，所以故意挑事，让怡和和太古替它出头吧。"子昭烦闷地道。

道群凝视着他："商场上没有永远的朋友，也没有永远的对头。一切被利益驱使，人心变得比变天还快。你回来这些日子，汉口的天气哪天不是一样的热？但这商场上的风向，却可以一天就变个好几次。"

"我能做些什么呢？"

"就你这小草包，插科打诨可以，要帮你爹做正事，怕还是差了好些。"

子昭认认真真道："其实我知道，脚下这寸土寸金的地皮，上头是繁花似锦，下面却不知是多少人的血泪。汉口开埠以来，外国人在这里耀武扬威，垄断地产和金融，生意场上几乎不给华商留活路。孟家是做实业的，不讲究什么投机取巧，挣钱也挣得有原则，今天大钧如果降了价，对我们自己并没有坏处，但是对一些依附着码头运输生存的小企业和小货商来说，可能就是生死攸关的大事。父亲，您不惜和强敌翻脸，有胆气也有担当，儿子不知道有多骄傲呢。我能力有限，确实帮不了父亲多少，非常惭愧。"

孟道群颔首微笑道："船行水上，御风踏浪才是见世面。或许不用多久，大钧就要面临创立以来最大的一场风暴，这可是连你爹我都没经过的大世面啊。我倒是很愿意让你加入进来，就担心你会害怕。"

子昭漆黑的眼睛闪闪发亮："我才不会怕呢！"

〔三〕

柔和的灯从窗内射出重叠的光线，花园的喷水池潺潺作响。银川抬头看了看天空，月光很亮，连远处天空的云朵都被它照得发白。

平衡是一件困难的事。它既不稳定，也不完美。他每天做得最多的事情就是殚精竭虑地在各种利益之间，在中国人和洋人、在朋友和敌人之间，谋求短暂的平衡。风平浪静是什么？如同此刻的夜空，一朵云的消失，一阵风的停止，一丝光线的波动，每一个细微的变化，都会推翻这夜空和明月达成的平静的契约。

银川缓缓闭了闭眼，只要一瞬就好，假如能让这一颗疲惫的心获得片刻的安宁。可也就这么一瞬罢了。他重新睁开眼睛，走向耸立在葱茏的花木间，那栋他住了快二十年的房子。

潘盛棠的身体大不如前，已在家卧床养病多日，厨房里熬着中药，熟悉的药味弥漫在一楼大堂，萦绕不散。

和过去的每一天一样，不论银川从洋行回来多晚，云升都会等在门厅，已是潘家的大总管的他，和死去的何仕文相比，要料理的事情少了许多，只局限在潘公馆的家务以及几个油栈的生意上，低调又有分寸。

银川一进门，云升便接过他的皮包、外衣，低声向他汇报家中的情况。

"老爷睡得早，身体比前两天好了许多。"

"白天他都做了些什么？"

"一直在房间里没出来，吴经理还是照常带着人过来，谈一会儿事就走。"

"阿暄到家了吧？"

"嗯，回来了。晚饭时汇报了在邵家货栈的见闻，老爷子挺高兴的。"

银川微笑道："他确实有长进，听说父亲会让他管理两家生丝行，要不要我安排你去给他搭把手？那可是大有油水的地方。"

云升轻声笑道："小的现在只想把家里和手头的事儿料理好，让大少爷没有后顾之忧。"

银川瞥他一眼："你等着我给你永泰烟行的生意,对吧?"

云升眼中闪过一缕稍纵即逝的贪婪,旋即一本正经地道："等大少爷真正当家了,分根烟给我抽抽也是好的。现在可急不得。"

银川叹了口气,似乎很是无奈,转身缓缓上楼。

他的卧室曾被换到东南侧带阁楼的套房,每天他会习惯性地回避那个方向,应该说,所有住在这栋楼的人都会回避。

云琅死在婚后的第三个月。她死后,银川搬回自己原来的房间,就好像一切都未曾发生过,在别人看来他是在逃避哀痛,很长一段时间,他确实表现出一副在悲伤中不可自拔的状态。

许多事情,用死人来给自己当挡箭牌再好不过,可心中毕竟没有想象的坦然,每次他站在楼梯角,都会克制不去看那个房间,不去揭开心中那层遮住了愧悔的帷幕。

"是她自找的。"他开导自己,劝慰自己不必太过自责,"我警告过她,也想办法拒绝过她,一切都是她自己的选择……"

"潘璟琛……我只是可怜你。"那个凄婉的声音似乎又在耳边响起来。

他心里一紧,正待加快脚步,璟宁的房门却吱呀一声打开,柔和的灯光漫了出来。

"你怎么又这么晚回来啊?"

银川止步,那清丽妩媚的小人儿,脸上笼着温柔的浅影,眉目间是淡淡的烦恼。

"你又怎么还不睡呢?"

她并没有换睡衣,身上还是白天穿的衣服,或许是特意要等他。她长大了,虽然和他一如既往的亲近,但也知道在一些事情上留意。

"要不要吃点东西?"她给他让出道。

银川走进屋子,放零食的小桌上摆好了点心和热茶,另有一个紫檀小盒子,里面是她收集的小玩意儿,她定是一边玩一边在等他。银川心念一动,从衣兜里掏出象牙酒筹放到桌上,道:"孟子昭叫我给你的。你这随手丢东西的毛病怎么总改不了啊。"

她瞥了一眼，脸红了红："你和他怎么见面了？"

"中午一起吃饭来着。"银川坐下，给自己倒了杯茶。

"你们说了些什么？"璟宁大是好奇，坐到他身边来。

他看着她流转的明眸，笑了笑："几个航运业的前辈请吃饭，我和他作陪而已。"

璟宁小嘴一撇，打开盒子，里面是一叠样子相似的象牙酒筹，只是花色不同，刻着状元、进士、秀才、探花等字迹。她欲将那枚"举人"也放进去，银川却将她的手一拦，拿起那枚酒筹细看。

并没有什么奇特之处，只是背面刻有一梅花树，枝条疏落，梅树下站着一捧卷书生。

银川待再细看，酒筹却被璟宁夺走，塞入盒子里，她的脸又是一红，将装点心的碟子推到他前，说："吃点东西。我知道你肯定饿了。"

"不是饿了，是馋了。"银川笑道。

璟宁扑哧一笑。

"这些酒筹是男人玩的东西，你个闺阁千金，哪里弄来的？"

"徐烫……那个，徐德英送我的。"

银川想起德英那张憨厚的脸，正色道："徐德英是个老实人。"

她盯着装酒筹的小盒子，轻声说："那又如何？"

"他被你整得跟个傻子一样，神魂颠倒的。你是个善良的姑娘，为什么喜欢捉弄老实人呢？你又不会和他结婚。"

"你怎么知道？"

"他不是你中意的类型，虽然出身名门，但……你的心思完全不在他身上，谁都看得出来。"

"大哥哥，你以为你什么都晓得，可是你不懂。"

"这样不好，小栗子。"

"可假如我……"

"没有假如，我告诉你……"

璟宁不待他说完，不耐烦地把酒筹从盒子里全部倒出来，小手在上面翻捡着："探花，状元，进士，秀才……"她嘟着小嘴轻声念，睫毛弯弯，白皙的双颊宛如敷上了一层浅粉色，她用指甲磨蹭着酒筹上的字，简直就像个任性的孩子。

他十分温柔地凝视着她，竟忘了要说什么，倒是她抬起头来，漆黑的眼睛眨了眨："说呀，大哥哥。"

银川定定神，道："如果对他毫无兴趣，便不要撩拨人家。何苦让人受这番罪。你要是不耽误他，人家说不定现在早就找到合适的姑娘了，好好一个老实人，跟发了疯似的。他把那枚老凤祥的戒指给我看，说：'宁宁喜欢戒指越大越好，我就订了枚最大的。'我那天费了好大劲儿才憋住笑。粗得像个顶针！"

璟宁捂着脸，他知道她在偷笑，所以生气地瞪了她一眼。她笑得喘不过气来："是……不是我说的……是方琪琪她们骗他的。他竟然信了。"

银川将她的手拽下，让她正视他，她脸上满是天真快乐的笑意，让他的心一沉，怒气窜涌起来，又或许是悲哀。

"你不觉得玩弄一个人的感情，是一件罪过的事吗？！"

美丽的小脸黯淡了一下，她委屈地道："我没想玩弄他，是他自己总缠着我。"

是他总缠着我。是他自找的。

是她自找的。银川脑中又掠过了这几个字，想起了死去的蕙兰，和那名不副实的妻子。

"你这么说，无非是你认为自己在感情的天平上，站在可以藐视别人的胜利的一方。但是小栗子，不要以为爱你的人都是弱者。有时候弱者的反抗也是会让人招架不住的。"

"大哥哥……"

"我跟你举个例子。你嫂子……她嫁给我，我不情愿，但因为父母之命，我不得不接受，可这个婚姻很勉强。我们过得并不好，我对她……也很冷淡。所以后来她才会生了病，到最后……"

"我知道你还是很心疼她的。"

他摇摇头，幽幽地道："总之，她用她自己的方式惩罚了我。至少我这辈子都不会忘了她。小栗子，你要以我为戒，别耽误德英。明天我就跟他说清楚，要他别来找你了，你也要……"

"不许！"她忽然叫道，仿佛一个孩子被人夺了玩具一般，"不许。"

"为什么？"银川目光一紧，璟宁觉得他严厉得有点可怕，身子往后缩了缩，嗫嚅道，"我喜欢……被人喜欢。我不耽误他，如果他以后找到别的姑娘，我也会为他高兴，可是大哥哥，我喜欢被他们喜欢。"

"他们？"

"难道我就不能有男孩子喜欢吗？没有了德英，难道就不会有别人？"她歪着脑袋，不解地道，"我并没有恶意。如果我让他们不高兴，他们大可以离我远远的，我也不会觉得有什么。"

银川沉默了。

这是现实，对他来说，也许有点残酷，但毫无办法。娇艳的玫瑰必然引来蜂蝶无数，年轻富有的美丽姑娘没人追求就是没有天理。他定定地看着她，直把她看得低下了头，以为他在谴责，谴责她的无知轻浮和虚荣，可她错了。她不知道她敬爱的兄长其实是想杀了她，这个念头不止一次在他脑中出现，她并不了解其实她是他恶念的源头，痛苦的火引。

我恨她，银川想，我一定要恨她，只有这样我才能活下去。可我为什么要恨她呢？只要保持现状，又有什么不好？可现状是什么？

银川揉了揉额头。

"大哥哥……"她太怕他生气，以为接下来话会让他好受一点，"不会总这样的。就是，我这样，不会很久的……我……我只是最近心里有点乱。很快就会好了，真的，要不了多久。"

她轻轻叹息了一声，将酒筹垒成一叠放在掌心，再将它们哗哗地倒在桌上。

她有心事。

银川知道她在想谁。那枚酒筹背后的图案突然电光石火般映在他脑中。他忽然心中雪亮。

梅花树下的书生，神采飞扬落拓不羁，和那个人如出一辙。

他看着她娇美的脸庞，在心中咬牙切齿地恨，却又无比绝望。

〔四〕

回到自己房间，月光跑了进来。云琅，那个可怜女人的鬼魂仿佛正站在窗台的一侧幸灾乐祸地看着他。

"我只是可怜你。"鬼魂说。

那一天她就是那么说的。

他们婚后,他从没正眼看过她,在外人面前扮演的恩爱,到了二人相对时,变成了冰冷的讽刺。

一天过去了,一个月过去了,她在第三个月便受不了了。

某一天深夜,她终于崩溃,衣衫不整,披头散发,将房间里所有的东西都砸碎,然后发疯一般咒骂他,全家人都被惊动,他只是站在那张他从未睡过的卧床边上,满脸柔情地看着疯子一样的她。像个无辜的受害者。

她说:"潘璟琛,你是一条毒蛇,你不是人。"

那天潘盛棠、云氏,包括璟暄和璟宁都来了,这个婚姻脆弱可笑的事实,就差一步便会全部袒露在他们面前。

她号啕大哭,他走过去将她搂住,她知道他现在恨不得掐死她,却沉醉在这怀抱虚假的温暖之中。

"阿琛如果给了你委屈受,说出来,我们替你教训他。"云氏鼓励地说,潘盛棠鹰一般的眼神紧跟着看了过来。

银川替云琅擦着眼泪,是她从未见过的温柔,她有点发怔:"他……他……"

"妹妹,如果你跟我过得不幸福,你可以选择自由。我不会让你吃一点亏。"他柔声说。

云琅颤抖起来。她拼命争取、无限期盼得来的婚姻,就这样变成一个众人眼中的笑话。怪得了谁?他早说过不爱她。是她自己,倔强地用一辈子的幸福做赌注,赌这个男人的心。她输了。

他有什么错呢?

"他……"她充满了怨毒,抬起头看着眼前那张俊美的脸,切齿道,"他不和我睡觉,他不碰我。"

璟宁原本正打算相劝,听到这句话,脸唰一下就红了。

云琅发现丈夫的眼神变成了熟悉的冰凉,但她还是从中捕捉到一丝慌乱,不禁得意地笑了:"他宁肯自己……"

"住口。"他的双臂用力将她箍紧,她痛得眼泪都流了下来,他说,"你不清醒,你疯了。"

他说:"云琅生了病,我们瞒着你们,她一直在吃药。"

"生病?!"云琅尖利的嗓音变了调,这倒似乎越发证明了银川的话,"生病?你以为我们在演戏?我说真话,你就骗他们说我生病,下一步是不是就得把我送疯人院了?我跟你们说,你们这个大少爷是个衣冠禽兽……"

"没错,你说得都对。"银川放开她,颓败地退后,无助地看着其他人,"我不爱她。这个婚姻不是我愿意的,一开始我就告诉过云琅,我不爱她。今天索性就挑明了说吧。"

他随手拉开一旁五斗橱的抽屉,从里面掏出一堆药瓶:"你们之前也没告诉我她身体有病,她瞒着我吃这些药,一到晚上就说胡话,闹着要寻死。父亲、母亲,我会为这个婚姻负责任,但是我真的从来就没有爱过她。"

云琅捂着胸口,仿佛被尖锐的刀剜进了心。潘盛棠走上前拿起一个药瓶,仔细看了看,旋即抬起头,正视着云琅:"孩子,告诉我,这些药是你自己买的吗?"

那些都是镇定剂和安眠药,一部分是她自己买的,还有一部分是银川给她买的。有一天他回家很晚,进了屋,将几个药瓶扔到她床上。

她拧开台灯诧异万分地看着他。

他一边松着衬衣的领口,一边从柜子里拿出被褥和枕头,和往常一样打算去阁楼睡觉,她指着床上的药瓶问:"你什么意思?"

"你好像挺喜欢吃药,我给你多买了一点。一辈子长着呢,慢慢吃,不够我再买。身为你的丈夫,也只能给你做这些事了。"

她无法想象这个男人为什么有这么冷酷的一颗心,惨笑着说:"是不是我死了你就会高兴,你就会看我一眼?"

他心不在焉地嗯了一声,上楼去了。

"我不爱她。"

他再一次说了这句话,当着所有人,践踏她的感情和尊严。

云琅的脸失去了血色,忽然笑了笑,说:"是我买的,全是我买的药。我睡不好。因为他不跟我睡觉。他宁肯在外面搞女人，宁肯自己搞自己，也不跟我睡觉。"

潘盛棠皱了皱眉。

这种小夫妻之间羞耻尴尬的隐私让所有人都难堪。璟宁脸上发烫，实在是没有办法再听下去，和璟暄互看了一眼，转身出去了。

银川冷冷凝视云琅，终于愤怒而刻薄地道："你真不要脸。"

这场闹剧不了了之，云琅好像彻底放弃了，在之后的几天里，她不吵不闹，表现得很平静。银川总是避免回家，借口洋行的事务繁忙，直到有一天接到云琅的电话。

"我同意离婚，让你解脱。你回趟家吧。"

他冷静地说："你父亲跟我的生意，我不希望因为离婚受到影响。请你不要在他那边说什么是非。"

她显然没料到他竟会这样回应，沉默了许久，笑了笑："回家再说。"

他回了家。

她不在卧室里。他走上阁楼，见她坐在窄小的窗台上，嘲笑似的看看地板，再看看他："难不成跟我结婚一辈子，便打一辈子地铺？那上面多硬。"

他打开烟盒，拿了根烟出来点上，慢悠悠说："大不了我搬出去，睡觉的地方多了去了。离婚协议呢？"

"潘璟琛，我可怜你。"

她甩了一个东西过来。那是他的照相簿，里面是他从小到大所有的照片，穿着虎头鞋、戴着兔儿帽的小娃娃，第一次着洋装照的相，两张截然不同的全家福，他和弟妹的海军服合影。

一个泛黄的信封从里面滑了出来。

银川叼着烟，蹲下去将相簿捡起来，把那封信重新夹在里头，缓缓抬起头，第一次认真地看着云琅的面庞，但他看不清，因为背光的缘故。

可还是看到这个女子形销骨立，也曾是个韶华如花的人儿啊，是自己亲手将她变成了这个样子。他心中微震。

见他蹙眉,她以为这不过是他习惯性地厌恶,轻轻一笑:"总有一天你会和我一样,遭受爱的凌迟。你发疯般地爱一个人,但你永远也不能拥有她,潘璟琛,你无法控制自己不去抓取那些你根本无法拥有的东西,所以……我可怜你,你是个可怜可悲的家伙。"

他用奇怪的眼神看着她,她勾起唇角:"不用这样瞧我。如今你怎么看我我都不在乎了。我也想解脱。"

"离婚书呢?"他起身,将相簿收起来。

云琅握着窗帘垂下的小小流苏:"我想最后问一问你。"

"问吧。"

"真的就这么恨我吗?"

"我不恨你。我从未说过你不好,相反,你是个很好的女人,你漂亮,本性善良,如果愿意当个贤妻良母,你会表现得很出色。但可惜嫁给了我,我每天看到你,只觉得恶心。"

她脸色平静,无一丝波澜泛起。

他再问:"离婚书呢?"

"在楼下客厅茶几上。"

银川头也不回地出去,或许决绝一些,能让她早点脱离他的折磨。

然而走到客厅就听到了一声闷响,是重物从楼上坠下,沉闷地击在了地面。小君从花园捧着一束玫瑰回来,恰好什么都看到,整栋房子里所有人都听到了这个小姑娘惊恐的尖叫。

银川飞快冲到外面,在门厅光滑的大理石地板上摔了一跤,绊倒他的是血,开在雪白花岗石地面的一朵殷红的花。

云琅抽搐着,口中涌出鲜血,纤细的手茫然伸向空中,终究无力地垂下。银川半跪着,紧握着那只手。

"云琅!"他呼唤她的名字,泪水落下来。

可已经太晚了。

"大表哥……"她笑了笑,"我太笨,只看到眼前……看不到将来。"

"不要死。"他颤声道,"不要死……"

她喘了喘,声音越来越低了:"你在留我么?"

他点头,眼里流露出伤痛:"留下来,我们一起好好过日子。"

她凄然道:"我们都留不住的……"

窗帘被吹得沙沙作响,月光很快被蒙上了一层灰蒙蒙的雾气,虚幻的鬼影却消失了。

烟盒里是他帮英美烟公司换了商标后卖得最好的香烟,他点燃一根,深深吸了一口,在烟草和花园飘来的玫瑰和松木的气息里镇定了自己,慢慢平静下来。

拿起那本随着他搬回了旧居的相簿,将看似要散落出来的相片重新贴好,让它们贴得紧紧的,缭绕烟气中,他从最后两页间翻出了那封信。

"亲爱的璟宁,你好吗?我的四只鸭子长得怎么样了?你这臭小妞,怎么不再写信来了呢?动动笔有那么难吗?家里缺钱买不起邮票吗?……唉,你知不知道,柏林今天下了第一场冬雪,房东给所有房间都换了厚被褥,有一只鸽子停在窗口不走,羽毛是灰白色的……我突然就想起了你,然后想起春天。"

银川已经销毁了孟子昭写来的全部信件,唯独这一封,在他的潜意识里仍还是希望璟宁能看到,毕竟这是她内心期盼的事情,毕竟他愿意她快乐。对于她的心愿,他一向是尽全力想方设法要满足,就像那四只小鸭子,有一只生病死了,他瞒着她去找了一只一模一样的带回来,后来四只鸭子都相继病死,璟宁却以为它们都好好活着。没养过鸭子的人不会知道,原来鸭子那么容易死,养鸭子很难,去找长得很相像的鸭子也不容易。

是的。他什么都愿意给她,什么都愿意为她做,但一笔笔在心里都记着账的。

银川将信撕得粉碎。

第十章
探情

〔一〕

璟宁终究听了银川的话,徐屡次邀约,她全都推掉。因放着暑假,她在家除了睡懒觉,练钢琴,就是和方琪琪等女友约着逛街喝茶,间或去一些街边小店子里淘一些有趣的小玩物。

某天中午,她正睡着午觉,被人轻轻摇醒,睁开眼睛,见小君笑嘻嘻瞅着自己,小手里摇着一封信。

璟宁打了个哈欠,不耐烦道:"又是徐德英吧?"

小君笑道:"在公馆外头等着呢。"

璟宁把脑袋埋进枕头下面,咕哝道:"你跟他说我怕热,不想出去玩。他要再赖着,就说我爹和我哥都在家,不会让我出去的。"

小君道:"不行。德英少爷说,他看到老爷和大少爷出门了,还跟他们打了招呼。"

"我爹出去啦?"

"是啊,听说要和大少爷去趟汉阳,今儿不回来了呢。"

璟宁坐了起来,出了会儿神,问道:"德英来了多久了?"

"在外头等了好一会儿了,二少爷要他进屋来,他傻乎乎地说不用。"

她叹了口气，打开信看了眼，忽然一怔，信上写着："宁宁，今日得闲，我拟与子昭、琪琪等去东湖消暑，你和我们一起吧。子昭说他家的轮船会送我们过江。"

小君见她半晌不吭声，试探着问："真要我回绝了德英少爷？"

璟宁正色道："你，去给我挑一条纱巾，嗯，浅蓝色那条，再把大哥哥给我买的那把小阳伞找出来。"

小君哈哈一笑。

路过花园，璟宁摘下几朵栀子花别在腰带上，抄小路走到公馆门口，德英靠在车前正擦着汗，见到她不禁呆了一呆，开心地说："我就知道一定能等到你。"

他们去接了刘程远和方琪琪，直奔轮渡码头，三个女孩子都把这趟过江之旅想得相当浪漫：豪华江轮甲板上，坐在遮阳伞下的方桌前，优雅地捏着糖夹子，将晶莹的糖块放入咖啡杯中，桌上的小碟子里放着蛋糕，金色杯碟边缘反射阳光，喝完咖啡，去船舱里粗略参观下陈列的古董和画作，差不多就到对岸了。

"喂！朝哪儿走呢？"一个清亮的声音打断了她们的遐想。

子昭站在斜下方的梯坎上，戴着一顶深色鸭舌帽，穿一件浅灰衬衣，深色背带裤，领口敞开，露出汗湿的脖子，一对脏兮兮的薄棉布手套在手掌里拍来拍去，他的眼睛亮亮的，像正想着什么恶作剧一般。

"船在那儿呢！"

他笑着往左边一指。

大家看过去，吃惊地张大了嘴巴，怎么也没想到子昭竟然会用一艘小货轮送他们过江！

四个年轻人瑟缩在一个由深黑色桶罐圈成的空间里，闻着一股股豆酱发酵的气味。

刘程远闭着眼睛，不敢出气，也不敢乱动，生怕自己一呼吸就会闻到臭味，一动就会眩晕。方琪琪在小提篮里头掏来掏去，里面的果酱、糖罐撞得叮当作响，璟宁不耐烦地问："你找什么？"

"我找万金油，我……我有点想吐。"

璟宁一惊，把脑袋凑过去："我帮你找！"

忽听嗷的一声，德英打了个干呕，噌地站了起来，晃了两晃，璟宁抬头看他："你没事吧？"

德英捂着嘴摇头，胃部又抽搐了一下，眼睛瞪得溜圆，子昭从下面的船舱走上来，对德英道："去船头栏杆那儿靠着，看着远处，深呼吸，别看水浪。"

德英摇摇摆摆地去了，女孩子们听到他的呕吐声，都忍不住把眉头皱起来。

方琪琪拿风油精擦着太阳穴，不满道："用破船招待我们，真是够意思啊。"

子昭嘻嘻一笑，没有接话，见璟宁似笑非笑瞅着他，眉毛一扬，问道："潘小姐，感觉怎样？"

"你在下面做什么？"璟宁上下打量了他一番，鄙夷道，"身上脏兮兮的。"

子昭将脏手套往甲板上一扔，走过来坐到她们对面，跷起二郎腿："修船啊。今天有个地方出了点小毛病，刚才一直在修呢。"

方琪琪惊叫道："有毛病的船你还让我们坐！"

一直不敢睁眼的刘程远也把眼睛睁开了，质问似的看看子昭，再惊吓万分地看看璟宁和方琪琪，截然不同的眼神让璟宁忍不住哈哈大笑，她自己倒是一点都不怕。

子昭道："你们要是在我孟大少爷的船上出了事，孟家也别想在汉口立足了。放心吧，这艘船没问题！"

璟宁严肃地问："你真的会修轮船？"

他点点头："这几年难道在外面白学了？"

她便不吭声了。

船缓缓在江面移动，随着江水起伏摇曳，璟宁坐了一会儿，也觉得有些晕，便站了起来，子昭的目光随着她走，她眯了眯眼睛，觉得心跳在加快。方琪琪和刘程远挤到一起，像两只吓坏了的小鸟，把眼睛瑟瑟地闭上了。璟宁绕过装着豆酱和油的桶罐，走到甲板边缘扶着栏杆，远眺江面，大口呼吸。

德英还在吐，璟宁将纱巾笼在头上，试图遮挡住强烈的阳光和那让人揪心的呕吐声，江水被纱巾染成了浅蓝色。璟宁知道子昭一直在看着她，不知道为什么，她此刻很希望他能站到身边来跟她说说话，但也许说不了几句话就会斗嘴。她也想问问他为什么，为什么我们总是吵架，于是鼓起勇气悄悄回头，却正好见到他起身，转身折回了船舱。

下了船，德英预先找好的一辆车已在码头等候，方琪琪脸色不太好，有气没力地道："我坐前面，宁宁你们几个坐后头，我……我有点想吐……"

于是德英开车，方琪琪坐副驾的位置，璟宁、子昭和程远三人挤在后头。璟宁坐在程远和子昭的中间，双手扶着前方的座椅，德英在后视镜里瞧见她红扑扑的脸上带着笑意，分外娇艳，朝她温然一笑。璟宁俏皮地问："德英，你刚才吐得那么厉害，现在可好些了？"

德英微笑道："没事了！"

"潘璟宁，你能好好坐着吗？动来动去的。"子昭道。

"我偏不！"璟宁索性扭了扭。栀子花落到他腿上，子昭把花拈着，在她眼前晃了晃，道："来，宝贝，坐我腿上来。"

"呸！小流氓！"

程远倚在车窗上咯咯地笑，车子猛地在地上颠簸了下，她捂着嘴咕哝道："徐德英，能找平一点的路走吗？船上也晃路上也晃，待会儿怎么顺肠子啊。"

"琪琪，一会儿咱们还得坐船呢，你要有心理准备啊。"

方琪琪苦着脸哀唤了一声。

德英人看起来拘谨憨厚，车却开得猛且急，连子昭都忍不住道："徐大公子，我们都不指望靠你腾云驾雾。"

话音未落，琪琪一个抽搐，趴在车窗上嗷的一声吐了起来，程远和璟宁都尖声避让，车窗全都开着，在迅疾的车速中，琪琪吐出来的东西难免不被强风吹到后头。程远扑在璟宁身上，璟宁则倒在了子昭的身上，子昭猛然间温香在抱，哈哈大笑，笑了几声，却慢慢收住了。那个任性娇美的姑娘身上清芬的气息和栀子花的香味萦绕鼻端，柔软的腰身和丰盈的胸脯全然在他掌握之中，他猛然间觉得身体里滚动着一道道电流,脑子里开始嗡嗡作响。

距离不过寸许,璟宁清澈的大眼睛瞪着他,有点羞窘,更多的却是一种好奇的神情,他凝视着她,目光渐渐变得温柔。德英将车速放缓,三人忙不迭地坐直了身子,璟宁有些呆呆的,程远忽然叫道:"方琪琪!你干的好事,都溅到我肩膀上了!赔我裙子!"

琪琪委屈地用手帕擦着嘴:"赔你裙子算什么,我、我,刚才太急了,我忘了摘我的遮阳镜,脑袋刚一伸出去,它就被风吹走了。"她说着哽咽起来,"这是在巴黎买的。"

德英忙道:"咱们回去找。"说着打算掉头。

子昭开口道:"不用了。"缓缓抬起左手,"方大小姐,是它吧?"

他手里捏着眼镜的白色镜腿,似笑非笑。

原来刚才慌乱中两个女孩子缩成一团要躲,他为掌平衡,将手伸出去抓座椅背,琪琪的眼镜恰好被吹到后面来,他眼疾手快便接住了。

琪琪探过身子来一瞧,欢声道:"是的是的,就是它!哎哟,什么斜风哦,歪着脚吹的啊?不过还好它的脚是歪的,要是直起吹,我岂不是找不到我的眼镜啦?"

璟宁把下巴放在程远的肩上,笑得喘不过气来。

〔二〕

在沙湖换了船,前往武昌城郊著名的赵氏花园,这是同为广东帮的买办赵宗涛兴建的别墅。浩渺的湖水波澜壮阔,近岸处芙蕖飘香,鸥鹭翱翔,林木深秀的湖中小岛上露出白墙黑瓦,屋檐曲线柔美舒展,窗棂间玻璃色彩斑斓。

上了岸,几个仆从往前带路,众人沿着蜿蜒的石子路穿过一座牌楼,从圆形石门进入庭院中心,里面广植玉兰、金桂和银杏,栀子和玫瑰竞相吐露芬芳,别墅主楼中西合璧,黛瓦青砖,却又分为上、下两层,露台和窗户均阔朗轩敞。主楼之侧是曲折的长廊,连接处有式样精巧的亭榭,长廊尽头则是两栋两层小楼。

仆人在前面走着,不时提醒诸人小心苔痕滑脚,德英轻声道:

"赵家原在武昌城中也有房子的，这是赵先生奋斗半生为归隐田园所建的世外桃源。修建之前找风水先生看过，这个地方北高南低，有丘隆在背，两边平展，是风水极佳的螃蟹地。"

程远问："什么是螃蟹地？"

"这得在湖心看才好，走到岛中间看不出来。咱们现在站的地方，正是那片微隆的小高地，而两边又各有一片半岛延伸开去，正是像蟹脚一般。螃蟹黄意为黄金，二螯伏水聚财，又似二龙戏珠。赵先生正是看中了这块地的吉祥之意。"

璟宁一直默不吭声，德英便提醒她："宁宁，走路小心，这里很容易滑倒。"

程远和琪琪都笑道："偏心，怎么不提醒其他人？"

德英不好意思地挠挠头，见子昭手里抛着几枚不知哪儿捡来的罗汉松果子，似笑非笑看着他。

别墅的主人赵宗涛也曾是汉口数一数二的商人，当年更当过七国买办，风光一时无两，但随着各租界地相继被收回，有不少洋行都关了门，赵氏的买办生意大不如以前，赵宗涛年纪也渐渐老了，无心另辟事业，处于退隐的状态，守着大半辈子拼来的财富，和他的姨太太们过着悠闲惬意的生活。赵家花园是赵宗涛招待政界和商界的名流的地方，主楼旁边的两栋小楼，便是用来给客人留宿的。赵氏和徐德英的父亲原本交好，这两天赵宗涛和他最宠爱的姨太太恰好在汉口，德英想借别墅消夏，赵欣然答应。

赵氏花园的管家彭叔带众人参观别墅主楼，子昭走在最后头，心不在焉地打量着厅堂中的陈设，德英找机会走到他身旁，子昭懒洋洋将手一抬："徐公子，小时候我怎么看你，现在基本上和那时候没什么变化。咱们之间没什么好说的。"

德英道："子昭兄能不扫我面子，我已经求之不得了。若真是小时候，别说我难请你老人家出来玩一玩，便大着胆子邀约，也免不了被你奚落一番。"

子昭回头看看他，微微一笑："以前我有些地方做得确实很过分，向你道歉。"

德英甚是开心:"谢谢你,子昭。"

"谢我什……"子昭没说完,淡淡一笑,"别谢我。最好以后你也别恨我。"

德英脸色微变。

女孩子们睡了会儿觉,子昭和德英在一楼的休闲厅喝茶,玩了一会儿牌,赵氏花园的副楼房间不多,但恰好够他们几个人用,水果茶点棋牌是提前就备好了的,彭叔派了两个仆人来,子昭道:"咱们自己照顾自己便好,也给人家放放假吧。"

德英知他嫌不自在,因叫那俩仆人不必伺候,一仆人笑道:"几位晚饭是在这儿吃还是去一旁的膳食堂用?"

德英想了想,道:"若不麻烦的话,还是就在这楼里用吧,免得这三位小姐出去被蚊子咬。"

那仆人答应着走了。

子昭翻着手里的扑克牌,看了他一眼。

"怎么了,子昭兄?"

"没什么,是觉得你的心很细。"

德英腼腆一笑,子昭觉得他笑起来的样子很像一只田鼠,怯懦的小眼睛里透着警惕。

过了一会儿,程远打着哈欠走进来,将两小瓶白酒放到长厅角落的一台旧钢琴上,德英瞪目道:"这是什么意思?"

程远嘻嘻一笑:"一会儿调酒用的,我哥发明的酒:'大叫鸡'。"

德英扑哧一笑:"什么促狭名字!"

程远煞有介事道:"喝了'大叫鸡',一般会出现两种情况,要么是呼天抢地发酒疯,要么是一碗下肚闷头倒。你们别小瞧它。"

子昭笑嘻嘻道:"刘小姐,你哥去年在柏林喝醉了酒,把衣服都脱光了,有件背心我还帮他收着呢。"

程远咯咯直笑:"嗯,你酒量好,把他喝成了个大傻子,他要我今儿给他报仇来着。"

"好啊,原来是有预谋的,告诉你,便是在酒里下蒙汗药,本少爷也不怕。"子昭伸了伸懒腰,说,"你们俩玩吧,我出去遛遛。"

230

阳光已经没有那么烈了，岛上多是高大的树木，繁茂葳蕤，金雀花开满林间，相比栀子和玫瑰，它的芳香显得激烈热情。湖水拍岸声忽强忽弱，仿佛在唱和一首轻柔的歌，再过不到一个小时，水天之间将敷上一层柔美的灰蓝薄雾。

子昭沿着一个斜坡，从高处往湖边走去，小径两旁茂盛的野草有的长得一米多高，势如破竹般向湖水铺展，与粉色的荷花摇曳相应。他绕过一棵高大的香樟树，前方草丛里有几只小小的水鸟，发出欢乐的叫声，扑扇着翅膀飞向湛蓝的天际，再往下俯冲，掠过湖水浪头。

他的脚步顿了顿。前方有一个纤细苗条的背影，裙裾被微风吹得轻轻飘动，像一朵轻灵的花。

她什么时候也到湖边来了？

"真美啊。"

子昭悄悄走近，听到璟宁在舒服地感叹，他将脚步放轻，缓缓走到她身后，发现她右手拿着一块覆着糖霜的酥饼，饼子被她吃了一点点，露出月牙形的缺口。

潮湿温暖的和风拂过她的颈项，围巾的穗须挠得她脖子有点痒，不一会儿又被吹过去盖住了她的嘴，她想将穗子吹开，一只手却突然伸过来，一把将它撩开。

璟宁吓了一跳，回过头来。

子昭眼中闪烁着顽皮的笑意："怕晒黑就别出来，还以为你在屋子里睡觉呢。"

她的脸慢慢地红了。

他意识到好像自下车后，她就一直在沉默，心中一动：这小丫头莫非是在害羞？

风声如潮，岸边一排高大的香樟树，碧绿的树叶被风吹得偏向一边，一齐闪动银色的光，发出窸窣的声音。子昭上前两步，朝璟宁低下了头，似要好好端详她的面容：柔美浓密的头发，晶莹澄澈的眼睛，眼角略略有些下垂的形状，显得稚气又楚楚可怜。

她呆住，竟忘了躲闪。

他的脸离她越来越近，越来越近，四周的一切都仿佛安静，听不到水浪声，听不到水鸟的歌声，也没有了风声。她闻到他身体上传来的男子的气息，如热风一样烫人。

"讨厌鬼……"璟宁轻声说，旋即被自己吓了一跳，因为她的声音甜腻得就像在和他调情。她无比慌乱，手里的酥饼就像要化在手里，腻成了软软一团。

子昭猛地哈哈大笑，仿佛在一场设计好的游戏里获得了胜利，他伸手弹掉她眉毛上的糖霜："馋猫，糖都敷在眉毛上啦！不怕苍蝇来扑。"

"你就是个大苍蝇！混蛋！讨厌鬼！我讨厌死你了！"璟宁气急败坏，将酥饼扔到他身上，转身往别墅跑去。

〔三〕

高架银烛台上的烛火倒映在清澈的眼中，宽阔的长厅变成了一座柔光四射的小岛，灯火和音乐将几个快乐的年轻人围拢在一起。吃完了晚饭，方琪琪和璟宁玩着四手联弹，轻快的旋律响起，如泉水轻盈流动。程远兴冲冲地从厨房抱来一个大瓷盆，里面装满了她自制的鸡尾酒。

琪琪回头笑道："嘿嘿，这就是那著名的'大叫鸡'？诸位小心，这可是连一个西班牙大汉都放倒过的！"

"本少爷以前喝酒是一米一米地算的。"子昭懒懒地靠在椅子上，洋洋得意地比画，"喏，这么高，这么满的酒杯，放一米长，大概十杯还要多！"

他声音很大，璟宁一次都没回头，好像正沉浸在她演奏出的美妙音乐中。

德英笑道："子昭兄酒量好，趁今天高兴，就放开了喝！"

程远坐下来，给他们俩一人舀了一杯，笑道："尝尝。"

德英接过，喝了一小口："甜甜的倒像是果汁，子昭你觉得呢？"

子昭晃着酒杯，笑道："后劲儿大着呢，你小心变成大叫鸡。"面不改色一口将酒饮尽，程远朝他比了比大拇指。

德英果真不敢再喝了，问："是些什么配方？"

程远抿嘴笑道："青柠汁，我家农庄自酿的高粱酒和孝感的米酒，还有葡萄酒，味道和我哥调的差不离。"

方琪琪忍不住走了过来，找了个咖啡勺，舀了一点尝尝，伸了伸舌头，叫道："宁宁你也来！"

璟宁摇摇头："我哥不让我喝酒。"手指轻弹，重新换了首曲子。

"他又不在这儿。"方琪琪努着嘴道，"大家好不容易放松下，又有什么关系。"

德英笑道："璟宁是个乖妹妹。"

程远故意补充道："又乖又可爱。"

"那是自然。"德英想也没想就接口。

琪琪笑道："受不了啦，德英你口水流下来了。"

"快拿口水兜兜接住。"

德英呵呵地笑，子昭也嘿嘿笑了两声，这时钢琴的声音有些弱了，璟宁把背脊挺了挺，左手继续弹着琴，右手撩了撩鬓边的秀发，徐徐回顾，朝德英抛了个媚眼。德英打了个激灵，浑没料到她竟会使出这般有风情的眼神，琪琪跺脚道："你们瞧见她的样子了么？这丫头在卖俏咧！"

子昭哼了一声，说："又乖又可爱，就有一点遗憾……"

钢琴声好像又变弱了一点了。

德英和程远等人都急问："什么遗憾？"

子昭指了指自己的眉毛。

众人大惑不解："眉毛……"

钢琴声已经弱得不能再弱了。

子昭说："眉毛不够黑。"

"轰——"

璟宁重重敲了敲琴键，打断了他们的低语，愤愤然站了起来，方琪琪知道她生气了，朝德英子昭使了使眼色，子昭忙低头，假意翻看腿上的杂志，德英给璟宁让了个位子，说："坐这里。"

璟宁板着脸没理他，拿起一个空酒杯，直接从大银碗里舀了一杯酒，然后走到子昭面前，抬脚踢了踢他的裤腿。

子昭抬头："干什么？"

"你不是能喝一米吗，喝来看看。"

子昭"喊"地笑了一声:"你让我喝我就喝啊?"

"你这个草包,除了吹牛还会做什么?告诉你,本小姐看不起你。"

从小到大这句话她在他耳边不知道说了多少遍了,若是以往,他还能满不在乎不跟她计较,但现在不知道为什么,一听就很是生气。他脸虽然沉了下来,眼角却扬了扬,闪出一丝笑:"你喝一口,我喝一杯,陪你玩玩?"

见这俩又斗上了,其他人都有点慌,劝道:"别置气啊,好好的怎么较起劲来了。走,外头凉快下来了,咱们出去走一走。琪琪去把风油精拿着。"

璟宁一仰脖子,将杯里的酒喝了个干净,憋着气道:"我喝一杯,你也喝一杯,本小姐先让着你。"

酒气上涌,忍不住晃了两晃,子昭见她满脸通红,不禁有点后悔,只好随着她喝了一杯。璟宁又舀,子昭拦住:"好啦,别闹了。"

璟宁斜眼瞧着他:"瘫了腔①了?没有用的东西,这就赫②到了。这些年在本小姐后头醒倒媚③,早看出你是个绣花枕头大草包。臭苍蝇,起开!"

琪琪等人忍不住要笑,这姑娘喝得土话都飚了出来,子昭咬着牙板着脸,嘴角直抽,也是在极力忍笑。璟宁又舀了一杯酒,咕咚咕咚喝了个干净,昂然道:"喝一米,姐姐先喝两米给你看,看你这大苍蝇服不服周④!"

把酒杯一甩,身子一弯,直接捧着那个瓷盆就要往嘴里灌。

众人惊叫着去抢,子昭扑过去将盆子夺了,璟宁手里落了空,下巴磕在茶几上,砰的一声响,乌黑的头发瀑布似的散在两边,完全遮住了脸。方琪琪跑过去撩开她的头发,却见她闭着眼,偏着头,已然

---

① 武汉方言:屁了,没底气了,胆小怕事之意。
② 武汉方言:怕。
③ 武汉方言:涎皮赖脸纠缠不休的意思。
④ 武汉方言:服不服气的意思。

在呼呼大睡。

程远不免得意:"那天我哥请的那个西班牙大汉,喝了两杯就咣啷倒了,真是三碗不过冈,刘家的自制鸡尾酒名不虚传,咳咳……"帮着方琪琪把璟宁扶到沙发上躺好,补上一句,"嗯……其实我觉得宁宁酒量还真可以。"

她很快就为这句话付出了代价——璟宁吐了她一身。

她们的好朋友潘大小姐,借着酒劲儿,一晚上把一辈子的宝都耍完了。一会儿嚷嚷着说眼珠子胀,要把眼珠子挖出来,吓得她们俩死死摁住她的手,一会儿喊着要吃鸡爪子。德英急得团团转,璟宁拽着他的手:"德英,去给我买鸡爪子!缴了脚趾甲的那种!五香鸡爪子!你不买来,我就杀了你!"她尖声大叫,"我杀了你!我要吃鸡爪子!"

德英连死的心都有了,苦着脸道:"这大半夜的,哪里去找鸡爪子给她吃啊。"咬咬牙,"我找彭管家想想办法去!"说着冲了出去。

子昭站在一旁,蹙着眉,璟宁忘了和他之间的别扭,嘴一咧,手指着他,指尖颤抖:"你是哪个?"

方琪琪柔声哄道:"那是子昭,他把你抱进来的,我们都犟不过你,德英脸都被你抓破了。"

璟宁哇的一声哭了起来,把脸埋在被子里,呜呜地哭,子昭倒了杯热水递给琪琪,璟宁被琪琪扶了起来,喝了两口水,抬头又看到子昭,哭叫道:"走开,让这只大苍蝇走开!"

她还是认出了他。

子昭只得出去,坐在过道一根凳子上发呆。璟宁时不时就闹着要吐,方刘二人被她折磨得脸都黄了,过了差不多半个小时,琪琪和程远走了出来,琪琪对子昭道:"劳孟大少爷的大驾,帮忙看着那姑奶奶一会儿,我跟程远要去冲个澡。"

子昭点头应了,进去坐到床边沙发上,璟宁呼呼睡着,他探出手,用手指点了点她发烫的小脸,不自禁露出温柔的笑。也不知道坐了多久,困意袭来,他把头靠在沙发上眯了一会儿,迷迷瞪瞪间,恍惚觉得双脚被谁拽住,身体猛地一坠,落在地板上,他大惊之下睁眼,只见自己被人在地上拖着,砰的一声,腿在床腿上重重一磕,而拖着自己的，不是潘璟宁是谁？

她红着脸，气喘吁吁，想来是使着大劲儿，难为一纤纤女子将一个壮实男人拖这么老远。子昭又气又笑："臭小妞儿，我招你惹你啦！"

璟宁舌头都是大的："敢、敢跟本小姐在……在一屋……我……扔了你……大苍蝇……"

"我是为了照顾你！"他坐起身来，试图将她摁在自己脚上的手扒拉开，"老子，老子……"他还没说完，一通粉拳已劈头盖脸打了过来，璟宁怒道："小、小流氓……谁让你灌我喝酒了。"

子昭将胳膊肘挡在脸庞之前，蹙着眉往后躲，试图抓住眼前那双舞来舞去的手，无奈却被她挣脱，真像一只泥鳅。

子昭道："是你这个笨蛋自己闷头喝。哎哎，别打我头！喂！别捶我的腰！喝两杯酒跟得了疯狗病似的！！"他将她推开，连滚带爬站起来。璟宁跌坐在地，试图起身追他，却无奈脑子昏沉，一站起就往前栽，子昭将她扶住，生生挨了她两巴掌，不由大怒，将她双手攥紧让她无法乱动，璟宁挣不脱，把脑袋撞在他胸口，张口欲咬，子昭大叫，她却被他胸前衬衣的衣扣磕着牙了，疼得嘤的一声叫了起来。

子昭又气又笑。她脸儿皱着，嘴皮都磕破了，血丝渗出，又是滑稽又是可怜，他的心有点发麻，像通了电一般，把眼睛移开。她昏昏偏在他怀里，水眸微朦，忽然安静下来，愣愣地瞅着他。

"孟子昭？"

"嗯，是我，清醒些了没？"

她扁了扁小嘴，像想起了什么委屈的事情，伸手指了指自己的眉毛，哽咽道："你嫌它不好看。"

"胡说，全天下就你的眉毛长得最好看。"

"我眼睛胀。"

"闭上眼睛，它就不胀了。"他严肃地说。

她竟然听了他的话，乖乖闭上了眼睛。

他忍住笑，小心翼翼将她轻放在床上，发现自己心跳如鼓。

她细细喘着气，双靥朱红，睫毛轻颤，说不出的娇媚动人，温馨的气息直往他脸上扑，他一颗心怦怦乱跳。

"潘璟宁。"他轻声道,给她顺了顺头发。

她顺势将滚烫的脸蛋儿贴在他手上,沉沉睡了过去。

子昭用另一只手拍拍她的脸:"怎么又睡了?喂,醒醒!你不是要闹吗?索性闹个痛快呀。"

她皱了皱眉,却没有睁开眼睛,不一会儿就呼吸沉沉。

他呆坐在床边。

平日他们都太过骄傲,谁也不愿为对方曲意俯就,从小到大,和她在一起的所有的记忆,全是在吵吵闹闹中度过的。可为什么……为什么此刻自己的手指会情不自禁地带着万般的怜爱,抚过她美好的脸庞,仿佛那是自己最珍贵的东西。

他想将她看得更清楚些,于是俯低了身子,让她带着美酒香气的清甜呼吸再次喷吐在他的脸上,他多希望她能清醒地睁开那双美丽的眼睛,看清楚他的模样。

"宁宁……"他轻声呼唤她,话一出口就愣了愣,原来自己从未这般亲昵地叫过她的名字,当情不自禁说出来的时候,一颗心变得柔软如水。

"宁宁,宁宁……"

他呼唤她,怎么也叫不够。

璟宁睡得很沉,显然没有听到,自然也就不可能回应。子昭只觉得心脏快跳出胸腔,连耳鼓都激荡得发疼。她的呼吸近在咫尺,他低下头,鼓起勇气,在她形状美好的唇上蜻蜓点水般印上一吻。

甜进了心底。这美好的滋味让他惊异,可他却不得不强迫自己停止。其实他不怕这小妞儿闹,不过是想堂堂正正地亲吻她,或许将来能堂堂正正地拥有她。

这是属于他的骄傲,也是他对她的尊重。

夜色流觞,花香似水,子昭缓缓坐直了身子,脑中飞快地掠过一幕幕和她有关的画面。打闹的,争斗的,谈笑的,怄气的,全在记忆中荡漾。他对自己说:够了,孟子昭,别在她面前装得那么满不在乎了,别像个懦夫一样,你爱她,为什么不让她知道?这是事实,即便被她看不起又怎样?

缓缓地,他将手搭在她微凉细滑的秀发上,这痴情的举动让他自个儿也觉得好笑。

然后他听到一声叹息:

"子昭……"

"孟子昭……"她又唤了他一声,略微有些急切。

他急忙答应:"我在这里。"

她却翻了个身,背转过去,显然还在梦中:"讨厌鬼……"

他扑哧一笑,将她蹬脱的薄被给她重新盖好,她忽然抓住他的手,将脸蛋放在上面,喃喃道:"我喜欢你啊……"

轻轻的一句梦呓,是她从未给过他的温柔。夜风吹拂窗帘,窗外一片清明澄澈,天地之间,仿佛只剩下他们二人同在这亦真亦幻的世界。树影绰绰,波浪轻轻拍打着湖岸,夜莺在吟唱着,曲调轻柔,高低抑扬。

子昭看向窗外,觉得天空离自己非常的近,星月的光辉比任何时候见到的都更明亮。

他紧紧握着她的手,轻声说:"我知道。"

〔四〕

一觉起来,天已经大亮,洗漱完下楼,璟宁发现大家看她的眼光有些异样。

程远放下咖啡杯,恨恨地瞪了她一眼,又恨恨地瞪了方琪琪一眼。

方琪琪道:"瞪我做什么?又没有惹你。"

程远道:"你,和你,"她指了指璟宁,"你们欠我两条裙子!"

她只带了两身衣服,一件在车上被琪琪弄脏了,到赵家后换了干净的,然后又被璟宁给弄得更脏,完全不能穿。现在她身上穿的是在车上穿的那条脏裙子。

璟宁有气没力地道:"我什么时候弄脏了你的裙子?"

程远喝了一口咖啡,摇头道:"这丫头酒没醒。"

琪琪细着嗓子叫道:"鸡爪子,五香鸡爪子!"

璟宁越发奇怪:"什么鸡爪子?"

德英给璟宁递去一杯凉水:"她们在逗你玩呢。来,快喝水,吃点东西,有你最爱吃的五香鸡爪子,剪了指甲,很干净的。"

璟宁皱眉撇开脸:"不想吃。"

德英的脸色微微一变:"那喝点白粥。"

璟宁只得坐下,接过他递来的一碗粥,问:"孟子昭那家伙呢?"

隔壁屋子吭哧一声响,像铁盘子和什么撞击的声音,琪琪朝里头指了一指。

璟宁放下了粥碗,好奇地走了过去。

子昭正蹲在靠墙一个壁炉模样的柜子前,身前放着一个大铁桶,一只手往柜子里伸去,像托着什么似的,袖子挽到肘部,过了一会儿将一个托盘取出,托盘里全是水,他将水倒进桶里。

"你在做什么?"璟宁问,她已知道那个壁炉模样的柜子其实是冰柜,潘公馆的餐室里就有一个,连接着地下的冰窖,但这个小楼显然不像是有冰窖的,这种木制冰柜若没有和冰窖连一起,就得不时换冰换水。

他回头,额头上全是汗,衬衣背部也被汗水湿透了,他朝她笑了笑,漂亮的黑眼睛里闪烁的不再是嘲弄和试探的光芒,而是毫不掩饰的柔情:"醒啦?"

璟宁对昨晚发生的一切几乎没什么印象,见他向自己露出这么温柔的笑容,便用一种古怪的眼神瞅着他:"你是在搞什么鬼吗?"

"过来。"他的语气轻柔却不容置疑。

她走过去,他一把将她拉下,让她和他一样蹲着,她闻到一股玫瑰和梅子混合的清凉香味,借着微弱的光,看见冰柜的木架上放着和昨日那个装酒的一样的青花大瓷盆。

"大叫鸡?!"她忍不住道,脑中忽然电光石火般掠过一些昨晚的景象,似真似假,辨不清是梦还是现实,但可以确认的是,自己一定是喝醉了,醉得很厉害。

子昭道:"你先尝一口,再让他们也来尝尝。这是我做的酸梅汤,冰是我一大早去主楼那边取的,怕它们化了,一直在这儿守着换,来回跑。"

"你……"

"别你啊我的,快喝!"他直起身子,从柜台上取了一个碗,给她满满舀了一碗酸梅汤,微笑着递给她,璟宁只觉得清芬扑鼻,端着喝了一口。

"好喝吗？"

她点点头，见他无限温情地看着自己，越发觉得古怪。

他松了口气，擦擦汗，从里面把碗抱出来："我拿去给他们喝。让一下。"他吩咐道。

她便往一旁让了让，脸又红了红，因为她发现自己竟这般自然地听了他的话，她试图把脸板起来，却失败了，她从他清澈的黑眼睛里看到了自己的影子，嘴角是坠入爱河一般的傻笑。他蹲了太久，站起来的时候身子晃了晃，正在傻笑的姑娘提醒他："你小心一点。"

午饭后原路返程回家，在湖上荡舟前往沙湖的小码头时，为了表示对程远的歉意，璟宁拿出她的梳子，给程远梳头发，编她刚学会不久的一种时新的发辫。

风轻吹，知了声从远处的湖岸传来。程远的头发微微有些卷，被打散了披在肩上，璟宁认真地给她梳着，手指轻轻勾起，不听话的头发温顺地被她卷成了波浪形。睡眠不足的琪琪靠在一旁打瞌睡，白色的裙边飘到璟宁身边，和她的蓝裙搭在一起。璟宁的动作很轻柔，程远觉得舒服极了，耷拉着头将眼睛闭上。

两个男人都沉默了。

变化悄然而至。谁也无法窥视的内心世界，忽然之间好像被什么打通了一扇窗户，借以看清那些不可言传的秘密。

子昭一笑："她真像个小妈妈。"声音很轻，如同喃喃自语。

德英脸上终于掠过一抹阴云。

到江边码头，方琪琪问："是不是还那个小货轮？"

子昭道："你们若是嫌不舒服，可以坐大轮渡过去。"

琪琪和程远如遇大赦，连连点头。璟宁道："那我也跟你们坐轮渡去吧。"

德英便去买票，子昭说："不用管我，我坐货轮过江。"

德英奇道："为什么？"

子昭淡淡一笑："那艘小货轮是我爹送我的，虽然旧了些，但昨

240

天是我第一次开船。"

璟宁忍不住看了他一眼，却又飞快地挪开了目光。

德英道："子昭兄，我想跟你坐货轮回去，不知可好？"

子昭道："嘿嘿，你一个人坐的话，我可就不去开船了。才不让你占我便宜。"

说着眨了眨眼，大家知道他在开玩笑，都笑了起来。璟宁见他跋扈之气大减，很是开心。

趁德英去买票，子昭悄悄走到璟宁身边，低声说："后天来我家坐坐，可以吗？"

她点点头，很快便懊恼地想：为什么答应得这么快。

他笑如春风："那就说定了。后天下午。"

子昭带德英进了驾驶室，老船长蓝师傅正在检修设备，嘴里叼着一根叶子烟卷，只回头看了一眼，便继续在机器上敲敲打打，随口问："大少爷一会儿还开船吗？"

子昭笑道："不了，我带这位徐先生到甲板晒太阳去。"

"嗯，晒黑一点好，人看着更踏实。"

"没错。"

德英见这工人跟子昭说话毫无尊卑之分，大是诧异，子昭朝他做了个鬼脸。

蓝师傅检视完毕，伸了个懒腰，子昭将一旁放着的茶缸递给他，他喝了口茶，对子昭道："明天还是老时间，大少爷既然要学，就不能应付。昨天大少爷开得很好，但心还是有点浮。船在江上，稳是第一要义，不过长江的水情变化多端，心性灵敏也很重要。"

"明白。"子昭潇洒地挥了挥手，带着德英上了甲板。

德英问："你在跟着这个师傅学开船？"

"嗯。"

"子昭兄即便要继承孟家的船业，但也没必要连开小货轮都得学吧？"

"以前小时候也常闹着要开船玩，但总是惹我爹骂，说驾船是一件很严肃的事情，不是小孩子的儿戏。现在长大了，觉得有条件参与一些基础的事情总是好的。多懂一点，就能多分些好坏，少被人蒙。"

德英沉吟道："你原来有这么明确的目标。"

子昭笑道："你不也一样。看准了一个目的，所以才进了洋行。洋行的人都很滑头的，真是难为了徐公子。"

德英咬了咬嘴唇："我是真心喜欢她。小时候第一次见到她，我就喜欢上了她。不怕子昭兄笑话，我徐德英这辈子没有别的志向，除了一个——潘璟宁。"

子昭将目光投向船舷之外的江面："你应该知道，感情是要讲两情相悦的。"

"我不在乎。我只想对她好，只想让她快乐。像她这样的女孩子许多人都会喜欢，但是只有我徐德英一人，会把她放在心里最重要的位置。你呢，子昭？"

"我？"子昭蹙眉。

"如果你也喜欢她，我是说如果，你在心里计量过没有，你的家族事业、你的骄傲，还有她，哪个更重要？"德英郑重地问。

子昭转过头来，看着他，认认真真道："徐公子，你有没有发现一个问题？"

德英忙问："什么问题？"

"从头到尾你都在说怎么怎么喜欢她，怎么怎么要为她好，你心里怎么怎么想，但是否考虑过璟宁是怎么想的？"

德英低着头，目光呆呆地盯着甲板上几片破旧的风扇扇叶，子昭加重了语气："你说假如我喜欢她，我告诉你，没有假如，我就是喜欢这丫头，喜欢得要命，而且谁敢跟我抢，谁敢阻止我，不管他是谁，她娘老子也好，她那了不起的哥也好，我拉得下脸跟他拼命！我孟子昭心里重要的东西很多，家族事业、虚荣、财富，包括我的骄傲，都很重要，我不觉得它们跟璟宁有什么冲突。但是有一点我和你不同。我在做无数的怎么怎么之前，有一个前提，就是她愿不愿，喜不喜欢，要不要。她的心愿就是我的前提，也是我的目的。"

德英的嘴角往下一沉，子昭觉得他眼睛都红了，就像小时候自己抢了他的饭碗,他气愤得要命,却还是忍着不哭。但他毕竟已是个成年男人,能在打击面前很快便镇定好心神,用最理性的姿态回应。

德英说:"不管怎样,子昭兄别因为我对璟宁的这片心而对我有什么芥蒂,我们今后,能不能像朋友一样相处?"他抬起头,诚恳地伸出手。

子昭轻轻握了握,说:"没问题。不过……"

德英疑惑地看着他。

子昭做出呕吐的表情:"现在不怕晕船了?"

德英深呼吸了一下:"像你昨天说的,只要一直看着远处应该就没事了。"

空气中有了一定的湿度,天空就不再像往日那样连一丝云影都罕见,花园里植物的经脉大张,将芬芳的气味尽情挥发了出来,鸟儿越发叫得响了,它们是从暮春就开始唱起歌来的,"滴——滴哩,滴——滴哩……"第一个音略长,尾音的调稍微往下压了压,轻灵婉转,璟宁不知道那是一种什么鸟,杜鹃吗?好像不是,它的歌声没有杜鹃的鸣唱那么凄婉,自然也不是夜莺,因为夜莺只出现在夜晚。此刻正在唱歌的鸟儿,是属于春天和夏天这种湿润、热情的季节,是属于洋水仙、玫瑰花、金银花和栀子花的。

是属于爱情的。

璟宁从沉思中惊醒。

窗户大敞着,微风沉闷地吹过来,她看到楼下的草丛中,野生的茴香和广藿香耷拉着叶子,地面的热气向上蒸腾,喷泉边的玫瑰花蔫蔫的,但缠绕在长廊上的玫瑰花因为背阴,显得极为茂盛和鲜艳,红色,白色,粉色,甚至还有灰紫色,一丛丛、一簇簇……它们香气飘动的时候,天地之间都好像没有声音。

"这条裙子没见你穿过。"云氏走进了她的房间,打量着她的装扮。

"好看吗?"璟宁从窗前走过来,在母亲面前轻轻旋转了一下,裙摆轻轻展开,如一朵轻柔的水浪。

这是一条浅灰色的西式裙装,没有袖子,手肘全部暴露在外面,即便是在讲究新潮的汉口,这式样也是有一点夸张的。尽管如此,却不可否认它是一条美极了的裙子。柔细的薄纱和层叠的雪纺绸搭配出丰盈适度的线条，在髋部以上的部分由更浅的灰色丝绸做成一条腰带，紧贴纤细的腰身，腰带上用浅浅的紫红色丝线绣出玫瑰的藤蔓和小小的花苞，浅粉、灰色、粉紫，全是低调的颜色，它们的低调衬出她鲜妍的青春和美丽。

璟宁已经二十岁了，正处在最炫丽的年华，身材发育成熟，甚至已经带着一点性感，她穿着两英寸高的灰色高跟鞋，露出一双匀称白皙的小腿和秀丽的脚踝。她很会梳头，将蓬松、具有美好光泽的头发用银色细链轻轻挽起，余下一部分轻盈地垂在肩头，露出了修长的脖子和一小截雪白的后颈皮肤。领不高，能看到她漂亮的锁骨。汉口的姑娘，几乎都有着丰盈的胸部，璟宁也不例外，她继承了父亲脸部鲜明的轮廓，更继承了母亲姣好的皮肤和高挑婀娜的身材。

云氏满意地看着女儿。

"是什么时候买的？真好看。"

"大哥哥给买的。"璟宁掀起裙子，一手搭在母亲肩头，一手将腿上透明的丝袜紧了紧，"我以为妈妈知道。"

云氏的眼色少了几分温度："他怎么清楚你衣服尺寸？"

璟宁笑道："随便问一下平时给我做衣服的裁缝不就知道了？这还用得着奇怪。他是大哥哥嘛！"

"你现在都这么大了，还是跟他保持点距离。毕竟他和阿暄不一样，阿暄才是你最亲的兄长。"

"在我心中是一样的。妈妈，"璟宁想了想，坐到母亲身边，"大哥哥为了我们这么努力争气，你能像以前一样对他好一点，多喜欢一点他吗？就多念念他的好处嘛。"

"我倒真想念他的好……"云氏冷冷一笑，但很快刹住了话头，"怎么还不走，和孟家约的几点？"

"还来得及。"璟宁看了看表，抿嘴一笑，"妈妈，你觉得我身上还差些什么吗？"

云氏上下打量她一番："少了件首饰。耳环不戴可以，但脖子上不能没东西。你的项链呢？"

璟宁拉开抽屉，取出装项链的首饰盒，云氏过去帮她挑了挑，心念一动，拿起她十三岁生日时银川和璟暄给她订做的那条金玫瑰细链，道："既然穿着你大哥哥送的衣服，不妨也配上他给你的这条项链吧。"

这条项链璟宁很少佩戴，是因为心里有着那段伤心失悔的记忆，随着时间的流逝，伤痛已经渐渐淡去了，但每次看到它，璟宁的心里总有些异样的感觉，说不上是什么。

但此刻，母亲将项链在她脖子上比画了一下，淡淡的金色已经变得柔润，玫瑰花小巧玲珑，花瓣卷曲，和她身着的这条浅灰色裙子简直是绝妙的搭配。她忍不住动心，于是由着母亲将项链给她戴上，高高兴兴地下楼去了。

陈伯亲自从花房将孟夫人心爱的热带兰花搬到客厅，子昭在一边看，笑道："瞻瞻毛手毛脚的，小心他把花儿摘了送给他潘姐姐戴。"

孟夫人斜睨儿子一眼："若真给她戴，我也舍得，但就得你来摘才行。瞻瞻敢碰这花儿一下，叫你爹打断他的手。"

子瞻正拍着小皮球，听母亲这么说，撅起小嘴道："我又没做错事，凭什么打我！"

"到外头玩去，别蹭着厅里的东西。"

"外面热。"

"那就别玩了，该睡午觉了。"

"璟宁姐姐好久都没来了，我也要陪她坐坐。"子瞻抗议。

孟夫人笑道："来，我给你擦擦汗。"子瞻走到母亲那儿去，孟夫人用手绢给他擦着脖子，抬头看了看大儿子，子昭正帮陈伯挪动一盆普通的羊齿，孟夫人满意地在儿子脸上看到了一种沉稳安静的气质。

汽车喇叭声在公馆外响起，陈伯笑道："来了。"

子昭忙将挽起的衣袖放下，整了整衣服，子瞻像一只小兔子一样蹿了出去，不一会儿携着璟宁的手走进来。

"伯母。"璟宁甜甜地问候。

孟夫人感叹道："宁宁真是好漂亮。"

璟宁不好意思地垂首，拍了拍子瞻微微汗湿的小脑袋，子瞻仰望着她，眨巴着大眼睛，璟宁觉得这孩子的神气跟子昭小时候一模一样，忍不住想笑。

子瞻道："璟宁姐姐，你好久不来家里玩，答应送我的陀螺也不给我。你就只来看哥哥，哥哥在家，你才过来。你和妈妈一样偏心！"

璟宁将手里的提包递给他："你瞧瞧里头是什么。"

子瞻正待行动，被孟夫人一把提着小耳朵抓到了一边："不讲规矩的小子，璟宁，别理他，快过去坐，陈伯，给潘小姐把冻西瓜端上来。"

子瞻跺脚道："是姐姐让我打开的，是姐姐让我打开的！"

子昭笑起来，璟宁瞟了他一眼，轻声道："你小时候就是这样。"

子昭反驳："你也差不多。"

"我是在夸你呢。"

"我也是啊。"

璟宁从包里拿出四个彩色的小陀螺交给子瞻，陀螺的身上和顶部都彩绘着不同的图案，有的是一圈一圈简单纹络，有的则是细腻如发丝一般的花瓣形图案，鲜艳可爱，子瞻欢声叫了一下，噔噔噔跑上楼去找鞭子。

一个下人捧着一盆兰草进来，孟夫人奇道："不是都摆完了吗？"

那下人道："潘小姐带来的。"

孟夫人眼中闪出欣喜的光芒："哎呀，宁宁这么客气做什么。"

子昭走过去接，抱过来放到母亲身前的茶几上，轻轻吹了吹纤细花枝，兰枝款动，根部的泥土覆满湿润饱满的苔藓，散发一种说不出的清俊气韵。他虽不懂兰花，但母亲却是养兰的高手，宋梅是春兰四大天王之首，家里兰圃中也有两三株，他一见便认了出来，却笑道："青蒜？再长粗点连炒腊肉吃都不行了。"一边说一边坐到璟宁身边，动作甚是亲昵，璟宁脸上微微发热，没理他。

孟夫人从璟宁身后将手绕过去，拍了下儿子的后脑勺："胡说八道的小子，起来。"

"我歇一会儿。"

孟夫人正色道："起来，抱到花房里去，那里温度低，这花受不得热。"

子昭重又将花抱起，嘴里却抱怨着："忙乎来忙乎去，从早上到现在都没歇着！"

这话其实是故意说给她听的，璟宁乌黑的眼睛闪闪地看着他，神态极是温柔，子昭嘴唇动了动，却不知该说什么，默默地把兰花抱去花房。

"以后不要这么客气了。"孟夫人对璟宁道。

璟宁笑道："洋行有个老经理给大班送礼，是些家具和花草，英国人分了几盆花给我父亲，其中就有这株宋梅，父亲又给了我。我家没人懂得侍候这种娇贵的花，伯母是行家，我便一直寻思着把它带过来由您来照顾，还得辛苦伯母了。"

孟夫人含笑点头："谢谢你，我很喜欢。"

璟宁凝视孟夫人，见她淡泊娴媚，秀雅的容颜有一股清幽之气，恰如兰花绝俗于凡尘，不自禁道："伯母，您种兰花，人也像兰花。"

孟夫人温然一笑："傻孩子，我可当不起。我虽爱兰草的清净高雅，但我自己却是耐不住寂寞的人，既要盛景，更喜欢热闹，大俗人一个。"

"您要是大俗人的话，那我就是动物园的小猴子了。"

陈伯将冻水果端来，子昭也回来了，端来一碟刚刚烤好的蛋糕，栗子粉呈旋涡状轻轻覆在上面，宛如初雪，四角是连珠花纹的小糖珠。他半蹲在茶几上，给璟宁和母亲一人切了一小块，自己坐在一边喝茶。

璟宁记得第一次来的时候，他还是个眼睛骨碌碌乱转、满脑子打着鬼主意的淘气鬼，可现在已经是个高大挺拔、相貌堂堂的男人。时光就是这样漫漫地流淌而过，她觉得与他相识了很久很久，仿佛前世便认得，对他容貌所有的变化，竟有种熟识的预期。

子瞻在楼上玩陀螺，楼梯间传来他挥舞小皮鞭的声音，陀螺在柚木地板上嗡嗡转着，孟夫人起身道："我去叫瞻瞻睡觉，你们坐，我也得去睡一会儿，要不晚上没精神。璟宁，留下吃晚饭啊，你伯伯今晚也回来的。"

璟宁忙站起来，微微一躬身："伯母好好休息。"

子瞻见母亲上楼，将鞭子一扔便往楼下蹿："我还没吃蛋糕哩！"

"就知道吃，耗子来咬你的嘴！"孟夫人连拖带抱地把弄走，只听得瞻瞻委屈的叫嚷声不住传来。

璟宁忍俊不禁,一转头,见子昭目不转睛看着自己。

"你……"

"你……"

"你先说。"

"你先说。"

他们都笑起来。她有点不自在,端起茶杯,假装喝茶。

他说:"我们去看相片吧。"说着站起来。

"好。"她松了口长气,觉得无比轻松,总算能让这该死的窘劲缓和一下。可四处瞧了瞧,没有下人,陈伯也不知到哪儿去了,她和他算是单独在一块儿呢,这……

他将她从沙发上拉起来:"以前没见你这么害羞,扭扭捏捏的,又没有怪物吃了你。"

火热的手掌紧紧攥着她的手,她从未与他这么亲近过,只觉得浑身都发烫,想挣脱,却又没有了力气,只凶凶地说了一句:"你就是个怪物!"

他哈哈一笑:"你凶起来很好看,知不知道?"

"我不知道!"她瞪着他,却还是由着他将她拽上了楼。

〔五〕

她警觉地坐在一张椅子上,希望他在身边,又希望他走开。

空气是寂静柔软的,房间里没有冷气机,窗户开着,紧贴一片浓荫,蝉声如雷,蜻蜓翩飞,也许真的要下雨了,榕树摆动着枝条,却没有风吹来。屋子里并不算太热,天花板上的电扇旋转着,风是从那里来的吧,她的头发轻轻飘动,裙角也在动。

以前送给他的小玩意儿,全都放在这间卧室里,那几颗木头小花生被一个小碟子盛着放置在书桌上,另有一盘碧绿的莲蓬,她睁大眼睛瞧了瞧,是真的莲蓬。一只小小的牛角梳,搁在一个紫檀笔筒的旁边,璟宁不记得送过他这把梳子,但一眼就认出这小梳子确实是自己以前在循礼门的市集上淘来的,买了三把,高价转卖给了三个女同学。她想起来了,绝对没有送给他!便指着梳子道:"你从谁那儿搞来的梳子?"

他正在书桌下的柜子里翻找着相簿,没抬头。"不告诉你。"抱着一本沉沉的相簿走过来,坐到她身边。

她故意往旁边让了让,要和他保持距离。

他翻开相簿,指着一张相片道:"你瞧,你小时候眉毛就是很淡!"

她过去一把抢过相簿,不服气道:"是你眼睛没长好!"

"你自己看。"

"我口渴了,想喝冰水。蛋糕没吃完,去给我拿上来。"她颐指气使地吩咐。

他下去给她拿,上来的时候,见相簿放在椅子上,她人却站在书桌前,微微俯着身子不知道在做什么,听到响动她惊慌转身,像一只看到猎人的小动物,大眼睛里闪动着怯意。

"偷吃莲子?"他将托盘放在茶几上,微微一笑。

"没有!"她瞪了他一眼,手放在身后。

子昭不屑道:"瞧瞧,壳都落桌上了。"

她转过脑袋过去瞧,子昭突然一伸胳膊,将她手中的相片抢了过去,哈哈一笑:"偷我照片?"

璟宁扑过去夺,子昭一面躲一面笑:"我看看。"

"还给我!"璟宁脸涨得通红,跺脚道,"孟子昭,你要胆敢看了,我一辈子都不理你!一辈子都讨厌你!"

子昭扑哧一笑:"才不信呢。"低头一瞧,却猛地一怔。是他们在一次劳动课后与老师的合影,她站在他身旁,笑靥如花,柳眉杏眼。她小时候眉毛确实生得淡,像两缕轻烟,衬着晶莹的肤色,是很娇气的小模样。但那次他在德英面前嘲笑过她这一点,她听到了,记住了,或许也伤心了。刚才自己可能又刺激了她,于是她支开他在相片上做了小小的修改——用铅笔在眉毛那儿涂了一涂,可惜铅笔太硬,眉毛是涂黑了,相纸上却有了两道深深的沟痕。

"孟子昭,我恨你!"璟宁大窘,语声里已带哭音,见他立在那儿似笑非笑,只觉得万分羞辱,转身就走。他将她拽住:"别走!"

"放开!"

她的眼泪滚了下来，烫到了他的手背，他愈加用力拉着她，手一收，将她拥入怀中，柔声道："宁宁，对不起。"

她用力挣扎，挣不脱，便挥着拳头打他，他任她打了一会儿，不满道："把我打跑了，没人给你画眉毛了。"

璟宁又是气又是羞，哭了出来，他生怕被家人听见，忙伸手捂她的嘴，她张口就咬，他索性先下手为强，吻在她唇上，凶狠地攫取她的温软与芬芳。她完全没有料到会发展成这样，整个人都软了，眼睛瞪得溜圆。他搂得那么紧，让她骨骼都发疼，所有的泪水都似乎被这一吻给逼了回去，而他愈发用力，无尽缠绵，这样的甜蜜，他念了太久期盼了太久，怎可能轻易放过。

他把她的脸压得低下去，裹住她稚气的嘴唇，描摹那美好的曲线，她觉得自己整个人都被他吸了过去，简直心惊肉跳，却又不知不觉搂住他的脖子，将颤抖的手指放入他的头发中。他叹息了一声，滚烫的唇移到她光洁如玉的面颊上、覆盖在那双可爱的眉毛上，然后再次盖住她的樱唇，贪婪地酣尝。

"我是认真的，"过了许久，他在她耳边轻声说，灼热的呼吸烫着她的脸颊，"我要给你画眉毛，画一辈子。"

她呆住。

他突然放开了她，单膝跪下，带着她从未在他脸上看到过的郑重表情："我爱你，潘璟宁，从小到大我一直都爱着你。你愿不愿意嫁给我？"

"可是……你，你……"她脸颊滚烫，忽然恨恨地说，"你总惹我生气！讨厌鬼！"

他不耐烦地翻了个白眼，露出她熟悉的、曾经很讨厌如今看来却很可爱的笑："你不是挺喜欢我惹你生气的吗？"

"你这讨厌……"

没说完，因为他手一伸，让她再次摔到他怀中："反正我管不了那么多，你再讨厌也只得嫁我。"

她忽然在他颈侧狠咬一口以示报复，他拧了拧她纤细的腰，恨声道："坏小妞儿！"她假意挣了两下，却最终将滚烫的脸蛋儿埋入他怀中。

"喂，你还没说愿不愿意呢？说啊，快说啊！"他不依不饶。

她仰面看着他，眉眼弯成了月牙："愿意。"

他忽然吐出一口长气，不知为何眼睛一热，竟有了流泪的冲动，连忙将她的头摁往胸前不让她看见，紧紧拥抱着她，听到两颗心怦怦跳着，如有共振。她本来就有褶皱的纱裙因拥抱变得更皱了，她屡次伸手将裙子拉好，他却抓住她的手不让她乱动，因而她便乖乖不动了，温顺地伏在他怀里。

噗，噗噗……

一只小皮球滚了过来。

他们缩在地板上，靠在床边蜷坐着，那只皮球滚到了子昭的脚边。

子昭抬头，见子瞻张着嘴站在门口，漆黑的大眼睛呆呆地看着他们。

子昭恶狠狠地指了指外头，子瞻恍然大悟地点了点头，一步步退了出去，给他们把门带上了。

"什么声音？"她娇声轻问。

"风把门吹来关上了。"他飞快捡起皮球，将它塞到枕头下。

"胡说。"她额头已经有了汗，略挣开了一点，探着脖子看了看窗外，他的唇却落在她的后颈。

"别这样。"她简直招架不住，试图站起，他却收紧了怀抱，手指狡猾地撩开她轻柔的裙裾，火热的手掌贴在她的腿上，慢慢往上，到了她赤裸滑腻的腰间，她推了推他，他的另一只手却撩开了她本来就不高的领口，俯下头，吻她蝉翼一般舒展的锁骨和光滑如绸的肩膀，她的身体像一朵温热的花，莹润洁白，金色项链下是丰盈的沟壑，子昭喉结滚动，似有一条蛇缠住了意志并最终将它缠碎，他抬起手，不耐烦地将她裙子的领子往下一掀。

璟宁目眩耳鸣，颤声道："孟子昭，你敢……不尊重我……"

如遭了一记闷棍，他的动作艰难停下，像个做错了事的孩子一样，移开几寸，抬起脸，用忏悔的眼神可怜兮兮看着她。她颤抖着整理衣裙，他伸手帮她，轻声说："对不起……我没忍住。"

她一声不吭，咬着红红的嘴唇，他的指腹滑过她绯红的脸颊和湿润的眼眶，心中充溢着爱怜和愧疚："以后再不会这么混账了，宁宁，别生气。"

她抽了抽鼻子："我要回家去。"

"说了在我家吃晚饭的。"

"就是要回家！"她站了起来，发现裙子皱得不像话，让人看见怎么想，羞窘不已，耳根子都红了。他只好说："我送你回去。"

"嗯。"

"送你一样东西。"他在枕头下翻了翻，皮球滚了出来。这不是子瞻的皮球吗？怎么会在他枕头下？她大感不解。

他掏出一个小盒子递给了她："买了有一阵子了。"

一道幽蓝跃入她眼中。那是一颗蓝宝石，不是很大，约四克拉大小，像极了翠雀花的颜色，明亮的深蓝，似碧蓝的海水在海天相接之处渐变了颜色，清澈幽渺。

"这是矢车菊的颜色，我想你也许会喜欢这种纯粹的蓝，不掺一点杂质的纯洁颜色。"

"Cornflower。"她轻声说，"我在童话书里读到过，但是从来没有见过。"

"形状像一种小小的绒球菊，但是是蓝色的，我学校的花园里就种着一大片，开花的时候，蓝得就像眼前出现了一片碧海。德国人好像很喜欢这种花。"

她无比向往地叹息了一声。

"不知道你手指的尺寸，所以没有办法做戒指，你先收着，这两天我会跟父母商量，定好了日子就去你家提亲。然后我们一起去珠宝店订做戒指，你说好不好？"他将她垂在额头上的一绺头发往后顺了顺，温柔地问。

那种歌声悠扬的小鸟又在唱歌了，璟宁微微偏着脑袋，似在听，又似沉浸在一种美好的遐思里。

子昭微笑着等她回答。

她的大眼睛一眨一眨的："好吧。"

他一把将她横抱起来,她大惊失色,抓住他的肩膀:"你要干什么!"

"抱你下楼!哈哈。"

"放我下来,坏蛋。让人看到多不好。"

"怕什么,以后他们都是你的家人。"他不管不顾,抱着她走过去,打开门,再走出了房间。

璟宁浑身都在颤,吓得脸都白了,但等到了外头,却一个佣人也没见着,子瞻和孟夫人也不在外头,便略放心了一点,恶狠狠地道:"孟子昭,你今天很过分,我记下账了。"

"少来,你还欠我万儿八千呢。"

"讨厌,真是的,求你了,宝贝,放我下来。"她只有求饶了。

他被这一声宝贝叫酥了,果然将她放了下来,携着她的手,一边走一边道:"宁宁,你喜欢我哪一点?"

"不知道。"她直率地说,"你呢?"

"其实我也不知道。但我很小的时候就曾有个奇怪的念头……"

她好奇地瞅着他,等着下文。

子昭很认真地道:"有一次在学校,我很困,突然想要是在家里就好了,这边是书桌,旁边就是床,困了就睡一觉。"

"讨厌鬼,这和我有什么关系!"

"你听我说完嘛。我那时候想,要是潘璟宁这个小丫头跟我一起睡午觉该多好啊,我把手放在她的小肩膀上,摸她的头发。多好。"

她捶了他一下:"小流氓!原来你那时候就很流氓了。"

"累的时候能睡一觉,身边有爱的人,这不是最幸福的事情吗?"他凝视着她,脸上是再认真不过的表情。

她唇际微笑甜甜,以作回应。

当这对小情侣走出院子的时候,二楼一间卧室门轻轻推开了,一个小脑袋探出来瞅了瞅。

"妈妈,哥哥姐姐走了。"子瞻向母亲汇报。

孟夫人不慌不忙地送了一小块蛋糕在嘴里,眯着眼睛品了品,向儿子招招手:"你嘴边上有奶油,妈妈给你擦擦。"

子瞻过去，好奇地问："璟宁姐姐是不是很快就会给我生个小外甥了？我可以当舅舅啦？"

"没那么快。"

"可我看到哥哥亲她的嘴啦，咦呃，亲得好用力的样子，璟宁姐姐都缩成一团啦。有一次我问哥哥，我是怎么来的，哥哥说爹爹和妈妈亲了嘴，然后我就生出来了。妈妈，难道不是这样吗？"

孟夫人噗的一声被一口蛋糕呛住，直咳得满头大汗，狠狠敲了敲瞻瞻的小脑瓜，恨声道："听你哥哥瞎胡说！小小年纪，脑子里都想些什么！以后再说这样的流氓话，瞧我不打烂你屁股。快，把你的陀螺上交，不许玩了！"

子瞻无比委屈地看着母亲，往后退了两步。

孟夫人喝了一口水，润了润嗓子："不过呀，瞻瞻，你哥哥讨老婆的本事，以后要好好跟他学。子昭这小子，嗯，真是利落啊。"

子瞻茫然地点了点头。

云升见子昭和璟宁一起进来，一时没反应过来，但很快就露出欢迎的笑意。

"孟少爷，真是稀客啊。"他从子昭手中接过璟宁的手提包，又意味深长地道，"我家少爷刚回来，您进来坐坐。"

璟宁忙向起居室的方向瞟了一眼，不知为什么竟有点畏惧，对子昭道："要不你先回家吧。"

子昭有点不高兴："我见不得人啊？"

云升不由看了子昭一眼。子昭见璟宁僵僵的，知她不好意思，便道："那我先走了，过两天再来。"

璟宁脉脉地看着他，点了点头。子昭温柔一笑，转身离去。

璟宁蹑手蹑脚朝楼上走，上了七八步台阶，听到身后的脚步声，立刻扶着栏杆，竟没敢再往上动一步。

银川上着台阶，步履一如既往从容，走到她身边，他定住了脚步，淡淡笑了笑："怎么不上去了？"

她便往上继续走，忽然胳膊一疼，是他抓住了她。

坏事了。

他的手是冰凉的，他看着她，带着一种令她费解的表情，目光是那样的深，就好像要将她吞没一般。然后他放开了她，面无表情地上楼了。

璟宁逃命似的奔回自己房间，手忙脚乱将皱巴巴的裙子脱了，满心流窜一种说不出的别扭，摘项链的时候她看到从脖子到胸口有几块浅红色的痕迹，不由得目瞪口呆。

"大哥哥肯定看到了。"她羞赧地想，"真是丢人。"

但他总归会知道的。家里所有的人，全都会知道她和子昭的关系。她已经不小了，会结婚生子，会和所有的女人一样拥有自己的家庭。

"看到就看到了吧。"

索性将心一横。

对他的畏惧是出于敬爱，但如果自己能幸福，大哥一定也会为她高兴。适才的慌张是因为自己的隐私被敬畏的亲人看到，难免羞窘，恐惧一旦退去，喜悦便重新占了上风。

她怔怔立在浴室的镜前看着肌肤上的印记，被爱人的吻点燃的热，尚留余温。

汗，像蛇一样在皮肤上滑行，窗帘间隙透出的日光，折射在书桌的一盏琉璃台灯上，光线瑰丽诡异。他面上覆上了一层半透明的阴影。

房间光线昏暗，因为会西晒，所以他吩咐佣人一到下午便将窗帘全部拉上。屋子里又闷又热，他只站了一会儿，衣服就被汗水湿透。

那条裙子，是他送给她的，那根项链，也是他一笔一画画的图样。

银川摁了下胸口，那里有一点轻微的刺痛，像扎进了一根细弱的鱼骨，他借着微光走到窗前，唰的一声拉开了窗帘，浓重的雨云正在天空吞吐积聚。

他嗅到风暴的气息。

第十一章
焰心

〔一〕

雨只下了一会儿,就像天上挂着一块磁石,将雨水重又吸了上去。

云氏看了一眼窗外,道:"就怕这种攒着不下的雨,倒像去年发大水之前的天气。"

盛棠的脸垮了下来:"十句话里有九句都是晦气话,也不知云家当年究竟是如何教养你这个千金小姐。好好吃着饭,偏要倒人胃口。"

此话甚重,当着三个孩子的面,云氏十分难堪,当下便默不作声。她说的去年,是1931年。

去年夏天,洪水自江汉关溢入城区,江城巨浸,汉口陆沉,水位达江汉关建关以来水标的最高纪录,市内水深近丈余,武汉三镇没于水中过月余。民房浸塌,瓦砾遍野,电线中断,商业停顿。两千多只船艇在市区游弋如鱼虾,数十万难民流离失所,或露宿高地和铁道,或困居于楼房屋顶。白天暑热似火,街道积水漂浮着人畜尸体,夜晚蚊蝇鼠蚁与人争地。后来,不少人死于灾后的瘟疫。

这是汉口人谈之色变的灭顶之灾。

盛棠捂着脸大声咳嗽,前胸抽搐。银川抬头,目光淡而薄,云氏看着丈夫,不敢再出一言,璟宁和璟暄也轻轻放下了筷子。

盛棠咳嗽的时候不许人触碰，听不得人声及噪音。于是整个餐厅里声响俱无，只余下这沙哑、细碎、忽强忽弱、撕肝裂肺的咳喘，约五分钟后渐渐平息。

众人刚暗中松了口气，盛棠却将手一挥，身前碗碟被横扫在地，一片狼藉。

他的眼睛因咳嗽变得血红，脸色青白，是身体不济的证明，他抬起手，虚指着前方，不像单指某人，又像指着所有人。

"这汉口，有的洋人盼我死，是因为我给他们办事，名义是他们的奴才，挣的钱却比他们多。有的中国人盼我死，是因为我仗着洋行撑腰，聚福夺财，让他们无钱可挣，要挣钱就得仰我鼻息。明抢，暗杀，哪一件真能把我搞死？潘家从十三行起家，百来年的基业，又哪是几个虾兵蟹将使点妖孽手段就能弄散的？所以你们不要这样看着我，就好像我咳一声，喘一下，一眨眼的工夫就会死似的。我好好的在这里，别给我使这些我看不惯的眼色。"

他的目光在每个人脸上扫了一扫，落到银川脸上，银川一直静静地坐着，一动不动。

盛棠的目光却变得稍微柔和了一点。

他的病是在水灾发生时加重的。

始料未及的灾难摧毁人的方式有一种近乎冷酷的公平。不论是贫穷还是富有，谁都无法逃避它的冲击。这场大水让有的人因而失去了家园，失去了财富，失去了性命。也让有些人的命运和事业发生了转机。

大水刚漫进江汉关，因当时通讯线路尚未中断，一切如旧，众人都以为有江堤的保护，当不会有性命之虞。届时只有璟宁在武昌的学校，有高地庇护，暂时安全。家中其余诸人均躲到了二楼。

潘公馆地处的位置地势较低，水最大的时候，漫入门厅有两尺深。到了晚间，汉口全城停电，只余风雷震动。雨一直不停，连夜连晚地下。盛棠半夜如厕摔倒，胳膊被淋浴的水龙头划伤，血流不止，虽然云氏给他简单处理了一下伤口，但到凌晨五点时依旧发起了低烧。自那年险些遇刺，盛棠变得暴躁易怒，尤为惜命，怕得了破伤风，当下便要求去医院。

离潘公馆最近的医院是同仁医院,盛棠便说去同仁。

怎么去?

城区一片汪洋,租界尤甚,加上外面雷电交加下着暴雨,连光亮都没有,这么出去,保不定会遇到更危险的意外。

没有人应声。

璟暄不敢。云氏更不敢。

连佣人们也不敢,纷纷相劝老爷,等天亮水退了再去。盛棠勃然大怒,气得几近昏厥。

最后,还是银川开口道:"父亲,我背你去。"

那个夜晚,回想起来如同噩梦一般。高大的树木狰狞地怒号,雨水夹着细碎的冰雹从天上瓢泼而下,曾经平坦干净被无数优雅的人们经过的美丽街道,变成一条条阴森可怖的暗河。

盛棠被银川背着,身上裹着毫不管用的雨衣,打着寒战。云升提着煤油灯在前面帮他们探着路,不时大声提醒。银川一路默不作声,盛棠能感觉到他的恐惧。他们无从分辨从身边掠过的那些或柔软、或坚硬的物体究竟是树枝还是死人,只是这一条路仿佛没有尽头,这个地狱只剩下他们三个活物。

银川大口地呼吸着,有时将盛棠的腿向上一抬,让他能少浸一点在水中,这意味着他将使出更大的力气。

涉水近半个小时,才到了德明饭店前,死寂一片,二楼透出烛火的光亮,一楼大门紧闭,门阶旁原本有一个白色少女雕像,在黑夜中像一团白色鬼影,离得近时能看到这个雕像是倾斜的,倒靠在门柱上,那个欧洲人轮廓的少女像面部已经毁坏。

强风将雨水吹得几乎与地面平行,水浪一次次冲击他们的背部,这让人头晕目眩,也让人疯狂绝望。在风声、雷声和雨声中还有一种声音,是嘎嘎的挤压声,稀落的垮塌声……女人啼哭,婴儿的号叫,野狗的哀鸣,在空中飘飘荡荡地回旋。

他们都小看了洪水强大的破坏力。

盛棠开始后悔,他不该执拗地在深夜涉水出来。

这是在玩命。一切都发生得太快了,却又缓慢得令人骇然。什么时候才能到医院？盛棠从未尝到过如此寒冷的滋味。他觉得全身麻痹，无法动弹，令人反胃的水浪让他呕吐不止。他认为自己可能会死在这条路上，假如背着他的这个年轻人将他抛在这儿的话。

心中升腾起恐惧，让他所有的注意力，全集中在了银川身上。

这个年轻人在发抖，牙齿打战，不知是因为寒冷还是因为别的。

"他可以随时扔掉我。"盛棠想，颤抖的手摸到衬衣口袋，那里有一支钢笔，是他用了许多年的钢笔。拇指和食指轻轻一旋，笔盖松开，一旦捕捉到自己将要被丢下的迹象，盛棠会立刻用它刺破这个年轻人的喉咙。

"父亲，趴稳了。"银川大声喊道，将他又抬了抬，"我们快到了！"

盛棠的手猛地一松，竟有种想哭的冲动，笔被一个水浪冲离了手，不知道飘到哪里去了。

医院乱成一团，挤满了病人和难民。幸运的是，院长藤田在那里，让盛棠得到了及时的救治，尽管如此，盛棠肺部依旧因此留下极大的损伤。

除了云升和几个小女仆，潘家所有的下人都被辞退，换了一拨新人。盛棠对云氏的态度更加恶劣，云秀成因借着姻亲关系暂时依附着银川，没有受到什么影响，但云家人在潘盛棠心中的地位已一落千丈。

盛棠出院后给璟暄定了门亲，对象是邵慈恩的四女儿。邵四小姐的名字里虽有个"英"字，人却是弱柳纤纤，由姑母陪着在南法疗养。云氏自然替璟暄觉得不值，拖延了一段时间，哪里拧得过盛棠的坚决："潘家不养闲人。"言外之意即璟暄的用处就是和邵家联姻。璟暄和英兰也是自小认识，且邵慈恩也对他不错，很有帮携的意思，璟暄也开始接触些洋行的生意，负责几个货栈的进出口，经验毕竟不够，人又沉不住气，被人在账目上做了手脚，差点捅了大娄子。盛棠不太在洋行，彼时银川又去了南亚出差，邵慈恩见璟暄着慌，掏钱帮他补了缺。璟暄欠邵家人情，对这门婚事并不排斥。

盛棠的脾气变得很古怪，时不时就会发火，听不得大声响。只要他在家，璟宁连钢琴都不敢弹。

汉口1931年的洪灾，使潘家发生巨大的改变，也让银川在洋行和家族事业的舞台上开始扮演真正的主角，1931年秋末，他被破格提拔为普惠洋行的副总办。

〔二〕

盛棠的怒气，并非毫无来由。

六十多年前，长江的航道上还只有宝顺与怡和两家洋行称霸，因欧洲爆发金融危机，美国的旗昌洋行借宝顺洋行拆股之际，大肆收购股份，最终获得了宝顺全数航运业务，英国和美国占据了中国的内河航运事业多年。直到洋务大臣李鸿章成立了轮船招商局，挖了怡和洋行的墙角，将其买办唐廷枢聘为总办，又陆续将大买办徐润、郑观应等人收入旗下，在长江上和洋人打了一场商战，这一场商战甚至影响了中国的历史。

曾有一度，数家洋行为了打垮招商局，将运费降到了最低，甚至是成本的一成，当时李鸿章的得力助手盛宣怀以一己之力，利用政府的压力，集合众多买办商人的智慧，硬是将对手逼得无路可走，被迫签订了齐价协议。太古洋行的股价大跌，从一百两跌到了五十六两。旗昌洋行被最终击溃，将公司拱手卖给了轮船招商局。这在屡战屡败的清朝算得上一场扬眉吐气的胜利，中国人夺回了长江航运的失地。

中方的参与者之一，大钧船业的创始人、孟道群的父亲孟淮清是其中的骨干。因其精明能干，得到盛宣怀的重用。尽管他最终撤股抽身开始自营船业，但谁都知道，汉口的孟家和经营航运的洋人们是有宿怨的。

现在，老牌洋行再一次联合降低运价，是打算挤垮几家新兴的中国民营航运企业，包括川江上风头正茂的民生轮船公司。知会大钧，原是一个示好的态度。中国人和洋人在长江的航运上打了几十年的仗，利字当头，强强联手共同赚钱才是明智之举。

孰料大钧毫不领情，以强硬的姿态与之抗衡。将目光放远，盛棠并不着急。他知道中国商人的士大夫气迟早会败给白花花的银钱，也会被腐败的政治消磨干净，但轮船招商局原本保持着观望的态度，却在今天也给出了明确的回应：不降价。

潘盛棠这几日的奔波全部白费。

除了极重要的事情,他一般轻易不会离开家门。盛棠不否认自己怕死,他越来越怕死。但他的精力在生意面前永远都保持旺盛,哪怕在病榻上也能清醒地接收各种商业的讯息。他的卧房和办公室一样布置,办公室有的,卧室里全有,床头柜放着几台电话机,其中一部专线,用来了解国际汇率的变化。这一次,他少有地连着三天都在外头,从汉口到汉阳,从汉阳回汉口,一家洋行一家洋行地跑,和不同的人应酬。

他亲自组了饭局,所有与航运相关的重要人物都出席了,孟道群亦不例外。饭后他单独找孟道群谈了谈,很有诚意地将合作后会得到的利益说了个清楚,不仅如此,他还提出假如大钧愿意降价,普惠洋行愿意将盈利的一部分作为赠礼单独送给孟道群本人。孟道群再次拒绝,理由是大灾过去不到一年,汉口百废待兴,不能发国难财。

"孟某人无甚大能,虽不足以干济时艰,但起码的良心还是有的。"孟道群淡淡地道,"潘先生好意孟某心领了。大钧虽势单力孤,但以几十年的家业做靠山,原不至于被洋狗所驱。"

盛棠大声咳嗽起来。孟道群上前相扶,盛棠摆手:"大钧和洋行多年为敌,相安无事了这么久,你这一次,算是跟洋行彻底撕破脸了,何苦来。"

"我和潘先生并无恩怨纠葛。商场上的事,不会牵涉到平日的人情。大家还是好朋友。普惠和大钧也一直合作愉快,并未有什么私怨从中涉及。这一次是不得已,还请见谅。"

潘盛棠咳了两声:"你都骂我是狗了,岂还做得了朋友,岂会继续合作愉快?"

孟道群动容:"适才说话无心而发,确实很对不起,潘先生千万别见怪。潘先生对大钧的情谊,我一直铭记在心,也一定会回报。"

盛棠淡淡一笑:"生意上的事儿,恩也罢怨也罢,你来我往的,谈不上回报。"

他憋着怨气回到家,这才全部发泄了出来。晚饭草草结束。璟宁和云氏等人先行离开饭厅,余下他和银川。

窗外狂风大作。

盛棠看着外面狰狞摇晃的树木，说道："孟道群之所以这么有恃无恐，也有他的道理。租界接连被收回，商场早就不是洋人独霸的地方，洋行撤走的撤走，破产的破产，除了一些老牌子还顶着，其他的也多是些赶着风头骗钱的空壳公司。在中国人的地方，毕竟还是会由中国人说了算，也该由中国人说了算。我并不反对孟道群。不过身在其职，就得尽职做我该做的事，毕竟潘家一辈子积累的财富，都是从洋行赚的。"

银川微蹙起眉头："大钧有招商局做靠山，也就是有政府做靠山。我们怕是……打不过吧。"

"从长期来看，未必会输。你仔细想想他们有什么破绽？"

银川涉入商场数年，已知中国人做生意有一种矛盾的脾性：重面子讲人情，但这些在商场脆弱得不堪一击。没有契约约束，法律是一张废纸，见利忘义背信弃义之事比比皆是。航运这碗饭，散点残羹都会撑死人，想从上头占便宜的人多如蛆虫，从上到下营私舞弊是公开的秘密，怡和洋行是如此，孟家的大钧也是如此。孟道群一个人顶着有什么用？

国人其实也不那么齐心，在关键的时刻，决定成败的并不是那些最重要的环节，反而是不紧要的细枝末节。从提货开始，到运输、过站、报关、收税、口岸货物检查……每个环节都有人上下其手捞油水，要找大钧的破绽，并不是多难的事。

细想一下，银川微微一笑，道："大钧仅靠水上运输吃饭，并无其他副业，而怡和、太古和普惠等洋行，不光有运输生意，还承担着保险、洋货进出口的业务，底子比大钧厚。不说洋货，便是轮船要的油和机件，不也靠着我们来进口？把这些货的价稍微提一提，孟先生要强撑下来，势必会损失更多的钱，若识时务的话，也不会硬要跟我们强拧吧。而且……"他心念一动，"政府那边，也不是说没有办法可想。说到底，洋行在汉口做生意，都是纳税的大户，哪怕兴建学校医院、做慈善，也无不极尽热忱，他们从未将我们当作敌人，至少表面上如此。中庸之道是政府一贯的处事方式，去年发大水，民众对汉口政府怨声载道,说市长私吞赈灾款,救灾不力,这一年过去了,他们听风就是雨,怎么可能愿意惹事儿。我觉得……现在的徐副市长就是个通情达理之人,不妨通过他在政府那边做点努力。"

盛棠看着他,似笑非笑:"徐祝龄的儿子不是在追求宁宁吗?"

银川一笑:"还来求过婚呢。因觉得太草率,宁宁又对他没意思,被我给说走了。"

"她什么反应?"

"觉得徐在胡闹。都还是小孩子嘛。"

"不小了,我这宝贝女儿早就该嫁人了。你母亲嫁我那年也不过十七岁不到的年纪。"

银川缓缓抬头,盛棠抬手打开窗户,一股雨气卷着风扑了进来,天边雷声隐隐,尘雾和落叶飞卷。

"女人的好归宿,无非是找个如意郎君。不过现在拒绝徐德英并没错,若真和徐家联姻,碍于公众舆论,徐市长即便要帮我们,反而不方便。"

银川道:"宁宁和孟子昭关系更好一点,他们自小就是玩伴,说是青梅竹马也不过分。近日……近日子昭跟她似乎很亲近。"

"如此便更好了。女孩子,多几个人喜欢总是好的,你觉得呢?"

天空渐渐变成墨色,很快就黑透了,半夜里雨下得轰轰作响,夹杂着雷声,让人心惊胆战,还好次日是个大晴天。

让人没想到的是,一大早孟家的拜帖送了过来。

璟宁从花园散步回来,见下人们忙前忙后,似要迎接贵客,不禁大是惊讶。

"大钧的老东家要来做客,父亲会在家里请他吃饭。"璟暄说。

璟宁的脸腾地就红了。银川正和云升商量着菜谱,回头扫了她一眼,说:"若嫌不自在,就约几个朋友玩去,或者去她们家也行。"

"我没不自在。"她有点心虚,赶紧上楼去换衣服。

璟暄和银川抽了个空去花园透气,地面还有些湿,两个老妈子执着扫帚唰唰地扫着落叶。不一会儿听到流水声,原来花工去将喷泉的水泵打开了,水声由小变大,平添了几分热闹。

璟暄道:"这个家发生了太多事,冷冷清清了这么久,今天倒跟过年似的。"

银川亦不免感慨,点了点头。

"如果没有大哥的鼓励,我到现在可能连见人都不敢。"璟暄说。

"是你自己一直很努力,没有让父亲失望。"

璟暄眼中闪过喜悦的光芒:"真的?"

银川微笑道:"那是自然,父亲也说你很有长进啊。"

璟暄暗暗羞惭,心想我在货栈账目上捅的娄子,还好你们都不知道,但毕竟被银川这句话带出来一些意气,道:"大哥,你手里随便哪个公司,不赚钱的小公司也没关系,可不可以让我帮着管理一个?我不要佣金,就想给你打个下手,你比我能干……我也想为潘家做点事。"

银川拍拍他的肩膀:"说这番话可不要是一时心血来潮。"

璟暄坦言:"等邵家小姐一回国,我就要结婚了。我现在哪里还能有什么大抱负,不过只想踏踏实实过日子,守着一份小事业,免得将来被家里女人看不起,给潘家人丢脸。"

银川思忖片刻,说道:"商场水太深,到处都是刺,你这么耿直善良的性格,难免吃亏,我和父亲也不能一直帮你管你。"

"我不怕吃亏,只怕自己废了。"

银川道:"那我想一想,给你安排下。"

〔三〕

孟家的两辆车一直驶到潘公馆洋楼的廊柱之下,老仆陈伯带着一个年轻仆人提礼物,道群则和子昭走在后头。盛棠领着家人热情迎接。

"潘世伯您好!"子昭向盛棠鞠了一躬,直起身来,和银川眼神会了会,潘大少爷虽一脸欢迎的笑容,目光却像钉子一样,又凉又刺人。子昭在心里道,你大可不必对我做出这番气势汹汹的样子,我又不买你的账。他觉得银川非常讨厌。

众人坐下,佣人们端上茶点,道群笑问:"潘兄的千金怎么不见?"

盛棠立刻问:"小姐呢?"

小君哪敢说璟宁正磨蹭着挑衣服,只得硬着头皮道:"在看书。"

盛棠蹙眉道:"平日上学的时候玩心那么重,放了假却还装模作样,去叫她下来。"

小君急忙上楼。不一会儿璟宁下楼,穿着白色翻领西式裙,领口系着橙色花纹的丝巾,随意淡妆却大见心力,她走过来向孟道群行礼,又向子昭见礼。云氏携着女儿的手,继续说着客套话,问子昭学业如何,习不习惯,回来后有没有不适应的地方,子昭一一答了,眼睛灼灼地看着璟宁。璟宁微垂着头,脸颊红红的。云氏很注意地打量了子昭,觉得这孩子漂亮英气,关键是家世好。女人的直觉很灵,何况是当了母亲的女人,更何况是当了很多年母亲的女人,云氏立刻对子昭另眼相看了,又醒悟到自己终于也到了有女婿的年纪,暗暗地很有些心酸。

连璟暄都有点兴奋,其实所有人都差不多猜到孟家人为什么要来,潘孟联姻,云家势必东山再起,这便是家族关系中的政治经济学。璟暄不由把腰板挺得溜直。

银川起身为道群斟茶,这便是提醒开始正题的信号。果然,孟道群轻轻抬了抬手:"贤侄且慢,我有话要说。潘兄,潘夫人,我这么贸然前来,其实是有件事相求。"

盛棠笑道:"孟兄拨冗来到鄙府,就是看得起我潘盛棠。别说什么求不求的客气话,潘某一定尽力而为。"

孟道群笑着拱手:"言重,言重。"向儿子颔首示意。

子昭起身,从一旁侍立的陈伯手中捧过一紫檀长盒,无比珍重地双手递往盛棠面前,深深鞠一个长躬,然后直起身来,道:"潘世伯,伯母,令千金潘璟宁小姐善良温柔,慧心执志,是世间少有的好女子,子昭和她同窗六年,对潘小姐倾慕已久,上天赐予我莫大的福分,得以与潘小姐相知相悦。现在,我以一颗无比诚挚的心,恳请二位长辈将她许配给我为妻。今生今世,孟子昭必会倾尽全力,呵护她,珍惜她,让她拥有幸福安宁的生活。天地可证,此心不渝。"

他说着,目光凝注在璟宁身上,璟宁也在同时抬头,四目对视,彼此心照，不约而同露出坚定的表情。

天地可证，此心不渝。

银川的耳中回旋着一种混乱的声音。多么动人而又真诚的誓言，他在心中默念了一遍。

子昭将手中紫檀木盒打开，盒中放置褐红色犀角如意，古风盎然，雕工精致绝伦，如意通体是灵芝纹，中间嵌白玉镂雕铜钱，如意头的位置，则是一只蝙蝠安坐于灵芝之上，寓意福在眼前。虽不是御制中常见的白玉、黄玉、珐琅、雕漆的材质，但犀角也是制作如意的常见材料，珍贵程度及雕工的精美，并不输于其他。

云氏眉梢眼角都是得意的喜色，自己生出的女儿，到底争气长脸。

盛棠哈哈一笑，侧过身子对孟道群道："孟兄，你在吓唬我？"

孟道群笑道："潘兄被吓着了？不瞒你说，我也一样！我想这两个小家伙以前不是还吵吵闹闹的吗？没记错的话，好像还打过架的吧！怎么突然就变得情投意合了？怎么就变成知己知心了？唉，搞不懂。再说我这儿子事业未成，除了娘老子给的一点家底，还有什么？配得上潘伯父家的宝贝姑娘吗？这小子磨来磨去，指天发誓说自己以后一定会有出息，一定不会让潘小姐和他的家人失望，我才厚着脸皮把他给带来。想着要是今天能定下这喜事，择日我们全家人会重新登门，正式下聘。"他一声长叹，无奈道，"为人父母，外头再怎么硬气，回到家遇到儿女的事情，再硬的心也会软。他们只要过得幸福，便是父母最大的心愿，潘兄和我当是一样的看法。"

盛棠看了眼女儿："我想听听你的想法。你是否愿意？"

璟宁咬咬牙，斩钉截铁地说："我这辈子就只想嫁给孟子昭。"

此话一出，所有人都变了脸色，连孟道群都不禁动容。

这不是年轻女孩任性的一时之言，她是将一颗赤子之心剖了开来，亮给了眼前所有人看。

"潘璟宁……"子昭眼中迸发出欢喜无尽的光亮。

"爹……你便答应吧。"璟暄终于忍不住开口。

云氏也低声道："老爷……"

璟宁却看向了银川，用恳切的目光求他帮忙，银川朝她笑了笑，当时她顿觉心里有了底，但直到多年以后，她才懂为什么他的笑透露出无限的哀伤。

银川道："父亲，子昭等着您的回答……孟伯父也等着呢，您要不就答应了吧。"

盛棠对璟宁道："那还不快接着。"

璟宁几乎是跳了起来，从子昭手中将木盒接过。子昭大喜，向盛棠再鞠了一躬，大声道："谢谢伯父！"

"很快就得改称呼了。"盛棠站起来，拍拍他的肩膀，又笑盈盈看了一眼道群，生意场上原本是针锋相对的局面，现在这局势被搞得更复杂了。

盛棠认为道群的用心非常险恶。

喷泉淙淙地响着，林间传来极清极美的夜莺声，夜色沉沉，看不到星月，天空浓云缓动，将雨不雨。璟宁趴在窗口，窗户的位置正对着喷泉，依稀见一个人坐在池边抽烟，红点一闪一闪。

她呆呆地看着他。

小时候学琴学得苦，为了让她专心致志地练，老师认为清晨天微微亮的时候是最佳的练琴时间，他总是天没亮便起床，先敲门把她叫醒，然后便默默等候在门外，她知道他等，便不好意思赖床了。下楼时，他会为她举着灯，提醒她小心走路，琴房中，夜的影子还在徘徊不去，他陪她到晨曦透进，才安静地从沙发上起身，叫佣人端进早餐。如是四年。从她五岁到九岁，每天皆是如此，她基本功打得扎实，全因为有他督促。她白天不太敢看他，知道他心里很难过。

思来想去，披衣下楼，脚步急促地踏着温柔的夜风，空气潮湿闷热，花香浓郁得像一场甜梦。

银川正重新从烟盒里拿出一根烟，蹙眉看过来，见到是她，便将烟重新放入烟盒里，道："怎么，高兴得睡不着觉了？"

她微窘，坐到他身边去，偏过头看他的脸庞。玉兰花灯下，他的面容很苍白，但清逸如同雕凿，黝黑的眼珠似水晶闪烁。

"大哥哥，你是什么时候开始抽烟的？"

"以前只是装装样子，到洋行去后抽得多了些。"

"我也想抽一根试试。"她伸手过去拿他手中的烟盒。

"不学点好的。"他将手一退。

璟宁嘻嘻一笑。

银川指指不远处的鸭舍："那四只鸭子，以后做你的陪嫁吧。"

她笑着低下头，晃着腿。

"小栗子，你真的很高兴？"他凝视她的笑颜。

璟宁小心翼翼地说："我希望你也为我高兴。"

银川没吭声。

"大哥哥，你不喜欢子昭？"她大胆问。

银川沉默了许久，说："也许不喜欢吧。可能是因为我有一点……舍不得你。我无法形容此刻心中的感受，为你高兴，又因不舍而难过，也因为看到你们两情相悦……"他说到这里的时候，声音微有起伏，"也很嫉妒。"

"嫉妒？"

"爱的人正好也爱着自己，这样的滋味，我并没有尝过。"

"那是因为嫂嫂去得早，而你又被家里的事绊住了。大哥哥，你都是为了这个家……"

"我没你说的那么无私和无辜，小栗子，没谁能帮得了我，我已经踏入了无法脱身的旋涡。"

他的语气很绝望。她暗暗心惊，完全不知道该如何劝慰，只好伸出手，轻轻搭在他的手背上。

银川柔声问："我和阿暄送你的项链，你怎么不常戴？"

她认认真真解释道："我怕弄丢了。你们俩送我的东西，我一向都很宝贵的。"

银川沉默片刻，说道："为了这坠子，我还专门学了一段时间的画。先生是个俄国人，固执得不得了，脾气也不好。"

璟宁咯咯一笑："你说他长着一副大胡子，喝汤的时候胡子在盘子边缘扫来扫去，真是恶心死了。"

"他教训我，说我固执。其实现在想想，他说的话是对的。当时练习素描,我总是舍不得修改初稿,总想将它画成完美的作品,不愿将它涂改得乱七八糟……可先生却说我这样做是错误的。"

"为什么?"璟宁也疑惑不解。

"练素描是为了让画者学会造型,是为了累积经验,哪里不合适就改哪里,改得多了,慢慢地就有感觉了,技艺熟练了,也就知道好坏了。一开始不应该刻意去求一个圆满的结果,而要学着去多解决一点问题。"银川苦笑了一下,"可我到现在才意识到我的错。只固执地按自己的想法做,不愿意有一丝改变,现在想改变却已经晚了。我的所有习惯都是自小养成的,画画是这样,别的事情也有不少是这样……"

他抬起头,怔怔看她半晌,忽而笑了笑:"宁宁,看着你,我才真正体会到什么叫光阴似箭。你哭闹着跟我们抢栗子吃,就像昨天发生的事一样,现在你却已经要嫁人了。"

"即便我嫁了人,你也是我最亲的人,是我最亲的兄长和朋友。"

"世上的事变幻无端,每个人也都会改变,你会变我也会变。只怕将来你会怨我恨我,这都是说不准的事。"

"绝对不可能。"

"傻瓜。"他笑她的天真,"快回去睡觉。"

她却没动:"大哥哥,你知道是子昭送我的鸭子,对不对?"

"是啊,当时你不是告诉我是那个讨厌鬼送的么。"

"你好像一直不太喜欢他,你说孟子昭这小孩顽劣跋扈,将来很难有大出息。"

"好吧,我改口:孟子昭和过去不一样了。"

"你不喜欢他,却将他送我的鸭子照顾得很好。这是为什么?"

银川忽然有些窘,忍不住将目光移开:"还不是怕它们有闪失,你跟我闹,惹得大家心烦。"

璟宁扬起唇角:"所以你绝对不会让我怨恨的,因为你不论什么时候都总是想着我,希望我好,希望我快乐。谢谢你。"

他沉下脸:"我又不是要死了,跟我说这些话干什么。"

璟宁牵着他的衣角晃了晃,宛如还是多年前那个任性调皮的小女孩:"我饿了,想吃东西。"

银川立刻便起身:"我去厨房给你弄点。"

璟宁心中突然涌上一种难以言喻的悲伤,这是为什么呢?真是奇怪。见她蹙眉,银川责备道:"是不是胃不舒服?都这么大了,怎么还是不会好好照顾自己,吃个饭都让人放不下心!"

璟宁挤出笑来:"我要吃你煮的广东粥!"从池边跳下,欢快地往前跑,身子却猛地向后一倾,原来是他从后面拉住了她,将她慢慢环在怀中。

璟宁完全僵住,不知该如何反应,他身上飘来很清冽的香,像夏夜雨后的花园般沁人。

"小栗子……对不起……"他轻声说,"让我抱一会儿,就一小会儿,就当我们还在小时候。"

有液体簌簌滴落在肩头衣衫上,她以为是下雨了,直到又一滴落进她的颈窝,滚烫湿润,才意识到是他的泪水。璟宁心里重重一震,试图回头,他却将她放开,走到了前头。

"我去给你煮粥。"

她脑子里有点乱,嗫嚅道:"我又不想吃了,我想睡觉。"

他的脚步顿了顿:"好。"

月光穿过云层间隙洒下来,语声涟漪一般散了开去。

〔四〕

几日后,子昭接璟宁去珠宝行订戒指,确定好式样,顺道去新市场喝下午茶。璟宁挽着子昭的手,将脑袋靠在他肩膀上,慢吞吞地在街上逛着,忽然将眼睛一闭:"我试试边走边睡,你负责看路。"

"你当我是一辆车吗?"子昭一乐,正视前方,为她挡住行人。走了没几步,璟宁睁开眼:"原来人走路的时候是睡不着的,不过我真的好……""困"字没有说出来,唇角的笑意也没了。

子昭也看到了对面走来的人。

徐德英穿得像个最普通的洋行职员,提着个公文包,神色凝重地走着,嘴里好像还在默诵着什么。璟宁猜德英一定是在背诵英文单词。若在洋行上班，英文不好是会被歧视的，别说英文，精通德文、法文、意大利文，甚至希伯来语的人比比皆是，德英资质不高，却给自己选择了最艰难的一份职业。

突然间，自己并不坚决的拒绝，对徐德英恶作剧的挑逗，这些原本出于少女的虚荣心机的事情，此刻令璟宁后悔至极。眼见避无可避，她飞快地将手从子昭手臂上拿开，再往旁边略让开一步，子昭的脸不免沉了一沉。然而德英并没看到他们，似想起了什么事，低下头探手在皮包里翻了翻，转身往回走了。

"徐烫饭，敢装没看见我们！"子昭道，"我喊他过来。"

璟宁拽他的袖子："别，别让他看到我们。"

"见不得人吗？我们的事你打算瞒着徐烫饭？还是你跟他也有过什么约定？"子昭气呼呼地道。

听他的语气，倒似在疑心自己什么，璟宁不由道："我跟他能有什么约定？我都当着那么多人说出对你死心塌地的话来，你还说这些讨嫌话做什么？另外，我从小就不喜欢你这种飞扬跋扈的脾气，你什么时候才能懂得尊重人？徐烫饭，这话有多难听你知道吗？"

子昭一开始听她说对他死心塌地，心还软了一软，但到后头就变成了数落，不禁硬着嗓子道："我跋扈，又比不得别人忠厚，你还对我死心塌地，可见你是犯了傻。"

璟宁万料不到这人竟回她这么一句，顿时气结无语。

子昭拉她的手，笑道："反正你是我的，戒指都订好了，你还敢怎么着？"

璟宁冷冷道："我告诉你，我是我自己的，普天之下没谁有资格当我的主人。"说完奔到街边拦黄包车。

子昭追过去拉她，被她用力一甩手，气得眼睛瞪得老大："还跟我犟，你以后是我老婆，难道我没说对吗？我不想当你的主人，我只是想当你的丈夫，这有什么错吗？"

"混蛋，放开！"

"你再乱动我就撕你衣服，把你扒得精光，反正我们俩吵起来总会撕破脸，我是不想要脸了。"

271

她喘着粗气定定站了一会儿,眼圈儿红了。

她一哭他必然丢盔卸甲:"我道歉,好了吧?"

她跺足哭道:"你这混球,若今后嫁了你还这么气我,这辈子又有什么想头?索性大家早点一拍两散得了。"

"我不气你了,我发誓。我不要和你散。"

"发誓管什么用?都是口头上骗人。你数数自己都发了多少誓啦!"

"你也爱骗人啊,说杀了我送你的鸭子,结果它们都好好在你家花园里。"

她抹了抹泪:"我这就回家杀了它们去。"

他赔笑道:"你还是杀了我吧,因为杀了那四只鸭子,你肯定会伤心,杀死了我,你就不伤心了。"

她忽然笑了笑:"那还不如杀了我自己,就再也不会伤心了。"

他的心轰一下就融了,将她拥进怀里,下巴抵在她头顶蹭了蹭:"我错了,真的错了。千万别这么说。没了你我会活不下去的。我不喜欢徐德英是因为你从小就护着他,我嫉妒所以才说了混账话。我没不尊重他,其实我早就跟他和好了的,不信你问他去。"

真像个顽劣淘气的孩子,她虽未抬头,也感觉到行人投过来的眼色,江汉路上遍布洋行,估计等不了一会儿又会碰到熟人,想来想去,实在不愿再跟他在此地纠缠,又经不住他百般求饶,只得道:"好,我不生气了。你放开我。"

"不放!"

"我让你牵着我的手,但请不要这样抱着好不好?这么多人看,羞不羞。"

子昭听话地放开她,攥着她的手,飞快地在她指尖啄了一下。

兴记新市场是他回国后和她重逢的地方,此刻再去,两人的关系已经发生了变化,他点了和上次一样的咖啡和点心,璟宁见他还记得,也就消了气。年轻情侣间的矛盾,总是来得快也去得快,两人目光相触,依旧是掩不住的温馨。子昭拿小勺挖她碟子里的蛋糕,她便要将他的碟子端到自己这边,却被他摁着手:"吃一小口罢了,这世上哪有这么小气的老婆。"

"那你给我吃一口你的……"甫一出口,不由得满面通红,轻轻"呸"了一声,手却任由他握着。这时侍者捧着一束白玫瑰过来,礼貌地一欠身:"请问是潘璟宁小姐吗?"子昭代她答道:"她是。你有什么事?"扫了一眼侍者手中的玫瑰。

璟宁笑盈盈地瞅着子昭,心想:装吧,明明是你订的花,还不敢承认。

那侍者将花束放到桌上,微笑道:"这是徐德英先生送给潘小姐的玫瑰。徐先生吩咐,只要潘小姐来到我们餐厅,我们便将花送给潘小姐。"

子昭笑道:"他怎么知道我的未婚妻潘小姐今天会来?"

侍者有点尴尬,但还是回道:"徐先生说潘小姐爱到我们餐厅喝下午茶,让我们每天都提前准备好一束玫瑰,颜色得时时换一换。他又详细说了潘小姐的容貌,加上这里的服务人员大多也见过潘小姐,都有印象,我刚才是不太确定,所以才问了一声。"说着轻轻一礼,退了下去。

子昭支着下巴,看着璟宁不说话。

璟宁脸上一点笑容也没有,毅然道:"我这两天就跟他说清楚。"

子昭这才道:"今天这束花好漂亮。"

璟宁白了他一眼。

次日,他们一同请平日里玩得好的朋友在璇宫饭店吃了顿饭,宣布了二人即将订婚的消息。

这些年轻人其实大都到了婚龄,就连方琪琪与刘程远也都是有婚约定下的,只不过家里疼爱娇女,她们又贪玩爱自由,因而婚期一拖再拖,但总归是迟早的事。子昭和璟宁这对小冤家今天会有这样的结果,没有任何人表示惊讶,包括德英,他第一个举起酒杯诚恳地表示祝贺。

子昭道:"希望早日也听到德英兄的喜讯。"

德英喝完杯里的酒,呛得咳嗽起来,连连说抱歉,璟宁给他倒了杯茶,放到他身前,柔声说:"漱漱口。"

德英点了点头，从头至尾，他没有直视过她。

琪琪感叹道："我妈常对我说，婚姻是人生的分界线，是可以改变一个人的命运的，你们马上就要体验了。"

程远笑道："你们从小就吵来吵去，还打架，如今也算应了'不是冤家不聚头'这句话，等真正成了两口子，回想起以前的情形，也是顶有情趣的一件乐事。"

众人十分感慨，一顿饭吃下来，好几个男生都喝醉了。德英不过浅尝辄止，即便难过到极限，他亦有一分自制力。酒席撤下，上了茶点和水果，包间里有软座长椅，喝醉的倒在上头睡觉的睡觉，有的则说着醉话互相揭短，女孩子们坐在桌前打牌，聊着订婚宴上该穿什么衣服，谈笑间璟宁忍不住看了德英一两眼，他脸色苍白，带着和善的微笑，和子昭研究着一个银烟盒，璟宁突起一种怪异的感觉，觉得德英这种表情似曾相识，究竟是和谁相像呢？一时又想不出来，只是越看越让人不安。

外面的天忽然就黑沉了下来，有潋然雨气涌来，因怕赶上暴雨，大家相扶离席，子昭送几个女孩回家，德英则负责送那几个醺醺然的男同学。到后院停车场，见子昭带着几个女孩走向他那辆脏兮兮的旧车，德英便说了句："子昭兄也不给宁宁弄一辆好点的座驾。"

子昭笑道："她才不在乎这些呢。"

德英当即缄口。

半个多小时后果真下起了雨，豆大的雨点轰轰隆隆浇下，路面积水深处达一尺深，德英的车在距家不到百米之处熄了火，索性便把车停在那里，淋着雨慢吞吞回了家，却见院子里停着那辆闻名汉口的劳斯莱斯。德英抬手擦了擦脸上湿漉漉的雨水，走进门厅，闻到一股雪茄味，仆妇周妈见他进来，心疼道："少爷怎么淋成了这样，赶紧回屋洗个澡换身衣服，生病了可不好。"

"是小潘先生来了吧。"德英轻声道。

周妈做出神秘兮兮的样子："老潘先生也在，和老爷谈着事呢。"

德英点点头，回房间洗了个澡，人清爽了不少，好像连带着烦闷也消了一些。看了看表，又走到窗前瞭了一眼，雨没有停，那辆车也还停在院子里。德英坐到床边，拿起床头柜上的电话，思忖片刻，毅然拨下了那几个熟悉无比的号码。

接电话的是那个叫云升的年轻管家，德英礼貌地问潘小姐是否已安全回家，对方礼貌地回应："请徐先生稍等，我去叫小姐过来。"

他安静地等，听到听筒里传来轻盈的脚步声，心克制不住地收紧。

"德英。"是她清柔甜美的声音。

"宁宁。"他轻唤她的名字，喉咙一阵酸楚，本以为自己会哭出来，但他没有，他还算冷静，"宁宁。"

"你的声音怎么了？"

"车熄火了，刚才走回家淋了一点雨。"

"着凉了吧？你要多喝水，注意休息。"

"我憋着一肚子的话想跟你说，但今天我没能说出口。我很难受，你应该知道是为什么。"他终于有些哽咽，牙关打战，身上一阵冷一阵热。

璟宁的声音听起来有些焦急："别这样，我们还是好朋友。"

"我知道你看不上我，子昭胜我百倍。但是宁宁，我会为了你付出一切的，只要你愿意跟我在一起。我可以等你，你就给我一句话，不管你嫁给子昭也好，还是嫁给别人也好，我永远都等你。"

"德英，你是很好的人，只是我们没有缘分。以后你一定会碰到比我好的姑娘。"她的声音很小，好像很怕被别人听到似的。

德英猜到可能子昭也在她家，于是清了清嗓子，尽量平静地说："对不起，我今天脑子里有点乱，说话语无伦次。宁宁，过两天我想请你吃个饭，和你单独聊聊，可以吗？"

她显然很犹豫，有人在催她，懒洋洋不耐烦的腔调像极了孟子昭的声音，也许是不想再跟他磨蹭，璟宁答应了。

德英道："那我定好了时间地点提前告诉你。"

她再次强调："德英，我们永远都是好朋友。你不开心我也会不开心。"

"我明白。"

挂了电话，他下楼，刻意经过客厅，被他父亲徐祝龄叫了进去，普惠洋行最重要的两个人物也坐在里头，面带微笑看着他。德英上前见礼，敏锐地捕捉到了银川眼中投来的同情之色，一时心里五味杂陈。

徐祝龄示意他坐下，对盛棠和银川笑道："犬子资质驽钝，硬着头皮去了洋行工作，说不想走仕途，免得被人说他靠的是父亲的裙带关系，结果呢，"他转头不满地瞅着儿子，"你在盛昌有多长时间了？"

德英恭敬地回答："快两年了。"

徐祝龄啧啧感叹："瞧瞧，人家小潘先生在洋行才三年多就当了副总办，你到现在还是个见习生吧？"

德英满面惭色。

银川忙道："徐市长切莫苛责令公子，我因为在伦敦读书的时候便去那边的总部实习，见习时间也超过了两年，盛昌洋行和普惠洋行多有交易，偶尔也会和令公子在生意上有所接洽，令公子稳重踏实，做事认真精细，令人印象深刻。"

盛棠笑道："现在洋行里的华经理[①]是一代不如一代，越来越浮躁，年轻一辈里，缺的就是徐公子这样务实勤奋的人才。盛昌洋行的华账房[②]是以宁波帮为主的，那些人聪明能干，但有个毛病：喜欢搞小团体排挤宁波以外的人，在晋升上对他们也多有压制，徐公子老实本分，受委屈是正常的。"

徐祝龄叹了口气。

银川微笑道："吃亏是福，只要紧咬目标不放弃，总会有成功的一天。"

潘大少爷看起来好像憔悴了不少，但眼神依旧清明矍铄，这句话

[①] 买办从职业性质来讲，类似于现在所称的职业经理人，这个职业在当时的中国并不太光彩，如同之前孟道群曾脱口就说潘盛棠为"洋狗"，容闳亦曾在其著作中说及"买办之俸虽优，然操业近卑鄙"。特定社会环境下，买办也有耻于被称为"买办"的心理，因而洋行中，洋人与高级买办之间，有"大班"和"华经理"这种避实就虚的称呼。

[②] 外国洋行雇佣中国买办为其代理各项业务，买办们办公的场所或组织叫"公事房"，亦有"华账房"一称，以示华洋有别。

有明显的鼓励之意，但又似乎另有所指。德英诚恳地说："谢谢潘大哥鼓励。我是一定不会放弃的。"

说完这句话，连盛棠嘴角都露出了一丝意味深长的笑。

徐祝龄邀盛棠和银川晚饭，盛棠婉言谢绝，说洋行这几天做结算，还有诸多杂事，和银川起身告辞。

徐氏父子将他们送至门廊，雨还淅淅沥沥地下着，待车行远，德英问："这两位来找父亲做什么？"

徐祝龄不愿和儿子多谈，适才之所以把他叫进客厅，是要他来打个岔，快点将那两位尊神送走，他疲倦地摆了摆手，说："我最近劳心劳力，不到饭点便会很饿，看来是真老了。"

德英忙扶父亲进屋。

原来大钧船业在汇丰银行谈妥了一笔一百万美元的借款，自筹百分之十五，用以购置一批船只，但需要中国政府做个担保，按理说支持本土的企业，政府责无旁贷，因而徐祝龄一直尽力帮大钧促成这件事，既做担保，也尽量为其申请到政府的官价结汇。潘氏父子来，是在委婉地建议他放弃这件事。为了对抗大钧，洋行联手开始了一场漫长的价格战，降了运费，将进出口的柴油、机件、五金等货物的价格提了提，别的还好，柴油是轮船主要的燃料，如此势必在成本上带来巨大负担，大钧若要坚持稳价，那便面临着一笔巨大的花销。

盛棠当时道："数十年前，大钧跟在招商局的后头将太古怡和的航线挤出了川江，更在汉口占据了一席之地，也是凭价格的优势。大钧现在守着运价不降，等到时候空船候在码头无货可运，那个烂摊子，难道又要政府去帮他收拾？"

徐祝龄气定神闲："怎么个无货可运法？"

小潘先生接话了："施美洋行在万县租用了美孚公司的油池，以前都是用的大钧的船运，万县处在山区，坡坎很多，装船之前，得用人力抬着去码头，油篓漏油的情况总是避免不了，途中的损耗加起来也很多，还得付苦力的工资，运到汉口再到炼油厂提炼，途中又得重复一番人力运输的损耗，总体算下来，到提炼之前花的运资并不便宜。从洋行的利益来讲，必须锱铢必较。我们普惠最近帮施美代理购进了一艘铁驳,容量有七百吨左右,请技师专门在船上装了炼油设备,这样,原油运到船上,立刻便能提炼,而且还有就地存储的作用。现在施美已经考虑取消跟大钧的合约,改用自己的船舶。换言之,如果所有货商都效仿这样的方法,大钧可不是会少赚一大笔吗。商场上,无人不是逐利而生,航运牵涉的各个关节都所费甚多,谁不愿意能省就省?大钧一味地摆出高姿态,难免把客商都撵到我们这些洋行这儿来,长久下去,必会亏损。"

徐祝龄淡淡道:"我国自己的工商业若受到损害,政府必然是要支持的。"

老潘先生笑道:"徐副市长说得很对。本土的工商业也好,国外的洋行也好,只要是在中国这片土地上做生意,都会对本地的经济发展有利,区别是有的作用大,有的作用小而已。大部分洋行本身也是银行的股东,金融是经济的命脉,政府财政若是竭蹶,更依赖银行从中接济。现在汉口的商业因去年水灾的影响,还处在艰难的恢复之中,实业的复兴,需要银行的大力支持。徐副市长不妨想想,就说这江汉路上,究竟是中国的银行多,还是外国的银行多?"

徐祝龄微有不快:"原来二位是来好心提醒我来着。"

盛棠笑道:"不瞒徐副市长,潘家和孟家其实已经算是姻亲了,孟家长公子和小女不日即将订婚,我们此行也算是在公告商界人士之前,先来跟咱们的父母官说一声。徐副市长是主管工商业的政界人士,潘某不才,还想腆着老脸相求徐副市长届时给小女和女婿做个证婚人呢。"

徐祝龄不解道:"既然都快是一家人了,为何在生意上如此针锋相对?"

盛棠无奈道:"亲家公太过固执厚道,不懂得随着大势徐图转圜,一味猛力对抗,难免跟大家闹得两败俱伤。出于契约和忠诚,我是不会背叛洋行的,今天这些话,自也不是以洋行买办的名义来跟徐副市长说的,作为一个老友,想通过您给孟兄去一点建议,至于这个建议是否有诚意,徐副市长私下里算一笔账,也就明白了。再怎么说,大钧能掀的浪,顶多也就是在水上,可洋行要动的话,可就不仅仅局限在那一条长江。汉口要稳，需要大家齐心协力。"

徐祝龄沉默。他虽不相信潘盛棠说的话是出于好意，但这些话，毕竟还是起了作用。

回去的路上，银川问："父亲，徐祝龄会被我们说动么？"

"他没孟道群那么迂腐，想通了自然也就不蹚浑水了。孟道群这个人，自诩是做实业的，不买卖黄金白银，不抛空头不搞投机，员工平日连红利都会存到公司支持发展，大钧的股票和公债在市面流通得并不多，外面的资金几乎没有机会能打进去……我这一次倒要看看，用徐祝龄这颗钉子，能不能帮我们在这铁石头上打出一个眼子来。"

银川沉吟片刻，转开了话题："适才见德英眼中失落之色，我觉得他可能还没放下宁宁。"

盛棠睁开眼睛，不屑道："他过几年就会明白所谓情情爱爱，不过是些傻事和冲动。迟早会死心。"

"我觉得您答应得似乎太快了。"

"谁让我这宝贝女儿那么想嫁，我都怀疑她是不是跟那姓孟的小子做出了事来。"

银川脸色一僵："宁宁是什么样的姑娘，有什么样的教养，您应该很清楚。"

"女大不中留却是事实。她要能有个情投意合的丈夫，作为父亲，我很是欣慰。孟氏也是大富之家，她嫁过去不会没好日子过，以后若靠这一层关系制衡一下大钧，我们也能少许多麻烦。"

"我以为父亲会属意徐公子。"

盛棠淡淡一笑："当官的大多是五日京兆，今天在位，明天说下台就下台，即便家有余财，也是别人说拿就能拿走的。和他们做姻亲有什么用？"

银川看着车窗上滑落的雨水："那您是不是很后悔当年娶了我母亲？"

盛棠默了默，过了一会儿，才轻轻说道："娶敏萱为妻，是我这一生最值得的事。"

银川微微一震。

适才流露的伤感早已在转瞬间逝去，盛棠已经在琢磨别的事情："徐祝龄还是不够坚决，得想办法再激一激他，究竟用什么办法呢？我一时还想不出来。该做的都已经做尽了，只能慢慢熬下去。"

回到家，有客人候在客厅，正是华账房的大经理吴丰林。他由云升陪着，话很少，脸上带着刀枪不入的温和笑容，见盛棠他们进屋，站起来行了一礼，也跟银川打了个招呼。

在潘盛棠主事的华账房，吴丰林算得上一个人物。低调，内敛，行事稳重有成效，是个绝佳的倾听者，你从他认真聆听的眼神里看不到一丝野心和欲望，他是在真正地倾听，当然是为了解你言语中的所有信息。吴做事有条理，很少发脾气，从不跟任何人结成帮派，看似有很多朋友，实际上跟谁都保持着距离。这些年虽然潘盛棠一直很器重他，吴丰林却绝不是个逢迎拍马的人，若觉得潘有决策失误之处，他会很直接地指出来，不惜和潘盛棠发生争执，这恰恰是他称职的地方。盛棠很信任吴丰林，有些生意是只让他来处理，连银川都无从插手过问。

吴丰林这么晚还来，必有要事和盛棠商量，银川当即找个借口回避了，可走到门廊却听一声碎响，像是茶杯摔在地上的声音，过了一会儿，吴丰林平静地走了出来，见银川和云升站在外头，抱拳一礼，一言不发离去。

银川疑云满腹，云升低声道："据说吴要去上海，看这阵势，估计是打算单干。"

在洋行陷入颓势、潘盛棠地位逐渐被削弱的时期，以吴丰林的理智冷静，做出这样的选择并不奇怪。如此一来，盛棠势必又少了一个帮手。

银川回到客厅，关切地走到盛棠身边，安静地坐下，尽可能不打扰他，但也无比贴心地表明随时等候吩咐。

壁钟发出滴答声，冷酷地提醒着时间流逝，盛棠仰靠在皮质沙发上，闭着眼睛，倦意横生，后颈窝将褐色花纹的印度丝绸压出褶皱。拱形窗外的夜色是潮湿清冷的，树叶飘落的声响尤为萧瑟。

几分钟后，云升端来一壶热茶和一碟细点，小心翼翼地放在茶几上，再悄无声息退下。盛棠用指节轻轻敲了敲额骨，淡淡道："吴丰林跟美孚公司的两个人合办了一个代客报关的事务所，刚刚跟我递了辞呈。"

银川柔声道："代客报关虽是新近才起的业务，以后肯定会大有前景，更何况吴经理通过普惠累积了不少人脉，绝对不愁没生意。说实话，他兢兢业业当了这么多年的高级职员，也该有点自己的事业了。"

盛棠脸色很难看，睁开眼，气呼呼地端起茶喝了一口："这些年我是真养了不少白眼狼。"

银川微笑道："吴经理是个厚道人，会念您的情的。"

〔五〕

感情上的挫折并没有打乱德英日常的秩序，他和往常一样精神抖擞地上下班，午餐和同事凑份子在洋行附近的餐馆吃，吃完会回到办公室靠在椅子上眯一会儿，他不爱喝咖啡提神，尽管他曾陪着潘璟宁喝遍了汉口的咖啡馆。每当想起她，他依旧忍不住微笑，这个爱犯困的可爱姑娘，不喝咖啡一天都没精神，他很想告诉她，挤出时间睡一会儿，哪怕只有几分钟，都比喝咖啡管用，但他向来不愿意表达和她相悖的观点。

心渐渐沉了下来。虽早知道他也许永远都无法获得佳人芳心，但也实在无法接受毫无准备地见证她和另一个男人的亲密。那一天在江汉路，她也是困兮兮的娇模样，那么可爱，那么招人疼，可她身边的男人却好像满不在乎似的，这让德英非常气愤和嫉妒。可紧接着璟宁的表现却深深刺伤了他。

她的眼神里充满了逃避、厌烦和恐惧。她想逃避她对他的愧疚，她厌烦他对她的追求，她恐惧身边的爱人会因她的犹豫和不坚决生气。

这个虚伪自私的女人。他应该放弃的。以自己的家世和品格，值得更好的姑娘陪在身边，可他偏偏那么执拗地陷入了对她的爱里。

午睡就此打断。

德英面无表情站起，拿起了公文包。忙碌的工作会让他变得清醒。他主要负责的是报关的工作，平日常会去海关和码头跑动。他将一份文件送去了海关，办完事回洋行，没拦上黄包车，却见潘大少爷由云升陪着，正穿过江汉关对面的一条路朝码头走去。德英忙叫道："潘大哥！"

银川站定，笑容和蔼可亲："哟，徐兄弟，好巧。"

"您来码头办事？"德英殷切地问。

"嗯，看看货。"

德英哦了一声，犹豫了一下，说道："潘大哥，我想请你帮个忙。"

"请说。"

"夷马街的公馆，您能帮我借到吗？"

"你们洋行要用来招待客人？"

"不……"德英想了想，说了实话，"我想请宁宁在那儿吃顿饭，和她谈谈。"

银川皱眉道："徐兄弟，你何苦一味单相思下去。"

"我并没有什么非分之想，只是想将我的心意完完全全告诉她，给自己做个了断。以后我不会再让她为难。我生性自卑，不希望太多人看到我的挫败，所以才想找个安静的没外人打扰的地方，如果您不放心，可以派人看着我……"

银川盯着他看了一会儿，说："明天你难道不上班？"

"我会请假的。"

"好吧，那你们明天就中午去那儿吧，晚上那边另有安排。"

"谢谢潘大哥，太感谢了！"

银川同情地叹了口气："徐兄弟不必跟我客气，虽然以前我对你说过重话，但其实我知道你忠厚可靠……唉，是璟宁没有福气。"

"不，是我没有福气。"德英见云秀成急匆匆从海关的方向走过来，像是有急事找银川，便告辞离去。

银川看着他的背影，轻声道："听到了吧，这小子对宁宁还不死心，真是讨人嫌。"

云升笑道："那您还答应他。"

银川没有应声，这时云秀成已走到面前，急声道："羊毛降价了！"

"不是提前让您出货了吗？"

云秀成听银川这么一说，脸色僵了一僵："哪里晓得会这么快，听你说得不松不紧的，还以为不会有太大的事。"

云升在一旁哀其不争："亲家老爷哟，大少爷不是一次两次提醒您小心了，您总不当一回事。"

云秀成瞪了他一眼，喝道："什么时候轮到你小子来教训我了？谁教你这样没上没下说话没规矩？"

云升登时住口，脸上却是很不服气的表情，银川云淡风轻地道："看来舅舅刚刚才知道价格降到多少，另外一件事，还没得到消息吧？"他虽和云秀成是翁婿关系，私下里仍叫他舅舅。

云秀成摇了摇头，鬓边灰白的头发飘了飘，他这些年很是见老。银川对他很鄙夷，但为了云琅，又还得给他一分尊重和同情，这种复杂的情绪，有点像看着一个老迈的讨人嫌的债主。

银川道："明天早上看报纸头条您就知道了。"

云秀成急道："你这不是吊我胃口么？快说！"

银川淡淡一笑："市价大变，您不是唯一倒霉的。汉口羊毛大王陆淮山，囤的羊毛按现价一算折了差不多三百万。说实话，手里东西越多风险越大，人越贪越想侥幸，您算运气好了，陆淮山手里的东西比您手里的多得多，他就是舍不得出手，老想跟行情赌，行情又不是他说了算的！现在怎么着？"他的手做了个抛物的姿势，"跳楼了，哐当一下，一了百了。"

云秀成脸色大变，人顿时矮了一截，可怜巴巴地道："那、那这……我……"

"您放了货多少出去？"

云秀成老老实实地道："还有四成在手里。"

银川蹙眉："哎，老爷子管得很紧，我的状况也实在很艰难……"

"我知道我知道，这次我真的是吃教训了。阿琛，真是麻烦你了。"

银川苦笑道："舅舅还跟我说这些见外的话，可真是伤我的心。"说着动了动脚步，往码头的方向走。

云秀成已猜到大有转圜余地，忙跟在他身边，一边走一边说："好，好，阿琛，我晓得你是念情重义的好孩子，你真得替我想想办法啊。

"我看能不能找补一点钱回来,但这需要时间。"

"能少损失一点算一点……唉,真是割肉放血一样心疼。"

"我明白的。现在我事情堆成一堆,只能一件件来了。"

"啊?有什么麻烦吗?"

银川道:"那些美国人,颜料出厂的时候故意提高纯度,卖到中国一过关便往里头掺赋形剂,少了税不算,利润还多出了好几倍,别的商行吃这个亏我不管,卖给我的,里面元明粉的含量要高出了我的底线,我随时准备跟他们打官司。"

云秀成忙道:"还是别打官司好,你现在哪里忙得过来。"

进出口这两大宗最主要的业务,基本上全由买办来过手,甚至连一些洋账房的大班,在经验丰富的买办面前都不太有发言权。为了在各地收购物品,买办们通常会设立一些盈亏自负的公司,这些公司也叫"外庄",借与洋行的关系,可以优先为洋行供货。云秀成手里也有好几个外庄,只因他近年来颇受排挤,对生意也疏于打理,货物要么规格不符,要么质量出错,洋行差一点中断了与他的合约,还是靠银川出面才续订了供货合同。为采购土产,买办们的触角遍伸各地,云秀成也不是不尽力,毕竟年岁不饶人,拼不过后起之秀。许多和他一样的前辈买办,也多有此感叹,生意是越来越不好做了。

银川是后起之秀,处理业务无比细心且相当严厉,看起来斯文和气,却有种让人凛然生畏的气魄。凡经他过手的货物,基本上都是最好的,价格也很公道,洋行十分看重他,近几年他更是威望日增。云秀成随他走进仓库,原本正吵嚷喧闹的十数个采办一见到银川进来,顿时噤声了一瞬。

这次新进的货不止颜料一种,还有为京津铁路订购的机器和零件,以及一些化妆品、糖、烟等,银川细细地看,各式货物的三联单拿在手中,左手小指、无名指和中指各夹着一本,翻来叠去,无比利落,他基本上不说话,一开口必然会提出一针见血的问题。云升和几个采办帮他换着一本本单据和账目,又取来各式货样,打个下手罢了,云秀成在一旁也只得干看着,插不上话也帮不了忙。

一两个小时不知不觉过去,银川方有了点休息的时间,靠在一张长桌旁歇了会儿,右脚向后抬起悠闲地踏在桌脚上,自有人争先恐后送茶递烟,他叼着烟将头一低,让人帮他点了,微微笑了笑,如此一个玉树临风的公子哥儿,身处在这么一个灰尘弥漫的仓库里,旁人看在眼中,真觉得有些不搭。

行情确实不好,生丝的价格涨了,但年成不好,收购的数量急剧减少;羊毛的价格跌了,供大于求,滞销严重。到下午晚些时候,人人都获知了陆淮山跳楼身亡的事,不免感叹连连。云秀成心情很不好,黄着一张脸抽闷烟,银川走到他面前来,道:"实在不行,我给舅舅一点钱,您把剩下的四成羊毛原价给我吧,等行情好些了,我还是以原价还给舅舅,要行情实在好不了,再想办法处理掉。"

这确实是雪中送炭。云秀成喜道:"好女婿,真让你费心了!"

银川脸色不郁,云秀成生恐说错话让他打退堂鼓,忙改口道:"阿琛你放心,要真涨了价,我按市价买回来,绝不让你吃亏的。"

银川一笑:"没事,自己人之间不计较这些。对了舅舅,阿喧最近有没有来找你啊?"

"他怕惹他老子生气,跟我们云家生分了许多,我可是有些日子没见到他了。"为了表明态度,云秀成特意补了一句,"这孩子没你懂事,更没你有长进。"

银川叹道:"都是当年出了那番事,其实他还是很求上进的。"

云秀成摇头:"他不行,我也费力带过他,没什么用,他志不在此,图的是面子。"

银川凝注了他一会儿,知这是真心话,便直奔主题道:"几天前他说要来给我打下手,可能是我最近在洋行管了太多事,父亲也想匀一点给阿喧做做,舅舅怎么看?"

云秀成急道:"这不是捣乱吗?你把事情安排得好好的,让一个生手再来搅和一把,还成什么事呢?不行,绝不能够!"一个快掉落悬崖的人,好不容易等到有人来救,人家伸手时可是要用力的,哪能让人分掉他的力气呢?思忖了一会儿,道:"你也别太为难,说到底阿喧也是我们云家一系的人,大不了让他来管我的外庄,我晓得怎么处理。"

银川正色道:"那我就放心了,再怎么阿暄跟着舅舅历练也是不错的。"

"那羊毛的事你就多帮我担待一些了啊,别忘了啊。"

"哪能忘呢,这可是我眼下最要紧的事。"银川笑道。

〔六〕

璟宁如约去了夷马街的涂公馆。

德英早就等候在那里,听到汽车喇叭声,快步走过来,向璟宁招手道:"门在这里。"

璟宁笑道:"好有趣,门竟然不修在房子正面。"回头吩咐司机道,"徐先生会送我回家的,你先回去吧。"

德英替璟宁打着阳伞,一边领路一边笑道:"你瞧旁边那栋一模一样的房子,门也是在侧面,不过两家是对着的,想来是为了走动方便。"

进了屋,餐厅里有两个佣人在摆着饭菜,桌子正中放着一个小花瓶,插着一小束红玫瑰。

璟宁探手触了触花瓣,无名指上的戒指闪了一闪,白金镶嵌一颗水盈盈的蓝宝石,四爪为细钻攒成的花朵。德英怔了怔,笑道:"好漂亮的结婚戒指。"

璟宁面上一红,知他是说她这般戴,便是向人告示已婚,当下故作不满道:"今天才拿到的。都是子昭这个讨厌鬼,非把它定小了一点,只能戴在无名指上了。"

其实定做戒指时,是子昭非要按她无名指的大小做,连首饰行的美国经理都笑说:"您是要做婚戒啊。"

子昭道:"钱不够用了。"

璟宁白了他一眼。将戒指戴在手上试了试,也觉得太张扬了,但这恰恰便是子昭想达到的效果,非要她戴着去找德英,还不许摘下来:"让徐烫饭趁早别打鬼主意。"

"这世上就你鬼主意多,还说别人!"

子昭吧嗒一声在她脸上亲了一口,叫司机把车开慢一点,将她两只手搓来揉去地玩："一会儿转过弯我就下车去公司那边，这几天因为我们订婚的事，偷了不少懒，好些事都没做，趁现在该商量的都商量完了，该买的也都置备得有头绪了，我帮帮父亲去。今晚我会跟他去一趟上海，过几天才能回来。车子开慢一点点，至少我能多和你待一会儿嘛。"

贷款是在上海汇丰银行总部申请的，大钧的财务状况似乎并不太好，政府担保虽然做了，官价结汇却一直没有落实，银行迟迟不肯放款，加上又面临着几大洋行的联手打击，公司处在十分艰难的时期，孟道群准备亲自去一趟上海。子昭决定相陪，既是对老父精神上极大的支持，也为了多累积一些应付风险的经验。成家立业，家眼见就要成了，业也得抓紧立起来。

他能收起纨绔之心，有很大一部分原因是为了她，璟宁自然知晓，但不免为这未经沧桑的公子哥儿心疼。于是千叮咛万嘱咐，要他一定注意饮食，放松心情，别累出病来。

子昭低声道："我身体很好，你尽管放心。"璟宁的脸腾地就红了。

"宁宁，我真盼望那一天。我好……我好……"他吞吞吐吐地没说下去。

她忍不住看着他："你好怎么？"

他声音愈发低了："扒光你衣服啊。"

她挥拳就打，他握住她的拳头，在她指节上轻啄："唉，真想赶紧娶你做老婆，等我回来就直接结婚吧。"

璟宁忆起这场景，用指尖磨蹭着左手的戒指，眼中闪烁着幸福的光芒，德英招呼吃饭，她恍若未闻。待回过神，只见德英在桌前，盯着那一桌菜发呆，不禁很不好意思，又不知该说什么，只好夸赞菜式精致。

德英打起精神，微笑道："你喜欢就好。"

这样和他吃饭，感觉总归有点怪异，璟宁看了看外头，问道："就我们两个人吗？"

"下人有他们的休息室，要叫他们来吗？"他伸手在桌下摸了摸，"云管家说桌下有电铃。"

"不用，不用。"璟宁忙道，然后问，"你说的云管家，是我家的云升？"

"是啊，房子是从你哥哥手里借的，云管家特意来安排的午饭。"

璟宁松了口气，原来是自己人的地方。其实刚才在担心什么，她也说不清楚，按说德英老实憨厚，肯定不会做出什么过激的事，但毕竟孤男寡女的，总不免忐忑。

桌上放着一瓶威士忌，德英笑道："这是洋行外庄的存货，有些年份了。你们女孩子们爱喝香槟，但我只有一瓶酩悦，怕你看不上这种廉价货，所以没带过来。"

盛昌是美国的洋行，美国施行禁酒令，不许出售和转运酒品，许多酒只能在黑市流通。盛昌在中国的少量酒品存货，已由中国买办收购于自家商铺里，在美国本土之外销售，并不算违法。若按禁酒令开始施行的1920年算起，这瓶威士忌最起码也有十二年的历史。

见璟宁犹豫的样子，德英道："放心，不是'大叫鸡'，那个我们俩都招架不了。"

璟宁扑哧一笑："别提了，那次我真是出了大丑。万一我又发酒疯，你可就惨了。"

"你终于知道自己发了酒疯，把我们大家都害苦了。"德英指了指一盘卤鸡爪，"不是爱吃这个的吗？怎么把它给晾着？"

璟宁笑道："只能在家里的时候吃着玩，在外面和别人吃，总有些不斯文。"

"我也算别人？"

"你是我的好朋友。"她诚恳地说。

德英道："那晚你闹着要吃五香鸡爪子，我认了真，找遍了赵家的厨房，人家偏是没有。大半夜的都快两点了，我拖着管家起床，把已经睡熟的船夫叫醒，划船离了岛，到了沙湖，又要赵家人帮忙寻了一辆车，在武昌城满街满巷地找啊找，找有可能还开着的饭店，脑子里只想我的宁宁想吃鸡爪子，非得给她找到不可，我的宁宁，我的……"他声音哽了哽，"千辛万苦买了来，你却连看都不愿看一眼，我一晚上的辛苦和焦灼，抵不过孟子昭给你做的酸梅汤。"

璟宁悔恨不已:"德英,你对我很好,但这辈子我没办法回报你了,只能下辈子再……"

"别这么说。"他想伸手去捂她的嘴,又怕唐突,急急地便将手放了下去,"别说什么下辈子,多不吉利。我不需要你的回报,只要你过得好,我就会好。来,我们干一杯,希望这杯酒能让我痛下决心,安安心心当你的好朋友。"

璟宁甜甜一笑,将酒一饮而尽,辛辣过喉,忍不住眯起眼睛,哈了口气。德英凝视她片刻,亦把酒喝光,慨然一笑,旋即再次将酒杯注满。

璟宁知他素不善饮,劝道:"喝一点便可。"

他摇头,又是一口将酒喝光,紧接着又倒了一杯,咕咚咕咚喝完。当他再次伸手去捞酒瓶的时候,已带几分狂意,璟宁过意不去,站起来一把夺过酒瓶:"好,要喝我陪你喝个够!"手一扬头一仰,将酒灌入自己口中,威士忌原是烈酒,一大口下去,直呛得她急喘。

德英红着眼睛道:"为什么还要对我好?让我喝死算了!"伸手去夺,璟宁被他一拽一推,人吃力不准,便往后面沙发栽了过去,德英去扶,却是脚步一软,整个人朝她扑了过去,怕伤着她,只好强力往旁边一偏,砰地倒在地上。璟宁担心德英受伤,过去拉他,步子刚刚一动,脑子里突然嗡的一响,巨大的眩晕感像一阵强风扑面而来,只好坐到沙发上,将头往后靠了靠,说道:"酒劲儿好大,跟'大叫鸡'有得一比。"

德英已扶着椅子脚站起来,说道:"这样也好,醺醺然的,心里倒没那么痛了。"

璟宁想安慰他一句,眼前却渐渐模糊,看他渐渐晕成一团隐约的影子,意识昏沉不可抵挡,为了压住渐渐涌来的眩晕感,她不得不闭上了眼睛。

不知道过了多久,恍惚中,身子陡然一轻。她吓住,抵抗道:"德英,放开。"

话到口中,却轻飘如空气,如同她同样轻飘的身体。

她试图睁开眼睛,无尽的困意像一双手掌,紧紧地压住了眼皮。

她知道自己被抱离了这个房间，但只能干着急，耳听脚步沉重踏在木质台阶上的声音，一扇门打开，然后砰的一声关上。

这是在哪里？

冰凉的杯口靠近嘴唇，璟宁的嘴唇本能一翕，让杯中茶味液体缓缓注入。

这让她清醒了须臾，眼睁一线，天地都似在旋转，有个朦胧的人影似德英又不似，高大挺拔，竟像子昭。她一时分不清现实和虚幻，慢慢地却有种莫名的欲望开始随血液窜动。

少女丰盈娇美的身体落在柔软的床垫上，单薄的衣服被汗水浸湿。

缎子被松松分开，骤然的凉意让她惊恐万分，腰带上金线织成的玫瑰花朵似欲飘落而下，绉纱衬裙胸口边缘绣着铃兰和风信子，密密簇簇挤作一团，又像蝴蝶翩翩飞走。她毫无办法。

男人的气息一点点迫近。这气味依稀让她觉得熟悉，真的是子昭吗？他偷偷跟着她来了这里？那种怪异的感觉继续在体内升腾，她的身躯开始颤抖，似在索寻什么，她想这是不对的，应该停止，但奇异的情绪像逐渐烧沸的水，漫进了本就所剩无几的理智。

脖颈、锁骨，一寸一寸，被绵密的吻渐渐烧得滚烫……那个人抚摸着她的肌肤，手掌从她的肩膀缓缓移下，握住了她的手。她的手指突然剧痛，宝石戒指似就要嵌进肌肤一般。她想开口呼喊，用力睁眼，可一点力气也没有，连眼皮都动不了，拼尽了全力却只是哑哑唤了一声："子昭！"

窗户被风吹得摇晃作响，栖息在广玉兰树上的野鸽子咕咕叫着，有几只振翅飞起，停在阳台雕花栏杆上。远处街道传来汽车开过的声音。雨下了起来，广玉兰雪白的花瓣盛满了雨水，一片片沉重地落在地上。

【上卷完】

下卷

浮生

第一章
疾风

〔一〕

"海舶几多浑莫辨,地球何处不相同。"

上海,中国乃至世界轮船航运的核心地带,世界最繁华的金融中心之一。从黄埔滩头开始,银行、信托公司、交易所鳞次栉比,除中央、交通、通商等少数几家本国银行外,几乎全是外国的银行:汇丰、麦加利、中法、正金、华比……从九江路折入,沿途尽是证券交易所,另有花旗、大通、三井德华等银行,钱庄票号更是数不胜数。连同宁波路、北京路、河南路一道,高楼云集,夜来灯火辉煌,真正名副其实的"金光闪闪"。

子昭和父亲走出汇丰银行的大楼,迈下台阶后,他回头看了看楼前的两尊雄视前方张着大口的石狮子。

道群淡淡一笑,道:"汇丰这一只大狮子,一开口就不知道在中国吞了多少钱,亏本的买卖他们是从来不做的。这一次若真要从他们手里借到了钱,可就是被狮子咬住脖子,不能轻易乱动咯。"

"那咱们干脆全部自筹,又不是没有钱,不就买几艘船吗?"

道群见儿子一派天真,不愿跟他多说忧心之事,只一边走一边告诉他一些和船业金融有关的轶事,将话题岔了开去。

烟水苍茫,轮船的汽笛声漂浮在黄浦江的上空。

暮色降临，天空好似还和白天一样明亮，但街道上已明显感觉暗了下来。华灯初上，车水马龙。道群和子昭慢悠悠走在江边，眺望江上缓慢穿梭的轮船。

"以前中国的内河航运，哪里轮得上洋人说了算。洋货要运进来，得用民船从广州起运，"道群说，鬓边的白发在晚风中轻轻飘动，霞光映在他眼中，"国贫民弱，中国不论是在政治还是经济上都不争气，几场仗打下来，从旗昌、怡和开始，到太古、日清、日邮……内行航道几乎全被洋人给占了，连远洋的航业也基本上都在洋人手里。本土的船运公司，除了招商局有政府做靠山，其他如我们大钧，还有卢老板的民生公司这样的后起之秀，无不是腹背皆困，吃尽了哑巴亏。政府不扶持，即便扶持也多是试图拿走股本，名为帮助，实则想借机收归国有，到最后我们被排挤出去不说，辛苦了几十年的家业，也说不定会被那些鸡零狗碎贪得无厌的腐败官僚挥霍破坏殆尽。"

他看着沉思的儿子："你未来岳父说我古板固执不懂得变通，老是和洋人作对，其实我何尝不知道，跟那些官僚相比，洋人们做生意至少会严守契约的规则，有一种，怎么说呢……"一时不知如何措辞形容，闭目想了想。

子昭揣摩着道："职业精神？"

道群睁开眼睛："没错。比如说这一次为我们进行财务核算的英国公司，他们给我们做的财务报表，事无巨细精确无比，每一项风险、利益，都给分析得条条在理。当时他们建议我从汇丰贷款，提到汇丰新大楼在上海落成之时总董蓝恩的一段话，我至今记忆尤深。"

"那个总董是怎么说的？"

"他说：'本行不惜巨资造此华厦，实因坚信中国商务之发达无可限量，今日中国社会及政治诸多情形，虽多可悲，致受外人之干涉……倘至必需之时，则敝国虽以武力为后盾亦无不可，盖非此不足以恢复中国安全之秩序，亦为大多受害之中国人所欢迎。'"

子昭蹙眉："他是说虽然中国的经济会有繁荣的可能，但这个国家变数很大，投资人的钱随时可能打水漂，汇丰有一个强国做依靠，一旦遇到这种风险时刻，他们会不惜以武力来保障大家的利益……嘿嘿,让他们在我们的土地上使用武力,政府跟孬种有什么区别?洋人侵占我国,还打着'为中国人撑腰'的旗号,真是可笑至极!"

道群道:"所以说,我们这些商人能有什么办法呢?孟氏既要保护和发展大钧,又要想办法不被政府或洋人控制,谈何容易。潘盛棠之所以现在跟我较这番劲,也是因为时局变化不定,他既想让洋行重视潘家,也想在航运这碗饭上给潘家多寻一双筷子。说到底,我们这些老骨头,折腾来折腾去能耗到什么时候?今后的商场是你们这些年轻人的天下,儿子,你加把劲吧!"

子昭挠挠头:"以我现在的经验和智慧,可能还是得慢慢来,而且我那未来的妻兄,看起来就很不好对付啊。"

道群沉吟道:"潘家大公子小小年纪就这般精明内敛,又天资聪颖,假以时日,必会成就大气候。这孩子……我看就连他父亲也未必压得住他。只希望今后他不要成为大钧的敌人,要不还真是很棘手的一件事。"

子昭眉毛一扬:"他虽然不好对付,但我却并不害怕,因为我知道我不会比他差的。"

"是吗?"道群不禁一笑。

子昭道:"爹,我会争气,我落后他数年,从今天起加倍努力赶上去。"

道群赞许地点点头:"好,我等着看。"

孟家在河南路有栋小宅子,一进屋,子昭便飞奔到了电话旁,给璟宁打电话。因是长途,需要接线员转接,等潘公馆的佣人去将璟宁叫来,已经好几分钟过去了。

璟宁在那一头轻轻喂了一声,子昭早等得极不耐烦,抱怨道:"总是慢吞吞的,平日里活蹦乱跳跟泥鳅一样,就接我电话的时候慢得像蜗牛。"

璟宁没接话。

他以为她在琢磨如何反唇相讥,结果她沉默许久,只解释了一句:"我在睡觉。"

"都是吃晚饭的时间了,你还睡觉?"他很是不满,"是不是和琪琪她们疯玩去啦,回家就犯困?"

那边又是半天不吭声,他误以为断了线,提高音量喂了一声,她方慢吞吞应了句:"是的。"

他嘻嘻一笑:"想我吗?"

"想。"

"有多想?"

"很想。子昭,你别生我的气,好吗?"她微微有些哽咽。

他被这楚楚的声音搞得心软,投降道:"好了,我不怪你了,只是下次接我电话的时候得利落点,知不知道?想你想得发疯。"

"知道了。"她吸了吸鼻子,心情似乎好了些,嘱咐他注意休息,他也别有用心地叮嘱:"你要小心别中暑,天太热了,要玩的话等我回来陪你玩,这几天就乖乖在家待着,最好哪儿也别去。"

"你回来难道天就不热了么?"她不禁笑了,语声中却依稀还有些苦涩之味,他想这一定是因为她对他相思的缘故,不免又是得意又是甜蜜,挂上电话后,嘴边的笑容许久都未散去。

接连两天,道群约着金融界和实业界的熟人吃饭,子昭知道父亲已在做最坏的打算,官价结汇的申请很可能得不到批准。尽管徐副市长对父亲很有信心地保证过,但以父亲的性格,对所有事情都会预估一个最大的风险,做足准备。可是,购船的那笔款子中的百分之十五,这不是一笔小数目,万一真得靠大钧自己来解决,如何解决?

夜里,道群疲倦至极,却通宵失眠。他本有糖尿病,最近常突然间心跳加速,口唇发干,起床喝水后又会频繁小解,折腾一宿再也无法入睡。子昭见父亲日渐憔悴,无比忧心,弄了张躺椅到父亲房间,晚上就睡在那里。有时道群醒了,似有感应,子昭立刻也便醒了,给父亲端茶倒水,陪他说话放松心情。道群见儿子懂事成熟了许多,老心大慰,如此几天下来,子昭倒没能抽出时间思念璟宁。

银行的限期将近,徐祝龄从汉口打来了电话,和道群进行了一番长谈。

挂上电话后,道群陷入了许久的沉默,然后对子昭一笑道:"看来还是得靠自己了。"

"当时不是说得好好的吗？"子昭愤然道，"这些当官的说话不算话！"

"没有很明确地说没戏，只是我第一次从他口中听到了推搪之意。也许他是真的有难处吧。"

"都到这时候了，若要我们自己筹钱的话，怎么筹啊？"

道群沉吟道："万不得已是不能发行债券的，价若不高，就会被人恶意收购，这样一来，我便是将大钧船业推到了悬崖边上。不行，我得再想想有没有别的办法，看能不能重新找到帮手。"心力交瘁，胸口忽地一闷，重重坐倒在沙发上。

子昭大惊，担心地问："父亲，是不是身体不舒服？"

"中午有些积食，不妨事。"道群摆摆手，见儿子双颊瘦削，黑眼圈都出来了，怜爱之意油然而起，便说，"银行既然愿意延长筹款的时间，我们该做的也做了。放你一下午的假，想去吃什么玩什么尽管去。明天我们回武汉。"

子昭的眼睛不由得一亮，道群心里暗暗叹气：唉，这庞大的家业迟早要交给他，他无忧无虑的日子总会结束，趁我这老朽之身还能挺一段时间，让这孩子轻松一天算一天吧。

就近便是城隍庙，子昭买了几块臭豆腐，边吃边走，琢磨着给璟宁买点东西，但买什么好呢？金银珠宝绫罗绸缎，潘家自然不缺，他溜达了几圈便没了主意，心想原来自己并不很会讨她喜欢，惹她生气倒极擅长。而一想起她生气时瞪圆眼睛含嗔带怒的可爱模样，顿觉归心似箭。人声如沸，因爱人不在身边，一切都索然无味。

怏怏地回到住处，道群坐在客厅喝茶，见他手里空空无物，眉头一蹙，说道："快成家的人了，只知道玩，一点都不会处事。"杵着拐杖站起来，"走，我跟你出去一趟。"

子昭大惑不解："爸爸，您就好好休息吧，天都黑了，还没吃饭，出去干什么？"

道群瞥了他一眼："晚饭要吃，礼物也要买。让你出去玩你就真出去玩了？也不想着给你未来的妻子买点东西。"遂叫司机去开车，子昭无奈，只得跟着父亲出去。

车行至静安寺"鸿翔时装公司"门前,道群摇下车窗,见秋季最新款的服装已上橱窗,连初冬的大衣也上了架,便说道:"我给你妈妈买一件大衣,你给璟宁也买一件,女人家,喜不喜欢你买的东西另说,晓得你有这片心总是没错的。买了衣服再去趟霞飞路,看看有什么可以给你未来的岳父岳母带回去。"

子昭心中温暖,不敢多话,急忙扶父亲下车。店员殷勤招呼问候,端茶送水,拿出新款衣装的图册耐心介绍。道群说:"夏天很快就过去了,买实用些的吧。"子昭亦是这么想,朝父亲笑了笑。

道群给孟夫人挑了一件酒红色的毛料大衣,子昭则一眼相中一件紫貂,店员将大衣取来给他看,毛色细软有光,手抚过去如划入一道清凉的泉水,剪裁精致,极衬璟宁的高挑。官禁虽开,高档皮货不再算什么稀罕物,但这件衣服依旧很贵。子昭犹豫了一瞬,最后还是指着一条白狐披肩道:"买这个吧。"见父亲看着自己,便笑道,"一个小姑娘家,给她买条披肩就可以了。"

道群点点头,念及之后两家的婚事还需一大笔花费,公司又处在困难中,钱是得计划着用,便没说什么。店员将披肩和大衣分别包起来,道群见儿子频频回顾,似颇有不舍之意,不禁暗暗伤感。

〔二〕

璟宁已经在花园坐了很久了,从太阳落山一直坐到夜幕低垂。

虫声唧唧,脚边的蚊香早已变成一圈灰烬。喷泉没有喷水,她嫌水声太吵,叫花工将水泵关掉。玫瑰谢了一大半,花床边开得最热闹的是紫茉莉,红、白、紫、黄,这是属于夜晚的花朵。她手腕上套着紫茉莉串成的花环,月光下是苍白的粉色,一如她眉间弥漫的苦涩和哀愁。

"这是我给你煮的艇仔粥,油条是现炸的。"

银川将托盘轻轻放在喷泉池边。

她抬头,清婉的脸庞被玉兰花灯照得犹如透明,呈现出一种少女不该有的脆弱疲态,眼睛一如既往的清澈,但好像远不如以前那么明亮了。

她说:"孟子昭要回来了。"

银川锁住眉心,沉下了脸,但见她神情凄然,心中一软,叹了口气,柔声道:"宁宁,你瘦了。"

她却带着孩子气的执拗追问:"子昭要回来了。我该怎么办?"

我该怎么办?

这也是那天她清醒之后说出的第一句话。

大哥哥,我该怎么办?

银川安静地看着她,以近乎残酷的冷静对她说:"有些事情是不可能改变的。只有面对它,接受它。"

她的肩膀开始颤抖,大眼睛里迅速溢满了泪水,依旧执拗地看着他,但是慢慢地,她的嘴角开始抽搐,细弱脖颈无力地垂下,后肩露出一片皮肤,隐现一道道鞭痕。

银川蹲下,看着她:"宁宁,别难过,你并没有错。"

璟宁咬着嘴唇,胸口急促起伏几下,放声哭了出来。

"他会发疯的。他那么要强,那么要面子,我却这样羞辱了他。"她泣不成声,语气固执,"能瞒一天算一天。我会对他好,只要他念我的好,可能就不会太责怪我。我会找合适的机会向他坦承。但是现在,能瞒着他最好。"

银川勉强安慰道:"父亲不愿跟孟家撕破脸,也有挽回的意愿,即便不顾着你,为了生意,也会尽力隐瞒此事,你可以先放宽心。"

她顿时流露出欢喜之意。孩提时他为她买来香甜的栗子,或偷偷带她出去玩耍,她亦是这般表情,眯起眼睛,笑得像个甜糯的小点心。银川但觉一颗心被苦涩凿穿,手忍不住轻轻抬起,抚在她苍白的脸颊上,但也只是轻轻一触便放下了。

"对不起,那天我不该打你的。"

想起数天前发生的事,已恍若隔世。

那一天,其实夷马街的涂公馆里还举行了一个小型晚宴,由银川主持款待日清洋行的高级管理人员,还有两个记者采访拍照。这栋洋楼即将转租出去,晚宴之后,银川带着客人们参观楼中陈设与房间布置。

楼道间通风很好,窗外浓郁的花香、湿润的雨气簇拥着飘进来,带着几分淡淡的秋凉。雨声细碎,人声嗡嗡,时不时夹杂用日语和中文表达的赞美。窗外的雨时急时缓,浓云碎片被风吹散,夜空被汉口街市的华灯映得诡异的亮,广玉兰的枝条湿漉漉的,不时拍打着雕花铜栏杆,噼啪有声。他们从一楼茶室、客厅、饭厅,再走到二楼的书房、起居室,以及卧室。李南珈在前面带路,每到一个拐角处,便提前将灯打开。

灯一盏盏亮起来,照亮走廊之中精美的壁纸和画框,南珈推开了二楼南向卧室的门,可当灯亮起的一刻,走在最前面的人全都惊到了。

床上那对衣衫不整的青年男女,也如梦初醒似的睁开了惺忪睡眼。

镁光灯砰地一闪,银川回过神,迅速转身拦住记者摁下快门的手,再往前两步将众人视线一挡,示意他们往后退一步:"不好意思,这是我之前邀请来的两位客人,看来他们还在休息。时间也不早了,诸位要不然先请回吧,房子交接的手续我们明天一早就办。南珈,给诸位先生带路,把车子安排好。"

待众人离去,银川站立着,平静地吸了口气,脸上的血色却在一点点消失,他重新推开了门。

徐德英一脸惊慌愧疚,正跪在璟宁身前,喃喃不休说着什么,璟宁蓬头散发,神情木然,听到银川的脚步声,猛地抬起头来,眼中全是害怕。

银川一步一步朝他们走过去,瞳仁里泛起晦色阴云,额上青筋清晰可见,他拳头紧握,指节发出咯吱响声,一向温文尔雅的他此刻脸上布满狰狞。

德英站了起来,神情复杂地看着他,璟宁往后瑟瑟地一缩,怯怯地道:"大哥哥,我该怎么办?我……"

银川一拳向徐德英挥去,德英猝不及防,跌坐在地,璟宁尚未回过神,面上已是火辣辣一痛,银川拽她起来,又一记狠掴,娇嫩的脸颊顿时红肿,璟宁完全被打懵了,怔怔地看着他。

银川一时说不出话,浑身都在发抖,璟宁捂着脸,眼泪大颗大颗滚落了下来。

他第一次直呼她的名字,语气是那般痛心绝望:"潘璟宁!我打你就是打我自己,你明不明白,明不明白?!"

璟宁大声呜咽,身体颤抖。

银川咬牙切齿看着她。不,她怎可能明白他此刻的心情,或许这辈子都不会明白!他想杀了自己,却先将匕首刺向了她,那上面覆满了毒药和欲望。恨意、悔意、绝望,像狰狞的火焰烧进五脏六腑,对她所做的一切让他升腾起奇异的快感。原本就想毁了她,原本就试图毁掉这一切,要是能连自己也一同毁掉那就更好了,因为在这出戏里演得最投入的,不过只有他自己。

当他再次扬起手时,徐德英拦住了他,用冷静到诡异的眼神看着他:"璟宁没有任何错。所有的事我一个人担。"

"你担得起吗?徐德英,我现在就可以杀了你,信不信?"

"不劳你动手。"德英放开他,后退一步,从桌上拿起一把银质裁纸刀,锋利的刀刃闪着冷光,他朝璟宁看过去,微微一笑,"宁宁,不管怎样都是我害了你,徐德英对不住你!"

噗的一声轻响,小刀没进肋下,白色衬衣迅速晕出一团刺目的猩红。

命运之河是否就在此刻改变了流向?恰如窗外急坠的夜雨在黑暗中纵入江流,奔向无可逆转的苍凉。

一夕之间,自小受尽宠爱的潘璟宁,这个从不知愁为何物的千金小姐,平生第一次尝到了从天堂落入地狱的滋味。

徐公馆在大多数时间是闲置的,在里面做事的佣人也不过只有两三个,徐德英和璟宁会面那天,由于银川特意叮嘱过不要去打扰,所以佣人将午饭备好后便去了邻楼的休息室里,待下午李南珈过来安排晚宴的准备工作,饭厅里早不见了徐潘二人。这件羞耻的荒唐事被定义为当事者酒后失德的结果,但由于徐德英的自杀,伤势极重,生命垂危,潘家反而被尴尬地置于极其被动的处境。在这样的情况下,对徐家的问责或报复,一时间根本无从谈起。

璟宁被关了起来。

父亲的暴怒,母亲的抱怨,银川愤怒之下的掌掴,以及只有她自身最清楚的耻辱,令她变得沉默寡言。

一个生活在幸福家庭的孩子,当受到伤害的时候,会渴望马上投入到亲人的怀抱,让他们给予最大的安慰。这是孩童身上表现得最明显的特点,摔一跤,哭一声,亲人们便来了,给他揉一揉伤口,吻一吻他的额头,再说些安慰的话,哪怕没有改变什么,孩子也会觉得好受了许多。

可她不是这样的孩子了。曾经她也以为,在这个家里她会永远享受一个幸福的孩子拥有的所有权利,但她再不是孩子了。

她犯了致命的错,没有谁帮得了她,现在谁都可以指责她。

银川忙着善后,有时候会去医院看看徐德英的情况,更多的时候是在洋行和家之间来回跑。徐德英在抢救中,刀伤到达了肺部,随时有生命危险。盛棠一直处在震怒之中,因为有记者拿着相机在公馆外头晃来晃去,他发怒的时候潘家所有人都屏息静气,尽量躲起来不敢惹他。云氏除了唉声叹气之外,便是流着泪跑去责备璟宁为何不懂得检点和分寸,为何不晓得保护自己,这么多年的教养如何就被轻易抛之脑后,迫着她说出那天的来龙去脉和诸多细节,以便找出些破绽,好用来和徐家人对质。

"徐德英糟蹋了你,别想脱了身去。"云氏恨恨地总结。

璟宁听到"糟蹋"这个词,身子猛地一抖,板着脸将手中的茶杯奋力掼到地上。

云氏简直无法理解她到这个时候还使小性儿,怒道:"怨不得阿琛打你,你真是任性得无可救药!"

"无可救药又怎样?"璟宁尖利地说,"我再没救再下贱也是你生的!你不想着疼惜我帮助我,现在却只顾着自己的面子。我都这样了,妈妈在家里还有什么面子?!"

"疯了,这个孩子疯了。"云氏哭哭啼啼地离开女儿的房间。

璟暄也来看过她。

璟宁打开门,冷冷地道:"大哥哥已经打过我了,现在该轮到二哥哥来教训我了吗?"

他递给她一袋冰,柔声道:"敷一下脸。"

她想哭,但咬着嘴唇没让眼泪流出来。

璟暄的头发留得比一般的男人要长一些,从鬓边垂下,是为了要掩住残缺不全的耳朵。有一段时间他曾试着戴一个耳罩,是那种黑色的、橡皮做的耳罩，可以牢牢固定在残存的耳廓边缘。戴了几天后他还是放弃了，那个东西像劣质货品上的商标，他就是那劣质的货品。

他看着他唯一的妹妹，她是潘家的小公主，是曾有着银铃般欢乐笑声的可爱女孩，现在却变成了一个破损的布娃娃。但这还仅仅是开始，等待她的将是无穷无尽的难堪和痛苦。

他不知如何安慰她，正如当年没有任何人能安慰他一样。谁会去感激苦难，经历挫折过后的成长，只和自己的努力有关。无忧无虑充满希望的时光总有结束的一天，但还得坚强地活下去，不是吗？

璟宁关上了门，泪流满面。

"我们都废掉了。"璟暄的眼神告诉她，"更可怕的是，人生还很漫长。"

所有与孟子昭有关的回忆，曾经让她无比幸福，此刻令她痛苦不堪。她不知道该如何跟子昭解释，一想起他她就头疼得厉害。她试图摘下那枚宝石戒指，手指却肿得厉害，用尽力气也无法将戒指摘下来，只好任由它像一块烙铁一样贴紧自己，提醒她曾经发生过什么。

这一切都像噩梦一样。会不会真的就只是一场噩梦？无计可施之下她想到一个办法，那就是不停地睡，不吃不喝，只是睡觉，或许这不过就是一场梦，醒过来以后一切都还是过去的样子，什么都没发生，她依旧是个清白的姑娘，是个幸福快乐的人。

可当她每一次醒来的时候，都会恐惧地意识到，真的已经发生了。

再也无可逃避。

事情发生那天，大哥哥凶狠地将她拽回了家，他给她的那两耳光，让她暂时逃过了父亲盛怒之下的惩罚，但她永远无法原谅自己。她不怪大哥哥，因为他早就警告过她，要她断了德英的念想，是她自己不够坚决，为虚荣付出了惨痛的代价。她甚至都不知道该不该怪罪德英。当德英自杀的时候，当他沾血的手伸向她祈求原谅的时候，她脑中一直响着大哥哥说的话："你认为自己在感情的天平上，站在可以藐视别人的一方。但是小栗子，不要以为爱你的人都是弱者，弱者的反抗是会让人招架不住的。"

而她当时是如何回答的呢？

"我喜欢被他们喜欢。"

璟宁蜷缩在床上,身子颤抖,浑身都是凉的。

"你该死,你自作自受。"

她咒骂自己。

但她还是不觉得她错了。

虽然年轻,但她并不轻浮,她并不是天真冥顽到了不明白贞操重要性的程度。可她认为自己在这件事上并不是主动犯错的,她喝醉了酒,糊里糊涂和德英发生了关系,当时她没能有力量拒绝这件事发生,她的心从未往不道德的方向偏移过。不能因为德英自杀,所有人便认为她也有错。

晨光透进了窗户,照亮床前摆放的相框,里面是三年前她和哥哥们的一张合影,她穿着藕荷色套裙,脖子上的丝巾随风飞扬,她斜靠一辆新款的沃克斯豪尔DX,车里是二哥,笑着探头出来,刚回国不久的大哥背倚车头位置,沉静而温柔。那时家里还算得安宁,或许也能称得上幸福,至少她从未被忧愁所扰。拍下这张照片后不久,沃克斯豪尔换成了劳斯莱斯,紧接着父亲险些遇刺,如今家变迭生,欢声笑语早已逝如云散。

"以后怎么办呢?"璟宁怔怔地看着照片。

以后也许什么也没有,但还是要争取。

"我没错。"她坐起身来,喃喃自语,"我是被迫的,我根本没有力气反抗。错不在我。我要让自己好好的,好好地等着子昭回来。那天我除了喝酒这件事错了,其他的我都没错。我没有愧对子昭。"眼泪依旧不听话地流了下来,她倔强地用手掌不停地擦着。

突然之间,她生起了一种虚幻脆弱的意气,她想她完全有可能纠正之前的差错,只要孟子昭相信她,给她机会。从前她是什么样的人,现在依然是什么样的,她不能虚度时间,不能就这么垮掉坏掉。她要想一个办法出来,一定要找个办法,解决掉现在的难题。

而在此之前,她要先从这逼人崩溃的窘境中将自己拽出来。

于是她去了琴房。

许久没有在潘家出现的钢琴声再次响起。

巴赫的十二平均律,十二个大小调,每一调都包含了前奏与赋格，这是一组她从小到大最爱的练习曲。精密排列组合的音符，是锻炼思维澄净头脑的神灵，它们会欢快地跳跃，在她的指下发出光芒。

璟宁微微闭上眼睛，一首接一首地弹，从C调开始往下弹……

有人开门走进来。她的听觉在此刻是敏锐的，立即辨出了是谁的足音。这一刹那仿佛时光已经倒流，往事悄无声息浮现，她回到了小时候，还是那个被兄长监督着勤奋练琴的小女孩。

她朝银川调皮地挤挤眼："我弹得好吗？"

他的脸色难看到了极点："别弹了，父亲听到会生气的。"

她扭过头，撅起嘴："爹爹也喜欢我弹钢琴的，这个琴房还是他给我布置的呀。"

灵巧的手指不停地在琴键上飞舞着，音符流动像潺潺的泉流，她已弹到C小调的赋格曲……

"宁宁，我带你出去玩。"他哀求道。

她听到了他心碎的声音，她知道他已看到她心中的伤口，他在为她难过。

"我求你。"他像小时候一样哄她，"哥哥错了。"

"你有什么错呢？"她偏着小脸，似嗔似笑。

他眼中似有泪意在灼烧，但这并未让她觉得安慰，她咬了咬嘴唇，轻声道："你打我没错，我是该打。"

她低下头，手指再次重重地敲下，但琴声却未如预期般响起，她身子一斜，被人拽了起来。

银川立刻挡在璟宁身前，却被一把推开。盛棠先是抓着璟宁的肩，可能觉得不顺手，转而攥她的手腕。他还穿着睡袍，皮肤是长夜失眠的枯黄干燥，他右手紧握一根暗栗色手杖，手杖有些年头了，是他早年间在欧洲定制的。

银川瞳孔一缩，他记得它，潘盛棠曾用它打过他的母亲。

璟宁被盛棠摔开，向前跌扑，倒向了谱架旁的钢制雕花烛台，尖利的钢刺从她手掌一直划到手腕，鲜血吧嗒吧嗒滴了下来，她痛得整个身子一矮，肘部轰地撞在琴键上。

古老的斯坦威，尽管这两年她几乎没有再弹过，但隔两天她便会亲自来擦拭,这是陪伴了她十多年的朋友,在愤怒中发出了狰狞的轰鸣。

"不要脸的东西!下贱!"盛棠赤红的眼中怒火熊熊,挥起手杖,啪的一声抽在女儿纤弱的背脊上。

骤然而生的疼痛让璟宁浑身发颤,薄薄的衣裙被瞬间撕裂,后背肌肤皮开肉绽,血痕立现。她忍不住失声痛呼。

银川大惊,疾步趋前,当脚步迈出的那一刹那,眼中似蒙上一层薄冰,晶辉裂处尽是旧日阴霾,他看到了母亲屈辱的面容。

有一瞬的快意涌上心头,报应啊,真是报应。潘盛棠,你活该挣不脱这种羞耻的轮回。这就是你的报应。然而,在他片刻的迟疑中,盛棠的手再一次挥了下来,璟宁又受了一击。

将天然采光利用得无懈可击的琴房,慢慢吸敛着户外逐渐明朗的日光,从花园传来了清灵鸟鸣,白色纱帘在清风中徐徐飘动,这是多么美好的清晨啊。可是,钢琴可怖的轰鸣,宛如一把锋利的刀刃一下又一下,毫不留情地划开了流血的伤口。汉口鼎鼎有名的潘家,被香车珠宝霓裳以及上流社会全部的浮华装点得完美无缺,终于被劈开一道森冷的裂缝,露出了腐坏的血肉和霉变的宁静。

璟宁吃力转头,一双眸子呈现出病态的亮,她愤怒地道:"我做错了什么?我只是没有能力反抗罢了,凭什么你们就觉得我做错了!我错在哪里?!"

"你竟然还敢犟嘴!身为女子就该守住贞洁,更遑论你出身在正派的潘家。"盛棠怒喝,"你这样的贱人就该浸猪笼!还没进你夫婿的家门,就学下贱女人偷汉。我潘盛棠上辈子做了什么孽,生下你这么一个不知廉耻的小畜生!"

这充满羞辱的咒骂远比鞭笞更要伤人,璟宁一动不动盯着父亲,不再躲避,也似乎不屑辩驳。

但这愈发激怒盛棠,女儿眼中的淡漠不屑让他想起了最不堪回首的往事:那个女人也曾像她现在这样,嘴角牵出冷笑,嘲笑他的挫败和耻辱。

他将手高高扬起,银川扑了过去,将璟宁牢牢地护住,火炭灼烧般的痛飞快蹿到了后颈,银川颤抖了一下,终于知道怀中的人正在承受多么残酷痛苦的摧残,他拥紧了她,握住她洁白纤细的手腕,她掌侧蔓延到手掌的伤口正汩汩流出鲜血,将黑白相间的琴键染成诡异的殷红,也染红了他的手掌。血不断流下,银川惊惧地看璟宁,她牙关打战,眼神空洞,脸色苍白如纸。

可是一滴眼泪也没再流。

盛棠已经打红了眼,闻声进来的璟暄和云氏将他的手用力拦下,璟暄大声道:"我们都是你的骨肉,您为什么要这样对我们?父亲,您为什么这么铁石心肠,您的心难道不会疼吗?"

"滚开,我就当没你们这两个没出息的儿女!"

璟暄眼中全是泪水:"可我们还好好活着,这真遗憾,是不是?我们是您的孩子,这是事实,我们没出息,这也是事实。可我们错在哪里?或许我们不该是您的儿女,从一生下来便是个错误。"他颤抖着,向盛棠跪了下来,"既然如此,您为何不早说?如果打死我们就可以改变这一切,您就动手吧。杀了我们,一了百了,您再没有烦恼了。"

银川将璟宁小心拉到一旁去,回头凝视盛棠,说道:"父亲,比起责打亲骨肉,想办法应对家门外的那些事可能更为明智。要解决现在的麻烦,父亲您手中的这根棍子未必有什么用处。"

盛棠脸上阴晴不定,呼吸越来越重。他低下头,看到手杖上斑驳的血迹,它们像一团火灼烧了他的眼睛。一口气呛在喉间,盛棠抚胸大喘,终究还是松了手。

"孽障!"他切齿咒骂了一句,将手杖扔到地上。

〔三〕

银川将璟宁小心翼翼地放到床上,她轻轻缩了缩,额上是豆大的汗珠。

"不要躺,先一直这么卧着,大夫马上就来了。"他用颤抖的手指拭去她不断冒出的冷汗,将她右手腕上包裹伤口的纱布紧了紧,璟宁眉头一蹙,极是痛苦,他心疼地看着她,蹲下来,往她手腕上轻轻吹气,她奋力转过脸来,充满依恋地看了他一眼,声气微弱地说:"大哥哥,你背上疼不疼?"

他双眼一时模糊，略仰起眼睛，微笑道："我不疼。"

"我觉得背上不疼，手上疼极了。"她嘴唇直打颤，说话都在哆嗦，脸色更是惨白如纸。银川不忍卒睹，站起来去给她倒水，她以为他要走，忍痛撑起身子。

他探手稳住她的肩膀，让她重新卧下："小栗子，要我做什么？"

她还是没有哭，乌黑的大眼睛里闪烁着执拗："我不觉得我做错了。"她疼得不停抽搐，但还是一字一句说了下去，"大哥哥，帮我瞒着这件事，别让子昭知道。我晓得你是有这样的能力的。求你了，帮帮我。我还是想和子昭在一起。"

她苦苦央求，一边求他一边哭，他只好答应她："放心，我会尽力。"

璟宁渐渐平静下来，医生给她上了药，打了止痛针，又给银川收拾了下伤口。过了一会儿，璟宁昏睡了过去。银川一直守在她床边，背部火烧火燎地痛。不一会儿璟暄也来了，柔声道："我陪着你们。"

"母亲呢？"

"在父亲那儿。"

银川点点头。

"大哥，谢谢你，你现在是我们最值得依靠的人了。"璟暄朝他笑笑，神情却甚为凄苦。

银川心中一痛，一时间无言以对。

璟宁发出呓语，唤着子昭的名字。璟暄怔怔地看着她，轻声道："如今这家里，我和她都算毁了，只剩下大哥还好好的。"

银川看了璟暄一眼，但璟暄却只是哀伤地凝视着妹妹，脑海里浮动着多年前的情景，日影缓缓西斜，那些美好的午后，那些遥远的温馨，永远成为了过去。

"我不会让璟宁毁掉的。"银川忽然说，语声低哑却郑重，璟暄没有回应他，轻轻用毛巾给璟宁擦着额头不断冒出的汗。

正是这天的傍晚，正是在这样的情况下，孟子昭从上海打来了电话。

璟宁当时已经醒了，小君给她换完了药，她挣扎着起床，银川原站在门边，见状不由制止："我会应付他。"

她坚决地摇摇头,伸足穿鞋,银川只好任由小君扶她去接电话。他就站在不远处,看到她极力压抑哭泣,褪尽血色的唇边挂着苍白笑意,这般艰难痛苦。

"我也想你,子昭。"她对那头说,甚至还笑了笑,"你回来天气就不热了吗?"

银川觉得前所未有的无力和茫然,内心有什么在破碎崩塌。

深夜风雨大作。

盛棠推开银川房间的门,快步走了进去。

"徐德英已经脱离了危险。"盛棠说。

银川一凛,飞快将桌上一个什么东西往几本书下一塞,起立转身:"徐家来了电话?"

盛棠点点头,一张脸在灯光下显得无比苍老。

银川道:"记者那边已经打点好了,外头只是在传说徐德英受伤和潘家有点关系,但并没有做其他的揣测。那天的客人里大多是外国人,不认识他们。"

盛棠心烦意乱,背手举步,在房间里走来走去,这才问了一句:"你的伤不要紧吧?"

"不要紧。"

盛棠正色道:"你每天要记得上药,现在天气热,感染了伤口会很受罪。"

受伤的人不止他一个,但盛棠一句也不提另一个人。

银川低下头,轻声说:"父亲,我们难道不应该向徐家讨个公道吗?"说话间有意无意探手摩挲身后堆叠的书册。

盛棠脸色略变,径直走到书桌前,手用力一掀,那几本书斜斜一垮,露出下面压着的一个牛皮纸袋,银川待伸手摁住已不及,盛棠打开纸袋一抖,一张照片飞了出来,掉在桌上。

盛棠拿起一看,瞳孔瞬间急缩,目中戾气如烈焰焚起,他的左手慢慢抚向胸前,看来又要开始大咳了。

银川连忙道:"父亲放心,那个记者说绝不会泄露出去。"

盛棠面上如覆严霜，目光凛冽地扫过来："那么，你拿着这些照片做什么？"

银川脸上浮现出痛苦煎熬之色："我很矛盾，想毁掉它，又很想让徐祝龄亲眼看看他儿子做出了何等丑事。宁宁受到玷污，我实在咽不下这口气！我还在想，徐家现在有把柄在我们手里，就不该在大钧那件事上跟我们摆架子。"

盛棠眼中布满血丝，脸上却满满浮出一丝诡谲森冷的笑："你说得对，潘盛棠的女儿，自然不能被人白占便宜。"

两天后，徐祝龄副市长给尚在上海等消息的孟道群打去了电话，大钧船业官价结汇一事终成泡影。

孟道群父子也比预计提早了一日回到武汉，随即，潘家收到孟家送来的退婚书，裱褙得极妥帖，由孟道群手书，最后一段写道：

"还金于山，还珠于渊。佳偶自有天成，缘尽惜之命定。"

盛棠低声念了念，将书信递给一旁坐着的云氏："孟家很客气，无一句诋毁之言。想来也是为了顾全大家的名誉。你们将聘礼清点一下，择日原数还给人家吧。"

云氏憋着一肚子委屈去看女儿，璟宁刚上完药，正趴在床上歇着，已经从小君那儿大概听说了这件事，见母亲进来，她身子微微一动。

"不用起来。"云氏走过来坐到床边。

璟宁本就没打算坐起，不过是将头转来朝向窗户那边，因怕溽热，靡靡青丝向上顺在枕畔，她穿着一件雪青色棉布睡袍，松垮垮的，领口向后敞着，隐约露出背上已经结痂的鞭伤，涂着药水的暗红色伤痕衬着白如凝脂的肌肤，显得尤为可怖。枕边放着一串香花，是栀子和茉莉，幽幽香气混合着药水味，空气中流淌着让人窒息的悲伤。

云氏叹了口气："也不知究竟是谁跟他们说了些什么。你晓得的，别的还好，偏就是这退婚的理由，我们是不好问的。"

璟宁不搭腔也不回头，云氏悄悄探头过去瞧瞧，见女儿紧紧闭着眼睛，眼泪却顺着长长的睫毛不断渗流而下。

云氏鼻子发酸，待说点安慰她的话，一时却攒不出词儿来，只说："事已到此,着急也好,难过也罢,都是没有用的。缓过这一段时间,再想如何挽回吧。"

璟宁的语气很平静："难道爹爹对我有什么安排吗?"

云氏犹豫了一下,说:"徐家那边很想弥补,按你和德英这般情状,如果两家结亲,便是最好的结果。你父亲没有明说,但他的意思我还是能猜到一点。"

"大哥哥呢?"

"他哪有什么意见,还不是你爹说什么便是什么。"

"我是说他在哪里?"

"一大早就去洋行了,刚才你爹已经打电话叫他回来,现在可能在路上吧。"

"嗯。妈妈,我想吃点东西,我有些饿了。"

云氏倒是有点惊讶,但还是用很高兴的语气道:"想吃什么尽管说,瞧你瘦成这样,妈妈看着心疼。"

璟宁抬手擦了擦泪:"小君去厨房给我弄点鸡蛋羹来就好。"

小君忙答应着去了,不一会儿端着一碗蒸得极嫩的鸡蛋羹上来,璟宁缓缓坐起,将鬓边头发顺到耳边,方接过了碗,略抬眼,见母亲如怨如诉瞅着自己,倒笑了笑:"妈妈也吃点?"

云氏被她这句话顶得僵了一僵,拿起床头柜上的一把竹丝扇给她轻轻扇着风:"我不吃。"

璟宁低头用勺子在碗里漫不经心地划,说:"我不热。"

云氏脸色便沉了下来,将扇子放下,起身淡淡道:"那我先下去了。"

"妈妈为什么不抱我?"璟宁忽然道。

云氏一怔。

璟宁看着她:"难道你从来都没觉得我是受到伤害的一方?妈妈,我一直在等你,哪怕你只是抱一下我,我心里也会觉得没那么难过。不过等到现在,我不想等了,也不盼着了。"她不再言语,神情里带着一种坚决。

云氏默然凝视着她,悲从中来,眼圈儿一红,俯下身在女儿额头轻轻吻了一下:"是妈妈不好。"

璟宁端碗的手颤了颤,眉头微锁,嘴角弯出欲哭的弧度,将头低了下去。

待母亲走后，璟宁给孟家打去了一个电话，陈伯似很讶异听到她的声音，静默了几秒钟，告诉她子昭不在，璟宁便问到哪里可以找到子昭，陈伯很和气地说："潘小姐，抱歉得很，这段时间我家少爷并不想再见到你。"

"这是他的意愿？"

陈伯没有回答。

"请让我和他谈谈，或者见一面，不为我，您就当是为子昭好。他心里一定很不好过。"

陈伯犹豫了，这让璟宁抱了一线希望，等了须臾，听电话那头似有脚步声走近，有人在那头轻声问陈伯是谁的电话，乍听到那人的声音，璟宁的泪水夺眶而出，她急切地攥紧了话筒，孰料咔哒一声，电话被对方挂断，再打过去便是无人回应的空茫。

不可置信。

一开始她也怀疑是不是自己根本就不清楚那件事的严重性，但即便自己真的是罪大恶极，以子昭的个性，也绝不会就这般和她断绝恩义再不相往来。

爱情向来不是一个人的事，她换了身衣服，赤足坐在镜前，一面描眉一面想。和子昭确认相爱的关系虽不久，但情意却是在年少时便已萌生的，他深爱着她，如同她深爱他一样。热恋的时间虽不久，情意缱绻热烈张扬，几将情话说尽，连体肤之温存，也不过只差那最后一步而已。

可偏偏自己在这最后一步出了大差错。

镜中的姑娘微有病容，脸颊瘦削，睫毛下有深重的青色阴影。她凝视自己描画得精致的柳眉，想起他说要为她画眉的话，哀恸如利刃般划过心间。

只要能再见到子昭，或许就还有挽回的希望，璟宁固执地想。她穿上丝袜，挑了一双最喜欢也最合脚的高跟鞋，不顾小君讶异震惊的眼神和絮叨的劝解，快步跑下楼。

银川恰恰刚回，劈面就问："你要去哪里？"

她抬起下颌和他对视，眼光淡漠，薄施粉黛的脸庞美如明珠映目，藕荷色高领长袖旗袍显得身形婀娜窈窕，但他很清楚她这么穿是为掩饰什么。

她的眼神好像和以前不太一样了，在过去，那双眼睛绝对是她整张脸庞上最能表情达意的地方，但现在，那一对眸子如同两汪秋日的潭水，泛着与其韶华妙龄毫无关联的幽凉，带着一种安静却杀伤力十足的质问。

她终于不再是个单纯的小女孩。此刻她的表情与神态，尤其是那迫人的眼神，已像个十足成熟的女子。是谁让她在这么短时间内发生如此巨大的转变，又是谁让她无忧无虑的时光戛然而止。他怀着无可言说的复杂心绪看着她，眼里流露出痛苦，她并无耐性和他说话，直直朝外走，银川追上去拦住，璟宁用力甩手，嘴唇恚怒地颤动。

"让我陪你去。"他很快冷静下来，"我不放心你，且现在你若跟我争执，引父亲注意，便未必能出去了。"

她咬唇，将瞬间袭来的泪意压下，踏出了一步，与他隔开一段距离。

到孟家门口，璟宁下车摁响门铃，门卫将铁门打开，银川默默看着她瘦削却傲然的背影。

高树蔚然，天气虽依旧有些炎热，但风雨移易，时光已慢慢踱进秋日。

陈伯候在门厅，饱经世事的眼睛里透出怜悯，他将璟宁引至客厅坐下，倒了杯茶给她，抱歉地道："少爷刚和老爷出去了。公司里近日的事情比较多，他很忙。"

璟宁微笑道："那我等他回来吧，若您觉得不方便，我便到门口去等也一样。"便欲起身。陈伯道："潘小姐稍坐，夫人马上就下来。"说罢吩咐女仆给璟宁端点心。

不一会儿，孟夫人神色温和地下楼来，璟宁的心狠狠一抽，尽量淡定起身，微笑施礼道："伯母。"

"快坐。"孟夫人柔声道，坐到璟宁身旁，目光和缓地打量了她一番，"宁宁瘦了喔。"

璟宁尚未应声，孟夫人便紧接着蹙眉道："傻孩子，你也不怕热，这么穿这么高的领子，还是长袖。"

璟宁笑了笑："想着今天可能会见到伯父和伯母，还是穿庄重些好。"

孟夫人心疼道："不怕长痱子？瞧瞧，都捂出汗了。"拿手帕欲给她擦下颌的汗水，璟宁无比羞愧，只恨不能遁地，身子缩了缩，说："谢谢伯母，我自己来。"

孟夫人的手顺势一转，从茶几上端起茶碗，抿了口茶水，上上下下打量着她，然后说道："宁宁，以后你怕是不能常来我们家了。退婚的事，你应该已经知道了吧。"

听到这句话，璟宁的心陡然一空。她没有刻意掩饰自己的痛苦和悔恨，脸色灰白，眼圈儿也红了，但她依旧坐得挺直端正，目光锁住孟夫人的脸庞："伯母，我对子昭并无二心。您是否能告诉我退婚的确切理由？"

孟夫人放下茶碗，严肃地道："两家生意上有些过节，并不足以让婚约解除，婚姻是你们两个的事。宁宁，你说你对子昭并无二心，问题恰恰就出在这里。感情里最可贵的就是信任和忠贞，这两件事紧密关联，都不应只停留于口头上。我只能说非常遗憾，子昭对你已不再信任，我们一家人对你也不再信任。解除婚约是子昭主动提出的，我和他父亲尊重他的意见。"

"伯母，实在对不起，我不相信。"璟宁说。

孟夫人淡淡地笑了，璟宁从来没有想到一向温柔慈爱的她，也会有这么寒意凛凛的笑容。

孟夫人笑道："宁宁，你看，你也不信我了。如果没有了信任，大家就更没有相处的必要了，更何况要成为一家人？算了吧孩子。"

璟宁默了默，咬咬牙道："我请求您劝一劝子昭，请您劝他原谅我。"

孟夫人霎时间面色如冰："你还敢提子昭。你脑子里究竟在想些什么？之前又为什么如此轻浮浪荡？你知不知道子昭在知道这件事之后的反应，他整个人都疯了！他们坐船从上海回来，进入湖北境内，刚到芦家渡码头，便有人把一封信送上船给了他父亲，里面就有那些照片！"

"照片……"璟宁脑子里轰的一响，顿时脸如死灰。

孟夫人盯着她，脸色也相当不好看，璟宁忽然什么都明白了，两道泪水流下，过了许久，她擦了擦泪，决定豁出去了，将那天的事从头到尾全数说了出来。

整个过程，孟夫人保持着沉默，郁郁地凝视璟宁，彼此立场已泾渭两分。她端详着璟宁的眼睛，这女孩子有闽南人血统，脸部线条分明，皮肤白皙，眼睛深黑，虽以谦卑的姿势坐着，神态竟颇为从容，她说着这些羞耻之事，悲伤的眼底竟然是问心无愧的坦然。这让孟夫人生气到了极点，暗想无论如何你也是铸成了大错，你害我家不光在生意上遭受巨大损失，也害我儿子心碎痛苦颜面尽失，怎能还摆出如此堂堂正正的样子？可见秉性轻浮不知羞耻！

"那你现在是如何打算的？"孟夫人问，她注意到璟宁手掌边缘狰狞的伤疤，微有些讶异。

"我父母想让我嫁到徐家去，但我对子昭一心一意，绝不愿嫁给别人。伯母，只要您和孟伯父应允，再劝一劝子昭，我们两家仍将原先的婚约维持，我一定会做个好妻子和好媳妇，用余生好好报答你们。"

孟夫人叹道："徐家和你家这个时候为了顾全声名，肯定是不愿意张扬的，若从双方家长的角度考虑，最好的解决办法肯定是要你和徐德英结婚。我们家虽然吃了……"那个"亏"字被她及时收回，续道，"总之现在的情势，要继续之前的婚约是很不现实的。"

璟宁不愿放弃，央求道："伯母，请帮我劝一下子昭，子昭若是犯了脾气，我会去求他原谅的。"

孟夫人声色俱厉地道："你出这样的事，他怎么可能只是犯犯脾气？天下哪一个男人愿意犯这样的脾气？！"

"请原谅我口无遮拦，我只是不知道该怎么办。"

孟夫人正色思忖片刻，说："思前想后，我也只能帮你到这个地步了，我有个主意，不知你愿不愿意听。"

璟宁宛如捞到救命稻草，满含期待地仰望着她。

"我有个朋友，是上海的大律师，如果你真的不愿意跟徐家结亲，且实在受不了这份冤屈，我可以请他来一趟汉口帮你打官司。如果你家人不愿意，我悄悄给你钱，你也不用跟别人说。这样的案子很难不引起注意，更何况牵涉的是汉口有名望的两个家族，你到时候好好咨询一下我那朋友，看怎么样才能保护好你们的私隐。小心点为好。"

璟宁懵了，一时弄不懂她的意思。

孟夫人表情痛苦，似十分为难："以你的情况，告徐德英强奸或诱奸应该都可以的吧……他做出这样的事来，让你受了这么多委屈，是得还你一个公道。"

璟宁闭了闭眼睛，再次睁目时只觉视线模糊，她慢慢站了起来，有一种想放声大哭的冲动。

孟夫人见她眼中包满了泪水，柔声安慰道："想开点孩子，没有过不了的坎。"

"谢谢伯母。"璟宁已没了丝毫希望，向孟夫人深深鞠了一躬，"给您添麻烦了，我先回去了。"

"宁宁，考虑一下我的建议，要不就听你爹娘的话，嫁给徐德英吧。做父母的，总是为自家孩子好，徐德英家世不错，你也不吃亏。"孟夫人补了一句。

"嗯，您说得对。"璟宁道，转身往外走，竟忘了道别。

孟夫人坐在沙发上一动不动，过了许久，一直站在一旁的陈伯轻声道："潘小姐看着也挺可怜的。其实……夫人您大可不必说得这么绝。"

"她可怜，难道我的儿子不可怜？若不是因为这姑娘，孟家何至于到此雪上加霜的境地。我可怜她，谁来可怜我们家？"孟夫人冷冷地说，但眼圈儿却红了。

陈伯无言以接，摇首叹息。

璟宁在院子里停了停脚步，抬首回望二楼东侧子昭的房间，有人立在玻璃窗前，如沉在水里的影子。

她知道他在家。之前在客厅时，她隐约听到木质楼梯上方的脚步声，便猜到他应当听到了她说的话。所以她才全数坦承，只因不愿放弃这个向他坦白的机会，所以她才将羞耻痛悔、将她的悲伤无助全部告诉了他母亲，以及他。这是心甘情愿的卑微，或许仅剩下这一次机会，她必须竭尽全力地恳求。

曾有过渺茫的期待，期待他冲下楼，怒骂她或嘲讽她，但他没有。他只是坚决地用沉默审判她，他的惩罚是不给她丝毫回应。

璟宁伫立良久，一瞬不瞬地看着那扇窗，仿佛能与子昭对视，将思念与哀伤投递过去，仿佛能寻求到些微的安慰。然而窗帘被拉上了，她的目光终还是被隔绝在外。

有云朵飘来，天光一时变得暗淡，掌心上难看的伤疤，依然留有锥心的痛。好在她再不想弹琴了。

璟宁走出孟宅，不再回头。银川本倚在车边等候，上前迎接，她脸上隐有泪痕，目中无丝毫光亮。银川早料到孟家的情形，对她这样的反应并不意外。

原以为这一路必和来时一样，让时间凝固于冰冷的沉默，但当汽车缓缓驶离孟宅，绕过洋房林立的街巷行至江边，璟宁却开口道："大哥哥平日这么忙，这几天把时间耗在我的事情上，不觉得可惜吗？"

她语带讥讽，银川听了却有隐约的愉快，柔声说："一点也不可惜。小栗子，先不回家，你陪我吃晚饭吧。"

她听不得这个旧时爱称，转头去看窗外掠过的行人和远处浑浊的江流。

〔四〕

车在江边行驶了大约半个小时，经过一排高高的悬铃木，在一处幽静的院落外停下。进门绕过太湖石平叠的假山石笋，是一个两进的庭院，花厅四面留有廊柱，柱间设有供人休息的鹅颈椅，汉瓶型漏窗上的冰裂纹图案筛出屋内灯火。一位男侍者着白衫黑裤，站在正门前迎接，向银川礼貌问好："潘先生来了。"又向璟宁行了个礼。

歇山屋顶使厅堂显得十分轩敞，前厅未设隔扇，让室内更无闭塞之感，大堂摆置两张大桌，并未有客人在座，东西两侧各有房间，房间与房间并不相通，在每间屋门前辟有恰好距离的过道。西侧雅间似已被客人包下，时有笑谈声传出，东侧两间屋子倒是空的。

侍者掀帘步入，站到一侧，请银川和璟宁进入屋内，房间很宽敞，正北窗下摆榉木香案，斗彩花瓶插着时花，三面墙上俱挂有书画：红果山水，花鸟雪景，松竹梅兰。璟宁一路看来，虽然心情极差，但也觉得这饭庄清雅有致，与寻常食肆截然不同。

待坐下，银川对璟宁道："这儿鱼菜做得好，房间也干净，是一个朋友名下的会所，平日里只招待商界人士。如果不是前些日子在重新装潢，早就带你来了。"

璟宁托着腮，恹恹地嗯了一声。

侍者很快呈上花生瓜子、蜜饯点心，又端来热茶给二人斟上。银川点了一份瓠子炖骨汤，青笋鳝鱼，几道蒸菜，问鱼鲜有什么，侍者笑道："进了一条三十斤的江鲤。"

"我们两人可吃不完，光一个鱼头就能做成两大锅菜。这样吧，你让大师傅拣两条才鱼，炒个鱼片，弄个豆腐，再包点饺子来。"

侍者应了，退下。

璟宁漫不经心喝着茶。

银川又将侍者唤进来，点了份清炒南瓜尖。等待上菜的时间里，他抓了一把瓜子，剥好了放进面前的小碟中，也许是想让她忆起过去快乐的时光，他将瓜子仁拼成了一朵小花，微笑道："还记得吗？每次你不高兴的时候，我要么去给你买甜栗子、卤鸡爪子，要么就给你剥瓜子，用瓜子仁拼成小动物、小花的模样，你一见，眼泪就收住了。"

"我不是小孩子了，早过了用吃的就可以哄开心的年纪。"

银川依旧温和浅笑："那也得吃啊。吃好了，吃饱了，才能有力气去爱去恨，有力气去生气去伤心。"

璟宁看着碟子里的小小花朵，眼中有晶莹泪光闪过："大哥哥，我曾指望过你的，虽然我知道你很生气，但我一直以为你会帮我。"

"对不起。"他的笑容渐渐淡去，"那天虽及时阻止，有一个记者还是拍下了照片，虽然很模糊，但足以能辨清你和那人的样貌。我不想瞒你，留下它原是决定以此和徐家对质，哪怕将来打官司也能做一个凭证。"

"既然照片在你手中，为何又被孟家人看到？"

银川惊愕道："孟家人看到了？怎么可能！我只是将它交给了父

亲……"他突然止口,思忖片刻,然后犹疑地摇首,"不,父亲不可能将照片给孟家,他绝不会甘心在孟家人面前自毁清誉。"

璟宁苦笑:"自毁清誉……没错,我荡检逾闲,足以让他引为奇耻。"

银川沉默须臾,说道:"小栗子,出身在我们这样的家庭,个人命运或多或少会和商场上的事发生联系,这是我们的不幸,你必须认清这个事实。我想告诉你,从小到大,你是我最珍视的人,不论你身上发生什么事,不论别人怎么看你,我对你的心都和以往并无一丝分别。"

璟宁泪水盈眶,但极力克制,咬唇不语。

银川顿了顿,慢慢告诉她孟潘两家在生意上存在的冲突,表面和平下的针锋相对,洋行如何联手对以大钧为代表的中国船业进行价格冲击,大钧如何受到了重创。

"倘若你和孟子昭结了婚,婚后遭遇两家利益上不可调和的矛盾,那时的难堪与痛苦,比之现在的伤心应甚于百倍。平心而论,我认为婚约在此时取消并没有什么坏处。更何况……"他顿了顿,还是续道,"更何况孟家也似乎没有理由接受一位婚前失贞的媳妇。"

璟宁像被戳了一刀,抖了一抖,银川平静地看了她一眼:"孟家在长沙、张家港、宁波甚至天津的办事处已经陆续撤销,亏损不是最近发生的事,早在去年就已经有了征兆,洋行之所以在此刻选择攻击,就是看准了这一点。孟伯父很强势,不惜和洋行两败俱伤,短期内,洋行确实胜算难料。在我们普惠洋行之中,潘家的地位已经大不如前,总部随时都可能撤去父亲总办的位置,为了保住这个位置,父亲必然会尽力想办法为洋行解决孟氏这个难题。我揣测,父亲将照片交给徐市长,无非就是要让徐市长放弃对大钧的支持,但至于为什么照片又跑到了孟家人手里,这个还真……"

"别说了。"璟宁颤声道,眼里充满着戒备与伤心。

"宁宁,我很心疼你,但却不会对你做无谓的安慰。"银川看着手中的花生,咬了咬嘴唇,"你也许很想知道孟子昭现在究竟是什么想法……"

她惶恐地看着他,银川叹了口气,说道:"回到汉口后,孟子昭的身份已是大钧的总经理,他人虽机敏,但毫无商场经验,却在此时接过了大担子,在大钧担任最紧要的职务,有人猜测可能是孟老先生那儿有了意外发生,但孟家把消息封得很紧,谁也不清楚究竟是什么情况,又或许这只是大钧为了搅乱对手的判断而放出的烟雾。不管怎么说,孟子昭现在面临着极大的压力,你又何必再给他增加烦恼。"

璟宁落泪道:"是我害了他,害了他们家,怨不得他不原谅我。"

银川递给她一张手帕,轻声道:"看你这样,我很不好受。"

"我现在还能为子昭做点什么吗?他的个性非常要强,如果不是被我伤透了,他绝不会连一句话都不说便跟我决裂。"她满脑子依旧还是孟子昭,"我能做什么来弥补?只要能帮到他,哪怕只能帮到一点点。大哥哥,求求你告诉我,求求你了!"

她紧紧握住他的手,苍白的脸上满含着期待和无助,他将手从她手中轻轻挣脱,淡淡道:"此刻说决裂未免太早,或许他只是想将孟家的事处理好后再考虑你们的事情。如果你真想帮他,不妨给他一点时间,为他减轻一点压力。这样对他对你都好。"

璟宁怔怔不语。

菜陆续上桌,银川盛了一碗汤,放到璟宁面前,给自己也盛了一碗,璟宁动也不动,直直坐着,只觉得时间漫长得让人绝望。

"人生为什么会这么苦,我以前竟然毫不觉得。"

银川一笑:"苦又怎样?再苦也得好好活下去。人活一辈子,又不一定是为了享福。"

"那为了什么?"她凄然问。

他看了她一眼,目光灼灼:"对于我来说,是为了在一起……和我在乎的人。哪怕历经苦难和煎熬,哪怕前方有万般艰难险阻,哪怕一生痛彻心扉,哪怕这'在一起'只是一个虚词,和她仅仅不过是一起同在这苦难的人世间罢了,但也要一心一意爱着她,念着她,即便不能拥有她,也得走好每一步,活好每一天。只要她在,就有希望在,活下去就有了意义。"

她有点震惊,因他话中透露出的绝望和固执,心中升腾起无数的疑问，连带他适才向她投递来的眼神亦让她万分疑惑。这陌生的感觉，不是第一次出现了，令她深为不安，但连日数重打击使得她不愿深想下去。

银川转开话题，微笑道："我给你重新盛碗汤吧。"

清夜寂寂，树声幽微，隐隐有小儿吵嚷和妇人温柔安抚之声，原来隔壁的包厢也来了客人。银川和璟宁临走时在大堂见到佟春江，其身边有一苗条小妇人，极年轻，怀里抱着个胖娃娃，噙着笑，容光照人。佟春江和一中年男人谈着话，少妇不时轻声插两句嘴，不知说了什么，逗得那人哈哈大笑，说："佟先生，这么有趣的太太是从哪儿讨来的呀？"

佟春江眉毛一扬，笑道："地里挖出来的。"

少妇似嗔似笑，下巴蹭了蹭娃娃的小脸蛋："你爹又在胡说了，咱们赏他个耳刮子。"舞着孩子的小手作势打过去，佟春江瞪起眼睛，假装怒道："好小子，敢打你老子，雷劈你屁股。"

"打了再说！"

佟春江将孩子一把夺过，小娃娃扭动着，将小身子探向母亲那边，佟春江一偏头，这才见到银川与璟宁，笑了笑："哟，潘少爷，好巧啊。"

银川笑着走过去打招呼，璟宁原拟避开，但见那孩子雪球般可爱，忍不住也跟了过去。

儿子被交还到少妇手中，佟春江向银川拱手一礼，又朝璟宁点了点头算作招呼，他夫人似和银川见过面，笑问道："这是潘太太吗？"

银川还未答，璟宁已快速地道："我是他妹妹。"

佟夫人红了脸："原来是潘小姐，真是抱歉。"璟宁将脸冷冷偏向一旁，没应声。

银川向另一人问好，转身对璟宁道："你在这儿等我一会儿。"璟宁点点头，三个男人走到院子里说话。

小娃娃在佟夫人怀中，吮着小手看璟宁，大眼睛滴溜溜如两丸黑水晶，璟宁伸手指在他胖胖的脸蛋上触了触，只觉得滑不溜手。

佟夫人说："他已经一岁半啦。"语气里是带着试探的友好，璟宁嗯了一声。

佟夫人清澈的眼睛里有丝羞怯的光芒在跳跃，将孩子放到大桌上，抬着他的小胳膊，让他学习走路，样子既像个幸福的母亲又像天真的少女。璟宁本有些恼她刚才冒失的言语，但看到她娇美快乐的笑容，生起好感，也就不做计较了。

佟夫人问璟宁是否还在念书，在得到肯定回答后，她表现出毫不掩饰的羡慕。璟宁并不知晓她的家世背景，从她质朴的神态隐约猜到她可能出身贫寒，没受过什么教育，想来嫁给那年长她许多岁的江湖人物，也多半是出于生活所迫，不禁起了怜意，安慰她道："等你的孩子长大一些，不用亲自带了，你还是可以进学堂的。"又说，"我也快开学了，到时候帮你打听打听合适的课程，你有时间也可以来旁听一下的。"

佟夫人大喜，连连道谢，问道："潘小姐是在武昌读的大学吗？"

"嗯，很好找的，就在东湖边的珞珈山下。"

"太好啦！那我以后过江去找你！"

听到"过江"二字，璟宁心中一痛，勉强笑了笑，说："好啊。"

佟夫人极是开心，笑盈盈地道："我有家成衣店在怡和村附近，潘小姐有空就去店里坐坐，我给你做衣服穿。"

"那可不敢当。"

"千万别跟我客气，一定要来啊！"

璟宁心念一动，问："佟先生为什么说你是从地里挖出来的？"

小妇人俏丽的脸庞上很快掠过一缕阴云，她看了一眼院子里的佟春江，目中有泪光一闪，垂首道："我曾被族人活埋，我丈夫是我的救命恩人，他对我很好。"

璟宁惊得说不出话。这时小娃娃猛地扑到佟夫人怀里，含糊地喊着妈妈，佟夫人用手帕子给他擦小嘴旁的口水，面上渐渐浮起安宁和喜悦。

璟宁出了会儿神，忽然感叹了一句："看来真是这样，只要好好活下去就会有希望。你瞧你现在过得多好。我也不能放弃。"

佟夫人没太听明白，但还是含笑点了点头。

清朗的月光洒进院落，太湖石边，一株杉树筛下婆娑树影，庭中花草披靡，饶富情致。

与佟春江和银川谈话的商人名叫周嗣冲，是富兴银号的副总经理。这是家颇有来头的银号，成立于民国元年的河南开封，创办人是豫中金融大鳄许云章，曾代理过国外洋行的一些出口业务，但主业以汇兑为主。富兴银号北通平津，南至宁沪，东到新浦，西达渝州，店员超过八百人，在汉口、上海和天津等地都有它的分号。不过，民国十九年前后，官僚金融资本陆续进入内地，民营的银号屡屡遭遇打压和排挤，富兴内部也出现了危机，流动资金极缺，恰好在不久前，又发生了一次挤兑，银号内伤非常严重。周嗣冲此番来是因得到消息，有人打算在汉口分号注入巨资。

事情是悄悄进行的，出资人将最初的接洽事宜委托给了佟春江，周嗣冲揣测此人或许也是帮会中人，因而极为小心，生怕出现法律的瑕疵，被政府捉到把柄。不过从出资方拟定的最初合同看来，资金是从麦加利银行的户头上转来的，并无问题，出资人似乎也具备非常丰富的金融知识，可以肯定，其背后有老道的行家做参谋。

周嗣冲到汉口的第一天，是银川做东和佟春江一起招待他吃的接风饭，地点正是在这个名为"与奇斋"的小会所。周嗣冲早就听过潘家大少爷的名号，不光如此，他的胞弟周嗣浡还是银川在牛津大学的同窗，一聊起来更是投缘。银川优雅从容的谈吐，沉稳的气质让周嗣冲印象深刻，见他和佟春江关系似乎非常熟络，周嗣冲料定这个温润如玉却不失精明的公子哥儿必然和此次注资有关系，但人家既然没挑明，他也就只能装糊涂。

此时，三人在院子里聊了聊商界的一些轶闻趣事，周嗣冲笑道："我弟弟私下里常夸小潘先生有赚钱的天赋，说当年在英国读书的时候，潘先生还有机会经营副业。"

银川扑哧一笑："周先生快别提，我现在想起来脸都要红。"

佟春江莞尔道："一个学生在异国他乡究竟怎么做生意，我倒想听听。"

周嗣冲笑道："小潘先生在伦敦收购了一个磨坊，每年会购进黄豆，磨成豆浆卖给中国的留学生。我当时一听就乐得不行，觉得这青年真是有意思，如此另辟蹊径。"

银川笑道："我父亲当时虽断了我的经济来源，我靠洋行的助学金生活，还是挺宽裕的。当时有一个士绅家的磨坊空置着，我便借了点钱把它盘下来，转租给农户当仓库，磨盘倒是闲了下来，不用也可惜，才有了请人磨豆浆一说，倒不是为了挣钱，一点豆浆能挣几个钱？都给自己和几个朋友喝了。"

大家都笑了起来，周嗣冲看了看表，道："时间不早了，我先行告退一步，佟爷，后续的事我们随时保持联系。"

佟春江和银川将他送到院外，待周嗣冲上车离去，佟春江意味深长地道："与奇斋招待了这么多贵客，每个人都对菜品赞叹有加，更对它的老板很感兴趣。我也很好奇，不知道什么时候能见到那位神秘的郑老板？"

银川往花厅内看了一眼，璟宁正从佟夫人手中将小娃娃接过，抱在怀里逗弄，唇角微翘，神色温柔。

银川心中涌上无穷烦恼，脱口道："我也希望想见到他，越快越好。"

有脚步声从身后传来，门外走进两人，当先一个是佟春江近身随从刘五，快步上前，向银川抱拳一礼，又凑近佟春江低声说了几句话，银川转头看向刘五身后的那人，只见他身材秀拔，站在假山旁，脸庞被假山的阴影挡住，目光清朗，从脸部轮廓看来，是一非常英俊的年轻人，可惜从未见过，不知他究竟什么来路。佟春江脸色微变，对银川笑道："我去招待一下故人，先不陪潘大少了。"又道，"我妻子朋友不多，看样子和潘小姐很谈得来，不妨让她们多聊一会儿，熟络熟络。"

银川笑着点点头："那我进去再喝口茶去。"

佟春江颔首一礼，目送银川进了屋，方朝那年轻人走去。

第二章
逆流

〔一〕

早在数月之前,对富兴银号的挤兑自河南省城开封发端,迅速蔓延到华中各个县城。策划风潮的始作俑者,是富兴银号长年累积下来的一些对手,它们联合一起,步步设陷阱,软硬兼施,通过挤兑风波,分化瓦解富兴银号上层,不仅如此,还牵动省政府及有关的县城政府,甚至借用南京政府行政院和财政部,让大部分股东见势不妙撤资离开,待挤兑风潮已成一定规模,立即切断了富兴银号的资金支援后路,使其走投无路。总经理许云章为图存冒尽风险,四处呼救,连给周嗣冲发了几封急电,催他赶紧落实郑氏注资一事,这几日在汉口,周嗣冲焦头烂额,早出晚归,几乎不曾在旅馆吃饭,终于为银号争取到了这一笔宝贵的资金。临走前一大早,正收拾行李,服务生敲门进来,告诉他餐厅的包厢已安排好早餐。周嗣冲略一思忖便猜测到几分,问道:"是姓佟的先生还是姓郑的先生安排的?"

侍者一愣,旋即笑道:"都不是。是一位姓于的年轻先生。"

"姓于?"

周嗣冲放下了手中衣物。

朝南的包厢很宽敞,风动帘笼,已有微暖的晨曦透入,室内灯火明亮，十二人座的圆桌上摆了各色美点粥馔，热气和香气袅袅蒸腾。一个身穿黑色洋服的年轻人见周嗣冲进来，从桌前起身，向其轻轻一躬身，行了个礼。

"周先生早上好。"

周嗣冲笑着还礼："于先生好。"

青年容貌清秀，看起来不过二十出头，神态略显老成，和颜悦色地回道："在下于素怀，在汉口永和洋行谋事。"

"永和洋行？"周嗣冲将这四个字在脑中过了一遍，"恕在下孤陋寡闻，好像汉口……并没有一个永和洋行啊。"

青年笑道："过去没有，现在没有，不代表将来没有。说不定富兴银号以后会是永和洋行的好朋友呢。"

周嗣冲一凛，正色不语，于素怀将主座的座椅轻轻拉开，殷勤地说："周先生请坐，您先吃早饭，一会儿我送您去火车站，路上自会将事情的来龙去脉道个清楚。"

周嗣冲一摆手："若于先生不介意，不妨现在就请明言。"

于素怀一笑，左边脸颊隐隐露出一个酒窝，这让他看起来似乎天真未泯。

"听说汉口的瑞丰蛋厂打算高息借款用来扩大生产，华中好几家银号争着抢着要给它放贷，富兴似乎也在其中，不过据我所知，贵银号最近好像银钱上甚是紧张啊。"

周嗣冲缓缓吃着面，并不回应。

于素怀道："若在往常，以瑞丰蛋厂这样生意兴隆的势头，放贷给它绝对不是一件坏事。可现在情况不一样了，我们这些在洋行做活儿的，别的长处没有，消息是顶灵通的，不妨告诉周先生：天津有几家蛋厂已经从国外购买了最先进的机器生产蛋白和蛋黄粉，而洋人们早就不收购液体的蛋黄和蛋白了，瑞丰蛋厂借款要买的设备，其实还是旧设备。照此看来，前景是很不妙的。"

周嗣冲暗暗一惊，这个消息如果属实，富兴若真放贷给瑞丰蛋厂，在艰难等到瑞丰购买了设备投入生产之后，产品的销路是大有局限的，这将对富兴银号造成最致命的打击。

于素怀知他心里怀疑,并不急,提箸夹了一个小点心放到周嗣冲身前的碟子里,柔声道:"这是汉口有名的'重油烧梅'。我家郑先生觉得这家旅社的大厨做得不够好,昨天从花楼街将谢记的师傅请了来,让他今早给您现做的。有牛肉、蟹肉和河虾馅,您尝尝。"又回到话题中来,"现在世道差,还是得慎重些,毕竟富兴放贷用的钱,有一部分也是我家郑先生存的嘛。"

周嗣冲暗道:"这神秘的郑先生一定是洋行中的要人,年轻人说得没错,目前这种紧要关头,放钱出去对富兴是一件大事,我必须得小心,免得惹出祸事来。"

他的脑中过了许多念头,表面上却是不动声色,细细品味点心的美味,笑着赞道:"皮薄均匀,肥瘦恰当,真是鲜美无比。"

于素怀笑道:"不光味道不错,形态也招人喜欢,有榴结百子、梅呈五福的寓意。周先生吃了它,定会财源广进,吉祥如意。恕小的冒昧问一句,不知富兴银号是否有意用我家郑先生的钱做点事情?"

周嗣冲并不正面回答,只说:"守得金山一座,不如活水一道,要发财还得大家一起发。于先生,你也吃一个吧。"

于素怀笑盈盈地给自己也夹了一个烧梅,低头吃的时候,乌黑的头发垂到额头上。周嗣冲心想:"这孩子表面看起来很青涩,其实精明伶俐,城府很深。"忽然觉得他和另一个年轻人颇有点相似,心中忽似有一火星儿跳了一下,于是试探着道,"你家郑先生的这笔款子,存的是三个月短期。即便我们想要拿它做点事,这两三个月的时间,又能做成什么呢?"

于素怀不急不缓地说:"据我所知,中国企业银行刚开办的时候,资本总数也不过两百万国币,落到实处的是一百多万,最大股东投的是七十多万,占了股本的百分之六十多。现在它运行得风生水起。倘若郑先生这笔钱也能成为贵银号将来创立银行的股本,那么它留在贵银号的时间,自然就不仅仅只是三个月了。"

他放下筷子,笑道:"如果您今天不走,我可以带您去见一个人,他会告诉您,这三个月能做成什么。"

周嗣冲端起茶杯喝了口水,心情莫名地有些激动,手竟然微微颤了一下。

风吹得很劲,将江上的船号声送进了一栋砖木结构的小洋楼,红色的清水砖墙外爬满了常青藤,在风中如同波浪起伏。

洋楼一共三层,在豪宅林立的汉口显得貌不惊人,主入口在宝顺路岔口的斜面,这是大多位于交叉路的西式洋房一贯的设计风格。楼外堆放着一些水泥、灰浆和木料,里面正在进行着整修。三楼朝街的窗户有一扇开着,窗框陈旧,被风吹得晃来晃去,岌岌可危,在它似乎就要被吹下来砸到地上之时,屋里有人伸出手,将它关上了。

这间屋子很宽敞,深色木质地板被打扫得一尘不染,没有什么家具,只有几把椅子,有两把椅子上搭着两三件外套,放着公文包,靠窗放着一张樱桃木的大办公桌,上面堆叠着一些文件和大量的纸张,用黄铜镇纸压着,铅笔是新的,光滑的红色小小圆柱体像一簇火焰。

于素怀关好窗,转身重新坐下,微笑道:"现在就安静多了。"

银川点燃一根烟,指了指门,对另一个年轻人道:"南珈去把门打开一点,透透气。"

李南珈点点头,过去把门打开,穿堂风吹得他额前头发飘了飘,他警觉地朝走廊里瞧了瞧。

于素怀笑道:"不会有别人的。佟爷的人在下面守着呢。"

李南珈嘴唇一动,想说什么又没说。银川掷了根烟给于素怀,又示意另一位也来一根,李南珈谢绝,银川仔细观察他的神色,柔声说:"适当的时候也该放松一下,不知你在紧张什么。"

李南珈坐下,神情依旧非常严肃,过了一会儿他说道:"佟爷说过,他会要百分之三十的营业股。"

银川吸了口烟,问:"你觉得我会跟他打?"

李南珈没吭声。

银川道:"我可以告诉你,目前没有这样的可能。第一,我在创业时期,最大的对手尚未除去,佟爷是一直以来的帮手,我若过河拆桥,既不聪明,道义上也说不过去。再者,他是我的救命恩人,我念他的情,不会主动跟他作对。"

他叼着烟,神色从容地端起茶壶给三个茶杯里均加了点茶:"现在周嗣冲这边的事了了,我们终于可以继续推进下一步了。"将茶水递给李南珈,李南珈双手接过,轻声道:"谢谢。"

银川露出戏谑笑容:"你还是老样子。"

南珈僵硬的脸色终究还是变得柔和了一些,说道:"最近我始终有些不安,总觉得有无法规避的危险存在,至于是什么危险,却又说不上来。不管怎样,潘盛棠老辣坚毅,几十年来一直是洋行的首脑人物,熟谙西洋文明,又是地道的旧式商人,他不会想不到螳螂捕蝉黄雀在后,也不会不给自己留退路,即便最后没有退路可走,也难保不会想出玉石俱焚的歹毒招数。郑先生,我们现在必须要提起最大的警惕,自然非常需要长期稳固的帮手,和佟爷的关系,一定要好好维护,他提出的一些要求虽然对您来说可能过分了一点,但我们现在也只能忍耐。"

银川正色道:"是的,佟爷能帮我这许多忙,并不是全出自好心。不过,即便他的目的是有利可图,也无可厚非。"

素怀这时插话道:"普惠华账房早就一盘散沙了,洋行高层也在分化瓦解,利益不光牵涉国内国外,还有省政府、财政厅,甚至民政厅,潘盛棠如果真有问题,一旦影响了这些人的利益,洋行未必不会让他成为弃卒。在这一点上,也算是对我们有利的情形。"

南珈摇头:"不,我们或许可以达到打击他的目的,却无法保证是否能最终摧垮他,除非……"

银川抬起眼睛:"除非他自己垮掉。"

南珈失笑道:"谈何容易!"

窗外,稀薄的云层被风拉得很长,长空浩荡,隐隐透出秋日的清洌。

银川看着窗外,出了会儿神,轻描淡写地道:"Achilles' Heel。"

半神阿喀琉斯,出生之后被身为仙女的母亲握住脚踝倒提浸入了冥河,自此刀枪不入,战无不胜。然而在特洛伊之战中,他却被太阳神阿波罗一箭射中了脚踝,而那里,正是他致命的弱点。

阿喀琉斯之踵,这个古老的传说讲述了一个再浅显不过的道理,这也是一个亘古不变的铁律:再强大的人也会有致命的软肋。

潘盛棠的软肋是什么呢?

屋子里安静了一会儿,银川道:"如果不出意外,富兴银行创立将是很快就会有眉目的事情,在此之前,我们需要做的事很多。洋账房的詹姆斯最近跟埃德蒙提了一个点子,说打算在汉口弄一个学习班,让华账房的职工定期去上上课,潘盛棠认为这是詹姆斯在暗示华账房的人素质越来越差。我倒觉得,如果我们能让华账房的职员多一点学习的机会,也是一件得人心的好事,若有好苗子,也不妨培养来为我们所用。洋账房与华账房历来关系复杂,我们中国人底气很不足,按理说,从总董到大班都算是买办们的雇主,这些年也是因为潘家功高势重,才让华账房腰板稍硬了一些。詹姆斯一直对潘盛棠看不顺眼,潘又很硬气,他们两个人的冲突,倒是可以给我们一点机会。"

素怀问:"您觉得詹姆斯以后有可能当总董吗?"

"这不好说。不论谁以后做埃德蒙的继任,离了我们这些中国买办,在中国就没法把生意做好。"银川很平静地道,"不是所有人都跟埃德蒙一样是中国通,洋人大多数都不屑于适应我们中国社会的风俗,在商业习惯上经常没有办法跟中国人顺利接洽,只有我们的存在,才会缩短他们和国人的距离。潘盛棠对洋人并不是愚忠,他只是看准了彼此利益连接最紧密的那个点,我们现在就是想办法要打破这个点!"

于、李二人均颔首。

银川接着道:"另外,几个外庄的工厂这两年其实一直亏损,还是年成的问题,今年上半年总算略有盈余,钱暂时不必用来抵亏,先分红给股东们,免得他们认为我有红不分,不讲信用。除此之外,答应给云秀成的钱,一分也不能少了。"

素怀忍不住道:"这些年来他要什么您给什么,留下多少烂摊子,哪一样不是您最后去收拾的?已经仁至义尽了。"

云琅的影子从银川脑海掠过,他叹了口气:"我不介意给他钱,倘若钱有用的话,我也不至于觉得对他们云家有所亏欠。再者,他知道分寸,不会碰我的底线了。"

南珈忽然道:"如果计划最终成功,你以潘大少爷的身份脱离潘家,将会是一件轰动整个汉口的事情,对于你的身世,外界只怕会多有议论,舆论一向都是有好有坏的,是不可控的,效果无法预料。而倘若郑先生不脱离潘姓的话……"

"不可能。"银川断然打断,"只有摆脱潘姓,我才……"

他眉间露出细纹,显得有点激动,在意识到即将脱口而出的话未必适合眼前这两人听到时,他及时收口。

南珈还待再劝:"您应该知道什么事情最重要。"

"南珈!"素怀喝止。

南珈想了想,终于缄口。

待银川离去,素怀微带怒容道:"有些话可以说,有些话只能留在心里。别忘记了我们的身份。"

南珈道:"刚才的话都是为他好。我不希望他这么多年的忍辱负重和苦心经营毁在儿女之情上。"

"儿女之情?"素怀看着他,满脸都是怀疑,"你什么意思?"

南珈眼中闪过一缕复杂的意味,转开了脸去。

素怀追问:"南珈,你是不是看到了什么?还是郑先生跟你说了什么?"

南珈淡淡道:"没有。只是现在局面太凶险了,郑先生虽然一直都很理智淡定,可是你我都知道,他也有很脆弱的一面。我很怕他撑不住。潘盛棠虽然是他的仇人,但潘家也有人是郑先生一直当作亲人的,你难道不记得他在伦敦的时候是怎么说起那个'小姑娘'?这种两难的境况,试问如果是你遇到,你会一直从容下去吗?"

素怀沉思许久,点点头,又摇了摇头:"我自然是不行。但他忍辱负重了这么多年,费尽心力,为了将来的事业做出了那么多的规划,他有这么大的抱负,是不可能让自己困于眼前,功亏一篑的。不过……你说得也有道理,他现在熬得这么艰难,估计有很大一部分原因正是为了这种两难的境地。"

南珈忧虑地叹了口气。

〔二〕

启润商行,是美资盛昌洋行最重要的供货方,其黄金、珠宝和烟草业务均在整个亚洲处于前列,早在数年前,启润商行便私下里和潘家搭上了交情。璟宁十三岁生日的那条玫瑰花项链，便是通过启润商行定制的。

在普惠洋行最近的一次股东大会上，盛棠忽然提出了收购启润商行的建议，华账房一时哗然。

潘盛棠虽然名望极高，是华账房的当家人，基本上无人敢与之作对，可这一次情况发生了变化，竟然没有一个股东站在他这一边。这些华账房的合伙人，之前将精力几乎全投在了与大钧竞价上，也更期待着尽快获得利益，风向这么陡然一转，用谢济凡的话来说："真是和儿戏没什么区别。"谢济凡一向为人中庸，这算是他说得最重的一句话了，许静之、闵百川等人也都非常不客气地提出了反对意见。

一直处于观望之中的总董埃德蒙将银川叫去了办公室。

这个在中国度过了大半生的英国老人，坐在沙发上，久久凝视着当年潘盛棠送给他的紫檀点翠百宝花鸟屏风。檀木发出隐隐的香气，黑色边缘上闪烁的阳光顺滑得如同丝绸，随着光线的移动，宝石和翠羽现出亦真亦幻的霓彩。

埃德蒙怅惘地叹了口气，对银川道：

"你父亲今天的提议引起这么多人的反对，你是否有所预料？"

银川背立窗户站着，面部落在阴影之中，回道："普惠洋行资产庞大，近几年在盈利上大不如前，我父亲因身体原因，在生意上难免有无法顾及之处，我又是弱冠入世，经验薄弱，股东们的质疑不是没有道理。以现在的基础要完成一项收购是有风险的，更何况和大钧之间的事情还没有了结。"

"所以你也反对？"

银川摇摇头，直接道："您都不反对，我又为什么要反对呢？"

埃德蒙转过头来，矍铄犀利的目光落在银川脸上，银川缓缓一笑，道："启润商行资金雄厚，蒸蒸日上，今后很可能会将生意扩张到咖啡和谷物上面，仓储运输是和这些业务紧密相关的，以一保万，所有的链条都可以在掌握之中，也都可以带来盈利的可能。其他股东之所以反对收购，主要还是将目光局限在眼前，不愿意冒险。说实话，谁做生意不是在冒险？但真正要做好生意，就需要充分估量风险，然后投入精力去运筹经营，该下手时就下手，时机一过，机会也没了。启润商行主动发出了邀约的信号，父亲经过详细调研，觉得没有理由错过这次机会。"

"详细调研？你父亲平日里连家门都不太出的啊。"

银川道："这次调查和分析，主要还是由父亲筹措人手来完成的，我虽想减父亲忧劳，却还是因资历尚浅，仅仅打个下手。父亲不顾病痛在身，勉力主导，夜不成寐，只为了不负洋行委以的重任，我既敬且佩。"

文绉绉的一番话，意思其实是：收购成功获得盈利，自然有他的功劳，可要是最后吃了亏，他不过是打个下手，也就没什么大过失，潘盛棠才是最终的决策者，担负着最大的责任。埃德蒙是中国通，怎能不明白银川绕来绕去的言外之意？他似笑非笑地看了一眼银川，年轻人依旧隐匿窗前的阴影里，只有一双眼睛闪亮如星。

埃德蒙说："你父亲的问题我看得很清楚。他太要强，虽然心细如发，在意的却是一些不该在意的东西，比如洋行谁跟他亲近，他便重用谁，谁听话他便认为谁忠诚，谁说了不好听的，谁忤了他的意，他就觉得这人有反心。说实话，即便有反心，人家反的是他潘盛棠，又不是反普惠洋行。洋行是谁的？是你们潘家的吗？总买办虽然有个总字，说来说去和洋行之间不也是雇佣关系嘛。你们虽然是股东，但这也是洋行念及情分，给你们的是'有限'责任。谁才是无限责任股东？聪明如你，应该明白我话里的意思。我不太喜欢你们中国人私底下搞小圈子，做生意拉帮结派，太耽误大事了。说来是为了情分，什么有钱大家赚，实际上往往事事触及原则和利益，最后受了损失反而影响感情。你年轻，尤为要注意。"

银川心中一凛，知道这也是对他的警告，点了点头。

"盛棠的性子越来越犟了，你是潘家的长子，又是盛棠的得力助手，要多劝劝他：该卸包袱的时候就得卸包袱，量力而行。"

银川很为难地道："卸包袱这样的话，我是绝不敢对他老人家说的。"

埃德蒙嘿嘿一笑："也是，这种话，只要是老人都不会喜欢听，但我相信你一定能委婉地将这个意思传达给他。查尔斯，这几年你的成绩我是看在眼里的，你很有天赋，也非常有抱负。现在我想知道，假如是你来做决定，在大钧和启润之间，你会选哪一个？"

"我不是总办，我不能做决定。"银川淡淡道。

"假如你是呢？你就当假如，随便想一想。"

银川沉吟一瞬，郑重地道："大钧颓势虽现，我们守着它，也无非是等机会和别人一起分它一块肉而已。而启润商行一旦并入了普惠，则是我们独有的利益，谁也别想跟我们分。孰轻孰重，一比则知。我还是会和父亲一样选启润。"

"那么我再问你，如果我让你父亲今年就退下来，你来当这个总办，怎样？"

银川正色道："我们这一行，父业子承兄终弟及，这是不成文的规矩，我迟早会到那个位置，待父亲什么时候累了，他也自然会为我安排好一切。我要是急于上位，不仅会辜负父亲的栽培之心，也很可能会因欠缺经验让洋行的生意受损失。埃德蒙先生，求您还是饶了我吧。"

埃德蒙耸耸肩："开个玩笑罢了，你就吓得脸色都变了。"

银川依旧皱着眉头："父亲现在是一座金山，我不过是一枚小小的铜板。"

"可无数个铜板汇集在一起，总有一天会变成金山。"埃德蒙道，"做事情和积累财富一样，不能单靠一己之力。"

银川心中一动，脸色终于有了一点变化。

埃德蒙观察着他的表情，忽地眉毛一扬，笑道："你觉得什么样的人是忠诚的人？"

银川思忖了许久，却似乎答非所问："我认为……一个极端利己的人是不可能忠诚的。"

三天后的股东大会再次召开，埃德蒙出席，传达了总部以及洋账房的决定：收购启润商行。

很快，盛棠以华账房当家人的名义，陆续中止了和一部分小买办的合作——他认为绝大多数生意是多余的，除了添乱没别的用处。

"现在金价大幅度波动，想要挣大钱，就不能局限在普通的小市场里，普惠洋行需要源源不断的活水，华账房必须得紧跟时势，去旧迎新，我们需要削减成本，集中精力把我们在行业上的优势发挥到极致，那么……很抱歉，减少不必要的交易和代理就不可避免了。"

为了快刀斩乱麻，终止合约的事宜在两天之内全部完成，尽管对每一方都给予了一定补偿，但这依旧是普惠洋行几十年来第一次做出的有违契约的事情。许静之、邵慈恩等人无比震惊，他们知道这是潘盛棠宁肯撕破脸也要表明他的威权，杀鸡儆猴，逆他的意就别想跟普惠做生意。

裁人，换人，去除掉旁枝末节的生意，这一切都与收购启润商行有关。原来，与大钧的价格战是刻意放出的烟雾弹，当所有洋行都去击杀大钧的时候，普惠洋行正在着手自1911年以来最大规模的一次扩张，当扩张完成，大钧势必已在其他洋行的夹击下遭遇重创，普惠再去争取与绿伯爵号邮轮在东南亚航线的合作机会，正是一举两得。

各种报表和账目，此刻才开始陆陆续续送到银川的办公室。

谢济凡找机会来了一趟，看见银川书桌上堆满的大册子以及凌乱的电话线，不禁笑道："重任在身，你可别干砸了。"

银川道："之前他瞒得死死的生怕人捣乱，现在事情亮到明处，别人反而不敢轻举妄动了，跟他作对就是跟洋行作对，他连我这个'亲儿子'都防着，对你们会怎样猜忌，可想而知。"

谢济凡坐到一旁沙发上，点了一根雪茄，抽了两口，说道："邵慈恩许静之他们估计一颗老心都拧出血来了。唉，潘盛棠这个人啊，真是寡绝！"

银川笑了笑，起身欲给谢济凡泡茶，谢济凡摆手："不必，我一会儿就走。"

银川不慌不忙地道："谢叔叔别担心，假作真时真亦假，随他猜去吧。"

"小川，我总觉得有点古怪。自从那次你让佟春江的人吓了他以后，他就几乎不出门了，这整日关在家里的人，怎么还能弄来这么大一笔生意？"

银川道："吴丰林虽然走了，但之前跟着吴丰林做事的那些经理都还在，每天都会去潘公馆向潘盛棠汇报工作，由他亲自指挥着做事。这些人口风虽然也很紧，但毕竟不像吴那么死心眼，我还是约莫打听到一些情况的。潘盛棠在洋行位子越来越不稳，想在埃德蒙面前表功，所以才努着劲儿促成这件事，又想借机除掉一些对手，我觉得我在这事上插手不太好,所以一直在观望。"

茶泡好了,他将茶杯放到谢济凡面前,抬头时眼神微变,欲言又止。

谢济凡一笑:"有话直说。"

"谢叔叔的白头发越来越多了。"

"哦?在哪儿?"

银川指了指头顶。

谢济凡满不在乎:"头发白在头顶更好。"

"为什么?"

"只有别人看得见,自己看不见,哪怕是照镜子,不低头,就看不到头顶。老天爷对我很好,不愿影响我的心情,你想想,我都是过了六十的人了,没几根白头发不就成妖精了吗?动脑子动得多,所以头发白在头顶,若是白在两鬓,则说明忧心的事儿多,我啊,倒宁可愿意让脑子灵光些,少操心少担忧更好。"

银川不由得一笑,心中却掠过了潘盛棠的影子,短短数月时间,潘盛棠的两鬓几乎全白了。

谢济凡道:"银川,你的棋还是走得稍微快了一些,我建议你先停下来,再谨慎观察一段时间。"

银川道:"停下就是往后退,我可不能往后退。"

这么多年了,与潘盛棠暗中较量着,与尴尬的身份较量着,与那些违背本性的烦恼和欲望较量着,他心里的弦一刻都没有放松过,到了这段时间,更是绷到了极限。往后退,绝对不能!他已经努力了这么久,付出了这么多,理应得到回报,而且必须尽快。

潘盛棠在洋行失去人心;富兴银号转为银行已提上日程,在如此短促的时间内达成合作关系,不仅是因为银川陆续注入了巨资,还在于他提供的关键信息,让这个老银号免遭放贷失误的致命打击,因为瑞丰蛋厂的产品运到天津等地以后果真被洋行拒收,厂子一蹶不振,抢着放贷给它的银号已受到了巨大牵连,大部分都几乎破产。

眼前许多事都在往有利的方向迅速发展,但在面对谢济凡的时候,银川是有愧的,因为他做的很多事,谢济凡并不知道。

"我有我的抱负,在事业上我会走得更远,比他们所有人都要远。他应该会理解。"

一盆小小的棕竹被风吹得噗噗响,阳光衔着长江的氤氲水汽一点点渗进来,空气湿凉,银川静静地坐着,思绪有一瞬放空。谢济凡也沉默了片刻,他抬起头来,说:"小川,我想问你一个问题。"

"谢叔叔快请说。"

"你是不是想让华账房独立出去?"

银川脸色登时一变,旋即笑道:"谢叔叔怎么这么说?我现在能力太弱了,哪里做得了这样的事。"

谢济凡摇头道:"所处位置的强弱并不是决定成败的关键因素。"

"那么什么才能决定成败?"

谢济凡想了想,却忽然苦笑了一下,凝视着银川道:"我只能说,一个刚柔并济、心地光明的人,不会刻意在乎成败,这样的人,也不太容易被打倒,在艰难的时世里,能让自己强大到不被打倒,这本身就是胜利。"

刚柔并济,心地光明。银川默念了一遍,暗暗点头,但见谢济凡脸色复杂,便道:"谢叔叔说得很对,不过您为什么是这样为难的表情呢?"

谢济凡低头喝了口茶,没有回答,只是笑了笑,其实他在心里说:"我并不为难,我只是有点担心这句话我说得太晚了。"

〔三〕

云升穿着浆洗一新的淡青色长衫,从潘公馆径直走了出来,他拦了一辆黄包车,穿过法租界的工部局大楼和巡捕房,穿过一条条密集有序的街道,穿过带着金钱味道的烟尘,然后下车步行了一段,走进了一家西式装潢的商店。

他今年已经三十四岁了,按理说,早就该成家立业,但直到两年前他的事业才刚刚起步。这家商店的主人正是他,几乎用尽了所有的积蓄,才在这繁华地段买了一个商铺,经营优质雪茄。

他是个孤儿,母亲是生他的时候难产而死的,父亲也在他很小的时候就死了。他对父亲唯一的印象就是那一身恶心的酒糟味儿,只要一喝醉,父亲就会拿他撒气,那时他不过才五六岁,但记得非常清楚。父亲是个失败者,庸懦愚蠢,酗酒毁了他,也让他送了命。云家原本是个大族,但亲族之间好像并没有太深的感情，没有人愿意接济他。在卖掉一张红木条凳后，他住的那间破房子里，便一个家具也没有了，连床也卖掉了。

贫穷是会让人变得无耻和不要脸的，云升想了一个办法，他衣着褴褛，每天在族长的家门口乞讨要饭，到晚上也不回家，就睡在族长家的门廊外。他不记得熬了多久，总之，族长最终臊不起那身皮，把他叫进了屋，让他洗了澡，吃了一碗面，晚上让他睡在一间干净大客房里，第二天，亲自带着他去了云秀成的家。

"这孩子很机灵懂事，你要不让他在你家打点杂吧。"族长说，"按村里的规矩，他家其实还是有一点地的，你若收留他，我做主把那片地给你罢了。"

云秀成为了那半亩地把他留了下来，以一个佣人的身份。

发薪日，佣人们总会约着去吃一顿好的，或是做一件衣服。云升不愿到外面吃，家里的伙食虽然差，但填肚子没问题，他得多攒钱，那些鱼啊肉啊，对他没有什么吸引力。但他也愿意做衣服，别人关心的是这块布料好不好看，他最关心的，是做一身衣服需要多少布，得花多少钱。

云升是从小穷过来的，算计过来的，贫穷让他在对待事物的态度上，总隐隐和别人有点不同。

他不是个笨人，在各方面都很用功。认字、算账，管理家务，察言观色，巧言令色，逢迎拍马，他样样都比其他佣人做得好。他的眼光也不错。他清醒地看到了潘盛棠的颓势以及潘大少爷的光明前景，为自己选择了一个优异的主人，并得到了相当的回报。开设这个商店的前期资金，正是这位小主人送给他的，那是一笔不小的数目，而商店销售的雪茄和烟草，也是小主人从他名下的永泰烟行以低价批发给他的。潘大少爷手下的永泰烟行，只有五个主要的持股人，云升是其中之一，潘大少爷向他许诺，一旦股权重新分配，他会优先选他，这位年轻、有头脑且经验丰富的人，作为永泰烟行的真正领导者，直接管理永泰烟行的所有出售交易。

云升自认为是精明的，不输于任何人。永泰烟行的大英牌香烟在抵制英货的时候根本卖不出去，即便一箱一百盒，买一箱送一盒，这种变相跌价也挽回不了局面。也是云升建议潘大少爷将大英牌换成美国烟的包装，才打开了滞塞的销路。为了吸引散客，他打听到江边来往的船户经常批购香烟，便亲自拿着大英牌香烟，沿江挨个儿找船户试销，最终，销量一跃成为永泰烟行各分销商店中的冠军。

云升也认为自己是忠诚的，为了主人可以尽心尽力。但不知道从什么时候起，潘大少爷好像对他不再那么信任了，许多事也不跟他商量了，好多账目也不给他看了，那两个文绉绉的书生却反而得到重用，云升觉得十分不公；当大少爷一直将允诺给他的永泰烟行攥在手里，且逐渐减少由他负责的货栈数目时，云升有点愤怒了。

这跟赌博是一样的，下了注的人，没有不想赢钱的。云升对潘大少爷所尽的每一分心力，都需要肯定与奖赏的，长久压抑下来的愤怒变成了坚硬的东西，时不时就会戳心口一下。什么是反骨，一根根反骨，就是一次次不满意。云升的不满意越来越多了。

在这个问题上，假如云升能够去找银川谈一谈，开诚布公说清楚，也许之后的际遇就不至于与现在形成那么大的反差。

云升认为受了愚弄，他要用他自己的方式去争取应得的东西，用他认为最方便的方式。

他没有去找银川，他看准了和银川走得最近的两个小人物：于素怀，李南珈。

这两个穷小子当年连读书的钱都没有，像叫花子一样上潘家去要钱，还是他云升将他们介绍给潘大少爷的，现在他们春风得意，俨然是潘大少爷的左膀右臂了，虽然表面上还是云大哥长云大哥短的，但其实已经跟他开始拿架子了，反正若想要从他们口里套出点什么东西来，比往铜墙上钉铁钉还要难。

在这两人之中，圆滑聪颖的于素怀更得潘大少的青睐，而冷淡清高的李南珈则在大多数时候和潘大少爷保持着距离，甚至会公然拒绝潘大少爷的一些要求，提出反对意见。云升觉得，在商场中没有人能做到真正的清高，李南珈这样的表现，只能说明他没有得到太多的好处。

云升决定试探一下他。

李南珈和于素怀不一样，他没有住在潘大少爷为他们租的公寓里，而是和寡母住在六渡桥附近的家中，特别破旧的一个房子。云升找人悄悄盯了他几天，李南珈每天清晨还得去公共的茅房倒马桶，拎着铁桶排在一群妇人后面等着打自来水。云升认识负责发薪水的会计,于李二人挣多少钱虽然没能打听到,但李南珈每次在发薪日都会跟会计一笔笔核对自己工资的明细,细致到几分几厘的变化都要弄清楚。就凭这一点,云升认为李南珈是自己的同类。

他请李南珈吃了顿饭,李南珈虽然仍是冷冷淡淡的样子,但并没有表现出任何不识抬举的行为,只是有些戒备。云升继续努力跟他熟络,给他母亲介绍好的中医,又雇了一个小丫头,每天去六渡桥帮他照顾老母、料理家务。一开始李南珈坚决不接受,但云升只要一提李家老夫人,李南珈的语气就会弱几分了。

在云升的认知范围里,击破一个人的防线最有力的武器就是钱,就是金条,就是房契。他是不急不缓给李南珈好处的,一开始只是些小数目,比如给老夫人做寿的礼金,比如货栈的商品券。李南珈口风仍然很紧,但已经慢慢松动了,云升见机又送上了大礼:三根足金条子。

李南珈震住了,将金条放进自己皮包里的时候,那张清正秀雅的脸上露出一种百感交集的委屈表情,云升终于从他口中听到了他最想听到的话。

南珈说:"云大哥,潘大少爷什么都好,就是太会算计身边人了,奖惩不分明。"

云升也对他说起了心里话:"南珈兄弟,你这么一个斯文书生,能够置身商场本来就不容易,你兢兢业业跟着大少爷,对他尽职尽责的一片心,我非常欣赏。的确,奖惩不分明,是顶顶伤人心的,做得多干得好的人,混得比做得少干得差的人差,很没有道理的。我看你就是不会拍马屁,输在了口头上。人家素怀就甚是擅长此道。"

南珈的脸慢慢沉了下来,云升忙道:"我知道你跟素怀是兄弟,但我真的发自内心为你觉得不平。"

南珈叹了口气:"云大哥,我也不知道自己怎样才能有点前景,反正我现在是看不到的。"

云升语重心长道:"不怕南珈兄弟生气,我说句实在话,你并不是大少爷手里的骨干。你给他做的都是些什么事啊?别怪我说得不中听,你一个正派的小伢,老被他差遣着做些歪路子的事儿,做一点是可以，以前我也替他做过，用来拉近感情没问题，但老是这样下去，别说风险摊在自个儿身上，离正经生意就越来越远了。你以为我不知道你们在涂公馆做了什么？"

南珈听到这儿，脸色大变，噌地站了起来。

"别急，别急，"云升嘿嘿笑起来，摆摆手，"那天我碰巧去了一趟，至少我是知道，大中午两三点的时候潘大少爷也在那里的，那么那件丑闻究竟是怎么一回事，只怕还得重新想想了。我知道，大少爷是想拖徐德英下水，让徐市长站在洋行那一边，虽说为的是洋行的大局，但不经老爷的允许，就私自谋划，你说要是老爷知道了，他会怎么看潘大少爷？潘大少爷一旦位置不稳，你和素怀又将被置于何地？"

南珈垂着眼睛，似在仔细思量，站了一会儿，他好像没了力气，坐回了椅子上。

"云大哥，我该怎么办啊？"

"你帮助潘大少爷是天经地义的，即便是我，为了他也会全力以赴，我跟你是站在一边的。"云升叹道，往嘴里放了一根烟，慢悠悠点燃了，"不过呢，南珈啊，我也希望你能先帮帮我。"

南珈抬起头，似甚是不解。

云升面带微笑，心照不宣地道："我想要得到永泰烟行，你要是能帮我想一个办法，哪怕只是想一想，什么也不做，我也当你帮了我。"

数天后，李南珈带来了他的办法。

他蹙眉道："我去查了一下，分配给云大哥的货栈在盈利上其实和其他股东相差无几……"

云升不忿道："那是因为被拿走了几个！如果我手里还是原先那么多，绝对不会是现在看到的这个数。"

"不管怎样，盈利及投资方面的表现一定要比别人更强，有两个方法您可以尝试一下，一个稍微简单一些，一个则复杂一些。"

"你两个都说来听听。"

"第一个，虚报年总①，将年度的盈利状况稍微夸大一点；第二，

---

① 即年终结账单。

盈利体现在银行账目上的数字,也需要有所增加。不是所有股东都有能力去争那个总经理职位的,一旦您表明了为永泰烟行挣到高额利润的实力与态度,我相信,大少爷必然会将天平倾向于您的这一方。"

云升思忖许久,叹了口气:"第一个好说,第二个……这个跟虚报年总还不太一样,银行账户上是不可能给你多变出钱来的……除非……"

南珈立刻接口道:"除非自己添一点上去。当然……光是您自己的钱,肯定还不够,我可以为您接洽到大生银行的经理叶营州,只要能证明您完全有能力偿还借款,大生银行肯定会给您壮仓,如果短期就能归还的话,甚至可以减免利息。"

云升低头不语,内心十分犹豫。

南珈道:"其实大家都知道,每年各个分货栈的业绩,有很大一部分是虚数,是做出来的,看谁做多做少而已。云大哥心地实诚,也许并不愿意采取这样的方式,我也仅仅是给这个建议,至于用不用,全看大哥自己。"

"我准备一下,你约个时间,我跟叶经理见个面。"云升咬牙道。

约好会面的日子就是今天,地点就在云升的雪茄店里。

云升安排好潘公馆的事务,连晚饭都没吃,早早地就去了店里,让两个伙计提前闭店下班,他则一面整理带来的地契和存单,一面等待李南珈和叶营州的到来。

他一直等到快晚上八点钟,肚子饿得咕咕叫,李南珈才来了,但叶营州并没有出现。

李南珈道:"叶经理临时有点急事处理,如果云大哥不见外的话,我们去他那儿谈吧。"

云升忍着没发作,将公文包拿着,随着南珈上了车。李南珈一边开车,一边递给他一个纸袋,微笑道:"里面是刚出笼的包子,云大哥先垫垫肚子,一会儿咱们再吃正餐。"

云升的气消了一点,接过纸袋,他确实太饿了,连吃了两个,李南珈笑道:"大哥悠着点儿,小心一会儿晕车吐出来。"

云升鼻子里哼了一声:"我从不会晕车。"

"对了，您的资产证明带着了吗？用来做抵押的契票没落下吧？"

"都带了。"

"我那天忘了跟您说，大生银行不认法租界的一部分地契和房契。"

云升脸上登时变色，怒道："你在逗我玩吗？为什么不早说？"

李南珈抱歉地说："叶经理也是今天才跟我说的。您别急，这个规定有年限的区别，有些年的房地契可以收，有些年的不行。我看看您的。"

云升打开包拿出来，伸过去给他看了，李南珈上上下下扫了一眼，松了口气道："可以用。"

街上有顽童戏耍，踢着皮球，汽车经过他们，开到一个巷道入口停下。

云升奇道："这是哪儿？"

话音刚落，几个人从前方箭也似的冲了过来，其中一个拉开了车门，一眨眼工夫，云升已经栽倒在地上，那人一把卡住他的喉咙，把他一路往外拖，但云升死死拽着车门不放，把头缩到两肩之间，拽着他的人索性将车门用力一关，云升半支胳膊喀嚓一声挤在车里，痛得杀猪似的叫起来。

踢球的小孩子们听到了这个声音，吓得尖叫着四散而去。那人就着车门一拳头一拳头抢在云升的头上、背上、腰上，云升起初还会嚎两声，到最后满头满脸都是血，连喘口气的力气都没有了。

他被放开，仰倒在地上，却立时头昏眼花，天旋地转，只得用胳膊肘将身子半撑起，哦的一声呕吐起来，吐出了还没有消化完的、带着苦胆味的包子馅儿。

"云大哥一定吃过狗肉吧？"李南珈走到他面前，蹲下身子，淡漠地凝视着他，"一个人养了一只狗，其实是为了吃狗肉，在他杀狗之前，天天给狗喂食，喂了一年，甚至可能两年。对于那只狗来说，它以为它活在世上，就应该是每天等着主人来喂吃的，这是每天的规律，他的心思不会有太多变化。但是突然有一天，该来的食物没有来，屠刀却来了。

"这只狗每被喂食一天，它的安全感就越增加一天，但实际上却是离杀身之祸越近一天。它一生中自觉最安全的时刻，其实就是死到临头那一刻。对于狗来说，它的死是意外，但对于杀它的人来说则完全不是：因为他知道他迟早会杀了这条狗。"

"今天的狗肉包子，好吃吗？"李南珈掏出一张手帕，给云升擦了擦嘴，"云大哥，守住本钱，才是最保险的生意，越过应有的分寸，很可能就会掉到悬崖下面去。人不能太高看自己的能力。"

"是吗？"云升喘了口气，哑声道。

"是的。"南珈冷淡的面庞上掠过一丝冰凉的笑，"不能高看自己，也不能小看别人。这世上有许多不可控的事。云大哥，我再给你打个比方，别人用刀给你切肉吃，你若嘴馋，连刀尖上的味道都要舔，小心割掉舌头。"

他将云升的公文包放到他脑袋边上，又掏出三根金条子，当着云升的面塞进了包里，柔声道："云大哥疼不疼？我们还是按原计划，现在还是去找叶经理，把这个地契呀房契呀什么的给人家看一看，正所谓'火到猪头烂，钱到公事办'，咱们把该办的事赶紧都办了，就一切都好了。实在不行您一会儿睡一个小时，咱们用一个通宵慢慢谈。"

他学着云升之前的样子，慢吞吞掏出烟盒，取出一根点燃了，面带微笑，心照不宣地说："您给我母亲请的那个小丫头，我明天就让他去您府上，好好照顾您的起居吧。"

云升嘴唇都咬出了血，晕了过去。

黎明将城市从熟睡中催醒。

最早的一批货船已经起航，在长江上掀起一大片明亮的泡沫，两岸的龟蛇二山在云气朝晖中熏蒸。高大楼群峡谷般的罅隙之间，日光在蔓延，浮动出一种肠胃搅动一般的声音，就像是饥饿从身体内部被翻来卷去，开始喧闹轰鸣。

这个城市是一个巨大的永动的脏器，急速消化着所有人的欲望和贪婪，吞噬着抱负和野心。大多数的人，即便深入这个城市的最深处，最隐秘的地方，也找不到轰鸣声的来源，因为他们自己正是这个脏器发出的最微弱的一部分肠音。

"情况怎样？"

"资产状况基本上已经摸清楚，倒账和虚报早在两年前就开始乱来了,您对他的判断是正确的。他现在之所以不得不拿出地契来抵押,是因为之前挪用公款出去放贷,非但没赚,反而形成了大亏空,他为了应付查账,不得已用自己的积蓄填了空,现在又想冒头出来挣股权,为了在账目上作假,才不得不选了一个下策。"

"他人呢?"

"在医院里,佟爷的人下手很有分寸,但他伤得不轻,也应该是吓坏了。我认为他已经清楚您给他留了很大的余地,为了自身和财产的安全,他在相当长一段时间里应该不会胡说八道。"

晨曦落在银川肩上,他点了点头:"找个人好好照顾他,告诉他我仍然希望他是潘家的大总管。如果他愿意,我和他之间的情分可以恢复到和以前一样。"

他在说出这句话的时候,心里掠过了一片灰色,他想到了潘盛棠和死去的何仕文,但他没有料到的是,自己生活的轨迹竟然与他们如此接近。

"郑先生。"

"怎么了南珈?"银川回过神来。

"云升不是什么好人,但昨天他跟我说了一句话,这话吧,说得我心里挺刺的,他说我现在在走一条歪路子。"

银川抬起眼睛看过来,漆黑的眸子一如既往的平静,但南珈已经从那双眼睛里找不到过去曾看到的那种本原的纯净了。

南珈道:"我倒推了一下这句话的含义,多想了一点:倘若一个人在他出发后的每一步都走得无比正确,但如果他第一步就走错了,也许后面的一切正确,都会被那第一步的错误毁于一旦。"

银川淡淡道:"那么,你觉得你的第一步走错了吗?"

南珈凝视着他,摇摇头:"我认为我至少在第一步上没走错,但却不能肯定,我走出那一步之后一直相信的东西是否是对的。"

银川的表情终于发生了一丝微妙的变化,他的嘴唇动了动,但终究什么也没说。

南珈向他行了一礼,转身离去。

第三章
鸳锦

〔一〕

盛棠用餐巾擦了擦嘴,鼻翼轻轻翕动了一下,正在吃饭的其他人立刻很知趣地放下手中的筷子,抬起头看他,知晓紧接而来的会是他剧烈的咳嗽。

他似要将血咳出来,黏液在胸腹间滚动起伏,钻入肺部,又飞上喉管,声音不光难听,且相当影响食欲,每个听到的人都觉得恶心甚至觉得疼痛。

璟宁微微蹙眉,手悄悄抚上胸口,她有点想吐,却只得强自抑制。她并没有如其他人那般用亦真亦假的关切目光凝视盛棠,而是转过头去看着窗外,天没有黑完,霞色还留着,一只灰喜鹊在窗台上跳来跳去,翅膀映着一点点忽明忽暗的夕阳的余光。

盛棠盯着她,清了清嗓子,说道:"这两天挑个时间,跟徐家人见一面。"

她回过头来,一时没反应过来父亲话中的意思。盛棠抿了口红茶,沙哑着声音道:"潘家世代清白,这件事一定要处理得妥妥当当,不能留一点口实。"

世代清白。银川听到这四个字,不禁在心里冷笑。

"那个徐德英伤好了吗？"璟暄小心地问。

银川看了一眼璟宁，说道："还没出院，但已经无恙了。"

璟宁的嘴角轻轻往上斜了一斜，冷笑道："这么说，你们现在可以为我讨还公道了，可算是老天爷开了眼。"

云氏闻言一吓，连忙给她使眼色。

盛棠额头的青筋顿时凸起，璟宁见到，脸上反而流露出一种戏谑的好奇，盛棠见她神情自若，浑无悲痛自责之色，顿时勃然大怒，更多了几分莫名的憎恨。真是诡异，此刻他似乎已完全忘记了自己曾经如何疼爱这个娇女，忘记了她的美丽可爱曾多么让自己骄傲。眼前的这个女子，从头到脚都写满了他潘盛棠的羞耻，他每次心情稍微有些起伏，便总能很快将怒气转移到她身上。

盛棠指着璟宁，厉声道："以后这里没有你的位子，给我滚开！"

璟宁一声不吭站起，银川拽住她，沉声道："吃完饭再走。"

"你敢护着这个孽障？！"

"她是我的亲人。"银川站了起来，冰冷的眼睛直视盛棠，"父亲要撵她，我不同意。"

璟暄亦站了起来："父亲，我也不同意。"

盛棠极怒反笑，看着云氏："他们都要反了，你呢？"

云氏坐立不安，左顾右盼，哪里敢发一言。

璟宁缓缓垂下了头，目中泪光隐隐。

不是第一次遭遇这样的境况了。父亲对自己厌恶到了顶点，这样发作已不是一次两次。她从母亲的脸上看到不甘的屈辱和软弱的爱怜，她能猜到母亲的顾虑。其实她也明白，一直爱护着自己的大哥与家中其他亲人是完全不同的，他有独立的事业，以后更会有他的家庭，他的生活今后未必会和自己相关。可二哥呢，母亲呢？不论从钱还是生活上，他们几乎完全依仗着已经变得无比陌生的父亲，若因为自己的任性造成潘家分崩离析，她倒是大不了撒手而去一死了之，可母亲和二哥怎么办？她死了连被他们怀念的资格也没有。

可是，假如真的可以去死，死都死了，还在乎这么多做什么？

父亲的脾气越来越暴躁，随着他日渐老去，身边的人与事越来越不由他掌控，他毫无顾忌地发泄着怒气。璟宁并不太清楚父亲平日的生意究竟是如何运作经营的，但她和这家里所有人一样非常清楚他的为人，他像舵一样坚定务实，算盘打得很清楚，有极强的掌控欲，不论是对于人情、金钱、利益，或者面子。他现在这样，只能说明他坚如磐石的心以及他的金钱帝国，全都在瓦解。

父亲又在咒骂什么，璟宁完全听不进去了，她让自己沉浸在一种奇异的恍惚里，去听外面的风声，去想象银杏树的叶子慢慢变黄，落叶堆砌，踩上去会发出一种清清楚楚的破碎的声音。

然后她便清醒过来，明了自己此刻并没有死的资格，也没有恍惚的资格。她极小声地清了清嗓子，逼回一说话便可能会流下的眼泪，尽力表现出无比的谦卑和示弱："父亲，我是您的骨肉，是您的女儿，从小到大您一直都那么疼我爱我。千错万错，您就一点都不愿意原谅我？您就不愿意给我一次改错的机会？"

盛棠蹙眉看着她，沉默了许久，旋即一声长叹，痛心疾首道："改错？如果还念着这个家对你的恩情，就好好听从安排嫁到徐家去，别不明是非不知好歹。徐家世代簪缨，也算是名门，你嫁过去并不算委屈。时日长了，看你对潘家还能做多少贡献，再谈原不原谅你之类的话。"

璟宁的脸抽搐了一下，似笑似哭，盛棠看得心烦，将餐巾扔到桌上，离席而去。

"他疯了。"

这三个字，在留在桌前的人脑中都过了一遍。

璟暄愤愤地道："我妹妹是人，不是用来交换的东西。今天牺牲她，明天就会轮到我们。绝不能听父亲的。"

听到这句话，璟宁终究还是没忍住，泪水夺眶而出，云氏握住她的手，无奈地叹了口气。

"我来想办法吧。"银川道，"宁宁，不要害怕，有我在。"

璟宁擦了擦泪："我不嫁给徐德英。"

"不愿嫁，就不要嫁。"银川说。

"我想离开汉口。"

"你想去哪里，就去哪里。"

璟宁唇角一翕，笑了一下。

银川心中巨震。这是他第一次在她脸上看到这样的笑容，如此凄然无望，如此苍凉哀婉，竟像极了他死去的母亲。

之后一段时间，不知道是不是银川在盛棠面前央告起了作用，又或者是盛棠忙于事务无心过问，和徐家见面的事并没再提起。学校开课，因新校舍尚在修建中，璟宁与刘程远住到刘家在东湖边的一处宅子里，不久方琪琪为图热闹也搬了过去。两个女友约莫知晓璟宁与子昭闹翻的事情，却不敢多问原因，璟宁自也一句不提。璟暄偶尔会过江来，给妹妹送点吃的玩的，璟宁问起大哥，璟暄道："他负责应付父亲，父亲忙起来，就不会找事烦你。"

没课的日子，银川会让素怀过江来，接璟宁回汉口，知她不愿在家里多待，只要他有空，便会带着璟宁四处逛逛。

"好些了吗？"他总是关切地问她。

她会回答："好了一点点。"或是给他一个微笑，但大多时候她只是面无表情装作没听见。

心情得到的舒缓与治愈，归功于刻意的遗忘与麻木。有一天黄昏，璟宁独自坐黄包车从学校跑到了轮渡码头，她惊喜地发现，自己心里那种空荡与针刺般的痛苦竟然消失了，码头与孟家关系紧密，以前每逢过江坐船就是她最生不如死的时刻，可现在她竟然不痛了，也不再去想那个人了。

时间真是个可怕的东西。

可以后怎么办啊。漫长的人生，不确定的将来，让她茫然无绪。

当老师？做学问？连方琪琪都考虑以后即便结婚也不要耽误做学问。

程远也道："女人一结婚，很多想做的事情都做不了了。我要留一点属于我自己的事，即便我当了别人的妻子和母亲，也不会放弃它。"

"为什么呢？"璟宁问。

"为了提醒我们自己，虽然身为女人，但在人生中扮演的角色不应该仅仅是妻子或母亲。"

璟宁点头,同时发现一个残酷的现实:她失去了自己,不知道什么事才是属于自己的事。与孟子昭的恋情夭折之后,以往的兴趣爱好再也无法令她得到快乐,她甚至开始厌恶音乐,厌恶她曾深爱的钢琴。

怪谁呢?难道怪那个仿佛人间蒸发了的人吗?

一想起他,她便丢失了自己。

黄昏的江面铺着艳丽的霞光,每一艘船行过,绚丽的色彩就变幻一次,绝不会重复。璟宁假想孟子昭就在某一艘船上,他也在思念着她,于是强烈的悲伤与思念汹涌而至,让她无法呼吸。他桀骜的表情,热烈的爱抚,鼻息的温暖与唇间的温馨,他满含爱恋的言辞,他的愤怒和悲伤,带着疼痛与甜蜜,在她的记忆中乱窜。

"让我见见他吧。"璟宁双手合拢,将下巴放在上面,闭目祈祷,如同当年在寄宿学校时,法国嬷嬷领着她看着圣母像时那样虔诚,她是实在没有办法,才只能祈求原本在她心中可有可无的上帝,那个看似掌管着造物命运的神秘的力量。

"求求你了,让我见见他吧,我是实在舍不得啊,我舍不得他啊,求求你了……"

江风将她的长发吹得轻轻飘动,堤坝上的栏杆浸着水汽,湿了衣袖,但璟宁并不觉得冷。远处江面传来马达声,一艘小货轮从汉口的方向开过来,依稀是子昭在夏天带她坐的那一艘。

"他会在上面吗?"

璟宁踮起了脚,睁大眼睛,想看清楚甲板上有没有人,但她只隐约看见一排排堆得好几米高的木箱子,她从系在船头作标志的蓝色小旗辨出这的确就是子昭的那艘星月货轮,一颗心怦怦乱跳,难道自己的祈求终于被上帝听到了?

小货轮并没有朝码头靠过来的意思,只在江中稍停了停,便掉头回了汉口。璟宁脑子里嗡的一声,浑身热血上涌,用力挥舞手臂,大喊:"孟子昭!孟子昭!你过来!你把船开过来!"

货轮越行越远,过江的大轮船缓缓开过,正好将它遮挡住,也不知是小货轮驶得太快还是轮船太过庞然,当江面终于恢复了空旷,只余浩淼烟波时浮时沉,天色已暗,对江码头一列船舶暗沉的阴影已经糊成了一团。

璟宁急得放声大哭。她从小到大任性恣意,受尽宠爱,想要什么就要什么,从未有任何不如意之事。可如今她才发现,年少时所经的一切美好,都宛若即将食药之前的蜜糖,甜在前,苦在后,成人之后最重要的一课,没想到竟是"求而不得"。

〔二〕

这一年秋天,对于汉口商界来讲,是名副其实的多事之秋。九月十日,大钧船业与民生公司共同商讨川江航线合并的消息开始陆续见诸报端,这预示着大钧很可能会因为这个利好消息,而暂时免于被恶意压价收购。

很快,孟氏将大钧在川江上的分公司全部以高价卖给了民生公司,而民生则将其在汉口的重要码头以合作使用的形式无偿转给了大钧,这条消息随着一张合照登上了汉口商界新闻的头条。照片上,孟道群父子与四川船业大鳄卢作孚坐在一张圆桌前,桌上摆着重庆的特产卤鹅,三人笑容满面,神情轻松。众人恍然,原来孟道群并未病倒,而是悄无声息地去四川寻来了一个大帮手。

卢作孚的民生公司,是川江上声势渐起的一条巨龙,早在与孟氏合作之前,他便着手收购川江上零散的航运公司,所谓化整为零,这些小公司将财产以高价卖给民生,卢作孚眉毛都不抖一下,照单全收,而原来公司的人员也全部接收,量才录用,如此一来不禁扩张了势力,也得了人心。这一次收购孟氏在川江的分公司,显然是雪中送炭拉了孟氏一把,让大钧获得了资金用来救急,同时在汉口的码头上也减少了消耗,增加了库存。民生从孟氏获得差不多十五艘轮船,其川江上最大的对手日清、怡和等洋行立刻由盈转亏。数十年来,由这些洋行掀起的商战开始至今,川江航运这只"肥鹅",终于由中国的航运公司独吃了,这算是民生公司和大钧船业在困境中艰难挥出的一记重拳。

一天,银川去了一趟武昌,将孟道群欲在私宅设宴款待卢作孚的消息告诉了璟宁。

他们并肩坐在长椅上，这是学校最安静的一个地段，众花渐凋，唯桂花开得密密簇簇，珞珈山近在眼前，密林高耸，蓊蓊郁郁地映着爽净的蓝天，秋叶五色缤纷。

银川道："刘家、方家等华商都接到了邀请，程远和琪琪她们肯定会去玩的，你何不跟着一块儿？那个人肯定在。"

璟宁没说话，眼睛却闪闪发光。

银川将手中纸袋子递给她："这是在你学校附近买的面窝，还是热的，你吃一个吧。"

璟宁觉得发腻："我吃过饭了，你吃吧。"

银川点点头，用油纸托着，三两口就吞嚼了一个，吃完一个又拿起一个，璟宁微笑道："连吃相都没有了，洋场出的是绅士，可不是鲁丈夫哦。"

"从起床到现在跑了四五个地方，一口东西没吃。"

"这么拼命干什么，是生意重要还是身体更重要？"

"你开心更重要。"他想也没想便脱口而出。

璟宁忽然有些不自在，过了一会儿，移了移身子，坐远了一点，四围只剩风吹树叶的声音。银川低下头，慢慢将纸袋揉成一团，捏在手中。

两人沉默了许久，银川瞥了璟宁一眼，轻声道："宁宁，你今天的衣服很好看。"

璟宁一笑，低头抚了抚藕色衣襟，那上面绣着一小朵黄水仙："是佟夫人给我做的。"

"佟夫人？"

"嗯，就是上次吃饭时遇到的佟爷的夫人啊，抱着个小娃娃，你认得她的呀。"

"哦，"银川恍然大悟，又觉得甚是奇怪，"你们俩怎能谈得到一块儿？"

璟宁微笑道："她想识字，又对我们学校好奇，来找我，我就带她四处逛了逛。是个很有意思的人儿，比我还小两岁，却勤快懂事多了，手又巧，模样也好，还开了一家成衣店。"

银川忍不住道:"她怎么能跟你比?"

一阵风吹过来,桂花纷纷落下,璟宁将落在身上的桂花扫在手掌里,随意拿手绢包着,站了起来:"大哥哥,我一会儿还有课呢。"

"哦,我也有事要忙。"银川亦站起。

她送他到西门,看着他瘦削的背影,心中掠过一丝酸楚。

就像背后长了眼睛,知道她在目送他,他转过身来,朝她摆了摆手:"回去吧,别耽误上课。"

"谢谢你……告诉我那个消息,总之……一直以来……谢谢你,大哥哥。"

银川不耐烦道:"说这些做什么。"

"我不知道该说什么。"璟宁坦言以告,目光澄澈清明,"从小到大,你对我那么好,我不知道该怎么回报;而一直以来我的任性给你带来的许多麻烦……我也不知道如何偿还。"

努力构筑的坚定,正在被她一点点击碎,他突然有了一种想放弃的冲动。其实那牢牢盘踞的执念,那不可言说的痛苦,若真能放下,又未尝不好。

他凝视着她的小脸,轻声说:"你不必跟我说客气话,而且我也有很多做得不对的地方。现在只要你能高兴,怎么都好。"

次日下午,璟宁坐轮渡回到了汉口。

孟家晚宴结束,酒会刚开始不久,她算着时间到孟家门外,程远已在院子里等候。

"子昭在吗?"璟宁快步走到女友身前。

"跟我哥他们聊着天呢。"程远拉着璟宁的手,两人并肩往大厅走去,"一会儿有舞会,全是年轻人,长辈们都换地方了。"

璟宁嗯了一声,程远觉得她的手很凉,忍不住说道:"不晓得你们之间究竟有什么过节,但想着你的性子,你不说我们也就不问。今天孟子昭看起来有点怪,就跟打了鸡血似的,精神得不得了,眉毛都快飞起来了,就算他现在是大钧的总经理又如何,毛头小子一个,有什么好神气的呢?宁宁,是不是他在你面前耍威风,被你看不惯,你们便吵架啦？"

"不是，他没跟我耍威风。"

"我听我爹讲，孟家最近挺不容易的，生意上遇到很多困难，今天子昭再怎么跋扈你也别跟他闹，体谅他一点，等他缓过劲儿来，会念你的好。"

"我不会跟他闹的。"

"他若委屈你，你也别理他。"

"我不怕委屈。"

程远满腹狐疑地看着璟宁，简直不敢相信这些话是由这娇小姐说出来的。璟宁抿着嘴唇往客厅看去，灯火明亮，在衣香鬓影中寻到了孟子昭。他果真神采奕奕，脸颊红润，英气逼人，穿着笔挺的洋服，头发梳得光光的，不时放声大笑，极为开心的样子。璟宁心中忽然有了一种强烈的惧意。

他肯定早就知道她会来，不光如此，他现在在排斥她。

"子昭！"她鼓起勇气快步朝他走过去，也不知是从哪里寻来的勇气，令她以这么一种欢欣振奋的语气喊他的名字。子昭身边的人都是他们熟识的几个朋友，见她过来，都退开几步，笑道："这下好了，管你的人来了，我们得识趣让一让。"

子昭笑道："是知道我一会儿会赢钱，认怂想溜吧？"倒也不待那几位回应，一边说一边转过身来，满脸都是笑，"哦，你来了？"

乍一听到他的声音，简直如在梦中，她怔怔看着他的眼睛，他眼中没有丝毫笑意。

子昭转身叫来侍者，从托盘里取了一小碟蛋糕给她。璟宁接过，轻声道："子昭，我们谈谈吧。"

他冷淡地道："还有什么可谈的呢？该知道的不该知道的，我全都知道了。"

她的心一沉。

"有些事你并不清楚，我们能换个地方说吗？这里不合适。"

"我倒觉得挺合适的。还是你认为你要说的话，有什么不合适的地方？"

354

这一如既往的尖利刻薄，倒些许缓和了一点她心中的痛苦，她随他走出大厅，走进楼道西侧的小厅，那是平时孟夫人喝下午茶的地方，陈伯很敏捷地跟了过来，子昭本拟关门，见陈伯背身而立，不远不近站在门口，便将门敞着，转身对璟宁道："有什么就说吧。我还要招待客人。"

她将蛋糕碟放在一张小桌上，抬头看着他，一字一句道："孟子昭，我的心从没有变过，一直没有变。"

他蹙了蹙眉，目光变得幽深："那对不住了，我的心变了。"

"你什么意思？"

"我的意思在给你们家那张纸上已经写得很清楚了。上面怎么写的，我就是怎么想的，就是那个意思。"

"我不相信。"

"相不相信，那是你的事。今天我没有任何想跟你作对的意思，也不想和你在这儿争执。"他压低了声音，"我找不出时间和精力在这里跟你演恩恩怨怨的戏码。"

她眼圈儿登时就红了，泪水盈盈，表情却执拗坚硬："之前你对我说的那些话，就不作数了吗？"

子昭看着她，笑了一下："谁先不作数的？"

他的目光像刀子一样，一寸寸凌迟着她的骄傲，但她倔强地为自己辩驳，她向他伸出了手，以恳求的姿势："那件事的发生并非出自我的意愿。我只能说我很后悔，恨不得死。可如果我死了……如果我死了，我就再也看不到你了。"

他凝视着她，眼中有光芒在浮动，然后他叹息了一声，轻轻握住了她的手，其实他的手也是凉的，也和她一样在轻轻颤抖。肌肤相触的这一瞬，璟宁觉得所有的委屈与痛苦都烟消云散。

"手上的伤是怎么回事？"子昭轻声问，摩挲着她掌心的伤痕。

"被烛台刮的。"

"一定很疼吧。"

她吸了吸鼻子，微笑道："现在不疼了。"

"那就是了。长痛不如短痛，什么伤都会好的。就当是一起做了一场梦吧。"

她愣住了,不可置信看着他,子昭飞快地放开了她,说:"回家去吧。"

他知道她不会撒泼吵闹,因为她是那般要强。但他离开的时候还是忍不住回头看了看,她面向他<u>直直站立着</u>,眼神一如既往的任性单纯,一如既往的倨傲,但满脸都是泪,无声的泪,其实泪水的流动何尝是有声音的?但他感受到那一颗颗珠泪滚落时的孤独和寂静,如同堕入虚空,探手四围,却寻求不到<u>一丝一毫</u>的依附。见他看过来,她将嘴角扬起,依旧是她独有的不认输的表情。

然后她就朝他奔了过来,那一刻子昭觉得血液好像从脚底直窜上了脑门。璟宁跑到他身前,擦了擦眼泪,用一种近乎偏执的语气道:"就一天,孟子昭,就陪我一天。"

"你究竟要我怎样!"他咬牙切齿地说。

"明天十一点,在我学校西门等我,你如果不来,我就去跳东湖一了百了。"

"爱跳不跳!"

"姓孟的臭小子,我说到做到你信不信?反正我下课后就会去那儿找你,你要是迟到了或是不来,我就去死。"

他气急败坏:"都他妈打算寻死了,你还上什么课!我还得等你上完课!什么道理!"

"我就是喜欢,你管不着!"

他瞪着她,但不知道为什么,却被一种极为复杂的感觉激得啼笑皆非。璟宁斜斜瞥了他一眼,雪白的小脸在灯光下粉雕玉琢,子昭觉得简直不可思议,这小妞现在竟然是这么一副胜利的表情。

荒谬!

他嘴唇刚刚一动,璟宁已转身走出了门。

〔三〕

次日,没有早一分钟,也没有晚一分钟,孟子昭准时出现在约定的时间和地点。璟宁已经先到了一会儿,亭亭地隐在树荫下,穿着灰色薄羊毛大衣，雪青色的长袖连衣裙，她刻意打扮过，脚上的一双白色高跟鞋看起来也是崭新的。光亮的头发披在她肩上，风吹得额发纷舞，她也懒得去撩。

"跑什么？额头上都出汗了。"璟宁说，递给子昭手帕，他并不接，问："去哪儿？"

她将头偏了偏，看着远处的湖水："我们就从这儿绕过去，沿着湖边走走。"说着伸手就要挽他的手臂，子昭退后一步，躲开了。

璟宁冷笑道："嫌脏还是怎么？"

他猛地将她拽近身旁，恨恨道："别逼我发火！"她的胳膊被他攥得发痛，眉梢眼角却尽是笑意，借势靠在他肩头，惹得从西门进出的学生频频侧目，子昭沉着脸想推开她，却怎么也没狠下这心，她像一枚浮萍顽强地附在青石之上，那么单薄那么瘦，仿佛随时会被风吹跑。

默默走了一会儿，路边梧桐树上鸟雀喳喳，干枯的果子落在地上，子昭终究找了个机会将手臂从璟宁的纠缠中抽了出来。她轻声道："孟子昭，今天我们能不能和以前一样要好，装装样子也行，就当是应付我也行。"

没有得到他的回应，璟宁侧过头去，眼前是清晰开阔的湖面，映着高大的悬铃木和枫树、榆树，时光恍惚回到夏日的赵氏花园，但时已不再，人也已经变了。他和她都很清楚。

璟宁说："磨山那边的银杏叶一定黄了。"

子昭依旧沉默。

她不管他，接着说下去："要是在大晴天，可以有一点风，风不能太大，让银杏叶金灿灿的一片片地落下来，那样才最好看。我其实不太喜欢秋天，风吹得让人心里难受。"

"嗯。听你的。"他终于开口。

璟宁不解地抬起头，子昭俯视着她的脸庞，说："听你的，今天我们就像之前一样要好。"

她展颜一笑，重重地点头。子昭的心一抽，被那一双明眸中的盈盈泪意深深刺痛。

不知道走了多远，路上已看不到什么行人，满耳都是湖水拍岸的声音和鸟语声，清新的水汽和植物的香气弥漫四周，放眼望去，只有几艘渔船停在湖中央，小小的几弯阴影，隐隐约约，晃晃悠悠，就仿佛凭空被放置在那里的虚浮的布景。接近正午，阳光终于突破云层，湖色变得苍茫缥缈。璟宁望着远处山峦安静的曲线，小嘴微斜，露出晶亮的牙齿，好像在笑，又或许是想到了什么。

子昭的手动了动，片刻后，抄进了衣兜里。

"孟子昭，我的手很冷，怎么办？"她捕捉到他的反应，没有放过他。

"好，那我们就找个地方吃点热的东西。"

这并不是她想要的回应，她是想让他拉着她的手。璟宁眼中终于掠过沉沉的失望，缓缓低下了头。

两人就在湖边渔村找了个小饭馆，让店家煨了罐鸡汤，做了红烧鱼。璟宁细嚼慢咽，挑鱼刺挑得分外小心，子昭看着极不耐烦，将鱼脸肉熟练地一分，夹起来放在她碗里。她一声不吭地吃，吃得很慢，就像是在拖时间。没吃两口，子昭看了看表，起身说道："我去把车开过来，你先慢慢吃。"

她脸上渐渐布满阴云，子昭懒得多话，径自离去，走回大学的北门取了车，又沿着从环湖的公路开回小饭馆，这么一来一回，花了快半个小时。

璟宁已经吃完了，独自立在湖边，裹紧了大衣，雪白纤细的手指捂着领口，长发被风吹得飘飘扬扬。他还没走近，她已察觉，转过身来，俏脸苍白，乌黑的眼珠子里满是嘲讽："就等着你摊牌呢。一天都还没过完，想说话不算话了吗？"

"你下午不上课？我送你回去吧。"

"我现在又不想上课了。退学也可以。"

"你没必要这样。"

"是啊，以前你上赶着追求我，现在我倒贴着来缠你，你得意了吧？"

子昭嗤地一笑，眼神却十分幽凉："我可没什么好得意的。不过潘璟宁，你这两天的表现，太不像你的作风。"

"我就是这样,想怎样便怎样。"

"你想怎样我并不想管,也不想关心。"

"我知道你不关心。见你这红光满面的样子,就知道你从来就没有关心过谁,你只关心你自己。"

子昭平静地看着她,缓缓道:"没错,我的确只关心我自己。"

"那一开始为什么要答应我?为什么还是来了?"

"好歹我们也算一起长大,做朋友总可以的。走吧,我送你回去,你要回学校还是回家?"

璟宁清了清嗓子:"我没福气当你的朋友。我自己走。"

子昭看着她:"别犟了,陪你来自当送你回去。"

"没必要!你滚!"

子昭蹙眉,却还是笑了笑:"你还是老样子,行,想怎样就怎样吧!"

璟宁从衣兜里掏出一个东西,递过去:"还给你。"

子昭看了一下,红色的丝绒盒子,像一团火烧着眼睛。他接过,想也没想就扔进了湖里,淡淡道:"你不要的破烂玩意儿,我拿来做什么?"

璟宁转头看着湖水,涟漪一圈圈散开,她看着看着,一滴泪落了下来。

子昭转身就走,大概走了十余步,就听到身后忽然传来一声闷响。这声音他估计一辈子都不会忘。那种绝望,空洞,夺人魂魄的声音,化成了尖锐的痛,直扎进了心底。他返身冲到湖边,波纹凌乱地荡着,暗沉的湖水已然将璟宁吞噬。

"潘璟宁!"他嘶声呼喊,纵身跃入湖中。

就像是掉进梦魇,虚虚实实地撕缠,刺骨的寒意,冰凉的窒息,浑浊的光。她就这么藐视他,明明知道她是他的命,偏要轻贱自己,明明知道她死了他也活不了,偏要死给他看。他拽到了她的手,那只柔软的小手不再用力抓住他了,她决定放弃他了。该死的家伙,他简直恨透了她,却又深深觉察到了她的痛,体会到她的苦。是的,他恨她,但他更恨自己,是他将她逼成了这样。

璟宁身上的大衣湿透了,身子极沉,子昭费了很大的劲才将她托起来，饭馆的老板和一个伙计闻声跑过来帮忙，将璟宁拖上岸，再将他拉起来。

子昭跌坐在地，看着那可怜的人儿像条濒死的鱼蜷缩在地上，但还好，她尚留有一丝微弱的呼吸，子昭回过神，双手用力摁压她的胸口，将嘴唇印在她冰凉的唇上，呼唤她。

"醒醒，你快醒醒！潘璟宁！醒过来！"

他的声音里已带着哭腔，腿是软的，手却更加用力，怕她疼，却更害怕她不再醒过来。几分钟后，璟宁用力几声长咳，吐出了呛进腹里的水，急促地喘息起来。好心的饭馆老板不知从哪儿找来一张棉布被面，递给子昭："湖水很冷，赶紧给姑娘擦擦。"子昭颤着手接过，将璟宁湿透的大衣脱下，用被面把她裹着，将她扶起来拥在怀里。

围观的人多了起来，指指点点地议论："造孽哦。"

"富贵人家的小伢，为什么这么想不开？"

"有吃有穿的还要寻死……"

璟宁浑然不在意，皱着眉头，双手握成拳抵在自己胸口，呻吟道："我心口痛……子昭，我的鞋也掉了，是新的鞋子……"

子昭牙关打着战，眼睛通红地吼道："潘璟宁，你怎么这么混账！怎么能这样对我，真是个混账女人！"

璟宁扬起脸，欣赏他的表情，小嘴微微一撇："讨厌鬼，就知道你绷不住。"

他想扇她一巴掌，手抬起，却久久打不下来，狠狠吸了一口气，将她拽得站起，璟宁光着一双脚，被他跟跟跄跄地拖着走，一直拖上了车。

汽车一路疾驰，绕来绕去，似行在没有尽头的漫漫长路，璟宁靠在座椅上，浑身因寒冷筛糠似的抖，脸上却有一道道热流划过，是眼泪不停地落下来。汽车驶上一个斜坡，再向一侧一转，停下。她被他推推搡搡地弄进一栋小洋楼中，他就像根本不管她会不会痛，用力拖着她，拽着她，璟宁一开始一声不吭，往里走了几步，忽然用力挣扎，偏偏倒倒往外跑，子昭三两步就赶上去，脸色铁青，将她拦腰一抱大步上楼。

只剩下喘息声与擂鼓般的心跳。

他踢开一间屋子的门,厚重的窗帘被震动得飞起一角,阳光火一样烧在窗上。他将她扔到床上,不待她起身,扑过去压住。他要惩罚她,也惩罚自己,但到最后却化作了炽热的吻,释放出积蓄已久的怨恨,和对她的歉意、爱恋和追悔。

屋里很冷,她的身体也很冷,但很快就被他烘热了。他捧着她的脸,望着她,两眼熠熠闪光,然后他低下头,温柔地吮吸她脸上的泪,宛如畅饮爱的甘醇。是的,他爱她,透过了每一个毛孔,每一寸肌肤,他爱她,爱她任性的身体,顽强的灵魂。所有童年的往事、青春的快乐沛然作雨,扑面而来,她朝他仰起脸,手指伸到了他的纽扣上,他捉住了她的手,把她的手放进他的衬衣里,滑过了他光滑紧实的皮肤。她将他抱住,抚摸着他的肌肤,那般用力,甚至能抚摸到他骨骼的轮廓。他贴在她肩头的嘴猛地压紧,然后,他轻轻褪去了她的衣服。

多么难以置信,多么的陌生,又多么的熟悉,就像早已经彼此拥有过,千遍万遍。

"子昭……"她哽咽着摩挲他的脸庞,身体因筋疲力尽而加剧的痛楚,消解于他的爱抚。

"你知道你是我的命,所以就这样蔑视我!"他喃喃道,湿润的眼睫触碰着她的颈窝,他知道她会任由他摆布,就像他任由情感拓开了一切束缚。

完完全全地结合,就像从未有过分离,连灵魂都共属于彼此。这一刻她变成了柔软却又不可摧毁的藤蔓,将他严密地缠绕包裹,他则是摇撼的烈风,怎么也不肯停歇。同样年轻的身体,他如此强硬,她却这般柔软,他们天生一对,他们彼此拥有,享受着这跌宕与晕眩,让愉悦与痛苦电火流光般在身体里交替窜动。他凝望她布满红晕的脸庞,看到她整个人都被光芒点亮起来,是那般皎洁娇艳,他选择紧攥着那光芒不放,直到与内心的欲望达成完全的和解。

窗外又在下雨了,雨声是那般节奏平稳,那般轻柔。雨声浸透进了这场癫狂，再侵入了他们的梦中，像一台收音机，短暂的白噪音之后，响起了让人释放的旋律。

　　火柴轻响，随着火光飘来一缕淡淡的硫黄味。
　　"该死！"他低低骂了一句。
　　璟宁睁开睡眼一瞧，微光中，子昭裹着张薄毯子蹲在壁炉旁小声地倒腾着，炉中木柴似乎早受了潮，他弄了半天才点着，木柴燃烧，噼啪有声，终于散发出温暖的热气，他这才满意地站起来。
　　璟宁心里甜蜜又酸楚，但见他的模样实在有些滑稽，忍不住哧的一声笑出来。子昭转过身，胳膊不小心在壁炉的角上撞了一下，痛得脸一皱，他将肩上的毯子摔到一边，斥道："一见我受罪就开心，这世上再没人比这潘小妞对我更狠！"向她走过去，裸露的身躯在柔和灯光映照下健美挺拔，璟宁赶紧背过身，咕哝道："能让孟大少爷受罪，说明我本事不小，我当然开心得很……啊！"她尖叫了一声，原来子昭噌地钻进了被子，将胸膛紧贴在她背后，又将冷冰冰的手捂在她胸口，璟宁挣扎，子昭紧箍不放，她一动也不敢动了。
　　他用下巴揉她的头发，叹息道："你啊。"
　　"子昭，我们说话吧。"她轻声说，"一直说到天亮。"
　　他抚了抚她的肩："我累了。"
　　她便转身，伏在他胸膛乖乖阖上眼睛："那就睡觉。"
　　他摸摸她长长的睫毛，说："我回来的当天，去找过徐德英。"
　　璟宁没吭声，只是身子颤抖得厉害，子昭低头，吻她背部依旧隐约可见的疤痕："潘璟宁，我从来就不管你究竟做了什么发生了什么。我要的是你的心。说这话你也别想歪了去，我的意思是你的人和心我都爱，不管怎样都爱的，从见你第一面的时候就爱，爱了这么多年了啊。"
　　她咬着嘴唇，泪水浸湿了他的胸膛。
　　他久久地注视着她，目光中满含痛苦："我去找徐德英，不是为了要他证明什么。我只是很生气，我恨徐德英害了你，也恨我自己没有保护好你。我原以为自己无所不能，可这简直就是个笑话。我非但没有保护好你，没有为你讨还公道，反而伤了你的心。该说对不起的人是我。可是我真的无能为力。"

〔四〕

　　他不会忘记那一天，急怒攻心，理智燃尽，他要去找徐德英拼命，几乎想也没想便将阻拦自己的父亲用力推开，明明听到老人跌倒在地的闷响，他就是狠心得连头都没有回。

　　他也不会忘记徐德英镇定异常的眼神。其实也可以理解，这个刚从鬼门关挺过来的人，连死都不怕，又怎么会害怕他？徐德英从病床上坐起身子，脸上毫无愧色，淡定得像个绝对的胜利者，即便当自己冲过来扼住他的脖子，让他完全无法呼吸的时候，他眼中的神色也没有丝毫改变。

　　"你这个混蛋！你怎么不死？！"子昭目眦欲裂。

　　徐家的下人扑过来将他拖开，徐德英涨得紫红的脸方重新回到失血的惨白，他扶住床边输液的钢架，用力喘气道："如果能让时间回转，我倒宁可自己死了，只要这一切都不会发生。可时至今日我还能做什么？我不会再死了，我只会面对现实。"

　　子昭颤声道："你算计她，害了她。你根本就不了解她，她只会恨你。面对现实，什么现实？你毁了她，知道吗？混蛋！"

　　"孟子昭，我根本不在乎她恨不恨我，我如果已经得到了她，只会好好守护她。而你呢？除了到我这儿闹，还能做什么？你撇下你孟家的一摊麻烦事，到我这儿闹有什么用？"

　　这瘫坐于病床的男人，满眼刻薄不屑，一脸犀利嘲讽，哪里是当年那个木讷老实、任人欺凌的可怜虫？他吩咐拦住子昭的几个人退下，叫站在一旁吓得抖抖索索的小护士离开，待病房里只剩下他们二人，他艰难地弯下身子，从床边一个柜子里取出一个牛皮包，掏出一叠纸，然后向子昭用力一抛。

　　纸页飘飘扬扬落在身前，子昭只低头看了一眼，便如万刀剜心。

　　德英道："我家想尽一切办法截住所有可能外放消息的通道，才让这件事能够销声匿迹，不被人乱做文章。我的声誉不值一文，可她那么骄傲，那么要强，怎么受得了报纸泼脏水。是，这一切都是因我而起，我有罪，但是孟子昭，我拼尽全力去弥补了，以求不再造成更坏的后果。因为我爱璟宁，我比你们任何一个人都爱她！孟子昭，你不配跟我争，你不配，不配！！"他的嘴唇因胸腔急促的起伏变成病态的青色，气急败坏，声音越来越大，"我知道你们所有人都会放弃她，家族、金钱、事业，你们会为了这些放弃她，但我不会！你们都不配得到她！全都不配！"

他胸下的伤口浸出了血，而在他剧烈的咳嗽时，口中亦喷溅出鲜红的液体，染得雪白的被子点点斑斑。

子昭捏紧了拳头，身子发颤，德英继续冷笑：

"孟子昭，以前你多么威风，想欺负谁就欺负谁，想干什么就干什么，但我告诉你，你就是一个成天只知道吃喝玩乐的纨绔，一点屁用也没有！你能为璟宁做什么？你知不知道，拍下照片的记者，就是你打过的那个日本人？你都不晓得他有多得意，恨不得全天下都知道你的未婚妻和我做了丑事！你也去找他吗？像今天这样，冲过来打冲过来骂？你这个没用的废物纨绔！"

"住口！"子昭脸色苍白，生平第一次，在面对这个从小就被自己轻视的人，他心中充满了挫败感。

德英道："你说是我算计了璟宁，但我要说，是命运算计了我们所有人。你不能做主，璟宁不能，我也不能。这是命！我现在能做的只有一件事，就是不再让她受到伤害，我忍住不去找她，不去求她宽恕，潘家对徐家开出的条件再狠，我拼了命也会满足他们。子昭，你不能再为璟宁做什么了，潘家一心要替洋行击垮你们孟家，这都是摆在明面儿上的事，你们怎么可能还会成为一家人？"

"你究竟想说什么？"

"是潘家人授意那个日本人寄出来的照片，孟家徐家几乎同时收到，起的作用各不相同，但都会对潘家有利。说到底，还是洋行在算计我们中国人，一家的私事，变成了商场争斗的道具。潘家捏准了我们两家人的心，料定我们各自会做些什么：你会阵脚大乱，让孟家雪上加霜，我呢？徐家被人捉住把柄，为了顾全名誉，我们自然会为了璟宁，像狗一样任潘家驱使。利字当头，有些人为了利益不惜牺牲亲人的名节声誉,以前我不信,现在却是实实在在看在了眼里。孟子昭,若说后悔,我唯一后悔就是被感情冲昏了头脑,利用了璟宁对我的同情,让我和她都成了任人摆布的棋子。"

他说着说着,泪流满面,痛哭失声。

子昭颤声道:"我不相信。"

"随你信不信。我也可以告诉你,璟宁从来没有想过要背叛你,这真的只是一场意外。"德英神色惨然地摇着头,"我根本没有想过,喝下那两杯酒,我就铸成了大错。"

子昭闭了闭眼,觉得心是空的。

在没回家之前,子昭认为自己只是一个失败者,回到家后,他发现他成了一个罪人。

父亲在他离开的时候昏倒了,是他让父亲摔倒在地的。

道群病重的消息被孟家人死死守着,不敢向外泄露一丝半点,子昭硬着头皮代替父亲处理大钧的事务,数日后道群的病情终于好转,子昭眼见着老父憔悴不堪的病容,万分痛悔,跪在了床边。

道群浑浊的眼中露出泪意,只含含糊糊地说:"我不怪你……"

子昭流下泪来。孟夫人看着他,脸色黯淡,目意却十分坚定:"你父亲不怪你,我也不怪你。但是昭昭,现在你错了,你不该哭,哭解决不了任何问题,哭不会让你父亲好起来。陈伯,把笔墨拿来。"

"不……"他忽然无比惶然,想哀求,却知此刻自己没有哀求的资格,只道,"宁宁是无辜的!"

"无辜?"孟夫人平静地说,"什么是无辜?你长这么大,读了这么多书,快替妈妈解释一下它的意思。你觉得害得父亲现在这样,你算不算得上无辜?害得船业少了顶梁柱,你算不算无辜?没错,我和你爸爸都不怪你,但我们的谅解与你是否无辜是两码事。昭昭,现在你告诉我,潘璟宁哪里无辜了?"

说话间,陈伯已将纸顺好,研完墨,润了笔递给孟夫人。孟夫人沉思片刻,轻轻抬腕,退婚书是需要郑重书写的,孟家只有她能写出与道群神似的笔迹,下笔之前,她无比平静地看了一眼跪在地上的儿子，自然知道这一刻他的心会有多痛，清楚自己即将落下的每一笔都将如锋刃刺入儿子的心。但她毫无选择。

孟夫人叹了口气，凝视面如死灰的长子，说道："昭昭，你要记住，人的一生会为许多事操心，但作为一个男子汉，必须要在这些事里挑出重点。我希望你能懂得舍弃。"

子昭不懂什么叫舍弃，他知道自己不会舍弃，但不得不拒绝见璟宁，拒绝听她忏悔，拒绝给她机会，在拒绝她的时候，他被迫放弃了那个已成过去的自己，放弃了那个飞扬跋扈的傻子。

此时，当她就在他怀中，肌肤的温度是如此真实，他那些细如纤毫的挣扎和不得已，他的负疚与罪愆，如何说与她听？

灯光昏黄，子昭仰面看着天花板，黯然地说："以前的我，为了你把一切抛下都不会觉得可惜。可现在……宁宁，你就像一个我无法再向往的奢侈品。"

璟宁将眼角的泪水擦了擦，打断了他的话："孟子昭，倘若你能原谅我，我会比以往更爱你，倘若你不爱我了，我会非常难过，但这不会让我死。我看重你对我的信任，但如果你觉得我下贱卑微，无法容忍我的污点，即便我再不舍得，我也会强迫自己放弃。"

他怒道："你知道我不是这个意思。我什么时候觉得你下贱卑微？"

"我就是这么想的，我只想告诉你我不会对你死缠烂打。"

他坐起身，蹙起了眉。

"孟子昭，我知道你刚才想说什么。"

"你不知道！"他愤然说。

璟宁也坐了起来，手环绕过去，拥着他："你想说，你担负着责任，担负着家业。你的父母兄弟，大钧那么多员工，他们全都需要你。如果现在为了我抛下他们，你会看不起你自己，你觉得我也不会真正爱那样的你。"

她早就看进了他的心。如此理智决断，这般条理清晰，让他惊叹，又无限地伤感。他长长地吸了一口气，将她揽入怀中。

"冷不冷？"

"不冷。"

"潘璟宁,下午你说冷,我很后悔没有抱你,后悔没有握你的手。"

"我知道你后悔。"

"你什么都知道。"他吻了吻她的额头。

"是的。"她轻声说,"我什么都知道。"

木地板上放着一盆蝴蝶兰,紫红色花瓣因缺水微微卷曲,紫藤覆盖了窗外的红砖墙柱,到春天会开满花朵。这栋房子原是孟家准备给他们俩做新房的,为的是方便璟宁在武昌这边读书。然而婚约取消,自然也就没有再继续添置新物件。不过子昭在武昌的码头这边工作的时候,偶尔也会住在这里。

璟宁抬头凝望他,显得温顺又谦卑:"我现在很知足了。"

"我不知足。我不想和你分开。"

"子昭,为了知道你的心,我就像个赌徒押上了所有的自尊和勇气,这是我最后的一次任性,我是懂得见好就收的。从今以后你做好你的事,我做好我的事,至于其他的,就顺其自然吧。只要同在这人世间,你心里有我,我心里有你,就不算分开。"

他的双臂滑过她的后背,手抚摸她的脸庞,将她拉近:"潘璟宁,你比我想象的更坚强也更现实。"

"只有这样你才会更爱我,才会更舍不得我,只有这样你才会更有出息。"她的泪水晶晶亮亮,嘴角却带着笑,"我不过是在成全我自己。"

这话说得毅然又凄凉,他捧起她的脸,正色道:"去你家求婚的时候,我发过誓,'天地可证,此情不渝',退婚是我暂时屈从母命不得已为之。但潘璟宁你给我记住,我对你的感情至死不会变。我会为我们的将来努力,我会为你努力。"

"嗯。"她脸上满是光彩。

他亲了亲她的脸,想起他们吵吵闹闹却无忧无虑的小时候,心中酸楚难言不可抑制。薄暮的阳光透过窗帘的缝隙,斑斑点点地摇晃着,璟宁探手朝窗户的方向调皮地抓了抓,她轻声笑起来,是那般欢喜,就像能抓住一掌心的希望。

第四章
炉膛

〔一〕

星月货轮是一艘旧船,船龄已经过了二十年,它三年前停航,一直放在码头的仓库里,直到今年才重新让它出现在江边。次日清晨,和璟宁分开后,子昭顺道返回武昌这边的码头,看着在江水薄雾中轻轻起伏的小货轮,感慨万千。

这是父亲给他的十八岁生日礼物。当时他在柏林,父亲给星月轮拍了一张照片,寄给他。子昭随手就将照片夹进一本书里了。"大钧"对于年少的他来说,确实是"大钧",它太重了,重得让他一想起来就要畏惧。他从来没想过将来要和父亲一样一辈子和轮船打交道,可还是入了这一行,第一次学开船,开的就是星月货轮。

货轮是橡木的船骨,船帮凹凸不平,散发浓烈的沥青味儿,因船肋粗大,看起来十分笨重,当它行在江上,却是非常敏捷平稳。子昭记得刚刚来码头,老船长蓝师傅一见他就给了他一个冷笑。

"好个漂亮少爷!"蓝师傅抱着肘。

这个船长身材瘦长,凸目方脸,脾气很暴躁,在大钧是最受敬重的老字辈,道群要他当子昭的师傅,教子昭开船,让他熟悉码头及与货运有关的一切。其实子昭小时候也曾坐过他的船,有次过年,道群银川向詹姆斯一拱手，以钦佩的语气道："难为大班懂我们的广东民谣，真是细心周到，博学有才。"

詹姆斯笑道："你不帮我请来这广东班子，我怎么能细心周到呢，怎么能显出博学有才呢？"

银川一笑，朝盛棠等人走了过去。璟暄见他走来，兴奋地道："大哥你好厉害！一个洋人开的饭店，生生被你弄成广东会馆的样子。了不起，厉害！"

银川没接话，只看向盛棠，笑着问："父亲可满意？"

盛棠板着脸，眼睛里却是喜悦的神色："詹姆斯爱胡闹，你也跟着胡闹。不像话。"

银川殷勤地说："哪里是胡闹，今年腊月就是您的六十大寿，我是提前练个手，给您热热场子。"

盛棠叹了口气："时间过得真快，我都六十了，老了啊！"

"您可一点也不老。"

一楼门厅入口处陈设着一个巨大的紫檀屏风，镶嵌着玉石叶子和洒金梅花，似能让芝室流香。绕过屏风，坐北朝南横放两桌，作为首桌，纵向分为两列，每列各九桌，摆满了各式珍馐。耳边南音环绕，侍者们全是广东人，男的脸庞轮廓分明，女的肤色如蜜颇有风韵。潘家是汉口买办中最有名的广东帮，这场席办下来，一见而知潘家人表面虽是客，实则为主人。

见此，盛棠这才向银川点了点头，露出一丝赞许之意，又嘱咐璟暄一会儿坐到邵慈恩那桌去，好生应酬一下。云氏陪他们站了一会儿，也自去找相熟的女眷们说话去了。很快，华账房的买办们全都到齐，洋账房的大班和高级经理、启润商行的重要人物也全部到场，埃德蒙最后入场，盛棠上前迎接，坚辞首席之位，恭恭敬敬地让给埃德蒙，待埃德蒙不得不笑着坐下，他方谦逊地坐到埃德蒙身边，银川与詹姆斯则坐在首桌的末席位置。

菜已上好：佛跳墙、珊瑚百花鲍、花胶炖北菇、蒸石斑、鲍身烩鱼翅、焗龙虾、豉油胆蒸老虎斑，再有风沙鸡、避风塘排骨、烧鹅……荤的素的，煎的炒的，炖的烩的，焖的拌的，一一看来，没有一样不是广东做法。

埃德蒙对盛棠笑道:"潘先生把洋行当作家,我们也当潘先生是家人,今天就跟着潘先生一起吃一顿家乡菜。"

盛棠侧过去,向他欠身一礼:"多谢埃德蒙先生厚爱。"

普惠洋行如此放低姿态为一个华经理办这么一场庆功宴,还真是破天荒头一次。盛棠环视四周,所有人都面带笑容,有的是谄媚的笑,有的是观望的笑,有的是不屑的笑,有的是憨厚的笑,有的是不问世事的笑,有的是咬牙切齿的笑……他对这些笑早已见惯不惊,正如同三十多年的艰辛与不堪如尘烟掠过眼前,一片蒙蒙过后,已翻不起一丝波澜,可他心里有种空,怎么也填不满,有道疤,时不时就会疼。这一种悲哀,是不知道为什么就走到了这里,一回头,白茫茫空荡荡,看不到退路。

埃德蒙缓缓起身,做开场致辞,盛棠的思绪游离,眼睛有一点模糊,他低头看着青花酒杯中清澈的酒浆,那里面仿佛荡漾岁月流年,如梦点尘缘;再抬头,目光恢复清晰,那一张张笑脸背后暗藏了多少恩怨与奸狡?他忽然紧张起来,心想一会儿自己得代表华账房说两句,准备好的词儿可千万不能忘了:

"诸位,盛棠不才,从前清至今在普惠洋行华账房做事三十一年矣,真是岁月如飞。当年华账房艰难起家,洋行委盛棠以重任,盛棠深感知遇之恩,战兢惕励,不敢有一日懈怠。人生就是一门事业,若不做好事业,生之何益?若只投心名利,生之何益?若不做艰难之事,生之何益?若不尽职尽责服务于集体,生之何益!……"

他被自己感动了,微红了眼眶,抬起手擦拭了一下眼角。咦,不对啊,厅堂里何时变得这么安静了?他虽压根儿就没将刚才埃德蒙说的话听进去多少,却立时察觉了异样,转过头,埃德蒙恰好正朝他看过来,目光非常奇怪。

埃德蒙向盛棠微笑着点点头,道:"启润并入了普惠,它的华账房也会与我们的合并,华账房自然是以潘先生为首,但谢、邵、闵、许四位老字辈华经理,以及潘璟琛副总办这样的青年才俊,还有启润商行的刘璋、周少普二位精英,也应该加入董事会。为了公平起见,我已请示伦敦总部,由总部拟好了汉口这边董事会成员增加的新流将大钧的老字辈请到家中吃饭,蓝师傅还抱过子昭,夸过他机灵。但他似乎并不喜欢现在的子昭光鲜油滑的模样。

子昭并不生气,嬉皮笑脸地将衬衣一挽,亚麻色马甲脱了扔到一边,噔噔噔进了船舱,手里晃荡太阳镜,用镜腿敲了敲船舵:

"听说要当你徒弟得会喝酒,云里雾里开着船好过瘾。今儿我来拜师,需要喝多少?"

蓝师傅面无表情道:"小伢,别处玩去,小心弄脏了你的漂亮衣服。"

船工们却开始起哄,有两三个好事的抬了一坛酒进来,将两个碗摆在桌上。

子昭手一抬:"再拿八个碗。"

众人讶异,子昭一笑:"凑足一米,一米一米地喝。给我满上!"端起酒,不喘气连喝了八碗,面不改色。见他喝得就跟拼命似的,旁观的众人渐渐安静了下来,怕出事,却又不敢拦阻。子昭喝完一轮,待要再满上,蓝师傅抬手搭在他胳膊上:"小伢,我问你,船工为什么要喝酒?"

"驱潮气,壮胆子。"

"嗯,你还没喝迷糊,我再问你,你可知星月号这个名字的来历?"

子昭眼光灼灼,微笑道:"二十一年前,父亲和您开着这艘船夜行瞿塘峡,大雨不绝,过夔门的时候,江上在下雨,但左侧山峰上却云开一线,露出一星一月。见此奇景,父亲大是振奋。后来,船平安到了巫山靠岸,曙色微露,大雨骤停。父亲接到电报,得知我母亲那晚顺利生下了我,于是给我取名子昭,寓意坦荡光明;更将这艘货轮取名为星月号,以纪念那次险境重重却有光明护佑的夜航。"

蓝师傅的脸色温和了一些:"可是船旧了,快开不了啦。"

"新的动力设备已经买来了,我会带人组装好,星月号再用二十年都没有问题。"

蓝师傅眉头一动:"你会装机器?"

"这是我的专业。"子昭笑容灿烂。

每天,他天没亮就会来到码头,不在乎衣衫变得潮湿,不在乎皮肤和头发上散发出机油味,工作的时候认真专注,毫无浮躁之气,但当工作结束,他必然会跑到洗澡间将自己洗得干干净净,换上体面的衣服，照样是西装笔挺，油头粉面。蓝师傅从其他人口中得知，这小子在追求汉口潘家的大小姐。

半个月后，星月号终于焕然一新，正式试航那天，子昭对蓝师傅神秘兮兮道："一会儿有个姑娘要来，您给瞧瞧。"

其实来了不止一个姑娘，但蓝师傅一眼便看出子昭说的是哪一个：明眸皓齿，三分娇气七分矜贵，好看得不得了，眼神里却有股奇特的劲儿，怎么说呢？成千上万人在这码头来来去去，富贵的贫贱的，蓝师傅见得多了，却是第一次从一个富家小姐眼中看到洒脱任性的江湖气。在汉口码头，这样的气质会让人心生亲近。大少爷的确有眼光。

"师傅，怎么样才能让船走得稳些，我怕宁宁不舒服。"

一向看起来对什么都满不在乎的孟大少，那天非常紧张，牙关紧咬，握在舵上的手都在发颤。

蓝师傅看着船舱外的江水："让船走得稳，既看你开船的手艺，看船是不是好船，还得看看老天爷的脸色。老天爷心情好那自然好，老天爷要跟你过不去，你就得硬扛，一个浪头打过来，挨不过去，还得顺着它走。"

再会开船的人，也避免不了风暴来袭，正如世事万端，变故陡生，永远会超乎人的想象。

婚约解除的事，蓝师傅是知道的，他怜惜子昭，因为这孩子把苦痛全憋在心里，每天早上还是雷打不动地来码头。星月号改装后将承担往川江运输的任务，正式运营前尚需试验一段时间，与此同时，子昭成了大钧的总经理，孟道群则只担任董事长的职务，子昭成为了他名副其实的接班人。

那些日子里，子昭一口酒都没喝，他是怕自己借酒浇愁一发不可收拾。在某个深夜，他不眠不休地守着工人修理一个出故障的设备，蓝师傅却递给了他一瓶酒。

"去甲板上坐坐。"

子昭没接话，也没有动。

蓝师傅笑道："连机器零件都要时时上点油，更何况人？松活松活总是没错的。走吧。"

秋月当空，疏星相伴，澄江静如练。江岸停靠的船舶投下巨大的阴影，在月光下显得深不可测。

蓝师傅抽着烟，缓缓道："其实二十一年前那天晚上，除了老爷，船上其他人谁都没有看到天上的月亮和星星。"

子昭一怔："难道他看错了？"

蓝师傅摇头："当时真的很险，大家的心气儿都颓了，只有他一直镇定自若。后来我在想，或许因为他想看到那点亮光，所以就看到了吧。人在遇到困难的时候，有点念想还是很管用的。这星月轮这么旧了，为什么还留着它？你父亲要买一百艘比它好的船，也不是没能力。"

子昭喝了口酒，眼中炯炯有光。

"老爷为什么要留着星月轮，大少爷应该知道。"蓝师傅看着子昭。

江水浑厚的脉息仿若在敲击着心灵，子昭的眼睛渐渐湿润："父亲想让我知道，即便在最困难的时候也不要放弃希望。他心里的信念，在艰险路途上看到的光，希望我也能看到，希望我能让它们延续下去。父亲想说，星月轮能穿过险境，大钧能，我也能。"

蓝师傅拍拍他的肩："人生在世，如果什么风浪都遇不到，永远都平平静静的，又有什么趣味可言？你是汉口船王的儿子，生来就是要和风浪打交道的，所以一定要挺住，我等着看你领着大钧乘风破浪呢。"

子昭心潮汹涌，仰起头，将瓶中的酒一饮而尽。

蓝师傅饱经沧桑的脸庞露出慈爱的笑容："少爷，苦痛憋在心里，不是江上人的做派。想喝就喝想骂就骂，想要什么，就大大方方地去争取。不论输赢，也不管最后得到与否，关键是看自己有没有尽力。"

子昭淡淡一笑："有的事，即便尽力也无法挽回了……"

"管什么结果？能受天磨是铁汉,尽力而为,是汉子就不能当逃兵。"

晨光慢慢在起变化，将黑暗驱逐，云层厚重的天空裂开缝隙透出玫瑰红，江面雾气蒸腾，此起彼伏的汽笛声唤醒了江城，也将子昭从回忆中唤回。风吹过来，脖际发间香泽微闻，是璟宁留给他的气息。他心中荡漾着宽悯的柔情，更有种失而复得的庆幸。

上早班的职员已在办公室里准备报关的表格，见新任的总经理步履矫健走进来，忙站起问好。子昭平时汉口和武昌两边都跑，按说码头的工作只是船业全部业务的一小部分,但现在特殊时期,从轮船的机械设备管理,到运输、货物进出口报关,甚至装货卸货等杂事,他也都会过问。

货上了船,如何装、该装多少吨,是大有学问的。道群曾告诉过子昭,一家日本洋行就曾在装货上隐瞒重量,压死了工人。"商人挣钱,天经地义。但大钧要有良心和风骨,一定要善待自己的工人。"子昭记住了父亲的话,因而尤为谨慎,每天都会去码头一趟,很快,码头上上下下从普通职员到搬运工人,都与他熟络了。

船工们在江堤上吃早饭,子昭步出办公室,穿过廊桥,工人们跟他热情地打招呼,其中一个特意递给他一碗热腾腾的糊汤粉,子昭笑着接过,靠在栏杆上埋头就吃,狼吞虎咽中抬起头,见蓝师傅端着一碗面,似笑非笑看着他。

"师傅,"子昭擦擦嘴,笑道,"早啊!"

"你昨晚没回家。"蓝师傅搅了搅面,挑起一筷子放进嘴里,慢吞吞道,"陈伯来我这儿找,我说我们的孟大少爷去硚口那边看设备了。"

子昭哦了一声,并不做什么解释,顺手看了看表,道:"我还真得去趟硚口,那个买主不像是内行,好设备落他手里只怕可惜了。"

"心疼?"

子昭耸耸肩:"心疼没有用,谁让我们缺钱呢?再说机器又不是美人儿,难不成我还能抱着睡觉不成。"

蓝师傅知道他心结已解,哈哈大笑:"你这小子!"

子昭展颜,露出明亮笑容。他去星月号看了看,盯着工人检查船舱,这艘以旧改新的小货轮不日就将重返险峻的川江。子昭随意地擦了擦衣袖上蹭到的机油,没有意识到这种曾经距离他无比遥远的生活,已不知不觉成了每天经历的日常,真是造化弄人。

可这世间最恒久不变的规则却是:一切都在变化中。为人力所不能掌控的变化被称作"无常",无常是操控世事的能手。

1930年到1932年之间的经济衰退是国际性的,对于中国来说,更凭空增加了一点令人更为恐慌的因素:天灾、战乱、混乱不堪的政治。从九·一八事变到一二·八淞沪战役,经济上的颓势加快了速度。从天津、河北到长江流域水患连连,秋收无着,冬耕停滞。政府不顾民命,与美商联合倾销麦粮,国内粮价被压,农民梟一石谷,做不了一件衣服。

百价狂跌,市景萧条。尚未从1931年洪灾中恢复过来的汉口,依旧是华中地区现金的集中点,钱的战争从来没有停止,只会越来越残酷,越来越惨烈。为了钱,三大洋行会联手摧击大钧船业;为了钱,普惠洋行会暗中运作对启润商行的收购,而它内部也在发生着巨大的变动;为了钱,朋友顷刻成为敌人,敌人也能转瞬变成朋友。

为了钱,什么出人意料的事都会发生。

〔二〕

普惠洋行收购启润商行的最后一道手续终于完成,对于盛棠来说,颇有临渊而立的悲壮。

盛棠给普惠洋行做买办超过三十年了。三十年,他统筹各商行,将面粉、棉纱、呢绒、布匹、桐油、蔗糖、皮货、猪鬃、大豆等数不胜数的货物送入了普惠洋行的仓库以及远洋的货轮,又将洋烟洋酒、珠宝、洋布带到了中国居民的日常生活中。他对货物的鉴别力和行市的判断,历来为洋行高层钦服,源源不绝地进出口货品,化作洋行巨额的利益,也铸就了潘家豪富的基石。

在地位与财富之上,盛棠付出了能付出的一切,数十年弹指一挥间。他天生就会运筹算计,以精克自信,做生意稳重踏实,绝不做风险大的投机买卖,只要是和钱有关的事,他事必躬亲锱铢必较,从不假手旁人,包括妻儿,因此,他在财富积累的过程中几乎没有遭遇过大的损失。

所有的损失都是看似意外发生的。比如二儿子被绑架后损失的那笔巨款,这是盛棠无法掌控的。但这件事也让他更加小心防范,防微杜渐。世道凶险,他自己也差点被匪徒暗算,为了尽可能杜绝这样的危险,他能做到连续两年大部分时间都闭门不出,变成了汉口洋场最神秘古怪的商人。

谁都清楚,潘盛棠谨慎到了一般人无法想象的地步,因而当他重新步入众人视线,不顾洋行几乎绝大部分股东的反对运作收购启润商行时,许多人都被他这个冒险之举震住了。

在别人的眼中,或许觉得他潘盛棠年纪越老越刚愎自用,没有谁会清楚他心中有多么恐惧。在盛棠看来,世上的事无非只有两件:一件是他自己的事,一件是老天爷的事。他只能将自己的事做到尽善尽美,老天爷的事他做不了主:比如天灾人祸,眼前萧条的经济,以及洋行不可逆转的下坡路。

买办是什么?既要买,又要办。买,是采买货物,办,是运作金融、运输、仓储等事宜。作为总办,则要完全兼具"买与办"的功能,只买不办只办不买,都是失职。农业哀鸿一片,谈不上收成,也就无从采买,桐油产量也不高,需求又大,这是普惠洋行盈利的大项,但盛棠手中的业绩其实很差。金融紊乱,进出口生意时有时无,身为总买办,具有为洋行效忠的"崇高义务",为挽救颓势必须采用一切必要的措施。洋行的资金收入陡然降低,是让盛棠不寒而栗的事情,他更怕自己作为买办首领的权威烟消云散。于是他开始反省自己在商业上诸多的谨小慎微,得出结论:他一直以来的保守,对于这充满变数不断发展的市场真是越来越不适用了。

一连串的问题在他脑子里翻来覆去,最终迎来引发突破的一个:"如果收购一个有实力的跨国商行,开辟一些新的业务,会不会让死水一潭的普惠洋行有点起色?"

启润商行原本是盛昌洋行名下的小商行,起先代理的是综合业务。盛昌是美资洋行,受美国金融危机影响,加上远东的自然灾害,生意一落千丈。启润商行两个最重要的大股东便跟盛昌买走了它全部的股权,将商行从盛昌分割出去,做起了独门生意,他们另辟蹊径,开始代理东南亚一带的烟草及亚洲小国的黄金业务,财力及实力渐渐壮了,反而让商行在萧条的大环境里杀出了一条生路。

这几年,埃德蒙接到不少收购的邀约,大部分都来自分崩离析的盛昌洋行。英资和美资洋行亦敌亦友,盛昌洋行走下坡路的时候,启润是率先脱离盛昌的商行,像一匹烈驹充满了生命力。商行的总经理兼董事长克劳福德兄弟是美国南方人,对中国的生意之道可以说一窍不通,却希望拓展在中国内地的业务,这就需要有一个可靠牢固的提携者,在一次酒会上,他们主动向埃德蒙提出了让普惠收购启润的建议。

埃德蒙当晚就给盛棠打了电话,让他分析这件事的利弊,调查启润的资金状况，评判收购的可行性。

这是一段漫长的秘密流程，个中艰辛一言难尽。度过了无数焦虑无眠的夜，盛棠的身体也接近油尽灯枯，熬到最后掀开幕布之时，将这个大项目的原委坦然告知各大股东，他还需要面临从洋账房到华账房几乎一致的责难与怀疑。

他们振振有词：潘盛棠弄来了一个所有人搞不懂又不是真正需要的生意，烟草另说，这是普惠原本就有的业务，但黄金？这年头怎么玩黄金？大笔的钱投进去，需要时间才能看到盈利，在盈利之前资本是冻结的，根本无法作为！

"我们需要钱来变钱，它带来的必须是利益，我们不应该用钱去买亏损的风险。"洋账房的大班詹姆斯很明确地表达了态度，"潘先生现在是在向我们展示一个他一无所知的市场，招揽来一些我们可能既不了解也不会喜欢的客户来建立一项他完全不擅长的业务。我可以想象，这将会是在错误的时间因为错误的原因做下的愚蠢的决定。"

置之死地而后生的道理，这些洋人哪里会懂。普惠洋行是一匹老马，也很有可能变成像盛昌洋行那样的死马，不冒险搏一把，就会放过一个能让它起死回生的大好机会，而这样的机会能有几个？盛棠拼尽全力抓住了这个机会，顶着巨大的压力去争取，为此不惜用自己在华账房的钱垫付了一部分收购所需的资金。

合约签下，整个汉口商界都为之一震。其他洋行的会计所立刻就帮普惠算了笔账，从业务规模上来看，普惠洋行达到了自百年前创立以来的五倍。如果说风险，普惠应当投入了超过300万的资金，但启润带来了几乎是相等的账面价值，一定程度上抵消了资金投入的风险。从长远来看，促成普惠与启润的合并，依旧并未远离普惠洋行一贯的理性经营手段，合并之后的益处应该会随着时间更多地显露出来。他们不得不承认，这次并购背后看起来低调沉默的动手者，确实是让人忌惮的厉害人物。

当克劳福德与埃德蒙含笑握手，共同迎向闪烁不断的镁光灯时，一脸病容的盛棠将自己隐藏在了一个不明显的角落，安静得像个影子。

"潘盛棠先生是普惠洋行最大的功臣，也是我们最忠诚的朋友与亲人。"埃德蒙对记者说。

听到这句话，盛棠的眼角忽然有了一点泪意，火焰似的跳了跳。银川站在他身旁，关切地道："父亲，找个地方坐一坐吧。"盛棠摆摆手。

银川道："总算尘埃落定了，您没有白辛苦。"

盛棠平静地道："之前瞒着你，不要怪我。启润是个抢手货，在没有十拿九稳之前，泄露一点点内容都会有大风险。"

"我明白。"

盛棠看了他一眼，宽慰地笑了笑。

银川将声音放低了一些："詹姆斯眼见您现在威望这么高，也想要巴结您呢。月中他会在德明饭店组织一个中式酒宴，以洋账房的名义宴请华账房的高层，您来坐首席。"

盛棠板起了脸："简直胡闹！我坐首席，埃德蒙先生坐哪里？"

"这也是埃德蒙先生的意思，说您辛苦这么多年，洋行应该表达一下谢意。"

"不能不讲规矩，再怎么也得让总董坐首席去。在德明办中式酒宴？这帮人真会乱来。"

"您放心，有我帮着安排。"银川道，"一定会非常得体。"

盛棠面上终究还是扬起了一丝振奋之色："让家里人也都去，很久都没有这么值得庆贺的事了。"

"宁宁在武昌，那天估计要上课，肯定赶不回来……"

盛棠厌恶地一挥手："没说有她。"

〔三〕

临近黄昏时，璟宁和琪琪等人从学校走出来，意外地发现见银川站在校门口，有半月没见到他了，他好像瘦了不少。他朝她们挥挥手，胳膊上环抱的几个纸袋重新换了换位置。

女孩子们对视了一眼，露出俏皮的笑意。

走到近前便闻到了香味，方刘二女笑着跟银川打招呼，璟宁则探头瞅了瞅他手里的袋子，里面是麻糖、花生、瓜子，还有热乎乎的糖栗子。

璟宁笑嘻嘻道："大哥哥，你是不是看上琪琪还是程远啦？想追求哪一个？她们俩都有婆家了的哟。"

银川斥道："再瞎说，我立时就走。"

璟宁向他做了个鬼脸，银川见她一扫前些日子的阴郁颓废，竟是异样的明艳照人，心念一动，脸色登时沉了下来。方刘二人以为璟宁乱开玩笑得罪了这斯文傲气的潘大少爷，倒觉得不好意思，颇有点尴尬。

璟宁见银川一双眼睛定定地盯着自己，心中不免有些异样，从他手里将那几袋点心交给两个女伴拿着，让她们先回住处，然后朝银川赔笑道："大哥哥是来陪我吃晚饭的，对吧？"

银川本想发作两句，见她娇声俏语，只得道："栗子是给你买的，想让你趁热吃，你却给了别人。即便人家会给你留着，凉了的又怎么能吃？"

璟宁笑靥如花："那再带我去买呗！"

这宛如一切烦恼烟消云散的模样，让他的心一点点冰凉，他很清楚地知晓能让她转瞬间就变成这样的人会是谁。当即不再说什么，沉默地走向停在前方的黑色别克车，璟宁跟着过去，银川忽然顿住脚步，回过头来，两道目光寒如冰雪，说："你跟孟子昭和好了？"

她点点头。

"多久了？"

"八九天吧。"璟宁反问，"难道大哥哥不为我高兴？"

银川一笑："你高兴我就高兴。"可这笑意比他的表情还要冷，看起来言不由衷。璟宁本来很好的心情忽然间变得极差，脸色也有点不好看了。银川瞧了她一会儿，打开车门坐进去，将车发动。璟宁犹豫了一瞬，还是上了车坐到了他身边。

他有点心神不宁，开车走了一段路，却是漫无目的没有方向。阳光变成一道道细密的线条，在车窗上划来划去，他乌黑的发和睫毛被映成了淡淡的金色。

璟宁见路越走越荒，忍不住问："我们这是去哪里？"

银川回过神，索性将车在路边停下，道："我记错路了。你现在饿吗？要是不饿的话，我想在这儿稍微歇一下。"

璟宁道："我不饿。大哥哥是不是很累？要不你眯一会儿。"

"嗯，我是累了，很累。"银川转头看向窗外。

空气里漂浮着郊外燃烧秸秆的烟火气，落日将西方天空映红，东边的天空却如水墨点染般灰蓝。一行秋雁飞过，鸣声依稀。

他说："后天晚上有个宴会，父亲让家里人都去，我帮你推掉了。"

"反正我也不想去，去了也指不定很尴尬。谢谢你。"璟宁感激道。

银川转过脸看她一眼，脸色疲惫，但比刚才温和了许多。璟宁心中一动，问："你来找我，就是想跟我说这件事？"

银川漫不经心嗯了一声。

"不，其实你是想来安慰我的吧？不是你帮我推掉的，是父亲不想让我去，是不是？"

银川耸耸肩："你并不需要我的安慰了。"

"大哥哥！"

"别叫我大哥哥！"他的音调猛然提高，怒声吼道，"我不想当你的大哥哥！从来就不想！我再也不想了！"

"可你只能是！"璟宁大声道，明澈的眼中闪动着执拗，而他的目光里却流淌着痛苦和失望。他们对视着，都不再回避彼此的目光。

"子昭原谅了我，我向他坦白了一切，他依旧原谅了我。大哥哥，我不懂你在生气什么。是因为我跟子昭和好了吗？不是你让我去找他的吗？"

"我只是不希望你有遗憾，"银川眉头微蹙，摇着头，"我、我原本以为……"

璟宁淡淡一笑："你觉得他会嫌弃我一辈子？你料定了他不会原谅我，你让我去找他，只是想让我死心？"

他一怔，她说中了他的心事。

"你想让我死心，然后乖乖听父亲的话嫁给徐德英。"她的语气越发尖刻，"你说要帮我，其实只是在骗我。你怎么可能帮我！"

他气极反笑："知不知道你在说什么？"

"你又知不知道你在说什么？你不当我的大哥哥，那你想当什么？"璟宁尖利地反问，"你心思一直很细密，小时候瞒着爹爹在外面挣钱，你骨子里和爹爹一样是个商人！你也想把我推到徐家去，让潘家得到政界的扶持。你和爹爹一样这么想的！我告诉你，潘璟琛，没人能主宰我这一辈子的幸福，你和爹爹都不能。我不是你们的工具！我只爱孟子昭一个人，你别想拆散我们，我已经是他的人了，我连心带人都是他的！"

周遭一切声响仿佛都消失了，只剩下可怕的寂静。

她以为他会打她，但他没有，他只是看着她，又好像不是在看她，眼中有一团光，是一种比怒火还要让人害怕的光芒。

她从未这么近距离地凝视他，这感觉非常陌生，让她无比慌乱。是他的模样变了吗？他憔悴了吗，他老了吗？不，从小到大她就知晓他是汉口最英俊的男人，他只比以往更俊秀齐整了，黝黑的眼珠宛如深深的潭水，修长的眉毛，白皙的皮肤，宛如雕琢的明晰轮廓。但是，这张脸上写满了失望与哀伤，她从来没有见过他这么难过。

心中掠过割裂一般的感觉，她不敢确定是不是疼痛，但它显然让她放下了她的强硬，只剩下了软弱。

璟宁慢慢垂下了头，轻声道："大哥哥，对不起。"

他轻声说："小栗子，要是你永远不长大该有多好？只要不长大，你就不会说刚才那样的话了。"

这句话终于刺痛了她，晶莹的泪珠从她眼中缓缓落下。

他看着她，说："我会为了潘家的利益出卖你？你就是这样看我的？你真是这世上唯一一个能一刀捅到我心里的人。"

"不，我不是有意的，我不想伤你，也不想让你觉得不开心。"她拼命摇头，不敢看他，"我的心很乱，最近发生了太多事。我……每天都不好过。"

银川忽然有了豁出去的念头，心中一直有个声音在叫嚣："告诉她，告诉她一切，告诉她你的身世，告诉她你爱她，你比任何人都要爱她，告诉她你的一切痛苦愤怒和绝望都是有缘由的，这世间唯独她是你的亲人，是你眷恋的最重要的一切！你可以带她离开，离开那些烦恼，离开那些最不堪的往事，甚至离开……"

他骤然停下了妄想。

离得开吗？父母的血海深仇还报不报？多年的忍辱负重还要不要一

个结果？他回答不了，更何况他根本无法对她完完全全坦白。而当他将手放在她的肩上，当她惶惑地抬起头看着他的时候，他也顿时失去了勇气。

告诉她又如何？她眼里盛满了对另一个男人的爱，而他却从没有机会走进她的心，像窃贼一样藏匿着对她的一切情感。

告诉她之后会怎样？也许会永远失去她。

话终于说出口，已换了另一番内容："孟子昭是怎么打算的？他……能不能为你负起责任？"

"下个月他要去欧洲，说是为了生意上的事，"她有点不安地道，"他要我跟他一起去，已经在准备手续了。"

"你答应了？"

"我不想再待在汉口，不要留在不好的回忆里。"

银川一颗心轻飘飘的，倒是没再觉得心痛了，他坐直了身子，将车重新发动。

"大哥哥，你是这家里最疼我的人，也是最懂我的人。大哥哥，如果这一次我能有机会去过自己想过的生活，你忍心让我放弃吗？"璟宁恳切地道。

银川看着前方，尽力让自己的语气显得平静："最近洋行事很多，父亲不会有闲心来干涉你。要做什么就抓紧做，但你记住，我能力有限，不会帮你，但也不会阻止你。"

"你说的是真的？"她湿漉漉的眼中闪过一丝怀疑的光芒。

"是真的，"他看了她一眼，"不管你相不相信，我真心希望你幸福，而现在我最关心的是你肚子饿不饿。"

〔四〕

德明饭店一楼到二楼的宴会厅全被包下，每个角落都摆满了花卉：蝴蝶兰、月季、芍药，甚至有黄水仙，这些花在秋意渐深的汉口很罕见，也异常昂贵。旋转楼梯至二楼中间的小平台巧妙地改装成一个戏台，后置乐器及座椅，几位琴师已端然就座。詹姆斯和银川早到了一个小时，负责接迎宾客，待璟暄引着盛棠夫妇步入门厅，詹姆斯朝琴师做了个手势，轻快明亮的迎宾曲顿时响彻厅堂。

程，各位即将加入董事会的同仁的资质，也会有一个重新评定的过程，但我可以保证，花不了多少时间。总而言之，汉口普惠洋行的高层一直需要注入新的思想新的血液，这是我和潘盛棠先生在这次并购之前就达成的共识。潘先生，您说是吗？"

如此重要的决定，岂会不经过股东们商议贸然在这么一个饭局里提出？

盛棠从游离的幻想中清醒过来，陷阱，他想到了这个词。埃德蒙已不信任他，不光不信任，还将他作为了假想敌。埃德蒙现在联合了其他人，一起站到了他潘盛棠的对立面。

盛棠是普惠洋行唯一的华人董事，手里的股权虽占华账房资本的一半，但却是普惠总资本的极微小的一部分，绝大部分股份依旧掌握在英国人手中。尽管如此，这微不足道的权力却是盛棠一点点用血汗和心力在这三十年中累积而成的，对于代表华人利益的华账房来说也意义非凡。让这么多华人进入普惠的利益核心，如同将一柄利剑分拆成了几块废铁，让他们各拿一块，但已再不是武器了。此刻盛棠在华账房已失尽人心，没有了真正和他同仇敌忾的伙伴，对于埃德蒙来说，借此时机，再没有比华人自相残杀更有效的退敌之法。

真是一场卸磨杀驴的盛大表演。

席间响起一阵嗡嗡的低语声，盛棠缓缓看过去，将不同的表情尽收眼底：云秀成一脸羞辱讪色，是因为埃德蒙要提拔的华人里，压根儿就没有他的份儿；谢济凡依旧是云淡风轻；邵慈恩眉开眼笑，带着意外之喜后的感激；闵百川得意洋洋；许静之好像还没回过神，当然也有可能是装的；剩下那两个启润的人盛棠并不关心，他的目光最后落在银川脸上，银川正好坐在他对面，安静得像块冰。

埃德蒙示意盛棠也讲两句，盛棠轻轻摆手："老夫一贯口拙，哪敢献丑，还是让大家早点开席要紧。"

"你可是普惠洋行的明星，若不说两句，只怕大家都不敢提筷子呢。"埃德蒙满脸堆笑，目光却有种逼人的凌厉。

盛棠站起来，端起酒杯："那我就和埃德蒙先生一起敬各位一杯酒，祝普惠洋行年年有今日，岁岁有今朝。"

这话寓意多重，众人听了，都莫名地感到一阵寒意，倒是启润商行的人因新来乍到不明白普惠中盘根错节的关系，以为这不过是一句寻常祝愿，率先举起酒杯站了起来。于是，所有人也都拿起了酒杯，站了起来。

"干杯！"盛棠朗声道，将杯中酒一饮而尽。刚一坐下，喉间有热流涌上，急促呼吸想将之压下去，却不料气一蹿，立时引起几下剧烈的咳喘。埃德蒙"担心"地看着他，柔声问："潘先生，你还好吗？"

盛棠挤出笑来："不要紧的。"

杯盏碗筷声中，乐师一挥手，琴师奏响扬琴，紧接着笛子和胡琴跟上，旋律由急到缓，过门之后，一个歌女袅娜地走上小戏台，婉声唱道：

"不养春蚕不织麻，

荔枝湾外采莲娃。

莲蓬易断丝难断，

愿缚郎心好转家。"

这是清末流行于广州的竹枝词，由这蜜色肌肤黝黑双眸的粤女吟唱而出，仿佛带来了一阵南国的熏风。尽管在场多数人都听不懂广东话，但这婉转甜美的歌声依旧让紧张的气氛缓解了许多。

谢济凡心中一动，悄悄看了一眼银川，银川似笑非笑，目光正紧紧锁住盛棠的脸。

盛棠端起一杯茶正准备喝，当歌声响起的时候，他的手便顿住了，胸口起伏，目光移向戏台，似在寻找着什么，但显然，他什么也没有找到。他面色铁青，抬手指了指银川，嘴角诡异地一斜，像想说什么，或者已经说了什么。他的嘴唇在动，只是没有谁能听清他口中的言语。

银川关切无比地站起来，绕过桌椅朝盛棠走去。

一步，又一步……戏台那边传来的歌声愈加清晰：

"荔枝湾外夕阳沉，

荔枝湾下野水深，

郎过泮塘莫折藕，

藕丝寸寸是侬心。"

就在这旋律中，银川走到盛棠面前，双手做出扶他的姿势：

"父亲您找我？"

盛棠的手不耐烦地一拂，似嫌他多话，银川姿势优雅地侧了侧，面露微笑，低头在他耳边道："父亲，下一首是母亲最爱的曲子呢……"

盛棠猛地攥住他的手臂，借力站起，嘴唇动了动，似乎想说什么。这时远处琴师重重一个揉弦，胡琴调子一转，歌女曼声唱道：

"亭亭水，荔子香，

修篁碧，相思长。

晚钟伴夜潮，

离情暮复朝。"

盛棠胸口起伏，像是要深深呼吸，结果一吸气，肺部猛地一抽搐，手一松，整个人往后便倒，银川待伸手拉他已来不及，他的背脊在黄花梨椅上斜斜一磕，轰一声闷响刺耳。盛棠几乎是仰面朝天、连人带椅僵直而沉重地栽倒在地。

整个大厅一片混乱，所有人都站起来，所有人也好像全都被吓住了，连一向镇定的谢济凡也显得骇然震惊。

银川定了一瞬，屈身将盛棠扶起，焦急万分，大声叫人来帮忙。谢济凡冷眼旁观，比任何人都知道这一刻是这个年轻人期待已久的，但他发现，银川的目光平静得如同早已将此幕预演了千遍万遍。

对于刚才发生的一切，包括埃德蒙那番话，谢济凡并没有多少心理准备。银川显然私下里和埃德蒙进行了某种合作，瞒过了所有人，包括他。谢济凡暗道这孩子隐忍谨慎做事周密，只怕已无人能出其上。事情的发展往往超过想象，银川焦灼的表情与冷静的双眼显得如此分裂，让谢济凡百感交集。他曾非常希望银川能早日变得这样审时度势冷酷精明，但当终于亲眼见证其蜕变，却无一丝一毫喜悦之意，反而觉得悲哀，甚至自责。也许是无常改变了原本的心意，无常让一切都在变动之中。

毁灭，重生，推倒，调整，不论是谁都免不了被无常裹挟冲击。

人生就是一个无常之火烧灼的炉膛，谁都不会预料到自己的命运将在其中被锻烧成什么模样。

第五章
蒹葭

〔一〕

潘盛棠出生在农历腊月二十三日,所谓"灶王升天"日,族中长辈认定他必有官命财运。

银钱堆满十三行的时代,潘家曾"盛"到何种程度?

行商是政府特许与洋人做生意的商人,在洋人们心目中就是"King's Merchant"。潘家是行商中数一数二的家族,承揽货物进出口,动辄数十万银两之巨,承保税饷数万至十余万不等。被埃德蒙念兹在兹的"退货"一事,亦为中英两国商贸史上的一段佳话。

当时,潘氏承接了一家英国小公司的福建茶代理,这家小公司载着满船茶叶去往欧洲,船舶搁浅使得茶叶在途中被毁过半,英商提出退换货要求,只字未提发生了事故,只说:"茶叶质量不够好,要求退货并更换新茶。"这批茶叶陆续运回广州,有的散放在麻袋和木桶里,有的直接堆在甲板,大部分包装都已破损连编号都看不清。潘盛棠的曾祖父潘振官略一调查便知道了真相。一千多箱茶叶,退赔数总计一万多两银子,他并未犹豫,甚至一句也不为自己的商行辩驳,而是立刻装载新茶,全数换给了英国人。

他说:"盈亏不以时论,如同阴阳两面,暂时吃亏,不代表将来不会获益。总得有人饮'头啖汤'。既然以往从未有过这种退货的先例，普惠行便开此风气之先。"连东印度公司得知后都不得不竖起大拇指，夸赞这位中国商人的魄力和诚信。从此凡是带有"普惠"二字标记的茶叶，在欧洲通行无阻，畅销数十年。那家英国公司亦铭记这段历史，在潘家败落后，将"普惠"二字沿用到他们中国商行的名称之中，普惠洋行之名由此而生。

十三行行商与洋人的生意关系如同水乳交融，在彼此信赖的基础上共同创造财富，这辉煌传奇的历程，依旧逃脱不了晚清国运的碾压与修理。

在当时大多数人心中，普惠行经营的绝对是正当生意：蚕丝、茶叶、布匹、瓷器……但和潘氏家族关系密切的那些英国洋行还从事着一宗罪恶的事业：鸦片。在疯狂销售鸦片的过程里，白银滚滚从中国流入了英国，贸易顺差的天平发生了倾斜，在这样的背景中，朝廷重臣林则徐领受皇命南下禁烟。而夹在朝廷与洋人之间的十三行行商，处境变得十分艰难。

有一次，林则徐要传令给洋人，不由官方正式通告，而让粤海关挑一个行商去传话，那个行商便是曾经被无数中外商人视为榜样的潘振官。他脖子上套着铁链，像一条狗一样被押着去洋人家，只为替官府说句话：" 林大人命查尔斯先生立刻进城。" 这就叫"白狗食屎黑狗当灾"。在抑商传统等级森严的封建时代，不论清官贪官，并没一个人给予商人真正的尊重，不论他是否富可敌国。

1841年夏天，英军攻入广州城下，十三行行首之一的伍绍荣代表中方去和统帅义律谈判，《广州和约》签订之后，英军退守虎门之外，清廷则需于七日内交齐六百万两白银，这笔巨款的三分之一，由十三行行商共同分担，不给钱就是卖国，不给钱就必须死。

普惠行的潘家，献出了全部家业。

广东十三行最终被战火付之一炬，行商们也被腐败的官僚体制与连年的战乱逼上了绝路。潘氏虽留有少量余财，但家道中落却是不争的事实，孩童时期的潘盛棠曾在无数个冷雨凄风的夜晚，帮体弱多病的母亲织布熨衣，他的曾祖父在郁郁中去世，洋人们在珠江的舟船上为他写了一篇声情并茂的悼词，却并不知晓这个商人的子孙正在岸上争抢他们从船上扔下的酒瓶。

"官"这个字，曾嵌入十三行每个行商的名字里：怡和行的伍浩官，广利行的卢茂官，普惠行的潘振官，永和行的郑琼官、郑庭官……父业子承，兄终弟及，一代又一代继承人更替着，带有"官"字的商名却延留了下来，如骨血一般珍贵，仿佛它能为行商们在夹缝中求生的命运带来尊严和运气。

到潘盛棠这一代，行商家族气数已尽，别说商名，有的连商铺中的算盘、镇尺都未必留了下来。潘盛棠出生的日子很好，命主官财大运，按习俗他的名字里更应带有"官"字，但潘家已败落，家业中兴看起来非常渺茫，考虑到"官"字难免让人忆起潘家昔日辉煌，惹来一番难堪，潘盛棠的父亲抬眼瞧了瞧庭院中遇暖早发的海棠花，在儿子响亮的啼哭声里写下"盛棠"二字。

用广东话来说，潘盛棠自小"眉精眼企"，其祖辈在福建沿海搏浪击风的坚韧耐性和狠劲亦深藏于性格之中。父亲早逝，唯一的伯父长子早夭，盛棠兼祧两房，小小年纪就不得不四处打零工，得赀养家糊口，每日无论如何也要挣得几枚铜板交给母亲。一百多年前，潘家祖辈是靠挑担子卖海产、箍桶、打杂发家的，一百多年后，潘盛棠从给各个洋行跑龙套当学徒重新做起。

十四岁，他去了以船运和食糖为主业的太古洋行，做一个每个月拿四毛钱鞋袜薪的学徒，拼命自学英文，在英文写作和对话上的造诣甚至超过洋行的许多高级经理。太古在广东的买办们有的好逸恶劳，有的疏于业务经营，盛棠借机参与了洋行的许多生意。航运是太古的财源命脉，盛棠不光对每一个舱位和运输情况了如指掌，为了不误船期，还时常通宵验货赶船，码头上进货量极大，食糖和货物堆成山，黑道常去码头顺手牵羊，若被发现便干脆实行抢劫，滋事不断，曾有整整一年，盛棠总是遍体鳞伤衣衫破烂。

这个年轻人不嗜烟酒不好赌博，不苟言笑，给人精明却忠厚的印象，他奔忙于海关及洋行之间，用渐趋老练的交际手腕在各色人间周旋，与此同时，经手的资金总是调度有方利上加利，这样的人自然会得到洋行的重用。二十岁，他正式成为洋行买办，用攒下的佣金经营福建老家的一家小小茶庄，盈利后又慢慢收购了一些散户，逐渐给洋行供货，洋人们从潘家的茶叶品出一种久违的香气，打听后才得知茶庄的主人竟是十三行"普惠行"潘氏的后人，鼎鼎有名的潘振官的曾孙。自此，盛棠更是被他们刮目相看。

盛棠有着惊人的自律，每日天没亮就开始工作。在电话机还鲜见的年代，他通常是一个码头接一个码头、一家货栈接一家货栈来回地跑，了解货物最新的价格变化，清点随时更替的出货清单。他是身体力行的执行者，哪怕再累，也总是摆出一副坚毅耐心的态度；寡言少语，但只要一说话便会说到重点上，让人心服口服。每当一个下属磕磕绊绊地花很长时间向他汇报一件事，他严肃的脸庞和矍铄的眼睛总让人不寒而栗，他的威严与他的财力和权势同时快速地生长。

二十六岁，他已是广州商界炙手可热的新秀。他不会错过任何机会结识重要人物，专门有个本子记录着和那些人物有关的一切信息，并随时增删和修改。很快他便能陪同洋人们参加一些重要的聚会。万家灯火初上之时，在荡漾着华彩的珠江岸边，人们总能看到一个衣衫清贵的年轻人，行色匆匆地奔向一个个晚宴所在地，如果能稍加留意的话，人们不难从他英俊的眉目间看到那种踌躇满志意气风发的快乐。二十八岁，他娶了广东巡抚荣谦的爱女，和官府搭上了关系。三十岁，他成为普惠洋行的总买办，与此同时，他参与的保险、油栈、茶庄、糖厂各种外庄生意做得风生水起，数十年中，他为自己编织了一张庞大的财富网，将上海、广州、汉口商界逐一渗透，他的金钱帝国渐渐崛起。

他一步步走到了今天……

阳光透过窗户照在床头，映得枕边的金丝忽明忽暗，因一点暖意也没有，倒显得如幻象一般。药水的气味弥漫在屋子里，护士将针头从盛棠手背拔出，用过的针管在雪白托盘中发出清脆响声，真是让人觉得寒冷的声音。

盛棠双目紧闭，嘴唇不时轻轻发颤，醒来后必然是大咳，又或许是咳着醒来,连着三天整个人昏昏沉沉,连意识都似乎不清楚。云氏坐在离他最近的椅子上,不时抬手拭泪,护士临出门前向她行了个礼,又低声嘱咐了几句,云氏点点头,道:"有事我会叫你的。"待护士走了,又低低哭了起来。璟宁站在一边,从小君手里将一个铜暖炉接过,见母亲这么一哭,蹙了蹙眉:"妈妈,医生都说了父亲没有大事,你这么哭下去倒是个什么意思呢。而且父亲醒过来见你这样,难免又会生气。"

云氏哽咽道:"那你让他醒来,哪怕醒过来朝我们撒气也好啊。他要再醒不过来,只怕这潘家就没我们娘儿仨的位置了……"

"您这是说什么呢。"璟宁不耐烦道。

"我想跟你爹爹单独待一会儿,你们先出去。"云氏用手帕子擦了擦眼睛,愣怔怔地凝望着丈夫,璟宁见她这样,叹了口气,将暖炉塞进父亲脚下的被子里,带着小君离开了。

门刚一被关上,云氏悲哀的面容顿时变得平静而冰冷,炯炯发光的眼睛在盛棠脸上停驻了小会儿,见他依旧沉沉昏睡,便飞快地移向别处。

他们早就分开住多年,这间卧室,她也是近几日才来得勤一些。这个房间被改造成了和洋行一模一样的办公室,无非就是多了张床而已,家里除了盛棠,没有谁可以在这间屋子里停留超过一个小时的时间,即便是那个看似最被钟爱的长子。洋行倒是每天有人会来,多半是华账房里的高级人员,要么就是律师或是财务,他们来给盛棠汇报公事,同时听他指挥去做一些事情。但说实话,盛棠几乎是足不出户就帮洋行完成了一项巨额收购,对,就在这屋子里,他做完了对启润商行的所有调查工作。

他是怎么办到的呢?

现在这个屋子又多了一个功能,它变成了一间大病房,有着齐全的医疗护理设备。书桌上的几个电报机电话机不再响了,怕耽误病人休养,潘大少爷做主拔掉了所有的电话线。盛棠奄奄一息躺在床上,呈现出一个老人能呈现的一切弱势和难堪,时光剥离了他身上的威严和暴戾。

云氏站起来,像一只动作灵敏的母猫逡巡在房间四处,悄无声息地翻检寻找。她找了不止一天了，只要有机会待在这间屋子里，待避开众人，她都会下意识地去翻一翻找一找，尽管她也不知道究竟要找什么。潘盛棠似乎也不像是个会提前写遗嘱的人，财产对他来说意味着一切，他可舍不得提前将它们安排给别人，且他似乎一直觉得自己不会死，他太惜命。再惜命又如何，还不是像现在这样，跟个死人一样睡在床上。

云氏直觉这间屋子里，一定藏有潘盛棠的秘密。昨天她找完了书柜，里面全是厚厚的账簿，她看得很累也很快，一无所获。今天她翻完了抽屉，但依旧什么也没找着。潘盛棠是一个彻彻底底的商人，六亲不认唯利是图，在这间屋子里几乎找不到一丝半点和他的家庭生活有关的东西，连照片都没有一张。这间屋子就是一个办公室，一个病房，或许也是一个停尸房，但就不是一个家。

云氏疲惫地坐在皮质沙发上，真心地流下泪来，一边哭一边骂，声音很低，因为床上那个半死不活的人依旧震慑着她，但她真是怨啊，眼泪停都停不住："你死就死瘫就瘫，也不让我有个准备。跟了你这么多年啊，一点好处你都不念着我，心里只有你的那些钱。好吧，挺尸了吧，钱又有什么用？能给你换回几口顺畅气儿？你那么恨你那原配老婆，不是活活逼死了她吗？现在人家给你生的儿子可算是出息了，可以替潘家当家了，顺顺当当拿走你的钱，高兴了吧？要死就赶紧去死，去见见你那死女人，瞧她怎么笑话你！"

哭累了骂累了，她方站起身来，朝盛棠的床边走过去，习惯性地低头看了看，这一看只差点把魂儿给吓没了。

因为潘盛棠不知什么时候睁开了眼睛，正定定地瞧着她。

云氏双腿发软，颤声道："老、老、老爷！"

盛棠咳了咳，一口痰闷在嘴里，轰隆隆作响，云氏胆战心惊之下竟忘了给他递痰盂，只在那儿僵立着。

盛棠含糊着道："口渴。"

云氏回过神，扶着盛棠吐了痰，用毛巾给他擦嘴，再倒水给他喝。盛棠整个人无力地倚在她手臂上，能感觉到他在颤抖，云氏小心问："老爷什么时候醒的呀？"

盛棠转头又看了她一眼，面无表情，云氏最怕他这样看她，看得背脊发麻,他哑着嗓子说:"就这么怕我死?把眼睛哭成这样。"

云氏泪流满面道:"老爷啊,这几天我真是担心得不得了,我和孩子们哪里能离得开你啊。"

盛棠缓缓躺下,闭上眼睛:"嗯,我知道。"

云氏殷勤地给他掖被子,又将他脚下的暖炉换了换位置:"老爷冷不冷?"

盛棠摇摇头:"我睡了多久?"

"昨晚您吃完药后就没醒过,现在都下午两点多了呢。"

"一天又快过完了,时间过得如此之快。"盛棠幽幽地道,他的声音虽然微弱,但气息平顺,显然有了明显好转。云氏一颗心七上八下,忽然眼睛一亮,拍手道:"我去把宁宁和阿暄叫进来!他们要知道你醒了一定高兴得不得了,他们这两天一直不眠不休陪着你呢……"

"阿琛呢?"盛棠问。

"他……"云氏脸一冷,"一直在洋行。埃德蒙让他暂时做代理总办,就只你病倒那天才在家里待了一会儿。"

"给他打个电话,说我醒了。"

〔二〕

璟宁抬起头,从银川那双明亮眼睛里中看到自己委顿的容色,她独自在楼道里已坐了许久,脑子里空洞洞的,竟不知道他是什么时候走到了身边来。

他柔声道:"回学校去,这里没你什么事,父亲不会有大碍的。二弟呢?"

"妈妈让他去找邵伯伯了。"

银川在心里冷笑了一下:"看来是怕我分家,去找靠山了。"

"大哥哥,你忙完了?"璟宁问道,他这三天基本上都不在家里,她一直担心他太过操劳,因为他看起来这般清瘦。

银川并没有回答她的问题,只道:"你不用在家里待着,这里有我,有你妈妈和二哥,别把你的正经事耽误了。"

她被"正经事"这三字弄得脸上一红,又不太敢确定他的意思,便看着他,他的眼神很平静,倒不像是失望,更像是因为放弃了什么而显得简单纯粹。他曾说希望她过得幸福,她在他眼中看到了这样的期许,但她并未觉得轻松,甚至为两人变得愈加明显的隔膜感到隐隐难过。

"要走就赶紧走,去你想去的地方,让那个人为你安排。现在是个机会,但这个机会并不是你待在家里就能抓住的。"

"你……真的同意我走?"她面上浮起怀疑。

他的语气十分坚定,就似说出来要逼得他自己也相信似的:"是的,我想要你现在离开汉口,我希望你能幸福。"然后迅速移开目光,径自走向盛棠的房间。

璟宁震了震,看着他的背影,觉得整个身子都是僵的。过了一会儿,云氏从走了出来,脸色焦虑,璟宁以为父亲有什么事,孰料母亲却怔忡地来了这么一句:"你爹今天会不会立遗嘱?非让我把你大哥叫回来,肯定有古怪。"

璟宁由衷觉得反感,生硬地道:"我要回学校去。"

云氏瞪着她:"父亲一会儿找你怎么办?分家没你的份儿,你连哭都来不及。"

"我不会为这种事哭。"璟宁说,"妈妈,我不在乎。"

云氏气得脸都白了,冷笑了一声:"你不在乎,是因为你用不着操心!越不在乎,越有人苦心为你谋划争取,什么都不用做却什么都会有,这就叫命好。你就什么都不管吧,让你娘我苦命一辈子,操心一辈子。"

璟宁忍着泪道:"如果是家产,真的不需要为我争。我现在只求能短命死了,这样妈妈就省心了。要真的有我那份家产,我心甘情愿给妈妈,但父亲要是不分给我,我也没办法。可惜了,我现在就是不敢死,怕痛怕麻烦,还胆小舍不得,可见我是个自私自利的祸害。妈妈不如每天上香的时候求老天爷早日把我收了去,不让你为我吃这份苦,就当白生了我这个女儿。"

云氏万料不到她竟说出这么一番话,直刺得眼泪在眼睛里直滚。璟宁见她这样,毕竟还是心痛,走回去伸出双手拥抱她,云氏的心登时就软了,搂着女儿啜泣起来,这时盛棠的房门从里面被人轻轻关上，云氏心中越发地慌，她知道潘家的两个当家人在开始谈话了，这一次谈话，或许会改变这个家族所有人的命运。

　　树影凌乱，窗外风声如潮，月光在大地上急速流淌。
　　银川关上门，走到窗前的位置坐下，面向盛棠，灯光映在盛棠暮色沉沉的脸上，他的瞳仁中折射出虎纹一般的光影："阿琛，想不想听点过去的事？"
　　银川道："您若有力气就说，若没力气，就不必说了。"
　　盛棠恍若未闻，淡淡一笑："敏萱在和我定亲之前，广州名流才俊，都争着抢着去荣家提亲，连郑庭官也亲自托媒人去过荣家。当时，大半个西关都是郑家的，郑庭官的生意在海外也做得很好，我和他比起来，从辈分到实力上都差了不少。但你母亲并未动心，一来她心高气傲，郑庭官家中已有妻妾，她自然不愿意去和人共事一夫；二来，你外祖父刚到任广州时，我替荣家做过不少事，敏萱和我认识在先。我对敏萱一见倾心，可惜她是个真正的闺秀。"
　　银川紧抿嘴唇，呼吸渐渐急促。
　　盛棠沉浸在回忆之中，目光朦胧："一个闺秀，是不会轻易表明她的心意的，哪怕她爱一个人爱得要死，也只能将秘密深藏于心。这真是害了我也害了她。直到她嫁给我，我都不太确定是否出自她真正的意愿，她那么年轻，又那么漂亮，怎么会看得上我呢？而我……潘家曾落魄过一段时间，我发迹的经历和暴发户其实没什么区别。当她蹙眉的时候，沉默的时候，我总会感觉到和她有段遥远的距离，尽管我很努力地做生意挣钱，努力跻身到广州的上流社会，但这距离并没有因此缩短。她就像一个华美的花瓶，一件贵重的衣服，我看着喜欢，想要，费尽心力得来了，却是用不得也穿不起。怕摔碎了花瓶，衣服穿到身上又觉得不合身，想扔掉又舍不得……你说我中不中意她？也许。可要是我真的不爱她，我又怎么会那么看不开，做出那么多有违心性的事情？庆功宴上，你让歌女唱的那首竹枝词是我写给敏萱的，你能想象吗？我这样一个人，也会给心爱的女人写情诗。"
　　"她心里只有你。"银川切齿道，"她到死都想着你。那首竹枝词,她临死都念着。"

盛棠吃力地背转手,抚了抚腰后的靠垫:"说来也很讽刺,娶她的时候发誓要待她如珍宝,可实际上,我却把她逼死了,她自杀过不止一次。第一次,就是在我出卖她的那天晚上……"

他忽然觉得有点头晕,珠江江畔的屐声帆影在眼前若隐若现。

娇美的年轻妻子,纤小的双足踏上花船甲板,船身晃荡不易站稳,他小心翼翼扶着她进了船舱,她坐下,朝他温柔一笑以示感谢,这顿时令他的心被无边悲伤占据,以致无法直视那张皎洁的面庞。敏萱澄澈的眸子波光轻闪,有些不解地看着他,他突然深深吻在她柔软唇上,她吓了一跳,手掌抵在他胸口,一向矜持的她对他的唐突向来有些抗拒,他顿觉灰心,只说:"我去办点事,你等我片刻。"

她温顺地答应了,他赶紧转身欲走。

"盛棠!"她唤了他一声。

他停下脚步,她羞涩地垂下头,像个无措的孩子:"我有点饿。"

他应以一笑:"我带马蹄糕回来。"

她红着脸点点头,他无可抑制地想流泪,心中壁垒差一点垮塌,一狠心快步出了船舱。

是哪家在唱:

"落花满天蔽月光,这一杯附荐凤台上,绮殿阴森奇树双,明珠万颗映花黄……啊,啊,轻舟远去山万重啊……

又是哪家敲起了鼓。

笃锵,笃锵……轻舟去啊……人隔万重山……"

水声悠悠,鸡蛋花散发馥郁香气,月光凄迷,当他终于远离河岸,最后一次回头,透过茂密的荔枝林已难以分辨她究竟在哪一艘船上。珠江上的民船成百上千,雕梁画栋般的花艇亦多得数不胜数,船里的男男女女或纵情狂欢,或生离死别,红尘凡事,都由着江水无声载着流向远方,融进覆于天际的墨色烟云。

三十万银两次日便入了账,潘盛棠如愿成为普惠洋行的总买办,族人们大摆酒宴,庆贺潘家大佀在洋行华账房坐了首席。

何仕文在清晨将荣敏萱接回了家,而郑庭官当天就离开广州去了南洋。

在禀报情况的时候,何仕文眼中掠过泪意:"郑庭官坐在船头,穿着一件单衣,神情极是狼狈,见我来了,他方叩了叩舱门,对里面说:'潘夫人,你家里人来接你了。'夫人低低应了一声……我进去一看,她衣衫上全是水。原来昨晚郑庭官支开船家,怕夫人逃跑,就将船划到江心,夫人,夫人还是趁他……趁他没留神,投了江。幸亏还是被救了起来。"

起初,不论敏萱做出多么过激的事,盛棠都完全谅解。他恳求过她的原谅,尽力解释过:郑庭官在生意上是如何咄咄相逼,失去普惠洋行这个机会对于潘家有多么大的损失,潘家好不容易重拾当年十三行时代的威望绝不能功亏一篑,他待她仍会和以前一样……她根本听不进去。听不进去没关系,他想他会一如既往爱她。他甚至带她住到郊外别墅,远离尘嚣,近半个月形影不离,这对一向勤勉工作的他可是件极不容易的事。可敏萱性格大变,她不再逢迎任何人,再没有了温顺,潘家亲族并不知其中原因,只认定这官家小姐傲气骄纵有失妇德,他们厌恶她,诋毁她,而她根本不屑于辩驳。就这么过了一年,连盛棠也觉得没意思了。逃避屈辱与内疚的最好办法就是遗忘,他也受不了每一次面对她时自己的样子,那种讪讪的模样。

盛棠更加沉迷于生意,商业上的成功如兜了蜜汁的蛛网,让他在贪恋甜头后,陷入无可逃脱的旋涡。对于一个充满野心的男人来说,有什么不可以拿来交易的呢?远大前程摆在眼前,其余的全都可以看开。他辗转于上海、汉口、宁波等地,甚至远赴国外,将敏萱独自留于家中。直到他娶了侧室的消息从汉口传到广州,敏萱大受刺激,终于平生第一次弯下她的傲骨,写信恳求他回家。他欣喜万分地回去,再后来,她怀孕生子——他曾想当然地认为孩子是他的。

在这一段短暂的安宁日子里,有些许时刻,尚能寻觅到一丝宛如新婚的温馨,但这就像一层薄冰一样脆弱,表面之下潜伏着动荡与怀疑的涡流。风暴轻而易举地就来了,这一次,它摧毁了一切。

盛棠也觉得好笑,为什么自己的人生中会有荣敏萱这么一个角色。他如此理性聪敏,意志坚强,完全可以忽略一个无足轻重的女人，不过就是一个女人，哪个富商缺过女人？她是官家小姐又如何？该从荣家得到的他早已得到，在广州凡是有头脑的生意人都很清楚一个道理："交官穷，交商富，交了赌徒输裤子，交了和尚几道素。"凡是和官府相交，赔钱折本是普遍的结果，要晓得见好就收。荣敏萱高贵身份的利用价值并不长久，荣家一败，这价值也就没了，他潘盛棠顶着荣家女婿这个身份，还平白担了不少风险。

但她依旧是他不能自持的例外，一看到她，盛棠就觉得七情六欲贪嗔痴毒全被勾了出来，她是他的冤家和祸害。

在发现她暗自与郑庭官私通后，盛棠在突然间就如释重负。不愿意深想其中因由，不去想自己拒绝对流放在外的岳父施以援手曾让她多么失望伤心。选择痛恨比选择痴爱更容易，选择占有与摧毁比选择放手和宽容更轻松。为了钱出卖她，是他平生最大的耻辱，他觉得不再亏欠她的感觉很好，不再低她一等的感觉更是美妙，她的背叛超脱了他对她的罪，他终于清白了，而她满身脏污。

一切就简单了许多。他可以毫无愧色地折磨她，凌辱她，冷落她，享受高高在上的骄傲；他也可以放手实施对郑的复仇与攻击，直到走到最决绝残酷的一步……

记忆是凝固的，零散的，凌乱的。举重若轻的线条，缥缥缈缈的碎片，轻描淡写地在心里划过来划过去，陈旧的伤口溢出了新鲜的血，但伤口的主人，已能无视它带来的痛，自虐般地撒上嘲讽的盐。

盛棠呵呵笑了起来，声音嘶哑破碎，他漫不经心地道："如果你是我，当知道心爱的女人在背地里和仇人私通，你爱如珍宝的孩子，有可能是奸夫的孽种，你会怎么做？"

银川双手冰凉，锋利的目光直视着他："我不是你。"

"你不是我，但未必不会处在我当年的境地。"

"没有可能。"

盛棠又是嘿嘿一笑："一辈子很长的，可不能打包票。如果有一天能看到你和我一样，应该会非常有趣……"

银川眉峰一挑："您的精神好多了，不会是回光返照吧？"

盛棠一声长叹，好似万般无奈："我还是抓紧时间说点正事吧。"

阿琛，在这三天里，你为我做了哪些安排？"

〔三〕

银川道："洋行在查华账房的旧账，大多是你亲自经手的一些生意，我没有权力拒绝，也不能对他们有所隐瞒，所以，我把你背着他们做的事，全都告诉了他们。他们很有收获。埃德蒙终于知道，那个一直以来在他面前表忠心的人背地里可发了不少横财，他气得差点犯了心脏病。"

盛棠平静地点点头，说道："他心脏是不好，想着他气急败坏的样子，我倒还觉得十分有趣。"

银川的眸光闪了闪，像暗夜的星火："前几年你用洋行的钱大量收购公债的事也被抖出来了，都在算这笔账呢，就等着本息一并合计好，拿着证据到法院去告你。若说对你做安排，应该轮不到我来吧？"

盛棠向他招了招手："过来点，我耳朵不好，听得费劲。"

银川走过去坐到床边的椅子上，面无表情。

"紧张吗？"盛棠扫了他一眼，不待他回答，接着道，"完全不必。我现在就是个废人，你怕什么？"

"有什么好怕的，我又不会坐牢，我又不是废人。"

盛棠孔孔孔地大咳了一阵，直咳得额头冷汗直冒，肩膀直哆嗦。

银川平静地看着他："是你怕了吧？"

盛棠喘息稍定，叹道："在商场这大半生，见过多少人走马灯似的来来去去，今天出尽风头，明天落魄失魂。说实话，对现在这样的结果我并不意外。可我这老朽之身，已然病入膏肓，扛不过牢狱之灾啊，若在这两天死了倒好，要是没死，念在我好歹对你有养育之恩的分上，要不你来代我受此一劫？"

银川道："我自该好好报答你的养育之恩，所以假如你真进了牢房，我保证不会让你跟何仕文一个下场。何仕文是怎么死的？吞筷子卡死的？我让人天天喂饭给你吃，你根本用不到筷子，这样行不行？"

"谢谢了，真是想得长远周到。不过今天的谈话好像有点怪，我一时半会儿还不习惯。"

"说实话我也不太习惯。咱们慢慢来，不用急。"

"难为你了，一直忍到今天。"盛棠的目光一瞬都没有离开银川的脸。

到了这个份上，所有的往事都不再是秘密，所有的问题也都有了答案，纵然表面依旧能做到谈笑自若，但两个人的目光里都激荡着一团烈火。

盛棠闭上眼睛，习惯性地用食指指节敲了敲眉心，一下，两下，三下……然后他睁开眼睛，微微一笑："你不希望我死的，对吧？"

"你的债还没还完，老天爷也还没给你一一清算够呢，怎么会让你死呢？"

盛棠抬了抬眉毛："孩子，底牌亮得太早，小心遭教训。听我一句劝，以后还是稳重些好。说句不中听的话：你还年轻，老天爷做事的风格你不懂。"

银川的呼吸渐渐急促，嘴角却浮起笑。

盛棠语重心长道："老天爷最爱戏弄的就是我们这些商人，你想，商场上哪有公道可讲？"

银川亦点头："没错，若真指望老天有公道，你怕是早就变成鬼了。"

"可不是，我非但没变成鬼，还活到现在，把仇人的儿子养成这么个人才。"

银川无声地一笑："当年为什么不把我杀了？"

盛棠反问："去年发大水，你又为什么要救我？"

"我还没得到想要的结果。"

盛棠又笑了起来，好像听到一件极开心的事："真不愧是我调教出来的好儿子，行事作风跟我一模一样。"

银川回应以沉默。

盛棠笑了一会儿，觉得口中干渴，侧过身子去拿床头柜上的水杯，无奈手使不上力，杯子刚拿到手便滑落到床下，洒得枕头和地板上都是水，银川坐着一动不动，看着他在那儿折腾，盛棠亦无所谓，舔了舔嘴唇，慢慢躺倒，长吁出一口气，依旧是有气没力地道："敏萱死前留血书说你是我亲子,我选择了相信。当年我若真确定你是郑庭官的儿子,是不会留你的。"

银川平静无波的眼中泛起一丝涟漪:"哦,那什么时候确定了呢?"

"刚刚。所以我才说你底牌亮得太早。可惜了,这么多年,我真的把你当亲生儿子养。"

寒意从银川背脊缓缓爬起,眼前这个老人虽然眼睛半睁半闭,一副要死不活的样儿,但依旧有种凌厉的煞气。

盛棠道:"可以理解,年轻人嘛,即便再谨慎,觉得要赢的时候总还是会忍不住要炫耀一番,更何况这些年你如此勤奋刻苦,没掐准胜算是不会轻易兜底的,我估计你也是憋不住了……好吧,按理我似乎没有跟你谈价钱的能力了,但今天你能耐着性子坐在这儿,自然是因为我还有些用处。告诉我,你要我做什么?"

"当年你施与别人的一切,慢慢地会全数回到你身上去,你夺走的东西,我也会让你连本带利还回来。"银川的眼角轻描淡写地扫了一下床头柜上的果盘,"打个比方,就好像你当年吃了一个不该吃的苹果,而我今天要做的,无非是让你把苹果树都给吐出来。"

盛棠的眼睛陡然睁大,有一瞬间,他非常想攥住银川的喉咙,将它一寸寸捏碎,又或者剜下那双已毫不藏匿锋芒的眼睛,让它们无法这样有恃无恐地藐视自己。但这只是一瞬间的念头罢了,他连抬手的力气都没有,他屏息了一会儿,平复下胸口如千万根针乱扎一般的痛意,哑声道:"你……"

"其实这些对你来说应该都不算什么,最难的时刻你不也挺过去了?真是讽刺,卖掉妻子换押金才有了当买办的机会,数十年对洋主人忠心耿耿,不也像条丧家犬一样被撵出了局?"

盛棠只觉喉中腥咸液体一涌,适时地抬手掩住了嘴,一道热意猛地溢在手心,指缝间渗出血迹。银川生起微不可察的怜悯,去拿了一张毛巾递给他,盛棠接过,擦擦手又擦擦嘴,唇角始终带有的那抹笑终于敛去。

银川打开放在一旁的公文包,取出一叠文件:"这里面有一页是埃德蒙的亲笔信副本,他已向上海和伦敦总部请示让你退休,董事会每个人都签了名——洋行是真正放弃你了。这个就给你留做纪念。"

听到这儿，盛棠脸颊的肌肉轻轻抽搐了一下，银川慢慢欣赏他表情的变化。

阿喀琉斯之踵，坚不可摧的半神也有致命软肋。对于潘盛棠来说，洋行的信任就是他的软肋，由彼此的信任及数十年的合作搭建起来的契约，竟然也如此不堪一击。

契约是什么？对于商人来说，契约所系无非也是利益。商人无利不往，古今中外都是如此，利字被拆开，一边是"禾"，一边却是"刀"。为了让埃德蒙向潘盛棠挥下这一刀，银川已筹谋了许久。

"另外两份，一份是股权转移协议，一份是我们真实关系的声明。潘家的房产、地产和外庄生意我一分不要，我只要你和璟暄在洋行的所有股份。如果没有异议，请在上面签下你的大名。"

"不签呢？"

"那就太不理智了。你和埃德蒙拆伙，不妨和我搭伙，没了洋行的位置也不妨碍你在家养老。留得青山在不愁没柴烧，损失点钱算什么，总比坐牢好吧？难不成真要我派人去牢里给你喂饭？我是真想留点余地的。"

盛棠道："拿走股份，就是全盘抹掉了我这三十一年的心血，我看你还是杀了我好，或者再多说几句话气死我，别留什么余地了。当年我就是留了余地没杀你，落得今天这个下场。"

"你这三十一年是靠出卖我母亲换来的。你谋害我父亲，趁郑家无人主理生意，零敲碎打连蒙带骗弄走了多少钱，你应该也有数。别把自己说得好像挺仁善的，你可能一度心软放了我，但你从来都没有放下过怀疑和试探。你信心满满，即便我就是仇人之子，你自恃也有手段弄死我，在弄死我之前，你还有本事让我为你潘家卖命挣钱。"

"真是聪明，我都不晓得该怎么夸了你。"

"所以你不能死啊。我父亲是你的大恩人，你还没有报完恩呐。我不会告诉大家你是个无耻的杀人凶手，我会对他们说，你为了报恩收养了我，郑家的大恩大德你这辈子都没忘，所以把我当亲生儿子一样爱护教养，现在你老了，要死了，我也已长大成人，你决定公开我的真实身份,把属于我的那份事业放放心心交托给我。"银川的笑容如冰封江面掠过的春风。

盛棠似并未被这番话刺伤,而是忽然沉默了一下,像想起了什么久远的事,表情有些恍惚,也有点伤感,难以用确切的语言来形容。银川在心中加强了戒备,猜测这个老狐狸是否又在筹谋什么毒辣的计划,盛棠却艰难地坐起身,伸出手:"给我吧。"

银川迟疑了一瞬,将文件递给了他。盛棠揉了揉眼睛,一面翻看一面说:"埃德蒙怕是不会轻易就被人说动,你定是花了大钱。"

到这个时候,银川也不得不佩服他的自控力,回答道:"我送了他一些银行的股份。"

盛棠抬了抬额头,示意他解释。

银川的笑容凝成一道锋芒:"富兴银号月底会正式成为银行,我是大股东之一。资本……是我去伦敦找来的。"

盛棠将文件放下,微笑着,慢吞吞击了几下掌:"好,干得好!"他唇上仅存的一点颜色此刻已褪得干净,显得干枯惨白,而眼睛却炯炯发亮,像一条濒死的蛇,已无力攻击,却还保持着冷酷的骄傲:"当年郑庭官一死,我联合数个商行,花了两年时间才将郑家搞垮,以为大敌终于除去,没想到老天爷还是留了一手。郑庭官留下了钱,而我留下了你的命,让你们这场翻身仗打得如此漂亮!"

"要笔吗?"银川晃了晃手里的钢笔,盛棠伸手接过,在每处需要签字的地方签下自己的名字,白发萧索,手腕微颤。签完,他轻声道:"看着现在的你,就像看到三十多年前的我自己。处一隅之地,以一己之身,阿琛,你现在一定很寂寞。"

"我们不一样。"

"也对,你和我不一样。因为我是潘盛棠,你是你。你像我却又不是我。"

"也许吧。"

"我想问你一个问题,这个问题,连我自己都觉得有点荒谬。"

"……"

"我们两人之间有没有可能尝试一下和解?"

"和解?"

"到此止步,堂堂正正做人,学会放手,放开那些你不应该有的东西,那些东西是有毒的,把它们还给我,我是在欲望里迷失了心性的人,已经习惯了它们的毒性。而你不是我。阿琛,停下来吧,我愿意在今天跟你做个了断,你重新开始,会有一个更长远更适合你的格局。将这段恩仇放下,你原谅我,我也原谅你。"

一种令人惊异的超然出现在潘盛棠脸上,让银川觉得可笑,也觉得危险:

"若是原谅,你应该去问问我死去的母亲和父亲,问问他们这个词究竟有什么意义。而且我并没有什么需要你原谅的。"

盛棠苦笑道:"也对。我们之间何谈原谅这一说。"眼中光影闪了一闪,"但在我们这场仗里并无所谓输赢,至于各自的下场,其实还真得听老天爷的。"

银川将文件收好,淡淡道:"那只有等着瞧了。"

"把家里其他人叫进来吧,一个人也别落下,包括佣人。你的真实身份确实是时候该公布了……你让我怎么说,我就怎么说。"

银川无比怀疑地看着盛棠。

盛棠微微抿着干枯的嘴唇,鄙夷地摇头:"即便我对他们胡说八道一番,你又能损失什么呢?要不我来猜猜你现在还顾忌什……"

"我没顾忌,也不害怕。"银川打断道。

"那么……阿琛,再见。"盛棠似笑非笑,慢慢躺下,闭上了眼睛。

〔四〕

公开身份的事进展得比想象顺利,银川为此有不太好的预感,但这预感并未给他任何提示。也许潘盛棠没说错,他确实太年轻,眼光势必会被当下所困,被仇恨和欲望所困,看不长远。

那天的混乱在他的记忆里并不特别深刻,云氏试图谈判什么,璟暄是在怎样震惊的状态下发怒离开的,云升又是如何兴高采烈加意逢迎,他都没有过心。他只记得,相比其他人的反应,璟宁却异常平静,神情简直算得上冷漠,她偏着头看着一侧桌上放着的座钟,眼睛盯着那摇动的钟摆，一句话也没说。

窗外的风刮得很大，玻璃窗将凌乱的光线反射进屋里的天花板，只要树一动，亮光就会不停地晃来晃去。怕打扰盛棠休息，银川等人移步去书房继续商量，璟宁皱了皱眉，反身回了自己房间，云氏接连叫了她两声，她充耳不闻。

一直到深夜，银川都处在一种躁动和不安之中，因心力交瘁，累到极点反而无法睡眠。他起身走出卧室，在这栋生活了十数年的房子里漫无目的地走着。走廊上的水晶壁灯上蒙着一层水汽，墙上的画、窗户的棉质窗帘，散发着无比熟悉的味道。厨房里值夜的佣人在准备次日的食物以及盛棠要服用的中药，复杂而窒闷的气味。银川下楼，走进了书房，打开窗户大口嗅闻花园里的青苔气息。

有轻盈的脚步声从客厅那边传来，越来越近。他知道一定是璟宁，她在朝他走过来。

"大哥哥。"她轻轻叫他。

不知道为什么，他竟失去了转身的勇气，好在璟宁只是站在门口，并未走进来。

之前她一直卧在客厅沙发里发呆，昏暗的光线中从小到大的记忆变得鲜活生动，很久很久以前，就是在这间客厅，她见到了那个眼睛大大的，长得非常漂亮却愁眉苦脸的小哥哥，她故意跑过去夺走他的玩具，是想引起他的注意，也是想逗他开心，她还借机亲吻了他，这是她最能逗人快乐的办法，后来他果真笑起来。

她从来都没有忘记，这么久远的事都依旧记得，因为这记得，所以她非常难过。因为这记得，所以当听到他走去书房时，她会心潮起伏，会忍不住悄悄跟在他的身后。

银川终于转过来，璟宁怔怔地凝视他。

他脚步一动，她立刻摆了摆手，低声道："别过来。"顿了一顿，解释道，"你瞧，即便要跟你说句话我都忍不住想哭，你一过来，还怎么得了呢？"

银川无言以对。

在这难言的静寂中，他们遥望对方的面容，不约而同地发现了彼此某些相似的气质：从内心深处透出的安宁与倔强，微抬下巴时，在眼神中隐隐窥到的暴风骤雨，魅影一样的炽烈执着。

她在突然间懂得了他的痛苦，一种令她恐惧的痛苦，连同危险，正慢慢地从心底爬上来。她本能地想逃，而他飞快地奔过去将她拽住，不由分说地往里拉，关上了门。

她惊惧万分，而他身子微微弓起，将她困在墙边，彼此近在咫尺，呼吸相闻宛如饮下热酒。

他的目光压迫过来，他的眼眸浓黑如墨，激荡着烈焰，呼啸着狂风，又如丝绒一般温暖。

这是一个男人在看他的爱人。

这么多年，在她记忆中他一向对她无所不应，要什么就给她什么，不论她轻辱他还是骂他恼他，从来都心甘情愿地承受，这是为什么？为什么璟暄同样是她的哥哥，甚至血缘上更亲，却从来都不曾像他这样对她好过。

为什么？

其实她早已察觉，只是隐隐的羞耻和不安让她不愿意深想，念头一触及那隐秘的禁区便自觉逃开。此刻他们离得这么近，他的目光陌生却又不陌生。他一直都是这样看她的，他的目光很久很久以来就是这样！

纤长的手指，微凉的温度，像风拨开了一潭静水，他的手抚上她的脸颊，璟宁心跳加快，头重脚轻，用手抵住银川不让他接近，却抵不住他眼中骤闪的光芒。

来不及了。

她的唇被他捕捉。

不能呼吸，像在梦中从高空坠下，一直坠入深渊，虚浮慌张没有极限。那个驾驭着她的人却无比地轻松，他的手游走在她的身躯每一个曲线，力道强硬，不知餍足；他的唇控制她，带动她，有力，平稳，击碎她的攻防，让她混乱的思绪宛如窗外被秋风摇撼的月光。

早就该这样，早就该挑明，忍了这么多年，就让所有的理性算计全部清空，向那无法言说的渴望投降。在无数个不眠的夜晚，银川曾经对抗过这虚幻的梦想，拼了命地对抗着，可这执着的爱恋早随着时间更迭变成了毒，浸透了每一寸血管。她永远不会知道他背负着这羞耻的罪，背负了有多久，她永远不会明白，他是多么可鄙可悲。

然而在这世上除了复仇他还有什么呢？茫茫的人世间是因为还有一个她，才不觉得孤零零的啊。一切向往与寄托，深藏心底的对温暖的渴望，全在她的身上……怎么能眼睁睁看着她爱上另一个男人呢？

任思绪信马由缰，他沉醉于她的温度和芳香，加大了力道，似要用尽这一辈子的力气去拥抱她，害怕双手一松亲吻一停，她就逃了。胸前的衣服被她的泪水沾湿，她不是假的，不是幻梦，她就在这里就在他怀中，可要怎样才能永远地将她留在这里？

脸颊骤然一痛，是她奋力挣脱，一巴掌重重甩到了他脸上。

她颤声道："你是想逼死我吗？"

银川如梦初醒，松开双手，理智恢复后，人仍在战栗着。

璟宁双手抱肩蜷缩成一团，身子慢慢蹲下，瑟瑟发抖，像一只被狂风暴雨打落在地的小鸟。

"小栗子……"

"别再这样叫我……"璟宁以手掩面，艰难地控制着情绪，"你是我哥哥，你是我哥哥，不管你是潘璟琛还是郑银川，你都是我的哥哥。你是我的大哥哥……你是……"

银川眼眶一热，喉咙中就似梗着一块石头，生硬地说道："知道我有多么累吗？这么多年我是那么的辛苦，你一定是知道的，小栗子……"

她摇头，带着强烈的羞耻："求你了，不要再这样叫我，我害怕你这么叫我，就当可怜可怜我吧……过去你对我再好我都可以坦然接受，但是现在不行了。你叫我小栗子是错的，你刚才那样对我也是错的。即便我和你同在这个家，也是错的。"

她咬咬牙，不再看他一眼，开门跄踉离去，不理会他正在经受怎样一番折磨，不去管他内心有什么在碎裂坍塌。

银川怔怔地站着，前方仿佛凭空多出了一片汪洋，将她隔绝在他永不可企及的彼岸。

第六章
关山

〔一〕

站在江汉关钟楼的阁楼俯瞰长江，你是听不到江水声音的，只能看到无形的江风，它大力搅动浪头，激出气流，市井中喧嚣的声音在这些气流中被加上了模糊的重音，它们混合在风声里，鼓荡在人的意识之中，时而有形时而无形，若即若离似真似幻。

如果一颗心能跃至更高的地方，在云之上，在天之上，如果你愿意从那里再次俯瞰这个尘世，时间与空间的界限将被打破，整个世界化为一个混沌的整体，人与人的聚合与碰撞哑然无声。

是由谁来安排，这庞大的、无法掌控的一切，这随时会变得无比渺小的一切？个中玄机由谁来界定？

当你在高处，在高于万物之上的高处，世间的事，再无大小之分，谈不上远近先后。只是一片混沌。可是，有一片躁动的喧嚣，依旧是存在的，它是独属于微尘之众的动魄惊心。

1932年秋天，在伦敦普惠洋行总部，核心管理者们正无比头疼地为缩减东亚的各个分部做着计划，经济不景气带来的诸多压力促使他们要做出革新，稳重内敛谦让的英伦标准在商业上趋于传统，欧洲老牌贵族彰显的气质遭遇到漠视和动摇，逐渐让位于激进、重视效率与速度、用人制度灵活的美式风格。这个时候，一封告知信被放在了会议室的桌上，被云淡风轻地传看了一遍，之所以说是云淡风轻，是因为它的内容实在没什么分量，无非就是涉及普惠在中国中部一个城市分部的人员变化。只有一个董事对信中提及的两个中国人名字引发了一点好奇："他们难道不是父子吗？怎么一个姓潘，一个姓郑？"他自然不知道这随意问出的这个问题，在距离他们十分遥远的那个中国城市汉口，实则引发了不小的轰动，更令牵涉其中的人深陷旋涡，体会到旷日持久的变动。

各大报社得到消息，普惠洋行华账房将在这一天有重要消息公布，也就是说：潘氏家族有要事宣布。其实商界和报界对潘氏主掌的华账房人事更迭早已有了确切预知，潘璟琛必然会毫无悬念地升任总买办，但假使说今天要宣布的就是此事，如此急迫地以临时记者会的形式公开，背后应该另有隐情。

江汉关的钟声悠悠地从远处飘来，时间到了上午十点，两个年轻人当先带路从洋行巍峨的楼宇中走出来，正是于素怀和李南珈。他们身后是潘盛棠、潘璟琛、闵、谢、邵、许等人，这都是百年商行中最顶尖的人物，镁光灯立时砰砰作响，挤在台阶下的记者们蜂拥而上。

潘盛棠抱拳一礼，用憔悴的沙哑嗓音道："多谢各位，各位久等了。"

众人屏息以待。

不难发现，潘盛棠病容憔悴，脚步蹒跚，说话时有气没力，手都在颤，看来因病退出的消息并非虚言。风度翩翩的潘家大少爷站在盛棠身边，穿着笔挺的黑色西服，不时关切地看一眼盛棠，小声提醒他注意脚下台阶，神情谦和依旧，但已透出一种主事人的气派，这一点，也从另外一个细节得到了确认：邵慈恩、闵百川、谢济凡等元老均站在他的右侧身后，以拥护者的姿态。

盛棠目不斜视，笑着说道："诸位报界朋友拨冗前来，盛棠感激不尽。今天有两件事要在这里向各位宣布。盛棠年近六十，自弱冠从商至今，已四十余年矣。余素体健，唯去年水患引发肺疾，今岁加重，群医束手。天有不测风云，倘若盛棠一朝身去，揆诸生寄死归之理，亦无所介怀，沉笃之时，唯有两事悬寄于心。一件，自然是华账房的生意不能有所耽误，盛棠病体难料，实难再胜任总买办一职，从今日起，华账房由郑银川先生主事。"他顿了顿，加上一句，"这位郑银川先生，正是现在站在我身边的——我的养子潘璟琛先生。"

时间似凝固了一瞬，鸦雀无声，很快，就似炸开了一样，人群开始大声聒噪。

盛棠轻轻侧首，看了一眼身边已成众人焦点的年轻人，他绷紧了额头，漆黑的眼珠精光四射，嘴角却轻轻舒展，露出已训练有素的淡定笑容，这让盛棠重拾了一种久远的心情，这心情曾出现在他背起行囊离家从商的路上，曾出现在他拥有第一个真正属于自己的商行、在向往的世界夺得一席之地那一天，也曾出现在他几乎付出了能付出的一切、终于坐上总买办之位的那一刻。当年的他何尝又不是这番模样：紧张，兴奋，郑重，充满了防备和警醒。

这个世界从不缺少他们这样的人，顽石一样冷酷，刀锋一样残忍，不相信有什么会真正稳固安宁，随时要应对失去，随时会去争夺，永远都不认输；这个世界也从不缺少这样的心情，它狡黠的魅影不会随岁月的流逝压入无形，即便被放置在记忆的废墟里，也会时刻如野火熊熊燃起。

"人生比戏本里唱的可要精彩多了。"盛棠在心中说，"阿琛，好好将这场好戏看下去吧……"

妙不可言的轻松让他忽略了肺部的刺痛，更过滤掉记者频繁提问带来的不耐烦，他抬抬手，示意众人暂时安静，继续说道：

"今天要跟大家宣布的第二件事，正是银川的身世。鉴于对他以及他亲生父母的尊重，有必要将真相公布于众。说实话，自来祸福相依，潘家这些年发生的波折变故，究其原因统统是为了一个'钱'字，而宣统元年仲夏，郑氏恩公将银川交托于我照料，后来骨肉分散一朝竟成永绝，不幸之始，依旧是因富贵招险之故。诸多前尘，因缘复杂，在这里就不赘述了，滴水之恩尚要涌泉相报，何况郑家对潘家恩情如山……盛棠责无旁贷，自将银川当作亲生子看待抚养……"

有记者忍不住打断道："潘先生，请问您为什么要将郑先生的身世留到今天才说出来？"

盛棠淡淡一笑："银川的生父，是不幸被歹人杀害的，郑家三代单传，潘某为保住这郑家的唯一血脉，自然要惕厉警醒，不待十拿九稳之时，哪敢轻易向外言说？"

有略知珠江旧事的记者立即追问："那么您说的这个郑姓恩人，是否就是当年广东第一买办郑庭官？"

盛棠扫了银川一眼，后者站立得纹丝不动，目光深处是只有他才能捕捉到的挣扎的痛苦。盛棠叹了口气，以无奈的苦笑回应了这个问题："不。虽然他们罹难的原因相似，但却是毫无关联的两个人。"

他在"毫无关联"这个词上加重了音量，以表示确定。问话的记者显然有些失望，旋即露出更多的好奇，正待继续追问，盛棠一拱手，又是一礼："该说的已经说完，其中涉及家事私隐，还请各位恕盛棠有所保留。总之，郑银川之名今日已正，他依旧是我的异姓爱子，潘家依旧是他的家，并且从今天开始，他将接替我正式成为普惠洋行的总买办，请各位像当年关照我一样，对他多加爱护帮助。盛棠谢过诸位了！"

说完，他深深一躬，然后缓缓直起身子，似乎筋疲力尽，难再发一语。银川扶他走下台阶，记者们几乎将他们团团围住，素怀和南珈利落地应付着，辟出一段距离。

盛棠出了会儿神，待车开过来，转过脸对银川笑道："今后有得你忙了。"

银川也笑了，道："您就放心吧。"

西式自助午宴安排在璇宫饭店，人不多，主要是华账房高层和记者，按银川的话来讲：招待的是自己人。

"好小子，终于有点主人的意思了。"邵慈恩嘿嘿一笑，转头对许静之等人道，"董事会可不止他一个人，真以为老潘一走，就没人能制得住他了么？"

许静之道："这羊排做得不错，你吃点。"

邵慈恩掩不住怒意，额头上的皱纹越发明显了："明明知道我们年纪大，偏预备些生鱼片和羊排，这倒也罢了，不吃总可以吧？现在连个座次也不排一下，端着盘子随便乱坐，什么规矩？"

闵百川坐在他右手方，懒懒地瞟了过来："有得坐就行了，有得吃就不错了。别忘了咱们的股份是怎么一点点送到这郑先生手里的。"

邵慈恩怒道:"这小子两面三刀,买通黑帮流氓坏我生意,我好汉不吃眼前亏,总有一天我……"

闵百川抬起手指,做了一个噤声的手势:"总有一天,哪一天?您老人家百年之后?"他叹了口气,看了看放在面前的一小盅佛跳墙,缓缓舀了两勺吃了,道,"又不是没有能吃的东西,也不是没有能坐的位子,他有他的分寸,我们也得有老一辈应有的知足,再怎么表面上也算是他的'自己人'嘛,你说对吧,济凡兄?"

谢济凡取餐后也和他们坐在一起,但一直沉默不语,这时才抬起头,仿佛刚从恍惚中回过神。他没有回应闵百川的话,侧过身子,对邵慈恩说道:"他买通黑帮坏你生意?"

邵慈恩冷笑道:"老谢,别装糊涂。我们四个人里面就你跟他走得最近,叔叔长叔叔短的。"

"他对你们难道不是敬爱有加?"

"敬爱有加,"邵慈恩说起来咬牙切齿,"若真是敬爱有加,就不会往我家里寄子弹,不会让人在我货栈里塞鸦片片……谁发家的时候没点说不清的历史,也不知他是怎么知道的,早认定监管处一直盯着我,给我挖这么一个大坑,害我只能像剐手一样分给他一半股份。谁能消化他这番敬爱有加?你能吗?"

谢济凡脸色渐渐沉了下来。

许静之叹道:"阿琛一向低调,这些年跟着盛棠,竟大有青出于蓝的样子。我们几个老辈压在他头上也有几年了,见他老实,明里暗里也给他吃了不少亏,见不得人的事,也不是没做过。现在他秋后算账也在情理之中,不过……就是有些太狠辣了……济凡兄,这孩子的为人你一点都不清楚?"

谢济凡颓然地摇了摇头:"我是真的不太清楚了。"

闵百川道:"只要大家的生意能做好,谁来当总买办都一样,反正盛棠这些年乖戾专断,我们早就深受其苦。年景这么差,华账房要真能有些起色,也未尝不是一件好事。"忽然颇有兴味地看着大厅入口的方向,"哎,老邵,你女婿来了。"

邵慈恩立刻转头，果见潘璟暄从外面进来，他的头发比平常男人的头发略长，恰到好处地遮掉耳部的缺陷，可即便这缺陷会暴露在所有人的眼中，也没人会否认他的英俊，当然，是有些可怜的英俊。

邵慈恩苦笑道："真沉不住气，还说不来呢。"

"这可是正牌潘家大少爷，咱们被拿走的不过是一些股份而已，跟他比起来，可就算不了什么啰。"许静之意味深长地道。

谢济凡皱了皱眉。

"打虎亲兄弟，上阵父子兵，这是买办世家的传统，"闵百川慢悠悠地道，"现在一个姓潘一个姓郑，老规矩怕是不适用啰。"

璟暄缓缓走到银川身旁，见银川正被两个记者围着说话，便安静地站到一旁等候。

银川向他微笑点头，继续侃侃而谈："现在是新的时代了，随着我国经济地位的提高，华账房将要面对的情况会更复杂也更繁多。但是，我将所有的变化都看作是好的机会，也常和同仁们说以往我们的强项不会有什么新的作为了，最需要的是找出不足之处，找到可以改进的契机，朝新的目标去努力。"

"外国董事对您上任后在华账房即将推行的革新举措有没有意见？"一个记者问。

"老牌洋行也需要适应新的变化，更何况华账房涉及到以整个中国为基地的生意，他们也希望有新的改观。"

另一个记者看了一眼旁边沉默不语的璟暄，大胆地问道："郑先生，如今您公开了真实的身份，您的养父潘盛棠先生说您在潘家的一切都不会有变化，那潘家其他人是否也这样认为？"

银川似是而非地答道："在我的心中，他们是我的精神动力，永远在鞭策我，让我不能懈怠。"

璟暄恰到好处地走上前去，银川无比热情地揽着他的肩膀，眼眶微红，好像感慨万分。

璟暄从一旁侍者的托盘里拿起一杯香槟，银川见了，笑道："你平常不爱喝这个的。"转过头吩咐侍者去拿雪莉酒。

"没关系，都一样，"璟暄举杯微笑，"大哥，我代表潘家人衷心祝贺你！"说完，哗的一下将酒泼在银川脸上。

大厅里陡然变得鸦雀无声，两个记者瞠目结舌，所有人的目光也全聚拢过来。于素怀快步走来挡在银川身前，南珈则是迅速走到一个拿起相机的摄影记者面前，礼貌地阻止他摁下快门。

素怀沉声道："今天是华账房的重要日子，潘先生，您的一言一行都代表着潘氏家族的脸面，还请您自重。"

璟暄将空酒杯放进托盘，冷笑："哪位潘先生？是这位还是我？"

银川用手帕擦了擦脸和头发，静静地看了璟暄一会儿，在他肩上宽容地拍了拍，再向众人微微一欠身："恕我失陪片刻。"说罢转身往外走去。璟暄快步跟上，银川就像背后长了眼睛似的，道："素怀不许拦着潘先生。"

于素怀犹豫片刻，终还是将试图阻拦的手放下。

休息室在楼上，是个小套间，他们从旋转楼梯走上去，裹挟着两团寂静，反衬四周推杯换盏的热闹笑语。

有两个五六岁的小男孩嬉笑着从三楼下来，当先一个脸蛋胖乎乎的，他敏捷地迈着步子，裤兜里抖了两颗糖果出来，他自己没注意，走在后头的小男孩却发现了，后者大眼睛忽闪一下，弯下身子将糖捡起，飞快地揣了一颗到自己兜里，拿着另一颗追上前头的小胖脸："你掉了一颗糖。"

小胖脸大方地道："送你啦。"捡到糖的男孩摇摇头，将那颗糖塞回他裤兜里。他们勾肩搭背地下楼去。

璟暄的脚步倒是缓了一缓，将头探到扶梯外，恰能见到一楼大厅的一角：胡桃木圆桌，上面摆置一个留声机，正递送着悠扬音波。爵士乐像暮色黄昏的光，又像秋天的细雨，一点点筛着时光透出的哀凉。那个小胖脸确实更活泼一些，跑到留声机旁踮足瞅了瞅，抬手移开唱针，小号声便戛然停在半空，像来不及发出的呼唤。另一个小孩则静静立在小胖脸身后，脸蛋被什么东西挤得一鼓一鼓的，原来在吃糖，也许就是刚才捡起的那一颗。

璟暄抿了抿唇，一时间百感交集，像也有一颗糖含在嘴里，说不清滋味是苦还是甜。

〔二〕

银川将脸捂在毛巾里，话声闷闷地从盥洗室传出来："多亏你给我解围，说实话我还真是一向不喜欢应酬。"

"你累不累？"璟暄坐在沙发上，语含讥讽，脸带讥笑。

"当然累，从天没亮就忙到现在。"

"二十多年了，你跟我们演着这场戏，父子情深，骨肉兄弟，你的演技跟花楼街的白面小生真是有得一比，虽说你很有演戏的天赋，但是……你真的不累么？"

银川一边擦着脸一边走出来，坐到璟暄对面，他的相貌曾经是那般内敛的清俊，就似不食人间烟火一般，但现在每一个表情都糅合了人世间的味道，充满了矫饰的圆滑。

他温和地说："我明白你的心情，所以你说什么我都不会介意。"

璟暄道："从小到大，我什么也不缺，去争去夺不是我的本性，以前抢你的玩具，跟你斗嘴，无非都是出于孩子气。十六岁那年，父亲要在我们两个人中选一个去洋行见习，我以为你是真心让着我，所以我才会去。说实话我没什么志向，天天脚不着地地忙碌，并不是我向往的生活。我怕累，也知道自己没有吃洋饭的本事，但我觉得能有资格去见习，可以让我在外人面前显得聪明能干，这是出于虚荣心，但这样的虚荣心并不会持久，我做不了也做不好洋行的事。一直以来，母亲那边的亲戚总提醒我防着你，说你如果当家一定会容不下我们兄妹，我从来都不信。后来……你从洪泉根手上救我回去，我更是认为这样一个为我连命都不要的人，怎么还会容不下我呢？"他眼眶微红，微微抬起了脸，"我崇拜你，信任你，视你为榜样，可没料到你做的一切不过是一种处心积虑，你所有的好都有不可告人的动机。现在你拿走了潘家全部的股份，普惠洋行再无一个潘家人，父亲数十年的心血就这样被你一手抹掉。你家当年究竟施予了潘家何等恩惠，要我们剥皮削骨一般偿还给你？"

银川深深地注视着他，平静地道："潘家家产我一分也不会要，为了维系和你们的情分，我也尽了最大的努力。并且，现在这样的安排，是你父亲同意了的。"

"潘家，我父亲，呵呵，改口得倒也挺快。"

"没人愿意一辈子撒谎，不论是出于何种理由。"银川笑了笑，"现在我对你说的每一句话都是真话。可以告诉你，你们在洋行的股份，我拿在手中问心无愧。"

璟暄冷冷道："那么，你在我的账目上做手脚，害父亲不信任我的能力，后来又要我去代管舅舅的外庄，我好好一船德国零件，被人调包换上仿制商标，弄得洋行大班对我深恶痛绝。做了这些事，你还是问心无愧？"

"那么你呢？当年早知道绑匪打算绑架的人原本是我，你却没有透露一丝半点，在我冒险舍命去换你的时候，你又是否心安理得？"

璟暄面色大变，震惊地看着银川。

银川淡淡道："没别的意思，我只是不太认同你现在对我的态度。"

璟暄轻声道："也许你不会相信，我早就为这件事后悔不已，也想过偿还你，但我能力太有限，即便我努力为你做点什么，如果用你的心来揣度，难免会被你曲解——因为你一直觉得我试图抢夺而不是为你分担。"

银川脸色一动，旋即蹙眉不语。

璟暄失望地笑了笑："没说错，对吧？其实股份也好，外庄也好，如果你要，我可以将我的全部给你，双手奉送。因为我知道我亏欠你，曾经差点害死你。但是……在你开始算计我的时候起，或许我们俩之间所谓的兄弟情分，也早就没有了吧。"

"不，其实不是这样的。"银川的语气里流露出一丝伤感，"我们和以前其实一样，我并没有离开潘家……"

璟暄摆了摆手："郑先生，你是生意人，应该知道这世上没有什么好处都让一个人得的生意吧？钱也要，情也要，人心也要，是不是有些太贪心了？"

他走到门口，说道："父亲去武昌疗养了，我们潘家人商量了一下，都不希望你回去住，这样相处太尴尬了。你也说你可以离开，我想你应该已经有合适的住处。如果还是想住在潘家……不，你应该不会愿意留在一个不欢迎你的家里。"

"阿暄!"

璟暄眼中却落下了泪:"大哥,你走得太快太远,我们都追不上了,保重吧。"

"站住!"

璟轩停下了脚步,却没有回头。

"我不会脱离和潘家的关系,绝不会。"银川大声说。

"你已经脱离了。"璟暄悲凉地道,快步离去。

窗外的光在地板上折成几道细细的线,缓慢地移动,银川木然地看着那些光线,看着它们一点点黯淡,看着一重重渺茫的情谊和记忆,随着光线慢慢消失。

他起身换了衣服,下楼去一直应付到午宴结束。素怀与南珈忙着打点记者,尽量让那件尴尬的意外最多只留在口头上,客人们走后,银川让饭店做了一碗牛肉米粉,自己独自坐在一张大桌前吃。

谢济凡从外面走进来,拉开银川身旁的椅子,坐了下来。

银川没抬头:"谢叔叔稍等,我中午没吃饱,有什么事您让我吃完再说。"

"嗯,你慢慢吃。"

他额发垂下,盖着白皙的额头,睫毛很长,狼吞虎咽吃东西的样子依稀还有一丝天真的情态,他看起来真是饿坏了。

一碗米粉三两下就吃光了,银川用餐巾擦了擦嘴,不无歉意地道:"谢叔叔,上午潘盛棠的声明,确实有一些语焉不详之处,没办法,一来我不愿意让太多人知道我父母的隐私之事,二来,与潘家保持表面的亲和关系,对我目前在洋行是有好处的……"

谢济凡抬了抬手:"做生意,过日子,人的背景简单些好,如果你在外人眼里是一个城府很深表里不一的人,即便顶着个为父报仇的孝子之名,将来生意上也会遇到很多阻碍。权衡利弊后这样处理,本无可厚非。"

"但……我怎么觉得您好像在怪我。"

谢济凡摇摇头:"我只是想知道你下一步怎么走?"

银川沉吟道："现在各个势力太分散,需要将有用的股份集中起来。我要清理华账房。"

"所以你让佟春江帮你往邵慈恩的货仓里放鸦片,所以你用类似的办法逼许静之等人卖股份给你?"

"佟爷可是您介绍给我的朋友,您说过必要的时候我可以请他帮我。"

谢济凡沉默了片刻,叹了口气,"是的,这事儿怪我。虽然我和他交情很深,但说实话,一想到你现在做事的方式,我还是有些痛心。"

银川的脸沉了下来。

"阿川,你高兴么?"谢济凡转过脸来,看着他。

银川僵硬地斜了斜嘴角："自然高兴。"

哐当一下,联排的长窗有两三扇被风吹得震了震,黄包车的铃声、汽车的喇叭声脆生生地蹿了进来,陡然出现的声响并没有缓解他表情的冰冷淡漠。

谢济凡道："我还能为你做什么?"

"我需要拥有华账房的绝对控制权。如果您愿意,您可以给我您百分之四十的股份,请放心,我绝不会让您吃亏。"

谢济凡不可置信地看着银川,但又非常明白他必然会说出这样的话来。一个长时间一无所有的人,如此无所不用其极地积攒让他觉得足够安稳的东西,并不奇怪。

谢济凡斩钉截铁道："我不会给你。一星半点股份也不会给你。这一次我不会站在你这一边。"

银川蹙了蹙眉,挺直了背脊："没关系,不管怎样我都永远会记得谢叔叔的恩情。"

"你父亲于我有恩,但他从未要我回报过,我为你做的一切,说到底也不过是为了让自己能心安理得,我不需要你来记。不给你股份,不是不信任你,也不是真的不愿帮你,只是我觉得你需要放缓步子。银川,如果当我是长辈,有句话希望你能记住:有人飞奔着往前走,有人被甩在后头,走在前面的未必是赢家,因为前方很可能是悬崖,我希望你慢一些,看着路。"

417

银川无声一笑,正要说话,一个侍应推开门道:"潘先,哦不,郑先生,有一个电话找您。"

电话是云升打来的,听筒里传来嘈杂的声音,云升扬着嗓子问:"大少爷,能听见么?"

"你不是陪老爷去武昌了么?"

"已经在这边的码头了,正等车开过来。老爷突然想起一件事,非要我马上给您打电话。"

"说。"

"老爷说,收购启润商行之前,他还有一份评估的文件放在卧室书柜里,他要你今天回家后一定记得看一看。"

银川握着听筒的手立时一紧:"他身边还有谁?"

"护士陪着他,司机去开车了。"

那份报告其实早在上午就已经由潘盛棠亲手交到了银川手上。

谢济凡站在不远处,见银川扶着电话桌发怔,眼睛异样的亮,这还是第一次看到他露出这样的眼神:那种不掺一点假的,最真实的惊慌。

〔三〕

生活总比戏剧还要离奇。潘氏家族在1932年秋天给汉口的市民提供了足够议论好几年的谈资。

潘盛棠失踪了。这个病恹恹的老人,在武昌码头支走了管家以及照顾他的护士,消失在穿梭的人群中。

没人知道他去了哪里。

不太像是被绑架,不论潘家还是警方,在接连几天内没有接到任何索要赎金的信息。随着时间推进,潘盛棠自己出走的可能性大了起来。

"还有一份文件在卧室书柜里……一定要看一看。"

这是潘盛棠失踪前交代给云升的一句话。

书柜里其实并没有什么文件,连账册也没有,书全被清理出来堆放在地板,第三层的内壁有一个小小铜质拉环,往外一抠,咔哒一声,书柜内壁似乎动了动,再一推,一个狭窄的黑洞仿佛一个细长的眼睛,缓缓张开,静静地凝视着来人。

云氏低呼一声，向后便倒，璟宁和璟暄抢过去将她扶住。每个人都被眼前的情况骇住了。

探员的手电往密道里照了照，潮湿的霉味很呛人，但绝没有尸臭，一级一级狭窄的台阶往下延伸，仿佛通往幽冥。两个探员大胆地下去查看，发现这个密道应当是房子修建时便有的设计，巧妙地利用了欧式建筑宽阔的楼道间隙与拐弯处的空间，一段狭窄的小路之后，是一个相对宽敞的密室，灰色砖墙，有电源开关，摁下后一盏灯闪了两下就亮了。

一张桌子，一把椅子，一个书架。像个简陋的办公室，此刻显得尤为诡异可笑。桌上放置几份文件和一个灰扑扑的算盘，探员拿起算盘擦了擦，算珠油光透亮，每一颗顶部均有一点点凹陷，显然是主人长期使用造成的痕迹。书架上是账册，很多，只有少数几本生了霉，可见它们要么是常被翻看清理，要么是常被更换。桌上的文件被带出来给潘家人看，从笔迹推断出在那幽闭空间办公的人就是潘盛棠本人。密室的另一侧，是一段约一百来米的狭窄小道，一直通往潘公馆围墙外，出口被茂密的灌木掩盖着。

潘盛棠的肺病未必是在洪水那年得的，他常年闭门不出似乎也有了新的解释，他的失踪，或许另有意义。

"这个人得有多爱钱呐。"两个探员交头接耳道。

密室里所有的文件全搬了出来，基本上全是各种生意的明细，每天大概又挣了多少钱，收益增加了多少，还有开销，甚至连家用的开销也在里面。没错，是潘盛棠记的账，他自己的账。

潘家乱成一锅粥，直到深夜警察也没走开。

仆人们窃窃私语，眼神里闪动着兴奋，云升颇有些威严气势，仿佛现在这家里唯有他尚有主持大局的能力，尽管他的胳膊上绷带还没拆，但他呵斥扶着门框看热闹的小君，语气依旧中气十足。云升命令小君和另外几个仆人赶紧去准备招待警察大爷们的茶点，又迈着稳健的步子走到璟暄和一个探员身前，故作亲密地凑到璟暄耳边道："我觉得老爷的那些账本子应该先让潘家的律师先看看，不能轻易给外人翻……"

"金探长！"璟宁的声音忽然响起，她脸色苍白，眼睛下有浓重的黑眼圈。

和璟暄说着话的探员向她颔首一礼："潘小姐有什么吩咐？"

璟宁犹豫了一下，说道："既然你们刚才也说父亲不像是被人绑架的，而且也没什么证据证明我大哥，"她顿了顿，重新道，"没证据说明郑先生和这件事有关系，为什么还不释放他？"

"失心疯了么？"璟暄指着璟宁怒喝道，"在这个节骨眼上，你怎么还会想着帮他？！"

"他是个好人！他没有罪！"璟宁声音颤抖，"我可以不认他当大哥，但他从来不是一个坏人！二哥哥，他也救过你的！"

"他别有用心！"璟暄怒道，"你这个傻子！"

璟宁执拗地看着金探长，浑然不理他的责备，金探长想了想，待云升走开，方平静地道："潘小姐，我们扣押郑先生，并不是怀疑他绑架了您父亲。相反，我们有足够多的证据证明他和你父亲失踪没有关系。"

"那么为什么……"

"普惠洋行有一些资金上的漏洞，是你的父亲潘盛棠先生造成的。假如潘先生没有失踪，被带走的人可能就是潘盛棠先生了。潘小姐应该知道，你父亲已将他在洋行的所有职权包括股份转给了郑银川先生，现在郑先生——这位还没有和你们分家的郑先生，必须代潘先生补上这些漏洞。"

他说到这里，连璟暄都愕然地瞪大了眼睛："多大的漏洞？"

金探长嘿嘿一笑："洋人什么时候真正信任过中国人？这漏洞如果不大，何以通过工部局向我们施压将郑先生悄悄扣下？不就是怕他也跑了嘛。可怜郑先生倒霉，如果解决不了这个问题，估计真得替潘盛棠先生顶罪了。"

璟宁觉得胸闷，脚步虚浮地走到沙发边坐下，大门开着，门厅里刮着穿堂风，寒意森森，她双手抱肘，瑟缩了一下。璟暄走过来，将撂在一边的披肩盖在她身上，叹了口气道："妹妹，潘家需要我们俩振作起来。"

"这个世界真可怕，人心更是可怕，"璟宁喃喃道，"原来我们根本就不明白父亲在想些什么，从来都没有明白过……他可是我们的父亲啊！他有没有把这个家当成家？我们算不算他的骨肉亲人？为什么要把这一切弄成这样。还有大哥哥……"她忽然顿住。

璟暄默然了一会儿,说道:"也许父亲的目的就是想要现在这样的局面吧。从某种意义上来讲,大哥也为他自己的所作所为付出了代价。我也希望他能想出一点办法,脱离此刻的困厄。可是宁宁,我们什么也做不了,也不应该做。"

警察站在客厅,从佣人端来的托盘里拿饮料和食物,这间屋子在潘盛棠失踪后曾挤满了陌生人。这是璟宁生活了许多年的地方,是她的家,这里曾发生过许多事,愉快的不愉快的。

她从未想过会眼睁睁看着警察将银川从这里带走。

那时银川刚刚从外面赶回来,家里很乱,她和璟暄以及母亲将父亲的失踪怪罪到他头上,说了很多绝情的话。他不反驳也不回应。晚上警察就来了,不由分说地要带他去警局,没有解释是什么原因,但他好像什么都知道,立刻便很配合地跟着警察往外走。

云氏一路追到外面,高声叫好,就像打了胜仗,她又哭又笑地道,快看看,这就是他的下场,这个忘恩负义的小骗子!老天爷看着呢,天网恢恢啊。

银川回头,面容平静,目光在寻找着谁,但他失败了,因为璟宁躲在门厅的一个博古架后头,他默不作声地走了几步,再次回头,她恰好探出身子被他看到,无法辨清他处在黑暗中的表情,她只听到他响亮的声音:相信我!

相信他什么呢?相信他是清白的,还是相信他那份永无法得到她回应的爱情。

就是在那一刻,她发现心里有一只蜘蛛,也许它早已经出现,只是未曾被察觉,它悄无声息地织着网,慢慢地爬,每一个角落都不放过,爪子轻轻地攥着心,不致命,却足够让她痛。

〔四〕

银川的笑声是沙哑的,一边笑,一边抽了好几口烟,像肚饿的人吃饭,带着一股凶狠。关押他的这间屋子空气窒闷潮湿,他挽起了袖子,松开了领口,肩背和膝盖却觉得寒冷,偶尔一吸气,嘴唇会轻轻颤抖,连夜失眠让他憔悴不堪。

这是他被秘密关押的第九天，于素怀和李南珈通过佟春江的帮忙，终于见到了他。

他不停在笑，好像听到了一个滑稽无比的笑话。

"是的，密道就在他卧室，书柜里有机关。"素怀道。

南珈则用开水涮了一个茶杯，给银川泡了杯茶，银川端起喝了一口，笑道："潘家所有人都不知道？是啊，连我都不知道，还有谁可能知道，除了潘盛棠自己！真是太好笑了。真是百年难遇的奇人。像他这样自私寡毒谁也不相信的人，何必要有一个家庭？这不是给他自己找难受么。"

素怀苦笑道："听说警察在书房发现密道的时候，潘家所有人都在，潘夫人当场就晕倒了。"

银川又是一阵笑，但笑着笑着，渐渐沉下了脸："那栋房子的旧主是个英国人，工程师也是英国人，有密道不足为奇。在中世纪的英国，这些密道用来逃生或留给传教士出入，到了我们这儿，潘盛棠用它来当他真正的办公室了，那里应该是让他觉得最可靠的地方。真是可悲又可怕！"

他阴沉着脸，扫了一眼桌上放着的一张电文，上面写着两个字："傅病。"

这是富兴银号内部的密文。近十年间，华中军阀混战，银钱业对金融上的风险十分警觉，一有风声或变动，便会立刻将各暗语发给各分号及主要负责人。

"傅"是富兴的代称，"病"，是指有挤兑的风险，若是"病重"，则为该分号停兑，"病故"则为停业。现在富兴面临的只是三种危机中最轻的一种，但由于它已在一年内遭遇过官办银行发起的两次恶意挤兑，若无强硬资金作为后盾，必会面临灭顶之灾。

但这还不是最糟糕的。

素怀咬咬牙，说道："密道被发现后，潘家周围就被军警把控着了，潘家人凡是要出入，必然有人跟着……不是为了保护他们，实质上就是软禁，怕他们也像潘盛棠一样跑了。"

"他们的生活和安全是否成问题？"

"除了出行不太方便，其他还好。"

银川松了口气。

素怀继续道:"两年前潘盛棠在麦加利银行外差点被刺杀,之后便很少外出,但潘盛棠不只掌控了明面上的生意,暗地里可能已经对您有所怀疑,所以瞒着您做了不少事。"

"他做了什么?"

"前年冬天,他替埃德蒙私下打通了和陆军总长的关系,搞到批文,包下一条铁路支线用来运煤,他负责总理经营,所有收益上交洋账房,每年按规矩拿买办该拿的佣金,以洋行外庄的名义单设煤栈,独立会计部。这件事没有让华账房知晓,打通关节的钱是他自己出的。去年底,军队派系斗争激烈,强行将铁路收走,煤栈则开始清理账目,进行财产交割,到今年夏天差不多结束……"

银川忽然道:"钱少了?"

素怀微微露出震惊佩服之色,点了点头。

银川冷冷道:"老狐狸看来真是被我气极了,不光报复了我,还报复了埃德蒙。他带走多少钱?"

素怀的脸色很难看:"除开一切开支和员工遣散费,一共一百七十多万。"

"一百七十多万,"银川重复了一下,"将近两千两黄金。"

"显然这笔钱是存在潘盛棠自己的账户里,尚未交接给洋行或者埃德蒙。在他失踪当天下午被从麦加利银行点金库转走了,不过并不是提现,而是汇到了汇丰银行的一个账户里,詹姆斯找到汇丰去打听了下,但汇丰口风非常紧,除了说这笔钱尚未被提走之外,别的就什么也不透露了。潘盛棠是煤栈的总经理,煤栈作为外庄挂在华账房名上,您现在是华账房的接替者,又是潘氏家族的当家人……可能没有办法脱开干系。"

银川嘿然一笑:"除非我放弃总买办的位置,除非我和潘家彻底断绝关系。"

素怀不太敢看他,轻声道:"用处不大。先不说事后再撇清关系已为时已晚,这些业务发生时您是副总买办,依旧有责任。另外,潘盛棠挪用资金用来买公债的事,您是共同参与了的。您用来要挟潘盛棠的把柄,埃德蒙为了自保,同样可以用来要挟您……"他顿了顿,想了下合适的措辞,"现在埃德蒙凭空少了一大笔钱,必然迁怒于您,不可能让您全身而退。不过现在他倒是说,洋行不打算真的上法庭,只想解决问题,这是在暗示希望这件事私了。"

银川沉默了好半晌,问:"我还有钱能补上这个空么?"

素怀道:"之前为了五百万现钞的发行权以及印钞的花费,我们已经用掉八十多万,剩下的钱需要继续让富兴用来应付挤兑,要不然,别说办银行的事泡汤,富兴银号……"

"会破产。"银川涩然道,"如果将那笔钱拿出来给普惠,银号则会被釜底抽薪,我依旧会坐牢,且声誉扫地,成为一个名副其实的骗子,在商界永不能翻身。"

南珈之前一直没作声,此时方道:"郑先生,也许您要做好最坏的打算。"

银川蹙眉:"你要我舍掉普惠?"

南珈点点头:"对,不必管普惠,也不必管潘家,只尽全力保住富兴。普惠那边如果撕破脸上法庭,您也不是第一责任人,顶多判几年,我们再想想办法,还可以争取让刑期减短一点。"

"你想让我坐牢?!"银川大声道。

南珈静静地看着他:"如果不可避免,也不一定是一件坏事。您就当苦修一段时间,或许许多问题,您自己也能看得更清楚。"

银川紧紧盯着他的脸,揣测他的言外之意,南珈非常冷静,目光中甚至透出一丝不容置疑的坚定。

风从灰墙裂罅里钻进来,冰冷彻骨,银川搓了搓眼睛,说道:"我这两天一直在想,潘盛棠不管演得再好,他的病绝对不是假的,他一个人跑不了。我想了很久,接应他的人里,目前最可疑的只有一个。"

南珈和素怀不约而同问道:"是谁?"

"吴丰林。他也许根本就没离开汉口,说到上海去做生意只是一个幌子,用来障我的眼。是我太疏忽了,把很多事情都想当然,我怎么就能相信老狐狸那么容易就孤立无援?我怎么就不想想,他一个人带着那几个不靠谱的经理怎么可能那么容易就收购了启润?那个密道……如果他不透露口风,估计我们一辈子都不会知道有密道这件事。他真的很厉害。"银川笑了笑，由衷地、不带一丝自怨自艾，却又充满自嘲，"没错，是我活该。"

他是绝不会允许自己陷入低落情绪的人，定了定神，道："告诉佟爷，请他想办法找到吴丰林，我知道这不容易，但一定尽力找，另外，让他帮忙解决一下富兴银号的问题，能解决一点算一点，毕竟他也是股东之一。还有，带话给云升，让他将潘家人照顾好。"

素怀犹豫道："这个人一直很不老实，您不怕他落井下石？"

"跟他说：只要我还活着，他的那些产业，我会叫人替他收拾得妥妥当当，不会出一点问题。我不是何仕文，坐牢不会要我的命。我过得不好，他的那点小产业也不会有好日子过。他不是没吃过苦头。"

素怀应了，站起来道："郑先生，我们得走了。"

南珈道："箱子里有换洗衣服，另外还有两床被褥，全交给了看守，他会给您的。"

银川欲言又止，眼神里有种复杂的期待，南珈想了想，还是说道："是潘小姐给您收拾的衣服。"

银川的嘴角微不可察地抽搐了一下。

于李二人离去，看守将皮箱提进来放在桌上，手搭在箱子上，望着银川龇牙咧嘴笑了笑，银川脱下手里的表递给他，说："真是麻烦您了。"

看守将表揣进衣兜，银川则将箱子拉近身前，看守转身出去，两分钟后提着一床被卷过来，放在窄小的床板上，用聊天的语气说："看着挺宽的，对折一下再铺，睡着软些。"

银川没有吭声，也没看他一眼，盯着已被他打开的箱子。

看守又道："您想不想吃点什么？"

银川的手指缓缓落在柔软的衣物上，轻轻划动，四件毛衣是他平日常穿的，里衣里裤则用单独的一个小布袋装着，袜子被卷成圆球，一个个塞在空隙。另有五个苹果，以及一本英诗选集。

看守绕过来道："哟，这么好的苹果，我尝尝。"伸手就拿，银川抬头看着他，眼中露出杀意。

看守一愣，将手放在脑后挠了挠，笑道："开个玩笑，哈哈，开玩笑。"边说边往外走，在门口回头看了下，消瘦的年轻人形单影只地坐在囚室中,如同一棵冷松。

那天夜里银川终于难得地睡着了,但是,他只睡到了半夜。

门被推开的声音让他凛然一醒,幽闭在黑暗中,感觉是出奇敏锐的,他睁开眼睛,这个角落伸手无不见五指,但危险却显而易见。

一个人揪住他的手臂往上一提,银川睡觉的时候将一件毛衣穿在了身上,这时手腕上部的衣服被揪成了一团,羊毛和皮肤摩擦出火烧火燎般的痛。他被拽下床,手臂被旋扭到背后,另一人飞快走过来,这一团高大的阴影挡住了铁门外走廊里透进的灯光,光线立时随着无声的扭打晃来晃去。

"喀嚓!"肋骨断裂的声音,随着紧接而来的剧痛,在黑暗里被放大得无比清晰。

银川跪在了地上。

自胸腔里发出的呼声窒闷颤抖,浑身血液都仿佛被抽走,通体冰凉,额头却如同火烧。天花板散发着阴冷寒气,他试图睁大眼,望向前方,先是一片雾蒙蒙,紧接着便金星乱冒,他的身子不受力地向前一倾,双手撑到了地上,这原本是他非常厌恶的动作,因为白天看守朝地上吐了痰,现在他很有可能就在接触那令人恶心的痰迹。

可有什么办法呢,他被打得像一条狗,毫无还手之力。他听到自己的骨骼被打碎的声音,就像一团针,被忽然散开,往五脏六腑到处乱扎。

又有一个人慢吞吞从门外走了进来,一直走到他面前,在微光中俯视他,那个人有一张忠厚的脸。

徐德英。

徐德英伸手过来,做出搀扶的姿势,银川往旁边一挣,扶着床板偏偏倒倒坐下,像个得了肺痨的病人,艰难地喘着气。

两个打手离开的时候将囚室的灯拉开了,德英看着地上的血迹和呕吐物,绕开几步,拉了根凳子坐下,说道:"痛吧?我戳了自己一刀,那感觉可比你现在痛多了。潘大哥,你应该很清楚,挨这顿打不委屈,这叫一报还一报。徐德英没什么本事,却不是个敢做不敢当的无耻之徒,落井下石的事情我向来不屑做,但今天看你这样,我心里倒觉得释然了许多。"

银川嘴唇上一点血色也没有,他将眼睛闭上,只作不理。

德英道:"我们之间的恩怨我不想再提了,自今天就此放下。我来呢,一是想来发泄一下憋了很久的委屈,二呢,是想告诉潘大哥,自从各个租界被陆续收回,对于一些实力大不如前的洋行,财政部一直在想办法让它们中国化,以我父亲现在的能力,虽不足以让你马上出狱,但至少能在一定时间内让政府帮忙解决掉洋行那边的问题。也就是说,能给潘大哥一个脱身的契机。"

他始终称银川为"潘大哥"。

"潘大哥才华横溢,又是牛津的高材生,坐牢这种事虽然不一定要人命,却足以摧毁你的声誉和前途。我们都晓得这世上没什么地方比洋行更势利了,而潘家呢,潘老爷一走了之,如果没人顶上,那真是抽心一烂。你如果能重获自由,抵得过一切损失。"

银川始终不发一言。

德英叹道:"大哥不接我的话,是猜到了我的条件是什么吧?"

他并不着急等待回答,将目光移向布满霉斑的石墙,很是感慨地摇了摇头,就好像看到银川被困在这样的地方,觉得万分不忍。

水珠凝结在潮湿的墙面,发出迟缓的滴落声。

"潘大哥,你知道什么叫因果报应吗?"德英轻声道,"以前我不太信,现在慢慢有些相信了。"

〔五〕

新月号在川江的航线即将重启,大钧与绿伯爵号在东南亚的合作也进入到最后的日程,这两件事进展得还算顺利。道群的身体大见好转,坐镇家中,偶尔参与公司要事决策,大部分时间还是用来养病休息,旧友或亲朋时常来看望,若是天气好,他很乐意陪他们在花园里喝茶说话。劳碌大半辈子,却是借这一场不合时宜的重病,享受了一点闲暇的安逸。普惠洋行以及潘家的事,道群也有耳闻,潘盛棠的失踪被传得比戏文还离奇,对大部分的传闻,道群是持怀疑态度的,可他也很清楚,这些事不论怎样对大钧都没有坏处。挺过这一番大波折后,道群觉得自己连同孟家的事业都算得上是起死回生,很是振奋。

子瞻到秋冬会犯哮喘,道群把朝南卧室让出来给小儿子,自己搬到朝东的一间屋子里。那间屋热水管不太热,孟夫人担心他受不住凉,要他去和子昭睡一屋,道群不愿意,怕打扰子昭休息。大病之后,他尤为珍惜和家人相处的时光,更对两个儿子寄予了厚望,尤其是正承受巨大压力的子昭,就像一只在风暴中硬着头皮飞翔的雏鹰,不光是孟家事业的顶梁柱,也是他孟道群的精神支柱,道群不容许他有任何闪失。

　　子昭回家晚,但只要看到父亲屋里亮着灯,仍旧会过去请个安,道群会给他留夜宵,让他吃完再回去睡觉。这一晚亦是如此。

　　子昭进屋去,道群还没睡,靠在床上朝他点点头,孟夫人正在翻箱倒柜,这间屋子有个大立柜,装着一些皮货和平日里不大穿的衣服。道群向子昭指指床头柜,意思是要他赶紧喝了放在上面的一杯牛奶,子昭走去坐到父亲床边,对母亲笑道:"妈妈这么晚了还在翻什么呢?"

　　孟夫人并没有回头:"我记得前年你给我买过一件白狐的围领,怎么找不着了?"这句话却是对道群说的。

　　道群说:"不见得就放在这柜子里,你屋里不也有几个箱子么,明天再翻翻。"

　　"哪里来得及,一大早人家就要走了。"

　　子昭越发奇怪,问:"谁要走?"

　　"你堂姐要去东北,今儿和你三伯伯来家里坐了会儿,我见她越发瘦怯怯的,想送点什么给她。"

　　"哦。"

　　孟夫人忽然回转身来,对子昭道:"要不把那条玄狐披肩给她,等你以后娶媳妇,妈还你一件紫貂的。"

　　子昭笑起来:"妈妈,你拿紫貂换狐皮可不是亏大了嘛。"

　　"我才不怕亏,怎么样,这买卖可做得了?"

　　"过段时间去欧洲,我不想支公司的钱作川资,所以将披肩拿去换了些钱。"

　　孟夫人咦了一声道:"前两天给你晒衣服的时候我还看到了呀,好好放在柜子里。真是小气,哄我做什么。"

　　"就昨天拿走的,不信就去我房里翻翻。"

　　"真要翻出来你怎么说?"孟夫人笑道。

子昭闷声不吭喝完牛奶，站起来，淡淡道："那您跟我一块去看看吧。"

孟夫人正待说话，道群却道："拿些小东小西去换钱，总不是长远之计，也让人笑话。不过现在公司和家里确实有难处，要不把武昌那栋房子卖了吧，子昭走之前就把这件事办了。"

子昭看了父亲一眼。

孟夫人接口道："昭昭现在要管的事那么多，就让他省心点，这事儿我来办。"

子昭打了个哈欠。

道群对他道："快回去睡吧。"

孟夫人跟着子昭走出去，子昭笑道："妈难不成真要去翻我柜子？"

孟夫人佯怒，假意要去拍他的脑袋，子昭皱眉一躲，孟夫人将手缩了回去，笑道："我是要跟你说，明天一大早我去送你三伯伯他们一家，你早上起来后，记得守着你爸爸吃药，他虽然好了些，病情还是会反复，千万不能大意。"

子昭答应了。

孟夫人又道："你到处走动忙活，也要注意安全，照顾好自己。咱们这家呀，经不起折腾了，尤其是你爸爸，一点刺激也受不了。说实话，幸亏跟潘家的亲事没有成，要不再摊上他们家那一档子事儿，还不知道得乱成什么样。"

"妈要不要进来再坐会儿？"子昭推开自己屋的门，回头道。

孟夫人笑道："不了，你好好睡觉吧。"

子昭一宿没睡着。

次日一大早，伺候好父亲吃完药，子昭便匆匆出门去。

太阳升起来，万道通明橙红的光线，如烟如雾的晨曦，水色与日光一同闪烁一起跳跃，停靠在江边的船舶随着波浪轻轻起伏，仿佛静谧是一种习以为常，惊涛骇浪不过是意外的点缀。子昭的情绪前所未有的差，但还是尽量克制，即便璟宁比约定的时间迟到了差不多一个钟头。

阳光斜照下来，高高的棚架上蒙着布，被风吹得扑扑作响，间隙里透出雪白花岗石的边缘。太古洋行正在修建的大楼距离长江不到一百米，因营造厂正在闹罢工，这片工地在早上几乎没什么人。

璟宁总算来了，眼皮有些浮肿，穿着平底鞋，人仿佛矮了一头，子昭接过她手里的提包，问道："怎么这么晚？是不是哪里不舒服？"

"家里有点事耽误了下，早知道就该让你别等我了，我坐轮渡过江也是一样的。"

子昭道："别废话，新月号马上就要去川江了，再过几天你也坐不了了，更何况还是我来开船。"

璟宁不由一笑，习惯性地伸手去挽他的手臂，在穿过巷道步向沿江的大道时，子昭轻轻挣脱，说："这两天我父母把我看得蛮紧，保不定有人跟着我。"

璟宁默不作声又跟着他走了几步，停了下来。

"要不算了吧。"

子昭愣了一下，没接话。

"系里有几个老师对我很好，我突然休学，很对不住他们的，其实我今天不太想去学校，"她停顿了片刻，说道，"可能我也还没太准备好。"

子昭忍着气，去拉她的手："好，潘大小姐，我牵你的手，这样好了吧？"

璟宁将手挣脱。

子昭压着声音道："我今天心情很差，别跟我闹行不行。"

璟宁道："我现在真的没能力照顾你的心情。"

"那你要我怎么办？我想了那么多办法，做了那么多，我们只要一出国就结婚，你还想我怎样？"

"我没逼你跟我结婚，大可不必做出这么一副亏钱折本的样儿。"

子昭强力压制着不发作，再次去拉她的手，笑道："怕了你了。我娶了你比捡到金山银山还高兴，什么亏钱折本，你真说得出来。小手怎么这么凉，乖，我给你捂捂。"

璟宁看着他。

四目交投，从对方眼里都读出了疲惫和倦怠，原本确定的信念忽然有点松动，心里刻意忽视的那道伤口，也痛了起来。他们都觉得很爱对方,爱是他们时常不离口的一个字,但"爱"是什么呢?那一瞬两个人都很茫然,仿佛置身于一个当局者迷的游戏,他们太幼稚,根本不会玩。

璟宁眼圈儿忽然一红,说:"子昭,我不想出国去,我家现在这样,怎么能一走了之?即便结了婚,你家还是不接受我怎么办?结了婚,你会对我家的事不问不管么?我要是向你诉诉苦,你也会像今天这样说你心情不好,要我别跟你闹么?"

子昭正色道:"你可以怨我现在能力小,帮不了你什么,但我会在能做的范围内做到最好。我想尽了一切办法,要组成一个属于我们的家,但很多事情只能一步步来。宁宁,我绝不是不负责任的人,所以不会也不敢轻易许诺什么,因为有些事情以我目前的能力真的办不到。而且……我家现在也有困难。"

"那你就先忙你家的事,别让我分你的心。"

他的怒气终于不加控制地倒了出来:"潘璟宁,公平一点!我做了这么多,你到现在还说这样皮里阳秋的话!"

眼泪在她眼睛里滚来滚去:"是,没错,我做了对不起你的事,你可怜我,还要跟我在一起,这对你本来就不公平。"

子昭烦闷到极点:"你除了说这些话,还为我们做了什么?"

"我想为你分担,你给过我机会么?"璟宁哽咽起来,"我大哥在监狱里被人打了,肋骨都被打断了,昨天下午刚刚被保出来,我家现在一团乱!你说我怎么办?你让我今天去退学,退学以后我怎么办?你要我跟你结婚,但你只是想让我当孟子昭的妻子,却忘记我是潘家的女儿,要让我逃避家里的一切,也让你自己逃避。你根本不想摊上我家这个烂摊子!"

"我逃避?我要逃避就不会和你纠缠在一起!"

"是我不要脸纠缠着你,行了吧?!"

子昭气极反笑:"不就是那个人挨了打吗,至于难过成这样吗?他挨了打是很可怜,但毕竟还是从牢里出来了,这不是好事么?我倒不明白了,你们本来就没有血缘关系,现在他也换了个姓氏,早就不是你潘家的人了,你怎么就为了他跟我闹成这样!"

"你什么意思?"璟宁指着他,将音量提高。

"别指我，我讨厌别人指我。"子昭冷冷道。

璟宁将手放下，转开了脸："孟子昭，我对你的感情怎么样你应该清楚。很抱歉让你心烦，很抱歉我无法为你做什么还一味地要求你照顾我的心情，很抱歉我指了你。现在请你给我走开。"

子昭转身就走，但只往前冲了不到三四步，又重新回到她身边，将她用力搂入怀中。

她闻着他身上熟悉的气息，哭了出来："对不起，对不起。是我不好。"

他根本不知道她在想些什么，只不断柔声安抚，他太年轻，虽然聪敏，却天性单纯，涉世未深，毫无准备地挑起家里的重担，这重担上又多了一个她。

"我要你做我的妻子，你的家也是我家，我不会不管的。"他不停地说着，见她平静一些，便携着她的手道，"走，我们过江去。"

她听话地跟着他走，脚步轻飘飘的，额头渗出了汗，这已经是很凉的秋天，她却时常突然就发热。子昭察觉她在哆嗦，尽量语气轻柔地问她又怎么了，生怕她误以为他不耐烦，简直赔尽了小心。璟宁只觉无比绝望，说："我还是去坐轮渡吧，我那个……那个什么了，不太方便，不舒服。"

子昭凝视了她一会儿，道："真不要我陪？"

她摇摇头。

他只好说："回去的时候到码头来跟我说一声，我今天到下午都会在。"

璟宁嗯了一声："那你快走，我慢，跟不上你。"

"记住一定要来找我，我还有东西要给你，不来可就没了啊。"他故作神秘地说。

她说："你好啰唆。"

子昭嘿嘿一笑，其实十分烦恼，加快脚步走了。

一辆车驶过大道，车轮与道路摩擦，发出嗡嗡的声音，璟宁觉得晕，脚下的地面好像舞厅的地板，有几百双脚在上面同时跺。她深吸了一口气。又有货车开过，铁条子叮当作响，怎么这么多的车，一辆接一辆,汽油味浓得散不开;曾经温柔地、光芒万丈地笼罩她的碧蓝天顶,突然要恶狠狠地压下来。

她胸口急促起伏了两下,开始呕吐,吐完了,就跟被抽了筋似的,踏一步都要使出全力。

她撒了谎。

她最终没去坐轮渡,也放弃了去找子昭;她也并非来了月事,恰恰相反。

她怀孕了,孩子不是他的。

在潘家还没出事时她就发现自己有点不对劲,出于不祥的预感,她偷偷去了一个偏僻的小诊所,最终确定的一刻,宛如五雷轰顶,立即清楚自己已没有了与子昭继续下去的资格,本就辜负过他一次,这下来了一次更狠的。她自欺欺人了一段时间,晚上做梦,梦里的自己并没有怀孕,她在梦中庆幸无比,一醒来却被深沉的绝望笼罩——身体的反应在早上太明显了。

将孩子打掉,她是不愿意的,也许是因为害怕,连死一只鸭子她都会难过很久,何况亲手杀掉一个人,更何况那个人是自己的孩子。每一天她都被愧疚、恐惧和强烈的不舍折磨得无以复加,子昭为他们的未来每做一点努力,她的痛苦便加深一层。然后便是盛棠失踪,银川被捕,家中大乱。然后便熬到了现在。

梧桐树的枝条窸窸窣窣摆动,潘公馆大门口照旧停着几辆汽车,除了巡捕房的,从昨天起又多了一辆——银川被保释回家的时候,是由徐德英陪着的。云氏没下逐客令,既因没这能力,也因潘家的烂摊子确实需要人收拾,潘盛棠的黑锅需要人来背——背黑锅的人被抬进了屋。

谁也没有想到徐德英会跟在于素怀等人的后头,悄无声息,面上却做出一副堂堂正正的神情。

这个世界颠倒混乱毫无章法可言,璟宁觉得骇异。此时此刻,她坐在黄包车里痴愣愣地盯着家门看,仿佛不论下不下车,都会有一个深渊不动声色地等着她。

从那天起,她不再与子昭联系,直到他找上了门来。

第七章
离伤

〔一〕

一罐土鸡汤，一盘炒蔬菜，一盘炒才鱼，还是以前常吃的老三样。

店家上了菜，便出去拿了根凳子坐着，一边晒太阳，一边补着一张破渔网。

"我们先吃饭吧。"璟宁端起碗，盛了汤，放在子昭面前，"你喝点汤，穿得这么少，肯定凉着了。"

他并不动，以质问的眼神盯着她。

肯定是哪里出了问题。平日为了方便，总是她主动联系他，自那天她爽约之后便再没出现过，也没再跟他联系。子昭没忍住，给潘家打去了许多电话，要么是云升接，要么是她二哥接，要么说她睡了，要么说她出去了。潘孟两家的过节，潘家是理亏的一方，所以对子昭始终保持着客气和礼貌。子昭被焦灼不安折磨得几乎要疯了，失去联络的这几天，他把所有最坏的情况都想了一遍，甚至一度以为她被他们家的人给害死了，她骨子里的决绝和那柔弱外表下的任性绝对有可能让她做出过激的事情。

他最终还是找到了潘家去。让门卫去报了个信，璟宁竟很快便出来了，拎着一个提包，白色羊毛大衣横放在手臂上，说："我们去一趟武昌，坐你的船吧。"见他脸色苍白得吓人，她嘴唇动了动，想说什么却没说，将包递给他，慢慢穿上了大衣，仿佛这是再正常不过的一次约会。

子昭没告诉她，在见到她的这一刻，自己腿都是软的。

他忍着极大的怒气，话到口边也不过只是说："你太过分了，害我担心得要死。"

璟宁笑了笑，说："我们去吃鱼，还是那家馆子，这顿我来请，你说好不好？"

他说："好。"

她看起来很疲倦，路上什么话也没说，下船换了车以后便靠在座椅上打盹儿。他不逼迫她，耐心地等到了现在。

"为什么不来找我？"他终于问。

她有些怔忡，移开了目光："子昭，吃完饭再说吧。"

"现在就说！"

她苦笑了一下，叹了一口气，旋即正视着他，看着他的眼睛，一字一句地道："我们分手吧。"

子昭的手本搁在桌上，听到这句话，顿时握成了拳，青筋突出，不停颤抖。

"这句话你说了不止一次。潘璟宁，再这样下去就没意思了。"

"这是最后一次。我是认真的，我今天以我这辈子的幸福、以我这条命向你发誓，我是认真的：孟子昭，我们分手吧。如果有半句话不是出自真心，我必遭……"

"住口！"他颤声道，"不许再说下去。我不想你死，即便真的分开，我也不要你过得不好。"

两行泪无声地从璟宁眼中落下。

"别哭，"他说，"不要露出这么一副无辜的可怜样，我讨厌这样的表情，你作弄我还不够么？如果你还念着我们有过一段情，如果不想我难过伤心，就别哭。"

璟宁站了起来，走到他身前缓缓跪下："对不起，孟子昭。我对不起你，这辈子都对不起你！"

他轰的一声站起来："潘璟宁！你究竟想怎样？你没有良心！"

435

她仰望着他，嘴唇颤抖，满脸都是泪。

"好，"他扑通一声跪下，一双眼宛如着了火般通红，"求求你，我求求你，潘璟宁，别再折磨我了！我求你了！你要我向你磕头么？要么干脆你杀了我吧。"

她哭得浑身发颤，手撑在地上，慌乱地抓了几下，却终于还是伸向了他，抱住他的肩膀。

坐在外面的店家听到响动，在门前悄悄探头一看，登时目瞪口呆：这一对年轻的小情侣今天又犯了什么邪病，竟跪在地上抱头痛哭？上一次这小姑娘跳了湖，难不成今天还得闹一出新花样来？不由得害怕之极。

"那个……"店家小心翼翼劝道，"我说先生小姐，你们……千万别想不开啊，我这……我这做个生意不容易，上次小姐你跳湖，给你用的被子和床单，都还没换成新的呢，钱不好挣，日子不好过，这个命吧，还是得好好留着啊……"

他好心相劝，说话却颠三倒四，倒将悲伤欲绝的气氛打破了些许。

璟宁竟然笑了一下。

店家笑道："哎呀，这就对嘛，小两口啊就得说说笑笑的，老是闹别扭怎么行咧？笑了哈，笑了就好啰！没事了啊，能有多大事儿啊……"

还没说完，只听咔哒一声响，然后是更响的一声。

"哗！"

盛鸡汤的砂锅莫名地碎成了两半，肉和汤洒了一桌。

店家瞠目结舌，呆住了。

子昭将璟宁拉了起来，让她看看这桌上一片狼藉，用玩笑的口吻道："臭小妞，害我一口汤都没喝着，我该怎么罚你？"

店家忙笑道："没事没事，厨房里还有，我去盛出来。这锅坏了也能补好的，用米汤就能糊起来。"赶忙去收拾，还说了些碎碎平安的话。

璟宁和子昭重新坐下，看着那善良的店家用托盘叮铃咣啷装着那口烂砂锅去厨房，两人的脸色都很凄郁。

他们是被宿命般的不祥之感击中了。

"为什么?"他轻声问。

"徐德英去了潘家,他说他知道我恨他,知道我根本就不爱他,可他不在乎,他可以为我付出一切,会想办法救我大哥,也会尽全力助潘家一臂之力。"

"那么你因为他说的话,因为他可以为你做的这些事,就想放弃自己的幸福?"

"我怀孕了。"她艰难地坦言,"孩子是徐德英的。这件事到目前为止只有你我知道。嫁给徐德英,是否能幸福我不知道,但我很清楚这是我不得不做出的选择。"

子昭的脸庞抽搐了一下。

她的声音很轻,每说一个字,都似要失去一分力气:"子昭,我们只能分开了。你和我之间的问题,我们两家之间的问题,不是逃避就能解决的。而现在我又这样……我没办法了。"

他紧紧攥住她的手。

璟宁凄然一笑,眼眶中盈满了泪:"自始至终都是我对不起你。现在这种情况,你也没办法吧?你可以为我尾生抱柱,我可以为你至死不渝,但什么问题也解决不了——我……"她哽咽到无法顺畅地说完,"我没有跟你一走了之的资格了。"

他的泪水落在她的手臂上,一滴,又一滴。

这是第一次看到他哭。他从来没有在她面前哭过,从来没有。他伤心难过的时候顶多不过就是发火,骂人,吵架,或者要么就做出一副冷冰冰的样子。但他从来不哭。他那么要强。

但他还是哭了,因为她说得没错,他是真没办法了。他哭着,抽噎着,那么骄傲的一个人,泪水吧嗒吧嗒落在桌上。

过了许久,他终于放开了她的手。

"潘璟宁,答应我一件事。"

"嗯。"

"此生此世,不要再来找我,我不想再和你有任何联系,不想知道你的任何消息，不想再见你。要断我们就断得干干净净。"

"……菜凉了。"璟宁说，她有些恍惚了，语无伦次。

他含泪看着她。

"你走吧子昭。"她揉了揉额头，"你放心，我会照顾好自己的，我会过得开开心心的。"

他没动。

"徐德英一会儿会来接我。"她说。

听到这句话，他终于起身离去，没有再回头。

她因为无望而放弃了他，他也因为同样的原因，由着她放弃了他。

璟宁独自坐了很久，直到德英找来，他在门口站了一会儿，小心翼翼走进来，湖边的梧桐树被风吹得发出巨大响声，水雾迷蒙，将雨未雨，远处山脊与天空交接之处，透出一层薄薄的日光。

她枕着瘦削的手腕，脸蛋偏向一边，声音轻飘飘的，听起来不太真实："你准备好娶我了吗？"

德英半晌没说话，她抬起眼睛看着他，似乎不解他为何不回应。

他走到她面前，半蹲下身子，将手放在她膝盖，眼里是怜爱和喜悦。

"我知道你其实是不情愿嫁给我的。宁宁，我发誓，婚后不会强迫你做任何不愿意做的事。我们一起好好过日子。"

她的手在桌上不经意地划了一下，子昭流下的泪水已经干了。

上车后，她告诉了德英怀孕的事情。

德英脸色登时大变，转过头来："你确定？"

璟宁苦笑了一下："没关系，也可以跟你没关系的。"

"不，不，我不是这个意思，"德英有些紧张，但很快便重新笑起来，就似喜不自禁，嘴都乐得合不拢，"我是高兴，怎么能不高兴呢。哈哈哈，我太高兴了！"

璟宁直直地看着他。

德英犹豫了一下，说道："我们还是越快结婚越好，要不然等孩子……"

"可以。"她知道他接下去要说什么，很干脆地打断。

"宁宁……有喜的事,可以拖一拖再公布,最好……最好也别跟谁说,这样可能对我们两家人都比较好,对你……对你也比较好。"他咬了咬嘴唇,说得十分艰难。

璟宁微一思忖,顿时面红耳赤。

德英忙道:"如果你不愿意……"

"你说得没错,我听你的。"

"你没不高兴吧?"德英担心地看着她。

璟宁摇摇头。

德英喜滋滋地道:"那就好,哎呀,我一定要给咱们的孩子好好想个名字。"

〔二〕

回到家,璟宁开始收拾东西,从衣柜里取出衣服,一件件装进箱子。云氏被慌张的小君找了来,见女儿这样,不禁很是生气,斥责道:"还嫌家里不够乱的,你这是上哪儿去?"

"就是因为这个家太乱,我才不想待在这里。"璟宁没有抬头,"杂七杂八的什么人都有,看着烦。"

云氏叹了口气:"我知道你见不惯阿琛,但在你父亲没回来之前,阿琛对潘家还是有用处的,妈妈是没有办法赶他走啊,毕竟也没真正说分家的事。"

璟宁皱起了眉头。

云氏道:"最近家里事太多,等过些日子,妈妈陪你散散心。若是想出去玩,大不了休学,去国外待一段时间。"

璟宁忽然说道:"我已经办了休学了。"

云氏吃了一惊:"你说什么?"

"我休学了,因为我要跟徐德英结婚。这是解决我们家麻烦的最好办法,虽然不一定管用。"

云氏一怔,坐了下来。

璟宁微笑道:"之前我不跟他结婚你不开心,现在我愿意了,妈妈又做出这个样子来。"

云氏半晌不作声,灯光下脸色灰败,细细的皱纹布满眼角,她叹了口气:"做母亲的自然是希望女儿幸福,如果你想走,妈妈可以给你钱,你想去哪里就去哪里,哪怕永远不回来也没关系。"

璟宁完全没想到会听到这么一番话,十分震惊。

"我只是很害怕,这么多年,我一直活在害怕之中。我害怕失去财富,害怕失去你父亲,害怕失去你和阿暄,所以我对你父亲百依百顺,舍不得让你和阿暄去国外留学,因为我想让你们都在我身边,这样会让我觉得安全。"云氏痛苦地道,"宁宁,我之所以站在你父亲那边,有我的难处,因为我在这家里一点作用都没有,做不了主。而现在你父亲把我们一家全抛下了,而我竟然只能眼睁睁看着你放弃自己想要的幸福……妈妈真是没用。"

"妈妈,您一直是潘家唯一的女主人,为什么要让自己担负这么大的压力?"

云氏苦笑:"这个女主人,是我碰运气捡来的。倘若你父亲的原配还活着,这家里哪里会有我的位置?你们也不过是庶出的子女而已。你知不知道,当年盛棠把我纳为侧室的理由?——不过只是因为我的背影很像那个女人!"

璟宁震惊,沉默片刻,说道:"可她早就去世了。"

"是啊,幸亏她去世了。可这么多年,我感觉自己依旧像个小偷一样,我偷偷进了这个家,夺走了她的丈夫,成了她的替身。每次我看到阿琛,我都仿佛看到那个可怜的女人,盛棠公布阿琛身世的时候,说他是领养来的,但我怎么也不信,我见过那个女人的照片,阿琛跟她长得太像了……宁宁,你不知道这么多年我有多煎熬,我之所以站在你父亲那边,有我的难处,因为我在这家里一点作用都没有,我给不了你们安稳富足的生活。"

"妈妈!"

云氏哽咽道:"可是今天,当你真正决定放弃你自己,决定听我们的话嫁给徐德英的时候,我却犹豫了。我的女儿,你还那么年轻,你的人生还那么长,你虽然做了错事,但我没有任何理由让你和一个你不爱的男人过一辈子啊。一辈子,这对于不相爱的夫妻来说将是多么可怕的事情，而作为一个妻子，她要承受远远超过她想象的痛苦。"

云氏将女儿搂在怀里，含泪道："你以后总还会遇到心仪的男子，但一旦嫁了人，有些事情就很难再有回旋余地了。你现在很痛苦，所以你不让自己往深了去想，你需要时间好好为将来做个打算。至于孟子昭，你放不下他没关系，但相信我，当你重新找到一个心爱的人的时候，你就不会再为这段过去心痛了。"

璟宁俯在母亲怀中，一颗心又渐渐地乱了起来。她知道母亲说得对，她需要时间让自己好好想一想。这些日子她做了无数的努力去挽回和子昭的感情，但唯独没有给自己时间真正去面对内心。

时间，从哪里来？她还会有时间吗？

算了吧。就这样吧。

璟宁一咬牙，说道："我做这个决定没受任何人的逼迫，决心越早下，或许对我越好，对子昭也越好，我拖了他太久了，会耽误他的。"

"可阿琛会同意吗？"云氏忧心忡忡道。

"他？！"璟宁一惊。

"他不会同意的，"云氏眉头深锁，"徐家跟云家一旦搭上关系，必然会分掉他对潘家的控制，他一定会阻止你的。"

璟宁垂下头看着手里的衣服，轻声说："不论他同不同意，他都没有支配我做决定的权力。"

窗外秋雨阵阵，雨点敲击窗棂和落叶，尽是破碎之声。屋内仅余一盏台灯亮着，银川正靠在床上打盹儿，脸白得像纸，也许是因为疼痛的缘故。

璟宁推开门，径直走进去，坐在离他不远处的一根方凳上，凝视着他。

他对她很好，而她其实也一直对他很好。

她想起了小时候，很小很小的时候，她总是惹麻烦，不爱吃饭，不肯睡觉。因为她会乱动，或者将身子蜷成小狗的样子，蜷成小狗也就罢了，她会吮大脚趾，这真是个滑稽的坏习惯，母亲怕她的牙长不好，所以让两个哥哥看着她。有一天她迷迷糊糊醒来，看到窗外投进一束寂静的光,七岁的大哥哥背靠床头柜,双腿搁在地毯上,日光映着他白净的脸漆黑的发,这是他最放松的时刻:他小心翼翼、认认真真地吃着一片西瓜。她不敢发出声音,爱上那清甜干净的气味,也想让他好好吃完那片西瓜。

但一切都变了。

"大哥哥。"她开口叫他。

银川惊醒,见到她,呼吸的速度立刻发生变化。

他要下床,璟宁道:"不必,我说完就走。"

"不可以。"他已经看进了她心里去,"不论是我还是这个家的安危,都不需要你做出牺牲,不需要你当祭品。"

璟宁没说话。

"看着我!"银川命令道,"小栗子,看着我的眼睛。"

于是她看着他的眼睛。

自那天他对她坦承心事后,她第一次正视他的眼睛。尽管如此,那双眼眸中曾流露过的依恋、痛悔、绝望、屈辱和心碎,她全都知晓。

她再次移开了目光,却听到衣服窸窣之声,银川快步走了过来,将她拉起来,拥在了怀里,火热的呼吸袭上了她的颈项。

"你,谁也不能嫁。"他喃喃道,声音打着颤,肋骨断裂之处剧痛难忍,但他不放她。她挣扎了两下,他仍是不放手。

"我不会让你离开我,我不会放开你。"

"你想毁了我么?"她脸色惨白,"妈妈和二哥都在家,这样像什么!放开。"

她用力甩开他,银川一个踉跄,跌坐在床沿,似有数把利刃在胸腹间乱搅乱削,痛得呼吸困难。

璟宁退后两步,说:"我婚前这段日子,会搬到方家去住,如果你还顾念着我们这么多年的兄妹之情,就请让我体体面面地嫁出去,让我有机会过上安稳的日子。"

"我从来没想过要毁掉你,如果说过去我……"他张了张嘴巴,想把语声提高一点,但他失败了,他连说话的力气也没有,但还是一字一句地说下去,"我没想过夺取潘家的财产,也不会让潘家的家业毁掉，没错，我现在是有坐牢的风险，但我从没想过用你的终身幸福来交换我的自由。徐家的账我是不会买的，徐德英不论对你许诺什么，于我并没有意义。这次假释，确实是因为他的帮忙，但我没有答应过他任何与你有关的条件。我用我的性命发誓，用我死去的亲人发誓。"

"我愿意嫁给谁，跟你没关系。"

他所有的克制与冷静，所有的算计与精明，在她面前全不管用了，他近乎偏执地道："小栗子，这么多年我对你的心意你是知道的对不对？你知道所以才想躲开我，你知道所以你才不敢面对我，对不对？告诉我，我还能为你做什么？你究竟想要什么？如果我办得到，我立刻就为你做，即便你要我死，我马上就可以死。"

"我不要你死！"她仍旧不看他，"我想要爹爹回家来，我想让潘家好好的，我想要你平安无事，我想让我们一家人回到以前那样。"

"你在自欺欺人。"

"是你在自欺欺人！"她压低了嗓子，但语声足够让他清晰地听到，"我曾以为我是这个世界上最幸福的人，因为有你这个哥哥，有这个家，也因为我爱的人也爱着我，不知道从什么开始，这一切都分崩离析了。现在我只剩下了这个岌岌可危的家，只剩下了你，我希望你和这个家都好好的。请你不要夺走我这仅存的希望。"

"小栗子！"他绝望地道。

她话中的决绝更胜于目光的冰凉："如果你要毁掉这一切，你尽可以做。但我告诉你，如果那样的话，别说兄妹，我们连最普通的朋友也做不成，我会恨你，鄙视你，远离你。假如你还愿意在这个家看到我，请尊重我的决定，我们……仍旧会是亲人。"

她快步走出了屋子，冒着雨，让璟喧送她去了方琪琪的家里。

那天晚上她的睡眠竟出奇的好。只是她做了一个梦，在梦中去了一座陌生的城市，她甚至记得从某个房子里走出去，沿着一条路就能走到一个熟悉的地方，那条路是她走过无数遍的。她要去某个地方，但不知道自己去那里究竟要做什么，路过一个宗祠，看到里面供奉的牌位和神龛，又路过一条人烟稀少的街，远处有山，山上是白雪红梅，她不停地走啊走，走得很辛苦，有个车夫拉着车跑过来，说：

"小姑娘，我是来接你的！"她便坐上了车，车夫飞快地奔跑，风从她耳边掠过，轻柔又自由。

"还是走了好。"在梦里她这么对自己说。

但在方琪琪家住了不过三天，银川便打了个电话来，命令她："回家，外人家里毕竟有很多不方便的地方，自家住着舒服。"

璟宁没吭声。

银川又道："我走，你回去。"

她依旧没说话，只是呼吸的节奏有一点变化。

"你不用担心我，我也不是回牢房，在汉口我有别的地方可以住，已经布置得差不多了。"

"你……"她终于开口，却不知该说什么。

他尽量很平静地说："这两天我想了很多，我会努力按你说的去做……因为从小到大，你要我做什么我都会答应。"

"……你有什么打算？"

他笑了笑："还能打算什么？把眼前这趟灾给躲了，余下也还是将生意做好，对了，还得想办法把父亲找到。"

他仍然叫盛棠父亲，她听后不免百感交集，念及他尚未摆脱的麻烦，想问，却又觉得不太合适，只得说道："你的伤怎么样了？"

他沉默了许久，并不回答，只说："在父亲没下落之前，凡家里明细账目我会和阿暄一起过目，等他熟悉了，便全部交给他。我则一心一意管洋行的事。"

璟宁调匀呼吸，说："好。"

银川停顿了一下，用尽力气，才让他自己能说出这番话："别委屈自己，嫁过去后，谁让你不好过，我就让他不好过。记住，我是你的娘家人。"

有泪意猛然涌上，璟宁瞬了瞬目，说："我记住了。"

〔三〕

位于宝顺路的那栋房子原本打算用来做新洋行的公事房，全按办公室的风格来装潢，热水管道是有的，烧煤的工人还没请，房间里因而非常冷，银川伤还没好，身上打着石膏绑着绷带，哪里经得住冷，更何况还只得睡在钢丝床上。南珈等人力劝他换个地方。

"先别说去不去饭店住，哪怕到与奇斋去，也比这儿舒坦。"

银川道："璇宫的房间是以洋行名义定的，我现在去那儿不是找麻烦？与奇斋是吃饭的地方，住在那里也不太像样。不如在自己的地方，说话办事也方便。"

没带多少东西过来，无非就是换洗衣服、洗漱用具，以及被单床褥，做的暂住的打算。收拾停当，银川靠在钢丝床上翻看账本，背后垫了一个枕头。素怀去买了两只烧鸡、一些三明治和一罐米酒，回来后立刻用开水把酒温着，南珈去地下室烧了炉子，屋里也渐渐暖和起来。

素怀拆着包烧鸡的纸，银川将灯拧亮了些，更映得那纸油透透的，烧鸡也像变得更香了，不禁微笑道：

"把翅膀撕给我吃。我现在是病人，可以对你们颐指气使了哦。"

素怀笑着将鸡翅膀递给他，银川吃得很开心，素怀和南珈却甚觉凄恻。

潘盛棠是被扳倒了，从普惠洋行彻底出局了，可谁能料到事情会发展成此番局面？银川非但半点好处没捞到，反而遭遇到平生最大的挫折，闯不过去的话，几乎就会前途尽毁。

"你们觉得我能挺过去吗？"银川忽然道，好像看进了他们的心里。

南珈轻声道："之前就跟您说过，最好的办法就是弃普惠，保富兴。可您非但不放弃洋行，反而要帮潘盛棠背黑锅，这就是我之前说的，您被儿女之情所牵绊住了……"

素怀看了南珈一眼，打断道："怨不得郑先生，都是潘盛棠太过奸猾，狗急跳墙，想出这么毒辣的法子来反击。毕竟他是混迹商场多年的人物，我们所有人都大意了。"

银川发了会儿呆，道："不，责任全在我。南珈说得没错，之前谢叔叔也说得没错，我被私欲所困，被复仇蒙蔽了双眼，只顾求成，所以才会栽这么大一个跟头，以至于……"他摇了摇头，不愿意再说下去。

素怀试探着道:"南京那边已经派财政专员到汉口了,也许能管点用。"

银川道:"洋人和政府,我谁都不想靠。"

"如此便很难脱险。"

银川说:"等等吧。"

素怀很着急:"都到了这时候了,光等怎么行。"

南珈沉吟道:"南京的人来了汉口,肯定会想办法拉拢各华账房的主事人,埃德蒙应当不敢轻举妄动,郑先生可以借此求得一段安全的时间,我们要赶紧想办法筹钱集资,寻帮手。"

银川甚是疲倦,不再说话。

搬到宝顺路后的第四天,富兴银号的危机发生重要转折,佟春江往里注入了近一百万巨资,足以让银号暂时挺过挤兑。银川闻此消息并没有什么喜色,相反,他更加心事重重。过了两天,他主动给佟春江打了个电话,请他到宝顺路一聚。佟春江婉言谢绝。

"您帮了我这么大一个忙,我再怎么也应当请您喝两杯。"银川道。

"麻烦还没完呢,我现在跟你见面,对大家都不太好,底牌亮太多给别人看,以后要出招就难了。酒就过些日子喝吧。"

亮底牌这话,着实让银川心里刺了一刺,这是他平生最难以忘记的教训。

"佟爷是否能告诉我,谢叔叔在哪里?"

佟春江淡淡道:"自然是在忙他该忙的事情,在他该在的地方。"

银川紧接着道:"那您是否能替我向他转达一下谢意和歉意?"

"你的谢意和歉意,我均会转达,但他也有一句话让我转告你。"

"请说。"

"他要你记住:擅泳者溺于江湖。"

璟宁的婚期将近,程远为她准备的结婚礼物是一些十八世纪的法国蕾丝，璟宁自然非常喜欢，却还是不得不告诉女友："估计是用不着了，婚礼是旧式的。"

程远连叹可惜，但还是道："那就以后用吧，做衬衣或礼服裙的花边。"

"我才舍不得呢，这么金贵的东西，我一定会好好珍藏的。"璟宁说。

程远的哥哥是常年在中国和欧洲之间来回跑的生意人，也是璟宁等人从小玩到大的朋友，在花楼街有一个两层楼的商行，出售橄榄油、洋酒、香水、礼帽等洋货。蕾丝被送到他的商行后，程远立刻带璟宁去取。

花楼街入口不宽，路两边是联排的中西结合的建筑，商住两用，多半楼下是商铺，楼上是住家，又或是商行和住家混杂在一起。小石板铺的狭窄街道积着水，天气好，不少人家都在洗衣服，晾衣竿在街道上搭成架子，衣服床单如旗帜飘扬，走在其下能听见风鼓荡的声音。

商行外停着一辆车，璟宁一见便将步子顿住，说："我还是改天再来吧。"

孟子昭和程家也很熟，生意上也时常有往来，不过程远确实没料到他今天会在。

这些日子，没人再跟璟宁提孟家，没人再提孟子昭，但长江就在那里，码头就在那里，穿梭的轮船在江上，汽笛声回荡在江风里。总是避无可避。

"应当不是他，可能只是他们公司的人，我去看看。"程远道。

璟宁摇摇头。她承诺过再不见他再不找他，她什么都为他做不了，只能做这一样了，于是转身往回走。程远拗不过她，也只能跟着。走到路口，身后却有车开来，两人侧身往路边让，一个妇人在洗衣服，璟宁和程远挤挤挨挨站在两个水盆之间。

路窄，车子从她们身边开过，相距不过一两尺，开得很慢，能清清楚楚地看到里面的人。

子昭摇下车窗，微微探了探头，颔首算是一礼，目光却没落在璟宁那边。

程远笑了下："孟大少，什么风把你吹来了？"

"你哥要我帮他带点货。我先走了啊。"子昭说完,很快便转头看向前方,踩了下油门。

原本一直僵立着的璟宁突然追了上去,但子昭似乎料到她有此一举,把速度一提,璟宁也不过跑了十几步,就被远远甩在后头,痴愣愣站在路中间,腿脚发颤。

程远走过去,璟宁自嘲道:"你瞧我像不像个脸皮厚的傻子?追上去能干什么呢?又能说什么呢?真是傻。"

程远莫名地心酸,叹了口气:"命里没有的东西,即便拿在手上,也不过是老天爷跟你虚晃一枪,眼睛一花,手里还是空的。宁宁,如果不想伤心,就放下吧。"

一个洗衣的妇人将一盆水哗的一声泼在地上,突然间四处都好像响着哗哗的水声,整个世界似乎被水一样泼了出去。

璟宁低头看了看被溅得湿透的鞋,笑了笑,说:"这老天爷真是顶坏的。"

程远只觉惨然。她和璟宁从小一起长大,自己暗地里也挺羡慕她,那么众星捧月的一个女孩儿,玫瑰花一样的人见人爱,但现在看起来却这么惨。

"还好我不是她。"程远这么想。

婚礼前,德英和璟宁请平日里的好友吃了一顿饭,将请柬分发给大家,这一次席上少了一个人,一个谁都不敢提起的人。

碰杯的时候,琪琪和程远都红了眼睛,不知是因为高兴还是难过,声音都哽了,琪琪对德英道:"徐德英,你要胆敢对璟宁不好,我……我们就咒你。"

璟宁瞪了她一眼:"咒了他,我就好了?"

琪琪嘤的一声哭起来,璟宁撇嘴道:"哎呀,真是讨厌,今天应该高兴呀。"

琪琪抹了抹泪,朝她笑了下,简直比哭还难看。

德英忽然大声道:"我知道我配不上璟宁,我平庸懦弱,不够英俊潇洒,也不会说什么漂亮话,可我这辈子都会对她好。我发誓,今后如果我亏待璟宁,老天爷……"

"好了!"璟宁一声断喝,"老天爷老天爷,一天到晚赌咒发誓的,你不怕老天爷烦死啊。"

德英手还端着酒杯,整个人僵得像一根棍子,嘴里嘟囔了一句:"老天爷……老天爷才不会死呢……"

璟宁狠狠白了他一眼。

众人赶紧起个哄,拍桌鼓掌地笑起来。

"德英好福气好本事,找了个河东狮。"

"璟宁遇到德英也是没办法的,德英是个逻辑学家。"

"这才叫天生一对。"

德英定定地看着璟宁,慢慢地,露出了幸福的笑容。

〔四〕

婚礼举行的那天早上,龟蛇二山茂密的树木宛如揽着烟云,房屋、街道、树木被敷上一层朦胧的颜色,江上亦是一片朝雾茫茫,唯独停留在船舷的水鸟,习惯性地守候着渐渐明亮的天光,准备捕食开船时在水浪下盘旋的鱼群,它们在振翅之间掀动着雾气,一点点撩开了城市苏醒的序幕。

新娘着一身大红婚服,金线绣着牡丹花,秀发分覆额际,用发油抿得漆黑乌亮,两侧紧紧向后拉扯至脑后,挽成紧实的发髻,用赤金双尖簪子固定在一起。喜娘们称赞新娘美丽,新娘面无表情,默不作声,又有围观的妇人讨论她这接近岭南风俗的装扮,好奇她颈项上金项圈的重量,她也始终木着脸不发一言,于是有人大着胆子上前,探手摸她手腕上重重叠叠的金镯。

她早就被桎梏在枷锁里,动弹不得,原被那些镯子压得连抬手的力气都没有,却在那不认识的妇人笑闹着凑过来时,眼睛一抬,一巴掌就要挥过去,却又像想起了什么,动作生生止在半途。那冒失的妇人吓住了,一时不知作何反应,璟宁妆容精致的脸上看不出喜怒,眼神却很凉。

银川因伤还没有好全,隐在一个角落坐着,待鞭炮声喧,新娘被扶到大堂中,他方吸了口气慢慢站起。

璟宁亭亭地立在堂中，蒙着红盖头，德英一脸珍重和喜悦，眼睛闪闪发光。喜娘指引璟宁叩拜，手掌摁在她背脊，璟宁略略欠身，德英则每每一揖到地，眉梢眼角都是喜气。

礼毕，德英趋前一步，探手向前，猛地将璟宁拦腰一抱，璟宁的手在空中挣了挣，似受到惊吓，最后还是不得不将手搭到他肩头，一个金镯子滑下，叮叮当当掉落在地，很快被人拾起，重新给她套在手上，小小的动静淹没在笑声里，亦如新娘最后的骄傲，渐渐遁于无形。

银川静如止水的表情有了一些变化，他想退后几步，却忘了身后是椅子，受力不准跌坐在上面，伤处一震，痛得撕心裂肺。

他是婚礼筹办的主要出力人，鉴于在潘家身份的改变以及官司未脱的特殊状况，场面事均让璟暄出面去料理，其实背后大的决策依旧是由他来做。那段日子，云氏母子似乎和他尽释前嫌，毕竟他这些年不是白当的家，关键时刻也只能由他顶上，和大家"齐心协力"地把婚事办好。

璟宁的嫁妆是早就备好了的，一年年攒起，临到喜事一来，也不过是添一点换一点的琐碎事，即便琐碎，银川也没有大意过。从家具床品，到首饰衣物，甚至桌布、沙发巾、花瓶、脸盆……事无巨细，样样都操了心。

亲手备好一切，再眼睁睁送走，连同她一道。

新郎抱着新娘去洞房，人们簇拥着也往里走，庭院中余下一地红色纸屑，不解人意的梧桐树好像有掉不完的叶子，落下又被吹走，吹走了，又飘落下来。弥漫的雾最终散去，天空凝冻一般亮和白，食物烟酒的气味越来越浓，几个小孩在笑闹着捡起地上剩下的鞭炮，循着香味穿过月洞门往饭厅跑，银川半天没动，只是缓缓抬起眼睛。

目光到达的一刻，门口一直站着的那个年轻男人转身离去。

孟子昭也不晓得自己为什么会去。其实他从不相信会和她分离，哪怕不停争吵折腾，也得像两根藤，一同枯死也紧缠着彼此不放。他想起那次她发了疯一般追他的车，那是他第一次毫不示弱地将她抛下，几乎有了解脱的快乐。

即便那时也不曾认为她会真的离开。

这一场婚礼残酷真实，直截了当，在新郎新娘拜堂的一刻，子昭猛然醒觉，原来之前憧憬的和她有关的未来，虚得完全没有形状。

出国的行程最终确定，临走前的晚上，他将玄狐披肩交给了母亲。

"藏来藏去的，还是藏不住了吧。"孟夫人打趣道。

子昭笑笑。

孟夫人摸摸儿子的头发，绒绒的，胎毛一般。

"这世上有许多事，比你现在在意的这一点点都要重要得多，柴米生计，事业前途，一件件压过来，想把日子过好其实很不容易，找到一个合适的爱人也很难，但你总会找到的，就像日子总会过下去一样。"

子昭嗯了一声。

"昭昭，想不想知道我对璟宁的看法？"

"现在说这些还有什么意思？"他冷冷地道。

孟夫人慈爱地道："我第一次见到她时，心里就想，我真是从未见过像她这样率真纯洁的小姑娘。直到现在，我对她的看法其实一直没变。"

子昭抬起手摸了摸眼角，并没有摸到泪水。

在东湖边决裂时他流过泪。

在花楼街遇到她后，当晚做了一个梦，梦到自己下了车，走过去拉住她的手不放。璟宁很高兴，将两个人的手晃来晃去，笑嘻嘻地说："孟子昭，我们去江上玩吧，坐你家的船。"

在梦中他哭得很厉害。其实他也清楚，离别并没什么可怕，不过是让人悲伤罢了。

1932年深秋，徐德英和他的新婚妻子从汉口码头出发，往南行进，开始了蜜月旅行；孟子昭则乘船先去上海，再去欧洲；谢济凡回了广东，他将在老家佛山度过平静的余生，从此再未踏上汉口一步。

谢济凡走的那一天，银川早早等在码头，生怕错过了送别。谢济凡一向轻装上阵，行李少，也不带助手，只有一个顺德籍的老掌柜陪着他。银川向他们转过身来，露出笑容，带着一丝悲凉，仿佛预感到这将是永别。

银川的脸在浅蓝的天色里冻得发白，清瘦美秀，似依旧是谢济凡记忆中那个纯真善良的美少年，眼神中浅浅的哀伤未曾因年龄的增长减退一分，总有种不安定萦绕其中。这么多年过去了，这个孩子的希望与幸福，始终未曾找到合适的安放之处。

谢济凡无限感慨。

"谢叔叔，早点已经备好了，还来得及吃。"银川微笑着说，他的两个助手则远远地站在一旁。

谢济凡摆摆手，向师爷使了个眼色，老人点头，提着行李往台阶下走去。

"伤好些了吗？"待两人走到江堤上的平台，谢济凡关切地问。

银川微笑着拉开大衣，让谢济凡看了看他鼓囊囊的衬衣。

"石膏没拆，不敢大动，但已经好多了。"

谢济凡凝视着他，眼中闪动着温情，良久，他说道："我真希望你做个普普通通的生意人，可以少受点罪，好好过日子……"没说完，他笑了笑，"你不会喜欢听这样的话。"

"谢叔叔，我也想跟您说说心里话。"银川说。

有雾，天光透下来是分散的，东一点西一点，让江水慢慢地亮起来。

"我曾经想，要是那一天我母亲能把我淹死在珠江里就好了，或者第一次遇到你的时候，被你杀掉就好了，再不济，让潘盛棠杀了我也不错。但你们却全都要让我活着，活在一个地狱里，活了二十多年。"

银川的音量并不高，手背上青筋突起，他在极力控制着自己，这是多年来养成的一种可悲的习惯，他从未有机会袒露真正的情绪，即便是面对最应该信任的人。

"从小到大，我数得上来的朋友没有超过三个人，甚至可以说，我一个朋友也没有。我和气，老实，勤奋，对每个人都好，但所有人都跟我不亲近。是我脸上有什么可怕的东西吗？是我的举止很古怪么?不是。但我就是跟别人不一样,不论是在洋行还是在潘家,或者在我的学校,我和他们不一样。那些人防着我,就好像我随时会夺走他们的宝贝一样。所以他们总是联合在一起,那些坏蛋、笨蛋,扎着堆儿孤立我,他们过得相亲相爱,从不把我当成朋友。"

谢济凡轻轻叹息。

"谢叔叔,我知道你想让我回头,可我回哪里去呢?揽了这么一个大摊子,回哪里去?一步步走到今天,回哪里去?你觉得我做得太过,是的,我也这么认为,可我觉得还不够,我想要那些人看看,看看这死气沉沉的华账房到了郑银川手里会变得多么不一样,我们这些在洋行里做事的中国人,被洋人欺负压榨,被中国人看不起,我想改变这样的局面,我真的想……可是您没说错,我走得太快太急了,付出了惨重的代价。"

谢济凡道:"你要让华账房脱离出去,却用了一种损害大多数人利益的方法,即便你得到了你要得到的,但人心你却失掉了。"

银川点点头:"是的,我不仅仅在收集华账房的股份,还陷害了许多股东,而埃德蒙对我也一直很有敌意。"

谢济凡眉毛一动:"那么,你是想拥有整个普惠洋行?"

银川摇摇头:"我比不上我的生父,比不上潘盛棠的先辈,他们都是世上一等一的生意人,连洋人都忌惮他们的。我没太大的志向,没本事得到整个普惠洋行,我只想要它的汉口分行,因为我知道我有这个能力。谢叔叔,我想让郑家的永和行重生在汉口,我想从英国人手里抢回中国人应得的东西,我想让我父母在天之灵为我骄傲。"

谢济凡看了他一眼,这一眼包含了千言万语:"这是你第一次对我说这么多心里话,小川,你志向远大,超过了我的想象,你父母的在天之灵会为你骄傲的。"

银川转过脸来,深深注视着谢济凡:"谢叔叔,在我心中您就像我的父亲,您就是我的亲人。而现在即便我的不信任伤害了您,即便我的所作所为让您失望痛心,在我最危险的时候,您依旧站在我这一边倾尽所有来帮我。我知道佟爷给富兴的资金是从您手里拿的,而为了帮我补上普惠华账房的漏洞,您也几乎投上了毕生的积蓄。您的大恩大德,我不知该如何报答，而您……也知道我无法报答，所以决定离开。"

谢济凡良久不语，衣襟在风中轻轻飘扬。

银川跪下，缓缓向他磕了一个头："祝谢叔叔一路平安。"

谢济凡伸手相扶，眼角微微湿润："我老了，懒了，想安享晚年含饴弄孙，不能再陪你走下去了。以后就靠你自己了。"

银川并不起身，头依旧低俯在地，朝霞映亮了他乌黑的发。

"小川呐，"谢济凡一声长叹，"你有金玉之质，倘若为了复仇，让仇恨蒙蔽心性，又或者为了金钱，变得唯利是图是非不分，实在是得不偿失。你如此年轻，是我带你走错了一些路，我为你所做的一切，是在偿还我的罪孽。劝你回头的话我是没资格说的，说了也不管用，可一切皆有定数，不过时间早晚的问题，所有的历练与波折，所有的人和事，最终还是为了让你更懂你自己。你好好做你自己吧。"

晨光垂落在冰凉的地上，烟一般罩着，膜一般盖着，有种不忍离的意思，可汉口码头对于别情离恨向来是见惯不惊的，总有脚步将所有的不舍踏破，总有风将一切留恋吹散。

银川咬紧了牙关，泪水却没听话，一颗一颗直直地落下来。

那天他做了一件很滑稽的事，从码头回返后直接去了潘公馆，让人将那四只鸭子捉了塞进笼子里，然后他独个儿开车将鸭子带走了，直奔西郊的滩泽。

车开得又快又狠，鸭笼就搁在后座上，四只麻鸭惊慌失措，偏偏倒倒挤作一团，相互啄咬厮打，嘎嘎大叫，闹得他心烦之极，将车停下，鸭子便不叫，车一动，便又继续聒噪。

银川扑哧一声笑了出来，然后开始大笑，牵动伤处，却只管放声笑，笑得满脸都是泪，却又像不觉得痛一样。

唉，他笑着想，怎么一个个都要走呢，我又怎么一个人在这儿呢。

深秋的圆月悄无声息地自天边升起。

上下四方，古往今来，天地玄黄，宇宙洪荒。

第八章
石城

〔一〕

1933年初夏，武昌蛇山的园林改造工程已初具规模，铺设电线、拓土清污、引薇成架、整葺古迹，从山脚沿山脊修筑了柏油公路及步行道路，小汽车能一直开到抱冰堂。蛇山山头塑起辛亥元勋黄兴的铜像[①]，向东而立，目光悠远，衣袂飘举，恰应和其诗作中"苍茫独立无端感，时有清风振我衣"的意境。铜像落成之日，各界名流及市民登上蛇山举行庆祝活动。此前，武昌城连个像样的公园都没有，在汉口，曾经的西商跑马场也发生过"华人与狗不得入内"的先例，即便之后有了华商跑马场，金钱亦在人与人之间竖起了一道屏障。现在一江之隔的武昌，终于有了不论贫富贵贱人人皆可前往的公共休闲之地，可谓"眺望江山，大是佳事"。

庆典后，人群分散开来，有的去临时的茶棚喝茶休息，有的去参观尚在建设中的景点，有的坐于草地执觞品景，也有不少人在塑像前合影。是日为阴天，即便时间临近中午，光线却十分柔和，非常适宜拍

[①] 黄兴铜像建于1933年，由茂隆营造厂承建。初立于武昌蛇山奥略楼后。1955年迁到蛇山黄鹤楼剧场东侧，1985年10月迁往汉阳龟山东麓。

照。清风飒至，花香奔至鼻端，欢声笑语之间荡漾着繁华安宁的光影。

照相的人很多，最后几拨是大户，基本上都不少于五人，其中一家衣着光鲜体面，举止言谈甚是斯文，别人拍照的时候，他们则礼貌地站在一旁，即便有人抢上去占了位置，他们亦不着恼，依旧安静等候，待终于轮到他们，方从容地走过去。

照相师埋头看着相机，年轻的助手则负责安排各人站的位置，路不太平，小伙子很细心地提醒一大肚子的少妇："太太小心绊到脚，往右边挪一下，对，离您先生近一点。"

少妇长眉浅翠，秀丽的脸庞因怀孕显得略微浮肿，她僵着身子没动，一双剪剪秋水淡淡地看过来，她的右侧是个极英俊的男人，闻言却往旁边让了一步，但少妇依旧定定地站着，因脚下有两块碎石，显然站得不舒服，男人脸色一变，待要说什么，却见少妇左侧的男人微微一笑，轻声道："小心些。"手伸过去扶住少妇的腰，她方轻挪了位置。

小伙子已知自己说错了话，待诸人站好，便快步回到了照相师身边去。照相师横了他一眼，低声道："那是徐市长家的少奶奶，左边那位才是徐公子，右边那个是她兄长，认不准就别多嘴。"

助手悄悄伸了伸舌头。

数日后照片洗印出来，送到盛昌洋行徐德英的办公室，由德英带回了家。时间尚早，佣人尚未开始准备晚饭，璟宁在卧室，靠在床上看书，见他进屋，也没抬头，淡淡地说："回来啦。"

德英将照片递过去："这是那天的照片，给程远他们两口子的已经寄出去了，用的加急件，估计等他们回北平不久就能收到。"

璟宁并没有接的意思，只将那本音乐理论书翻来翻去，也不知看没看进去，德英坐到床边，指着相片道："照得挺好，你已经有当妈妈的样子了。"

这么一说，璟宁不由得转过脸来，他顺带往里坐了坐，让她靠在自己身上。

照片上九个人，均是标致齐整的年轻人。璟暄已和邵四小姐结婚，夫妇俩都在；徐家除了德英夫妇，还有两个堂表亲；另有刘程远和她的丈夫，他们婚后已移居北京，回汉口是参加一个亲戚的婚礼；

还有一人是银川，他之所以那天在，是作为捐助者参加了剪彩仪式，才被大家拉着一块儿照的相，他一向不爱凑热闹，拍完照就走了。

照片里的璟宁并不丰腴，眉目间尚留有一丝稚气在，若不是大着肚子，哪里像是要当妈妈的人。

她没说话，盯着照片看，德英俯瞰过去，见她的睫毛轻轻颤动，白皙的鼻翼随着呼吸一动一动，神态更像个小姑娘了。

他永远记得第一次见到她时的情景。

那年他从浙江来到陌生的湖北，在陌生的学校当起了插班生，国文老师将他叫到台上做自我介绍，他呆若木鸡，连话都不敢说，窗外一束强光斜射到前排一个女孩身上，精致的藕色衣服有一根丝线闪着微光，她看向他，睫毛眨动时瞳仁晶莹，也是亮闪闪的，小嘴的弧度以及雪白皮肤细净的毛孔，被光线营造成让他毕生难忘的意象。

现在这个女孩就在他身边，成了他的妻子，即将分娩。

她是璟宁，好像又不是他记忆中那个璟宁。

每天早上醒来，德英会悄然无声地观察她，看拂晓的晨光铺散在那张细腻秀美的脸上，怎么也看不厌。他也爱她撩动头发的姿势，她外出回家后脱掉外衣时熟稔的动作，依稀有过去鲜亮活泼的影子。有一次，她身着晨衣坐在梳妆台前梳头，他从床上坐起，大胆地走过去吻她裸露的后颈，她没转身，由着他吻，却还是打了一个寒噤，这寒噤让他灰心了好几天。他们做不到真正的亲密，他试过无数次，她也强迫自己适应，最后谁都没成功，无形却坚固的隔绝感让彼此都很无望。怀孕的状况让某件更隐私的事有了推迟的理由，恰是为此，婚姻里有了相敬如宾的假象，谁也不愿意戳破它。

潘盛棠的失踪在警局挂了档，成了一宗悬案，这一段时间也就这一点没变化，除此之外，身边还是发生了许多事。

比如方琪琪就遭遇了一件尴尬的不幸。年初，她通过笔会结识了一个上海青年，经过一段时间的书信联系，对青年生起好感，在青年的邀请下，瞒着家里偷偷去了一趟上海，两人度过了甜蜜的一天一夜。次日一早，青年陪她去美发店做头发，等她头发做到半途，青年说出去买早点，就此一去不回。琪琪随身的提包还在他手里，里面有她全部的盘缠——美发店的伙计带她去报了警,直到方家派人从武汉赶到长沙,做头发的钱才给结了。

琪琪的未来夫家不知怎么知道了这件事,立刻中断了婚约,为掩家门之耻,方家将琪琪送到了四川,琪琪走时甚至没来得及告诉璟宁和程远。不久程远也结了婚,随丈夫去了北平。由此,璟宁身边便没了最好的两个朋友。一行五人泛舟湖上的情景还清晰如昨,眨眼间,除了结成夫妻的璟宁和德英,其余人均已四散各方。

表面上看不出璟宁有什么变化,但德英知道她情绪非常消沉。他理解她难过的心情,因为离开她的不仅仅有她的两个朋友,还有她真正的爱人。

德英真心想对璟宁好,璟宁也一直在努力做一个尽职尽责的主妇。这场婚姻的由来是那场不可告人的风波,这也是徐家人心中的痛处,德英曾非常担心母亲对璟宁的态度。

婆媳相处本来就难,遇到徐夫人这样的婆婆,则变得越发地难。徐夫人有洁癖,从外面进家门,立刻就得洗手换衣服,还不止换一次,徐家是政府官员,家里佣人并不多,有时候忙不过来,主妇还得帮着做点家务,就为换个衣服,徐夫人就能折腾好几遍,厨房、客厅、休息厅,她穿的衣服绝不会一样的,如果去了花园照看花圃,进来后也得换身衣服才能坐到沙发上。德英提前将母亲的习惯告诉了璟宁,希望她能够做好心理准备,于是璟宁正式进门第一天,第一件事就是给自己备好了好几套随时要换的衣服。

徐家的碗筷杯碟从碗橱里拿出来,上桌之前,必须要用水管的水冲一遍,这还不够,得用开水再烫三遍。这样的规矩,即便是徐祝龄和德英都觉得太过了。德英害怕璟宁根本就无法适应,她是那么一个无拘无束的任性女孩儿,保不定会跟母亲发生冲突,但璟宁的反应却让德英大吃一惊。

在听了徐夫人的叮嘱后,她不过微微一笑,非常温顺地说:"没问题,妈,我烫五遍!"

没开玩笑,所有事,徐夫人要求做七分即可,她必然做到九分,或者十分。她简直变了一个人,变得远远超过德英的想象,她的勤快孝顺，无可指摘，换来了融洽的家庭氛围，怀孕的消息公布后，徐祝龄夫妇更是完完全全喜欢上了这个洋派家庭出身的儿媳。

"德英啊，你这个老实孩子，算是捡到宝了啊！"徐夫人有一天忍不住感叹道。

德英没接话，老不老实另说，这个宝却不是捡来的，是他费尽心机争取来的。因而他十分不安。

只有他能看出璟宁强颜欢笑的表面下拒人千里的疏离，她每天应付各种人与事，只要厅堂华丽，人就足够雍容。她的所有温顺，说好听点是一种妥协，说不好听，就是为了少麻烦、图清静的心机。她过得很煎熬，身体状况很差，早该停了的孕吐接着持续了好些日子，等到稍微好转，两个女友又相继离开汉口，她连夜连晚睡不着觉，越来越瘦，且饱受浮肿折磨。

德英不知道怎么样才能让她好起来，快乐起来，像以前少女时期那般无忧无虑，无计可施之下他决定向一个人求助。

到宝顺路暂住了一段时间后，郑银川又搬到了德租界的一个宅子里，不再住在潘家，埋首生意，花了差不多半年时间才摆脱了难缠的官司。将近一年的时间，他过得无比低调，虽和潘徐两家也有联系，但并不是很主动。

德英不顾李南珈的阻拦，硬闯进了银川的办公室，银川抬起头，扬了扬眉毛："妹夫怎么不带你那些打手来呀，声势会更壮一些，如果钱不够，那些人不买你的账了，我这儿还可以给你一点。"

"我没兴趣跟大哥开玩笑。"德英板着脸，将璟宁的情况告诉了他。

银川不动声色地听，太阳穴上的筋轻轻跳了跳，缓缓说道："宁宁七岁的时候，英租界举办了一个少年钢琴比赛，她去参加，拿了第四名，得到的奖品却是最多的，因为参赛的人里就她年纪最小。工部局有个老董事非常喜欢她，将她抱在膝盖上坐着，说她是白雪公主，璟宁连连摇头，说我才不当白雪公主。老董事就笑了：你不当白雪公主那就当辛德瑞拉吧？她又摇头，说，我也不当辛德瑞拉。领事就问那你当什么呢？璟宁说，凡是皇宫里的我不要当，凡是笼子里的我也不当，我要当天上飞的小鸟。"

德英抿紧了嘴唇，银川涩然一笑："这么一个人，就这样被困住了。"

德英道:"她算过得好的了,没人给她气受,家里疼她疼得只差放手心里了。她要什么就有什么,想去哪里就去哪里。"

"要什么有什么,想去哪里就去哪里?"银川淡淡地重复了一下,抬起眼睛看着他,"是吗?"

"请你告诉我,我该怎样让她开心一点?"

"多带她出去走走,她喜欢在外面吃东西,就带她去外面吃。"银川撕下一张便签,迅速写了几个饭店的名字,又写了好些菜名和吃食的名字。

德英接过,道了声谢。

银川道:"对了,她不爱吃面包边缘的硬皮,她爱吃软的东西,甜的东西。她非常爱音乐,亨德尔、海顿、巴赫、莫扎特、德彪西是她最爱的几个音乐家。你家有钢琴吗?"见德英点头,银川却凄然一笑,"有也没用……她最爱弹她胡乱改编的《爱之忧愁》,还有莫扎特的《A大调钢琴奏鸣曲》,但是自从……她应该不太愿意再弹琴了吧。谁也不能让她再弹琴了。"

他的眼中闪烁着忧伤的光芒:"她的琴声是这世上最美的音乐。"

德英低下头,沉默许久,抬起头说:"你是不是很恨我?是不是想杀了我?"

银川看着他,德英笑了笑,紧接着叹了口气:"跟大哥比起来,我真的很没用。"

银川转过头看着窗外,没说话。

"方琪琪和刘程远全不在汉口了,璟宁每天闷在家里,不走动,也很少说话,我根本不晓得怎么让她开心。"

"你回去吧,我会想办法。"银川说。

几天后,一个活泼漂亮的小媳妇来徐家看望璟宁,德英在婚礼上见过,是佟春江的夫人。

佟夫人带着一堆绣活儿来,说要教璟宁给孩子做点小衣服小鞋子,就当打发时间,还可以练脑子。她说话直接,也不怕唐突,璟宁在言谈间却对她有种疼爱宽容,就像回到做女孩的时候,会关爱比她更加弱小的女孩一样。就是那种小姐妹间的友谊。但德英并不觉得佟夫人有多么弱小，相反，这小妇人像野草般自在快乐，或许这也是璟宁喜欢她的一点吧。

璟宁问佟夫人："字识得怎样了？字典读完了吗？"

"原来半路上撂挑子的师傅还惦记着我呀。"佟夫人撇嘴道。

璟宁笑着说："如果不嫌麻烦，就经常来我家吧，你教我做衣服，我继续教你识字，怎样？"

"等的就是这句话！"

佟夫人第二次来，带着她两岁的儿子小喜，虎头虎脑的很讨人喜欢，璟宁看着小喜，忍不住笑了出来——原来她腹中孩子也有一个小名儿，是德英给取的，叫"小乖"。

德英当时也在，心里一抖，那是婚后第一次看到她由衷地欢喜。

德英沉浸在零碎的思绪中，璟宁已将照片放下，拉了拉他的衣袖："发什么呆呢？"

他回过神来，见璟宁仰着脸蛋儿瞧他，便微笑道："我在想，你没几天就要临盆了，最近千万别太辛苦，家务事别掺和了，有不舒服的地方随时说，得做好准备。我打算再请个佣人。"

她差不多就将在近日临盆，要比对家里说的日子早一个多月，德英是一直记着日子的。

"早就准备好了。"她说得很轻松，甚至有点满不在乎，"也没必要再请人，家里如果实在忙不过来，叫我娘家的丫头小君来待一段时间就好了，她从小就跟着我，很听话的。"

德英蹙了蹙眉，以为她是想给他省钱，便从衣兜里掏出一个信封，小心翼翼地放到她手中。

璟宁拿起来打开一看，只见里面厚厚一叠钞票，不由失笑道："这是做什么？我有钱用的。"

德英道："以前你就说想要有个琴行，我当时就表态一定支持你，还记得吗？现在你是我妻子了，我更是要支持的啊。所以，我决定每个月都攒点钱交给你，等你生完孩子，养好身体，我们夫妻俩合伙开个琴行好不好？"

璟宁一怔。

德英讷讷道:"我是个无趣的人,只能用这么笨的法子讨好你,是不是很没出息?"

"不,我没有这么认为。"璟宁握住他的手,瘦削的手指在他指节上轻轻摩挲了一下。

德英微微仰起脸,嘴边却是一丝无奈的笑意:"宁宁,我宁肯你骂我怨我,也不要你这样轻易就原谅了我。"

璟宁无声地叹了口气。

数日后,徐祝龄决定在家里举办一个茶会,招待政界和商界的一些名流和旧友,由徐夫人和璟宁负责布置。德英强烈反对,理由自然是璟宁受不得累,徐夫人笑着道:"妈妈生你前三天还在文书处上班呢,没事的,宁宁还早着呢,再说了,越是临近生产,越要多活动活动。"

"这是什么道理?!"德英急道。

璟宁插嘴道:"妈是过来人,妈说的话就是道理。"

德英跺足:"别凑热闹,听我的。"

璟宁道:"你要是生过孩子,我就听你的。"

徐夫人忍俊不禁,揽着璟宁的肩:"宁宁呀,你帮忙出点主意就行,采购东西的事我来安排,不会让你操劳的。"又道,"你的肚子看起来很显大,估计是个大胖小子。"

璟宁笑笑。

〔二〕

"永和行"年初在宝顺路已经先行营业,这个商行的诞生可谓历尽艰难。银川待脱离牢狱之灾,摆平富兴银号的危机,重新整顿普惠洋行的华账房,这一系列事情差不多完成之后,实际能用在永和行上的营运资金只剩下不到两万元。

新的商行,不论规模大小,总还是需要一个扎实的班底。银川以高薪及高额分红为饵,悄悄吸收了数位普惠洋行的年轻华人骨干,任命为永和行储运、业务等部门的负责人,会计部的负责人是于素怀,性子沉稳内敛的李南珈则继续留在普惠洋行,为银川在华账房当助手。

外资洋行的中国买办兼有自己的商行在清代就早有先例,"永和行"成立之初,看起来与一些寻常外庄并无二异,埃德蒙却一直很警惕。眼见着银川已开始蚕食普惠洋行洋账房的股权,埃德蒙如坐针毡,恨得咬牙切齿。为了弄走银川,他使了很多招数,生出不少事端,但银川一改往日温文之风,不仅不怕跟他针锋相对,行事作风变得尤为决断狠辣,加上心细如发,埃德蒙的花样基本上没起什么作用。

永和行最先做的生意是桐油①。桐油的出口,单次最少要卖三百短吨,以永和行现有的资力是难以周转开来的,为此,银川争取到川湘鄂一些急于出口销货却毫无外销渠道的小油栈,利用自己与洋商的关系,为这些内陆货栈牵线搭桥进行代销。他推行了一种朴素保险的代销手段:找到需要进口的外国商行,由它们开具资金信用凭证,签订合同,在限定的天数内,永和行负责在中国采购好货物运送到外国,然后再向银行结汇,其中储运、提炼、出口、保险等一切费用,由外国资方负担,永和行只收佣金。如此一来,避免了油价涨跌为永和行带来的风险,也巧妙地解决了资金短缺的问题。

营业第一个月,永和行便卖出了超过七百吨桐油,第二个月卖出了两千吨,第三个月卖出了七千五百吨。在永和行成立的第二个月,银川入股的富兴银号成为富兴银行,鉴于他在普惠洋行的地位以及永和行风生水起的势头,更有佟春江这样的帮会人物作为重要股东,按商场习俗,金融界、商界的重要人物,均带着数额不小的钞票和金条存入富兴,以表庆贺。

宝顺路的公事房很快便不够用了,五月初,银川在汉口三民路设立了永和行的一个办事处。

五月底,银川在三民路的会宾楼饭店遇到了孟子昭。

这是三民路最火的一家餐馆,一楼卖小吃散食,二楼办酒席宴

---

① 桐油是中国出口国外的重要传统土产原料,为制造油漆油墨的主要原料,用于建筑、机械、兵器、车船的防水防腐和防锈等,还可用来制作肥皂、农药和油布油纸等。

会，到饭点总是排长队，即便在二楼包厢，也有客人时常拼桌用餐。

孟子昭显然是没预订座位，上楼后，抄着手在楼梯口等着。银川点完菜，恰好看到他，许久没见，大钧的掌门人愈发丰神俊朗，眼睛一如既往的明亮有朝气，眼神则稳重得多了。

"孟兄弟，"银川向子昭挥挥手，"若不嫌弃，我们可以坐一桌。"

子昭闻声看过来，脸色微变，但还是走过来坐到他对面。

"好久没见了，听说你去了一趟马六甲，什么时候回来的？"

"有些日子了。"子昭拿起菜单。

"绿伯爵号的生意，你们大钧拿下了吧？"银川道。

"是的，"子昭很干脆地回复道，"很抱歉让你们失望了。"

"不管怎样，恭喜恭喜。"

子昭抬头，眼睛一眯："也恭喜郑先生的永和行在汉口一炮打响。"

"这里的酱肉包子不错。"银川道。

"嗯，葵花豆腐也好吃。"

这么一来一去，两个人都忍不住笑了一下。

子昭端起茶杯，想说什么却没说，银川道："她过得很好，下个月就该生孩子了。"

子昭脸色一变，似十分惊愕，银川只道他不晓得璟宁怀孕的事，也不多说，将自己的杯子跟他的碰了碰："为了她平安顺利，以茶代酒喝一杯吧。"

子昭仰头，将茶一饮而尽。

徐公馆是洋楼，璟宁将大厅和茶室布置成了中式风格，又从仓库里将一批用楠木框裱好的蝇头行楷悬挂起来，字多的井然有序行云流水，字少的印在洒金花笺中央，显得风致翩翩疏落妥帖。两扇古旧屏风，借以将大厅分成两进，其中一进安置画案一张，放文房四宝及清玩，另一进则茶桌圈椅俱全，矮凳小几亦散置四处。小满过后，芍药盛开，花店里也尚能买到牡丹，璟宁决定将绛红芍药与白色牡丹搭配在一起，在门厅、茶室、客厅里各摆放一瓶。

除了花卉和绿植，室内的布置基本上已经全部完成。

徐夫人原本就很赞同璟宁的点子，徐祝龄亦非常满意，负手在大厅里走了两圈，连连点头："好，好！"

待大家坐下，他方说了突然想办茶会的理由，起因是一个知交在前些日子突然去世。

徐祝龄感叹道："当年我和睿之在东京的火车站台话别，直到火车动了，他才猴子一样跳上去，扒在门上说，老徐记得到广州看我。我至今没去看望他，一晃二十年过去了。前些天他儿子写信来，说他上月去世了，我是再也见不着睿之了。人和人的缘分有时候就是这样，你都没说不再见，老天爷就让你们永远不再见，又所谓'缘自有心'，有心才有缘。睿之活着的时候，我若真铁了心要见他，也不是没办法啊，可见还是心存侥幸，只念着以后还有机会，却没料到世事无常，就此后会无期。所以趁现在这几天稍微闲一些，让朋友们借此聚一聚，能捡起多少缘就捡多少吧。"

璟宁垂下了头，徐夫人以为她累了，便叫她回屋休息，德英跟在璟宁身后，轻声道："父亲给孟家人也发了请柬，大概是想让两家人将心结解了，听说子昭早就回了汉口，应该会来吧。"

他言外之意，也是希望她的心结能解。

璟宁脚步没停："他不会来的。"

她没说错。

茶会当天，孟道群由管家陈伯相陪来坐了一会儿，他身体不好，走这么一趟已给足徐祝龄面子了，来去匆匆，璟宁跟他连打个照面的机会也没有。子昭果真没有来。

这次茶会，璟暄夫妇和银川也在。璟暄带来了订购好的手信：男客每人一件开司米毛衣，女客每人一条真丝纱巾；银川则带来了一位古琴师和一位笛手，璟宁百密一疏，虽将环境布置得古雅精致，总还是少了点什么，两位乐师一到，恰为茶会增添了乐韵。客人中有清朝遗老、政客、商界名流、学者和画家，大多和徐祝龄交好，琴师弹起了《高山流水》，众人品茶听琴，吟诗填词，甚是开怀。

璟宁身体状况特殊，虽只大概应付了一下，仍然还是有些不支，她找了个安静角落坐着，做西点的厨师是从潘家叫来的，璟宁拿了一块蛋糕，慢慢品尝上面覆盖的栗子粉，捕捉到短短的一瞬自在，待璟暄的妻子邵英兰走了过来，她便放下手中的食物，和嫂子客气地聊天。英兰住在国外多年，完全不知小姑未嫁之前曾有过的离经叛道之举，不清楚她经历过怎样的伤痛蜕变，只觉璟宁温柔可亲，自制有礼，言行举止处处都体现着一个少奶奶的风度和周到，就是眼神稍嫌坚硬，有一点含而不露的骄矜——这是一双任性不安分的眼睛。

聊的都是无关紧要的话，璟宁疲于客套，硬撑着说话，睫毛时而垂下，显得雪白的脸庞尤为憔悴，徐夫人心细，过来嘱咐她回房去休息，她方得以脱身。走在楼道的时候被人叫住，璟宁转身，局促的神情从眼中一闪而过，化作和煦的笑容。

"大哥哥。"

银川往大厅里扫了一眼："我去叫德英来。"

璟宁道："他是主人，得陪客人，哪有陪老婆的道理，简直不成礼数。"

银川很慢很慢地笑了一笑。

这笑容让璟宁有点难为情，她极力让涌上双颊的热度散开，就像一个故作成熟的孩子，被大人看穿了自己的幼稚。她自认已是一个合格的主妇，但不知为何，总觉得在银川面前，自己依旧像个小女孩，浑身都不自在。

下午三点的光透过玻璃窗穿进来，他脸庞的轮廓和那双充满关切的眼睛显得格外柔和，这一整天璟宁心力交瘁，尤其在孟道群匆忙来去后更是难过到极点，不过一直强绷着罢了，银川清晰地察觉到了她内心复杂的变化，如同清晰地闻到她放在门厅的芍药花的香气。

"快去休息吧……"他朝她挤挤眼，小时候每当他露出这种表情，多半是会给她什么好玩的东西。

她狐疑地看着他，银川却笑着转身走了。回到房间，璟宁特意看了看四周，猜测他会不会是让佣人送了什么进来，结果一无所获。她躺下，四肢酸痛，筋疲力尽，却越发心烦意乱。

一阵笛声影影绰绰飘了进来。

旋律是她再熟悉不过的。当第一个音符响起的时候，整首曲子已在她脑中完完整整地流淌了一遍。

《爱之忧愁》。

年少时自作主张将这首小提琴曲改作了钢琴曲，乱弹一气，无忧无虑的小女孩何曾真正明白爱的忧愁。而当终于尝到它的滋味，缠绕情丝万缕，痛与乐都远超过之前想象，存留在记忆中的万般甜酸苦辣，如这圆舞曲轻快的旋律，一次又一次在心中回旋。一支竹笛竟也能将这首西洋的曲子演绎得出奇动人，虽然有个别音符不一样，调子也稍有不同，但乐音清澈无比，温柔如皎月的银辉泻地，窗外灿烂晴天仿佛被过滤成了静寂星空，星辉结成了网，变成高悬的光芒的帷幔，带着慈悲与安抚的表情，俯瞰着每一个渺小的灵魂。

璟宁沉入睡梦中，有了珍贵却短暂的宁静。

〔三〕

璟宁诞下一个女婴，孩子几乎过了十几个小时才落地，更糟糕的是，孩子出生三小时后璟宁就发起高烧，数次陷入昏迷。

同仁医院的日籍院长藤原向家属们坦言："少夫人情况很危险，我担心可能会是子痫的前兆，从现在开始的二十四小时内，假如她出现了痉挛的症状，诸位必须做好最坏的打算。"

"最坏的打算？"德英不可置信地瞪大眼睛。

"如果确诊，几乎是无力回天。现在我们唯一能做的就是等……"

"等她死吗？！"德英冷笑道，转而看着众人，露出一种罕见的刻薄表情，"这个人连中国话都说不利落！你们信他的话吗？什么叫无力回天？现在都什么时代了，我不相信女人生个孩子还会出什么事儿。"

藤原并不生气，很有耐性地道："我们已经给少夫人用了药物，除此之外也做不了什么了。我说的等，是等这二十四小时平安过去。病人现在需要安静，如果她醒来，你们也要让她保持平和的心情，不能让她过度紧张——少夫人失血很多，且随时可能再次引发大出血。请诸位离开病房，如果这里要留人，有一两个在就行了。我会为少夫人祈祷的。"深深鞠了一躬，离开了病房。

所有的人都震住了，病房里安静得几乎能听见输液管中的药液滴落的声响。病床上，璟宁时醒时睡，眉头却总是蹙得很紧，仿佛正经受着巨大的痛苦。

云氏忽然掩面而泣。

德英看着她："妈，您还是走开吧。"

他神情凄惶，眼神都是乱的，说话也特别没分寸，徐夫人忙道："为了璟宁好，大家都别在病房里待着了，这样，德英，你就留在这儿吧。我们其他人去看看孩子，一会儿就走。"

所有人中，唯独银川表现得非常冷静，自始至终他甚至连脸色都没变一下，简直令人骇异。徐夫人话音一落，他便低头看看表，然后快步离开了病房，就似生怕多待一分钟，就会耽误他的要紧事。

云氏擦了擦泪，朝着银川的背影恨恨道："就不该听阿暄的，叫这个人来做什么？！"

璟暄皱眉道："妈妈，在璟宁心中他毕竟是她敬爱的大哥。"璟暄也对银川这么一走了之很不满，但他并不知道几个小时后银川还会回来。

凌晨三点，窗外暴雨倾盆，树木狰狞摇晃，病房雪白的灯光从门缝透出来，长长的光线随脚步共振，又被脚步打断。银川走得太快，以至于差不多走到通道尽头才意识到已走过了那间病房，只得又往回走，找到璟宁的病房，他在门口站了一会儿，手脚打着颤，也许是因为外衣已经全部湿透，也许是因为害怕，因为他并不冷，之前喝了一大杯没有掺水的朗姆酒。

他犹豫着要不要进去，恐慌和希望在心中交战，他怕推开门看到一张空空的床，他怕永远失去她。

门打开了，徐德英走出来，手里拿着一条毛巾，见他立在门外，并不惊讶，说："宁宁醒了一会儿，一点东西也不想吃。"

"你做什么去？"银川问，将湿漉漉外衣脱下来，放到门边的长椅上，德英这才看到他怀里抱着个包裹。

"去洗把脸。"

"她情况怎样？"

"不太好……迷迷糊糊的，老说胡话。"德英声音一哽，跟着他走进去，银川没回头，冷淡地道："我不会待太久，一会儿还有个人会过来。"

德英一怔，旋即脸色大变。

银川的语声很轻，却强硬得不容拒绝："她现在最希望见到的人未必是你我。那人一来我就走，你也别留在这儿。"

德英颓然地退后一步，转身走了出去，坐到门口的长椅上。

银川将包裹放在床头柜上打开，小心拿出里面的东西，尽可能不发出声音。

里面是璟宁最爱的小朋友"猫猫头"，她出嫁前将这旧洋娃娃放进了嫁妆里，但被他偷偷拿走了，明知她会找，明知她找不到会非常难过，但他还是拿走了它。对了，他还拿走了那盒象牙酒筹，现在也带过来了。真是幼稚，偏偏要拿走她喜欢的东西，却又这样傻兮兮地还回来。

她醒了，无神的眼睛安静地看着他，很快开始了又一阵头痛，她痛苦地蹙起眉头。他赶紧放下了手中的东西，坐到床边椅子上，朝她凑过身去。

"宁宁！"他唤她。

"大哥哥……我很痛，睡不着了。"她轻声说。

"睡不着就不睡。"他向她微笑，眼中却满是泪水。

她的目光是散的，脸烧得通红，一滴泪似落未落地挂在眼角，似也变成了浅浅的粉红色，憔悴的小脸皱在一起，只剩下那双大眼睛，茫然地睁着。她是那么消瘦，那么可怜。

他悲伤地看着她，在心里说：可怜的小栗子，你很难受对吧？那孩子让你受这么大的罪，你讨厌她吗？我真是恨她啊，她把你害得这么苦。

他恨那个孩子。那个像小耗子一样瘦弱的东西，他一点都不喜欢她，当徐德英抱着她的时候，当所有人爱怜横溢地抚摸她小脸的时候，小东西发出低弱的哼唧声，也令他无比憎恶。这个小孽障，完全不顾母亲正在死亡的边缘徘徊挣扎，她差点害死她的母亲……她会害死她吗？

银川鼓起勇气，伸手将璟宁鼻尖的一缕发丝移开，璟宁连抬手的力气也没有，凄然道："大哥哥，我是要死了吗……那大夫说我可能会死……我听到了……"

"还记得小时候吗？"银川微笑着说，"我们在日租界闹，说要吃日本人的狗子，他们一向不喜欢我们，那大夫故意乱说要气你呢。"

璟宁也想笑，嘴角却撅起，是很悲伤的样子。

"宁宁，你瞧，猫猫头。"

银川把布娃娃放到她枕边，又将酒筹盒子打开，将酒筹倒出来，找出那枚举人，他把它们全放在她枕边，像哄小孩一样哄她，他是真的没办法了。

璟宁疲倦地抬起眼睛，只看了一眼，便无限倦怠地道："大哥哥，我好累，我想走，让我走吧。"

"好，没问题，你去哪儿我都陪你去。"他依旧微笑着。

璟宁摇摇头，泪水滚落下来，她的意识并不很清楚，很快她就又开始说起胡话。

银川的心却定了。是的，即便发生最坏的事他也不怕，她去哪里他都陪着，有什么好怕的？

身后传来脚步声，他转过头，向走来的男子道："宁宁一直在叫你的名字。"

男子浑身都湿透了，满头满脸都是雨水，三步并作两步走到床边，蹲下身子便要去握璟宁的手。

"你的手又湿又冷，别凉着她。"银川淡淡道。

子昭的手停在半路上，焦灼的眼睛看过来："谢谢。谢谢你叫我来。"

银川一言不发走了出去，在门口转身，见孟子昭正不停往手上哈气，想让手变得暖一点，他心里蓦地一酸，将门阖上，门外长椅上的徐德英像雕塑一样坐着，手里还捏着那条洗脸毛巾。

"臭小妞，我来了。"子昭轻轻地说，将璟宁滚烫的手握在手中。

她茫然地看了他一会儿，痛苦地闭上眼睛："他不会再见我了，大哥哥，你别去找他。"

"睁开眼睛看看，我是孟子昭。"他像过去那样啄吻着她纤瘦的指节，喃喃地说，"你瞧瞧你这样子，除了给我添麻烦还会做什么？是想要我的命吗？你说你很想得开的，你说我们只要好好活在这世上就是在一起，我们不是一直就在一起吗？混账小妞！你要说话不算话，我就永远都不原谅你。小混账，你要我恨你一辈子吗？"

她没睁开眼睛，他的声音为她找回了一个梦境，她沉浸在这美梦里，嘴角露出甜甜笑意，轻声说："嗯，你是讨厌鬼。"

子昭微微一笑，泪水却滚滚而下："没错，我是讨厌鬼。"

璟宁的呼吸逐渐平稳而有力。子昭目不转睛地凝望着她，在心中细数和追忆和她之间的所有细节，那些欢乐与悲伤，那些再也捡不起的零碎片段，那些再也不会回来的珍贵的时光。

"潘璟宁，我求你，好好活下去吧。这样我才能活下去啊。"

他在她滚烫的额头上印下一吻，他的泪水和她的汇聚在了一起，但他是那般的悲痛，为他们注定的、不可挽回的离别。

时间慢慢流动，这或许是病房内外的四个人一生中最艰难的夜晚，但也未必，爱憎之情在我，离合之意在天，命运在人生划下的印痕，总是一道深过一道。窗外雨声风声如潮水，气势汹汹奔来涌去，巨大的动荡中蕴藏着无垠的宁静。

到清晨，雨渐渐停了。医院花园的树下积着水洼，沿着青石路流下去，篱笆上金银花和玫瑰绕在一起，几只鸟跳跃着，花瓣上的水珠扑簌簌弹落，雨雾一点点散去，鸟鸣声越来越响，一切仿佛都活了起来，亮了起来。

子昭轻轻走出病房，在一楼入口的屋檐下找到银川，他独自站在那里抽烟，不知道站了多久。

"璟宁既然已经平安，如果我再见她，对她便是打扰了。这个小玩意儿，请代我给她吧。"

子昭将一个牙雕信筒交给他。

"我能看看吗？"

"可以。"

银川将珊瑚盖子旋开，从信筒里抽出一小小卷轴，泛黄的宣纸上用清丽隽永的小楷写着两个字：静安。

"在欧洲一家卖中国古玩的店里买的，虽知道未必有机会给她，但一见还是忍不住买了下来，璟宁从小就喜欢这些东西。回武汉后，我揣着它去归元寺，给每个菩萨都磕了头⋯⋯现在送给她，就当是对她和孩子的祝福吧。"

"我会给她的。"银川道,"但要等她恢复一段时间。"

子昭嗯了一声,忽然道:"潘大哥,哦不,郑先生,我非常讨厌你,你知道吗?"

银川将信筒放进衣兜,淡淡道:"我也非常讨厌你,过去是,现在也是。不过只要你还在武汉做生意,就免不了会经常跟我见面,所以也只有适应了。"

"告辞。"子昭向他拱手一礼。

银川颔首以应,目送他离去,檐上的雨水滴落在水泥石地面,发出空茫的声音。

不久后,子昭和汉口永利银行一个董事的女儿订了婚,孟夫人果真没有食言,亲事一定下来,她就用自己的私房钱,给未来媳妇买了一件紫貂大衣。

那个雨夜,是孟子昭与潘璟宁此生最后一次相聚。

〔四〕

法租界的长生堂是武汉最受富人阶层欢迎的美发店,辛亥年间,由扬州名剪张聚年坐镇,带着手艺高超的师傅们,一把剪刀剪出了汉口数十年不绝的发间风流。在武汉,许多有钱人家的小孩出生后都会被带去长生堂"剪胎头",以图长生吉祥。

小乖满了月,璟宁和德英也带着她去了长生堂,客人很多,夫妻俩抱着孩子在休息室等了一会儿。

时间是万能的,在摧毁与折磨的同时也在施行着拯救。璟宁低头看着女儿纯净无邪的小脸蛋,心中是一片宁静。

她不是一开始就爱这个孩子的,甚至也有想甩脱她逃离她的念头,也许出于初为人母的懵懂,也许来自被桎梏捆绑无法脱身的痛苦。但这一切都已经不重要了,因为一天天过去,"母亲"这个身份已不知不觉改变了她。孩子对她的治愈缓慢得几乎无从觉察,但改变确实在发生。

她凝视女儿甫一出生便乌黑浓密的头发,洁白如雪的皮肤,细腻精致的小小鼻梁和灵动有神的清澈眼睛,还有那让人怜爱的表情,那一见到妈妈就会渴求、就会开心的表情,让她悲欣交集。

"我有一个女儿,我是一个母亲。"

"我能给你什么呢?"璟宁在心里说,"可我的小乖呀,我愿意给你能给的一切。"

小乖正兴奋地睁着漆黑的眼睛看看妈妈,又看看这个和家完全不一样的地方,每当身边路过一个漂亮的阿姨或叔叔,她都会好奇地瞅一瞅,如果听到吹风机或剪子的声音,也会侧着小耳朵似懂非懂地听。

"我来抱。"德英将孩子接过,小心翼翼放在胳膊上,小乖愣了愣,旋即朝着他叽地一笑,德英重重地亲了她一下,璟宁提醒道:"你轻一点。"德英忙道:"好,好!"又放低了声音,"小乖妈妈好不容易出来一趟,一会儿想吃什么?小乖妈妈吃好了,我的小乖才能吃好。"

璟宁脸上浮起红晕:"你现在也学着油嘴滑舌了。"

德英坐得近了点,柔声道:"我们永远这样好,行不行?"璟宁沉默,他知道她也许是在伤感,便不再说话。过道的风将对面一张小桌上的蕾丝桌布吹得一荡一荡,璟宁弯下身子,将手遮挡在女儿额头前面。

德英道:"我给她想了很多名字,但每一个都觉得不够好。"

"'小乖'就很好啊。"璟宁让女儿握住自己的手指,抬起头,见德英满面笑容瞧着自己,"怎么了,笑得这么古怪。"

德英叹道:"你不知道我有多高兴。"

满月酒摆过之后的一天傍晚,银川去了一趟徐家。仆人将他引到花园,香樟树下,栀子和七里香随风婆娑,他走到花园深处,见新辟出了一小小花圃,德英将衬衣袖子挽到肘部,正给围墙下的几丛玫瑰浇水,璟宁抱着孩子站在旁边看,斜阳余晖洒在他们肩头,玫瑰的枝条饱满湿润,就像在发着光。

德英放下手中的水桶,直起身子,向银川打了个招呼,璟宁亦转身看过来,小乖在褟褓里扑腾了一下,小脚猛地一蹬,就像是要跃出来,璟宁将她抱稳,笑着道:"这孩子爱热闹,一有客人来就很开心。"

银川道:"跟你小时候很像。"

璟宁笑道:"那也分见到谁,也不是谁来都开心的。"

银川低头看了会儿玫瑰花，说："长得不错。"
　　璟宁说："一直是德英在照顾它们。"
　　德英眼中盛满了喜悦，将手擦了擦道："大哥好不容易来一趟，咱们进屋去，我沏一壶好茶。"
　　"不用了，我顺路来一趟，是想将这个给宁宁，"银川从衣兜里掏出牙雕信筒，递给璟宁，小乖却先伸手过来，银川看着那只粉嫩得近乎透明的小手，顿了顿道，"孟子昭要我转交给你的。"
　　璟宁顺手就将孩子递给银川抱着，接过信筒，取出字幅细看，眼神里最初带着惊讶和伤痛，但慢慢变成了安定和释然。
　　在她心中，已经离开的子昭其实并未离开，尽管每一次说再见的时候，都觉得生命的一部分就像在死去。虽然他带走了她的一段生命历程，但他也将他的交付给了她。璟宁记得那个饱受折磨的雨夜，知道子昭来看过她，守了她一夜，虽然那不是梦，但他们还是得醒过来。被爱当然很幸福，但是否去爱却是只能掌握在自己手中的。无所求地去爱一个人，思念一个人，这才是最自由的爱，谁也无法阻拦。人世迢迢无穷尽，时间就是礼物，他们在最好的年华中给予了对方这份人世间最珍贵的礼物。即便今生永别，但心中有过彼此，已经足够。
　　银川毫无准备，怀里的小娃娃又香又软，小手击打在他下巴上，她半眯着眼睛，就像在朝他笑，香甜的气味让隐匿在记忆深处的往事突然围拢了过来，仿佛光芒一闪，附着在一切微小细节上的感知、情绪一瞬间全部来了，拽着他，招惹他，然后一撒手又将他放弃了。银川的动作变得僵硬，眼中涌上了热流。
　　德英伸出手说："我来吧，那样她不舒服的。"
　　银川回过神，原来自己两只手都揽在孩子腰上，不免让她的小脑袋一直往后仰，果然没过多久，小乖就咧着小嘴，鼻子一吸一吸的，然后哇地放声大哭起来。
　　德英接过孩子柔声哄着，璟宁走过去，将牙雕信筒在孩子面前晃了晃："乖乖要不要这个？你瞧这上面雕着什么花，有妈妈最喜欢的玫瑰花呢。"
　　小乖哭个不停，抽噎着用小手摸牙雕花纹，德英看了一眼璟宁手中的字幅，忽然道："要不就这样吧。"

璟宁和银川都是一愣，德英笑道："学名就叫'静安'！徐静安，很好的一个名字啊。"

璟宁嘴唇一动，下意识想拒绝，却又找不到任何拒绝的理由，德英道："我们自然一直叫她小乖，静安是学名，等以后有了小小乖，再接着给孩子取新名字。"

璟宁看了他一眼，没说话。银川不声不响站了会儿，告辞要走，璟宁道："我送你。"

那辆劳斯莱斯已还给了洋行，他现在开的是一辆很普通的黑色福特。他一言不发走到车前，璟宁跟着过去，银川转身道："你真愿让孩子叫那个名字？"

璟宁笑道："仔细一想，'静安'和我的名字还有一些相似的地方，静安，璟宁，这不是挺好的吗？"

银川点点头。

她看起来似是恢复过来了，不知道是从什么时候开始恢复的，也许恰是在那决定生死的一夜。此刻的面容虽依旧带着一丝憔悴，但却呈现出了一个年轻母亲应有的状态：温润、坚强，充满了光泽，这是她内在纯粹性格的外化，有易碎的危险，却又有时刻准备燃烧的激烈。她身上有股糖的甜味，是孩子给她带来的气味，童稚的表情已完全褪去，身体透出玲珑与丰润，清澈的大眼睛里透出一种直接且强悍的力量，既有成熟女人的坚韧，又有天真孩童的无邪。他知道这一切变化都是那个孩子带来的。那个孩子的到来，让她连孟子昭都放下了。

"我想请你帮个忙。"璟宁犹豫了一下，开口道。

"说。"

"德英很想有个自己的外庄，武昌有一家纱厂是他一直很想盘下来的，你知道他老实，向来不愿跟人争抢什么，据说这次竞拍的对手很强，我在想……要不大哥出面把这家纱厂拿下来，再找个借口转卖给德英。"

银川淡淡一笑："你并不是真觉得他老实，只不过担心他没那个能力罢了。"

这句话很刺心，他竟脱口便说了出来。

"中间多出的钱,我们夫妻俩会慢慢还给大哥。"

她风平浪静地一句话给刺了回去。

"你对他真尽心。"

"他是我孩子的父亲,对他尽心是应该的。"

银川不慌不忙地观察她,不放过每一个细微的表情变化。

璟宁别过了脸去。

"你不幸福。"他淡淡地道。

"你怎么知道。"

"你刚才一直在发怔。Madame Hardy、Madame Isaac Pereire和Madame Grégoire Staechelin[①]都是攀援型的玫瑰,你让它们散种,Madame Knorr该是散种的,你却让徐德英给搭了个架子。我费尽心思给你从英国带回来的'黎塞留主教',你那么喜欢的红玫瑰,根本不喜水,你却任由他朝它上面猛浇水。"

"你刚刚还在夸它们长得好。"

"我撒了谎。你也撒了谎。"

璟宁怒形于色,俏脸沉了下来。

银川冷峭的脸庞无波无澜,声音更是沉静,并没透露太多的情绪:"我想告诉你,你们潘家有我,再不济还有你二哥,并不需要徐家做后盾。你没必要将一辈子托付给一个和你根本不匹配的人。"

"匹配?"她倔强地道,"我跟我孩子父亲有什么不匹配的?"

一阵鸽哨由远至近传来,他们不约而同抬起了头。夏日天长,霞光中飞翔着回家的鸽群,姿态如此轻盈,而他们内心却这般滞重地冲突着,毫无平静的希望。

他们抬头看的时候,生起了一种看到幻象般的感触,就好像天空上的鸽群,每天,每年,每个世纪,都是同样的一群。相同的颜色,相同的鸽哨声,相同的悠悠的姿态,在每一次振翅、每一次滑翔的时候完成了生死轮回。

[①] Madame Hardy、Madame Isaac Pereire和Madame Grégoire Staechelin,均为法国名种古典玫瑰。

目光循着鸽子飞行的轨迹，假借到一丝自由，又渐渐沉下来。他心中充满没来由的伤痛，那来自无边际之处不可控不可抗的痛。灵魂宛如随着鸽子飞到了这座城市的至高之处，看到笼罩它的万千光华和翻腾的红尘滚滚，但无论怎样拉开距离，看到的依旧是自己的那颗心。

那颗心依旧被困在某个地方，在一个铁一般坚硬的孤城。

他拉开车门，迟疑了一下，从衣兜里掏出一个小袋子，递给她："给孩子的。"

璟宁打开，里头有两样东西，一件是他小时候戴过的那个银锁。牡丹花开，天长地久，这银锁辗转来去，还是回到了她手中。另外一样是一个小小手串，用红绳系着五彩琉璃珠，珠子是南瓜、花生、桃子、柿子的形状。

"银锁的链子已经改小了，孩子能戴的。手串上那几颗珠子，是我亲自穿的。"他轻声说。

她长长的睫毛垂下，有泪光星闪，但她很快平复了情绪，抬起头来，微笑道："真好！我回去就给小乖戴上。"

他的目光在她脸上迂回片刻，有一丝喜悦的光漾动。

银川说："宁宁，我答应你，我会帮徐德英弄到那个纱厂，不过多花的钱，不用你们给。"

她想说一句感激的话，却在和他目光交汇的那一刻失去了言语。

〔五〕

银川一直很谨慎小心地处理着与佟春江的关系，不太过走近，但也绝不怠慢，尽心尽力地为其运筹资金打理产业。佟春江是他的救命恩人，帮了他许多忙，银川感恩，但更重要的是，险恶重重的乱世里，自己需要有个坚实可靠的同盟。在汉口像佟春江这样身份复杂的人并不少，但如他这般令人忌惮的倒也不多。

佟春江虽已隐退，在江湖中依旧威望很高，与恒社[①]关系密切，且

[①] 恒社，由上海青帮头领杜月笙组织，取"如月之恒"典故，是以民众社团组织为表象的新型帮会，向社会上流阶层渗透，会员多为商人和企业家。

一直任着汉口英法两租界的安全督察长，连洋人都不得不买他的账。佟氏的资产，一部分来自租界赌场和舞厅的经营，另一部分则在银川的协助下，投入到合法的工商业和金融业中，他不仅成为多家银行和实业公司的大股东和常务董事，同时还在银川的建议下，参股了多家报社和书局，具有了"开明士绅"的浓厚气质。

　　位于汉口近郊江边的与奇斋，是银川从英国回来后悄悄买下的一栋宅子，那时他还没有跟潘盛棠摊牌，与奇斋表面上是一家餐馆茶社，其实是银川用来和谢济凡、佟春江等人会面谈事的处所。如今时过境迁，与奇斋的功能却没有发生太大变化，并不对外营业，而是作为私人会所招待商场上的客人，谈一些比较重要的生意。每个季度，佟春江产业的盈利或亏损状况，也会在这里由银川亲自向其说明。

　　这天的阳光如散乱的金箔铺洒在江面，江鸥翩翩飞下，渔船在江轮驶过时掀动的波浪中摇晃起伏，江边的农田里，麦子已经收割，金黄的麦秸一捆捆挤在一起，间隙中是一条条迂回的小道，开着红色的虞美人。银川一路开车过来，如此佳美如画的景致，却并没有纾解他心中的烦忧。

　　佟春江的车停在与奇斋的围墙外头，院子门口站着几个保镖，其中一个人高大魁梧，肩膀把衣服撑得鼓鼓胀胀的，模样看起来憨厚老实，甚至有些呆笨，腰间缠着一条铁鞭子。

　　银川微微一笑，拱手一礼："阿奇大哥！"

　　阿奇憨憨笑道："郑先生，佟爷已经等您一会儿了。"

　　多年前潘璟暄被洪泉根绑架的时候，银川和他曾一起喝过酒，阿奇和刘五是佟春江手下最得力的助手，几乎和佟春江形影不离，他们坚定忠诚，也凶狠残暴，让人惧怕。

　　佟春江在与奇斋订了一个大间，设了一桌牌局，自己却没打牌，坐在一旁喝茶，跟一个年轻男人说着话，见银川进来，朝他笑着点点头："郑老板！"

　　他一如既往的和气，但身边那年轻男人脸色却不太好看，银川满面堆笑，一一打招呼："佟爷好，宋先生好，诸位好。"

　　年轻男人两道修眉轻轻一扬，极是倨傲："你知道我是谁？"

银川只是笑,跟众人见完礼,转身吩咐侍者:"去把新茶拿出来泡上,点心和水果也再添些。"凑到牌桌前瞧了瞧,打牌的四人是普惠的两个资深经理与两个富兴银行的经理,早就放下了手中的东西,起身站立,银川便就近坐在一人让出的位子里,回头瞥了一眼那年轻男人,笑道:"我代宋先生推几副。"

佟春江抚了抚袖子,朝那人挤挤眼:"允端,郑先生以前从不推牌九的,今天愿意帮人推庄,是看你的面子。"

宋允端轻轻哼了一声。

玩了几局,银川赢了两千多块钱,众人都赞他手气好,银川笑道:"哪里哪里,这全是借宋先生的运气。宋先生……"

宋允端不待他把话说完,站了起来,拱手道:"诸位,宋某先告辞了。"说完,径自走了出去。

场面一时有些尴尬。

佟春江将手中茶杯放下,微笑道:"郑先生要不陪我到花园转转?"

待四下无人,银川方歉然道:"实在对不住佟爷,没想到宋先生跟您有这么深的交情,我定会想办法好好补偿他。"

"没想到?"佟春江淡淡道,"郑先生太谦虚了,我倒是觉得这个世上好像没有你想不到的事呢。"

银川一笑,叹了口气:"真的很抱歉。"

佟春江道:"补偿他,拿什么补偿,钱?他宋家最不缺的就是钱,这孩子从小被他爹压制,心性不太好,他为那个纱厂很是下了一番苦功,连我要主动帮忙都被他拒绝了。你现在突然插手捣乱,还将厂子转给了他的对手,他这一肚子憋屈怨恨,一时半会儿是消不了了。现在连我都不知道该拿他怎么办。"

银川思忖片刻,道:"我愿意给他两个好地段的油栈,经营得当,生意是可以长久做下去的。"

佟春江似笑非笑:"你为了你那妹夫,倒还真是舍得。"

"也不光是为他吧。我很不希望因为宋先生这件事影响我和佟爷之间的情谊。"银川将话题转开,说道,"潘盛棠到现在还没有踪影,活要见人死要见尸,最怕的就是这种杳无音讯的状况,保不定哪天这条老毒蛇就会蹿出来咬我一口,还得辛苦佟爷帮我再多留点心。"

佟春江道:"潘盛棠还剩多少日子可以活?他卷款而逃,足够过好余生,而你碍于你的性格和人情,不可能撒下手不管潘家,也不会半途而废丢掉普惠华账房,为此差点坐牢不说,直到现在还无法全力经营好你自己的商行。若说报复,他早达到了目的,现在蹿出来,于他还有何意义?"

起了一阵风,树影晃动,银川盯着地上看了一会儿,说道:"人是很贪心的,赢了想要再赢,输了则总是不服气。小心谨慎一些总没错。以佟爷手中的资源,这么久了,在汉口和上海都没找到他和吴丰林的线索,我始终觉得很不安。"

佟春江淡淡一笑:"说不定潘盛棠现在比你还寝食难安,更说不定他现在已经死了。谁知道吴丰林跟他之间会发生什么,以利相交,哪有长久的忠诚可言。"

银川蹙眉,沉思不语。

这时院外传来一阵喧哗,佟郑二人都面色微变,不一会儿,刘五快步走来,见二人安然无恙,松了口气。紧接着,阿奇拎小鸡一般拖来一个长脸尖腮的男人,那人额头冷汗直冒,左手无力垂下,手腕凸起好大一个疙瘩,显然已经骨折。阿奇将一把铜绿色刀鞘的匕首交给佟春江:"问他来处,他怎么都不说,这是身上搜来的。"

佟春江只看了一眼,目光登时一沉,说道:"按规矩来。"

银川慢慢往后退了一步。阿奇反手将那人嘴巴一捂,右手往上一提一扭,咯嚓一声,那人双脚在地上乱蹬,嗷嗷闷哼,眼神极为痛苦,阿奇铜铃般大的眼睛里一点波澜都没有,在那人右臂本已经骨折的地方再次掰了一下,又是咔嚓一声。那人双手已废,痛晕了过去,嘴里鲜血汩汩涌出,想是咬到了舌头。

"把他扔到日租界。刘五,你去挑几个人跟着阿奇。"佟春江道。刘五应了,阿奇一个弯身,揪住那人衣领,将其拖拽出去,整个过程又快又安静,反衬包厢中洗牌聊天的声响,显得诡异可怖。

佟春江瞥了银川一眼,见这年轻人脸庞平静如水,并无惧色,似乎已没什么能在他心中掀起波澜，不禁暗赞，解释道："就从去年年底开始，一些日本浪人买通了青帮的反骨，召集了一些地痞流氓，在汉口成立了一个远东经贸研究会，据说他们的钱是日本政府支持的，背地里贩毒营娼、搜集情报，什么都做。他们想拉我入伙，我自然不买账。刚才那人是日本人的探子，他们每天换些人盯着我，也许是想除掉我这个眼中钉吧。"

这般凶险的处境，他却轻描淡写地说出来，银川听得暗暗心惊，正色道："听说连日资的洋行都带着打探情报的任务，虽然只是传闻，但我还是很警惕，最近也开始减少跟他们的生意往来了。"

"嗯，这样是对的。你一个生意人，有如此觉悟非常难得。"

银川道："生意人也应该明白大是大非。国家的祸福向来与个人的祸福紧密相连，覆巢之下焉有完卵。佟爷，看来您对生意人仍抱有偏见，诚然这世上见利忘义的奸商很多，但存身不忘守志的生意人，还是有那么一些的。再说，您现在不也是一个'生意人'了吗？"

佟春江微笑道："银川，你才华横溢本性善良，有能力和魄力，若在太平盛世，定会有不可估量的大作为。可惜世道越来越乱了。比起潘盛棠，让你不可控的烦心事只会越来越多，希望你做人看事的格局要更大一些，别被一时的不如意迷了心性。"

银川动容，点头道："我会记住佟爷的话。不过您处境危险，一定要小心呐。"

佟春江呵呵一笑："有人捣乱是避免不了的，但要动我佟春江，只怕还没那么容易。帮会里已经提高警惕了，几个租界为了维护秩序，也在开始打击这帮人，你不必过于忧虑。"他拍拍银川的肩，"下月初我儿子三岁生日，到我家来喝顿酒吧。"

银川笑道："定当登门祝贺。"

盛夏过去，天气进入多变的秋季，时雨时晴。汉阳的郊区有一些工厂，德英从一个厂子里出来，天上下起了倾盆大雨。他拿一个皮包挡在头上，沿着泥泞的小路走上砾石车道，上车之前，顾不上擦一擦脸上的雨水，先跺跺脚，从车里翻出一张报纸，将鞋子上的泥擦了擦。回到汉口,他并没直接回家,而是将车开到德租界①,沿着一排米黄色欧式房屋寻到了银川居住的公寓楼。

雨下个不停,但当公寓大门一关,雨声顿时随之消失。出了电梯,顺着桃花石地面走到楼道南侧,是一间阔大的屋子,门开着,银川站在窗前,手里端着骨瓷茶具,发出剔透的响声。

德英在门上叩了一下,银川转身,朝他点点头:

"合同在那儿,你看一下,如果没问题,三天之内就可以交接。"

天色昏暗,玻璃窗映着蒙蒙雨色,反射出屋内的陈设。室内开着灯,靠窗的侧门应该连通的是卧室,灯光在壁钟边缘的金饰、沙发花纹的金线上耀眼生辉,木质地板一尘不染。德英犹豫了一下,打开手中的公文包,掏出一张废纸,擦了擦鞋底,才走了进去,从办公桌上拿起那份文件翻看。银川将手中的茶杯放下,坐到沙发上,漫不经心地打量着他,问道:"你什么时候来的汉口?"

"十几岁吧,可能是十二三岁。"德英一边看一边道。

"喜欢这儿吗?"

德英道:"谈不上喜欢,但把家安在这里了,所以慢慢也有了感情。"

"我很喜欢这个城市。"银川转头看了看窗外,"我六岁来的这儿,除了留学那几年,基本上没再离开过。这里的房子,我从小到大,熟悉得不能再熟悉,每块砖每片瓦每一根柱子每一个角落,我都记在了心里。这是一个很特别的地方,长江之滨的五国租界,只要登上任何一艘外国轮船,就相当于走出了国境。它在中国的中心,又好像不单单属于中国,我们的格局看似局限在长江两岸,却又没有。这真的非常有趣。"

德英说道:"大哥出类拔萃,如此年轻便有了属于自己的洋行,自然会喜欢汉口,你说这个地方有趣,不过是因为它让你得到了你想

---

① 汉口德租界,1895年秋设立,面积为100亩,1919年归还,改名为汉口第一特别区。但它所辖的一片区域,在当时为了记述方便,仍被不少市民称为德租界。

要的一切。"翻到文件最后,细看了一会儿,抬起头说,"没有问题。谢谢。"

"那就恭喜了。你马上就是利生纱厂的主人……你不也得到了你想要得到的吗?"

"拜您所赐,感激不尽。"

话是笑着说的,但听起来却似咬牙切齿。

"听说大哥为了帮我得罪了很多人,我无以为报,如果你愿意接受纱厂的股份……"

银川耸耸肩:"我并不觉得你真心愿意给我什么股份。"

"你说错了,其实我已经不太想要这个厂子了。"

银川淡淡一笑:"为什么?还在怕我报复?你大可不必再介怀以前的事,皮肉之苦对我来说不算什么,而且……我确实有对不住你的地方,你对我心存怨恨,是理所应当的。"

德英嘿嘿笑了一下。

银川诚恳地道:"我知道你想做自己的事业,也愿意成全你。拿下这个厂子纯属帮忙,余下的事绝不会再掺和进来。不过,我想给你一点建议。"

"请说。"

"一万锭的小纱厂不会有什么好前景,我给你开一个名单,是一些手有余钱德高望重的前辈,你不妨让厂子设一个董事会,让这些前辈给你增加投资,扩大纱厂规模,这是长远之计。"

"是吗?那我想问问大哥,为什么要帮我?"

"我是生意人,不会白帮谁的忙。在此之前,你的纱厂需要从我的永和行购买纱机两万锭、布机三百台,款项四十万。为了不增加你的压力,这笔钱可以分五年付清。"

德英愣了一愣,然后慢慢露出意味深长的笑容:"这才是我认识的那个郑银川嘛,纱厂的股份,于你来说其实可有可无,你真正想的是控制我,让我离不开你,就像潘家人离不开你一样。"

银川神情淡漠:"没别的意思,只是希望你好好留在汉口,有一份踏实的事业。"

"我的事业踏不踏实,跟大哥有什么关系?"

银川不再废话,走到办公桌前,拉开抽屉取出另一份文件,啪的一声扔在桌上:"这是订购纱机和布机的合同,你尽可以拒绝,反正以后你如果栽了大跟头,也会有人来求我帮你。"

德英的手猛地攥紧,青筋凸出,他紧紧盯着银川,一字一句地道:"那么,你也应该很清楚,我不是没办法让那个人恨你一辈子的。"

屋子里顿时安静了片刻,却是那种剑拔弩张的、尖锐的安静,银川缓缓抬起眼睛。

德英拿起合同,扬了扬:"我会签这个合同,我可以订购那些机器,但请大哥记住我刚才的话,不要逼我。"

银川失笑道:"妹夫,我跟你谈的一直是生意,你却总牵扯到别的地方去。你这样拎不清,只怕终究什么都搞不定。"

德英的手不停在颤抖,但还是极力克制着愤怒,微微一躬,转身走了出去。银川一动不动坐了很久,然后猛地抄起手边精致的茶杯,朝对面的木质壁龛用力扔了过去。

顺利买下了利生纱厂之后,德英平日累积的压抑与郁闷被渐有起色的事业冲淡了不少,连璟宁都发现,即便新婚时他眼中呈现过的光彩,也从未有最近这般明亮。

业务一交接,德英便赶紧利用盛昌洋行的关系接了一笔出口美国的大订单,但中国内陆的销售却非常困难。1931年后,日本人趁湖北棉花产量锐减,在市面大肆倾销,使得棉纱市价大幅度降低,华资纱厂饱受低价摧残,为了不和日资工厂正面交锋,德英决定在常德、重庆等地设立销售点,由于厂子还处于过渡时期,董事会新近设立,股权及利益分配还存有诸多争议,他只得洋行与纱厂两头跑,有时候忙到深夜才回家,可不论多晚,总还是会去婴儿房里看看女儿。有几次璟宁半夜去哺乳,见他趴在孩子的小床床栏上睡着了,发出轻轻鼾声,手还搭在孩子小小的身体上。面对这一大一小两张柔和的睡颜,璟宁再怎么也不能不为之所动。

"家"这一字,落到实处,其实就是过日子。从一开始模模糊糊的概念，甚至是不可言说的挫败和羞耻，日子过着过着，到这个时候，才终有了一点希望的闪光。

虽然已经有了独立外庄，但洋行经理人的主业依旧是贸易，德英需要在汉口市中心有一个利于谈生意的办公场所，也就是一个体面光鲜的公事房，璟宁决定帮丈夫在租界寻找合适的房子，这件事并不需要她亲自去跑，她毕竟出身买办世家，拜访一些亲戚和旧友，自然能得到足够的讯息，只可惜那些房子要么实在太贵，要么地段不佳，德英带人去看了几处，都不是特别合意。

德英倒是挺轻松的样子，柔声宽慰她："不用急，反正现在还有那么多杂事，过几天我还得去一趟重庆，先用厂子的办公室将就将就。"

璟宁皱眉道："生意场上，表面功夫就是一门大功夫，公事房就是你的行头，绝对不能凑合。"

德英将她的手握在手里："宁宁，我知道的，你别再担心了。"

璟宁见他似乎仍不怎么上心，忍不住道："你要想清楚，像我爹还有我大哥这样的人，虽然钱挣得多，但天天跟人耍心眼，活得很辛苦的。你何必学他们呢？其实我觉得，你要么安安心心办厂子，要么还是在洋行做一个经理，如果两头的好处都要占，难免顾此失彼，你瞧你累得人都瘦了一圈儿……"

她没有说下去，只觉得德英手心冰凉，抬头一看，他的眼神更冰凉。

"我……"她欲言又止，"德英，我是真心在为你考虑。"

德英放开她的手，将脸转开去，沉默了一会儿，说道："我去看看小乖。"

他去了婴儿房，不一会儿听到孩子咿咿呀呀的声音，紧接着便是下楼的脚步声，他将小乖带去了花园。璟宁独自坐了会儿，脑子里空空一片。

秋高气爽，德英将布垫子铺在花园的草坪上，把小乖放在上面。小乖穿着鹅黄的小衫子，头戴一顶小帽，兴奋地在垫子上爬来爬去，不时伸出小手去捞一旁的蒲公英，多宝手串叮叮作响，当蒲公英的小伞被风吹得四处飘飞时，她便瞪大了乌溜溜的眼睛，惊奇地看着，不知该作何反应。

德英脸上浮起了笑,孩子那双不染纤尘的清澈眼睛仿佛有一种安抚镇定的力量。

小乖歪着脑袋发了会儿呆,小手忽然开心地舞了一舞,因为她看到了妈妈。璟宁走过来,手里拿着一瓶花露水,坐到德英身边去,微笑道:"虽然凉快,但还是有小虫子,别咬着我们的宝贝。"

德英将花露水接过,倒了一点在手里,轻轻搽在小乖莲藕般的手肘上:"小宝贝的皮肤真是好,像玫瑰花。"

璟宁躺了下来,将女儿轻轻一提,拉近身前,任由那双软软的小脚在自己身上踩来踩去,小人儿是那般柔软,站都站不稳,往往会扑倒在她胸前,璟宁咯咯笑起来。

德英俯视着她,眼中闪动着爱与痛苦。

"你什么时候去重庆呢?"璟宁轻声问。

"下个月初,趁现在洋行的事还不算多,早点把销售处定下,我就能省下不少心了。"

"那我还是继续打听房子的消息啊,你忙你的,我也找点事做。"

德英轻轻叹息:"宁宁啊,你真是犟。"

璟宁轻轻拍着女儿的小肩膀:"小乖小乖,等爸爸有了新办公室,妈妈就抱着小乖去看爸爸做生意,好不好呀?"

"啊哈!"小乖欢乐地叫了一声,小脚踢踏了一下,却使岔了力,差点踢到母亲嘴上,德英赶紧伸手将她抱起来。

那天夜里,璟宁突然惊醒,德英的手伸进她雪白的双绉睡裙,沿着她的腿抚摸上来,她习惯性地打了个冷战,但这一次德英没有像之前那样退却,反而压到她身上,箍紧了她。

他吻她,笨拙而强硬,嘴里有一股呛人的烟味,原来他根本就没睡,还偷偷抽了烟,她都不知道他从什么时候开始学会了抽烟。她在短暂的惊惧之后放弃挣扎,保持静默,但尽力顺从,他喘息着叫她的名字,含糊地诉说爱欲和相思,这不是第一次了,月光勾勒出起伏纠缠的影子,分不出是谁的,但他从来没有成功过。

这一次亦是如此。

如果注定会这样冰冷，为何每到夜里一靠近她就会升腾起火一般的热？如果注定吞下苦涩，又为何要让他尝到甜蜜的幻觉？德英放开璟宁，挫败地翻过身子，背对着她，许久，她轻轻将手搭在他肩上，试图安慰，却被他烦躁地往后一掀，啪的一声打在床头柜上。

听到她的痛呼声，立时就如被一盆凉水兜头泼来，德英猛然清醒，急忙转身："我错了，对不起，天哪，我怎么会对你这样。"

璟宁忍着疼，挤出一丝笑："我没事。"

"你肯定很疼，我看看，"他探起身子要拧开台灯，她摁住他的手："算了，睡觉吧。"

德英茫然收手，似不知道该将手收回到哪里，在半空停了一会儿，然后猛地扇了自己一耳光。

璟宁噌地坐起，大惊失色，他见她看过来，又是一巴掌，这一次更加用力。

璟宁往后缩了缩，绝望、失望、痛苦和无助，这些复杂的情绪交错缠绕在一起，直逼得她想放声大哭，但她强迫自己压抑着，颤声说："你别这样。"

"现在我可以开灯看你的手了吗？"德英平静地问。

"开吧。"她的嘴唇在颤抖，"你要做什么都可以。"

德英打开台灯，仔细看她的手腕，娇嫩白皙的手背蹭破了皮，他黯然道：

"我出尔反尔，说了要对你好，却还是伤了你。"

璟宁张了张嘴，但没有发出声音，她担心此刻发出任何声响做出任何举动仍旧还是会刺激到他。夜的凉气沿着墙壁一点点加深，一只飞蛾绕着台灯转圈子。她蓬头散发坐着，样子很狼狈，她清楚地知晓这个婚姻比她此刻的样子还要难堪，还要狼狈。

德英怔怔地看着她手上的伤，不言不语，直到小乖的哭声自隔壁婴儿房传了过来，他方回过了神来。见璟宁要下床，他制止道："你不用动，我去。"到浴室飞快整理了一下，然后出去将孩子抱了进来。璟宁给小乖哺乳，他便自觉回避到窗前站着，窗外是无尽的夜色，孤独像月色一般耀眼，风掀动树叶，由月光连通的两个世界时明

487

时暗,就像在破碎与分解。

璟宁看着他的背影,说:"你把竹篮子里的干净帕子递给我一张。"

德英去拿了一张干净的小帕子,这些帕子是他特意为孩子买的,布质非常柔软,粉粉的颜色。他买了两大箱这样的帕子,专给小乖擦脸擦口水。谁都看得出来,他对女儿的爱是近乎偏执的,他也变得洁癖了,孩子的奶瓶要盯着佣人用开水烫三遍,口水兜兜一湿就得换一张新的。

璟宁理好衣服,伸手去接帕子,德英没给,拈起帕子的一角小心翼翼擦了擦小乖娇嫩的小嘴和小鼻子,小乖满足地打了一个喷嚏,黑眼睛朝他瞅过来,德英的心便似被阳光暖了一下。这个孩子真心爱他,依赖他。只有面对这个孩子,他才会忘记自己是多么失败。

将孩子接过,抱在怀中,德英眼神温柔,轻轻摇晃着手臂,直到她舒服地闭上眼睛。

"睡着了。"他转过脸温柔地说。

璟宁慢慢伸出双臂,环抱住德英的腰:"我会好好跟你过日子的,我会的,相信我。"

"可是我不需要你可怜我,我已经不是小时候的徐德英了,"他闭上眼睛,痛苦地说,"我有我的自尊,我有我的抱负,宁宁,我是这么爱你啊,我希望你也能爱我,像一个妻子爱她的丈夫。"

爱是什么呢?他说他爱她,但她却在心里这么问自己。她曾经以为自己离爱这个字很近,近到毫无距离,但直到满身伤痕满目疮痍,才开始疑惑爱究竟有什么意义。身边的男人是她的丈夫,是她孩子的父亲,她不可以排斥他,但每到夜里当他走进屋,她总会不由自主地想:他又来了,他会不会再碰我,他会不会又那么难过。厌恶和恐惧、烦恼与同情,像一群鸟,不停地拍打翅膀,整宿整宿地折磨她。婚姻让他们两个人睡在了一起,但爱情的位置究竟在哪里?

她不知该如何回应他,前额抵着他的背脊,陷入了深深的沉寂。

第九章
望江

〔一〕

八月初十,佟春江在私宅给儿子举办了一场庆生宴,客人中并无帮会人士,多是商界相熟的旧友和他们的家眷。那天清晨,天上密布灰色浓云,秋意深浓。银川在客人中见到了璟宁,她和佟夫人坐在一起。

见到她并不意外,只是每次相见时,她总会有一瞬回避他的目光,仿佛在躲避巨大的烦恼。

天井里搭了个戏台,客人们坐着喝茶看戏。银川将贺礼交给佟春江,红包则暂时留在手中,准备交给佟夫人。和佟春江叙了会儿话,他还是朝璟宁她们走了过去。

璟宁笑道:"大哥哥也来啦,还没谢谢你帮德英的那个大忙,改天等他回来,我们请你吃饭!"

他也笑了笑,眼神是凉的:"说来你也该检讨一下,都当孩子妈了,还没请我吃过一次饭。"

佟夫人敏锐地察觉到这"兄妹俩"难言的生分和尴尬,想说什么却又没说,将儿子小喜推到身前,让他跟银川问好。银川想走,脚却似胶着在地上似的挪不动一步,璟宁抱着孩子,这时候换了个姿势。小乖的脖子上系着一个浅蓝色的口水兜兜,绣着黄色的小鸭子和碧绿的荷叶，带着天真的笑意看着银川，然后朝他挥挥小手，多宝串上的小果子连晃了几下，发出叮当的声音。她的相貌其实和璟宁小时候一模一样，皮肤白嫩如雪，眉毛淡如烟，小巧的鼻子俏皮玲珑，嘴唇是树莓的粉红色，一双灵动的眼睛像小蝌蚪那般乌黑，眼角微微向下，即便成人之后，也会有一种无辜的天真神态。

酸楚从心底漫上鼻端，银川别开脸，将红包在小喜面前扬了扬，微笑道："小寿星，这是给你的。"

小喜摇头道："不喜欢，我不要。"

银川便又掏出一块银元，逗他："那我把红包给妈妈，给你一块钱好不好？"

小喜圆溜溜的眼睛登时一亮："好呀好呀，我要一块钱！"

他玩过大人给的铜元，都是几分几毛的，一块大洋在单纯的孩童心中已足够成为一笔巨款，比那红彤彤的信封更有吸引力。银川将银元放在小喜的小手中，又将红包给了佟夫人，佟夫人笑着谢了，摸摸小喜的小脑瓜："你现在发财了呀，拿这一块钱做什么呢？"

小喜憨憨地说："我、我要给妈妈买花花！"

璟宁扑哧一声笑起来，随即看了银川一眼，他负手站着，无动于衷地看向戏台的方向。

他早已不再是她记忆中那个温和可亲的人了，四周如此热闹，他是这般冷漠寂静。

嘴角的笑意慢慢凝固，她的心是疼的。

坐了一会儿，佟夫人带着她去小喜的屋里给孩子喂奶，快要开席了，小乖便留在屋里，由徐家跟来的仆妇周妈照看着，不一会儿小喜也被下人领了进来换衣服，佟夫人给儿子理衣领，微微抬起头，见到门外一个人走过，脸色顿时大变。

璟宁从内室走出来，见佟夫人怔怔站立，脸色苍白，嘴唇颤抖，眼神极是复杂，不由大是奇怪，问："佟夫人，你怎么了？"

佟夫人回过神，揉了揉眼睛，摇头道："没事，被沙子迷了眼。"

璟宁知她不愿多说，便笑道："快开席了吧，大家还等着小寿星呢，咱们走吧。"

佟夫人茫然地点了点头，忽然道："徐太太，要不你先领喜喜去，我去解个手，马上就来。"

璟宁答应了，带着小喜去宴客厅，那里离内厢房尚有点距离，要穿过一个长长的走廊，走廊拐角处、月洞门的门口均站着打手一样的壮汉，腰间配枪，面露凶相。因知佟春江的身份，璟宁见到并不觉得太过讶异，只是有点惊奇。正走着，一个汉子迎面快步走来，朝一人问道："见到阿奇了吗？五哥一直在找他。"

"没有啊，早上有丝麻要运到长沙，说是去码头看货了。"

"那怎么还没回来？"问话的人语气十分焦灼，返身又匆匆往回走，途经璟宁和小喜，朝他们屈身一礼，便加快了脚步而去。

璟宁将小喜送到佟春江身边，回女眷那桌坐下，银川坐佟春江那一桌，剥着几颗花生，一直没抬头。

佟夫人赶在正式开席前回来，脸上带着有异于往常的清冷。她坐到璟宁身边的空位，喝了一大口茶，转过脸朝正看着她的璟宁笑了笑。

鼓乐齐鸣，鞭炮声喧，佟春江笑着起身，端起酒杯，对众人大声道："今日犬子生辰，诸位能前来，佟某真是……"

话音猛地被一阵刺耳的枪响打断，众人一开始还以为是没放完的鞭炮，却听到一声惨叫，坐在宴客厅最外头一中年商人斜斜倒在地上，头部中弹，鲜血连同脑浆溅到身边一人脸上。

女人们捂着脸尖叫起来。

佟春江脸色陡变，大叫道："卧倒！快卧倒！"先将小喜往怀里一拉，背对着院门用身体护住儿子，然后将儿子飞快地推到桌子下面，他自己也立刻蹲下，与此同时，从外面飞来的子弹，啪的一声打翻了他北侧的神龛。

刘五冲过来，一面开枪朝外还击，一面将一把枪朝佟春江扔过去，佟春江微抬起身，手一扬，接过了枪。有四五个持枪的人正往院内冲进来，佟春江扣动扳机，击中一个人的前胸，那人向前一扑，撞倒了门前一个青花花盆，哐当一声，花盆砸碎在地。

现场大乱。

佟夫人用力将璟宁一拉，两人跌扑到地上，本能地随着往屋子最里头爬去,但客人们大多在惊慌乱窜,璟宁被踩踏到手掌,指骨剧痛钻心,眼见又有一个人要踩过来,她却既不能后退,也无法前进躲避,只好双手抱头,尽量俯低身子,将额头贴在冰冷的地面上。

没人踩上来,璟宁微微抬眼,视线却被挡住了,不仅是视线,她的整个身体都被挡住了。

银川苍白着脸,紧抿着唇,伏在璟宁身上,用身体护住了她。

他急促的心跳声就在耳边,她浑身发抖,从没有像现在这样害怕过,也从未如现在这般觉得安全。她寻找到银川拦在她肩膀边缘的手,抓住了它,这个时候她脑子里是空白的,她只想紧紧抓住他的手。

有人重重踩上了银川的背,或是踢到他的头部,尽管每一次都让他的身体因剧痛颤抖,但他还是牢牢地护着她。

"大哥哥!"她颤声叫道。

"小栗子,不要怕。"银川的呼吸很快,语气却非常镇定,就像他们还在小时候,他安抚她看到毛毛虫之后的惊恐,"等枪声一弱下来,我们赶紧往里面厢房跑。"

璟宁茫然地应了一声。

空气里密布着硫黄味和潮湿的雨气。佟宅临江,是木质构架的房屋,常年的潮气浸透了房屋构件的孔隙,子弹发出尖锐脆响,当射在廊柱上时,仿佛被木头吸了进去一般,噗噗作响,如雨滴击打在瓦楞上。

佟家的人将局面暂时控制了,枪声弱下来,冲进来的人里有两个被打死,剩下的也受了伤,迅速撤出院门,刘五带着人追了出去,院外枪声顿起,密如急雨。

这不过是非常短暂的几分钟,可极度的恐惧与紧张拉长了时间的维度,大部分人都没来得及反应过来究竟发生了什么。银川将璟宁拉起来,也顺手将佟夫人拽起。小喜蜷坐在桌子底下,回过神后,吓得大声哭起来,佟春江赶紧将他抱起来,柔声安抚。

"喜喜!"佟夫人朝儿子奔过去。

璟宁脑子里轰的一响,猛然间脸色惨白,两眼冒出疯狂的光,她挣脱了银川的手,颤抖着叫道:"小乖!"完全不管是否还会有流弹飞过来,往厢房拔腿就跑,但太多的人都已经在往那儿跑去,她被狠

492

狠连撞了几下，摔倒在地。

"宁宁！"银川失声大叫。

他以为她被流弹击中，那一刻浑身的力气都被抽空了，热血涌向脖子，再涌到太阳穴，恐惧蒙住了他的眼睛，身体的每一个部位、每一个细胞都在抽搐，就像一个和绝症搏斗之后失败的病人，只留下肾上腺素在身体里流窜，让他还有力气奔到她身边。

璟宁挣扎着爬起来，带着哭声道："大哥哥，小乖在厢房里！你快去找她！"

"你有没有事，有没有受伤？"他焦急地问，拉着她的手。

"你快去找小乖！正南的那间屋子，"璟宁娇嫩的脸庞青一块紫一块，是被鞋子践踏过的痕迹，但她一点都不觉得痛，只是不停地说，"我没事，你快去找小乖！快去啊！"

银川只得放开她："那你跟着我，看着人，一定要小心！"

通往厢房的狭窄长廊上，是奔逃的人群，疯狂地跑着，推搡着，这些男的、女的，如鬼影幢幢，又像一扇扇门，推开一扇，又来一扇，没完没了，总是要挡着他们，总是要撞得他们头破血流。银川一边跑，一边回头看璟宁有没有跟在后头，在一次转头的时候，看到通往后门的一条石径尽头有一个男人的背影，那人并没有漫无目的地乱跑，似对佟宅的环境十分熟悉，看他手肘的姿势，像抱着一个什么东西。

"宋允端……他怎么会在这里？"

此刻银川也无暇去分析那么多，只按璟宁说的往厢房跑，正南的那间屋子大敞着门，在看到这扇敞开的门时，银川被一种不祥的预感牵住了脚，但这只是一瞬，他定了定神，冲了进去。

周妈不在屋里，孩子不在床上。

一股寒意慢慢爬上背脊。

他转身，扶住冲过来的璟宁，颤声道："没事，宁宁，一定没事的，肯定是周妈带着她躲到哪儿去了，没事的，我们会找到小乖的。"

璟宁偏着头，盯着那张空空的床，恐惧凝固在她的眼睛里，床架上镂雕着松鼠葡萄喜鹊衔枝，这么喜庆吉祥的图案，此刻看起来却透着沉默和阴冷。

"太太!"周妈从外面奔进来,手里捏着个小玻璃奶瓶,见银川搂着璟宁立在屋中,一点也不知道避讳,不禁大吃一惊。

璟宁一见她,便疯了一般冲去抓住她的肩膀,厉声问:"你去哪里了?小乖呢?!"

"小姐到点要喝水,我去给她烫奶瓶,听到外面吵就跑到走廊那儿看了看,太太,怎么这么多人跑进来了啊?"周妈絮絮叨叨地说。

"小乖呢?小乖在哪儿?!"璟宁的声音已极度嘶哑。

"小姐在床……"周妈往床上一指,倒吸了口凉气,一张老脸顿时变得惨白,"小姐……小姐她怎么不见了?"

璟宁忽然安静了下来,不仅如此,她觉得连周遭也一点声音都没有了,她只听见血液急速奔流在耳廓的血管里,发出细细的敲击声。

窗户折射的光映在她通红的眼中,就像火光,要慢慢燃尽她的身体,要将她燃成灰烬。银川的心狠狠一抽,目光落在她颤抖的手上,她捏着拳头,雪白的手背上青色的血管暴出,她的嘴唇也在颤抖,毫无血色。

"小栗子!"他痛声唤她。

掌心流出了血,她没有听见他的声音,她什么声音也听不见,她觉得自己已在一点点碎掉,破碎的过程是不需要有任何声音的。

她眼前似乎晃过了一道黑色的迷雾,又像是黑色群鸟的羽翅。

就是这天清晨,德英出发去重庆,她抱着小乖去送他,和他一起坐车去码头,路上听到了乌鸦的叫声。

当时她深深蹙眉,探头看了看,天上飘着细雨,一只乌鸦站在一棵柳树的枝头,抖着翅膀。

"叫得好讨厌。"她说。

德英倒是笑了:"又不是叫给你一个人听的,你瞧这一片这么多人家,谁知道它是叫给哪家听的,你不用管它。"

在她晕倒的时候,她听到乌鸦又叫了起来。

乌鸦确实是只叫给她一个人听的。

〔二〕

脸色苍白的男人站定了,将外套松开,喘了口气,被他用两只手肘紧紧夹在衣服里的一个暗蓝色缎子襁褓露了出来,他将它挪在胳膊上抱着,也许是极不习惯,他接连换了好几个姿势。

当大堂里开始混乱、人群往内厢房涌过来时,他便熟稔地辨清了方向,找到了后门。那儿本也有人守着,听到前方的枪声后,人便跑到大堂那边增援。在枪声最激烈的时候,他抓准了一个宝贵的机会,从后门跑出去,沿着只有一米来宽的小径斜穿进右侧的树林。有三两个人远远跟在他后面,是惊慌失措的客人,但他们并没有往他这个方向来,而是朝左侧宽敞的车道跑去。

在汽车发动的轰鸣以及零碎的枪声之中,他,宋允端,已经顺利穿过树林,在距离佟宅不到两百米之处找到了自己的车。

三年多以前,他曾在这栋房子里住过一段时间,这是他再熟悉不过的地方,他对这儿也很有感情,毕竟这里收留过他。但今天什么感情也没有了,一种想毁了一切连同毁了他自己的情绪淹没了他。

他将襁褓放在旁边座位上,这应该是一个小女娃,从她穿的衣服、从她眉目的轮廓看得出来。小小的婴儿此刻像一棵嫩弱的小草,秀气的小脸蛋苍白得没有血色,眼睛紧紧闭着,乌黑的长睫毛湿漉漉垂在眼睑上,她一定是哭过,可是没能发出声音。

宋允端将手凑到那雪白的小鼻子前停了一会儿,略微有点讶异:"竟然还活着。"当时他怕她闹,真想捂死她。

车子发动。车窗被他摇下,冰凉的细雨和风卷袭进来,扑到他脸上和肩上,雨下大了。他期待那种作恶后会急速升腾起来的快感,他渴望品尝到它们的滋味,一边开车一边等待,然而汹涌的愤懑和委屈却涌了上来。

宋允端举起拳头,狠狠砸了几下已经变得湿漉漉的方向盘。

他今天带着贺礼,比大多数客人要来得早一些,因之前在佟宅住过,与佟春江见过礼之后,便抽了个空去花园溜达溜达,重温一下过去。佟春江让一个壮实的伙计陪着他,跟在他后头,不远不近的距离,他一开始还觉得有些奇怪:"也太见外了吧,好歹我也在这儿住过,还怕我迷路不成?"

雨下得不大,落下来也被茂密的树荫挡住了,鹅卵石地面只略略存了一点湿气。园子很大,比之前又扩充了一倍,原来是把邻家的宅院也买了下来,打通合并在了一起。客人们有的在喝茶,有的在打牌,宋允端拣了人最少的路径,先去参观了一下新买的园子,然后再折返,路上看到一个仆妇追着一个四处乱跑的小男孩,少爷少爷地叫着,那孩子穿着黑色小袍子,脖子上挂着一朵绒布大红花,跑得飞快,在他脚边停了停,憨憨地一笑,然后又一溜烟儿跑掉了。

宋允端被一种奇怪的感觉击得心头一震,这孩子清澈单纯的眼睛,神似某个女人。

"喜喜!"

清脆娇嫩的声音响起,伴随这个声音,一个女人从一间厢房里出来,站在走廊上朝男孩招招手,男孩跳跳蹦蹦跑到她身边,女人抱起他亲了亲,母子俩往大堂走去。

他一开始他还不相信自己的眼睛,忍不住背脊发寒,跟见了鬼一样。

不,不,她不会是金金。她怎么可能会是金金?

就是她!第一眼他就在心里十足十地确定了。她是他曾经很喜欢的女人,当然,仅仅是喜欢,远远谈不上爱,她不过是族中的一个无足轻重的低贱角色,一个船工的童养媳,他只是有点迷恋她惊人的艳丽罢了。她也曾非常迷恋他,迷恋到引出了祸事,最终被族人给活埋,活埋她的正是他的父亲。

因为金金的死,宋允端消沉了一段时间,尽管事情都过去三年了,但金金始终留在他的记忆里,令他一想起就会自责和伤心。再次看到她的时候,震惊之下,他忽然什么都明白了,也不再自责和伤心了。

待她和一个少妇返回厢房的时候,他故意走过了那间屋子,让她看到他。

"大少爷。"

她终于还是借故走过来,站在一个假山的门洞外,朝他客套地笑了一下,并不再向前靠近,而能让四周的保镖恰到好处地看到她。

她说:"大少爷,你来了。"

"金金，"他站在另一侧，朝她冷笑，"你没死。"

"我没死。"

"你那小丈夫呢？你婆婆呢？"

"长生要上学，晚上会和妈一起过来。"

他点点头："原来如此。我终于明白了，为什么三年前佟春江会突然让我从这里搬出去，给我另外找了住处，为什么他再不去宋家镇，为什么他从不让我接触到他的家人。我什么都明白了，原来全都是因为你。佟夫人竟然就是你！"

"当年大少爷差点害死我，"她平静地道，美丽的眼睛不带任何情绪地看着他，"佟爷是我的救命恩人，也是我的丈夫，是我孩子的父亲。"

"你真是很如意啊，"他笑了笑，"知道吗？跟你比起来，我的运气就差了好多。我老婆给我生孩子的时候死了，孩子也没了，父亲到现在还看我不顺眼。"

她脸上露出同情："这次佟爷把您请来，是念着您最近在生意上有些不顺，要您来这儿喝喝酒散散心，跟朋友们叙叙话，也顺道把三年前的心结给解了。"

这贱人竟然在怜悯我，他在心里气得咬牙切齿，连带着佟春江这次邀他来做客的动机，也被他想得充满了恶意。

"我没什么心结，就是倒了一点霉。"他讥诮地说，"近日的生意也算不上什么不顺，不过就是你家佟爷的一位朋友摆了我一道罢了，小意思。不过话说回来，宋家镇当年为了让你的佟爷发家，倾尽全镇之力帮他，现在看起来还不如随便一个什么人陪他喝几杯茶，就能把事情给办了。"

"我一个妇道人家，不懂生意上的事儿。"她欠身一礼，"大少爷您随意再转转，枣林轩那边摆了桌椅，有细点和茶水，我就不带路了。一会儿开席，我领着小喜来给您敬酒。失陪。"

他随意坐到一个石墩子上，看着以前自己住的厢房的方向，脑子里一开始空无一物。那个一直跟着他的伙计远远站着，还在守着他，宋允端左右看看，园子里的客人好像就只剩下他了，他回过神，对那伙计说:"劳兄弟的驾跟佟爷说一声,恕我不能跟他喝酒了,我略坐坐,一会儿从西门走。"

那伙计想了想,答应了,转身往大堂走去。宋允端暗暗冷笑:"姓佟的果真是在防我偷他老婆,既然如此,又何必请我来看他们演戏。哼哼,是想炫耀吗?有什么好炫耀的?没有宋家人,姓佟的你估计还在汉江上捞鱼呢。"

他越想越气,却无法发泄掉他所有的憋屈和不满。他站起来,穿过假山之间盘错的门洞,看到一个仆妇拿着一个小奶瓶走出正南的厢房,往厨房走去。之前他曾看到金金陪一个美貌少妇去了那间屋子,那少妇抱着孩子,跟金金言笑晏晏,很是亲热。他知道那少妇正是汉口市长徐祝龄的儿媳,他在一张报纸上见过他们一家人的合影,这个女人是郑银川的义妹。郑银川为了帮这女人的丈夫,耍手段夺走了本应该属于他的纱厂。

不知不觉已走到走廊上,那些保镖、打手都认识宋允端,向他微笑点头,他觉得他们的眼中带着一种嘲讽和怜悯,心中更是暴怒。走到大堂入口处看了看,人都差不多全部就座,佟春江身边正是郑银川,而金金身边则是那个徐太太。宋允端感觉眼前这个环境和他是一种敌对的关系,在刺激他、嘲讽他、怜悯他、利用他。

新仇旧恨,翻尸倒骨地一齐涌了上来。

他没有从西门离开。相反,他是最早看到闯入者的人之一。枪声第一次响起的时候,他也是最先往后院跑的人。

他跑进了那间无人看管的厢房。

带走那个无辜的小婴儿干什么呢?只是因为他没有能力带走那个男孩罢了。弱者能报复的人其实仍旧是弱者。在理智丧尽的时刻,心灵被扭曲到最大限度,为他挑选了一种最糟糕和恶毒的方式来报复。

他必须要毁掉什么。毁掉一个家庭,附带着毁掉佟春江和郑银川的友谊。

车已开出了汉口地界,沿着沿江村落一路开去,漫无目的,毫无方向,谁也不会知道他会去哪里。佟春江再厉害,此刻估计也顾不上他。身边的婴儿从短暂的昏迷中醒来,咳了几声之后,开始哇哇大哭,胖胖的小脚不停地踢踹,直把襁褓都踢散了,江风呼呼刮着,她一张小脸蛋被冻得通红,雨水星星点点洒在她脸上。

宋允端阴沉焦躁地看着前方,那孩子哭得他心烦意乱,简直恨不得将她扔到车窗外面去。也许她是怕冷吧,于是他抽空伸手,将襁褓胡乱理了一下,结果那双小脚不停在动,又把它踢散了,真好笑,哭也能哭出力气来?婴儿的小手握成拳头不停挥舞,手腕上红色手串叮叮作响。

"别闹了!再闹就掐死你!"他忍不住大吼。孩子被吓得一停,索性哭得更厉害了。

"好,好!"

连个小婴儿都欺负他,暴怒之下,他停下车,打开车门,将孩子一抓,几乎是倒提着大步走向江边,干脆扔了她,扔到江里去!婴儿半截身子露在外头,小手无助地向前乱伸,宋允端走了几步也觉得不顺手,左手一托,将她放正在怀里,婴儿陡然间温暖了许多,急忙挤到他胸前去,小蝌蚪一样乌溜溜的眼睛,可怜兮兮地垂下了眼角,眉头皱着,她真是吓坏了,终于吓得不敢哭了,像一只娇弱的小鸭子瑟瑟发抖,"吭吭"地抽泣着。

雨中烟树迷蒙,水天浑然一色,岸边停靠着几艘小小渔船,不见渔人,宋允端直走到江边,才发现有一个妇人坐在一艘小船上。空气里飘来药味儿,妇人身上披着蓑衣,背对着江岸,在一小炉子边使劲煽火,炉子就放在船舱和甲板相接之处,一个药罐坐在上头,冒着热气。宋允端脸色微变,只得转身往回走,这时怀中孩子又猛地大哭起来,哭声惊动船上妇人,她回过头看了一眼。

"喂!那位先生!"

在宋允端正要离开的时候,她叫住了他,她的口音很陌生,原来是个外地人,宋允端松了口气,僵僵地搂着孩子,转身面向那个妇人,那妇人见他手足无措,将手中扇子放下,迅速擦了擦脸上的雨水,撑起船篙将船移过来,待船紧靠着江岸,她大声道:"孩子哭个不停,是饿着了吧?"

宋允端半天没吭声,一时不知该如何回答,见妇人怀疑地看着他,便点头道:"我看这边有人,过来给她寻点热水喝。"

妇人便将手一伸:"我去里头给她找张毯子再裹一下,再给她擦擦脸,你瞧她,满头满脸都是雨。"

宋允端定定地看着妇人,又不说话了,可孩子却哭得越发响亮,号得惊天动地,苍白的小手惊惶地颤抖着,那妇人一颗心都揪起来了,见宋允端犹豫不决,知道他不放心,便笑道:"那您在这儿稍等一下,我进去拿毯子,这江风跟刀子似的,孩子吹病了可就不好了。"

宋允端忽然道:"你抱她进去吧,给她喝点热东西,她母亲不在,我实在不知道该怎么照顾她。"说着将孩子递给她。妇人接过,笑道:"你们这些年轻的少爷太太,哪里晓得怎么带孩子。"

"你们住在这附近吗?"宋允端问。

"过路的。我家男人去市集了,等他回来我们就得走。"

"市集在哪儿?"

"两里地的地方,往那边直走就是。"妇人小心翼翼地抱着孩子,往北边一指。

"大姐,我也想去一趟买点东西,把孩子先放你这儿行吗?"

"去吧去吧,路上吃的用的不够,大人孩子都遭罪。"妇人道,"你去吧,我帮你看着她。"

宋允端点点头,他说要走,却好像还是在犹豫,这时雨忽然停了,云层撕开一条缝,透出隐隐的阳光,他抬头看了看天,叹了口气。

"就这样吧。"他想,他只能做到这个地步了,退一步进一步都不太可能了。就这样吧。转身离去的时候,他的双腿不知道为什么竟有些发软。

妇人走进船舱,翻了一张干净的棉布毯子,给孩子擦干了小脸小手,把已经淋湿的褴褛解开,用毯子把她裹了起来。孩子轻轻软软,像一团白嫩嫩的小棉花,模样儿更是俊俏娇美,日光透过窗户照在她晶莹的小脸蛋上,红红粉粉,煞是好看,船工媳妇看得心中喜欢,忍不住轻轻吻了吻她的小额头,身子一侧,让孩子对着窗外,小声唱着歌安抚她。

青的山绿的水，逐渐明亮的天，在悠扬的船歌中显得安宁静谧，孩子渐渐止住了哭泣，滴溜溜的黑眼睛好奇地眨了眨，也许是哭累了，将眼睛缓缓闭上，不一会儿就睡着了。妇人将她小心放到床上，顺手从床下拿了张小凳子，坐在上面，手肘撑在床上，呆呆地看着孩子可爱的睡颜。风吹得岸边翠竹沙沙作响，天晴了，有浣衣妇抱着水盆走到江岸，挥着木杵敲洗衣服，赶鸭的农人执着竹竿子吆喝着上岸的鸭子。

岸边越来越热闹，人也越来越多了，可那个衣着体面的年轻人，始终没有回来。

那妇人的丈夫直到天黑才回来，见妻子呆愣愣坐在甲板上，看着一勾月亮在水里荡来荡去，见他跨上船，连头都没有抬。

男人将手中两个竹篓放下，跟她说起米价比往日涨了不少，到熟悉的店家打油，伙计换了个新人，耍滑头少了他的秤，若是往常，女人必然会气愤地接话，但这次却是出奇地安静。

船夫说了半天，见老婆始终不吭声，终于觉得不对劲了："你是怎么回事？不声不响的。"

媳妇抬头，愣愣地看着他："你怎么现在才回来？"

"工钱还没讨完呢。这两天别想走了，得把钱全部要回来。"

"不！我们今天就得走！"

船夫愕然："为什么？"

女人带着哭腔道："有人把一个小囡囡扔到我们船上了，你进去瞧瞧，宝贝似的小人儿。我怕那人反悔回来找，连夜饭都没有心思做。"

那船工大惊，快步走进船舱里，过了一会儿，一句话也不说地出来了，媳妇看着他，等他决定，他只是不说话，找了马灯点上，挂在船头。女人的眼睛跟着他走来走去，央求道："我们一直想要一个小娃娃，现在老天爷送了一个来，我可舍不得让她走了。"

"那孩子看起来像是富贵人家的，万一是被拐了的，到时候亲爹亲娘寻了来，别给我们惹出祸事。"

"扔她的就像是她的爹，斯斯文文的一个小后生，说要回来，一直不回来。"

"等等吧，等到明天要是人家不寻来，咱们再走。何必造这孽。"

"人家要真寻来了，你愿意还吗？"妇人眼泪汪汪地问。

船夫咬着嘴唇，蹙起了眉，额头上一道皱纹变得越来越深："还是要等，等到明天一早，他要不来，我们立刻就走。"

宋允端永远不会再来了。

他沿着长江边的公路，一路向北开去，本打算回老家宋家镇待一段时间，临到快天黑，担心汽油不够，便找到一个小镇的公所，买了一些汽油，顺便去一家饭馆吃了饭。

往油箱里倒油的时候，起了一阵风，月亮隐入了云际，路边杂草丛生，两边的泡桐树更是像拍巴掌似的被风吹得响，路面上全是细碎的小石子，风贴着地在飞，就像有人跑过来。

宋允端不寒而栗，往身后看了看，公所外悬挂着一盏马灯，被风吹得一晃一晃，一明一暗，他赶紧将油全部倒入油箱，正准备上车的时候，再次听到脚步声，这一次他没有回头，以为依然是风声，他拉开了车门，但他没能上车去。

有人蹿了上来，他的脖子倏地一紧，被细绳勒住，他本能地用手去挣，手刚一动，就被人抓住了。不止一两个人，可能有四五个，他的衣兜、裤兜被掏了好几遍，里头的钱包、零钱、钥匙、钢笔全被掏了出来。车子后备厢开了又关上，车门发出砰砰的响声，宋允端恍然大悟：他遇到了强盗。江北一路上那么乱，自己为什么这么不小心？

这一刻他的头脑是清醒的，所有的邪恶、怨毒、委屈，全被疼痛和窒息攥走了，实实在在的恐怖与危险过滤掉了一切杂念，他只想求生，用尽力气要呼救，可一张口脖子痛得更厉害，就像要断成两截。

绳子拉得非常紧，宋允端完全无法透出气，慢慢地，一双胳膊无力地耷拉了下来，抓住他的人也懒得再使力了，放开了他，不甘心地又去搜了一遍车里，只有宋允端身后的男人一直紧拉着绳子不放，也许他并没有真正想把这人勒死，所以当感觉脚上踩到什么湿东西时，吓得手一松，跳了一下，待看清楚，便低低地骂了一声娘。

其他人回过头来，微弱的月光之下，他们看到石子路上湿漉漉滑溜溜，臭气扑鼻，那个倒霉蛋屎尿都流出来了，像一个清空了的布袋子,软塌塌地蜷倒在地上。

他们将他扔到了一个偏僻的沼泽地里,临走时还抽走了他裤子上的皮带。灌木发出霉烂的气味,在夜色中,所有的影像都失去了形状,迷宫般的荆棘搭成黑暗的形状。没有再下雨了,到破晓之前,因前些日子的阴雨天气,累积的雨云终于散去大半,尚留有一丝半缕,天空显得尤为肃穆而壮美,草木的枝梢浸在了薄薄的晨雾之中,被朝阳映得发出玫瑰色的光芒。

宋允端的尸体在三天后被发现,他没能看到那个美丽的黎明。

〔三〕

阳光照进屋子的长度越来越短,梦境却越来越长。璟宁总是梦到一些似曾相识的情景。

总出现在梦中的有一艘船和一座永远也修不好的桥,桥浮荡在水雾缭绕的一条江上。璟宁总想到那艘船上去,但船夫总不靠岸;她试图走过那座桥,但桥却一直修不好。

还有孩子,她的孩子。

孩子总是最后出现在梦中的,与她相距非常远,以多种面目出现,一会儿是婴儿,一会儿又是一个五六岁扎着小辫子的小女孩,偶尔又是一个亭亭玉立的少女,那个少女看起来有十八九岁了,璟宁远远看着她,并不觉得陌生,而是认定少女就是小乖,她甚至在心里想,小乖都这么大了,我不能总是叫她的小名了,要不她会不好意思的,那个时候的梦境是幸福的,璟宁会开心地笑起来,但笑着笑着却忽然意识到:"不对,肯定是在做梦,小乖不见了的啊,小乖被人抱走了!"

尖锐的心痛就马上来到了,然后她就醒了,不论她在梦中是笑,还是哭,醒来后枕边总是湿透的泪水。

所以每一次入睡,璟宁都希望孩子晚一些在梦中出现,这样梦醒得会稍微慢一点,心痛也会迟到几分钟。

冬天的花园不需要玫瑰,不需要鸟鸣,等树叶落完,也不需要树木发出让人烦躁的声音了。一种沉甸甸的黑色的伤痛,将时间打压成了一个单薄的名词,一个虚无缥缈的概念。时间停下来了,变得扁平、空洞,它的刻度从分秒、小时,变成了黑夜、白天。日光,月光,或者黑暗,成了时间唯一的标识。就这样,无垠的、永恒的时间等在前头,以淡漠冷酷的眼神提醒着迎向它的人,提醒他们在往前行进的时候具备足够的勇气。

十一月底的一天清晨,璟宁从梦中醒来,虚弱得像一个新生儿,她起床走到窗前,习惯性地先拉开窗帘,以确定是不是天亮了,看新的一天有没有真的开始。

是的,孩子没了,她很确定。什么也没了,日子却还要过下去。

蓝天下霜冻的花园显得干燥易碎,阳光是充足的,虽然没有暖意,但毫无遮挡地照射着,仿佛已经在连续多日的阴天里攒足了力气,等云层散开,便谁也不能阻止光线倾泻下来。

璟宁从窗前回头,床上德英的位置是空的,她不确定他昨夜有没有回家,事实上他几乎已经不怎么回家了。小乖出事以后,他连日连夜赶回了汉口,发了疯似的,动用所有的关系去找孩子,最初几天各种消息都有,他经常通宵睡在警察局,即便回了家,也连衣服都不换,一有电话打来就立刻出门。可每一次都是满怀希望地去,垂头丧气地回来。

卧室的五斗橱上原本有一个瓷花瓶,这个花瓶并不好看,甚至有点土气,瓶身上有一只红色的大公鸡,德英以前经常抱着小乖走到那个花瓶前,指着那只大公鸡让小乖看,小乖很喜欢那只漂亮的大公鸡,小脑袋总要凑过去,德英便故意把她抱远一点,小乖就会着急地伸出小手,央求他把她抱近一点,待愿望满足,她就会开心地笑。

"那是什么?小乖小乖,爸爸指你看的是什么?"

"喔喔!"小乖拍着小手,欢乐地喊道。

"对,对,我们的小乖最聪明,知道它是喔喔,喔喔是大公鸡,它是小乖的朋友!"

"哈哈!"

小娃娃的口中只会发出最简单的音节,但那真是世上最动听的声音啊。德英是那么爱她的笑声,但他也许再也听不到了。

所有和小乖有关的物件,那个花瓶,那些小布帕、口水兜兜、小衣服小鞋子，全都会勾起璟宁与德英最甜蜜却也最悲痛的回忆，他们惧怕它们，却又舍不得不看，仿佛上面牵系着希望，就像小乖还能回来。

佣人打扫卫生的时候不小心将瓷花瓶打破，在家里从未发过火的德英面无表情地走过去，狠狠打了她一个巴掌，直把那老仆妇打得憷了，哭哭啼啼地下楼去告诉了徐祝龄。徐祝龄很生气，但也顾不上教训儿子，他也正在焦头烂额之中。

佟宅发生的枪案不是一次简单的黑帮火并，受重伤的人里有《楚报》的主编孙萍，他曾在一·二八事件后针对日本政府写了许多措辞强烈的谴责文章，佟春江则一直是一个态度鲜明的反日人士，他那位叫阿奇的助手在枪案当天早上被人腰斩，残碎的尸体一半被扔在法租界巡捕房门口，另一半则在日租界的一家五金商行外被发现。种种迹象都表明这是一次报复行动，幕后黑手已锁定了汉口的日本浪人。

法租界的工部局刚刚才开始打击日本浪人的一些犯罪活动，和法租界关系密切的佟春江最得力的助手被抛尸在巡捕房外，简直就是公然"在太岁头上动土"。当法籍探员受命开展侦查缉凶时，一封匿名信寄到巡捕房一个探员手中，警告他不要找麻烦，放弃追究其事，否则自食后果，信封里附有一只血淋淋的手指。局面变得复杂了。法国方面盛怒之下选择将责任推到中国一方，让汉口市政府去捅马蜂窝，要市政府给他们一个交代。

佟宅的枪击案甚至惊动了南京，行政院下令要严查此案，但也命令一定要谨慎处理，不要过度夸大事件，不能透露出一点会对本就火药味极浓的外交关系产生刺激的信息。

小乖的失踪，是无法直接跟日本人扯上关系的。德英为此和父亲发生了有生以来最激烈的争吵，他要求父亲必须动用政府的力量将日本浪人全部抓起来，如果他们不说出小乖的下落，就把他们全部枪毙。

但徐祝龄怎么可能这么做？

"德英的心情我非常理解，你们夫妻俩最近很难熬，我们也都知道，"徐祝龄让徐夫人把璟宁叫到书房，无可奈何地道，"我只能说我会尽我最大的力量去找回小乖，但是，超过职能与责任的事我是无法做的……公是公，私是私，两件事不可能混淆，现在又牵扯到国际关系，不能有一点闪失。"

"德英现在又要找孩子，又要忙生意，我从来没有见过我这个儿子如此崩溃痛苦过，璟宁，你要多为他分担。"

璟宁想不出办法能减少德英的痛苦，但她已知道，自己整日昏昏沉沉的麻木状态已不被公婆谅解与宽容了，他们要她打起精神，尽到一个媳妇与妻子应尽的责任。徐夫人虽然是懂得她的，身为母亲，她知道这世间没有什么痛苦能比得上失去孩子，但以她的立场，她也只能这么说：

"宁宁，你老闷在家里也不好，如果给自己找点事做，心情或许也会好一些。"

做事？做什么事呢？

起初她和德英是一样的，就跟疯了一样，甚至就在事情发生当天，她不顾佟家仍处在危险之中，赖在了佟家不走。

孩子是在佟家被人抱走的，所有人都查过，所有人都问过，除了失踪的宋允端，他成了最大的嫌疑。但璟宁根本不认识这个人，想不通如果是此人抱走了小乖，他究竟会出于什么样的理由？

"德英的纱厂是从他手中拿过来的，"银川轻声说，他尽可能选择了温和的措辞，实际上不是"拿"，为了争夺纱厂，他采用的手段其实和"抢"没什么区别。

"虽然不至于抱走一个无辜的孩子，但这些客人里，唯有他能跟我们有一点关系。"

是的，万一就是宋允端呢？

阿奇被杀，佟春江宛如被卸掉一只胳膊，但他仍匀出了一部分精力，派人四处寻找宋允端，差不多一个多星期后，宋允端已面目模糊的尸体被运回了汉口，这条看似有一线希望的线索也随之断裂了。

璟宁的希望也断了。

那段日子充满了焦灼与混乱，被传单、寻人广告、此起彼伏的电话铃占据，被确定与不确定的线索侵扰。云家和徐家，能发动去找的全发动起来，连云秀成都跑了好几次警察局。甚至佟夫人，怀着对璟宁深深的同情和愧疚，也想尽了一切办法催促佟春江不要停止寻找。

时间一天天过去，在希望一点点破灭之后，人们的重心转移到安慰孩子父母上面，这也意味着他们已经接受了孩子可能永远也找不到的现实，尽管那对不幸的夫妻并不接受。

还有一个人始终没有放弃努力，那就是银川。尽管宋允端已经死了，但银川坚持攥着他这条线不放，因为从各种方面来分析，再没有人会比宋更有抱走孩子的可能性。佟春江此时要将重心转到对付日本人上，佟家的处境仍然很凶险，他给予的帮助是有限的，银川放下了大部分手中的事务，以佟宅为中心，雇人进行撒网式的查找。但依旧一无所获。

所有消息，只要和失踪的婴儿有关，德英和璟宁一概来者不拒。哪怕只是一个恶作剧，哪怕是敲诈，依旧会不惜一切代价去确认清楚。有人写匿名信说曾看到一个老妇人抱着一个深蓝色襁褓，但若要他告知老妇人的下落，需要徐先生往某个账户先打去五千块钱，德英眉头都没皱一下，立刻就把钱打过去了。然后便再无消息了。这样的情况他们遇到过不止一次两次。交错的希望与绝望，轮番上阵折磨着他们。从清晨转为黑夜，天气从凉爽进入寒冷，小乖依旧下落不明。

就这样两个月过去，正如徐祝龄所说，德英崩溃了。

德英第一次对璟宁动了粗。

某天深夜，他喝得醉醺醺回家，将她从床上一把拽了起来，一直拽到他面前，让她看着他。

"如果不是你，孩子就不会丢！"他喃喃道，捏着她的下巴，"你这个不安分的轻浮女人，如果不是那天你抱着小乖出去，她就不会丢！你为什么要出去？！佟春江的儿子过生日？你去给别人的儿子过生日，把自己的女儿给丢了，你这个贱人！"

他打了她一巴掌，然后压着她，两人一齐倒在床上，他将她反手攥着，刺耳的裂帛声中，睡裙被他一直撕到腰下，她从来没有见过他这样反常，面目狰狞动作粗暴。回忆如湍流袭来，她清晰地记得他们的小时候，他是她无比怜悯的软弱男孩啊，他曾对她说："宁宁，你对我最好，谢谢你。"他也是一个发誓会对她一辈子好的温柔的男人，现在这个男人在打她，咬她，蹂躏她，他在她耳边嘶吼："我只想要孩子回来，把她还给我，还给我！"

她起初还挣扎,但后来还是放弃了,任由他将所有的怨恨和委屈报复在自己身上,这是个可怜人,或许比她还可怜,因为她从未爱过他,他像个活在肥皂泡里的孩子,小乖就是他的肥皂泡,肥皂泡飘到半空碎掉了,他也跟着碎了。

　　早上他筋疲力尽地醒来,看到她满身满脸的伤,震惊得说不出话来,但这个女人却用静如止水般的眼神看着他。他以前正是因为那双美丽的眼睛深深爱上了她,但他现在觉得他应该恨她才对。他曾经深爱的那双眼睛,此刻代表着下贱和虚伪,她的亲生女儿生死未卜,这双该死的眼睛却一滴泪水也没有流下来。

　　是的,即便在她表现得最痛苦的时候,即便她光滑白嫩的额头也因为忧愁出现皱纹的时候,她也没有哭。她为什么不哭呢?她难道没有良心吗?她的骨肉丢了呀,她一点都不难过吗?

　　她竟然还顾得上盯家务,顾得上做杂事,顾得上同情他!用这种高高在上的眼神鄙夷他!他不要她这样。

　　德英一把揪住璟宁的衣领,她脸上飞快闪过一丝畏惧,但很快便镇定下来。她不抱怨,不蹙眉,不哭不闹,决意忍受他即将做出的一切。但这不是他要的反应,他要她伤心,要她哭出来,要她袒露她的真心!但他永远不会成功,永远。

　　他松开了她,将头颓然埋在双手中,颤声道:"孩子丢了,我知道你更不愿意跟我在一起了,我连能留住你的唯一的理由也没了。"

　　这才是他的真心。血淋淋的,惨淡的真心。

　　"德英……"

　　"你从来都没爱过我,我知道。本来我还抱着一丝希望,我们这辈子还很长,有了小乖,我们才算是有了一个家,我对小乖好,你就会念我的好。"

　　"我念你的好。"她说,眼神和语气是那么苍白无力。

　　她真是麻木不仁,铁石心肠。

　　德英呜呜地哭了起来,肩膀耸动。

　　璟宁将皱成一团的衣领理了理,往后退缩了一点,她看着徐德英,她的丈夫此刻像个无助小儿一般痛哭着。世间千难万苦,她真的一点办法也没有。她也想哭,她连让自己哭出来的办法也没有。

月底璟宁接到房屋经纪人打来的电话,说给她找到了一间合适的商铺,她顿时醒了醒:为了找女儿,德英的生意受到了影响,公事房一直没定下来不说,连累许多订单都被取消了。女儿要继续找,生活也得尽量回到正常的轨道上去,璟宁立刻去利济路看了看那几间屋子,窗明几净,空间很宽阔,装潢很简单,重新修葺起来也不难。拖了这么久,总算看到一处合适的房子,她赶紧将订金交了,房东将钥匙给她,她进去坐了一会儿。

太阳西沉,暮色四合,屋子里冷起来了,璟宁去找了一下热水管,整栋楼是有锅炉房供暖的,她问了管理员,大概烧个两个小时,屋子里就应当会很暖和。德英在里面办公不会冷的,她放下了心。

回到房间拿提包准备回家,她脑子里猛然轰地一响,脚步冻结在原地:瞎忙活什么呢?做这些有什么意义呢?就连活着又有什么意义呢?孩子没了啊,我生下来的那个可爱的小宝贝,没了啊!为什么我还是浑浑噩噩地一天天过了下去呢,像还要攒着劲继续过日子一样,我图个什么啊?

墙在晃动,天花板也似乎要压下来,她手足冰冷,打着哆嗦蹲下了身子,慢慢瘫坐在地上。她的心很痛,痛得想拿刀子剜开,看看里面究竟是什么东西在搅动。她想哭却哭不出来,想着回家去还要面对德英,面对无望的漫长的时光,就恨不得在这空屋用一根废弃的灯绳吊死。但她不能死。

哭吧,潘璟宁,你为什么哭不出来了呢?你是真的没有良心了吗?小乖生死未卜啊,她还那么小,那么柔弱,轻轻一摔就会要她的小命啊,你把她弄丢了,让这个弱小的生命独自去面对这残酷的人世间,你为什么还不哭呢?

脸是滚烫的,她匍匐在地上,脸贴在地上,以最谦卑的姿势恳求着:"老天爷,上帝,佛祖!你们救救我吧,救救我吧!把我的孩子还给我吧!让我活下去吧,我想活下去啊!"

她张大了嘴,用拳头用力捶着胸口,一拳又一拳,嘴里发出沙哑的喊声,但仍旧不是哭声,她仍旧哭不出来,眼睛像被洒了干燥剂,烧得那么痛,却依然没有泪水。

那天德英依然回家很晚,他又去了一趟警局,自然又是一次无功而返,每到这时候他的心情绝对是非常差的,更何况他在路上还碰到了银川,银川问到璟宁的情况,德英随便对付了他两句。银川告诉他,他这边有了一点消息,有人在江北看到过宋允端好像确实抱着个孩子,过两天他会亲自去江北找那个人问问。然后他嘱咐道:"你好好陪陪璟宁吧,陪她上哪儿散散心去,我会帮你们继续找下去的。"

德英当时便把脸垮下来,冷笑道:"纱厂现在还欠着郑先生的债呢,即便郑先生勉为其难要帮我们找孩子,让我空出时间来,我还得好好做生意呢,哪里有时间陪老婆。我们夫妻之间的事,您就别来指点了。"

银川眉峰微蹙:"宁宁现在比谁都伤心,你是她丈夫,应该多关心关心她,怎能说这种风凉话?"

"是吗?"德英只要一见他生气便会有一种奇异的愉悦,"我倒觉得她一点都不伤心呢,她想得很开,跟我再生一个孩子不就行了?这几天她对我可热情了,简直投怀送抱的,我都有点招架不住。"

银川忍无可忍,一拳就打了过去,德英完全不还手,任他打,直到李南珈冲过来将银川拉住,才擦了擦鼻血,指着银川道:"郑银川,你比我可怜,我现在不跟你一般见识,你是孤家寡人,我回家有老婆疼,我让我老婆给我生儿子。"

"徐德英!"银川眼里就似在喷火,又要冲上来,南珈死死抱住他,对德英吼道:"快走吧,还嫌事情不够乱吗?!"

德英就是在这样的情况下回的家。

璟宁见他脸上有伤,吃了一惊,忙去拿药酒给他擦,他将她的手挥开,夺了药瓶,冷冷道:"我自己来。"

"怎么受伤了?"她担心地看着他。

他不理她,自己对着镜子擦药。璟宁回到沙发上坐下,继续整理刚刚佣人送进来的干净衣服,把德英的衬衫一件件叠好,放到衣柜里去。

德英回头看了她一眼,她瘦了许多,削肩细腰,就像会被风吹跑，原本乌黑柔顺的秀发毛躁地垂在肩后，有几绺打成了结。

他心中火烧一样疼，终于强自笑着问她："宁宁，你今天过得好吗？"

他语气突然变得如此友善，让她又惊又喜，她急忙转身，微笑道："我出去看房子啦。"

他一时愕然，没反应过来她在说什么。

璟宁将房子的事跟他说了，把租约拿出来给他看，德英起初就跟没听见似的，将租约接过去，随手便放到一边。璟宁小心翼翼提醒他，赶紧将纱厂的事处理好，想进的货啊，该去洋行走的关系啊，也该放入日程了。

"要不你的生意会被耽搁的。"

德英猛地将手中的药酒瓶一掼，说："你怎么这么啰唆？现在做这些事还有什么意义？进货？进个屁的货！耽搁就耽搁，去你妈的！"

这是他第一次在她面前说脏话。

璟宁完全呆住了，然后面色一冷，将头一偏，不再看他也不再说话，她也从未在他面前发过脾气，现在这样的反应，已是她最生气的样子。

德英抄起一根凳子便往梳妆台上砸去，噼里啪啦的声音里，他将他能砸碎的都砸了。

璟宁只是低头坐着，她之前冲了个热水袋，就搁在腿边上，不过几寸的距离，她手都懒得伸过去。

徐祝龄夫妇本来都睡了，被这番大动静吵醒，走过来将德英喝止住，拉到客房去了。璟宁还是坐着一动不动。佣人要进来打扫，她仿佛从梦中惊醒，抬起头说："明天再收拾吧，我想睡觉了。"

那佣人离开的时候回头连看了她好几眼，她的脸白得吓人。

她再次梦到孩子，孩子已经长到了两三岁，扎着小辫子，穿着一条蓝底白花的小棉裤，坐在一艘小木船上玩耍，璟宁感觉从未与她分开过，虽然看不清孩子长什么样，但无论是什么样，她都很喜欢的。她在梦中的身份是个农家妇女，正在河边洗着菜，河水结了冰，流动的时候能听见冰块撞击的声音，她抬起头，见小乖探着身子要去玩冰，浑然不知面前那个巨大的冰窟窿会吞噬她，璟宁大惊，立时便叫："小乖别乱动，小心掉下去！别动！"小乖反而叽叽一笑，往前探得更多了，璟宁急得大口喘气，当小乖终于掉了进去，她尖叫起来。

一双手臂环过来将她抱着，璟宁猛地惊醒，人还在声音沙哑地喊叫着，身子抖得如筛糠一般。德英不知道什么时候回来的，将被子给她重新盖好，裹好了她，再把她搂到胸前，下巴放在她发间，柔声道："别怕，别怕，宁宁不要怕，宁宁啊。"

他像哄孩子一样哄她，安抚她，温柔又绝望。

璟宁紧紧攥住他的手臂，过了许久才平定了呼吸，德英吻她冰凉的脸颊和额头，让她将头枕在自己肩上，他使劲拥抱着她，仿佛他们一直相依为命着。

早上德英去外面买了烧梅和米酒，回家还亲自下厨，煮了热干面给大家吃，璟宁也早早起来，和佣人们一起收拾了一下屋子，吩咐管家找工人来换梳妆台上的镜子。

夫妻俩陪徐祝龄夫妇吃完早饭，回到卧室，璟宁见德英好像没有要出门的意思，觉得奇怪，却没敢问。

德英怔怔地看着她，看了许久，他走到她面前去，突然想对她说一说心里话，那些从未告诉过她的话，但话未出口，又觉得说出来毫无意义，且有违他的初衷。

他的目光里透出温柔，没有了愤怒，也没有责难和嘲讽。他心中被痛苦和原谅充满，是的，他终于明白，她如此骄傲地如此安静地独自承受着一切，而他连一句安慰也没给过她。这是错误的。徐德英，你爱她，却最终变成了折磨她，你爱她，却让你失去了你自己。这是错的。

璟宁静待着，他依旧是沉默，当她低下头时，她听到他长叹了一声，他说：

"潘璟宁，我们离婚吧，你自由了。"

〔四〕

十二月中旬的一天，璟宁从汉口警察局的值班室里走出来，一辆

512

车斜穿过马路,猛地停在她面前,她连头都没有抬,看也没看那辆车一眼,沿着人行道往法租界的方向继续走。天气很冷,高跟鞋在地面上击出响声,与她此刻的表情是一致的:倔强,坚硬。

银川下车,快步走过去,将她一把拽住:"去哪儿?我送你去。"

她眉间闪过怒气,用力挣脱,将弄皱了的羊绒大衣袖子理了理,淡淡道:"再去法租界的巡捕房问问。"

"有消息他们会主动告诉你的,你应该休息。"他说,"走,我送你回家去。"

"我不!"她跟他较起劲来,"我就不!"

银川懒得跟她废话,将她往车上拖,她就用手提包打他,包上的金属链子哗的一下打在他额角,立刻就弄破了皮,血冒了出来。银川不过仅仅偏过头躲了一下,双手一矮,璟宁以为他会放了她,孰料他不过是找准了姿势,将她一个打横抱起。

"放开!放开!"她叫起来,"你给我滚开!救命啊!救命!"

银川充耳不闻。

有行人见到,真的打算走过来,但警察局外的门警朝他笑着摇摇头,那人便明白这不过是一场小闹剧罢了。璟宁大急,喊得越发大声,却没一个人再愿意过来帮他。

银川抱着她,边走边朝门警使了个眼色,那门警走过来,银川将璟宁扔进车里,门警适时地将车门抵住,璟宁没有办法跑出来,急得大叫:"我要告你们!你们协同坏蛋绑架我!"

那门警力气不减,任凭璟宁将车门拍得噼啪响,银川上车,从车窗伸出手来朝他一挥,车子发动,扬长而去。

"吃饭!"银川将筷子塞到璟宁手里。

她将筷子扔到地上。

他不慌不忙捡起来,又去拿了一双干净的:"我去武昌你最爱的那家鱼馆子买的鱼,汤是小君从你家送过来的,她还给你打扫了一下房间,换了窗帘和被子。你以前挺爱整洁的一个人,现在变得这么不会收拾。"

把筷子又塞给了她，璟宁再次扔了。

银川也不恼，弯身去捡，自顾自地道："你别奇怪我们怎么会进你这屋子，我让管理员开的门，我还给了他钱，足够他再请个管理员。"

璟宁冷笑："他傻啊？！拿着钱自己不用。"

银川也笑，柔声道："是啊，他傻。他最傻。"

璟宁别开脸不看他，手握成了拳头，银川又去拿了一双筷子，忍不住想笑，道："你再扔的话就没有……"话却没说完，被一阵心痛压了回去。

是的，她只有三双筷子。她离婚后搬到利济路这里独自一个人住，只带了三双筷子。三口之家，三双筷子也够了。

但她孑然一身。

"宁宁，"银川叹息道，"我真没用，我不知道该怎么让你好起来。"

"让我找到小乖吧，让我去找她吧。"她无力地说，站起来，走到壁炉前，怔怔地盯着上面放着的相框，里面是小乖满月时去长生堂剃了头，璟宁抱着她在新生活照相馆拍的照片。

"大哥哥，你瞧，那个小光头多乖，多可爱，"她用手指比了个长度，"她被抱走的时候，头发才长这么多。"

"会找到她的，我一直在找。一直没有停。"他走到她身旁，和她一起看着那张相片，"那个农夫我已经找到了，至少我们知道确实是宋允端抱走了小乖，对不对？他肯定是把小乖送给了谁，我沿着长江，一家一家挨着找的，江北找完了，就找江南。"

她悲伤地看着他，大眼睛空空的："局势那么乱，小乖会不会有事？"

"不会的，她不会有事的，她那么可爱那么乖，谁会忍心伤害她？疼都来不及。"

璟宁摇摇头："你言不由衷，我知道你就不喜欢小乖，你讨厌她，你并不觉得她可爱。"

她说破了他的心事，他不由得一怔。

是的。他曾经很不喜欢小乖，甚至诅咒她消失，当怀疑有可能是宋允端抱走孩子的时候，他都在犹豫要不要说出来。

是的，这个孩子让璟宁失去了自由，让她困在了和徐德英无望的婚姻之中，他希望璟宁解脱，曾盲目地认为只有没了这孩子，璟宁才能重寻自由。

可他错了。他早就否定了自己。他比任何人都拼命去找，他甚至不再去管生意，他甚至在与埃德蒙斗得最关键、普惠洋行华账房最终要独立的紧要关头撤了出来，将所有精力放在了寻找孩子上。

那是因为他明白，这个孩子就是璟宁的命。

"宁宁，相信我，我比任何人都希望你能找到小乖，"他轻声说，"我很明白，这世上所有的感情都比不上脐带两端维系的母子之情，我愿意用我的一切去换这个孩子回来，哪怕你永远不在我身边，只要你能振作，能好起来快乐起来。"

她心中一震，转过脸来，凝视着他。

"你为什么要对我这么好。为什么还对我这么好？大哥哥，你连生意都没时间做了。"

"因为……"他哽噎了，虽然他心中他维持着他的镇定，可这是非常脆弱的表象，他现在只想放声大哭。难以启齿的悔痛，时时刻刻纠缠着他，而眼见着她的绝望无助，他却无能为力。他多么希望能回到小时候，她任性自由，无忧无虑，如果不开心便大声哭出来，可她现在这种空洞麻木的样子，让他心痛得无以复加。他想告诉她，为所爱之人付出全部，是比生意还要明智千倍万倍的投资，金山银山，加起来也没有你珍贵。可他说不出口，不知道何时才能真正说出来，他怕像过去那样，表白了真心，却换来她更坚决的拒绝。

她看着他。

他额角的伤是被她打的，伤口看起来很吓人，但他脸上却带着微笑，含着泪的微笑，是那么的温暖，让她有一瞬回到过去的美好，回到那个铁线莲吐露香气，玫瑰在藤蔓上微笑的季节。

"大哥哥……"她轻轻地道，眼中掠过歉意与疼惜。

他心头一震。一种欣喜若狂几乎要喊叫出来的力量被另一种更强烈的力量席卷。

那是预感。那是一颗心与另一颗心最迅疾的感应。

她将纤细的手指伸到他额头前,疼惜地触了一下他的伤口,他猛地抓住了她的手,她本能地一挣,他却没有放,将胳膊一收,紧紧地抱住了她,就像意念中紧紧缠住了他的那条欲望的蛇。

疼痛飞走了,痛苦飞走了,理智也飞走了。

他用嘴唇压迫她的唇,迫使她张开嘴,让他尽可能多地得到她,得到的越多越好。她至少站了有一分钟,一动不动,身子在慢慢往下滑,他将她提起来,抵在墙上压住,手探入了她的衣领,解开她的衣扣,她打他,咬他,像一只倔强挣扎的小小野兽,但最终还是被制服,整个人都松软下来,变成了脱了骨的鱼。他将她抱起来,一直抱进了卧室。

倒下的那一刻,她发出了细弱的声音,与其说是疼痛的喘息,不如说是对他销魂蚀骨的牵引。她把脖子给了他,肩膀给了她,全部的肉身给了他。她的皮肤比丝绸还要冰冷光滑,他溺进了这水一样的寒冷,绸缎一样的温柔之中,窒息,紧张,却无能为力。感官中恣肆的是酒一样的血液,带着爱的浓香,他想即便醉死其中,也无怨无悔了。他们纠缠着,互相压迫着,索取着,她认为自己可耻而淫荡,可仍如挥霍一般,享受这自暴自弃的放纵带来的空茫。他吻她雪白胸脯上细细的青筋,吻她的眉眼,她紧抿的唇,珍珠似的耳垂,她离他的眼睛如此之近,她的呼吸与他毫无距离。

他的身下是她,被他占有与掌控,而她的身下却是深渊,她被他强烈的、不可控制的热情击落,一点点下沉,最终跌落了进去,在他到达幸福顶点的同时,她却下了地狱。

她终于哭了出来,豁出去地哭,放肆地哭,她的泪水让他的坚持与克制轰然炸裂,他箍紧了她,痛彻心扉,却又是那般满足。

在地狱里,谁能得到救赎呢?撕裂的灵魂在这一刻终于变得完整。

〔五〕

银川醒来过一次,以为梦境变长了,自己一觉睡到了次日天亮,满窗是明亮的日光,但等他慢慢回过神,才知道那不是日光也不是月光,而是雪,漫天的雪。路灯照着白色的雪花,窗外的夜是雪白的、明晃晃的。

雪下得很大,北风刮得呼呼响,墙上的电话线被刮断了,执拗地敲打着玻璃窗。他生怕怀中的人被那讨厌的声响吵醒,将她抱得更紧,用胳膊夹住她的耳朵,她不舒服地挣了挣,但还是像之前一样靠着他,柔软的发丝轻轻触着他的胸膛,温暖的呼吸喷薄其上。这与适才的温存缠绵一样让他感到亲切。沉睡着的璟宁,湿润的长睫毛轻覆在白皙的脸颊,红润的嘴唇丰满微翘,她这般信任他,毫无防备与戒心,她是他一直爱着的小女孩。

和她一同躺在床上,相依相偎,肢体交缠,是一种极其陌生又奇妙的感觉。就像一场梦。哪怕正在进行着,他也会忍不住悄悄地咬一咬嘴唇或手指,以确定是不是在真实发生着。

真的不是梦,她就在他身边。

大雪将他们封锁在一个时间的节点之上,给了一个可以说服自己停留在当下的理由。他们赖在屋子里,雪中的一切比夜色中朦胧的现实世界更为迷离莫测。她会任由他凝视她,观察她,品尝她,让他的眼睛停在她每一寸皮肤上。她也会突然将他摁倒,手肘支在他胸前,用她漆黑明亮的眸子打量他,就像在重新识别已经遥不可及的最初。随着岁月的流逝,他的形象熟悉又陌生,鼻子、眼睛、秀挺的眉、轮廓分明的嘴,他紧绷光滑的肌肉和皮肤,颀长优美得令人目眩的身体,他所有动作里暗含的难以解脱、在劫难逃的悲伤与欲望,也许她能理解,也许不能。反正他让她跟着他坠落了。她低头望着他的脸庞,去习惯他眼神里的爱情和眷恋,自从孩提时代起他的眼神就温暖过她,给过她意志,他的眼光中还有一种深深的疲倦,不仅来自于身体也来自灵魂,现在所有的疲倦都燃烧起来了,变成了光。

当她注视他的时候,银川会立刻就感觉到皮肤变得愉悦和温暖。他觉得从来没有如此幸福过,他细数了自己为数不多的快乐的记忆,没错,这就是他最幸福的时刻,简直心摇神驰,魂夺魄销。而当她乌黑的长发散落下来,撩拨他的时候,他就感到越来越呼吸困难,身体里汹涌澎湃的是渴望和无止境的贪婪，没有任何力量可以阻止他的占有，他要紧抓她不放，抓在手里，锁在家里，像一只荒野的狼独占它唯一的配偶。激烈的纠缠，每一次都像一场积蓄已久的爆发，她是柔软的宣纸，那他就是铁画银钩。

窗外的雪下个不停，这一夜如此漫长，但他就像已和她共同度过了无数光阴荏苒日夜更迭，一切感觉都无比敏锐起来，声音被放大，动作变得夸张，她和他同处在方寸之间，共谋着一个隐秘的罪，于他是罪，于她或许还得再加上羞耻。

人在羞耻中能活下来吗？

每次他离开的时候，她都会在窗前看着他，但她并不知道他会将车开到一处街角停下，然后悄悄沿着商铺的屋檐下步行回来，一直走到她楼下，在寒风中等大约半个小时，才放心地走了。在一次出门的时候她发现他跟着她，即便不是他，也会有别的人，全是他的亲信。有时候他会一个突袭赶回来，给她送点东西，或者告诉她寻找小乖的进展。哪里会有什么进展，连抱走小乖的歹人都死了，小乖多半已经凶多吉少。璟宁知道银川不过是借着孩子来接近她罢了。她也清楚他在怕什么，他怕她跳楼，怕她寻死，怕她跑。而她自己之所以每天都去警察局和巡捕房，不过是因为被一种盲目的希望逼迫着，没了这希望，她都不知道活着还有什么意义。

只有在这短暂的几天里，她让自己习惯银川以这样的方式侵入到她的生活中，哪怕只是充当麻醉剂的作用，他确实让她暂时忘记了痛苦。

在一次激情过后，还沉浸在幻想中的银川终于没忍住，对璟宁说："宁宁，嫁给我吧，我们结婚，生孩子，好好过这一辈子。"

正是这句话浇醒了她，将她拉回了现实，脑中的雾霭散去，曾刻意遗忘的残酷事实像一堵墙似的挡在眼前。

轮回是什么？无非都是自作孽不可活。作孽的时候，谁会认为自己在作孽，不都有着堂堂正正的理由？他又变回了大哥哥，他一直就是。

她和他在犯罪。

雪下了两天，雪化干净用了两天。在心里设定的那个时间段终于走到了尾声。

临近圣诞节，她对他说想回娘家过节，让他去采买一些礼物，银川兴冲冲地去了。但他还是和以往一样，出门后立刻绕回来，悄悄观察她会不会偷偷出走。她已经知道他会这么做，所以那天她什么都没拿，除了一个小小的手提包，看起来就像随意出去逛街一样。她先去附近花店订了一束玫瑰，节日快到了，花是需要提前预订的，订完花，她就叫了黄包车，和往常一样，先去警察局，再去法租界的巡捕房，虽然明知不会有小乖的消息，但她还是要去问一问。

银川只跟到花店便放下心来，如果她要出走的话，还订花做什么呢？他决定按照她的吩咐去指定的商店买东西，生意上也有不少事情要处理，买完东西，他回了一趟洋行。

璟宁从法租界直接去了佟春江的家。

她找到佟夫人，让她带着她去找佟春江，然后对他们说："我的孩子是在佟家丢掉的，我有责任，你们也有责任。孩子丢了，你们没有还我孩子，我的家毁了，你们也不可能还我一个家。"

佟春江蹙眉道："潘小姐，我从来没有推卸过责任，直到现在也一直在想方设法帮你找孩子。你身上发生的事的确很不幸，但如果你一直要背负这个不幸，且要求别人和你一起背负下去，不论是对你还是对别人，都有点不公平。你是一个成年女性，又是受过高等教育的，看待问题原本不应该不讲道理。"

璟宁淡淡道："佟爷养过狗吗？"

佟春江微微有点吃惊，点了点头："养过。"

璟宁笑了笑，平静地道："我七岁的时候，母亲带着我和两个哥哥去关山乡下消夏，有几天住在一个大户的家里。那家人养了一只大狼犬，我们几个小孩子住过去以后，主人怕狗吓着我们，把它用铁栅栏围住了，还用链子拴住了它的脖子。那只狼犬是怀孕的母狗，我们去的第三天，它生了六只小狗，有两只死了，它就把活下来的那几只小狗圈在自己旁边，用舌头不停地舔它们，生怕它们也会死去。一天晚上有人来偷小狗，这些人很狡猾，站在铁栅栏外面，将网子悄悄伸进铁栏里，悄无声息地就捞了两只小狗出去，待捞到第三只的时候，狼犬察觉了，大声叫起来，想冲出去救它的小狗，可铁栏子那般牢实，它根本冲不出去，等所有人被惊醒，跑到院子里一看，铁栏杆都被撞弯了，那只狗就跟疯了一样，满头都是血，最后活活撞死了。你说它不怕疼吗？你说它不觉得撞铁栅栏是件没有道理没有用的事吗？可它为了它的孩子就是要这么做，它也不觉得傻，哪怕死了也觉得这是该的。连畜生都如此，更何况是一个人。在一个母亲的心中，孩子是比生命要重千倍万倍的东西，命都可以不要，哪里还顾得上讲什么道理。所以佟爷，你别跟我说道理。"

佟夫人在一旁听得动容，眼圈儿一红，落下泪来。佟春江良久无言，神情缓和下来，说道："潘小姐今天来是要佟某人再为你做什么吗？你说吧，只要佟某能办到，一定尽力而为。"

璟宁道："那我最后一次不讲道理吧。佟爷，你神通广大，无所不能，我要你今天就让我离开汉口。我不论去了哪里，每天都会买一份《楚报》，请佟爷答应我，一旦有了孩子的消息，就登在《楚报》的重要版面。"

佟春江一惊："那你……你要去哪里呢？"

璟宁摇摇头："我不知道。我只是认为，如果是找孩子，你们有找遍整个湖北的能力，至少我是用不着再在这里耗时间了。至于去哪里……我只能跟着我的直觉走，走到哪儿算哪儿。"

佟春江一声长叹，点头道："好吧，我安排你走，川资和你的生活费也由我来准备，不必担心。"

璟宁眼睛里有奇异的亮光一闪，她咬咬牙，接着道："另外我想请佟爷向我保证：你的好朋友郑银川先生不会找到我。"

佟春江正准备拿起电话让账房送钱过来，听到这句话，动作生生停顿了几秒钟。

汽车路过了她曾经的中学，璟宁让司机停了下来。学校的老门卫还记得她，咧着缺了牙的嘴，慈爱地笑着给她打开了门，璟宁拥抱了老人一下，径直走进学校的小教堂。

教堂深处传来风琴声。

短暂的试奏之后，旋律响起，唱诗班的小朋友正用高亢清澈的童音将赞美诗唱出来，阔大的空间里回荡着纯净的声音，他们正在练习即将在一次典礼上表演的曲目。有几个学生也在教堂里，他们闭上眼睛，垂下头做着忏悔的姿势，被歌声中深沉的忧伤与慈悲打动。

璟宁却没有低头，前方耶稣的塑像，正被穿过玻璃的阳光照得闪闪发亮，她凝视着那张代表着苦难与救赎的脸庞，回想了许多事情和许多人。那一刻她暂时没有去想她自己的痛苦，她只是为那些在自己生命里留下重重痕迹的人祈祷，她为子昭祈祷，为德英祈祷，为母亲和哥哥祈祷，为失踪的父亲祈祷，为小乖祈祷，也为银川祈祷。她恳求那个或许真的存在着的上帝，宽恕银川的罪，因为他的灵魂自始至终都在痛苦的炼狱里煎熬，而他却误以为能减轻这种痛苦的只有她。

她自己呢？也许她背负的罪孽永无洗净的可能，但她依旧倔强地认为这不是她的错。她不希求上帝能宽恕她，她也不在乎。

脑子里时而空空一片，时而又如天上纷乱的云絮，过往的一幕幕走马灯似的掠过，但她不能再驻足停留。她有必须要做的事情。她坚信小乖还活着，每当这个信念升起的时候，依然能感到小乖热乎乎、软绵绵的小身子靠在她胸前。她坚信在有生之年一定会和小乖重逢，她必须相信自己作为一个母亲的直觉。她要去找她的孩子，她也要找回她自己。

璟宁站起来，转身快步走出了教堂。

江风如刀，冷月高悬，江水的光是黑色的。

雪后的夜太冷了，冷得空气都变得坚硬，凝滞了呼吸，冷得血液流动的速度慢得让人几乎可以忽略。街灯的光束变成了利刺，狠狠地扎在地上，被车灯急速撞击着，散成冰凉的针芒，飞溅在高大的欧式建筑群苍白的墙面。

他开着车，一条街一条街地找，一条街一条街地看。街上没有醉汉，没有乞丐，没有闹事的流氓，街上什么人也没有。

已经凌晨三点了，连老鼠都不愿意在这样的寒夜跑出来。

素怀只得返回位于德租界的公寓,垂头丧气地走进了哥特式的拱门。银川买下了这栋楼的三四层,三楼是永和行的新办公室,四楼是洋行高级管理人员的宿舍,素怀揉了揉干涩的双眼,看着空空的楼道,银川的那间屋子房门紧闭。

他回到自己房间,泡了一杯浓茶,大口大口喝下去,还要等南珈那边的消息,他是不打算再睡觉了,等到快天亮的时候,电话铃骤响,他噌地从沙发上扑过去,电话那头传来南珈沉静的声音:"到利济路来。"

银川蜷缩在地板上,像一团混乱的暗影,他浑身酒气,喃喃地说着什么,素怀看得清楚,他脸上身上全是泥点子,裤腿上的泥浆已经结成了硬块。他从来没有见过银川这个样子,即便当年去监狱看他,他都不至于如此落魄和失态,即便他被打断了肋骨,疼得连话都说不出来,走路的时候也会抬头挺胸。但潘璟宁走了以后,他的精气神也跟着走了,他的自尊和骄傲、他的理智与精明,全不知道上哪儿去了。他是在不动声色的沉默里一点点垮下来的,谁都没有机会得以窥见的内心世界,深藏着的不可言传的精神力量,像坚冰在烈焰下融化破碎。南珈早就曾担心过这种状况迟早会出现,也早就警告过,一开始素怀还不信,现在是不得不信了。

那么那个预言者呢?素怀忍不住看了一眼站在一旁的南珈,他斜靠着壁炉柜,抄着手,神情一如既往的冷漠,就像银川是个完全与他无关的陌生人。

"你站着做什么?拉他起来啊!"素怀急道,走过去伸手想扶银川起来,被银川手一挥打开。

"滚开!!"银川双眼通红,凶狠地道,"给我滚!"

素怀只能后退一步,南珈耸耸肩:"能把他找到就已经很不容易了,现在他爱做什么就做什么吧。别管他了。"

"在哪儿找到的?"

"西郊的荒地,"南珈淡淡道,"还好我知道他以前常去那个地方,不过这大晚上冰天雪地的,还真不太好找。"

素怀又是担心又是奇怪:"他去西郊做什么?"

南珈冷笑道:"他说他要找几只鸭子!他要去给潘小姐找回他放掉的几只鸭子!"说罢,他扬了扬嗓子,对银川大声道,"郑先生,你没冻死冻残都算好的了!瞧瞧你现在这疯疯傻傻的样子,对得起你死去的父母吗?对得起你这么多年的辛苦吗?你瞧瞧你这点出息!"

银川抬起手,慢慢捂住了耳朵。他不听。

南珈毫不怜悯地道:"郑先生和其他人一样,不过也是一个自私的窝囊废!别说孟子昭你比不上,你连徐德英都不如!"

"住口!"银川闭上眼睛,大叫道。

"不要不承认了。"南珈憔悴淡漠的眼神里掠过一丝沉沉的心痛,"连孟子昭和徐德英都比你更懂得放手,连他们都愿意给潘小姐自由,唯有你,紧攥着她不肯放,难道要看到潘小姐被你毁掉你才满意吗?她现在已经差不多被你毁了!你怎么就不懂得回头!"

"南珈!"素怀大惊失色,向他使劲摆手,要他别再继续说下去。

南珈的嘴唇仍在愤怒地颤抖着,屋子里突然变得很安静,唯有墙上的镀金座钟滴答滴答地响。

银川松开了捂着耳朵的双手,那双手已在沼泽地里被冻伤,指甲是暗红色的,手背和手指相接之处裂开了青紫的口子。素怀只低头看了他一眼,便不忍再看,别开了头,泪水夺眶而出。

南珈慢慢走到银川身边,蹲下,轻声说:"郑先生,放了她吧,只有这样她才有可能会幸福,你们再见面的话,对你们两个人都会造成悲剧的,那时候就再也无法……"

他突然停下,没有再说下去,因为他看到银川在流泪。他们从来没见过他哭。这样倔强坚强的一个人,他流泪了,他没有哭。

他只是不停地在流泪,积攒了多年的泪水,在这一刻像决堤的洪流,止不住地涌了下来,涌入心脏,让一颗心急速地跳动;涌到脑子里,让他昏昏沉沉;涌进血管中,全身的热血都在沸腾,涌向四肢,手指头、脚趾头,每一个关节都是痛。

银川在流泪。为了他的错误。为了他的自负和野心勃勃。为了他得到后又最终丢失的爱，那朵在仇恨的土壤中开出的绝望的玫瑰。为他身处的这座孤城。

他曾以为这座城的脉搏与他的心跳是有着相同速度的，可现在他觉得窒息，原来是因为她离开了。她就是他的心，她离开了这座城。

璟宁拿走了小乖的相片，留下一张字条，压在相框下。

她在纸条上写着："大哥哥，我很想好好活下去，可我却必须离你远远的，因为我发现只有离开你、离开这座城市，我才有可能不那么难过。不要生我的气，因为你是这世上最疼我的人了，别伤心，如果可以就当是陪我玩一次捉迷藏，就当是在陪我做游戏。"

他答应她，什么都答应，可做不到不伤心。他呼唤着她的名字，不依不饶，像个任性的绝望的孩子：

"小栗子，小栗子！你快出来啊，我们不玩了好不好？我不跟你捉迷藏，因为我找不到你呀！回来吧，小栗子！我错了，我再也不惹你了，再也不惹你了！"

"我什么都愿意为你做，什么都答应你，可是放开了你我就没有家了啊，我没有家了！我没有家了啊！"

南珈听着，一直沉默着，从表面上似乎看不到任何情绪的波动。他以为自己足够铁石心肠，有充分的理由认为银川并不值得同情，然而喉咙和鼻腔正在不可控地变得酸痛，也许是因为窗户开着，连脸上也是冰凉的，凉得直发疼，那凉意一点点一滴滴地滑落下来，滑到耳边，滑到脖子上，他抬起手摸了一下，竟然是泪水。

一弯冷月正洒落下静谧的光芒，像温柔的眼睛，悲伤地注视着人世间。窗前的小桌上放着璟宁出走之前订的玫瑰，暗红的花瓣已经全部枯萎。

这是在1933年的最后几天中发生的事情。

1934年，新年刚过一个月，李南珈从普惠洋行的大楼里走出来，在石阶下见到了等候他已久的刘五。

"佟爷想见见李先生。"刘五轻轻向他行了个礼，不待南珈回应，拉开了黑色轿车的车门，做了个手势，"请。"

佟春江就坐在后座,当南珈上车后,向他点了点头。刘五在关上车门之前先伸手,看似粗鲁地将南珈头上的帽子往下一压,遮住了他的眼睛。南珈很自觉,坐着一动不动,任车子在汉口的街头随意开,至于车子要开到哪里,他并不好奇,也并不害怕。

佟春江瞥了他一眼,露出赞赏之色,他很了解这个年轻人,李南珈办事果断迅速,心思内敛沉稳,与于素怀相比,接触的全是一些相对复杂微妙的事务,尽管如此,他本人私下却很少和生意伙伴接触,与帮会人士更是保持着一定距离,从不主动接近。

"我知道李先生的习惯,谈事情基本上都是在办公室,从不去茶楼饭馆,也从不上别人的车。今天让李先生勉为其难上了我佟某人的车,实在是不好意思,十分抱歉。"

"佟爷您太客气了。"南珈的语气礼貌却冷淡。

"李先生请不要担心安全问题。第一呢,最近没人敢光天化日在大街上杀我;第二,车玻璃是防弹的。"

"我不担心。普惠洋行最近正巧在代理一批世界上最好的玻璃,也有防弹玻璃,佟爷如果愿意的话,我们可以将样品给您送到府上看看。"

佟春江忍不住扑哧一笑,连连摇头:"还以为李先生是个内敛古板的人,原来也是这般灵光精明,伶牙俐齿。银川手下的强将,真是名不虚传呐。"

"佟爷过奖了。您时间宝贵,有什么需要南珈做的,请尽管说。"

"好。李先生是银川最信任的人,有几件和他有关的要紧事,我想跟李先生谈谈。"

佟春江朝他微微侧了侧身子,两道剑眉扬起,露出一丝意味深长的笑意。

第十章
锦灰

〔一〕

佟春江道:"我的钱大部分来自于暗处,要么是灰色的,要么是黑色的,是因为郑先生的帮忙,才有了越来越多在明处不带任何颜色的钱,我很感谢你们。但是商场上风云变幻,我不年轻了,要养家糊口,要照顾手下兄弟们的生计,还得应付一些乱子,所以投资也罢看人也罢,总还是觉得越牢靠稳定越好……银川最近的状态比较混乱,性子飘忽不定的,大异于以往,股东们早有怨言,不免有点人心动摇,我和你们的合作范围很大,从这几个月的账目来看,许多利润都在跳水,如果说我一点都不担心,只怕李先生也不会相信。在做生意上我是个外行,基于对郑先生能力的信任,才放手将资产交给你们打理,但从现在的情况看,实在让我乐观不起来。我想让李先生从专业角度给我一点建议:我是自此撤资好呢,还是让你们赶紧帮我想一想,有没有什么可以止损的方法?"

南珈认真听完,思忖许久,正色道:"我虽然是郑先生的助手,但其实跟佟爷一样,与郑先生是一种合作的关系。人与人合作的起点是信任,我信任郑先生的地方,也许跟佟爷是一致的。做生意要盈利,必然免不了投入钱和精力,冒点风险在所难免,佟爷是大风大浪过来的人，眼光应当不会被当下所困。郑先生非常优秀，有商业上的天赋，这一点谁都无法否认，但他也尚处于事业打拼的阶段，在这种时候如果一直很顺，将来未必看好。您是看着郑先生一路成长的，您了解他的为人，虽然他做事看似不择手段，其实不是单为了他自己。他想让所有帮助他的人和他一起发达，背负的压力非常大。人无完人，郑先生也有他的弱点，趁现在正好可以检验一番，多发现一些问题，多遇到一些难关，只要挺过去，解决了，事业才谈得上长远。佟爷不妨再耐心等待一段时间。"

佟春江道："嗯，我不是急。我只是有点担心。我怕他还是会儿女情长，意气用事。"

"担心是有必要的，但不一定比信心管用。或许过不了几天，郑先生就会给佟爷一个稳当的交代。"

"他情况怎样？"

南珈道："前段时间确实耽误了一些事，现在正一件件捡起来。"

"还有件事，想请问一下李先生。"

"请说。"

"银川和潘璟宁小姐之间，是不是另外还有着很深的隐情？"

南珈心中一动，抬起头，目光与佟春江对视，没有回答问题，却是反问了一句："莫非您知道她的下落？"

"如果我说是，你希望我告诉银川吗？"

南珈低下头，一字一句地道："不论是郑先生的生意还是佟爷您的生意，现在最需要的是安稳和太平。佟爷早就有了决定，现在问我，无非是想再确定一次。"

佟春江吃了一惊，然后颇有意味地笑了起来。这个李南珈小小年纪，心思细密，滴水不漏，顺风顺水地打太极，就像在这年轻的躯壳里藏着一个饱经世事的老人，真不愧是郑银川最得力最信任的助手。可不管怎么样，刚才那句看似是搪塞的话，却还是很明确地表明了态度。

没错，他确实已经做了决定，在听了李南珈的话以后，更是将最后一丝疑虑彻底打消。这也是兑现给潘璟宁的承诺：他不会让郑银川再见到她，至少在这最关键的两三年。

车子已经驶出城区，开到近郊一个小小宅院外停下，刘五先下车，给南珈将车门打开。

南珈有点迷惑。

佟春江道："今天要跟李先生说的第三件事，就在那栋房子里，你一进去就知道了。刘五，给李先生带路。"

佟春江面色平静，眼中没有透露一丝讯息，但南珈忽然感到一阵紧张，他从不怀疑自己的勇气，但此刻的这种紧张感却比令人烦躁的疑惑来得更强烈。

他跟着刘五走进了院子。寻常的农家宅院，地上晒着干玉米粒，门廊下挂着一串串红辣椒，厚厚的门帘被人一掀，一个仆妇抱着水盆从屋里出来，见到他们，屈身行了个礼："刘爷！"

"人呢？"刘五问。

妇人刚要说话，身后的门帘又动了动，像是有人要走出来。为了挡风保暖，这帘子是用棉被缝的，非常厚，单手掀开的话还得花点力气，看来那个想走出来的人力气并不大。南珈强烈地预感到帘后的人可能就是潘璟宁，她竟然躲在这里！他脑子里登时转了千万个念头，每一个都是在想如何把这个女人弄走。在现在这样关键的时期，银川必须得将精力专注在事业上，他需要变成一潭静水，积蓄最大的力量，为他自己也为更多的人负起责任，而潘璟宁却是唯一能让这潭水掀起巨浪的风。

南珈伸手，当手指触在门帘的纹路上时，他的心狂跳起来，就在这时，帘后的人用力将帘子一掀，走了出来，朝南珈咧着嘴笑了笑，摇摇晃晃地走到院子里，在散放的一根凳子上坐下。

照面的一瞬间，李南珈脸色登时大变，向后退了一步，竟是脚步发颤，一个没站稳，差点踏空到门前石阶下面，就在他即将摔倒的时候，一人伸手推在他背上，将他扶稳了。

"小心！"

南珈回头，颤声道："佟爷，怎么会是……"

佟春江平静地道："是的，他就是。一周前我们才找到的他。"

他们同时回过头，看着院子里坐着的那个人。

那人嘴里嘟嘟囔囔，听不清他在说什么，满头的白发被风吹得微微飘动,他仰着脸,半眯着眼睛,就似在享受着铺满大地的温暖阳光,可那天是一个寒冷的阴天,根本没有阳光。他抬起手,抬到嘴边,像握着一只烟斗,他姿势优雅地举着空空的烟斗,像模像样地"抽着烟",过了一会儿,就像前方站着人,正在聆听他威严的教诲,于是他神情严肃地扫视一遍四周,点了点头。

他是潘盛棠。汉口赫赫有名的大买办潘盛棠。

南珈脸上是仍没有散去的震惊,他向前两步,想看得更清楚一些,然后,眼睛在陡然间睁大了。

老人拿着"烟斗"的那只右手,大拇指只剩下约一寸长左右的指根,被皱巴巴的一层皮包裹着。

南珈脸色苍白:"他怎么会变成这样。他怎么会……佟爷,告诉我这不是真的!"

"我的人得到消息,在上海先找到了吴丰林,后来才寻到了他。潘盛棠被吴丰林关在一个只有浴缸般大小的铁笼子里,吃喝拉撒全在里头,我第一眼看到他的时候,甚至根本辨不出他的样子。"

"吴丰林呢?"

"死了,逃跑的时候摔下了楼梯,把脖子摔断了。"

"潘老爷的手是怎么回事?"

"吴丰林手下的人说,在潘盛棠还没有被逼疯之前,他自己用剪刀剪掉了大拇指,为的是不让吴丰林得到他的指印。我们问到的并不多。吴丰林一死,现在也只有潘盛棠自己最清楚究竟发生了什么。"

"吴丰林是想要夺走他在汇丰银行的两千两黄金。"南珈苦笑道,一股寒意从脚底直窜到背脊,"可是不对,他剪掉了大拇指,吴丰林一样可以得到他的指印啊!"

佟春江顿了顿,说道:"剪掉拇指后,潘盛棠立刻把它吞下去了。"

南珈不可置信地摇着头,腿一软,蹲了下去,双手抱头,使劲揉了揉头发。

佟春江一声长叹,缓缓道:"十多年前,我跟着同袍会的首领向松坡去了一趟恩施,参加新任土司的庆祝典礼。这个土司和向松坡大哥是结拜弟兄,典礼结束后,他又请我们到他的私宅喝酒,讲了一件惊心动魄的往事。土司在家族中排行老四,他的三个兄长在他上任前的一个月内相继过世,去世的原因均与一件东西有关——那是个将近半米高的翡翠原石。这三个兄长在云南边境发现了这块石头,当时,负责挖矿的工人以及他们带的家丁大概有一百来人,掘出宝石后的当天,三个兄弟合谋将这一百多个人全部炸死在了矿井里,转而由他们三人共同将它运回湖北。他们朝夕不眠,即便休息也都是两个人值守,剩一人休息,轮着来。然而,走了差不多一半路程后,兄弟三人都起了贪心和杀心,土司的大哥是自相残杀中的幸存者,但依然受了重伤。单靠他自己是无法将翡翠运回湖北的,所以他只能召唤他的四弟去约定的地方接应他,隐瞒了其他弟兄的死因,当翡翠快要运回湖北的时候,这个长兄又想故技重施杀死他的四弟,最终四弟为了自卫将大哥杀死。你可能会想,那块石头应该从此就是他的了吧。可惜没有。翡翠原石在他进入湖北境内后便被一个军阀夺走了,不到一个月,军阀也没有什么好下场,被发现死在一个河沟旁,头部中弹,那块石头在害死了这么多条人命后,终于下落不明。其实,这几十年来,在潘盛棠身上发生的种种,和这几个兄弟的故事相比,本质并没有什么不同。"

佟春江凝视着潘盛棠的侧脸,即便是侧脸,也能看到他纵横的皱纹。在潘盛棠被接到汉口后的第一天,佟春江也曾是非常震惊的,但震惊很快便化为了感慨。谁也算不过天意。蜗牛角上争何事,石火光中寄此身,机关算尽的潘盛棠落到如此下场,只能说命运神秘莫测,个中天机与残酷让任何人的理解力都捉襟见肘。

"在潘家人知晓之前,有必要让银川先和他见个面,而在银川和他见面之前,让李先生先来一趟,也许会更合适一些。"

南珈揉了揉眼睛,站了起来,语气恢复了镇定:"只要潘老爷永远不会清醒,即便那笔钱仍在汇丰银行的金库里,他人本身其实已经没有什么用处了。佟爷想让郑先生见到他,一定有特殊的用意。"

说到这里,只听到椅子吱呀一响,潘盛棠忽然起身,颤颤巍巍走到南珈的面前,朝他憨憨地笑了一下,口水从嘴角流下来。

他指着南珈,又惊又喜却口齿含糊地叫道:"阿琛你回来啦!"

南珈别过头,不看他,潘盛棠绕到他身前,"阿琛,你怎么不理爹爹了？你看过来，你看看我呀！我带你去找你妈妈！"他忽然想到了什么，捶了捶脑袋，"敏萱呢？我去把敏萱叫来！敏萱，敏萱你快来看呀，阿琛不理我！"

他想要进屋去，却被那厚重的门帘再次难住了，可他的双手实在使不出力气，人急得团团转，最后终于用手撩起一条缝，把头一低想钻进去，结果砰的一声重重地撞在了墙上。

刘五看不过去，给他把门帘打开，扶着他进去了。

南珈咬着嘴唇，额角的一根青筋隐隐跳动着，佟春江看了他一眼，说道："你说他还想着什么呢？钱吗？利吗？如果他是清醒的，只怕他自己都想不到他现在还能叫出来的两个名字，竟是他脑子里唯一剩下的东西。银川应该看一看这个人，如果他要走和潘盛棠一样的路，就更应该看一看他。"

南珈摇摇头："郑先生走的是他自己的路。但是您说得对，他比任何人都该看看潘盛棠现在这个样子。"

〔二〕

窗户开着，早春的天气已经渐渐变暖了，空气是湿润的，外面高大的榕树和悬铃木已经开始准备发新芽，枝头轻笼着一层嫩黄的薄雾，临街的整洁长方形草地，草皮已经换了新的，一切都是那么生机盎然，而公寓里面却如暮色黄昏。久未打扫的木地板灰蒙蒙的，壁炉里的火焰映在上面，直接被滤掉了一层光泽，家具、沙发套、窗帘，也显得死气沉沉。

素怀掏出怀表，看了一下时间：八点四十。他有点焦躁地皱起眉头，将眼睛闭了一瞬，然后睁开，吐出一口气，手指不耐烦地在腿上敲着。

"你怎么了？"南珈甚觉奇怪。

"八点四十！"素怀道，"我想起了Miss Havisham[①]的家！感觉不

[①] 狄更斯小说《远大前程》中的人物，被译为郝薇香小姐。主人公皮普第一次去郝薇香小姐家时，发现她家所有的时钟都停在了八点四十分，整栋宅子里的陈设以及郝薇香小姐本人，也如时钟一样，停滞在遥远的过去。

太妙。这事儿能成吗？"

南珈白了他一眼："他让我们等，我们好好在这儿等着，他说他会想办法，就一定有办法。"

素怀小声道："这个时候对他倒这么有信心了，以前你怎么说他来着？"

南珈将素怀手中的怀表拿到自己手里，然后再凑到素怀的眼前："看，已经过了两分钟了，八点四十二了，时间正在走，没有停！他也一样！"

九点钟，银川从卧室出来，已经换好了衣服：浆得笔挺的雪白衬衫以及背心，硬衬胸，黑色礼服。脸色光洁，看起来休息充足，眼神炯炯，一如既往的颖悟和坚定。于李二人站了起来。

银川伸出手："把账目再给我看看。"

素怀急忙打开公文包，将账目递给他，银川仔细看了一遍，颔首道："走吧。"

素怀忙问："可是，还需不需要再准备一些材料啊？会不会不够？"

银川的黑眼睛里掠过一丝不耐烦，没理他，径直走了出去。

南珈微不可察地笑了一下，在素怀肩头轻轻拍了下，素怀伸伸舌头，两人跟在银川后头，大步走出了房间。

去年冬天，永和行在重庆的分行经理趁银川疏于管理生意，带着几个业务骨干脱离了洋行，自组成一个"巴蜀桐油公司"，并找了四川的军阀宋孝基做其后台，专门收购和销售桐油。一开始，这个巴蜀公司主要做国内生意，而永和行主攻出口，因此两家暂时没有大的矛盾，但过了不久，巴蜀公司与一家美资洋行搭上了线，开始桐油出口，这样一来，矛盾便逐渐尖锐了。尤其是在收购桐油的时候，巴蜀公司凭借军阀的势力到桐油生产地，名为买，实为"抢"，供货商只能优先将桐油出售给他们，永和行总会落后一步。桐油出口是永和行最主要的利益来源之一，由此受到很大的影响。

银川对付对手的手段非常狠辣，也极为大胆：他将永和行盈利的百分之三贴入成本，与巴蜀公司进行价格战，直到把它拖垮。收油的时候，用高价抢先，使巴蜀无从下手，每担油巴蜀出价三十五元，永和行则出价三十五块五到三十六限额之内。以往永和行的桐油只出口到国外,并不在中国内陆销售,但为了抵制巴蜀公司,也开始了国内销售业务,但是价格上却倾向于倾销,巴蜀卖三十,永和则卖二十九,这样长久下来,巴蜀公司无利可图,终于在这一个月出现了亏损。然而,永和行成立的时间毕竟不长,营运资金的周转一直不算畅通,被巴蜀公司这么一捣乱,很快便出现了资金不足的问题。新的桐油收购季即将到来,如果没有足够的资金购买桐油,货仓中便很可能无油可卖了。

街道上是熙熙攘攘的人群,耳朵里塞满了汽车刺耳的喇叭声,汽车横冲直撞,人力车也在间隙之中乱钻,南珈不慌不忙开着那辆旧福特,好几次为了避免跟人相撞,甚至避到街边停了一会儿,素怀性子急,连连催南珈抓紧时间抢道,银川则闭着眼睛靠在后座上,不闻不问,睫毛低垂。

车窗内外的喧闹嘈杂就似和他毫无关系,不,他只是把自己当作了这环境的一个组成部分,平静地安放了自身,就好像是祭坛上长排的灯盏中一簇跃动的火焰,顺从地燃烧,照亮的是自己的黑暗。这就是他存在的方式,气宁神息,井井有条。豪华、煊赫、拥挤,在汉口,这个当时中国的第四大城市,如同日光一样永恒,生活在其中的人,也该像习惯日光一样去习惯它们。对金钱的追逐演变成一种不受限制的新的伦理,只要城市还在,脚步就不能停,就不能停止燃烧。

"我是不是应该忏悔呢?"银川在心中嘲讽着自己。他没有宗教观,他的信仰只是他自己所认定的对与错,他一直在勤奋地奋斗着,他的所得并没有超越在他的罪孽之上。他不觉得应该忏悔。而且,现在除了那些不得不扛起来的责任,他一无所有。

汽车终于驶入歆生路,沿江大道上耸立气宇轩昂的丛厦,临街的楼面对称严谨,尺度恢宏。物质财富的增长以人的生命和城市能量的消耗作为代价,城市托起了财富、欲望和希望,也承载着罪恶、毁灭与重生。正如他们眼前的这座大楼,自废墟中重建,终以全新的姿态弥久矗立。

这是前清时的汉口大清银行,如今是中国银行的汉口分行,设计方通和公司最著名的作品,是耸立在上海外滩的麦克贝恩大楼,有外滩第一楼之称。古典主义风格的汉口大清银行大楼，从它矗立的一瞬间起，就像华丽庄重的一记重拳，冲击了每个人的视觉。

银川等人从一楼侧门的电梯直上四楼，踩在如天鹅绒一样泛着柔光的拼木地板上，穿过幽深宽阔的长廊，褐色木质墙裙与典雅的桦木护墙板发出淡淡香气，前方有阳光如聚光灯一样投射进来，那是会议室，门开着，早午餐酒会就在这里举行。

上海商业储蓄银行董事长、中国银行的常务董事陈光甫来到了汉口，由中国银行汉口分行行长邓宪辉做东举行这个招待酒会，为了和陈光甫见面，许多客人已经提前到了。陈光甫是洋行学徒出身，以十万元起家，短短二十年间，让一个资本微薄的小银行发展成了中国第一大私人商业银行，又陆续担任江苏省政府委员、中央银行理事、中国银行常务董事和交通银行董事等重要职位；三年前，陈还与太古洋行合资开设了保险公司，中国各开放口岸的货运保险，也均与其有着密切关联，许多人前来，自然是为慕其盛名，望得亲见其一面，更重要的还是为了钱。

陈光甫创立的上海商业储蓄银行，在创立之初，是以吸收小额存款逐渐积累起来的，甚至打过"一元钱即可以开户"的广告，在市民甚至贫民阶层都广受欢迎，而当时上海的许多银行根本不屑与之为谋，甚至嘲笑它竟然容许人拿着几百块钱就能去领个存折，且还给利息。可就是这么一个被金融市场的华美外表所不容的银行，从初创立时一万多块钱的资金，累计到了现在的三千三百多万元，成为中国各银行所收储蓄存款的第一名，创造了金融史上的奇迹，陈光甫本人，也成了中国商界和金融界举足轻重的人物，被许多投资者和创业者奉为了财神爷。

财神爷身边此刻就围着不少人，不乏熟悉的面孔，包括孟子昭。

大钧船业的远洋业务已走入正轨，但在国内的航运却依旧困扰重重，与民生公司合作后，面对外资轮船公司的步步紧逼，形势甚为艰难。大钧最大的合作方民生公司，财务情况也非常不妙，在连续数年的川江航线并购中，融资渠道滞涩不通，因还承担了其他公司的一些债务，到今年年初，负债已达数十万元。在国内航线惨烈的竞争状态下，民生和大钧是没有后援的，因为就连轮船招商局也站在了怡和与太古的一方，与这些外轮公司沆瀣一气，抵制他们势单力孤的对手。孟子昭今天在这里，应当也是希望能从陈光甫这里寻求资金的支持。他没有像其他人那样谄媚地为陈端茶送水说奉承话，而是安静地站在外围，认真倾听陈光甫和别人的谈话，只在适当的时候不失分寸地表达一下自己的观点，他已经不是当年那个跳脱不羁的公子哥儿了。在这里的全是生意人，他也不例外。见银川走过来，他的眼中掠过一缕阴影，但很快就平复了下来，即便妻子正在和几个女眷站在一旁的窗边吃着蛋糕聊着天，即便他知道银川用一种复杂的眼神扫了他和她一眼，他也依然淡漠而平静。这是个生意人谈生意的场合，他是一个真正的"生意人"，生意人不应该被往事牵绊，可是，在目光交汇的一刻，一种让他甚觉无力的沧桑感却还是袭上了心头。

银川扫视了一下四周，熟稔地和众人间候着，脸上挂着彬彬有礼的笑容。他有一段时间没有露面了，与潘家盘根错节的复杂因缘，郑氏和潘氏在商场上历经的波澜重重，让他甫一进入这间厅堂，便自动成为了焦点之一，商场上对普惠洋行华账房以及永和洋行议论甚多，郑银川这次一出现，让众人都不禁更加确定：看来麻烦不小，像他这样的人也出来要钱来了。

硕大的会议室里立有九根巨型方柱，气派恢宏，镶有玻璃的门窗让光线充足地照进屋内，缓冲了凝重的气氛，让室内显得明亮典雅，也让银川的眼睛闪亮如熔融的宝石，他从容地迈着步子，两个助手紧随其后，一直走到陈光甫的面前，正在谈话的人停了下来，连陈光甫都不禁定睛瞧了瞧他。

这是个仪表堂堂的年轻人，乌黑的头发和湛然的眼睛让他显得非常秀美，他一定很清楚自己拥有超群的相貌，若不是他眼中此刻流露出的掩藏不住的忧虑和倦意，这张脸定会让他看起来根本不像一个吃过苦的人，它所显露出的高傲让他稍有不慎就能让人产生敌意和偏见，好在人们对其为人行事已有充分的了解，敌意和偏见早转为了惊奇：是怎么办到的呢？将如此矛盾的相貌和灵魂，投入熔炉一般锻造成了一个完美的整体。

"陈先生您好！"清朗的声音与清亮的目光同时到来。

"郑先生,自去年年初在上海一聚,我们也是有好久没见了。"陈光甫眼镜金色的镜框在阳光下闪了一闪,脸上徐徐露出微笑,"郑先生的富兴银行如今已经大有规模了,恭喜恭喜!"

"陈先生见笑了,富兴还在筚路蓝缕的时期,哪里谈得上什么规模,现在主要以维系储户为主,尚没有多余的精力和财力用来投资。陈先生还得多多提携一下我们这些晚辈。"他毫不隐讳地说出了生意上的现状,一点客套话都不讲,如此单刀直入,让身边站着的人都不免有点咋舌。

陈光甫眉毛一扬,没说话。

子昭心中倒是一凛,瞧银川这咄咄逼人的气势,很明显今天是一定要从这财神爷手里拿到钱的了。果然,银川转身从素怀手中接过一个硬皮封面的本子,对陈光甫笑道:"陈先生难得来一次汉口,为让您不虚此行,我专门为陈先生准备了一个礼物,还望您笑纳。"

陈光甫淡淡道:"我这次来,不收礼,不谈生意,也不说投资。"

此话一出口,直接把他下面的话给截了,也将其他人的口也堵上了,四周顿时静了一静,子昭也不禁微微蹙起了眉。

银川云淡风轻地道:"陈先生是举足轻重的大人物,自然不一定能看得上晚辈的礼物。不过,在晚辈的心里,您一直恪守着敬远官场、亲交商人的处世哲学,绝不是一个肯在应酬场上虚耗光阴之人,今天这个招待会,陈先生应该不仅仅是来跟大家一起吃蛋糕喝红茶的。办银行向来要一针见血眼光敏锐,时刻都要盯准时机,所谓积跬步以致千里,同样,失之毫厘,也会差之千里。您初创储蓄银行的时候,连一分一厘都不放过,今天又岂会放过一个大好的商机呢?"

陈光甫不禁笑起来:"你呀,你呀!怪不得都说郑银川是汉口商场的一只壁虎,只要盯上谁谁都甩不脱啊!"

银川低下头,似在微笑:"您过奖了。"

这间会议大厅有一道侧门,雕刻精美的门柱,门楣一连到顶,开启后是一个套间,这种方式在欧式大楼里颇为常见,华俄道胜银行大楼以及汇丰银行大楼里都有类似的设计。陈光甫和银川等人去了隔壁房间,素怀将永和洋行近日的资金困难对陈光甫说了一遍,陈光甫听完，扶了扶眼镜，笑道："这就是郑先生说的商机？难道你们和其他人不一样？就这样的情况，还不需要我给你们放贷吗？"

素怀有点忐忑，忍不住看了一眼银川。

银川笑道："先把困难说清楚，才能显出我们的诚意，有诚意的人也必然是讲信用的。我现在再把我们的优势也讲一讲。桐油是中国最主要的出口物资，在国外非常畅销，能赚很多外汇，一个散舱的油大概估价是七万美元左右。在保险上，我们是在美国投保，用的是 open policy①，这样就比分别投保分付保费的花销要少很多，节约了成本；关税上，我们自己报关，也节约了税费；运输上，我们对运费的给付是拿到提单立刻结款，绝不拖欠，比其他商行在三节（春节、端午、中秋）时统一结算要及时许多，各个轮船公司抢着要运我们的货，所以，永和洋行在经营实力上是十分靠得住且具有广阔前景的。"

陈光甫微笑道："但前提是，你们需要有资金收购桐油对吧？否则无米之炊，难倒巧妇啊。"

银川点点头："之前是为了跟军阀控制的对手斗，损失了一部分资金，眼下的确有难以为继之危，但这一次请陈先生帮我们，不仅是为了补足资金，而是希望能有一个新的突破，这个突破，对陈先生对银行也会有积极的意义。其实我们已经和另一家银行接洽了，他们就很感兴趣。"

"哦？我能先问问，是哪一家银行吗？"

银川直视着他的眼睛："花旗。"

"那么告诉我，是怎样一种尝试？"陈光甫心中一动。

"Packing Finance，打包贷款。"银川从容地道，"我们向您的银行借款，货物出口之后所得的外汇以等值转卖给贵银行，是按结汇时牌价换算还是先将汇价作定再在出口时转账，皆由您来定，年息也由您来定，我们不讲一分价钱。"

国家政治不稳定，中国的银行多以本币调成外汇存放国外，以保

---

① 专业术语：预定保金。自货物买进到交到买主手中为止，各个环节统一投保，统一结算保费。

全实力,银川所说的办法,直接击中陈光甫最重要的一个决策点。他沉默半晌,点点头:"你的意愿我已经了解了,刚才我也翻看了一下你们的财务报表以及情况介绍,我发现有一个奇怪的地方。"

"请说。"

"老河口是湖北生产桐油的重地,但为什么你们没在那里设分行呢?"

银川微笑道:"我们在重庆、万县、宜昌、荆门等其他地方都设有油栈或分行,而汉口这边一些散户油商的生意主要集中在老河口,如果连这个地方都不让给他们,把生意做绝不留余地,这样总不太厚道。所以选择了放弃那里。"

他说到这儿,素怀和南珈心里均豁然一亮,一直以来困惑着他们、但银川却从未解释过的问题,终于有了答案。他们知道银川尚未从创痛中恢复过来,他淡定的眼神和微笑是咬牙强撑的,从小在险境求生如履薄冰的他,遭遇事业和感情重创后,也曾一度让他们质疑过他的毅力甚至人品,但这一刻,银川让他们觉得如此陌生,又是如此的熟悉,他本性中的那些闪光之处原来依然还在,同时,还有许多令他们未知甚至敬畏的东西,与智慧、才能及精明无关,那是一种从天性中带来的,与生命力混杂在一起的强悍力量。

临走之前,陈光甫叫住了银川:"听说你一直在跟你的老东家普惠洋行打仗,要闹独立,这是何苦呢?现在进行到哪一步了?"

银川道:"过去中国人只能借助洋行的名义在税务和进出口上带来便利,但今后不论是国际还是国内,形势都会更加复杂更加多元。即便现在,我其实已不需要再借助英国人的名号去做生意了。中国迟早会变,等国家强大起来,我们做生意就不会仰洋人的鼻息,洋行的时代总会结束,商场上一定会没有华洋之分。也许您觉得我太理想化了,也许您觉得我说的这种情况还需要很多年才能实现,不过,民生公司的卢作孚先生以及外面那位年轻的大钧船业掌门人,他们跟外国公司打得头破血流,说到底也是为了这个理想。中国人不论从事哪一行哪一业,有时候真的是殊途同归。"

陈光甫眼中精光一闪,终于动容。

这是1934年，中国工商界与金融界尚能折射出一点自由经济的光芒，银川和陈光甫或许在这一年其实已经预感到未来的风云突变，"殊途同归"这四个字点破了中国商人充满矛盾的命运轨迹，包含着新兴知识分子在从事商业后民族复兴的理想，也暗藏一种在现实之前无可逆转的危机意识。因为在之后的一年中，官僚资本全盘侵入中国经济，自由经济的命脉由此断绝殆尽，即便陈光甫自己，眼见着利益集团将民间资本和企业一点点吞噬，他有心相帮，也只能手心出汗无可作为。但那是之后的事了，在它发生之前，敏锐的人确实需要抓住时机。

第二天，上海储蓄银行汉口分行将存款簿和支票送到了永和行在宝顺路的总部，贷款额度为一百万，年息七厘，利率远低于市面，永和行的资金短缺危机总算得以平安度过。

与此同时，民生公司与永和行签下了三年的合同，负责承运其棉纱、桐油、蔗糖等货物。这个合同签订以后，民生公司在汉口的负责人受董事长卢作孚委托，给永和行送去了红橘、花椒、豆瓣等四川特产以表感谢，又请银川吃了一顿饭。这顿饭是在璇宫订的堂餐，银川和南珈等人去的时候，见民生的几个经理正拿着菜单商量点什么菜，挺犯愁的样子，一个穿长衫的年轻人支着肘瞅着他们苦笑，不是孟子昭是谁？

"不能没有鱼啊，蒸菜也得再多要两份吧？"

"冷拼够了吗？"

"我再算一下是几个人，点多了不好，点少了怕不够。"

"我一个人吃一条清蒸鱼，算不算超标？"银川接口道。

众人忙放下手中的东西，起身笑着行礼道："郑先生。"

子昭也站了起来。

"孟兄弟，"银川淡淡地说，"我就猜你可能会在。"

"这三年的货运，民生分了一半给大钧一起做，"子昭向他拱手一礼，微笑道，"以前总够不上资格请郑先生吃饭，现在沾民生公司的光，总算找到机会了。郑先生别替我省钱，便是要吃龙肉，也想办法给你弄了来，就是民生的几位大哥挺拗的，非要在大堂吃，还非要抢着买单。"

银川向众人一一行礼，正色道："民生公司和大钧船业这几年一直提倡俭德，员工忘我工作，主动缓领或少领薪水，也要与公司共度时艰，省下来的钱，一部分用来给公司谋发展，另一部分还用来组织抗日救国会。今天你们宴请郑某，我已觉得又惭愧又荣幸，哪里还敢再让各位破费。"

子昭给银川倒了一杯茶，郑重地双手捧起递给他："郑大哥，谢谢你这一次帮了我们这些民营船业一个大忙。"

银川接过，将茶一饮而尽。

"也谢谢你们。"他说。

〔三〕

饭后，银川和子昭沿着大道，穿过林立的洋楼走向江边。

"你们两家之间关系很密切我是知道的，但真没想到大钧把川江上的所有业务都转给了民生。"

"没办法，"子昭叹了口气，"大钧太老了，在管理上有许多地方比较落后，即便我做出革新，在公司内部遇到的困难依旧很大。有时候必须要舍弃过于看重的那些东西，才能更长远地保护好它们。川江航运是民生公司的强项，上游百分之七十的业务都是他们的，我将大钧的那一部分交给卢先生，公司从上到下都没有话说。这样一来，我也可以将重心放到长江下游和远洋的生意上。"

银川颔首道："分清主次，你的做法很对。"

轮船引擎轰鸣的声音被风吹过来，子昭修眉微扬："艰难时世中，大钧和民生同气相求同生共存，这并不奇怪。可我却不太明白，为什么郑大哥会舍弃怡和与太古，甚至舍弃了普惠洋行的轮船部，将你们永和行的大批货物交给我们运输呢？"

银川轻轻一笑："不必把话说得如此拐弯抹角。没错，我跟你们不是同气相求，没错，在你们心目中，我和那些外国洋行是站在一边的，但你也说了，这是个艰难时世，我也是中国人，我既要做生意，也得明白民心可恃的道理。"

越是国难当头，民众对于民族企业的向心力也就越强，如果利用这样的向心力占便宜，也许会获得短暂的利益，但最终走上的也是一条为人不齿的歧路。企业的生存与民族的自尊息息相关，真正能抓住民心的事业，才最有可能在逆境中得到支持突出重围。

以民生公司和大钧船业为代表的民营企业，在外国公司与中国官僚资本的打压之下艰难求生。九·一八事变以后，中国民众爱国情绪高涨，这两家公司并没有借民众抵制洋货和日货的心理，放松对自身服务的要求，而是积极争取客货来源，坚持改善服务的质量，改进硬件设施，不断巩固其在业界中的声誉，绝不在服务上有所懈怠，为此承担了巨大的经济压力。越是资金困难，越是下大力气购进硬件，船运救险设备和消毒柜、电风扇、冰箱等生活设施一应俱全，旅客一上船，还有人为他们代办电报和收寄邮件。即便是英国大公司的船，客货一上岸，便有脚夫一拥而上抢运货物和行李，强行索要运费，可但凡民生和大钧的船一到，立刻有专门的服务人员为旅客代运行李、代觅住处，安排货物提取的事宜。

与这样的企业合作，就是靠近了民心。民心是什么呢？民心，有时候是超过金钱的那一部分尊严，是一股有心求变的精气神儿，是能让人看得见、摸得着、触得到的努力。

政治是无比肮脏的，带有强烈私心的公权力恶劣地破坏了一个国家的经济纲常，那些一点点从血汗中积累起来的、处于弱势的民间资本，在各自的领域里奋斗着，也在慢慢地联合起来。曾经的敌人结成了同盟，曾经的对手，也有可能成为朋友。摈弃敌意和偏见，郑银川与孟子昭在汉口的江滩随意平和地聊着天，不免都有点百感交集。

他们都没有提起一个话题，那个会让心变得痛楚的话题。但在即将分别的时候，子昭终还是没忍住开了口：

"宁宁还好吗？"

银川沉静淡然的眼睛里掠过一道光："你从来没打听过她的消息？"

子昭点点头："我不敢，也不愿。"他原本打算从银川脸上捕捉到一点能让自己觉得安慰的讯息，但他失败了，心情不可避免地变得沮丧，"我知道她离婚的事，也看到过寻人广告，可是除了想办法帮她找孩子，我什么也做不了了。"

银川觉得眼睛里烧着疼，别过了脸去。

"谢谢你还想着帮助她。"

"我希望她能幸福。"

"可惜她过得非常不幸,她早就离开了汉口,我也不知道她去了哪里。"银川颤声说,一道泪水不可抑制地从眼中流了下来。

子昭睁大了眼睛,他从未想过这个男人会将如此脆弱的面目呈现在自己面前。

"你……你爱她!"子昭看着银川,心中恍然,在震惊与痛苦之后,升起的却是愤怒,"既然爱她,为什么要放她走?!"

银川没有回答,额头上出现了一道细纹,黑眼睛变得更加幽深,他一言不发看着前方滚滚的江流。

最初的几个月是非常可怕的,抵御着寻找璟宁的渴望,强迫去遗忘,去忽略飓风般时不时就袭来的痛苦。他清楚让她离开是正确的,心中的光明随着她的离去消失了,但他不能因为这个原因就自私地去损害她。自己错得难道还不够多么?毁掉和丧失的东西,是无法再恢复的了,甚至没有办法再做出补偿,即便现在,在生意上态度的变化,于他自身也更像是一种悔悟的行动。

"孟子昭,你不会明白的,"银川想,深深的罪责感涌上了他的心头,"我毁了你和璟宁的未来,我得到了她,也失去了她,我的失去比从未得到还要令我痛苦。这就是我的报应。但是我从来没有想过放弃,我绝不会放弃。"

夕阳西沉,花园笼罩在榕树和香樟树巨大的阴影之下,灌木失去了控制地疯长,和玫瑰藤缠在一起,草坪被鼹鼠打了洞,看起来坑坑洼洼。老人坐在喷水池的台子上,裤子膝盖的部分粘着尘土,显然是摔过跟头,他仰着头,花园中唯有这里能无遮挡地看到天空,此刻的天空,是温柔的玫瑰色。

有人沿着鹅卵石小径朝老人走过来,老人转过头,用那一双浑浊的眼睛看向来人,认真地、茫然地端详着他,就像远航归来的人看到港口失去了形状。一阵微风吹来,空气清新宜人,透着深深的静寂,银川坐到了老人身边去,老人吓了一跳,瑟缩着往旁边躲了躲。

他们从未这么相处过。在靠近的时候,他想起了很久很久以前读到过的那句话:

"每一笔巨大财富的背后,是深重的罪恶。"

命运巨大的轮盘将有些人磨成了沙,将另一些变成了疯子。眼前的潘盛棠,头发已经全白,满脸都是沧桑与落魄,这个汉口鼎鼎有名的大商人,这些年掌控着别人,操纵着别人,得到过许多人向往的一切,现在却只剩下了这具又疯又傻的皮囊,他曾攀上众人仰望的财富顶峰,用尽了手段,他双手的罪也终于将他自身反噬。

繁华一场,终究梦醒云散,锦灰成堆。

"不是嚷嚷着要找我么?"银川冷冷地说,但目光里却没有冷酷之色,也没有爱恨与悲伤,"我来了。"

"你是……"盛棠极力寻思,想回忆起什么,但他失败了,眼前的年轻人是那么陌生。他只要看到年轻的后生,逮着就叫阿琛,可当真正的"阿琛"出现在眼前时,却完全认不出来。

银川伸出手,拉住盛棠的胳膊:"该吃饭了,回屋去,走吧!"

盛棠身子一抖,将他的手打开:"我要等阿琛!"

"我要等阿琛,他还没有回来!"老人忽然哭了起来,双手颤巍巍地挥舞,"敏萱也不在,我打了敏萱,敏萱生了我的气,把小阿琛带走了。"

"跟我回去!"银川用力抓住盛棠,将他拖起来,盛棠放声大哭,涕泪纵横,浑身发颤却完全没有办法,就像一条将要被宰杀的老狗,在屠刀落下的一刻,已知命中注定,无从躲避。银川皱眉,递给他手帕子,盛棠也不接,只是含含糊糊地哭道:"我不去,哪里也不去!我这番样子,去了那边,敏萱会吓到的,她胆子那么小。我不要死,不要杀我!不要杀我啊!"

银川心中锐痛,把他从喷泉池边拉下来,连拖带拽地从花园弄回了屋子里,云升候在门厅,脸上带着一点惧意,见他们一进来,立刻嘱咐一个仆妇去给老爷打洗脸水和洗脚水,他自己则飞快地去将已经准备好的食物送到盛棠的卧室。

盛棠声音沙哑,边哭边喘,银川面无表情,手紧紧攥着他的胳膊不放,整栋房子里响彻了哀嚎一般的哭声。

潘璟暄的孩子刚刚出生,他最近这两天一直在医院,暂时顾不上家里,云氏也是医院和家两头跑,他们不在的时候,盛棠便被交给下人们照顾,这个家现在连一个花园都疏于照顾,更何况一个疯疯傻傻的老人。

银川盯着下人给盛棠喂了饭,洗了脸和脚,换上干净的衣服,再叮嘱了云升一番,要他把下人们管好,照顾好主人的生活起居,言语中连威胁带利诱,眉目间却是凛然覆冰。云升唯唯诺诺答应着。可他们都知道,汉口潘家从里到外都散了,再怎么照顾呵护也都拼不完整了。

外面的天色已经暗下来了,云氏和璟暄还没有回来,这个家里没有主人,只有过客。

盛棠咕哝了两声,弯下身子用手去够被踢到一边的拖鞋,银川走去把拖鞋挪到盛棠脚边,盛棠将一只冰冷枯瘦的手搭在了他的肩上,磨蹭他肩头衣服的纹路。

"阿琛……"

老人轻声喊他幼时的名字。银川抬起了头,盛棠呆呆地看着他,眼中缓缓落下一滴泪,那滴泪水狡猾地滑到鼻尖,就好像一滴清鼻涕,显得无比滑稽。

"阿琛……"盛棠口齿不清,他终于认出了他,努力地一字字说下去,"阿琛……你长这么大了……"

他试图抚摸银川的头发,银川将头别开。

"爹爹去给你买糖,买艇仔粥,买拌鱼皮。"盛棠含泪微笑。

银川只作不应,木着脸,扶着盛棠的腰让他平稳躺到床上,老人终于无比安然地睡着了,至少在他的梦里,他不再需要得到任何人的原谅。

银川离开房间,缓步行走在走廊中,脚步声回响在耳边,这条长长的走廊似乎长得走不完,一步,一步,他的童年,那些曾印在他人生中的鲜活的记忆和面孔依次交叠着出现。空气中的气息与多年前一模一样。他经过曾经的卧室,经过书房,经过客厅和起居室,推开了璟宁的琴房。

湛蓝的天穹，月光柔和，星辰闪亮，永恒的星月之光从宽阔的长窗透进，斑斑驳驳地落在地板上、摆着绿植的方桌上。花影凌乱，窗框的边缘以及明亮的窗玻璃透出磷光一样的色泽，一只小野猫趴在窗台打瞌睡，柔顺的皮毛也在发光。窗帘在沙沙作响。

左右着无穷万物的大力，它自己也被什么左右着，它也有顾及不到的地方。至少在此刻，它无法制止一个人对另一个人执拗的思念，它无法抹去一个人心中的幻想。他凭借着这幻想，才能咬牙撑下去。

他在想，她应该是爱他的，哪怕只有一点点。他在想，也许此刻她也在思念他，哪怕只是一瞬间。他想他和她共有这一片月色星光，在被它们照亮的时候，就是重逢。

"小栗子，我永远永远都不会再放开你。"

如果真的再见到她，他一定会这么对她说。

银川静静地坐在黑暗中，从未有这么一刻，黑暗让他觉得如此光明[①]。

〔四〕

冬春之交，松柏上挂着晶莹的水珠，梅花落满径。

清丽的女子穿着一件旧棉袍，临窗而坐，她低着头，在一张柔软的信纸上书写着：

程远：

南京与汉口的冬天非常相像。同样有雾，雾气一上来，会缭绕在半山；有长江，有梅花，有刀子似的风，有总也下不停的雨。如果是夏天，连日的细雨是会让我的心情很愉悦的，还记得小时候一见变天，便会到花园里去，蹲在小路上看能不能遇到绿色的小青蛙和那些总是慌慌张张的鼹鼠，现在想起来真跟昨天一样。

[①] 罗兰·巴特在著作《恋人絮语》中引用过让·德·拉库瓦的一句话："夜是黑暗的，但它照亮了夜。"

冬天南方的雨，毕竟太过哀戚，当称为"苦雨"，城市的热量也没有办法让它们变得温暖起来，不过，苦也是有一番滋味的。北方的冬季冷得直接爽烈，皑皑白雪之间，定当不会有这分凄苦，但我想你久居北平，或许也会很怀念南方的冬天，以及南方的苦雨吧。

我对于冬天南方的雨，有一种矛盾的喜爱的心情。前些日子读到的一篇文章，作者引用了一位东洋作家的话，与我的感受甚为接近：

"卖宵夜面的纸灯寂寞地停留在河边的夜景使我醉。雨夜啼月的杜鹃，阵雨中散落的秋天木叶，落花飘风的钟声，途中日暮的山路的雪，凡是无常无告无望的，使人无端嗟叹此世只是一梦的，这样的一切东西，于我都是可亲，于我都是可怀……这暗示出那样黑暗时代的恐怖与悲哀与疲劳……深不能忘记那悲苦无告的色调。"[a]

程远，我羁旅两年，在失望与希望中轮回辗转，曾深深被"无告"的色调感染，其实不论下不下雨，于我都曾是一样的。

今天的南京又在下雨了，我并不觉得哀伤，只是过往种种从脑海扫过，令我想起每日清晨守候在琴房的那位兄长，那些无忧无虑的年少时光，想起我那曾经甜蜜却最终痛断肝肠的爱情，失败的婚姻，生活里层出不穷的折磨与接二连三的失去，不甘、混乱与落魄……此刻，当距离那些人和事已经有一段距离，当完完全全拥有了想要的自由，我想我应该好好看一看自己的心——终究还是挺过来了，虽然一直没有找到小乖的下落，但我还是应该怀着希望继续好好活下去。从湖北到江西，再从江西到南京，我一路都没有怎么停过，一路都在受着打击，假如我把生活的意志全部寄托在找到孩子上，只怕

---

① 周作人于1935年4月作《苦茶随笔》中提到了日本作家永井荷风这段著名的文字。

会在失败中伤害自己。我受过良好的教育，消耗过社会给予的资源，虽谈不上立刻为这个社会做什么贡献，但又岂能成为一个整日哭哭啼啼，除了消耗粮食和生命便一无是处的庸妇？

我有点累了，想休息休息，打算暂时安定在南京，唯一担心的是怕自己沉迷在安定之中不思进取，或者时间过得太快。小乖如果活着的话，一天天长大，样子肯定会发生变化，要是有一天她迎面朝我走来，我都可能会认不出她的样子。想到这儿，总还是会免不了心惊。

程远，谢谢你介绍郭秀云小姐跟我认识，在南京这些日子真是承蒙了她和她兄长的照顾。说来也是有缘分。十岁那年，我家给我换钢琴，那台斯坦威就是从郭小姐的兄长郭劲松先生工作的谋得利琴行里买来的。郭劲松先生在中国最老牌的谋得利琴行长年谋职，十分聪明能干，尽管英国人在钢琴的设计、调律上保密很严，但他还是学到了许多技术，脱离谋得利之后，来到南京，在鼓楼附近开了一家琴行，不光进口钢琴，还尝试着组装、设计和制作，虽然目前还没有成功过（为此我哭笑不得，却仍然十分钦敬）。在郭氏兄妹家住的几天，我第一次见到了被拆散的钢琴，是的，为了弄清楚一架钢琴的准确构造，他们拆了一台古董斯坦威，拆琴的时候，听到那噼里啪啦的声音，我的心都快碎了。但神奇的是，他们能原封不动地又把它装回去，除了钢琴音调跑了大半，但经过重新调律后，也不是不可以挽回的。

亲爱的程远，我最好的朋友，我终于愿意再捡起我曾经丢弃的钢琴，只是现在还没有足够的勇气去弹，听一听还可以，看一看也无妨，虽说音乐是可以调节心绪，息怒止忧的，可我只要一碰到琴键，就会回忆起那些发生在我身上的难堪与痛苦，它们仍会像狂风一样卷过来。

可我身处的环境好像并不容许我继续逃避下去，有几个调皮的小朋友总是喜欢蹿到我隔壁的琴房，在琴键上乱敲一气，他们会把乐器弄坏的，所以我决定教一教他们。

钢琴是"乐器之王",它的音乐表现力无与伦比,宽广的音域,音色丰富多变,演奏技法变化万千。弹钢琴的人,或许是唯一可以不需要去看或者去听自己弹奏的人,单凭触感他们就能知晓音调对错,手指落在琴键的一刹那,就立刻知道有没有弹错,这种看似机械的规律能让学钢琴的人可以无声地在键盘上进行练习,以免不得已打扰到他人……我刚刚为小捣蛋们在纸上画好了钢琴的琴键,已经分发给他们了,不知道这些小家伙会不会愿意跟我学弹"无声"的钢琴……

　　不要怪我太絮叨啰唆,我也是很久很久都没有写过这么多字,没有说过这么多话了。再过几天就是你生日,附上江南甜食两盒,我的近照一张,祝你生日快乐。

璟宁
民国二十六年初春于金陵

　　附:我的住址和情况请继续为我保密,我家那边,我亦托人带过信报平安。目前我在经济上没有困难,职业稳定,心宁且安。勿念。

　　她将信纸小心折好放入了信封,舒展了一下手指,在准备将照片也塞进信封之前,拿到手里看了看,秀丽的眼中闪过一丝惊讶。

　　照片定格了冬日阳光下一个温暖的场景:十几个只有四五岁的小男孩小女孩围成一圈,那天孩子们都穿上了捐赠的新冬衣,她在孩子们中间,一手携着一只胖乎乎的小手,和他们一起绕着圈儿奔跑。

　　最活泼的孩子是最矮的那一个,名字叫飞飞,穿着一件时髦的高腰小棉袄,那天他快乐地大声唱起了歌儿,然后所有的孩子都唱了起来,像小鸟一样唱了起来。

　　那是她教给他们的歌,一边弹着钢琴一边教的。

　　是的,她终于还是弹起了钢琴,唯一的一次。

　　为了让她弹琴,郭秀云曾不止一次鼓励过她,为了让她接受失子的痛苦面对现实,还介绍她去了金陵女子文理学院,在学院办的福利幼儿园里当老师，照顾那一群小孤儿。

郭秀云就是那个和兄长一起拆了一台斯坦威的姑娘。她说："你自小学习音乐，应当知晓音乐对于心灵的意义。古人说，五音与五行相对，宫商角徵羽，对应土、金、木、火、水，在五行中指向一个人的脾、肺、肝、心、肾。音律或雄伟宽厚，或清净平和，或透彻轻灵，或抑扬顿挫，不同的音调都可以作用于我们的心绪和身体。你这般灵性通透，为何要放弃你在音乐上的天赋，不让音乐来疗愈自己呢？

"璟宁，音律是由我们的双手来控制的，你让它高，它便高，让它低，它便低，你让它停，它就停。情绪是由心控制的。为什么你要任由悲伤的回忆占据你的生活？你是受过高等教育的女性，应当让自己的生命具备它该具备的价值，不要再徒然消耗了。那些小孩子很喜欢你，也需要你，你会是一个好老师。也许你曾经失去很多，甚至失去过你最重要的东西，但相信我，当你为自己的人生、为这个社会全情付出的时候，失去的幸福都会慢慢回来的。"

"那些失去的幸福会慢慢回来的……"

其实她不指望幸福还会回来，她只想看到希望和未来。于是她深深呼吸，让空气抵达胸腔的最深处，试着敞开心门去接纳曾避之不及的痛苦。

终于响起，那久违的钢琴声。一开始音符零零落落，宛如犹豫不下的雨滴。痛苦来了，接纳它，抚平它，心慢慢变得平静，手指终于不再僵硬，音符终于不再零散，它们找准了自己的位置，颤动起来，咏唱起来，旋律宛如长卷缓缓铺开，时而激昂，时而跳跃，宛如汹涌澎湃的心海。

午后的日光轻触窗台如洒下金粉，窗外高大的枫树，每一片叶子都似变得透明，一座具有生命意象的海市蜃楼陡现在空旷的时光中，华丽静默，转瞬即逝。她弹起了《爱之忧愁》，感受到剧烈的悲伤，拾起破碎的自我是如此困难，但旋律给了她温度与勇气，让心中的那盏灯重新亮起。

孩子们从来没有听过她弹琴，琴声把他们吸引了过来，他们像小动物一样叽叽喳喳围在她身边，待一曲完毕，拍着小手央求她再弹一曲。

她看着那一双双黑白分明的大眼睛，想起了可怜的女儿，小乖从未听过母亲的歌声和琴声，现在不知飘零在何方……

眼泪落下之前，她再次将手指放到琴键之上，弹起了一首古老的歌谣，那个叫飞飞的小男孩爬到她身边的琴凳上坐下，摇晃着小身子，给她打起了拍子。

她唱了起来：

"请给我讲那亲切的故事，多年以前，多年以前。

请给我唱我爱听的歌曲，多年以前多年前。

你已归来我忧愁全消散，让我忘记你漂泊已多年。

让我深信你爱我仍如前，多年以前多年前。

可记得我们相会的小路，多年以前，多年以前。

你告诉我你将永不忘怀，多年以前多年前。

我纯真的微笑使你常留恋，你每句话都打动我心弦。

赞美的话仍藏在我心间，多年以前多年前。

你的爱情唤起我的希望，多年以前，多年以前。

有多少人曾经把你夸奖，多年以前多年前。

长久分离你的爱仍不变，你的声调仍然使我留恋。

我多幸福犹如在你身边，多年以前多年前。"

孩子们很喜欢这首歌，拍照的那天他们开心地又唱了起来，越是应当觉得快乐的时候，她其实越是难过，看到孩子们天真无邪的小脸，她只想流泪，她甚至认为自己当时肯定是哭了的。

但照片是不会说谎的啊，她脸上确实绽放出了笑颜。

"你的爱情唤起我的希望，多年以前，多年以前。

有多少人曾经把你夸奖，多年以前多年前。

长久分离你的爱仍不变，你的声调仍然使我留恋。

我多幸福犹如在你身边，多年以前多年前……"

最终章
长河

〔一〕

民国二十六年，北伐结束已近九年，南京国民政府成立十年。为了迎接定都南京的纪念日，各种典礼、博览会应接不暇。光是在上海，可供万人参观的"成就展"就不下十个，其他主要的大城市也都陆续举行了声势浩大的庆祝活动。

这一年，化工行业的巨擘范旭东在南京的工厂生产出了中国第一批自制的硫酸铵，这种军工材料的成功生产，于强敌虎视之际，让国人为之振奋。这一年，撑起中国纺织和面粉业的荣宗敬、荣德生兄弟，终于熬过了三年地狱般的大萧条，让他们的申新公司重获生机。这一年，郑银川在汉口高调宣布，郑氏已控制了普惠洋行汉口分行约百分之五十五的股份，让汉口普惠洋行在事实上成为了一个中资商行，狠挫了英商的锐气，大涨了华商的志气。这一年，大钧船业在长江中下游的地位依然屹立不倒。这一年也是民生轮船公司成立的第十个年头，创始人卢作孚在一次纪念会上发表了演讲，他说："撑持这些事业的险阻艰难者，为了事业忘却了自己，为了增加事业的成功忍受个人的困苦。如果整个公司的人有这一种精神，就可以建设一桩强固的事业；如果整个民族有这一种精神，就可建设一个强固的国家。"

各项生产与建设逐次展开，新式机器大量运用，资本源源不断投入到市场，中国社会呈现一种繁荣安定的表象。万物轮回不休，盛极必衰，炫耀处即是衰落之始，这繁荣安定的表象很快便被无常摧毁了。七七事变爆发，随着一场改变全中国人命运的战争到来，整个中华民族走到了最危急的时刻。

平津陷落，日本海军第二舰队司令长谷川清率领"出云号"旗舰长驱开入黄浦江，其下属第十战队、第五水雷战队则相继开赴长江口和中国华南沿海。八月初，中国"甘露""皦日""青天"等测量舰艇及"绥宁""威宁"炮艇陆续破坏了各要塞的航标，使日军失去了导航标志，"逸仙""健康""中山""永绩"舰等舰艇则由第一舰队司令陈季良指挥，与第二舰队主力由湖口与下关向江阴集结，四十九艘军舰进入长江待命，所谓"拱卫京畿"。

一场漫长而惨烈的封江之战正在悄然拉开序幕。中国金融和工商业最发达的地区、中华锦绣富庶之地，笼罩在了毁灭性的阴云之下，然而，在魔鬼伸出魔爪之前，生活在相对和平之中的老百姓们，真正要直面战争残酷的时刻尚未到来，他们不会知道，不论是渺小的个体还是庞大的国家，历尽艰难险阻所积累的财富即将毁于旦夕。

七月底和八月初之间这段日子里，南京在闷热的盛夏中煎熬着。建设新首都的热潮仍没有过去，整个城市大兴土木，从西北最高的虎踞关到龙蟠里，自北至西再往南，修竹夹道，新式房屋鳞次栉比。市中心繁华地段，庆祝定都的彩条还没来得及撤下来，又覆上了爱国抗敌的标语。

连日干燥无雨，直到有一天，浓云携着雷声，从绕城的起伏山峦那边滚滚而来。

天空的颜色有点诡异的可怖和神秘，白中带灰，灰里又透着黑气。空气里弥漫着一种硫黄味，又有一种难以识别的植物与泥土混杂的气味，好像整个大地所有的细胞都被一场即将来临的雷霆暴怒刺破了，连远山的树林都似在发着微光以示呼应。这种奇异的景象从下午两三点开始持续到黄昏，直到太阳落山一切回归到黑暗，除了时断时续的雷声。人们从这种让人不安的氛围中暂时缓过气来，但心情却依旧十分焦灼,因为一滴雨都没有下下来。

晚上八点钟左右,闪电开始在山尖和地平线上横劈斜砍,风声如江涛起伏不平,漆黑的夜空中怒云飞卷,令人惊骇,闪电的脉络漫天铺开,经常一刹那就会同时出现十几条,链状闪光倏忽即逝,又倏忽重来,在云层间游动驰掣。狂风卷起尘土,天与地猛然变色,惊雷狂怒炸响,就像要把世界炸成碎片。

中央大学小礼堂后台的化妆室里,几个四五岁的小孩子正捂着耳朵瑟瑟发抖,稍微胆大的一个忍不住抬头看向宽大的玻璃窗,当又一道闪电划过的时候,他还是吓得大叫起来。

"别害怕。"一个清柔的声音在他耳边响起,却很快被雷声盖过,孩子立刻扑到那个让他觉得安全温暖的怀抱里去,见他这么做,其他的孩子也凑了过来,挤作一团。

璟宁把手尽量张开,让每个孩子都能接触到她,她柔声安抚了他们一会儿,轻轻退开一步,给他们挨个整理衣服。男孩子穿着衬衫黑裤,打着小领结,女孩则是清一色的白色连衣裙,袖子有褶皱的花边。孩子们都化了一点妆,脸蛋儿红彤彤的,也有的被汗水弄花了,看起来却更是可爱,璟宁拿出胭脂和粉给他们补妆。刚才被雷声吓得尖叫的那个小男孩见她神情轻松,怯怯地问:"潘老师,雷公会不会跑进来抓我们啊?"

璟宁扑哧一笑:"谁跟你说有雷公的?"

"开水房的王伯伯。"

"好吧,如果真的有雷公的话,他也只抓坏人,不抓好孩子。飞飞是好孩子,所以不用害怕,雷公不抓你。"

其他的孩子纷纷大声道:"那我呢?"

"还有我!"

"潘老师我是好孩子吗?"

璟宁郑重地点头道:"你们全是好孩子,不过好孩子要勇敢,听到打雷别害怕喔!"

她从手提包里掏出几个东西握在手掌中,狡黠地笑了笑:"猜猜这是什么?"

可爱的小脑袋一齐凑过来，璟宁笑盈盈摊开手掌，原来是一把牛奶糖。

"刚才吃饭的时候悄悄拿的，现在用来奖励勇敢的小朋友，谁是勇敢的小朋友呢？"

孩子们欢呼起来，举起手，跳跳蹦蹦地道："我！我！"

声音很大，休息室里的其他人都忍不住笑着看过来，璟宁正要将糖分发给孩子们，一个女学生跑进来，大声道："潘老师，准备上场吧！"

孩子们的表情立时紧张起来，璟宁将糖放回提包，温柔一笑："表演完咱们就吃糖！"

教育厅在中央大学组织了一个汇报演出，邀请了南京各界名流前来，既为了纪念定都南京十周年，同时也希望能为前线募到善款。礼堂是平时用来办舞会和排话剧的，并不是最大的那一个，人一多便显得有点拥挤了。红色的幕布隔开一个空间算作舞台，一架钢琴放在光线稍暗的角落，灯光基本上集中在舞台中央及来宾们所在的地方。主办方准备了水果、点心和饮料酒，客人们也大多穿着正式的礼服，若不是室外正电闪雷鸣，不明白的人或许还以为这不过是太平盛世里又一个歌舞升平的夜晚。

政府的官员正在发言，为了盖过外面的风雷声，他好像将肺活量提到了最高点，音量十分激昂。台下不时爆发掌声，璟宁领着孩子们安静地候在入口，嘱咐他们一会儿要从容地走上舞台，又伸出手跟每只小手都用力地握了一握，除了她，或许没有人会在意孩子们惶恐的心情。官员发言完毕，下台步入人群中，时局紧张，人们对战争似做足心理准备，却又茫然若失，抓紧机会围着官员问问题。孩子们悄然上台，追光打在他们紧张的小脸上，这是第一次上台表演，且是开场第一个节目，会有多么紧张可想而知，璟宁其实非常担心，而台下越来越大的说话声，对怯懦敏感的小朋友们绝对不是一种鼓励。

身处的角落光线较暗，只有雪白琴键在微微闪光，她抬起了手，并未起身致意，也不给出任何暗示，手腕轻垂，手指轻巧地落在琴键上，音符坚定地跳跃而出。

谈话声停了下来。那一个个音符是不饶人的，不给人们留出一点喘息的罅隙，步步紧逼，像散落四处的透明却锋利的丝线，刹那间一齐收紧。

将《爱之忧愁》与《多年以前》编在一起弹奏，是璟宁的小小心机，为了孩子们，她在演奏与编曲上用尽了全力。旋律时而轻柔，时而激越，绚丽的华彩乐段之后回归到《多年以前》原来的前奏，孩子们已被琴声安抚了。飞飞挺起了小小胸膛，开始领唱那首古老美好的歌谣，轻灵的童声像水晶一样透明，吟诵希望与爱，追忆着幸福的往日时光。

整个礼堂，除了这悠扬的旋律和天籁般的童声，再无一点杂音。一曲毕，雷鸣般的掌声中，璟宁一直低垂的头缓缓抬起，明亮的双眼如星光晶莹。孩子们向观众行礼，排着队走下台来，朝她露出放松的笑容，璟宁也笑了。她起身，跟在孩子们的身后往后台行去，然后突然顿住了脚步。

她看到了一个人。

那人站在一个灯箱旁边，靠近通往后台的过道，身后雪亮的灯光让他变成了一团高大的黑影。他穿着一身考究的礼服，手里还拿着一个玻璃酒杯，里面的饮料淅沥沥往地上洒，杯子是斜的。他脸色灰白，发着烧似的打着抖，中央大学的合唱队要上台，走过一个人就会撞他一下，他任他们撞，石雕泥塑一般立着。

他的模样和三年前毫无二致，俊秀的眼眉，雕琢般的轮廓，那双湛湛的眼睛，充满了爱和渴望盯着她的眼睛。要是说他有什么变化，那就是他的神态显得更坚韧更执着了。

"小栗子！"他向她挤出一丝笑，却更似在哭。

璟宁定了定神，侧过身子让学生们上场，然后继续快步往后台走，经过银川的时候，一眼都没再看他。孩子们在化妆室外头等璟宁，见她终于出现，奔过来要糖吃，她微笑着发糖，表扬道："今天每个人都表现得很好，比练习的时候还要好！"

孩子们却将目光投到她身后去，看向那个脸色苍白的男人，他紧紧跟在潘老师的后头，还伸出手去拽她的胳膊。从来没发过火的潘老师脸涨得通红，眼圈儿也是红的，她看起来好像很生气很伤心。

"放开！"她说。

"跟我走，"银川急迫地道，"孟子昭也来了，我带你去找他！现在就去！"

璟宁万没料到他竟然说出这么一句话来，不禁愣住，在这一瞬间和他目光交汇，那些支离破碎的晨昏与无从言说的万千思绪，猛然涌上心头。

窗外电光一闪，一阵惊雷轰鸣之后，暴雨终于倾盆而下。

在回学院的汽车里，飞飞愤怒地指着和他们一同坐在车里的银川，大声问："你为什么拽着潘老师不放？"

银川没理他，反而更加用力地握着璟宁的手，璟宁再怎么使劲往外挣，他就是不放。他对自己发过誓，如果上天再让他看到她，他不会再放开她，绝不会。

璟宁低声道："别当着孩子们的面给我难堪。"

他看着她："先送孩子们回去，然后我带你去见孟子昭。他在南京，我知道他住在哪里。"

"我谁也不想见。放开我，你把我弄疼了！"她的声音大了一些，飞飞一听到她说疼，便过来掰银川的手，其他几个男孩也扑了过来："放开潘老师！放开潘老师！"银川岿然不动。几个小女孩见状，想救老师却无能为力，忍不住急得哭了起来。

外面下着大雨，间杂雷声，驾驶室里的司机和陪他们来的校工根本听不见他们的吵闹，车子在笔直的中山大道行驶着。璟宁生怕孩子们磕碰着，一边用力挣，一边嘱咐他们坐好，一边又按捺着怒气央求银川放手。银川仍然不放。

"你是谁！放开潘老师！"孩子们嚷嚷着，小拳头雨点似的落在他身上。璟宁又是急又是难过，却也觉得有一点莫名的滑稽，正要再次恳求，银川忽然大声道："我是你们潘老师的丈夫！潘老师是我老婆！"

飞飞正准备张口咬他的手，闻言顿时懵了，仰起小脸："丈夫？老婆？"

银川眼睛都没眨,理所当然堂而皇之地解释道:"你们要是把潘老师当妈妈,我就是你们的爸爸!"

"妈妈?爸爸?!"

孩子们瞪大了眼睛齐齐瞪着他。

璟宁浑身发抖,大声道:"郑银川,你真是无耻!"声音猛地一闷,原来是被他搂在了怀里。

他颤声道:"小栗子,我好高兴,这是你第一次叫我的名字。"

她的脸庞贴在他胸膛上,耳边是他如鼓的心跳,鼻间尽是熟悉的淡淡清香,他最爱的白檀和香根草香。

从小到大,从未见他如此无赖过,璟宁气得快要晕去,空出来的那只手握起了拳头,狠狠捶了他几下,他由着她打,面不改色,平视着前方,胸口的衣服被她的泪水浸湿,然后他收紧了胳膊,将她抱得更紧。

雨水汇到屋檐下的沟渠里奔流着,云层变薄,夜空如舞台墨蓝色的背景,炎热被一扫而光,空气极度湿润,一呼一吸间尽是凉意。

璟宁在宿舍里照顾孩子们换衣服睡觉,银川候在外面走廊上,脸上肩头全是雨水,浑然不觉。雷声并没有减弱,但她回到了他的世界里,他的一切就有了依托,看待事物的视角、所投入的情绪与感觉全部发生了转变,狂风暴雨又怎样,此刻于他,就是千金不换的安宁。

屋里的灯熄灭了,银川的心扑通一跳,下意识向前迈了一步,但门紧闭着,璟宁一直没出来。

校舍间高树蓊郁,风雨散,晨雾起,天渐白。他在走廊上待了一夜,满心都是失而复得的欢喜。一生中遇到一个真心爱的人不知道有多么难,但他遇到了她,如此幸运,很早很早就遇到了她。她现在就在身边。

不爱就是不爱,转身即忘,电闪雷鸣,分分钟就可以了断。

爱就是爱,变成火,烧成灰,化蝶也要在一起。

"你究竟要怎样?"她说。

天快亮的时候,她终于从屋里走了出来。银川一醒,从墙角噌地站起,可惜用力过猛,眼前顿时黑了几秒钟,他扶着墙,尴尬地朝她笑了笑。

她模糊的形象逐渐清晰，苗条高挑，容颜依旧娇美，但却一脸憔悴愁容。

璟宁无可奈何地看着银川，他的出现搅乱了一切，像一把锋利沉重的斧，执拗地击碎了封存在心底的往事。那就让他给她个准话吧，至少能让她稍作确认，确认一个连轮廓都不太清楚、但对她的人生来说应该是十分重要的事情。

"你究竟要怎样？"她质问他。

银川揉了揉眼睛，无比坚决地对她说："宁宁，我要和你在一起。"

"不可能。"

"我会死缠烂打下去，直到你答应为止。"

她崩溃地道："那你为什么还说让我去找孟子昭！"

这句话点醒了他，他立刻道："对，你应该和他见一见面。我现在就带你去。"

不知是幸运还是不幸，这真是一个充满矛盾与热血的时代。

君子易和而难狎，与世皆亲却自有怀抱，商场上的郑银川是尤为孤傲的，他有利益同盟却没有知己朋友，但现在，所有人都与国家的命运发生了最紧密的联系，共济国难，已是必然的选择与担当。

曾与永和行在进出口上有过合作的实业家范旭东，在南京拥有具备亚洲一流水平的化工厂，日本人早在蠢蠢欲动之时，便想了很多办法想从范氏手中夺走工厂，范旭东宁肯与之玉石俱焚，也不愿厂子落入敌人手中。七七事变后，范旭东立刻组织工作人员拆卸机械仪表，运走图样、材料和模型，即便是搬不动运不走的大型设备，也要或拆或埋，哪怕扔进长江，仪器和图纸分批装船抢道西迁，会经过长沙和武汉，而这一部分工作，郑氏的永和行及孟氏的大钧船业均对其提供了帮助。

银川这一次来南京，不仅仅是为范旭东工厂的事情。早在四月，银川便已经来过几次南京，为的是响应政府号召，和其他银行家、商界名流在首都开会，讨论是否集体认购上千万"爱国公债"用于协助国家进行军事防务。这不是一笔小数目,对于许多兢兢业业的商人来说,这可能是倾囊而出有去无回,但目前看来,钱是非出不可了。覆巢之下焉有完卵,国将不存,何谈民生?这十数年来,银川以商致富,运筹帷幄,一出手便弹眼落睛,声色不动间财富尽收。这是平生第一次,他不讲任何价钱,不做任何算计,全盘接受国家运命之大势对自己事业的安排。

到达南京第一天便见到了孟子昭,来的目的虽然大同小异,但子昭是直接接到了政府的紧急通知,具体分配给大钧船业的究竟是什么任务,子昭并没有说,临分别前,他将自己在南京的住处告诉了银川。

风雨夜之后,郑银川带着潘璟宁去找孟子昭,孟子昭却正一步步走向他一生最终的结局。

风晓得,雨晓得,天知道。

但他们自己却不知道。

〔二〕

写字台上堆满了文件和纸张,茶杯里留着残茶,烟灰缸是满的,烟头尚有余温,会议室里刚刚有过一次彻夜不眠的会谈。房间里现在只剩下了孟子昭与民生公司的创始人卢作孚,后者已经是交通部次长,此刻满面沧桑。

"沉船断流……"子昭将这四个字重复了一遍,瞬间的茫然和虚空袭来,浑身上下似乎都暂时失去了力气,然后笑了笑,眼中闪出了奇异的光。

"带着十余艘星月货轮一路沿江而下,我还以为帮军队执行完采石任务就可以回到湖北,嘿嘿,我是真没想到,它们即将悉数沉在长江之下!父亲生前常骂我是个不肖子,迟早会败了家,他骂得对,真没想到我这次来南京,竟然就是来毁我孟氏的家业啊!"

卢作孚脸上闪过了歉意,但更多的是重托:"我非常抱歉也非常难过,但是子昭,恳求你考虑一下。刚才陈部长的密电你已看到,你也应该已经清楚,单靠我军在海上和沿江狙击几乎是没有胜算的,现在需要抓紧时间将国家的财产西迁以保住国家财富命脉，更要将敌人的航线阻断，沉船封江是唯一也是最好的选择。"

身处中国内陆的民生公司在战争甫一爆发，便积极地投入了战事，无偿提供轮船护送数十万川军到达抗战一线，卢作孚所说的陈部长，是海军部长陈绍宽。

卢沟桥上的枪声打响，华北燃起烽烟，不久后战火必将烧到南方，日本海军实力强大，与弱小的中国海军形成鲜明对比，海军部长陈绍宽不得已提出了一个悲壮而惨烈的作战方法：沉船封江。就在同一时期，国民政府的德国顾问团也制订了一个作战指导方案，其中明确说明了："淞沪方面实行战争之同时，要以击灭在吴淞口内之敌舰，并绝对控制其通过江阴以西为主，协力于各要塞及陆地部队之作战。"7月28日，南京最高国防会议最终确定了封江计划，决定制敌机先，阻断敌军长江航路，防止其溯江而上，截断其第十一战队十三艘舰船与大批日侨的归路，以博取与日交涉的筹码。行动时间定在八月十二日。这个秘密的水下封锁计划，兵分两路，划为两条线：一道沿江阴长山脚至长江北岸靖江罗家桥港，主要沉没老旧军舰。另一道在江阴北漕航道，以沉没大小商船为主，轮船招商局、民生公司、三北轮船包括杜月笙的大达公司均收到了征用通知，二十四艘船，一共四万余吨，即将在预定时间施行沉江。

不仅如此，由于此时的长江正值汛期，水流湍急，水位高、河床宽，大船下沉后，水下封锁线仍然会有缝隙，在狭窄的航道里，需要用大量小型民船、商轮趸船载满泥沙和石子将这些缝隙充填。刚刚过去的这一晚，孟氏大钧船业知道了这就是它将要承担的任务。国家需要这个老牌航运公司用"大钧"之力，以自毁的方式，在中国的母亲河上为这一场战役画上重要且壮烈的一笔。

距离执行的时间只有四天，前期工作已基本完成，航标大多破坏完毕，中国两个舰队的主力在江阴江面集结，甲午海战后中国海军的第一次对外行动，成败将直接影响国家的命运。

这一份沉甸甸的选择现在放在了孟子昭的面前。说是选择，其实谁都知道，这无可选择。

子昭双肘支在桌上，将额头抵在手上，极轻地叹了口气。

"卢先生，您还记得你们民生创立时有多么艰难吗？"

卢作孚道："八千块钱起家，还找你们家孟老先生帮我做了担保。第一艘船是个七十吨的浅水铁壳小船，沿着长江一路开回重庆，一路走一路招揽客人，我亲自上船接待，伙夫不够我就去帮厨，到最后，很多旅客都因为喜欢吃我炒的回锅肉成了回头客。就这样一步步艰难地过来，钱挣得多一点了，就总想再买船，一艘接一艘，好不容易才到今天。哪里会忘！"

"您贫寒起家创立事业，我是空着两手白白从父亲手上接过的家业，您为民生付出了十余年，而我为大钧工作不过只有数年，"子昭微微一笑，"这次真的是破釜沉舟啊。亲眼看着自己的心血沉入江水，您的心情应当比我更加难过。"

"不。和你是一样的，因为过去的每分每秒，我们都是用自己生命中最宝贵的时间去付出，"卢作孚眼中泪水微闪，但他始终面带温暖的笑意，"子昭，我们放下最珍视的东西，但留下的是一份旷世功德，今天做出牺牲，说真的荫蔽的是中华的命脉。我的心虽然很疼，但我并不难过。"

子昭点点头："卢先生，我想请求您帮我一个忙。"

"请说。"

"大钧有很多工作了数十年的老工人、老船长，他们经验十分丰富，但船没了生计也没了，这次的损失会不少，大钧短时间内恢复不了元气，我想请您接受我这些老员工，让他们到民生工作，这样我对他们的家人老小也能有个交代。不管他们会不会认为我是个败家子，但我于国家无愧，于他们是有愧的。请您一定答应我。"

卢作孚慨然道："我答应你，一定妥善安排。"

子昭看了看时间，然后抬起头。水晶是明亮的，也是坚硬的，水晶般的光芒闪动在他的眼睛之中。

"好吧，那卢先生，今年我就先不做生意了，跟着你上前线吧！"

时间紧急，他收拾好行李，立刻就往江阴赶去，在车上拿出笔就着他常用的本子写信,一封给母亲,一封给妻子,另外还得再写一封信给大钧的副总经理,要为之后的事情做好安排,公司今后肯定将会遇到很大的困境,战事来了该怎么办……虽然决心已下,但想着这些事仍不禁心烦意乱。汽车在笔直的大道上飞驰,轮胎和潮湿的地面摩擦,发出空旷辽远的声音,子昭一直低头摩挲着膝盖上的笔记本,没看到走在路边的银川和璟宁。

车子开过的时候,卷起被雨水沾湿的落叶,银川本能地挡在璟宁身旁,叶子飞过来沾到他的裤子上,待他走两步便落下,一阵风吹过,叶子在路上簌簌飞跑,像利爪挠着地。

银川摁了半天的门铃,没人出来,拿出衣兜里揣的地址仔细看了看,确认没错之后,便继续敲门,这一次换成了拳头,铁栅栏叮当作响,惊醒了邻舍养的小狗,小狗汪汪大叫,这一小片街区顿时变得无比吵嚷,有人打开窗户朝他们看过来,不满地指责了几句。

银川放下拳头,又改摁门铃,说道:"估计是还在睡觉,我再试试。"

"算了!"璟宁道,转身就走。

银川追上去:"或者他去了别的地方,我们再等等。"

"等他做什么呢?"璟宁冷冷道。

银川心中五味杂陈,轻声说:"其实这世上最不愿意让你们见面的估计就是我,但是……宁宁,我只是想让你开心。"

璟宁将披肩裹紧,抬手揉了揉眼,没有泪,说不上难过,只是有些恍惚。银川见她面色哀戚,以为明白她的心事,说道:"我们先去吃早饭,然后你休息,我去帮你找他。"

"不见了,再见面也没什么意义了。"她说。

一路上她没再说话,也没回头,只是默默地走着,漫无目的,他陪着她走,城市已经彻底醒了,众声喧哗。他们走到江边码头,天际线低矮,湿润的江风"轰"的一声扑过来。

璟宁忽然停下。

"听见没有?"

"什么?"

"鸟叫。是那种春天的鸟鸣声……每到春天就能听见的,以前在家里的时候经常听过。"

银川站直了,侧耳细听:"没有啊,只有风声和水声。你说的是杜鹃吗,它只在春天唱歌的,现在已经快到秋天了。宁宁,你可能听错了。"

"明明有的!"璟宁将脑袋偏了偏,一缕乌黑头发在她雪白的脸侧飘来飘去,她眼中有光在闪烁,但这光芒很快就熄灭了,许久,她终于无奈地笑了笑。

"你说得对,我是听错了。"

民国二十六年,1937年,似乎注定是一个充满悲情的年份。

八月十一日,海军部长陈绍宽接到电令,立即实施沉船封江计划,那天傍晚,他从南京江面登上军舰,在午夜抵达了东海之滨的江阴。在清晨朦胧的薄雾之中,一艘艘即将自沉的军民舰船已经停泊在江面,像凝肃深沉的巨大身影。

首批自沉军舰为"通济"练习舰、"大同""自强"轻巡洋舰、"德胜""威胜"水机母舰等,这些大多是清代遗留的旧舰,早已到了鞠躬尽瘁之时。而从国资和民商的轮船公司征集的数十艘大小商船也依次排开,已做好了自沉的准备。

早上八时,江面各舰由平海号轻巡洋舰率领举行升旗仪式,各舰官兵在舰舷向军旗行礼致敬,军乐声中,司令旗徐徐上升到平海号主桅顶端,迎风猎猎飞扬。

各舰陆续抵达规定位置,陈绍宽宣布了封江令,沉船开始,各舰同时打开水底门,货船则自凿沉江,此起彼伏,一直持续到日暮才初告结束。这些庞大的身影慢慢下沉,沉入寂静,沉入风涛,沉入永恒。

汽笛哀鸣,军旗低垂,苍天剧恸却无声。

这是一场血战的前奏。

8月16日,南太平洋的台风掀动了江上的云流,风狂浪高,气温骤降,微雨贴着江面像利刃斜飞。瞭望哨电话报告:封锁线外下游上空发现敌机,七架日机以近乎陡直的飞行姿态钻入浓密的云层,掩饰行踪，旋即又折返而回。尖锐的警报拉响，江阴海战正式拉开序幕。

这一场持续了108天、中日战争中罕见的陆海空三栖立体作战，也是抗日战争中唯一的一次海军战役。战果是非常悲壮的。中国海军在江阴封锁线死守近三月，掩护了上海前线七十万陆军，为拖延日军溯江而上发挥了重要作用，代价是中国舰队一部分在山东沿海沉没，主力则全数沉在江苏江阴，第1、第2舰队全灭，这是甲午之战以来，中国海军遭遇的又一次毁灭性的重创。

让我们回到水下封锁线行动之初。十二艘大型旧军舰均已经自沉完毕，二十余艘满载石块的大小商船也在指定的位置沉入了江底。正在汛期，水流非常急，军队发现第一批沉船已多半被水流冲离出最理想的原位，导致封锁线出现一些致命缺口，长江封锁于中部防御至关紧要，是国防之最要点，为了推进防御，必须继续将缺口尽快补上。大钧船业的小型货轮几乎全数被征用，与其他被征用的民船，使用了六万余担石子充填沉船空隙。最后的几天，小型的船艇继续进入余下航道，专业的技师协同军队将露出水面的船舰桅杆一一全部割去，以免日后敌军军舰发现水下目标，会选择避让。

孟子昭死于八月十六日江阴之战当天。

他只剩下一艘小货轮，是当年父亲送给他的那艘星月号，曾在川江的险道驰骋过，有着最轻灵敏捷的船身。那几天，子昭眼睁睁看着一艘艘船沉入江底，就像与自己的孩子、兄弟、亲人死别生离，他焦虑难眠，也因不舍而哭泣过，但为了让牺牲不白费，他擦干了泪水，与数位大钧的工程师留了下来，为他们的船送上最后一程。八月十六号清晨，子昭起得很早，替换一位已经筋疲力尽的技师，开着那最后一艘星月货轮陪军队的战士检查航道。

敌人突然空袭，突发的战况让小货轮处在了战火之间，返程已经不可能，前进只会对我军战舰造成阻碍。这留到最后的星月货轮还肩负着下沉填隙的任务，它将是最后一艘沉没的商船，若立刻凿船让其下沉，最快也需要耗时两三个小时，唯一的方法，只有炸船。

炸药放在船舱之中，早就准备好了的，正是为了应对这种最糟糕的状况。但此时炸船，没有舰艇会来接应他们。

子昭脑子里暂时一片空白。

"孟先生,你坐小船走吧,"一个年轻的战士对子昭道,"我们来。"

货轮上还有一条木船,不是没有求生的机会。

子昭沉默了一会儿,摇头道:"航道很险,需要开到的规定位置才能沉船,否则会影响我们的军舰。你们不熟悉这艘船,掌握不了它,赶紧走吧。"

那个战士很年轻,有一双天真未凿的眼睛,嘴唇上还覆着一层浅浅的绒毛,子昭看了他一眼,笑道:"你小小年纪想当英雄么?死在战场上也不错,挺好,挺好,不过别死在我的船上,我的船不是战场,你们赶紧走,去打日本人吧,打死一个算一个。"

那战士咬咬牙,向他轻轻鞠了一躬,跑上甲板,和另外几个战士解开了套在船侧的绳子,将木船放到江中。

江风呼号,风雨飘摇,江面上升起的黑烟和交错在天水之间的火光混在一起,这样的奇异的景象,子昭这辈子还是第一次见。他的牙齿在打战,手也是抖的,尽力镇静心神去看导航图,手握着轮盘,掌握最准确的力度,将星月轮驶向了规定的位置。船底的铁链与水底的沉船桅杆相击,发出碰撞的声音,船微微有些倾斜,一阵水浪后,恢复了平稳。

就是这个地方。他的心陡然一静。

一瞬的时间被拉长,像无垠那么长。

他仔细检查炸药的火线,确定没有任何问题后,坐了下来,将地上散落的一颗小铁珠子捡起,揣进了自己的衣兜里,然后摸到了一个硬硬的小东西。

那是一个已经变成深褐色的木头花生,他把它和家里的钥匙串在了一起。那是十四岁时潘璟宁送给他的,那天他们打了架,她的裤子都撕破了。

他扑哧一声笑了起来,然后是大笑,继而被汹涌的泪意覆盖,呼吸困难。

"臭小妞,"他想,"我这是在和你告别吗?早在五年前便告别过了,现在要再一次向你告别了。一如既往的痛苦,却是第一次真正感到轻松。从今天开始,我将不会再承受失去你的痛苦了。"

一个人临死前三十秒、六十秒、一小时、两小时的时候会是什么感觉？知道自己即将死亡，在最后的短暂的一段能体验的时间里，会想什么？子昭无比矛盾地想：我正在体验这样的感觉，潘璟宁，我觉得有点得意却不知道为什么。为了虚荣么？是因为被自己勇敢的抉择感动了么？好像不是，都不是。

在那茫茫江面上，在这连天烽火中，其实是听不到鸟叫的，但孟子昭却听到了只有在春天才有的清脆空灵的鸟鸣，那是在年少的时候，在那些和平安宁的时光里，一次次出现在他记忆里的幸福的声音。

他想起她蹲下身子，将那几只小鸭搂在怀里，头发绒绒地在白皙的额前拂来拂去。他对那个小女孩说，我爱你。

他想起他们痛苦又甜蜜的纠缠，晨光下她噙着笑的嘴角，那张皎洁年轻的脸庞，他对那个姑娘说，我爱你。

他想起她追逐他远行的车，脸上落满泪水，眼中的执拗如烈火般闪烁，他对那绝望的女人说：我爱你。

相遇，拥有，离散，诀别。

他爱她。他容许自己在此刻重新想起对她的爱。他爱她，如同爱一个家，如同爱脚下的土地，爱借以呼吸的空气，爱东湖的绿波漫江的春水。他希望她过得平安美满，在每一个季节，即便他已永远离开。

已经有很久很久不去想她，但是此刻，他多么希望能再见她一面。是的，这就是真正的告别了。现在时机终于到了。

子昭闭上眼睛：潘璟宁，我已经不想你了，即便想到你我的心也不会痛。为了你，我不愿放弃我的家业，不愿放弃父母的期望，不愿放弃很多事情，我以为我错了，其实没有，因为原来这所有的不放弃，都是为了今天的放弃。不仅为你，还为更多的人，为了上海，为了南京，为了武汉，为了所有你可以平安生活的土地，我终于可以放弃你了，连同我的生命。

这一瞬他有了久违的释然和快乐，不再犹豫，掏出火柴点燃了导火索。

大国运命的宏伟画卷，布满了时间的轴线，每一条线上都有一个小小的点，它们如此渺小，小得几乎可以让人遗忘和忽略，但它们也是这条轴线的组成部分，一条条，一点点，没有了它们，也就没有这张画卷。

火光骤然升至半空，烈焰燃烧，放出五彩的光芒，死亡的颜色原来也可以这么瑰丽，生命的烟火在这一刻燃烧到顶点。轮船发出轰鸣，就似在宣告一个最壮烈的誓言。

〔三〕

沦陷之前的南京是一座奇特的城。

戏院里依旧唱着戏，电影院仍有放到半夜的电影；大难临头要吃顿饱饭，餐馆人满为患，人们拼命吃，能吃多少就吃多少，买咸水鸭的长队还是可以绕个几十米；经过百货商店，行人会不自觉地跟着里面音乐的节奏轻声哼唱，新街口的人比往常多出两倍来，这多出的一部分是"跑反[①]"来的，所有人都往这个城市涌进，相互靠拢，相依为命。

江阴沉船阻敌，只起到了短暂的拖延作用，淞沪战事惨烈，苏南失守，京沪铁路中断，日军虽未能从长江西进，但仍沿津浦铁路从陆路南下，首都南京岌岌可危。

战火击开了重门深院，不论贫富贵贱，一旦离城便是抛家舍业。物价一落千丈，抛售之后紧接的是恐慌性的囤货，物价便随之飞涨。当第一声空袭警报响起，表面的宁静就完全被破坏得四分五裂了。日机接二连三轰炸，首先受害的便是平民区与市政设施，紧接着是军事重地、工厂和交通枢纽。朝为繁华街，夕暮成死市。一个久居南京貌不惊人的德国人，在自家院子里支起了一块长六米宽三米的德国国社党党旗，以对日本敌机起到警示作用，这个德国人将在三个月后以骑

[①] 八·一三淞沪会战打响，从上海、江北、苏南等地的难民涌入南京，当地方言称"跑反"。

士一般的勇气拯救无数中国百姓的生命。①

那段时间南京城结婚的人很多，凡是有闺女的人家，挠破头皮也要想法把闺女嫁出去，"贞操"在乱世被看得尤为之重，女儿有丈夫的保护，做父母的便多了一点虚幻的安心。市政府已经开始疏散工作人员，将文件资料西迁，临时办公地点在简陋的防空设施里，去公证结婚的市民能把木板门都挤破。

银川和璟宁在中秋节当天结了婚，彼时南京三面被围，几乎已成了空城，他们去领了公证书，回到位于宁海路的新家，范旭东和他工厂里的几个负责人、素怀、南珈都在，大家一起吃了一顿丰盛的饭菜，素怀还想办法弄来了葡萄、水蜜桃等很难买到的水果。璟宁穿着簇新的织锦旗袍，红色的珊瑚珠扣子，金色玫瑰花项链放出柔润光芒，让眉目间现出温柔的娇艳与含蓄的喜悦。衣服是银川带着她去做的，原本按一年四季都订了一套，去取时裁缝已经跑了，拿到手的只有秋天与冬天的。银川的洋服与衬衫是旧的，穿在身上仍然十分优雅，他头发梳得溜光，俊秀的脸庞光彩熠熠，时不时去握新娘的手，本已经很确定的幸福，于他仍有点不真实。

范旭东的厂区被数日前的空袭炸得一片狼藉，虽然忧心忡忡，但他一直强颜欢笑，吃完饭，向新婚夫妇再次表示了祝贺，便和几个同仁告辞走了，只余下素怀和南珈，自家亲戚一样言笑晏晏坐在沙发上聊天。公寓是银川在与璟宁重逢之后买的，花了不少钱，讽刺的是，数天后淞沪战役打响，八月十五日南京遭遇第一次空袭，地皮房价便接连大跌，这套房子折了一半还多的价。

璟宁坐了一会儿便站起来，银川拉着她："你别动，今天我来服务。"笑盈盈地给每人的茶杯里加了茶，素怀与南珈见他眉梢眼角全

---

① 约翰·拉贝（John Rabe），德国商人，在中国居住了近三十年，以在南京大屠杀期间的人道主义行为、以及作为南京大屠杀翔实证据的《拉贝日记》而著名，作为南京国际安全区主席的他与其他国际友人一道，在不足4平方公里安全区内，拯救了超过25万中国人的生命，被世人尊敬地称为"中国的辛德勒"。

是喜悦,由衷地为他高兴。

窗檐上挂着一串风铃,在微风中轻灵地响着,屋内是安宁温暖的气氛,与室外的惨淡疮痍形成鲜明对比。

素怀道:"知道太太最喜欢玫瑰,我们跑遍南京城,就是一朵也没买到,用假的也不合适,喜宴简单那是不得已,连朵玫瑰花也没有,想着还是很遗憾的。"

璟宁歉意地道:"我连办这桌席都觉得很是有愧,国难当头,买花做什么?还连累你们辛苦。"

南珈正色道:"不,太太的观点我不认同。办喜宴是没错的,买玫瑰花也是没错的,错的是那些涂炭生灵侵犯他人国土的暴徒。这世上除了这些恶魔,没有一个不热爱和平厌恶战争。炸弹冷血,我们有热血。好好生活、不辍弦歌,有了希望就不会放弃,总有一天胜利依旧会是我们的!"

说到最后,他的语气非常激动,素怀在他肩上一拍:"说得对!胜利一定会是我们的!哪怕浩劫将至,对眼前的和平与幸福就应该珍惜。"

银川已经熟练地削了两个苹果,切成了四份,给每人分了一块,也给了璟宁一块,他第一次露出调皮的表情,捏着自己那块苹果,在每人手中那块苹果上点了一点,像碰杯一样:"来来,我们每个人都要平平安安的,干了!"

"干!"

素怀和南珈都笑起来,仿佛回到了伦敦,回到了他们求学的少年时代,日子是那般单纯快乐。

"恭喜你,银川!"南珈道,这么多年,这是第一次不叫他"郑先生"。

"银川,祝你和嫂夫人白头到老!"素怀也道。

"谢谢!"银川泪光闪烁,情不自禁地用力,苹果的汁水沾湿了他的手指,璟宁本一直微笑着坐在他身旁,这时拿手帕子给他擦手,不经意间见他与南珈对视了一眼,似甚是百感交集,亦有几分她看不太明白的含义。

结婚是在仓促间决定的,她终究还是没能躲得掉,终究还是屈服了。只不知是屈从于他，还是屈从于命运。

那些日子里，银川几乎天天耗在学校，纠缠她，纠缠孩子们，讨好校工和其他老师，终于有一天，飞飞奔出去迎接他，叫道："爸爸来啦！"连一个路过的女学生忍不住用羡慕的眼光看着璟宁，道："潘老师，你先生真好，还来陪你上班。"璟宁虽然盛怒，也知晓自己心中坚硬的堤坝，已经出现了裂缝。

战火逼近，银川想办法帮金陵女院联系到了一艘船，送走一批学生和教员，也给孩子们做了安排。

之前不论璟宁愿不愿意听，他总是不厌其烦地跟她说起她的家人，说起了云氏、璟暄，还有盛棠，告诉她他们的近况。她强忍难言的悲伤，避之不及，生怕意志崩溃落入他的陷阱。

某天李南珈找到了学校来，风尘仆仆，他那天刚到南京。

南珈一向云淡风轻的脸庞上充满了无奈，他将一个旧皮箱放到璟宁面前："郑先生发电报让我来南京，我以为是为债券的事在财务上出了什么岔子，结果他却是让我从潘公馆把这个东西带过来。我就知道肯定是找到了你。"

他打开皮箱子。

璟宁低下头。箱子里是一些旧东西，一件件摆放得很规整。有璟暄最爱玩的小皮球，有银川的那一杆小秤，还有她的玩具首饰盒、袖珍书、相册，以及洋娃娃"猫猫头"。箱子里全是他们的过去。

南珈叹道："潘小姐，郑先生对你一片痴心，你当时离开汉口，他整个人半条命都没了。你跟他是注定的缘分，他非常爱你，爱了这么多年，你何苦一味狠心拒绝下去呢？于他于你，都不公平啊。"

璟宁蹙眉道："世事无绝对，有什么真正的公平？更何况我不喜欢别人以爱的名义要挟我。"

南珈失笑："要挟你？他要挟你了吗？他早已经不是以前的郑银川了，他……"

"难道没有吗？"璟宁道，"我只希望能过得平静，但他一直纠缠我不放，他爱我，不代表就可以理所应当地侵入到我的生活，他现在就跟一个疯子一样。"

"没错，郑先生这一辈子所有丧失理智的事全和潘小姐有关。你就是他的命。"

南珈无比确定又无比平静地说。

孩子们要随着范旭东运送货物西迁的商船离开，银川一确定行程，立刻兴奋地对璟宁说：

"宁宁，我们可以一起回家去了！"

璟宁看着他，没说话。他现在又拿孩子们来要挟她了，他以为这一次她不会拒绝。

数十万人拥挤在下关码头，璟宁领着孩子们跟在银川身后，银川费力在前方开路，生怕他们被人撞倒，一身黑呢绒外衣被蹭得满是灰尘，头发也是乱蓬蓬的，衣服下摆被尖锐东西撕烂在身侧一甩一甩，他从来没这么狼狈过。璟宁心中的堤坝在一点点碎裂，很清楚如果这么一走，和银川这辈子估计就是定局了，莫名的恐惧上来，她决定再次逃离。

码头上人非常多，抢着上船，轮船都无法靠在码头上，只能从江心上船，如果要到轮船上去，得另外雇船划到江中去上。银川想了很多办法才弄到一艘渡船，专门给学校用，但仍有不少人不管不顾地抢着上来，有一人差点将飞飞扔到了水里去，银川大怒，和那个人打了起来，璟宁从来没见过他打架，也第一次听到那种不带一点余地的凶狠拳头击打在肉身发出的恐怖声音。孩子们吓呆了，璟宁和另外几个老师将他们保护着，安抚着，璟宁紧紧抱着飞飞，在他的小脸上亲了亲："你要好好的，要听郑叔叔的话啊。"飞飞惊魂未定，还没回过神，只见潘老师将自己一放，一咬牙，转身挤下了船，飞飞哭了起来，大叫道："潘老师，潘老师！郑叔叔，潘老师！"

银川仍和那人扭打着，混乱中顾不上这个孩子的哭喊，只有另外一个老师听到后赶紧看了过去，可岸上密密麻麻的人群中，哪里找得到璟宁的身影。

回去的路和来时一样艰难，人太多了，船是不可能为了她一个人停下不走的，璟宁记住了那艘小船歪歪倒倒的旗杆上那面蓝色的旗子，走上高处堤坝，她看到小船已经在往江心划去，大轮船的汽笛轰鸣着，舢板上的密集人影像黑色的蚁群。

高大的悬铃木搭出黑色的穹窿，沿途的宅院静寂无声，百余扇玻璃窗张开着，像墓碑一样发着幽幽的光。璟宁在街道上走着，若有所失，说不出的空虚，也许是因为留在了这个悲伤的空城。回了金陵女院，虽然仍然有一部分老师和学生在，但幼稚园这边却是人去楼空，连门房都被调到成人学部里去了，绘着黄色小花的牌子被摘下靠在墙边上，满地飞着五彩纸片，有个小朋友昨晚尿了床，裤子换了下来，是她洗干净晾在了院子里，却忘了收，此时在风中晃着、旋转着。璟宁走过去摸了下，没干，那就再晾一会儿吧，可即便晾干了又让谁来穿呢？孩子们全都走了。

也许是不舍那一张张无邪的小脸，但更像是被强烈的凄楚控制了，璟宁双腿发软，无力地蹲了下来。

闷闷的声音从远方天空传来，比雷声更沉更有力，空袭警报骤然响起，地板和玻璃窗一起震动，扣环和门环同时吱呀作响，宛如在哀哭。璟宁心一紧，直起了身子，空中一排阴影低低飞过，让目光为之一暗，虽然之前也经历过几次空袭，但这是第一次如此近距离地看到飞机。风的温度陡然变热，毗邻的一间校舍屋顶像被施了魔法一般冒起雨丝一样细的烟柱，响起冰雹一样的声音。璟宁下意识往院子西北角简陋的防空地下室飞跑，刚一进去就听一声巨响，烈焰裹着烟尘四散而开，火舌窜到半空，幼稚园的房子轰的一下垮了大半边。

璟宁捂着耳朵，虽然紧闭着眼睛，但这毁灭一切的过程却依旧无比清晰地映在脑中，她仿佛看到窗户、门板桌椅以及还有孩子们的小床全在大火中燃烧，像炒豌豆、爆玉米一样噼里啪啦作响，她看到烈焰中的课本和她攒了数年的《楚报》，连同她苦乐酸甜的回忆与往事，一并化作了灰烬。不可抑制的悲痛，令人窒息的恐惧与孤独，还有那无望无告的对女儿的思念，让她再难自已，流下泪来，然后变成了抽泣，变成了号啕。

"大哥哥！"

她自己也没有想到，呼喊出来的依旧还是那个人，那个自幼年时就一直与她不离不弃的人。

"大哥哥！大哥哥！"她用尽力气呼喊着，反正他不会知道她原来是如此在意他。悲伤与快乐交织，充盈着她的身体，就像水果里充满了黑暗与甜蜜，再没了愤怒与抱怨，也再没了束缚，反正他也听不见，反正他已经离开了，也许是永远。

"小栗子！"

不知道过了多久，耳边分明响起了一声看似遥远的回应："小栗子！"

她以为自己是在做梦，睁开眼睛揉了揉，地下室的门板上全是石灰烟尘，浓烟从门缝里钻进来，发出强烈难闻的气味。

"小栗子！璟宁！"声音越来越清晰，带着无法掩饰的哭腔，"小栗子！你在哪里！璟宁！小栗子！"

璟宁张了张口，想回应，却发现声音已经完全沙哑了，她紧紧盯着门，目光一动不动，尽管泪水已经让双眼模糊。

门从外面被打开了，他跑了进来。是的，是他，确实是他！在看到她的一瞬他顿了顿，然后飞快地凑过来将她拥到怀中，她一开始抗拒了一下，却还是由他抱着了。他浑身发着颤，衣服是湿的，满是江水的腥气，冰凉的唇吻在她额头上，他喃喃道："你在这里，还好我找到了你，我找到你了，宁宁，你还在这里。太好了，太好了！"

他连说了十几遍"太好了"，滚烫的泪水一滴滴落在她脸上，璟宁的胸口重重起伏了两下，哇的一声又哭了起来。

"船不是开了吗，你怎么又回来了？"

"我跳到江里去，游着回来的。"他老老实实地道，"没事，岸边的水不深，一点都不深，就是上来的时候被人踩了几脚。"

她这才注意到他的脸，那张清雅秀气的脸青一块紫一块，左眼珠鼓起，就像要爆出来似的，不知道是被打的还是被踩的，但他一脸轻松地笑着，像个为了调皮不管不顾的男孩。

"你这个笨蛋，疯子！"她哭着用手去摸他的眼睛。

"宁宁，我们回家去！"他握住她的手。

新婚之夜，明净的月色如雪光一样白亮，他的脚步声在身后响起，温暖的手臂围拢在她腰间，她向他转过身来，凝望着他。

她现在只有他了。

他将她横抱在怀，让她天旋地转，他的四肢被力量的风灌满了，眼里跳动的火将相思与激情点燃，如同脱困的兽，叫嚣着涌了上来。再没有了禁忌与限制，两个人都在尽情地宣泄与释放，灼热、滚烫，是危机四伏的暗夜中摧毁一切的地火。他听到她撩人的喘息，夹杂着他律动失常的心跳声，奏响了痛苦与欢愉，她没有闭上眼睛，而是用她黑黝黝的深邃的眸子回应他的凝望，回应他的烘烤和摇撼，清澈的眼波里只有他的面孔，以及他被欲望、被狂喜与悲伤浇筑的灵魂。他的唇在她温软的雪肤之间游移，每移动一寸，往日的画面便会在脑中如电光闪过，他的挣扎、无助、卑劣、残酷与真心，只有他知道，只有他自己知道，是他亲手将她，将这个如今彻彻底底属于自己的女人，这个比生命还重要的爱人，亲手送进了痛苦的炼狱，但他是多么幸运还有机会从头再来，是她给了他重来的机会。如何再回报她的恩情与宽恕？如同那不堪回首的过往，或许将随着时间变成新的枷锁。但他会证明给她看，他会用最纯粹和真诚的心爱她一辈子。

她的身体微微蜷曲，被他推到床沿，伸手握住了床边的柱子，柔美的脖颈往外仰起，他唤着她的名字，让她的皮肤一寸寸变热，她溺进了他火一样的柔情，发出连自己都难以置信的叹息。

〔四〕

上海沦陷，国军溃退，苏州与嘉兴随即失守，民国二十六年十一月二十日，国民政府宣布迁都重庆。南京通往四处的陆路几乎已全部被战火封锁，十二月一日，南京保卫战开始，日军兵临城下，守城之战呈拉锯态势，城中军民生死悬于一线。外籍人士出于人道主义精神，也为了提前准备应付万一日军占领后会出现的局势，利用美日尚未交战及教会大学的特殊身份，开始设立国际安全区。银川夫妇受困危城，一时也想不到办法脱离险境。一天，从范旭东的化工厂来了一个工程师，恳求银川帮忙找个地方为他们保管一些带不走的重要机件，银川想到了相熟的欧洲洋行，立刻陪着那工程师去找洋行的负责人。

住处附近有一个邮局，璟宁每天都会找机会去一趟，她订阅的湖北报纸已经很长时间没送来了，但邮局是许多消息的集散地，说不定也能从那儿继续打听到一些有用的信息。

一辆破烂的邮车停在外面，绿色车皮上全是弹孔，不知这个家伙是从哪处的战火中逃出来的，报纸散落一地，璟宁眼睛一亮，依稀看到一个巨大的"楚"字，凡是和湖北有关的消息她都格外留意，直到此时仍然幻想着也许有一天能看到找到小乖的启事。

她弯下身子将报纸捡起来，确实是《楚报》，却是差不多两个月以前的。头版上登着一则新闻，标题很长。

《大钧公司总经理孟子昭之追悼会十月十四日在汉口举行。丹心碧血同千古，是好男儿共国殇！举城痛悼英灵！！》

她眼前顿时一黑，腿像灌了铅一样沉重，身子连晃了两晃，瘫倒在地。来来往往都是人，她呆呆地坐在地上，耳朵里轰然乱响，眼睛很疼，像飞进了滚烫的火苗，要瞎了一般烧着疼，拼命睁大眼想看清楚报纸上的字，一个个黑色的小方块就像长了脚在跑，怎么都抓不住，只有大脑可悲地清醒着，已经为她将凌乱的段落拾掇在了一起，知晓了她曾经的恋人早已经离开了人世。

他死在秋天的江水之中，现在都是冬天了。

璟宁突然觉得冷，冷得打哆嗦，双手抱肩。有人在叫她的名字，试探的语气，仿佛不可置信一般。

她抬起头看过去，眼睛里是空白的，那个人的形状也是模糊扭曲的。

"潘璟宁？"那人走近了一步，细长的眼睛闪闪发光，"宁宁？真的是你？！"

璟宁脸色惨白，过了很久，才朝他笑了笑，笑得简直比哭还难看。

"德英……真是，真是巧啊。"她又笑了笑，"好巧！"

德英又惊又喜，伸手将她拉起来，叽里呱啦问了她许多问题，璟宁一个都没听进去，意识仍然是木的。

德英告诉璟宁，他的纱厂之前一直和上海的申新公司合作，上月底上海失守后，日本丰田纱厂雇佣了日本浪人和当地流氓将工厂的精纺机尽数砸毁，抢走了棉花与棉纱，工厂和仓库也被焚毁。大家将工人一路疏散到安全的地段，有的跟着他逃到南京来，已经在这儿待了快五天了，但显然南京也眼看着不保，今天他到邮局这儿找一个朋友打探消息，没想到竟然遇到了璟宁。

"你怎么在南京？有住处吗？有人陪着你么？"德英担心地问。

璟宁没吭声，吸了口气，将手中的报纸叠起来想踹进衣兜里，却又觉得没什么意义，便又将它扔到邮车里去了。

见她神情恍惚，举止怪异，德英暗觉骇异，说道："我刚刚得到消息，这两天仍有兵船从汉口启程往南走，到芜湖放下部队增援南京，政府剩下的人和一部分科研人员、高校师生会被带往湖北，沿途兵船亦会间接护送民船疏散。宁宁，我在政府里有朋友，你跟着我们走吧，今天晚上就出发。"

璟宁摇了摇头。

"你……"德英眉头紧蹙，转念一想，恍然道，"你是不是有家人亲戚在这儿？要不我等着他们一起吧。他们在哪里，我陪你去找他们。"

"我结婚了，"璟宁干脆地道，"我跟郑银川结了婚，他现在就在南京，我要等他，德英，你不用管我了。"

德英震惊半晌，然后长叹了一声。

"他终于还是如愿以偿。"

璟宁淡淡一笑，抬步往家的方向走，德英跟着她走了几步，轻声问："你们找到小乖了吗？"

璟宁还是摇头。

德英苦笑道："我什么也做不了。只为这可怜的孩子祈祷，为你祈祷。璟宁，我一直抱愧于心，我对不起你。"

她嘴唇微颤，道："是我害你失去了心爱的女儿，抱愧于心的人是我。"

德英停了下来，脸上神色十分复杂，他猛地拉住了璟宁的胳膊，让她看着他："宁宁，我不知道该怎么跟你说，事到如今，今天见了面，分开之后可能这辈子也不会再重逢了。兵荒马乱的，什么都说不准,但我必须告诉你:小乖不是我的女儿,不是。我从来没有、一次也没有真正得到过你。瞒你是因为怕失去你,而当最后我们离婚了,我仍然选择了隐瞒。对不起,但我今天必须要告诉你。"

璟宁目光呆滞地看着他:"你说什么?"

"原谅我一直没说出真相,因为说出来,你恨我不要紧,但你一定会非常非常伤心,我是真心爱你,怕你伤心,我担心你知道那个人就是郑……"

"住口!"璟宁尖叫了一声,捂住耳朵,嘶声叫道,"住口!住口!住口!"

然后她猛地大笑起来,笑着笑着就泪流满面,状若疯狂。

南珈在公寓门口已经等了很久了,见璟宁的身影从巷口一出现,急忙奔过来。璟宁抬起眼睛扫了他一眼,默不作声打开门,南珈跟着她进屋,正要说话,璟宁反身一个响亮的巴掌甩到他脸上,手中提包紧接着打过去,南珈捂着脸往后躲,璟宁只顾咬牙往死里打,直把提包的金属链子打得飞到了一边去,在客厅的地板上滑了老远。

"太太!"南珈满脸都是血痕,攥住她的手腕,愕然地看着她,但瞬间便明白了。

"你们瞒得我好苦啊!"璟宁嘶声哭了起来,指着他的脸,"李南珈!你帮着他做了那件畜生不如的事,害了我啊!你们害了我啊!你们这些畜生!畜生!畜生!"

是的,她什么都知道了,她知道了一切。

那天下午是银川往茶水里下了迷药,那种药与酒精一混合便会让人神志不清,他用最卑劣的手段夺走了她的贞操,而李南珈助纣为虐,帮他将一切嫁祸到徐德英身上。

他们都以为徐德英神志不清,可以任他们摆弄,但是没有,徐德英根本就不信任银川,他没喝任何茶水,唯一喝下的是他自己从盛昌洋行带来的那瓶威士忌,那瓶一点问题也没有的酒!这个他们以为庸懦愚蠢的男人,为了得到他爱的女人,以一颗难以想象的阴暗坚韧的心,吞下了耻辱,达到了目的。

是的,正是这三个男人,联手毁掉了她潘璟宁一生的幸福,而银川是其中的罪魁祸首。

南珈跪下,惨白的脸上布满愧疚与痛苦:"太太!请你原谅郑先生,他是这世上最爱你的人,那几天他跟疯了一样,你要跟孟子昭结婚,他一点办法都没有,所以他才……"

"住口!我不要听!"璟宁哭道,拼命地摇着头,"我这一辈子就是被你说的这个人给毁了!他毁了我一辈子啊!他这个畜生!"

"你父亲杀了他的父母!他从来没有告诉过你!"南珈流泪道,"他一直想要报仇,忍辱负重那么多年,你不会明白他的心有多苦!我们所有人都不明白!但是我看到了,我看到了他的苦,他苦得每天每夜都在煎熬和矛盾,每天生不如死,就跟活在地狱里一样。他不是畜生,他只是个可怜人!郑先生只有你了,你们已经是夫妻了,为什么不能重新开始呢?你们现在不是过得也挺好的么?太太,原谅他吧!"

璟宁身子筛糠似的抖着,惨然一笑:"挺好?再也不会好了。"

雪漫漫从苍穹洒下,一株梅树的枝头探出几朵殷红花苞,阴云密布的天边是隐约可见的火光,越来越浓的硝烟,越来越响的炮声。

在描述这段历史的大部分文字里,看不到个体,看不到家庭,看不到悲欢离合生离死别,看不到纠缠矛盾痛彻心扉,只看到一个个数字,一条条记录,只看到生死,只看到或卑微、或可鄙、或平凡、或伟大的生命糅在一起如灰尘飞飞扬扬,如波涛起起伏伏,如火光明明灭灭,在这个炼狱之中。

他们就在这个炼狱中。

紫金焚,金陵灭。

这是1937年的12月12日,这天上午,日军第六师团一部敢死队突袭进入中华门,虽未能深入,暂退一隅,但负责防守中华门的某师师长擅自带一部分部队逃跑,造成了大恐慌。下午,首都卫戍部队司令长官唐生智召集师以上将领开始布置撤退。当晚,唐与司令部成员乘坐小火轮从下关退到江北,第74军一部约五千官兵以及第36师也从那里乘船过江。余下逃到下关的守军成为混乱的散兵,一部分扎筏过江,有的淹死,有的被日军射杀,大部分流散南京街头,扔掉武器换上便装躲入了国际安全区。

银川回来的时候在街上目睹了逃兵伤人,从行人口中听说了日军已经进入城中某处,开始了烧杀劫掠的暴行。他已经联系好了安全区,在天黑前赶回了家中。

"宁宁,我回来了!"他快步进屋,客厅里没人,厨房里也没人,但煤气炉子上燃着小火,煮着一锅汤,有淡淡的肉香。他心里一暖,她很少下厨,厨艺也不佳,虽然这段时间食材紧缺,但她还是一直很努力地学,为了让他吃到她煮的饭菜。

"宁宁!"他赶紧上楼去卧室找她,然后松了口气,她在,好好的。

她坐在燃着火的壁炉前取暖,身上是婚前做的新旗袍,长袖,雪青色的缎子,下摆绣着芍药花,扣子是红色珊瑚珠。她一向畏寒,旗袍虽然不薄且是长袖,但在这个季节、这样的情况下穿实在不明智。

"怎么把这件衣服翻出来了?"银川奇道,走到她身前,手抚在她脸上,她将脸微微一侧。

"我煮了汤,咱们吃饭去。"她轻声说,然后站起来。

"好,"银川说,"不过你先把衣服换了,我们吃完饭就立刻走。"

璟宁讶异地抬头:"你见到他了?"

"谁?"

她眸中有什么东西闪了闪,说道:"去哪里?"

"安全区。日本人已经进来了,守军开始溃退,撑不了多久,我们得立刻离开。"银川一边从床底翻出皮箱,里面早就装好了要带走的物品,然后他起身将一件极普通的棉袍子从衣柜里取出来扔到床上,"宁宁,赶紧把它换上。"

"今天我不想去,"璟宁打了个哈欠,"大晚上的我哪儿都不想去,明天再去。"

银川满心焦急:"真的很不安全,听话,我们必须尽快走!快把衣服换了,你穿成这样,万一,万一……"他不愿意说不吉利的话,将棉袍拿在手里,走到她面前,伸手去解她旗袍的扣子,柔声哄道,

"乖宁宁,咱们把衣服换上。听话啊。"

她啪的一下把他的手打开,退后一步:"我今天真的哪里也不想去!我说了明天去就明天去!你别烦我!"

银川又急又气,不跟她废话,一咬牙将她拽过来,璟宁发了疯一般,就跟他掣,下死劲儿去挣,挣不过就咬他的手,银川铁青着脸由着她咬,动作不停,啪嗒一声,她胸侧的一个搭扣解开,一粒珊瑚珠滚了下来,璟宁尖叫着哭道:"我不穿,就不穿!不穿那难看的破衣服!"从他手里将棉袍子夺了,扔进了壁炉,立时火光一暗,冒出焦煳味。

银川愣愣地看着那件棉袄烧起来,沉默了许久后,忽然笑了笑。

璟宁气咻咻地瞪着他:"滚!给我滚!你要去哪里自己去,我今天就在这里,死在这里你也管不着!"

银川吼道:"好!你爱怎么穿就怎么穿,要干什么就干什么,我再不管你!你想死我也不管你!"往前冲了没两步,她跑过来搂住他的腰,放声大哭:"不许你走!你敢走!"

心跳似乎停了一下,他闭了闭眼,然后转身劈头盖脸地朝她吻了过去,不管不顾,凶狠霸道,就像不想让她呼吸,要让她溺死在他的吻里。

"我该拿你怎么办,我该拿你怎么办啊!"他无力地道。

"我恨你!恨你!我怎么这么恨你!"她捶着他的胸口,发出痉挛似的呜咽。

他不再跟她较劲。今天她如此古怪,也许是太过害怕的缘故,那就由她吧,听她的,明天一早再走。他什么都由着她。

待她平静下来,他们一起去楼下吃饭,她去厨房忙活了一会儿,端出两碗面,面汤是粉色的。

璟宁把碗筷递给他:"知道你想吃我做的菜,可现在什么菜都买不到了,好不容易寻到两节藕,还有一大半是烂掉的。汤里没有排骨,就放了一点剩下的猪油,可能不太好喝。"

"……"

"我知道你爱喝藕汤的,对吧银川?"她微笑道。

吧嗒一声，他眼中落下一滴泪水，溅在桌上。

婚后他们有过一段很别扭的日子，有时候她会叫他大哥哥，有时候只是"喂"或"哎"一声，他知道她心里有道坎还没过去，但现在，她无比自然地叫他银川，还为他煮了藕汤。湖北的习俗，藕汤是特意煮给夫婿喝的。

"哟，是我胡椒放多了么？"她调侃他的窘样，小嘴微撇，神情娇俏，宛如多年前那个无忧无虑的小女孩。

银川不好意思地笑了笑，可没出息的是，眼泪却再次流了下来。璟宁取出手帕子，走到他身边，刚一抬手，他就将她拥进了怀中。

"宁宁，谢谢你。"

她轻声道："银川，以后别让自己那么苦了。"

他抬起她的脸庞，颤声说："宁宁，其实我对不起你，我……"

"嘘……"她示意他不要继续说下去，"一辈子还长着呢，慢慢补偿我吧。"

他狂喜，眼睛闪闪发亮，使劲点头。

她将她的凳子移到他身边，两人像一对再平凡不过的夫妻，说说笑笑把面吃完了。远处的枪炮声不绝，但银川心里有底，他一定会带着她去安全的地方。

晚上和衣而睡，直到被密如急雨的枪声惊醒，月色很亮，窗台上有薄薄一层寒雪，像极了四年前的那个夜晚。

多日的警惕让他们早就养成了习惯，即便枪炮声再猛烈，也没有像第一次听到那样慌张。银川去灭火炉，璟宁坐起身，旗袍都睡皱了，她飞快地理了一理，见银川将早就备在一旁的凉水浇到壁炉里，背影让她想起了许久以前的一件往事。恍若前尘一梦。

银川回头，见她泪光盈盈，嘴角有丝凄然的笑。

"宁宁，快把大衣穿好。"

她回过神，起身利落地收拾好。

大门是锁好了的，他们得去地下室先躲一躲，今晚的枪声和往常不太一样，更密集，也更近！月光很亮，照得卧室一片澄净的白，壁炉熄了,虽然关着窗,墙壁也厚实,但屋子里还是非常冷。

银川将自己的大衣拿在手上,道:"赶紧下去,我觉得有点……"

"不对劲"三个字没说出来,已听到砰的一声响,然后哐啷几声,是院门的铁链被利器劈断掉落在地的声音,银川从窗户那儿看到院子里的几道电筒光,有人闯了进来。

来不及了,此时下楼必然跟来人迎面相撞。

银川急忙将卧室门轻轻反锁,拉着璟宁,两人躲进穿衣室的巨大衣橱。璟宁蜷缩着,将脑袋依偎在他胸膛,身子微微在抖。他抱着她,知道或许这是此生两人最后的拥抱。

可说好的一辈子呢?那漫长的、有着无限希望的一辈子呢?他的回报与补偿呢?他承诺过的啊。而他才刚刚品尝到幸福的滋味,为什么就要消逝得如此之快?

那些人在撞楼下的大门,非常用力,巨大的声响刺破了寒夜的空气。银川颤抖起来,将璟宁拥紧。

"银川……"璟宁伸手摸在他脸颊,很轻很轻地说,"帮我个忙。"

看不到她的面容,因为衣橱里一片漆黑,但她的眼睛似乎有光芒在闪烁。他知道她想要他做什么。

"不。我做不到!"他颤声说。

"我怕脏,我累了,愿意死在你手里。"

"不……"千针万刺在扎着他的心,但他觉察不出痛,因为这种痛他早就尝过了。在他很小很小的时候,在母亲打算将他抛入江中的时候,在他为母亲无法挽留的生命哭泣的时候,他早就尝过的。

她拉着他的手,盖在她的口唇上:"求你。杀了我。"

一声短促的枪响后,他们听到了门锁落地的声音。

滚烫的泪滴落在她的额头上,脸颊上。

"小栗子……你为什么总是对我这么残忍……"

她轻轻笑了笑,嘴唇轻动,宛如在调皮地亲吻他的掌心:"谁让你对我那么残忍呢。"

嘈杂的脚步声从楼下传来,那些人闯进了楼里。

已无可选择,他在她唇上重重一吻:"你先去,我很快就来找你。"

抓起身边一件衣服，用力捂住她的口鼻，使出了平生最大的力气，势必让她以最快的速度最少的痛苦离去，她连挣都没挣，只是在最后一刻手动了一下，将滑动的衣橱门带了一带，让冰凉的月光泼洒进来，他看着她慢慢合上了眼睛，如同她小娃娃时的样子，被安抚着遁入了甜美的宁静。

一间屋子一间屋子被撞开，有几个人跑上楼来。

没关系，她已经停止了呼吸，额头光滑，洒满了月光。他捂死了她，就这么快，快得像一场梦，一瞬就是一生。

在这个凄冷的月夜，他将他夺走的一切重新还给了她。属于她的时光之河停止了奔流，她曾拥有过的平静、幸福、安详，像河底的细沙，依旧完完整整地铺在那里。他还给她。全部还给了她。

卧室门被撞开，那些人闯了进来。

银川仍然抱着璟宁，用力捂着她的脸，在黑暗中颤抖，窒息，无声地疯狂。

终于，一道电筒光照在了他的脸上，短暂的失明过去，他看清楚了来人。

不是日本兵，也不是中国逃兵，不是土匪流氓。

那人快步过来要伸手扶他："谢天谢地，郑先生，你们还在！"

他是刘五，佟春江的手下。

"郑先生，快，我带你去跟南珈和素怀会合！"

银川没动，眼中是异样的亮光，刘五去拉他，被他用力挣开。

他张着嘴，发出了一种沙哑的声音，宛如濒死的哀鸣。

他没有她那么有福气，身边的人没一个愿意杀他，所以他就只得自己死。自杀并不难，但要死却真是不容易。或许在她心中，他这辈子对她做的最好的一件事，就是亲手杀了她。她如愿以偿甩脱了一切逃走了，而他坠入了活生生的地狱。

从南京往芜湖的一路，银川多次自杀，但每一次都被救了下来。他是如此恨呐，他想他一定是遭遇了最残酷的诅咒，生不如死，却又无法死去，但是，他该恨谁呢？

佟春江冒死去上海营救被困的妻儿，不得已带人转道南京，然后遇到了南珈，他答应今晚找人送他们往芜湖撤走，虽不能保证安全，但这或许是银川等人唯一的生机。南珈去找银川，只见到了璟宁，尽管璟宁当时正为得知旧事真相而崩溃，但待她平静下来，南珈还是告诉了她。

"您不管想做什么，哪怕是跟郑先生了结，也要离开南京再说，就这一两个晚上的事。等郑先生回来，你们赶紧收拾好东西，我现在要去找素怀，晚上刘五大哥会带人来接你们。不过，你们照常把门锁好，因为我真的无法保证日本人会不会先到一步。只能听天由命了。"

当时已是深夜，日军已有一部分人攻入城中，刘五等人虽然找到了银川的住处，却不能大声呼喊，因为他们无法确定里面究竟是什么情况，也无法确定附近有没有日本兵。

但唯有一个人，对刘五等人的到来十分确定，那就是潘璟宁，而在他们到来之前，她也已经确定要和银川做个了断。

她让他杀了她。

璟宁的遗体必须送走，银川已疯狂，他仍坚信她还能救活，拽着她不放，喊着她，摇着她，但璟宁一直都没有醒来。时间不能再耽搁了，无奈之下，刘五打昏了他。生死攸关的当头，谁也顾不上为谁伤感，佟春江立刻让素怀等人将银川带去芜湖，而他自己则与弟兄们寻路南下，即将面临的是更为危险的境地。临走前，他看着银川惨白的脸，叹了口气："如果你们不怕死，就在芜湖等三天，我的人会想办法把郑太太的骨灰送过来。今天我冒不起这个险。"

〔五〕

船悄无声息地行进，浓云随着风在天空低语，冰凉的细雨敲打窗棂，山峦的叠影映着天际的战火，江涛浮沉，茫无涯际。

银川在黑夜的江上，被记忆的利刃凌迟着。

"一朵花，明明开得很好，很美，开得自由自在，我却硬生生将它摘下，然后对它的凋零束手无策。我毁了宁宁一辈子的幸福。她知道了。她原本可以好好地嫁给她心爱的人，是我生生拆散了他们，是我！我让她先是嫁给了徐德英，又嫁给了我。我像玩弄一个玩偶一样安排着她的生活。

"她全都知道了，原来我这个声称是全世界最爱她的人，其实是害她最惨的人。她真狠啊，她的报复真的狠。她让我亲手杀了她，这就是对我最大的报复。她早就算计好了。我不知道她是多么难过多么痛苦，一分一秒算计着去死。她成功了。将我留在这个地狱一样的世上，让我死不了，不愿意活。她从来就没有爱过我。宁宁，你有没有爱过我？！"

他被汹涌的泪意淹没，脸在抽搐，他想自己一定是在哭，可是没有，他一滴眼泪也流不出来。他试图想清楚他究竟是在哪里做错了，是不是彻头彻尾无可救药的错，因为他做错的事实在是太多了。然后他慢慢醒悟过来，原来只是在第一步走错了。正如同南珈很久以前所说，即便之后每一步都情有可原，但他终究走错了第一步，这个错一路跟着他，一直到成为永劫。

可是没有了她，这一生还有什么意义可言？尤其是在现在，当她已经彻彻底底地离去。

银川伸出手，无力地将手放在胸侧，贴着内包的位置。璟宁不知道是什么时候将一本小册子塞到了里面，那天他在久儿家用瓦片割脉，南珈脱下他的大衣打算为他擦洗血迹的时候发现了它。

如果不是因为这个本子，他真的不会再愿意活下去。

小册里贴着小乖的满月照，已经泛黄的照片上，那个和璟宁小时候一模一样的小娃娃在憨憨地笑着。照片旁的纸页上泪痕斑斑，有璟宁的笔记：

"小乖不是早产。我犯下错误那天怀上了她，但小乖不是一个错误。"

一个睡在过道的逃难学生，发出梦呓一般的声音，稚嫩的声音在颤抖，满含着恐惧，也许只是想寻找到一点希望或仅仅只是为转移恐惧，他背诵起了一首诗。诗句时断时续地传进了银川的耳中。

When I have fears that I may cease to be
Before my pen has gleaned my teeming brain,
Before high-piled books, in charactery,
Hold like rich garners the full-ripened grain;
When I behold, upon the night's starred face,
Huge cloudy symbols of a high romance,
And think that I may never live to trace
Their shadows, with the magic hand of chance;
And when I feel, fair creature of an hour!
That I shall never look upon thee more,
Never have relish in the faery power
Of unreflecting love!—then on the shore
Of the wide world I stand alone, and think
Till love and fame to nothingness do sink. ①

---

① 诗人约翰·济慈的短诗：《When I Have Fears》，穆旦译为《每当我害怕》：
当我害怕，生命也许等不及
的笔搜集完我蓬勃的思潮，
不及高高一堆书，在文字里，
丰富的谷仓，把熟谷子收好；
当我在繁星的夜幕上看见
奇故事的巨大的云雾征象，
且想，我或许活不到那一天，
偶然的神笔描出它的幻相；
当我感觉，呵，瞬息的美人！
也许永远都不会再看到你，
会再陶醉于无忧的爱情
它的魅力！——于是，在这广大的
界的岸沿，我独自站定、沉思，
到爱情、声名，都没入虚无里。

雨虽然没有停，但天已经渐渐亮起来，晨曦微朦的时候，银川闭上了眼睛，半梦半醒间，有人在推他。

"叔叔，叔叔！"

他睁开眼睛，久儿可爱的小脸蛋正凑近过来，黑白分明的大眼睛里是担忧的神色。

"小久儿，你不睡觉啦？"

"叔叔你为什么哭了？"

"我哭了？"银川笑了笑，"叔叔没哭。"

"骗人！你脸上全是眼泪！"久儿眨着大眼睛，指着他的脸。

"好吧，我是骗了你，我错了。我是哭了。"银川伸手揉了揉她的小脑袋。

"你是不是又在想你的妻子啦？"

忧伤涌上了他的心，他点头："是的。我想她，每时每刻都在想。我一想到她就会很快乐，但一想到她已经走了，就非常伤心难过。"

"你别伤心，你要高兴起来，这样她才会开心。她肯定不希望你难过的。"

"嗯，也许吧。小久儿，叔叔累了，想再睡一会儿。"

"嗯，叔叔你好好睡。"久儿道，向他眨了眨大眼睛。

银川重新闭上眼睛，他太累了。

久儿托腮凝视着他，想着昨天夜里他送给了她一个布娃娃，他说，这是猫猫头，它是我妻子小时候的朋友。久儿非常喜欢那个可爱的猫猫头，抱着它使劲地亲了亲，她想："叔叔给了我猫猫头，我也要送叔叔一样东西。"

"久儿！"母亲在走廊上轻声叫她。

久儿轻轻将一个小东西塞到了银川的衣兜里，转身一溜烟儿跑了出去。久儿妈一见她，急忙拉着她往出口走，一路走一路训斥："一会儿船就要开了，你还到处乱跑，你这个孩子，真不让人省心。咱们快下去，你爹已经上岸了。"

"哦！"

这是卢家渡,经过三天的航行,已经进入了湖北境内。久儿一家全部下了船,轮船稍作停留,继续往汉口驶去。久儿站在渡口,踮起脚,目送着那艘船,挥起小手,就好像银川正在窗口看着她一样。

"妈妈,你说叔叔会高兴起来吗?"她转头问母亲。

"人家不烦你都算好的了,你老去打扰他休息。"

"我送他礼物,他也会不高兴吗?"

"礼物,你送他什么了?"久儿妈奇道。

久儿垂下小脑袋,长长的睫毛微微颤动,她怯怯地说:"我把银锁送给他了,妈妈,你别怪我。"

"你这孩子!"久儿妈跺足道,"那是……那个是你……"她忽然嗫嚅起来,想了想,恨恨地说,"妈妈在你出生后给你打的银锁,你这孩子,怎么把它随便送人了呢!"

"可是叔叔送了我猫猫头,我也要送个好东西给他。"久儿辩解道,小辫子微微晃动。

久儿妈很生气,弯下身子在女儿衣兜里翻了翻,摸到一个东西,不禁松了口气,她用手指勾住,将它拿了出来,然后在女儿额头上敲了个爆栗,道:"还好你没把它也送出去,好歹留了一样下来。"

那个东西随着她的动作轻晃,是红绳系着瓜果状的琉璃珠,发出叮叮的脆响。

小久儿抬起小脸看,眼睛半眯,眼角像小蝌蚪一样微微下垂,她快乐地笑了起来。

雨水打在窗上,风雨声中,他似乎听到树梢的声响,清晰,有节奏。又一个春天会即将随着这风这雨,随着滚滚长河一呼一吸间奏响的旋律如期而至。真是残酷,每一个春天对这人间所有的悲欢离合都是不闻不问的,在它该来的时候一定会来,赶赴的是与它自己的佳期。是的,春天总是会来的。

银川终于睡着,他做了一个梦,她出现在他的梦中。

无人收拾的花园里开满了玫瑰和黄水仙,梧桐树的新叶子被阳光映得透明,她将大衣脱下,随手扔到木色斑驳的长椅上,快步轻跑到喷泉那儿,那是他们小时候最爱玩耍的地方。喷泉很久都不喷水了,但她一走近,晶莹的水花便如音乐般响起。她坐到水池边,缎面鞋上的金线花朵闪闪发光,她微抬起脸,闭上眼睛。

他坐到她身边去,伸手替她挡住飘洒而下的水珠。

她没有睁开眼睛,靠在他肩头,叹息一般微笑着说:"终于回家啦。"

他知道这只是个梦,即便在梦中,他亦清醒地知晓,这是他的幻觉。

梦境变幻,回到了他们的小时候,在喧闹的市集,老僧人画了一幅画,一行大雁飞过高山和江流。银川听到它们响亮的鸣声。

"小妹妹,你希望它们飞去哪里?"

"我希望它们回家!"小女孩大声回答。

在梦中,他看着那个小女孩,泪水长流。

悠悠风声响起,浮云之上是深邃天空,日月星辰照耀这渺小的人世间,照耀着渺小的他们,宁静又慈悲。

人生一世不过是——行遍必经的路途,尝尽百般滋味,然后告别。她只是先行了一步,待他终于也跨过这红尘梦之浮桥,在又一年春雨落下之时,或许会在时光的河流上与她重逢。

又或许,会再次相逢在一场梦中。

世事前缘如催生万物的春风。

春风化雨。

春雨落长河。

【全文终】

番外
三才

百花开遍园林，又春归也谁为主。

这是1949年2月的广州，在南国的城市，春天并不稀奇。

檐溜玎琮，接水的木桶早就满了。

三才立在檐下，盯着桶里清圆四溅的雨水，空气里有很润的木兰花香气。

"三才？这名字倒是好玩。"少女清澈的目光凝驻在他脸上，她调侃他的名字，"三才盖碗！"

他回应她一个笑容，知道她并没有恶意。他是客人，她是主人，长辈们在大厅里谈事，他们俩站在走廊里看雨。

见她第一眼，一个曾十分模糊的词语一下子就清楚了：掌上明珠。她真是明珠一样光彩照人。连母亲都忍不住握着她的手，细细端详她的样貌。

私下里，三才听到母亲的叹息："可怜啊，可怜。"

兵罅中求生的人，都是可怜人，谁又不可怜呢？

"你们要去香港？"少女偏着脑袋，一双像小蝌蚪一样乌溜溜的黑眼睛瞅着他。

他点头，"你们呢，也会走吗？"

是留下，还是走，好像成了每个人都在谈的事。

她的手摩挲着窗棂上繁复的金色雕花："现在还不好说。"

仆人来来去去，换了好几道茶，又有人引新来的客人，一路穿过走廊进去，他们不约而同往人少的地方退了退。

她看着天井中飞扬的雨丝，"要不要出去？"

十七八岁娇怯怯的样子，行动起来却带着不羁任性的劲儿，像个男孩子。

她开车在狭窄的街巷里飞驰，车窗外像是幻影。

骑楼，茂密的榕树与荔枝树，嗡嗡的街市人声，中山大学校门口支棱着醒目的"活命大拍卖"布条幅，雨中纷乱匆忙的人……

她将车窗摇下一点，雨丝随风钻进。"学校早就停课了，教授们没有工钱，天天摆摊儿卖家当，如果想听课，咱们可以去岭大，改天我带你一起去，好不好？"

他们不熟，却好像认识了许久，他坐在她身边，心中是未曾有过的愉快。

"车开得很熟练啊，"他称赞道。

"不管你信不信，我还会开船。"

他脱口而道："我自然是信的。"

她嘴角浮起微笑："我是在渔家长大的。"

"在广州……还是在湖北？"

她眼波流转，俏皮地说："六榕寺里没有榕树，华林寺的罗汉，也是从杭州来的呢。"

因为下雨，香客寥寥，进了山门往里走，绕过一个回廊，前方便是罗汉堂。有三两人在回廊中避雨，西侧另有一个老丐模样的人，灰白短发，背靠廊柱，若坐若卧，肚子上搁着一个布包裹，隐约见到几支粗细不等的毛笔，枯瘦的手中握着一卷翻开的书，烂朽朽的纸页就像随时会碎掉飞走，他不时翻一页，像是在认真阅读，可等三才和少女离得近了，才发现他在打盹儿，半张着口，发出细细鼾声，被口水呛到还会咳一咳,手不自觉地又翻一页书,鼾声接着响起,整个过程眼睛一直闭着。

少女捂着嘴悄声笑。

三才凑近,细看老丐手里的书,封皮上是手书的"唐诗三百首"五个字,字迹倒是俊秀飘逸,内页也是抄本,文字却是:"天地之动静,神明为之纪,阴阳之升降,寒暑彰其兆。"三才不知文字出处,但可以肯定不是来自《唐诗三百首》,结合此人怪异的举止,又是在这寺庙里,倒让他有种"遇仙"之感,不敢轻视,悄然退后两步,示意少女勿要打扰。两人继续往前走了十几步,走到罗汉堂前。

田字形的大殿中,金身泥塑的五百罗汉威然分踞,撼人心魄,堂中仅有香烛幽光,不免显得阴森,少女站在殿外,雪白的纤手紧紧捏着手提包,似是害怕,又似是犹豫。

"小哥哥,你的名字究竟是什么意思?"她再次问他。

"我幼时曾有一难,后来身心常不安定,这名字是当时替我治病的一个老人取的。三才,是天地人的意思。"

她指着他左边额角淡淡的伤痕:"是那次留下的吗?"

三才点点头。

"一定很疼。"

那天是他的生日,谁能料到那样的一个日子,有人会死,有人会伤,有人会和亲人永别。疼其实算不了什么,伤口已经伴随他多年,成为了生命的一部分,那件事情已经在脑中变得模糊,伤口还记得。三才从此不再过生日。

"我稍微大一点,就去老人的医馆,和他说话,他对我说,国家不太平,鱼有水,鸟有天,人害怕悬空无着,所以心不自由。可天地人原为一体,天和地都是人的依靠。我叫三才,老人是想要我懂得达生知命,万事莫去奈何,莫去勉强,要顺应天道与常理。"

"万事不奈何……"她轻声说,"奈何得了吗?"

他一笑,指了指里面:"不去数罗汉?"

她有点不好意思,顺势坐在廊下的长椅上:"倒不是害怕。听这里的人说,按自己的年岁数过去,瞧着是哪一尊罗汉的佛号,就能做终身之断。假如把我一辈子的事情都断定了,那还有什么意思?听你刚才那么说,达生知命,不该去勉强,万一我知道了自己的命,却仍然要去勉强,那该怎么办呢?"她长长的睫毛垂下,叹了口气,"我只是有很多不解。"

他又何尝不是?

天有常,法无定,他强迫自己去懂达生知命的道理,但道理解决不了心中无数的问题。

父亲是帮派中人,善缘恶缘是重重密网,牢牢绑在他们一家人身上,他自小随父母流离辗转各地,赶上兵荒马乱,去何处都像是危巢中的燕子,随风的飞絮,沾了泥的浮萍。他总忍不住问,人不能好好活着吗?为什么会有战争、杀戮、饥饿、贫穷,为什么要残害他人,抢走不属于自己的东西?为什么人无法安定,总要流离失所?

有一个神父跟他说,那是因为,世界上是有魔鬼的。

给他取名字的丁先生说,元代有一位医家,写了一本书,书的名字就是这些问题的答案。

三才追问书的名字。

"就叫《此事难知》。从来此事最难知!"

此事难知,人生实苦。

雨已经停了。

少女似乎看进了他的心里,说:"人生啊,太苦了,就像药一样苦,有时候比药还苦,但苦也是一种滋味,大口喝下去就好。"

一个苍老的声音忽然插嘴道:"小孩子家,故作老成。"

两个少年人循声看去,只见西侧打瞌睡的老丐正笑盈盈地看着他们,他一只腿搁在椅上,另一只则悬空,烂鞋底时不时在青石墙面上划拉一下,他眉目慈祥,除了衣服破烂肮脏,人倒是斯斯文文的。

三才听他口音,显然来自内陆,不禁有点惊奇。

少女笑道:"罗汉爷爷,你醒啦?这话可不是我说的,是我爸爸说的呢。"侧过头,对三才低声道:"这是在寺里挂单的一个行脚僧,从湖北来的,别看他举止奇怪,是很好的一个人,前些日子寺里遭窃,壁画被撕去一大片,是他一笔笔又给重新画上,画艺很是了不得。我瞧他是个现世的罗汉!"

"咄!黑心畜生,快走开,快走!"老丐忽然跳了起来,把手中的书放在一边,从包裹里抽出一支怕是有拳头粗的毛笔,想来就是画笔了,他挥舞着跳进天井中,三条野狗刚从山门蹿了进来,见老丐叫骂,刹住定了那么一瞬,便飞快往里院逃去,老丐追打野狗,喧哗的叫嚷声忽远忽近,惹得来往香客有的皱眉有的大笑。

少女眼中却是隐隐的伤感;"别瞧又撵又打的,到了晚上,却是他拿吃的到外头去喂它们。"

"为什么?"

"以前这寺里有许多小野猫,人们都很喜欢它们,定时喂养,还给它们做窝,猫儿们每天晒太阳吃东西,长得胖胖的,我一开始也是因为这寺里有猫儿,才经常过来。后来不知道从什么时候开始,大概也就一年多以前吧,每到一个时候就会死一两只猫,死在没人能注意的角落里,直到臭了才被发现。一开始大家也怀疑是野狗做的事,野狗吃不饱,出于饥饿才这么干,可所有死猫全是完完整整的。这老人家来的时候,寺里只剩下了两只猫,他断定之前的猫就是这三只野狗咬死的。我就问他,为什么野狗会这样?为什么干脆不吃了小猫们,而只是咬死了叼到一边去臭掉烂掉?你猜他怎么说?"

三才思忖片刻,生出莫名地悲哀:"大概……是因为不平。"

少女泪光盈然:"同样颠沛流浪,同是可怜的生命,一个在外面被人追打,指不定哪天被人杀来吃了,一个在庙里被人爱护,野狗觉得不平,心中生了怨恨,进寺里来一只只咬死猫儿,为了宣泄,为了让人注意到它们的存在,它们哪怕因此被打死,心中也是有恨的。后来,老人家每天省下自己的食物去喂那些野狗,野狗得了照顾,虽然也是饥一顿饱一顿,但心中的怨毒或许减少了一点点。现在几个月过去了,那两只猫果然无恙,在禅房后院活动,再没有被惊扰,野狗虽然偶尔会像今天这样跑进来,也只是去偷食厨房的垃圾剩饭,再不去伤害猫儿。"

膏火同煎,众生共业,乱世流离中的人,和这猫狗又有何不同?

三才心中震动,难以言喻。

老人已慢慢走回来，额头上也不知是汗还是雨，他把两只腿都放在了椅子上，这一次，整个人都躺了下来，似乎疲累不堪，将那本烂书摊开放在自己脸上，遮住天光。

少女说："小哥哥，我去观音堂喂猫，你在这儿等我一会儿，可好？"

三才应了，忽然叫住她："郑静安！"

她本已转身，闻声回头，眸光闪动。

"我记得你，我们很早就见过。"三才的语声很平静，但只有他自己才知道内心的激动，"你是不会记得的，可我记得。"

"其实我也知道你。"她站定了，看着他，"父亲对我说过，佟爷一家是我们的恩人。你们一家人帮过我的父母，是你的父亲，帮我父亲找到了我。"

"可是……你有没有怪过我？我那年过生日，就是那一天，你……失去了你真正的母亲。"

静安沉默了许久，最后轻轻摇头："我谁也不怪。我也并没有失去她。"

三才不解话中真意，她也不再解释，飞快地揉了揉眼角，灿然一笑，转身往观音堂的方向走去。

绿荫如幄。三才坐到老丐身旁，老人依旧躺着，脸上盖着那本名不副实的《唐诗三百首》，随着呼吸一起一伏。

三才知道他此刻并没有睡觉。

他轻轻问："老人家，您的书看完了吗？"

过了许久，老人缓缓反问：

"你的书呢？"

"我的书？"

老人的手指在空中虚画了一撇一捺："命也罢，缘也罢，就是一部大书，上半部看完了，就接着看下半部，下半部看完了，书就阖上了，书一阖上，缘也了了。你的书，看到哪里了？"

"上半部下半部？"三才琢磨着这话里的意思，心道：这是在跟我对禅。便微微一笑，道："估计还在楔子。"

老人把书移开，仰头凝视三才片刻，似笑非笑："大舟有深利，沧海无浅波。上半部,很有看头。"

"那么下半部呢?"三才飞快地把话头接上,老人却闭上眼睛不再回应。

江流滚滚向前,汇入大海,春风带来湿润的气息,即便是在乱世,这属于春天的气息里依旧饱含希望。

三才的心前所未有的平静,甚至有了一点快乐,他站在融融的绿意之中,答案有没有,好像也没那么重要了。

后记

究竟要讲什么？我竟然是在最终完成的时候才确认的：回头是岸。这个故事要讲一个人艰难地回头。

在复仇的道路上，以加倍的恶报复最初遭受的恶，踩着别人鲜血与生命走向复仇之路的郑银川，有无可能还会回头？他最终的回头从表面上是由璟宁来促使的。银川曾对璟宁说：不要欺负弱者，因为弱者的反抗有时候是会让你招架不住的。但他自己却忘记了这句话。璟宁设计让银川杀了她，这个始终被愚弄、折磨和欺骗的弱者，以最残忍的方式完成了她对银川的报复。

是报复，也是救赎。

自始至终，故事的脉络宛如一个个拧着的结，一路写来，看银川是怎样艰难地把它们一一解开，有的解得轻松，有的很难，解得指甲掉落，鲜血长流。到最后他彻底地释然与归途，其实还是他自身的回归。

写《盐店街》的时候，我着重于"舍得"，林静渊在舍掉私心、放孟至衡自由的同时得到了她的宽恕，并与自己的痛苦达成了和解。

《春雨落长河》之《惊梦》与《浮生》两卷，讲的却是一个"求不得"的故事。云琅对银川的求不得，璟宁对子昭的求不得，子昭对璟宁的求不得，银川对璟宁的求不得，潘盛棠对权势金钱的求不得……求不得，怨憎会，爱别离。处处不可得，处处是难关。千万个故事，本质上都在讲同一个道理，佛理化身千万，世界碎为微尘，渺小无穷尽的人生就是在一个接一个循环的故事里推进。

回头是一个痛苦的过程，但它不意味着彻底否认过往的经历，而是去除与清洗掉性格与选择造成的过错和罪愆，试着努力得到新的机会。

有许多纠结的关系与问题。比如，一个人可不可能同时爱两个人（璟宁对银川和子昭），爱的分量是如何分配的？仇人之间是否存在和解与相互的救赎（盛棠与银川爱恨交织的"父子"之情）。如果舍弃曾认为最珍贵的一切，是否真的就一无所有？放不放下，割不割舍？后退还是前进？

谢济凡说得好：刚柔并济，心地光明。但试问谁能做得到？人有时候需要靠自己突破格局。

我写的角色，从来没有一个是完美的，他们都充满了缺陷。他们面临的问题，放之于我们的平凡人生，其实所有人可能都会遇到。甚至那些很轻易就可能会遇到的"恶"。

比如宋允端抱走了小乖。有人会认为，这人有毛病吧？有没有良心啊？迁怒于一个完完全全无辜的小婴儿，简直是个变态。人的心灵在扭曲和失去理智之后，真的是很难预料到会做出什么的。人性太复杂了。作恶者的心灵底线一旦崩溃，恶在他心中的定义就会发生变化。在宋允端的心里，佟春江夫妇以及郑银川才是作恶的一方。作恶者不明何为恶，这就是最可怕的恶。

一直在努力写故事，我希望我的故事能像画笔一样绘出一个个平凡的江湖，江湖中的人物各有个性，各有私心和缺点，但他们中总会有一些人会在一定的时刻选择放弃自己的个性、私心甚至生命。不论是在爱情面前，还是在国家的命运面前，这样的放弃有时候就是最大的成全。

本书的最后一章停留在抗日战争爆发之初，停留在中华民族最惨痛的一刻。写到子昭殉国的时候，我止不住地泪流满面。今年是纪念反法西斯胜利七十周年，作为一个平凡的老百姓和一个卑微的写作者，我想借我笔下的故事，对那些在民族危亡之际为这个国家付出巨大牺牲的人们致以最高的敬意。

诺贝尔文学奖得主莫迪亚诺先生在颁奖礼上说出了一个写作者必然会经历的一种常态："当一本书快要写完的时候，你会感到它开始离你而去，它已经呼吸到了自由的空气……他们闹腾得很，已经没有心思听老师讲课了。我甚至可以说在你们写到最后几段的时候，书已经表现出一种敌意，恨不得赶紧摆脱你。你刚写完最后一个字它就离你而去，结束了，它不再需要你了。"

等待了《春雨落长河》三年的读者，宽容我拖稿的亲爱的编辑团队，是的，这本书已经不需要我了。

但是它需要你们，它是你们的了。

愿美丽心灵的阳光永恒地照耀你我。

江天雪意
2015年7月

再版小记

　　写《春雨落长河》的时候我还比较年轻，年轻人爱浪漫，喜欢感情激烈的故事，虽谈不上"为赋新词强说愁"，但我那时候对于人生悲剧的认识与体悟还是比较浅的。悲剧的痛，落到真实的人的身上会是什么效果，不能仅仅依靠想象，时间流逝，一晃这么多年过去，我现在也终于慢慢尝到"天凉好个秋"这句感叹背后的滋味了。

　　一时是一时。我在成长的不同时期，写出的作品好像都带着不一样的功能和各自的任务。如今的我写不出《盐店街》（字数太长，体力未必跟得上），也怕是写不出《春雨落长河》这样无比悲伤的故事，因为我的心变软了。

　　生活很难，文学要在生活的苦痛与艰难中给人启迪、反思、激励以及希望。所以这次再版补写了一点小小的外传，希望能给这个悲伤的故事注入一点暖色。

　　是为记。

江天雪意
2022年3月7日 北京

MEMORY HOUSE